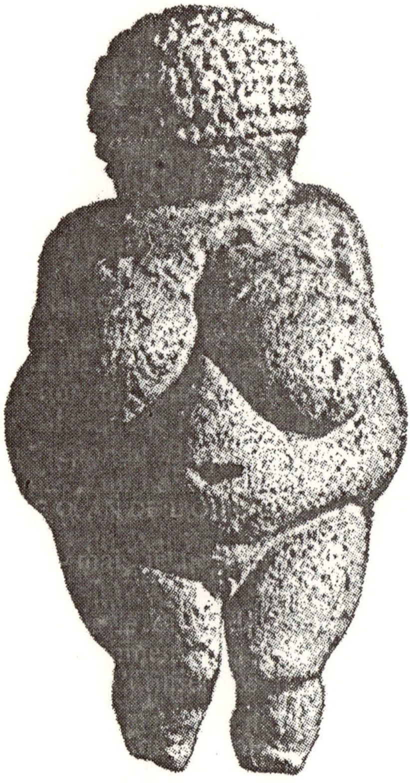

La Vénus de Willendorf en Autriche

LE CLAN
DE L'OURS DES CAVERNES

*

Les Enfants de la Terre

DU MÊME AUTEUR

La Vallée des chevaux **
Les Chasseurs de mammouths ***
Le Grand Voyage ****
Les Refuges de pierre *****
Le Pays des grottes sacrées *(sortie le 29 mars 2011)* ******

Jean M. Auel

LE CLAN DE L'OURS DES CAVERNES

*

Les Enfants de la Terre

Roman

Traduit de l'anglais (Etats-Unis) par Philippe Rouard

LE GRAND LIVRE DU MOIS

Titre original : *The Clan of the Cave Bear*

PRÉFACE

par Jean-Philippe Rigaud
Conservateur général du Patrimoine
Directeur du Centre national de préhistoire

C'est en Périgord que je rencontrai Jean Auel pour la première fois. J'étais sur mon chantier de fouilles dans la vallée de la Dordogne ; elle visitait, avec quelques amis, le cadre de son futur roman. Je lui fis les honneurs du chantier. Elle me remit un exemplaire en anglais du *Clan de l'Ours des Cavernes*.

Avec une pointe de scepticisme critique, que bien des professionnels ont à l'égard de l'adaptation romancée du cher objet de leurs recherches, traquant l'invraisemblable ou l'anachronisme, j'entrepris la lecture des aventures d'Ayla. Ce fut vain ! Il n'y avait pas, dans tout le récit, la faute qui aurait donné au préhistorien l'argument d'une « lettre à l'auteur », développant tel point de chronologie ou de paléontologie. A l'évidence, Jean Auel était bien documentée sur la faune préhistorique, sur la technologie de l'homme de Neandertal ou sur celle de l'homme de Cro-Magnon, notre ancêtre direct. Elle avait en outre su tirer parti judicieusement d'un débat de spécialistes qui divisait depuis peu les préhistoriens : l'homme de Neandertal, que l'imagerie populaire assimilait à tort à un homme primitif poilu et brutal, avait rencontré en Europe, il y a 35 000 ans, les premiers hommes modernes, l'*homo sapiens sapiens*, dont Ayla était certainement une fort belle représentante ! La rencontre d'humains, assez semblables en fin de compte, mais parvenus à des niveaux technologiques différents, fournit à Jean Auel la trame d'un beau développement. Il y avait eu, à n'en pas douter, un long dialogue entre la romancière et quelques-uns de mes collègues d'outre-Atlantique que je reconnaissais parfois au détour d'un commentaire ou d'une réplique.

Quelques années passèrent avant que je ne rencontre à nouveau Jean Auel. C'était à Santa Fe, sur le plateau du Nouveau-Mexique, où E. Trinkaus, un spécialiste des Néandertaliens, avait réuni quelques spécialistes, préhistoriens et anthropologues, pour débattre de l'origine et l'émergence de l'homme moderne. Ce séminaire, organisé par la « School of American Research », avait été rendu possible grâce, entre autres, à l'aide financière de J. Auel qui nous expliqua, très modestement, qu'elle souhaitait exprimer en cela sa gratitude à ceux qui lui fournissaient des matériaux pour ses romans.

Plus récemment, en 1990, Jean Auel était de retour en Périgord. Elle avait souhaité se joindre aux étudiants américains, scandinaves, anglais, allemands ou italiens qui, dans une grotte périgourdine, recherchaient le racloir d'Ayla, le percuteur de Droog ou le foyer allumé par Jondalar au retour d'une journée de chasse. Dans la poussière, la chaleur et l'inconfort d'un chantier-école de fouilles, elle a vécu, avec peut-être même plus d'émotion que tous, la monotonie du travail de certains jours, la joie lors de la découverte, l'enthousiasme des préhistoriens et l'incertitude de leurs explications. Elle avait bien mérité, en fin de campagne, la Truelle d'or (disons plutôt dorée !) que lui offrirent ses compagnons de terrain. Bouleversée d'émotion devant les fresques de Lascaux, elle fit encore preuve de générosité en 1990 lors du colloque international célébrant le jubilé de la découverte de la grotte qu'honora de sa présence le président François Mitterrand.

Au-delà du réalisme archéologique, l'œuvre de Jean Auel est marquée par un discours féministe militant. Délicate entreprise que d'aborder le sujet de la condition féminine préhistorique tant notre ignorance est grande sur ce point.

Mais ce qui est important, en fait, c'est de présenter, à travers ces récits, un point de vue nouveau, bien différent de celui qui a prévalu jusqu'ici dans une discipline encore très masculine. Mes collègues préhistoriennes ne manqueront certainement pas d'applaudir à l'initiative.

La Guerre du Feu de J.H. Rosny aîné fut à l'origine de la vocation de François Bordes qui établit les bases de la préhistoire moderne et marqua profondément tous les préhistoriens de la seconde moitié de ce siècle. Souhaitons que le cycle des *Enfants de la Terre* fasse également naître chez quelques jeunes lecteurs l'envie d'explorer notre lointain passé.

Cénac, le 10 juillet 1991.

A la fin de la glaciation du Würm, de 35 000 à 25 000 avant nos jours, l'Europe largement recouverte de glaces et dont le tracé des côtes était différent de celui d'aujourd'hui connut une période de réchauffement de 10 000 ans . C'est à cette époque que se déroule l'histoire des

Enfants de la Terre

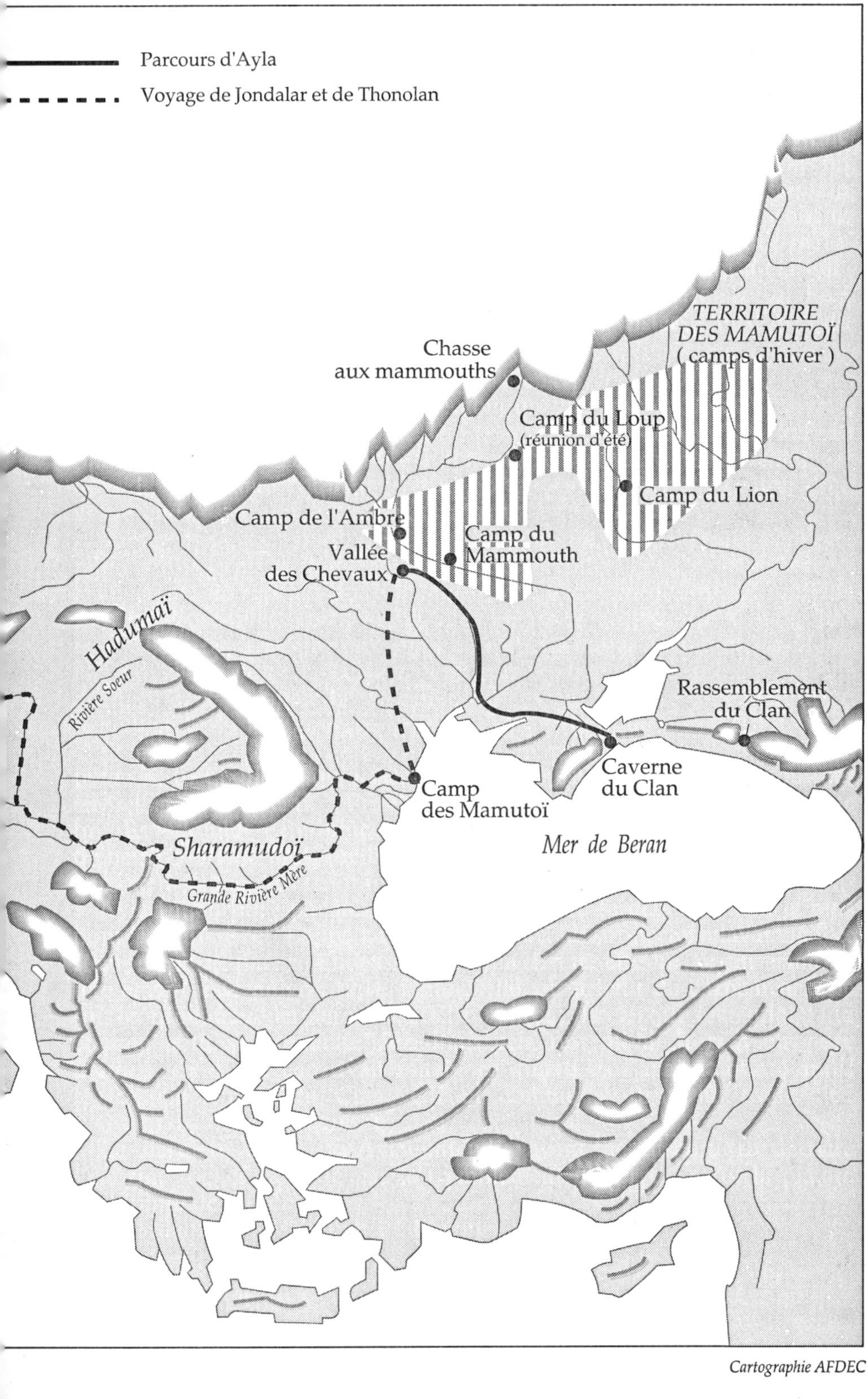

Cartographie AFDEC

A Ray, mon plus sévère critique
— et mon meilleur ami.

1

L'enfant nue quitta l'auvent de peaux de bêtes pour courir vers la crique nichée au creux d'un méandre de la petite rivière. Elle ne pensa pas à jeter un regard derrière elle. Rien, depuis qu'elle était venue au monde, n'avait jamais menacé son refuge et ceux qui le partageaient avec elle.

Elle se précipita dans le courant et sentit rouler sous ses pieds le sable et les galets tapissant le fond qui s'inclinait rapidement. Elle plongea dans l'eau fraîche, émergea en soufflant, et nagea d'une brasse vigoureuse vers la rive opposée. Elle avait appris à nager avant même de savoir marcher et, à cinq ans, elle se trouvait parfaitement à l'aise dans l'eau. Par ailleurs, la nage était souvent le seul moyen de franchir un cours d'eau.

La petite fille joua quelques instants, nageant de-ci de-là, puis se laissa entraîner par le courant. Lorsque la rivière commença à s'élargir et ses flots à bouillonner autour des rochers, elle reprit pied pour gagner le rivage et se mit en quête de galets. Elle posait une dernière pierre sur la pile de celles qu'elle avait choisies parce qu'elle les trouvait particulièrement jolies, quand la terre se mit à trembler.

L'enfant vit avec stupeur le caillou dégringoler tout seul et, bouche bée, regarda vaciller et s'effondrer sa petite pyramide de galets. Elle s'aperçut seulement alors qu'elle était elle-même secouée, mais elle en ressentit plus de confusion que d'appréhension. Elle regarda autour d'elle, s'efforçant de comprendre pourquoi son univers se trouvait ainsi, inexplicablement bouleversé. La terre n'était pas censée bouger.

La petite rivière qui, l'instant d'avant, coulait paisiblement, bouillonnait à présent, soulevée par de grosses vagues qui venaient brutalement frapper la berge, charriant des cailloux et de la boue. Les buissons qui bordaient le cours d'eau s'agitèrent comme si quelque force invisible en ébranlait les racines. En aval, des blocs de roche tressautèrent de façon surprenante. Plus loin, dans la forêt, les majestueux conifères se mirent à tituber de manière grotesque. Près de la rive, un pin géant, sapé par le déferlement des eaux, s'abattit lentement avec un craquement sinistre en travers des flots.

La chute du géant arracha l'enfant à sa stupeur. Elle sentit sa gorge se nouer et la peur commencer de l'envahir. Elle essaya de se tenir debout, mais fut projetée à terre, déséquilibrée par l'étourdissant mouvement du sol. Elle fit une deuxième tentative, parvint à se redresser et, chancelante, n'osa faire un pas.

Quand elle s'aventura enfin en direction de l'auvent de peaux installé en retrait du cours d'eau, un grondement sourd s'éleva, éclata en un mugissement terrifiant. Une crevasse déchira le sol, et il s'en échappa une odeur d'humidité et de moisi ; on eût dit l'exhalaison nauséabonde d'un gigantesque bâillement de la terre. La petite fille resta pétrifiée devant le chaos de rochers et d'arbustes précipités pêle-mêle dans la faille qui ne cessait de s'agrandir en un déchirement de cataclysme.

Perché de l'autre côté de la crevasse, l'abri de peaux de bêtes vacilla, tandis que le terrain s'éboulait sous lui. La frêle perche de faîtage vacilla, maintint un bref instant son aplomb, puis s'effondra et disparut dans le gouffre, entraînant avec elle l'auvent et tout ce qui se trouvait à l'intérieur. La petite fille frémit, les yeux exorbités d'horreur, en voyant le monstre à l'haleine putride engloutir tout ce qui avait donné du sens et un sentiment de sécurité aux cinq premières années de son existence.

— Maman ! Maamaaan ! cria-t-elle, soudain consciente de ce qui arrivait, sans savoir vraiment si le cri qui résonnait à ses oreilles dans le fracas de la terre en convulsion était bien le sien.

Elle voulut gagner le bord de la profonde faille, mais une nouvelle secousse la jeta à terre, et elle s'agrippa de toutes ses forces afin de résister aux violents soubresauts.

Puis la faille se referma, le grondement s'évanouit, et la terre cessa de bouger. Mais la petite fille, allongée à plat ventre contre le sol humide, continua de trembler de terreur.

Elle avait des raisons d'avoir peur. Elle était seule au milieu d'un désert de hautes herbes et de forêts éparses. Des glaciers enserraient l'horizon au nord. D'immenses troupeaux d'herbivores, et les carnassiers qui y prélevaient leur part, peuplaient les vastes plaines, mais les humains y étaient rares. Elle n'avait nulle part où aller, et personne ne partirait à sa recherche.

La terre trembla de nouveau en se tassant et fit entendre un grondement au plus profond de ses entrailles, comme si elle était occupée à digérer un repas englouti trop précipitamment. L'enfant sursauta, terrifiée à l'idée qu'elle pût s'ouvrir de nouveau. Elle contempla ce qui restait du site où s'élevait son refuge : quelques buissons déracinés jonchant le sol dévasté. Fondant en larmes, elle se précipita vers la rivière et, secouée par les sanglots, elle se recroquevilla au bord de l'eau.

Mais les berges détrempées n'offraient aucun abri contre les éléments déchaînés. Une nouvelle secousse, de plus grande amplitude que la précédente, ébranla la terre. Le souffle coupé par la vague d'eau glacée qui vint fouetter sa peau nue, l'enfant bondit. Il lui fallait fuir ces lieux où la terre s'ouvrait pour vous engloutir, mais où pouvait-elle aller ?

Son instinct lui dictait de ne pas s'éloigner du cours d'eau, mais les ronciers qui en bordaient les rives en amont semblaient impénétrables. A travers un voile de larmes, elle porta ses regards de l'autre côté, vers la forêt de grands conifères.

De minces rayons de soleil filtraient à travers les épais branchages. Les buissons étaient plutôt rares dans le sous-bois, mais quelques arbres tombés et d'autres retenus par ceux qui tenaient encore debout ployaient dangereusement La forêt boréale, plongée dans l'obscurité de cet entrelacs inextricable, n'était guère plus accueillante que les épais taillis défendant les rives en amont. En proie aux affres de l'indécision, l'enfant contempla tour à tour les deux voies qui s'offraient à elle.

Un frémissement du sol sous ses pieds, alors qu'elle venait de se tourner à nouveau vers l'aval, la décida. Après un dernier regard au paysage dévasté avec l'espoir enfantin de voir réapparaître l'abri de peaux de bêtes, la petite fille s'élança en direction de la forêt.

Pressée par les secousses intermittentes, l'enfant nue descendit la rivière en suivant la berge, ne s'arrêtant que pour se désaltérer. Son chemin était jonché de conifères arrachés, et elle devait contourner les cratères laissés par leurs racines encore chargées de terre grasse et humide.

Dans la soirée, elle constata que les ravages du tremblement de terre se faisaient de plus en plus rares, que le nombre des arbres déracinés avait considérablement décru, que les blocs de pierre roulés et disloqués obstruaient moins souvent le passage et que l'eau redevenait limpide. L'enfant s'arrêta lorsqu'il lui devint impossible de distinguer son chemin et, harassée, elle s'écroula sur le sol humide. La marche l'avait réchauffée, mais l'air froid de la nuit la fit frissonner. Elle se roula en boule et se terra sous un épais tapis d'aiguilles de pin qu'elle amassa sur elle afin de se couvrir.

Malgré son immense fatigue, elle eut bien du mal à trouver le sommeil. Tant qu'elle avait dû se frayer un chemin à travers maints obstacles, elle avait pu dominer sa peur. Mais à présent, celle-ci reprenait son emprise. Les yeux ouverts, elle voyait l'obscurité s'épaissir tout autour d'elle. Elle n'osait ni bouger ni même respirer.

Jamais de sa vie elle n'avait passé la nuit seule, et il y avait toujours eu un feu pour trouer les ténèbres mystérieuses. Soudain, elle n'y tint plus et s'abandonna à sa détresse, le corps agité de sanglots et de hoquets. Alors, épuisée, elle sombra dans le sommeil. Curieux, un petit animal nocturne s'approcha d'elle pour la flairer, mais l'enfant ne s'aperçut de rien.

Elle se réveilla en hurlant !

La planète était toujours en effervescence, et un lointain grondement montant des profondeurs de la terre la plongea dans une terreur sans nom. Elle se leva d'un bond, prête à fuir, mais elle avait beau écarquiller les yeux, tout était noir autour d'elle. Pendant un instant, ne se rappelant plus où elle se trouvait, elle se demanda avec une folle angoisse pourquoi elle ne voyait plus rien. Où étaient les bras aimants qui avaient toujours été là pour la réconforter quand un cauchemar la réveillait en sursaut la nuit ? Et puis, lentement, la mémoire lui revint et, tremblante de peur et de froid, elle s'enfouit de nouveau dans sa couche d'aiguilles de pin. L'aube grisaillait quand le sommeil l'emporta à nouveau.

La matinée était déjà bien avancée quand elle ouvrit les yeux, mais l'ombre épaisse du sous-bois l'empêchait de s'en rendre compte. La veille, elle s'était écartée de la rivière à la tombée de la nuit, et un instant la panique la saisit quand elle se vit entourée d'arbres.

La soif lui rappela la proximité du cours d'eau qu'elle entendait cascader. Elle se laissa conduire par le bruit et retrouva la rivière avec un immense soulagement. Elle était aussi perdue sur cette rive boueuse que dans la forêt, mais elle se sentait rassurée de pouvoir suivre une voie toute tracée qui lui permettait d'étancher sa soif tant qu'elle la longerait. Si la veille l'eau avait suffi à la rassasier, il n'en était plus de même à présent, et la faim commençait à la tarauder.

Elle savait que certaines plantes ou racines étaient bonnes à manger, mais elle ignorait lesquelles. La première feuille qu'elle goûta était amère et lui piqua la langue. Elle la recracha et se rinça la bouche. Cette expérience malheureuse la rendit hésitante et elle préféra boire encore un peu pour calmer sa faim, puis elle se remit en route, en suivant la rive. La pénombre de la forêt dense lui semblait menaçante, et elle ne tenait pas à s'écarter de la rivière éclaboussée de soleil. Quand la nuit tomba, elle ne s'aventura pas plus loin que la lisière des bois et se terra de nouveau sous une épaisse couche d'aiguilles de pin.

Sa deuxième nuit solitaire ne fut qu'une répétition plus douloureuse encore de la première. La peur et la faim étaient ses seules compagnes. Sa détresse était telle qu'elle se mit à chasser de sa mémoire le souvenir du tremblement de terre et de sa propre existence avant qu'il ne la bouleverse. Mais elle se garda également de penser au lendemain si chargé de menaces.

Quand, au matin, elle se remit en route, elle concentra son attention sur l'instant, sur le prochain obstacle à franchir, le prochain affluent à traverser, le prochain tronc d'arbre abattu à escalader. Suivre la rivière devint une fin en soi, non parce que cela la conduirait quelque part, mais parce que c'était pour elle la seule façon de se donner un but, un objectif, une ligne de conduite. Cela valait mieux que de rester inactive.

Peu à peu la faim se transforma en une douleur sourde et obsédante. Elle pleurait de temps à autre tout en cheminant, et ses larmes traçaient des sillons brillants sur son visage sale. Son petit corps nu était maculé de poussière et de boue, et ses cheveux, autrefois blonds et soyeux, étaient tout emmêlés, remplis d'aiguilles de pin, de brindilles et de terre.

Sa progression s'avéra plus difficile lorsque la forêt de conifères fit place à une végétation plus rase, où dominaient d'épais taillis, de hautes herbes et des graminées, un sol caractéristique des zones couvertes d'espèces à petites feuilles caduques. Il pleuvait par intermittence, et elle se mettait alors à l'abri d'un tronc d'arbre abattu, d'un gros rocher ou d'un affleurement en surplomb, quand elle ne continuait pas son chemin sous la pluie, pataugeant dans la boue. La nuit venue, elle se fit un lit de feuilles sèches dans lequel elle se blottit pour dormir.

Les grandes quantités d'eau qu'elle buvait réduisaient en l'hydratant le risque d'hypothermie, mais elle était très affaiblie. Elle ne sentait même plus sa faim, seulement un tiraillement au creux de l'estomac et, de temps à autre, quelques vertiges. Elle s'efforça de ne plus y penser, de ne plus penser à rien, si ce n'est au courant, à suivre le courant.

Le soleil qui pénétrait le lit de feuilles la tira de son sommeil. Elle quitta son petit abri tiède et douillet pour aller boire à la rivière, le corps encore couvert de brindilles. Un beau ciel bleu et un soleil resplendissant avaient heureusement remplacé les pluies de la veille. Après avoir marché un moment, la fillette s'aperçut que la rive qu'elle suivait s'élevait progressivement, et lorsqu'elle décida de se désaltérer à nouveau, un fort escarpement la séparait de l'eau. Elle descendit la pente avec les plus grandes précautions, mais son pied glissa et elle roula jusqu'en bas.

Egratignée et endolorie, elle se retrouva dans la boue au bord du courant, trop fatiguée, trop faible et trop malheureuse pour faire un mouvement. De grosses larmes ruisselaient le long de ses joues et ses gémissements plaintifs dominaient le bouillonnement des eaux vives. Mais personne ne vint à son secours. Secouée par les sanglots, elle donna libre cours à son désespoir. Elle n'avait plus envie de se relever, elle ne voulait plus continuer.

Quand elle eut cessé de pleurer, elle resta prostrée dans la boue jusqu'au moment où une racine qui lui labourait douloureusement les côtes et un goût de terre dans sa bouche la décidèrent à se lever. Elle vacilla légèrement, une fois debout, et s'en fut d'un pas incertain étancher sa soif. L'eau fraîche la revigora quelque peu, et elle ne tarda pas à se mettre en marche, se frayant courageusement un chemin à travers les branches et les souches d'arbres, pataugeant au bord de la rivière qui, déjà gonflée par les pluies printanières, avait doublé de volume en recevant ses affluents.

Elle entendit un grondement dans le lointain, bien avant d'apercevoir l'impressionnante cataracte qui déferlait à la confluence de la rivière et d'un autre cours d'eau. Plus loin, les courants rapides se jetaient sur les rochers avant de s'enfoncer dans les plaines verdoyantes des steppes.

A première vue, son chemin lui parut bloqué par la chute d'eau déferlant dans un bruit assourdissant au milieu d'un nuage de gouttelettes, mais en se rapprochant, elle remarqua qu'une étroite corniche courait derrière la chute au pied de la falaise érodée par le ruissellement. Elle considéra longuement le passage qui lui permettrait peut-être de franchir l'obstacle, puis, rassemblant tout son courage, elle s'engagea prudemment sur la corniche en s'agrippant des deux mains à la roche mouillée pour ne pas glisser. Le bruit était terrifiant, et vertigineux le déversement incessant de l'eau.

Elle était presque arrivée de l'autre côté quand la saillie sur laquelle elle avançait s'étrécit de plus en plus et se fondit dans la paroi abrupte. Elle fut obligée de revenir sur ses pas. Quand elle eut regagné son point de départ, elle contempla les flots impétueux et décida de les affronter. Il n'y avait pas d'autre solution.

L'eau était froide et les courants violents. Elle s'avança dans la rivière, fit quelques brasses et se laissa porter au-delà de la chute jusqu'à la rive opposée du cours d'eau que ce large affluent avait considérablement grossi. La nage avait ajouté à sa fatigue mais, sur le moment, elle se sentit ravigotée par la fraîcheur de l'eau.

La température était étonnamment élevée en cette fin de printemps, et lorsque les arbres et les arbustes firent place à la prairie, l'ardeur du soleil se révéla fort agréable. Mais à mesure qu'il s'élevait dans le ciel, ses rayons brûlants prélevèrent leur tribut sur les maigres forces qui restaient à l'enfant. Au cours de l'après-midi, elle eut le plus grand mal à suivre la bande de sable qui courait entre la rivière et une falaise escarpée. La surface miroitante de l'eau réverbérait le vif éclat du soleil et la roche calcaire gorgée de chaleur l'éblouissait de sa blancheur.

Devant elle, et aussi loin que la vue pouvait porter, les petites herbacées en fleurs piquetaient le vert de la prairie de taches blanches, jaunes, violettes et rouges, mais la fillette n'avait plus d'yeux pour la beauté printanière des steppes. Elle commençait à délirer de faim et de faiblesse, et les premières hallucinations se manifestèrent.

« Je t'ai dit que je serais prudente, maman. J'ai seulement nagé un peu, pourquoi es-tu partie ? demanda-t-elle, comme l'image de sa mère venait flotter devant elle. Maman, quand est-ce qu'on mange ? J'ai faim, et il fait si chaud. Pourquoi n'es-tu pas venue quand je t'ai appelée ? J'ai eu beau crier et crier, tu n'es jamais venue. Où étais-tu, maman ? Ne t'en va pas encore ! Attends-moi ! Ne me laisse pas ! »

La fillette s'élança vers la vision qui se dissipait, sans s'apercevoir que la falaise s'écartait brusquement de la rivière et qu'elle laissait ainsi derrière elle sa source d'eau. Dans sa course éperdue, elle buta soudain contre une pierre et tomba brutalement. Sa chute lui fit retrouver ses esprits et elle s'assit en frottant son pied meurtri.

La muraille de calcaire était criblée de trous obscurs, de failles étroites et de crevasses, provoqués par l'éclatement des roches plus tendres sous l'action des grandes amplitudes de température. L'enfant jeta un coup d'œil dans l'une d'elles, située à sa hauteur, mais la cavité ne retint pas longtemps son attention.

En revanche, la présence d'un troupeau d'aurochs broutant paisiblement l'herbage entre la rivière et la falaise la mit en émoi. Dans sa course folle, elle n'avait pas remarqué les impressionnantes bêtes brunes, atteignant un mètre quatre-vingts au garrot, le crâne surmonté d'immenses cornes recourbées. Leur vue balaya d'un seul coup tous les sortilèges de son imagination. Elle recula contre la paroi, les yeux rivés sur un gros taureau qui s'était arrêté de paître pour la regarder, puis elle prit la fuite en courant.

Elle jeta un coup d'œil derrière elle, et aperçut une masse en mouvement qui la fit s'arrêter net et retenir son souffle. Une énorme lionne, deux fois plus grande que tous les grands félins qui peupleraient les savanes du Sud des milliers d'années plus tard, était en train de guetter le troupeau. La petite fille étouffa un cri en voyant le redoutable fauve bondir sur un aurochs.

Jetant dans la mêlée toute la puissance meurtrière de ses griffes et de ses crocs, la lionne eut tôt fait de terrasser le massif bovidé et elle mit brutalement fin à ses mugissements terrifiés en lui tranchant la gorge de ses formidables mâchoires. Les pattes de l'aurochs remuaient encore spasmodiquement quand elle lui déchira la panse et en tira les entrailles chaudes et fumantes.

Une vague de panique déferla sur la fillette, qui détala à toutes jambes, sans savoir qu'un autre grand félin l'observait. L'enfant s'était aventurée dans le territoire des lions des cavernes. D'ordinaire, ils auraient dédaigné une proie aussi malingre pour lui préférer un robuste aurochs, un gros bison ou encore un daim géant répondant mieux aux exigences de leur féroce appétit. Mais dans sa fuite, l'enfant s'approchait beaucoup trop près de la caverne qui abritait deux lionceaux nouveau-nés.

Préposé à la garde des petits pendant que la lionne chassait, le mâle à l'épaisse crinière mit en garde l'intruse d'un terrifiant rugissement. La fillette leva la tête et, à la vue du gigantesque félin ramassé sur un rocher, prêt à bondir, elle poussa un hurlement et arrêta sa course si brusquement qu'elle glissa sur des graviers. Se relevant frénétiquement, elle repartit en courant dans la direction opposée.

Le lion des cavernes s'élança avec une aisance pleine de nonchalance, confiant en sa capacité d'attraper la créature qui avait violé les limites sacrées de sa tanière. Il courait sans hâte après cette proie qui se déplaçait avec lenteur, comparée à la vitesse dont il était capable. Et puis, ce jour-là, il était tout à fait d'humeur à jouer au chat et à la souris.

La petite fille ne dut son salut qu'à l'instinct qui dirigea ses pas vers la petite cavité qui s'ouvrait dans le flanc de la falaise. Hors d'haleine, elle se glissa dans le trou, juste assez large pour lui laisser le passage. C'était une anfractuosité minuscule, peu profonde, à peine plus grande qu'une simple faille. Elle se tapit, à genoux, le dos au mur, aplatie contre la roche.

Le lion rugit de colère quand il atteignit le trou qui lui avait ravi sa proie. L'enfant frémit au cri du félin et, figée d'horreur, elle vit la patte toutes griffes dehors qu'il plongeait dans son refuge. Prise au piège, elle regarda la patte s'approcher d'elle, et poussa un cri de douleur lorsque les griffes acérées s'enfoncèrent dans sa cuisse, y creusant quatre sillons profonds et parallèles.

La fillette se contorsionna pour se mettre hors de la portée du fauve et découvrit, à sa gauche, un léger renfoncement. Elle s'y recroquevilla autant qu'elle put, et retint son souffle.

La patte pénétra de nouveau dans l'ouverture, masquant la lumière qui y filtrait, et cette fois fouetta le vide. Furieux, le lion rugit longtemps en arpentant les abords de la cavité.

L'enfant passa toute la journée, la nuit, et une grande partie du lendemain dans son refuge dont l'exiguïté ne lui permettait pas de s'allonger ni même de s'étirer. Sa jambe avait enflé considérablement et la blessure infectée la faisait souffrir sans répit. Elle délira la plus grande partie du temps, rongée par la faim et la douleur, hantée par d'effroyables cauchemars où se mêlaient tremblement de terre et griffes acérées. Mais si la douleur et la faim ne purent la décider à abandonner son refuge, la soif y parvint.

Elle risqua un coup d'œil angoissé par l'étroite ouverture. Quelques bouquets de saules et de pins en bordure de la rivière projetaient de longues ombres. Le jour déclinait. La petite fille passa un long moment à scruter l'étendue d'herbe qui bordait l'eau étincelante avant de trouver le courage de se hasarder hors de son abri. Elle passa la langue sur ses lèvres sèches en jetant des regards craintifs alentour. Seules les herbes bougeaient sous la brise. La troupe de lions était partie. La femelle, inquiète pour ses petits et perturbée par cette odeur étrangère, avait choisi de se mettre en quête d'une nouvelle tanière.

Elle se glissa enfin dehors et se redressa. Le sang lui battit précipitamment aux tempes et sa vision se voila de taches dansantes. Chaque pas relançait la douleur insupportable de ses plaies enflammées d'où suintait un pus verdâtre.

Elle crut ne jamais parvenir jusqu'à l'eau, mais sa soif l'attirait toujours plus loin. Elle se laissa tomber à genoux et parcourut les derniers mètres en rampant. Etendue à plat ventre, elle aspira de longues gorgées d'eau fraîche. Quand elle eut étanché sa soif, elle s'ébroua et essaya de se relever, mais elle venait d'atteindre les limites de son endurance. La tête lui tourna soudain, des points lumineux se mirent à danser devant ses yeux, puis un voile noir s'abattit sur elle et elle s'évanouit.

Un charognard qui planait indolemment dans le ciel repéra la forme immobile et amorça sa descente pour y voir de plus près.

2

Ils franchirent la rivière en aval de la chute, là où le cours se faisait plus large et peu profond. Ils étaient vingt, jeunes et vieux. Le clan en avait compté vingt-six avant que le tremblement de terre détruise leur caverne. Deux hommes marchaient en tête, loin devant un groupe de femmes et d'enfants que flanquaient deux vieillards. Des hommes plus jeunes fermaient la marche

Ils longèrent la rivière qui entamait sa course sinueuse à travers les steppes, observant avec intérêt le vol des charognards dans le ciel. Si ces derniers ne s'étaient pas posés, c'est que l'objet de leur convoitise vivait encore. Les deux hommes de tête partirent en reconnaissance. Une bête blessée était une proie facile pour les chasseurs, pourvu qu'aucun carnassier ne les eût devancés.

Une femme au ventre rebondi révélant une grossesse avancée cheminait devant ses compagnes. Elle vit les deux hommes s'arrêter, jeter un coup d'œil au sol et poursuivre leur chemin sans s'attarder. Elle en déduisit que ce devait être un carnivore, car le clan en appréciait peu la chair.

Haute d'un mètre quarante au plus, elle avait une forte ossature et des jambes arquées qui lui donnaient une silhouette trapue, mais elle marchait le buste droit, bien campée sur ses solides jambes musclées et ses pieds nus et plats. Ses bras, longs pour sa taille, présentaient la même courbure que ses jambes. Elle avait un nez fort et busqué, une mâchoire prognathe saillante comme un museau, et pas de menton. Son front bas fuyait sur un crâne long et large soutenu par un cou épais. Une protubérance osseuse, au niveau de l'occiput, accentuait la longueur de sa tête.

Un duvet de poils bruns, courts et frisés, lui recouvrait les membres inférieurs et les épaules, soulignant le haut de la colonne vertébrale pour s'épaissir ensuite en une longue chevelure broussailleuse. Le soleil printanier hâlait déjà son teint. Ses grands yeux noirs et ronds, intelligents, profondément enfoncés sous la saillie prononcée des arcades sourcilières, brillaient de curiosité tandis qu'elle hâtait le pas pour découvrir ce que les hommes avaient délaissé.

A vingt ans à peine, la femme était déjà âgée pour une première grossesse, et le clan l'avait crue stérile jusqu'à ce qu'elle manifeste les premiers signes de gestation. La charge qui lui était dévolue ne s'en trouvait pas allégée pour autant. Elle portait, sanglé à son dos, un grand panier auquel étaient attachés tout un tas de ballots. Plusieurs sacs de corde tressée pendaient à une lanière de cuir nouée autour de la souple peau de bête qu'elle portait drapée de façon à former des replis tenant lieu de poches. L'un des sacs accrochés à sa ceinture se distinguait des autres. Il était fait de la dépouille d'une loutre, dont la fourrure au poil serré avait été traitée en laissant intactes les pattes, la queue et la tête.

Au lieu d'éventrer l'animal, on avait pratiqué une unique incision au niveau de la gorge pour extraire les entrailles, la chair et le squelette et obtenir ainsi une sorte de sac. La tête, retenue à la nuque par une bande de peau, servait de rabat, et une cordelette teinte en rouge, confectionnée avec un tendon, était passée dans des trous percés autour du cou et nouée à la lanière ceinturant sa taille.

Quand elle découvrit la créature que les hommes avaient négligée, elle fut d'abord intriguée par ce qu'elle prit pour un animal sans fourrure. Mais, s'approchant un peu plus, elle tressaillit et recula vivement en portant instinctivement la main à la petite bourse de cuir suspendue à son cou pour éloigner les mauvais esprits. Elle palpa les menus objets à l'intérieur de son amulette en invoquant leur protection, puis se pencha de nouveau, hésitant à se rapprocher et doutant manifestement de la réalité qu'elle avait sous les yeux.

Pourtant elle ne rêvait pas. Ce n'était pas un animal qui avait attiré les rapaces, mais une enfant, une enfant décharnée et des plus étranges !

La femme jeta un regard autour d'elle, s'attendant à voir surgir d'autres monstruosités, et elle s'apprêtait à passer son chemin quand elle perçut un gémissement. Oubliant ses craintes, elle s'agenouilla auprès de la petite fille et la secoua doucement. Puis, comme elle tournait l'enfant sur le côté, elle vit les sillons purulents laissés par les griffes et délia la cordelette du sac en peau de loutre.

L'homme qui marchait en tête jeta un coup d'œil derrière lui et, voyant la femme agenouillée auprès de l'enfant, il revint sur ses pas.

— Iza ! Viens ! lui ordonna-t-il. Il y a des traces de lions des cavernes par ici !

— C'est une enfant, Brun. Elle n'est pas morte, seulement blessée, répondit-elle.

Brun considéra la frêle petite fille au front haut, au nez fin et au visage remarquablement plat.

— Pas du Clan, rétorqua le chef d'un geste sans réplique, et il se détourna.

— Brun, c'est une enfant. Elle est blessée. Elle mourra si nous la laissons là.

Iza s'exprimait par gestes en l'implorant du regard.

Le chef du clan baissa les yeux vers la femme. D'une taille approchant le mètre soixante-dix, il était puissamment musclé, avec un torse large et de fortes jambes arquées. Il présentait des traits semblables à la femme mais plus accentués ; les arcades sourcilières saillaient davantage, le nez était plus busqué. Les jambes, le ventre, le torse et les épaules étaient recouverts d'un poil dru et brun évoquant singulièrement la fourrure des animaux. Une barbe broussailleuse dissimulait sa mâchoire proéminente et l'absence de menton. Son vêtement de peau de bête, plus court que celui de la femme, était noué différemment et comportait moins de poches et de replis.

Il n'avait pour tout fardeau que ses armes et sa couverture de fourrure qu'il portait sur le dos, retenue par une large bande de cuir ceignant son front fuyant. Une cicatrice, sombre comme un tatouage ayant grossièrement la forme d'un U, se détachait sur sa cuisse droite, le symbole de son totem, le bison. Aucun signe ni ornement ne lui était nécessaire pour indiquer son rang. Seuls son maintien et le respect dont il faisait l'objet désignaient le chef en lui.

Il posa sur le sol le long tibia de cheval qu'il portait sur son épaule et qui lui servait de massue, et le cala contre sa cuisse. Iza comprit alors qu'il prenait en considération sa requête. Dissimulant son émotion, elle attendit tranquillement, lui laissant tout le loisir de réfléchir. Il mit par terre son lourd épieu de bois qu'il appuya contre son épaule, la pointe aiguisée, durcie au feu, dirigée vers le haut, et disposa les bolas[1] qu'il portait autour du cou ainsi que son amulette de façon à mieux répartir le poids des trois boules de pierre. Enfin il dégagea de la lanière ceinturant sa taille sa fronde en peau de daim et, l'air songeur, en lissa le cuir entre ses mains.

Brun répugnait à prendre une décision hâtive lorsqu'un événement imprévu survenait dans son clan, et il devait redoubler de circonspection depuis qu'ils avaient perdu leur abri. Aussi résista-t-il à un premier mouvement de refus. J'aurais dû prévoir qu'Iza voudrait porter secours

1. Arme formée de plusieurs balles de pierre ou d'ivoire réunies par des cordelettes. On lance les bolas comme un lasso en faisant tourbillonner les boules au-dessus de la tête puis en les projetant sur la cible. (N.d.T).

à cette créature, pensa-t-il. Ne lui est-il pas arrivé d'exercer ses talents de guérisseuse sur de jeunes animaux ? Elle m'en voudra de ne pas la laisser aider cette enfant. Qu'elle appartienne au Clan ou aux Autres, cela ne fait à ses yeux aucune différence. Elle ne voit en elle qu'une enfant blessée. Peut-être est-ce pour cela qu'elle est si bonne guérisseuse.

Mais guérisseuse ou pas, elle n'est qu'une femme. Quelle importance si elle doit être fâchée ? Iza est bien trop avisée pour faire étalage de son mécontentement, et nous avons assez de problèmes sans nous encombrer d'une étrangère blessée. Mais son totem s'en apercevra, et les esprits aussi. Seront-ils contrariés de la voir dans la peine ? Quand nous trouverons une nouvelle caverne, c'est Iza qui préparera le breuvage pour la cérémonie rituelle. Qu'adviendrait-il si, dans son trouble, elle se trompait d'ingrédients ? Des esprits en colère pourraient bien l'y pousser, et en colère ils le sont déjà assez. Non, rien ne devra troubler le rituel, quand nous célébrerons la nouvelle caverne.

Laissons-la emmener l'enfant, décida Brun. Elle se lassera vite de porter ce fardeau supplémentaire, et l'étrangère est dans un tel état que les pouvoirs magiques de ma sœur ne pourront la sauver. Brun replaça sa fronde sous sa ceinture, ramassa ses armes et haussa les épaules d'un air indifférent, signifiant à Iza de faire comme bon lui semblait. Puis il tourna les talons et s'éloigna.

Iza sortit de son panier une couverture de fourrure dont elle enveloppa la petite fille. Elle souleva l'enfant évanouie et l'arrima contre sa hanche dans un pan de sa peau de bête, tout étonnée de sa légèreté pour sa taille. D'une tendre caresse, elle rassura la fillette qui s'était mise à geindre puis elle s'en fut reprendre sa place derrière les deux hommes.

Les autres femmes s'étaient arrêtées à l'écart de Brun et d'Iza. Quand elles virent la guérisseuse emporter l'étrange créature inanimée, leurs mains s'agitèrent avec frénésie et leurs gestes vifs, ponctués de sons gutturaux, témoignèrent de leur intense curiosité. A l'exception du sac en peau de loutre, elles étaient vêtues comme Iza et tout aussi lourdement chargées de tous les biens du clan qu'elles avaient pu sauver du tremblement de terre.

Deux des sept femmes transportaient leur enfant dans un repli de leur vêtement, à même la peau, ce qui facilitait l'allaitement. Tandis qu'elles étaient là à attendre, l'une d'elles, sentant la tiédeur d'une miction, sortit son petit, qui était nu, des replis de sa robe et le tint devant elle jusqu'à ce qu'il finisse d'uriner. Quand les mères ne se déplaçaient pas, elles enveloppaient les bébés dans des langes de peau bien assouplie. Afin d'absorber les urines et les déjections infantiles, les langes étaient bourrés de matériaux tels que les lambeaux de laine que les mouflons laissaient sur les épineux quand ils perdaient leur épaisse toison hivernale, le duvet des nids d'oiseaux ou encore des peluches de plantes fibreuses. Mais en se déplaçant, il leur était plus commode de porter les enfants nus et, tout en cheminant, de les laisser faire leurs besoins sur place.

Quand le clan se remit en route, une autre femme souleva son petit garçon et le cala sur sa hanche avec une large bande de peau, mais l'enfant ne tarda pas à gigoter pour descendre et marcher tout seul. La mère ne chercha pas à le retenir, sachant qu'il reviendrait se faire porter quand il commencerait à se fatiguer. Une fillette plus âgée qui, encore impubère, n'en portait pas moins un lourd fardeau, marchait derrière la femme qui suivait Iza, tout en jetant de furtifs regards à un jeune garçon. Ce dernier faisait tout son possible pour rester à distance des femmes et donner ainsi l'impression d'appartenir au groupe des trois chasseurs fermant la marche. Il aurait aimé avoir du gibier à porter et il enviait même le vieil homme, l'un des deux encadrant les femmes, dont l'épaule était chargée d'un gros lièvre abattu à la fronde.

Les chasseurs n'étaient pas les seuls à subvenir aux besoins du clan. Les femmes y participaient pour une grande part, et de manière plus constante. En dépit de leurs fardeaux, elles se livraient à la cueillette tout en marchant, déterrant avec dextérité des racines en quelques coups de leurs rustiques bâton à fouir, dégageant sans presque ralentir le pas les tendres bulbes d'un parterre de lis ou les racines de massettes qu'elles arrachaient dans l'eau des marais.

Sans l'errance à laquelle le clan se voyait contraint, les femmes se seraient fait un devoir de repérer le lieu où poussaient ces plantes, afin d'y retourner plus tard, à la floraison, et d'y cueillir les pousses tendres. Plus tard, elles auraient confectionné des galettes en mélangeant le pollen jaune à la fécule obtenue à partir de vieilles racines. Une fois les sommités des plantes séchées, elles en auraient recueilli la bourre et auraient fabriqué des paniers avec les feuilles les plus dures et les tiges. Pour l'instant, elles ramassaient ce qu'elles pouvaient, ne laissant presque rien leur échapper : les jeunes pousses et les feuilles tendres du trèfle, la luzerne, le pissenlit, les chardons, débarrassés de leurs épines avant d'être cuits, et les baies et les fruits précoces qui se présentaient. Les bâtons à fouir épointés ne restaient jamais inactifs ; les mains habiles des femmes en faisaient de redoutables outils. Elles les utilisaient comme leviers pour retourner les souches d'arbres sous lesquelles nichaient les tritons et les gros vers dont le clan se délectait ou encore pour pousser vers le rivage les mollusques des rivières et les pêcher plus facilement, enfin pour extraire du sol une grande variété de bulbes, de tubercules et de racines.

Toutes ces choses trouvaient place dans les replis de leurs vêtements ou dans un recoin de leur panier. Les grandes feuilles vertes servaient d'emballage, mais certaines, comme la bardane, étaient cuites et consommées comme des légumes verts. Elles ramassaient également du bois mort et des brindilles ainsi que les bouses sèches des herbivores. C'était en plein été que la variété des aliments était la plus grande, mais déjà la nourriture ne manquait pas à qui savait s'y prendre.

Iza leva les yeux vers le vieil homme, la trentaine passée, qui se portait à sa hauteur en boitant, après que le clan se fut remis en marche. Il n'avait ni fardeau ni arme, rien qu'un grand bâton pour s'aider à marcher. Sa jambe droite était paralysée et plus courte que la gauche mais il parvenait cependant à se mouvoir avec une surprenante agilité.

Son épaule droite et le haut du bras, amputé au niveau du coude, étaient atrophiés. Le côté gauche de son corps, parfaitement développé et musclé, lui donnait l'air bancal. Son énorme crâne, bien plus volumineux que chez les autres membres du clan, et l'accouchement difficile qui en avait résulté, étaient responsables des malformations qui l'avaient handicapé pour la vie.

Frère aîné d'Iza et de Brun, il aurait été le chef du clan sans son infirmité. Il portait le même vêtement de peau que les autres hommes, et, sur le dos, une chaude fourrure qui lui servait également de couverture. Mais plusieurs sacoches pendaient à sa ceinture et, sur son épaule, une cape de peau comme en avaient les femmes contenait un objet volumineux.

De hideuses cicatrices marquaient le côté gauche de son visage qui était borgne mais son œil droit brillait d'intelligence et d'une étrange acuité. Malgré sa claudication, il se déplaçait avec une tranquille assurance qui témoignait de sa grande sagesse et de la conscience de son importance dans le clan. Il était Mog-ur, le sorcier le plus puissant, le plus redouté et le plus vénéré de tous les clans. Convaincu que son infirmité physique le destinait au rôle de médiateur avec le monde des esprits plutôt qu'à celui de chef de clan, il possédait de fait dans maints domaines plus de pouvoir que tout autre chef, et il en avait parfaitement conscience. Seuls ses proches l'appelaient encore par le nom qui lui avait été donné à sa naissance.

— Creb, dit Iza en accueillant sa présence à ses côtés avec un geste qui témoignait du contentement qu'elle en ressentait.

— Iza ? demanda-t-il en désignant l'enfant.

Elle ouvrit le pan de son manteau de peau, et Creb se pencha sur le petit visage fiévreux. Son œil se porta sur la jambe enflée et les blessures purulentes, puis sur la guérisseuse dont il comprit le regard. La fillette gémit, et l'expression de Creb s'adoucit. Il hocha la tête en signe d'approbation.

— Bien, dit-il. (Le mot avait une sonorité rude et gutturale). Nous avons perdu assez des nôtres, signifia-t-il d'un geste de la main.

Creb demeura auprès d'Iza. Il n'était pas tenu de se conformer aux règles régissant le rang et le statut de chacun ; il pouvait marcher aux côtés de qui bon lui semblait, et même du chef, s'il le désirait. Mog-ur se situait au-dessus de la stricte hiérarchie du clan.

Brun les conduisit loin au-delà du territoire des lions des cavernes avant de faire halte et d'examiner le terrain. De l'autre côté de la rivière, la prairie s'étendait à perte de vue en ondoyant doucement. Seuls quelques arbres aux silhouettes tourmentées par les vents constants donnaient une échelle au paysage en soulignant sa nudité.

A l'horizon, un nuage de poussière révélait la présence d'un important troupeau de bêtes à cornes, et Brun regretta amèrement de ne pouvoir lancer ses chasseurs à leur poursuite. Derrière lui, seules les crêtes des grands conifères se détachaient dans le ciel au-delà des arbustes et des buissons forestiers venus s'échouer au bord de l'immense steppe.

De ce côté-ci de la rivière, la prairie se terminait brusquement, barrée par la falaise qui à quelque distance de là obliquait, s'éloignant du cours d'eau. La paroi abrupte ceignait comme un ruban de pierre les contreforts des hautes montagnes qui dressaient au loin leurs pics enneigés. Ils luisaient de reflets pourpres et violets. Le paysage était si beau, si majestueux que même Brun, homme à l'esprit pratique, fut ému.

Il se détourna de la rivière et, suivi du clan, prit la direction de la falaise, où ils avaient une chance de trouver une caverne. Ils avaient besoin d'un abri et, bien plus important encore, d'une demeure pour les esprits de leurs totems, si toutefois ils n'avaient pas déjà déserté le clan. Les esprits étaient en colère, comme le prouvait le tremblement de terre, et leur mécontentement était tel qu'il avait entraîné la mort de six personnes et la destruction de leur caverne. Si les esprits ne retrouvaient pas de lieu stable, ils abandonneraient le clan à la merci des esprits malins qui envoient les maladies et font fuir le gibier. Personne ne connaissait les raisons de leur colère, pas même Mog-ur, en dépit des rites nocturnes auxquels il se livrait pour apaiser leur courroux et l'angoisse du clan. Chacun était inquiet, et Brun tout particulièrement.

Il sentait monter la tension qui pesait sur le clan dont il avait la responsabilité. Les esprits, forces obscures aux désirs impénétrables, le déconcertaient profondément, et il préférait de loin le monde plus matériel de la chasse. Aucune des cavernes qu'ils avaient visitées jusqu'ici ne pouvait convenir : il y manquait chaque fois une condition essentielle et Brun commençait à désespérer. Ils gaspillaient de précieuses journées ensoleillées à chercher un refuge au lieu de les consacrer à amasser les provisions nécessaires pour l'hiver. D'ici peu, Brun se verrait obligé d'abriter son clan dans une caverne inappropriée et d'attendre l'année suivante pour reprendre les recherches. Néanmoins, il espérait ardemment que lui serait épargnée cette pénible épreuve.

Ils longeaient toujours la falaise lorsque la nuit tomba. En arrivant à la hauteur d'une petite cascade, dont les eaux irisées par la lumière rasante des derniers rayons du soleil dévalaient la paroi rocheuse, Brun ordonna une halte. Les femmes ne furent pas fâchées de déposer enfin leurs fardeaux et elles partirent ramasser du bois.

Iza étala sa fourrure par terre et, après y avoir étendu l'enfant, se hâta d'aider les autres femmes. L'état de la fillette la préoccupait. Sa respiration était faible, et ses plaintes mêmes se faisaient de plus en plus rares. Iza se demandait comment soulager la petite fille. Elle avait examiné les herbes séchées que contenait sa sacoche de loutre et, tout en ramassant du bois mort, elle inspectait les plantes alentour. A ses yeux, tout ce qui poussait avait un intérêt, curatif ou nutritif, et il était peu de plantes qu'elle ne sût identifier.

La découverte d'iris prêts à fleurir dont les longues tiges se dressaient au bord du ruisseau résolut l'un de ses problèmes et elle s'empressa de les cueillir. Les feuilles de houblon qui s'enroulaient autour d'un arbre retinrent également son attention, mais elle préférait utiliser la poudre sèche de houblon qu'elle possédait déjà, les petits fruits coniques n'étant pas encore mûrs. Elle détacha d'un aulne la tendre écorce grise dont elle huma le fort arôme en hochant la tête et, avant de rejoindre les autres, elle arracha plusieurs poignées de feuilles de trèfle.

Une fois le bois amassé et le foyer préparé, Grod, l'homme qui marchait aux côtés de Brun, sortit d'une corne d'aurochs un charbon ardent enveloppé de mousse. Le clan savait faire naître le feu mais en voyage il était plus sûr de conserver une braise du feu précédent pour allumer le prochain.

Grod avait anxieusement entretenu le brandon rougeoyant tout au long de la marche. Nuit après nuit, le feu avait été allumé à partir d'une braise conservée d'un feu antérieur, et l'on pouvait ainsi remonter jusqu'au foyer qui brûlait à l'entrée de l'ancienne caverne. Pour qu'une grotte soit, selon les rites, considérée comme un lieu de résidence acceptable, le clan devait y allumer un feu à l'aide d'une braise dont il pouvait suivre la trace jusqu'à sa précédente demeure.

L'entretien du feu ne pouvait être confié qu'à un homme de rang élevé. Si le brandon venait à s'éteindre, il faudrait y voir le signe que les esprits protecteurs avaient déserté le clan, et Grod, second par le rang, se trouverait ravalé au dernier échelon du clan, une déchéance qu'il redoutait par-dessus tout. Sa tâche représentait un grand honneur en même temps qu'une écrasante responsabilité.

Pendant que Grod disposait soigneusement la braise sur un lit de brindilles sèches et qu'il animait la flamme, les femmes vaquaient à diverses occupations. Selon des techniques ancestrales, elles dépecèrent rapidement le gibier. Quelques instants plus tard, le feu flambait clair, et la viande embrochée sur des piques de bois vert grillait. Saisie par l'intense chaleur, elle conservait son jus. Le clan s'en régalerait jusqu'à la dernière bouchée.

Les femmes grattèrent et coupèrent les racines et les tubercules avec les mêmes instruments tranchants dont elles se servaient pour dépecer et découper le gibier. Elles remplirent d'eau les paniers étanches tressés serré et les bols en bois, puis y déposèrent des pierres brûlantes. Dès que les pierres refroidissaient, elles les remettaient dans le feu et en prenaient d'autres qu'elles plongeaient dans l'eau jusqu'à ce qu'elle bouille et que les légumes soient cuits. Les gros vers de souches étaient légèrement grillés et les petits lézards rôtis dans leur peau jusqu'à ce que celle-ci noircisse et craquèle, exposant une chair goûteuse et cuite à point.

Tout en les aidant à la préparation du repas, Iza s'occupait de ses propres potions. Elle mit l'eau à chauffer dans un bol en bois qu'elle avait taillé dans une vieille souche de nombreuses années auparavant. Quand elle eut lavé les rhizomes d'iris, elle les réduisit en pâte en les mâchant et les recracha dans l'eau bouillante. Dans un autre bol, confectionné avec la mâchoire inférieure d'un grand daim, elle pila les feuilles de trèfle, y ajouta quelques pincées de houblon en poudre, des bouts d'écorce d'aulne, et versa de l'eau chaude sur le tout. Elle écrasa ensuite de la viande séchée entre deux pierres avant de la malaxer dans un troisième bol avec l'eau de cuisson des légumes.

La femme qui marchait dans la file derrière Iza lui jetait de temps à autre un regard, espérant quelque commentaire. Tout le clan brûlait de curiosité. Chacun avait trouvé quelque prétexte pour approcher de la fourrure de la guérisseuse depuis l'installation du camp. Les spéculations allaient bon train, et tous de se demander pourquoi l'enfant se trouvait là et, surtout, pourquoi Brun avait accepté une créature qui, de toute évidence, venait de chez les Autres.

Ebra était bien placée pour savoir ce que ressentait Brun. C'était elle qui, par d'habiles massages, dissipait la crispation de son cou et de ses épaules, elle aussi qui devait supporter les rares mais violents accès de nervosité de celui qui était son compagnon. Brun était réputé pour son sang-froid, et elle savait qu'il regrettait ses éclats, même si par fierté il ne les reconnaissait pas. Cependant Ebra elle-même se demandait comment il avait pu accepter l'enfant parmi eux, au moment où il leur fallait redoubler de prudence dans le respect des règles, afin de ne pas soulever davantage la colère des esprits.

Malgré sa vive curiosité, Ebra se garda bien de poser la moindre question à Iza ; quant aux autres femmes, leur rang ne permettait à aucune d'y songer. Personne n'avait le droit de déranger une guérisseuse qui procédait à ses préparations, et Iza n'était pas d'humeur à bavarder. Tous ses efforts se concentraient sur l'enfant à sauver. Creb témoignait lui aussi de l'intérêt pour la petite fille, et Iza appréciait grandement sa présence.

Elle l'observa avec une muette reconnaissance qui s'approchait du petit être inconscient, le contemplait un moment d'un air songeur puis, posant son bâton contre un gros rocher, faisait des passes de son unique main au-dessus de l'enfant, dans le but d'appeler sur celle-ci la bienveillance des esprits protecteurs. La maladie et les accidents représentaient des manifestations mystérieuses de la guerre que les esprits se livraient entre eux sur le champ de bataille du corps humain. Les pouvoirs magiques d'Iza venaient des esprits protecteurs qui agissaient par son entremise, mais aucune guérison n'était vraiment complète sans l'intervention d'un sorcier. Une guérisseuse n'était que l'agent des esprits ; un sorcier intercédait directement auprès d'eux.

Iza ne comprenait pas pourquoi elle ressentait un tel intérêt pour une enfant si différente des membres du clan, mais elle désirait la sauver. Quand Mog-ur eut terminé ses passes magiques, elle prit la fillette dans ses bras et la porta jusqu'au bassin au pied de la petite cascade. Elle l'y plongea jusqu'au cou et lava le petit corps couvert de crasse et de boue séchée. La fraîcheur de l'eau ranima la petite fille qui se mit à délirer. Elle s'agita, battit des jambes et des bras en balbutiant des sons inconnus. Iza la serra contre elle en chuchotant des paroles apaisantes qui ressemblaient à de doux grognements et se dépêcha de regagner le camp.

Avec l'habileté que lui conférait sa grande expérience, elle nettoya doucement les blessures à l'aide d'un morceau de peau de lapin trempé dans la décoction encore chaude de rhizomes d'iris. Puis elle recouvrit les plaies avec l'emplâtre qu'elle avait préparé, étala par-dessus la peau de lapin et banda la jambe avec des lambeaux de peau de daim souple. Avec un bout de branche fourchue, elle retira les pierres brûlantes du bol en os contenant le trèfle broyé et l'écorce d'aulne hachée pour faire refroidir le mélange à côté du bol de bouillon chaud.

Creb désigna les bols d'un air intrigué. Il ne s'agissait pas là d'une question directe, car tout Mog-ur qu'il fût, il n'était pas autorisé à s'enquérir des remèdes magiques de la guérisseuse, mais son geste n'en exprimait pas moins son intérêt. Iza savait qu'il appréciait plus que quiconque ses connaissances. Il lui arrivait d'utiliser les mêmes plantes qu'elle, mais à d'autres fins. Hors des Rassemblements du Peuple du Clan, où elle avait l'occasion de rencontrer d'autres guérisseuses, Creb était son unique interlocuteur en la matière.

— Ceci est destiné à vaincre les mauvais esprits qui ont provoqué l'infection, lui répondit par gestes Iza, désignant du doigt la solution antiseptique de rhizomes d'iris. L'emplâtre fera sortir le poison et favorisera la guérison.

Elle saisit le bol en os et y plongea un doigt pour vérifier la température.

— Le trèfle fortifiera son cœur et l'aidera à combattre les mauvais esprits.

Iza n'utilisait que fort peu de mots articulés ; ils lui servaient essentiellement à souligner ce qu'elle voulait dire. Les membres du clan étaient incapables d'articuler avec assez d'aisance pour s'exprimer uniquement de façon verbale ; c'est pourquoi ils communiquaient surtout par gestes et mouvements du corps, parvenant à nuancer à l'extrême leur langage silencieux et à lui donner une parfaite intelligibilité.

— Le trèfle se mange. Nous en avons eu hier soir, lui signifia Creb.

— Oui, fit Iza de la tête. Nous en mangerons encore ce soir. Le pouvoir magique réside dans la façon dont il est préparé. Une poignée de trèfle bouillie dans très peu d'eau distille exactement la substance nécessaire. (Creb acquiesça d'un air entendu). L'écorce d'aulne purifie le sang, en chasse les esprits qui l'empoisonnent, ajouta-elle.

— Tu as pris également quelque chose dans ta sacoche de guérisseuse.

— De la poudre de houblon pour la faire dormir paisiblement. Pendant que les esprits combattent, il lui faut du repos.

Creb acquiesça de nouveau. Il connaissait bien les vertus soporifiques du houblon qui, utilisé différemment, peut conduire à un agréable état d'euphorie. Si les informations d'Iza l'intéressaient toujours, il se laissait rarement aller pour sa part aux confidences sur la manière dont il utilisait lui-même les plantes pour sa magie. Ce savoir secret était exclusivement réservé aux mog-ur et à leurs homologues, et en aucun cas aux femmes, fussent-elles guérisseuses. Iza en connaissait plus long que lui sur les propriétés des plantes, et ses capacités de déduction l'inquiétaient. Il serait tout à fait anormal qu'elle découvrît trop de choses sur ses propres manipulations.

— Et l'autre bol ? demanda-t-il.

— Ce n'est que du bouillon. La pauvre petite est à moitié morte de faim. Que lui est-il arrivé, crois-tu ? D'où vient-elle ? Où est son peuple ? Elle a dû errer seule pendant des jours.

— Seuls les esprits le savent, répondit Mog-ur. Es-tu certaine que ton pouvoir opérera sur elle ? Elle ne fait pas partie du clan.

— Elle devrait guérir. Les Autres aussi sont des êtres humains. Te souviens-tu de cet homme au bras cassé dont notre mère nous parlait ? Celui que notre grand-mère a sauvé ? Les remèdes magiques du clan ont eu sur lui d'heureux résultats bien que, selon notre mère, il ait mis plus de temps que prévu à se remettre des effets de la potion soporifique.

— Quel dommage que tu n'aies pas connu la mère de notre mère, dit Creb, qui s'exprimait de son unique main. Ses talents de guérisseuse étaient tels que les membres des autres clans venaient la consulter. Quel dommage qu'elle ait rejoint le monde des esprits si peu de temps après ta naissance, Iza. Elle m'a effectivement parlé de cet homme. Il est resté quelque temps parmi nous après sa guérison, et il chassait avec le clan. Ce devait être un bon chasseur, car il a été autorisé à participer aux rites de la chasse. Ce sont des êtres humains, c'est vrai, mais ils sont différents de nous.

Mog-ur se tut. En face d'une femme aussi astucieuse qu'Iza, il devait veiller à ne pas en dire trop, sinon elle serait bien capable de percer certains secrets n'appartenant qu'aux hommes.

Tout en berçant tendrement la petite fille sur ses genoux, Iza parvint à lui faire absorber le contenu du bol en os. Il fut plus facile de lui faire boire le bouillon. L'enfant murmura quelques paroles incohérentes en essayant de repousser le breuvage amer, mais sa faim était telle qu'elle ne lutta pas longtemps. Iza la tint dans ses bras jusqu'à ce que le sommeil se fût emparé d'elle, puis elle écouta les battements de son cœur et sa respiration. Elle avait fait tout son possible. Peut-être n'était-il pas trop tard. Tout ne dépendait plus que des esprits, maintenant, et de la résistance de l'enfant.

Iza vit Brun s'approcher d'elle, l'air mécontent. Elle se leva prestement et alla aider à servir le repas. Une fois sa décision prise, Brun avait chassé de ses pensées cette étrange enfant, mais voilà qu'il se reprenait à douter de l'opportunité de sa présence parmi le clan. Alors qu'il était de règle de s'abstenir de regarder ce que les autres disaient, il ne put éviter de remarquer les commentaires de son clan. L'étonnement de ses compagnons à le voir accepter la présence de la fillette le conduisit à s'interroger lui aussi. Il se mit à redouter un redoublement de la colère des esprits. Il s'apprêtait à aller trouver la guérisseuse quand Creb, qui avait deviné son intention, l'arrêta.

— Que se passe-t-il, Brun ? Tu as l'air préoccupé.

— Iza doit abandonner l'enfant ici même, Mog-ur. Elle ne fait pas partie du Clan. Les esprits n'apprécieront pas sa présence parmi nous pendant que nous cherchons une nouvelle caverne. Je n'aurais jamais dû permettre à Iza de l'emmener.

— Mais non, rétorqua Mog-ur. La bonté n'a jamais irrité les esprits protecteurs. Tu connais Iza, elle ne supporte pas de voir une souffrance sans intervenir. Ne crois-tu pas que les esprits aussi la connaissent bien ? S'ils n'avaient pas voulu qu'elle soigne l'enfant, ils ne l'auraient pas mise sur son chemin. Il y a sûrement une raison à cela. Il se peut très bien que la petite meure, Brun, mais si Ursus veut l'appeler dans le monde des esprits, laissons-lui l'entière décision. Ce n'est pas le moment d'intervenir. Elle mourra à coup sûr si nous l'abandonnons.

Brun n'était pas convaincu. Quelque chose chez cette enfant le troublait. Cependant, par déférence envers Mog-ur, il acquiesça.

Après le repas, Creb demeura perdu dans un silence contemplatif, en attendant que tout le monde ait terminé de manger pour commencer la cérémonie nocturne, pendant qu'Iza lui préparait une couche pour dormir. Mog-ur avait interdit aux hommes et aux femmes de dormir ensemble tant qu'ils n'auraient pas trouvé une nouvelle caverne, afin que les hommes consacrent leur énergie à la célébration des rites et donnent à tous le sentiment qu'aucun effort n'était épargné pour les rapprocher du but.

Cette interdiction ne dérangeait guère Iza dont le compagnon avait péri dans l'éboulement. Elle avait manifesté un chagrin convenable lors de ses funérailles — le contraire eût été néfaste — mais elle n'était pas vraiment affligée de sa disparition. La cruauté et les exigences du défunt n'étaient un secret pour personne. Il n'y avait jamais eu la moindre tendresse entre eux. Elle ignorait le parti que Brun lui réservait à présent. Il faudrait bien que quelqu'un subvienne à ses besoins et à ceux de l'enfant qu'elle portait en elle, mais tout ce qu'elle espérait, c'était de pouvoir continuer à préparer les repas de Creb.

Il avait toujours partagé leur feu. Iza savait qu'il n'avait pas plus qu'elle-même apprécié son compagnon disparu, bien qu'il ne se fût jamais mêlé de leurs problèmes personnels. Elle avait toujours considéré comme un bonheur de cuisiner pour Mog-ur, mais surtout elle s'était prise pour son frère d'une affection comme beaucoup de femmes rêvent d'en éprouver pour le compagnon de leur vie.

La condition de son frère attristait parfois Iza. Il aurait pu prendre une compagne s'il l'avait voulu, mais elle savait qu'en dépit de ses pouvoirs magiques et de son rang élevé dans le clan, aucune femme ne regardait jamais son corps difforme et son visage balafré sans une répulsion dont il était lui-même parfaitement conscient. Voilà pourquoi il n'avait jamais voulu prendre de compagne et maintenait le sexe féminin à distance. Cette attitude réservée ajoutait encore à sa stature. Tout le monde, les hommes y compris, à l'exception toutefois de Brun, redoutait Mog-ur et lui témoignait un respect craintif. Tout le monde, sauf Iza qui, dès sa naissance, avait appris à connaître sa bonté et sa sensibilité. Mais c'était là un aspect de sa personnalité qu'il dévoilait rarement.

Or c'était bien cette bonté que le grand Mog-ur manifestait en cet instant. Au lieu de méditer sur la cérémonie nocturne, il pensait à la petite fille. Le peuple auquel elle appartenait avait toujours excité sa curiosité, mais le clan évitait dans la mesure du possible de se mêler aux Autres, et Mog-ur n'avait jamais eu l'occasion d'examiner un de leurs enfants. Il soupçonnait le tremblement de terre d'être responsable du triste sort de la fillette ; mais il s'étonnait toutefois que les Autres se soient trouvés si proches, eux qui séjournaient d'habitude beaucoup plus au nord.

Creb se releva à l'aide de son bâton, tandis que les hommes commençaient à quitter le campement pour se livrer aux préparatifs de la cérémonie nocturne. Ce rite était l'apanage des hommes, de même que leur devoir. S'il arrivait de temps à autre que les femmes fussent autorisées à participer à la vie religieuse du clan, cette cérémonie-là leur était absolument interdite. Il n'était pas de plus grand malheur que l'intrusion d'une femme dans les rites secrets des hommes, car elle n'attirerait pas seulement le mauvais sort sur le clan mais en chasserait les esprits protecteurs. Le clan entier en mourrait.

Mais il n'y avait aucun danger de ce côté-là. Jamais une femme n'aurait osé s'aventurer trop près du lieu consacré aux rites. Elles considéraient plutôt le déroulement des cérémonies comme un instant de détente, une interruption pendant laquelle elles se trouvaient déchargées du poids des exigences constantes des hommes, surtout en ces temps difficiles où ils étaient nerveux et toujours présents. Normalement, à cette époque de l'année, ils s'absentaient pour de grandes expéditions de chasse. Si les femmes se désolaient tout autant qu'eux de n'avoir pas encore trouvé une nouvelle caverne, elles n'y pouvaient pas grand-chose. Brun décidait seul de la direction à suivre, sans leur demander un avis qu'elles auraient été d'ailleurs bien incapables de lui donner.

Les femmes s'en remettaient entièrement aux hommes pour le commandement du clan, les responsabilités à assumer, les décisions à prendre. Le clan, dont la structure avait fort peu évolué en près de cent mille ans, était désormais réfractaire à tout changement, et certaines habitudes, fruits d'adaptations successives au milieu, se trouvaient à présent génétiquement ancrées. Les hommes comme les femmes acceptaient leurs rôles sans opposer la moindre résistance. Ils étaient tout aussi incapables de chercher à modifier la nature de leurs rapports que de transformer la structure de leur cerveau.

Après le départ des hommes, les femmes firent cercle autour d'Ebra, en espérant qu'Iza se joindrait à elles et satisferait enfin leur curiosité. Mais la guérisseuse, fatiguée, préféra rester auprès de la fillette. Elle s'allongea à ses côtés et s'enveloppa avec elle dans la fourrure, puis regarda longuement l'enfant endormie à la lueur du feu déclinant.

Etrange petite chose, pensa-t-elle. Plutôt laide d'une certaine façon Son visage paraît si plat avec ce front haut et bombé et ce petit bout de nez. Et quel drôle d'os saillant sous la bouche. Je me demande quel peut être son âge ? Plus petite que je ne l'ai d'abord pensé. Sa taille m'a trompée. Elle est si maigre que je sens tous ses os. Pauvre bébé, depuis combien de temps erres-tu sans manger ? Iza entoura le corps frêle d'un bras protecteur. La femme qui avait souvent soigné et guéri de jeunes animaux blessés ne pouvait faire moins pour la petite créature humaine, si frêle, si vulnérable qu'elle en avait le cœur serré.

Mog-ur se tenait à l'écart pendant que chaque homme prenait place derrière l'une des pierres disposées en un petit cercle à l'intérieur d'un cercle plus grand délimité par des torches. Ils se trouvaient en terrain dégagé loin du campement. Quand tous les hommes furent assis, le sorcier attendit encore un peu puis il pénétra dans le cercle, tenant enflammée une petite torche de plantes aromatiques.

Quand il eut planté la torche dans le sol, devant son bâton, il vint se placer au milieu du cercle, et là, dressé de toute sa hauteur sur sa bonne jambe, il porta vers la steppe un regard rêveur et lointain, comme s'il voyait de son unique œil un monde qui demeurait invisible aux autres. Enveloppé dans son épaisse fourrure d'ours des cavernes, avec sa silhouette difforme qui le différenciait des autres, Mog-ur dégageait une force envoûtante et mystérieuse qui prenait toute sa dimension lors des rites qu'il célébrait.

Soudain, d'un geste emphatique, il sortit un crâne et de son bras gauche musculeux le leva haut au-dessus de sa tête et tourna lentement sur lui-même de façon à ce que chaque homme pût voir le gros crâne de l'ours des cavernes luire d'un blanc laiteux à la lueur des flammes dansantes des torches. Il déposa ensuite le crâne devant le flambeau aromatique encore fumant et, s'accroupissant derrière celui-ci, il compléta le cercle.

Un homme jeune assis à côté de lui se leva et ramassa un grand bol en bois. Il avait dépassé sa onzième année, et la cérémonie de son passage à l'âge d'homme avait eu lieu peu de temps avant le tremblement de terre. Goov avait été choisi comme servant de Mog-ur dès son enfance et il avait souvent aidé le sorcier dans ses préparatifs, mais les servants n'étaient autorisés à participer aux rites eux-mêmes qu'une fois adultes. C'était la première fois que Goov servait dans une cérémonie depuis qu'ils erraient à la recherche d'une caverne, et le garçon ressentait une certaine appréhension.

Pour Goov, trouver une nouvelle caverne revêtait une signification particulière. C'était pour lui l'occasion unique d'apprendre du grand Mog-ur les rites complexes et difficilement transmissibles qui marquaient la célébration d'un nouveau lieu de résidence pour le clan. Enfant, il avait redouté le sorcier, bien qu'il fût conscient de l'honneur d'avoir été choisi comme servant. En grandissant, il avait peu à peu découvert que l'infirme n'était pas seulement le mog-ur le plus habile de tous les clans mais que la laideur de ses traits masquait un cœur bon et généreux. Aussi Goov n'avait-il pas seulement un grand respect mais encore une vive affection pour son mentor.

Il avait commencé la préparation du breuvage sitôt que Brun avait ordonné la halte. Il lui avait d'abord fallu broyer entre deux pierres plates des pieds entiers de datura. Le plus difficile était d'estimer la quantité exacte de plante, feuilles et sommités comprises, qu'on laisserait ensuite macérer dans de l'eau bouillante jusqu'au moment de la cérémonie.

Goov avait versé la puissante infusion au datura dans la coupe réservée au rite, la serrant fort entre ses mains bien avant que Mog-ur pénètre dans le cercle, tout à l'espoir que sa préparation aurait l'assentiment du magicien. Comme Goov lui tendait la coupe, Mog-ur prit une gorgée, approuva de la tête et but, au grand soulagement de son jeune servant. Goov fit ensuite boire les autres hommes selon leur rang, en commençant par Brun. Il tenait la coupe pendant que chacun buvait, veillant à ce que chaque part fût égale. Il prit la sienne en dernier.

Mog-ur attendit qu'il reprenne sa place puis, sur son signe, les hommes commencèrent à battre en cadence le sol du bout de leur lance. Le bruit sourd, cadencé, s'amplifia dans la nuit, et les hommes se levèrent, se balançant avec le rythme. Mog-ur baissa son regard sur le crâne posé devant lui, et il y avait une telle intensité dans ce regard que les hommes aussi portèrent toute leur attention à la relique sacrée. Il attendit encore un peu, sentant monter l'attente de chacun, puis il leva les yeux vers son frère, l'homme qui menait le Clan. Brun s'accroupit devant le crâne.

— Esprit du Bison, Totem de Brun, commença Mog-ur.

Il n'articula qu'un seul mot, « Brun », exprimant le reste par signes de sa seule main valide. Ce qui suivit, il le transmit dans l'ancien langage, celui utilisé pour communiquer avec les esprits ou bien les membres d'autres clans dont les sons et la gestuelle étaient différents des leurs. Par des symboles muets, Mog-ur implora l'Esprit du Bison de leur pardonner les fautes qu'ils avaient pu commettre et de leur venir en aide.

— Cet homme a toujours honoré les esprits, Grand Bison, toujours respecté les traditions du Clan. Cet homme est un chef avisé, un chef juste, un bon chasseur, un homme de sang-froid, un homme digne du Puissant Bison. N'abandonne pas cet homme ; guide ce chef jusqu'à une nouvelle caverne, une demeure où l'Esprit du Bison sera heureux. Ce Clan implore l'aide du totem de cet homme, conclut le sorcier.

Puis il porta son regard vers le chef en second. Tandis que Brun s'écartait, Grod vint s'accroupir devant le crâne de l'ours des cavernes.

S'il était formellement interdit aux femmes d'assister à la cérémonie, c'était bien pour qu'elles ne puissent voir les hommes, qui affichaient tant de force stoïque, se prosterner et implorer les esprits invisibles avec la même crainte et la même humilité qu'on attendait d'elles quand elles présentaient aux hommes quelque requête.

— Esprit de l'Ours Brun, Totem de Grod, reprit Mog-ur, invoquant cette fois le totem du chef en second.

Puis, quand il eut ainsi procédé pour chaque homme, il continua de fixer de son œil unique le crâne devant lui, pendant que les hommes martelaient de nouveau la terre de leurs lances, se laissant emporter par le rythme.

Ils savaient ce qui viendrait ensuite, car la cérémonie ne variait jamais, mais elle avait beau être identique nuit après nuit, ils n'en attendaient pas moins avec fièvre que Mog-ur invoque l'esprit d'Ursus, le Grand Ours des Cavernes, son totem personnel et le plus vénéré de tous les esprits.

Ursus était plus que le totem de Mog-ur ; il était celui de chacun, et plus qu'un totem. C'était Ursus le fondateur du Peuple du Clan. C'était lui l'esprit suprême, le grand protecteur. La vénération de l'Ours des Cavernes était le facteur commun qui les unifiait, la force qui unissait tous les clans autonomes en un seul peuple, le Clan de l'Ours des Cavernes.

Quand le sorcier borgne jugea le moment opportun, il fit un signe. Les hommes cessèrent de battre le sol de leurs lances et se rassirent en cercle, mais le rythme envoûtant courait encore dans leur sang et leur battait aux tympans.

Mog-ur prit une pincée de spores de pied-de-loup dans une petite poche de cuir et, se penchant au-dessus de la torche aromatique toujours allumée devant lui, il laissa tomber en fine pluie les spores séchées en même temps qu'il soufflait dessus, les projetant en une gerbe d'étincelles tout autour du crâne.

Le crâne de l'ours des cavernes semblait prendre vie sous les yeux des hommes, dont les perceptions se trouvaient particulièrement aiguisées par la prise de datura. Un hibou hua dans la nuit, et son cri fit un dramatique contrepoint à la pluie lumineuse qui semblait jaillir de la bouche de Mog-ur.

— Grand Ursus, Protecteur du Peuple du Clan, disaient les gestes du sorcier, montre à ce clan sa nouvelle demeure comme il y a longtemps l'Ours des Cavernes nous enseigna comment vivre dans les grottes et se vêtir de fourrures. Protège-nous de la Glace de Montagne, et des Esprits de la Neige Poudreuse et de la Neige Cristalline qui lui donnèrent naissance. Ce clan implore le Grand Ours des Cavernes de les protéger du malheur, alors que nous sommes sans abri. Ton clan, tes hommes, implorent l'Esprit le plus vénéré, l'Esprit du Puissant Ursus de les accompagner dans leur marche.

Puis Mog-ur fit appel aux capacités de son énorme cerveau.

Ces hommes primitifs, dénués ou presque de lobes frontaux, au langage limité par des organes vocaux atrophiés, mais nantis de cerveaux volumineux — plus volumineux que ceux de toutes les espèces humaines anciennes ou à venir — étaient uniques en leur genre. Ils formaient l'aboutissement d'une espèce humaine dont le cerveau était développé à l'arrière du crâne, dans les régions occipitales et pariétales qui contrôlent la vision, les perceptions corporelles, et qui sont le siège de la mémoire.

Et c'était leur mémoire qui faisait d'eux des êtres hors du commun. Le savoir inconscient des comportements ancestraux qu'on appelle l'instinct avait évolué. Entreposés à l'arrière de leurs gros cerveaux, il n'y avait pas seulement leurs propres souvenirs mais ceux de leurs ancêtres. Ils pouvaient ainsi se rappeler le savoir que ceux-ci leur avaient légué et, dans certaines circonstances particulières, ils pouvaient faire plus : ils étaient capables de se souvenir de leur mémoire raciale, de leur propre évolution. Et quand ils allaient encore plus loin dans le passé, ils parvenaient à se fondre dans la mémoire collective et unir télépathiquement leurs esprits.

Ce talent était exceptionnellement développé dans le cerveau de l'infirme. Creb, le doux Creb, dont l'énorme masse cervicale lui avait valu une naissance difficile et sa difformité même, avait appris, devenu mog-ur, à se servir des capacités de ce cerveau pour fusionner en un seul esprit les identités assises autour de lui et, tel un pilote, à guider cet esprit. Il pouvait les emmener jusqu'à leurs origines, jusqu'à ce qu'ils deviennent dans leurs esprits n'importe lequel de leurs premiers géniteurs. Il était Mog-ur, et son pouvoir était réel ; il ne se limitait pas à quelques effets d'ordre physique ou à la connaissance de certaines plantes narcotiques. La drogue comme la dramaturgie du rite n'étaient pour lui que de simples auxiliaires.

En cette nuit calme et sombre, constellée d'étoiles anciennes, quelques hommes eurent ainsi des visions impossibles à décrire. Sensations plus que visions, car ils les éprouvaient de l'intérieur et se souvenaient d'impénétrables commencements. Dans les profondeurs de leurs propres esprits, ils retrouvèrent les impressions des créatures flottant dans la mer, ils revécurent la douleur de leur première respiration à l'air libre et redevinrent des amphibiens partageant les deux éléments.

Parce qu'ils vénéraient l'ours des cavernes, Mog-ur évoqua le mammifère primitif, à l'origine des espèces qui suivraient, et il unit leurs esprits à celui du premier ours. Ainsi deviendraient-ils à travers les âges chacun des descendants du premier mammifère, prenant par là conscience de leur parenté avec toute vie sur terre et ressentant la nécessité d'un respect pour les animaux qu'ils tuaient, respect qui s'exprimait dans le choix des totems appelés de leurs vœux à les protéger.

Tous les esprits n'en formaient qu'un seul, et ce ne fut qu'en se rapprochant du présent qu'ils se séparèrent en même temps qu'ils retrouvaient leurs derniers ascendants, leurs tout derniers géniteurs, et enfin reprenaient conscience d'eux-mêmes. Ce voyage à travers les âges n'avait en vérité duré que quelques minutes et, comme chaque homme sortait de sa transe, il se levait sans hâte pour regagner le campement et dormir d'un sommeil sans rêves, car ceux-ci restaient derrière lui à l'intérieur du cercle des torches.

Quand ils furent tous partis, Creb resta seul à méditer. Il songea à leur capacité de connaître le passé avec une profondeur qui exaltait les âmes. Pourtant cela le laissait toujours insatisfait, car l'avenir leur restait invisible. Ils ne parvenaient même pas à imaginer un futur quelconque. Lui seul en avait une idée, encore celle-ci était-elle des plus floues.

Le Clan était incapable de concevoir un futur différent du passé, incapable d'entrevoir la moindre alternative pour ses lendemains. Tout le savoir des gens du Clan, toutes leurs actions n'étaient que la répétition de ce qui avait déjà été fait avant eux. Même constituer des provisions de nourriture lors des changements de saisons était le fruit d'une expérience non pas acquise mais héritée.

Il y avait eu un temps, un temps très lointain, où innover, inventer était plus facile, où l'arête tranchante d'une pierre avait donné à quelqu'un l'idée de fendre une pierre dans le seul but d'obtenir une arête tranchante, où un bâton durci accidentellement au feu avait donné l'idée de durcir au feu les pointes des épieux. Mais à mesure que les souvenirs s'étaient accumulés dans les esprits, les changements s'étaient faits plus rares. Dans leurs cerveaux saturés par les connaissances acquises au cours des âges, il n'y avait plus de place pour les idées nouvelles. Les crânes, déjà énormes, ne pouvaient grossir encore sans rendre les accouchements de plus en plus douloureux, voire impossibles.

Le Peuple du Clan vivait selon des coutumes inchangées. Chaque facette de la vie, depuis la naissance jusqu'au moment où les esprits vous rappelaient dans le monde invisible, était calqué sur le passé. La survie de la race exigeait cet immobilisme, et cependant ce dernier les condamnait tôt ou tard à disparaître.

Leur adaptation était lente. Les inventions étaient toujours le fruit d'un hasard, et encore n'étaient-elles presque jamais utilisées. Changer leur coûtait trop d'effort, et une race qui n'avait pas de place pour des connaissances nouvelles, pas de place pour évoluer, se retrouvait désarmée face à un environnement en évolution constante. Leur développement était achevé, du moins dans la direction qu'ils avaient prise de corps et d'esprit. Il ne pourrait y avoir de progrès pour l'espèce que sous une forme nouvelle, un nouveau spécimen.

Et Mog-ur, assis seul dans l'herbe de la steppe, regarda la flamme de la dernière torche vaciller et s'éteindre en pensant à l'étrange fillette qu'Iza avait recueillie. Il avait déjà eu l'occasion de rencontrer les Autres, mais il ne gardait pas un bon souvenir de ces rencontres. D'où venaient ces gens restait un mystère, et certes, ils étaient étrangers aux contrées où vivait le Clan. Cependant des choses avaient changé depuis leur arrivée. Ils semblaient apporter le changement avec eux.

Creb chassa le trouble qui s'était emparé de lui à ces pensées. Il rangea avec précaution le crâne de l'ours des cavernes dans un pli de sa fourrure et, saisissant son bâton, il s'en revint en boitant vers le campement.

3

L'enfant se retourna et commença à s'agiter.

— Ma-man, gémit-elle. (Puis, battant l'air de ses bras, elle appela de nouveau, plus fort :) Ma-man !

Iza l'attira contre elle en murmurant tendrement à son oreille. La chaleur de son corps ainsi que les sons apaisants pénétrèrent l'esprit enfiévré de la fillette qui se calma. Elle avait dormi par à-coups, réveillant fréquemment la femme par ses sursauts, ses plaintes et son délire. Les sons étaient étranges, fort différents de ceux prononcés par le Peuple du Clan. Ils se succédaient aisément, avec une grande facilité, un son entraînant l'autre. Iza était bien incapable de les saisir dans leur totalité car son oreille n'était pas préparée à percevoir leurs subtiles variations. Mais ceux que l'enfant venait de pousser étaient revenus si souvent qu'Iza en déduisit qu'ils devaient désigner quelqu'un de très proche pour la fillette, et comme celle-ci s'apaisait à son contact, elle comprit leur signification.

Elle ne peut pas être très âgée, pensa Iza, car elle n'a manifestement pas su trouver de quoi manger. Je me demande pendant combien de temps elle a erré seule ? Qu'a-t-il bien pu arriver à son peuple ? Le tremblement de terre ? La petite aurait tenu si longtemps ? Et comment a-t-elle pu se tirer des griffes d'un lion des cavernes avec quelques égratignures ? Iza avait soigné assez souvent ce genre de blessures pour connaître leur provenance. De puissants esprits doivent la protéger, conclut-elle.

L'aube naissait mais l'obscurité était encore profonde quand la fièvre provoqua une brusque suée. Iza s'assura que l'enfant était bien couverte et la garda au chaud tout contre elle. La petite fille se réveilla peu après et se demanda où elle se trouvait, mais il faisait trop sombre pour y voir quelque chose. Le corps de la femme endormie contre elle la rassura et elle referma les yeux, glissant dans un sommeil moins agité.

Au lever du jour, au moment où les arbres commençaient à se découper sur le ciel pâle, Iza se glissa doucement hors de la fourrure. Elle attisa le feu, y ajouta du bois, puis alla remplir un bol d'eau à la cascade et arracher un peu d'écorce de saule. Elle saisit son amulette et remercia les esprits pour le saule qu'ils dispensaient si généreusement, car non seulement le saule était fort répandu, mais son écorce possédait de grandes vertus pour calmer la douleur et apaiser la fièvre. Elle connaissait d'autres plantes aux qualités analgésiques, mais elles endormaient trop les sens. Le saule, lui, se contentait d'atténuer la fièvre et la douleur.

Tandis qu'Iza s'occupait à faire chauffer l'eau, le campement sortit peu à peu de sa torpeur. Une fois la potion d'écorce de saule prête, elle revint auprès de l'enfant, posa précautionneusement le bol fumant dans un petit trou creusé dans le sol, puis se glissa sous la fourrure. Elle observa la fillette endormie, notant que sa respiration était régulière. Comme ce petit visage l'intriguait ! Le feu du soleil avait disparu, laissant un hâle doré et une peau qui pelait sur l'arête du nez minuscule.

Iza n'avait jamais vu d'aussi près un petit des Autres. Les femmes du Clan s'enfuyaient et se cachaient toujours à leur approche. Des incidents désagréables survenus lors de rencontres fortuites et rapportés lors des Rassemblements du Clan incitaient chacun à les éviter autant que possible. Cependant, l'expérience qu'avait connue leur propre clan n'avait pas été déplaisante. Iza repensa à sa conversation avec Creb au sujet de l'homme qui, un jour, avait fait irruption dans leur caverne, le bras cassé, fou de douleur.

Il avait appris à la longue quelques rudiments de leur mode d'expression, mais se comportait d'étrange façon. Ainsi, il aimait s'entretenir aussi bien avec les femmes qu'avec les hommes et avait manifesté un profond respect, voire de la déférence envers la guérisseuse, ce qui ne l'avait pas empêché de gagner l'estime des hommes.

Soudain, le soleil, qui venait d'apparaître à l'horizon, éclaira de ses rayons le visage de la petite fille, dont les paupières frémirent. En ouvrant les yeux, elle plongea son regard dans deux grands yeux bruns, profondément enfoncés dans leurs orbites, et découvrit un visage dont le bas ressemblait à un museau.

La fillette poussa un cri et referma les yeux précipitamment. Iza serra contre elle l'enfant tremblante de peur, murmurant des sons apaisants, des sons qui semblaient familiers à la petite fille, tout comme la chaleur de ce corps réconfortant. Son tremblement s'atténua progressivement et elle entrouvrit de nouveau les yeux. Cette fois elle ne cria pas. Enfin, elle les ouvrit complètement et examina ce visage terrifiant et totalement inconnu.

Stupéfaite, Iza la regardait aussi. Pendant un instant, elle crut que l'enfant était aveugle. Jamais auparavant, elle n'avait vu des yeux de la couleur du ciel. Ceux des vieillards se voilaient parfois d'une pellicule blanchâtre qui réduisait considérablement la vue. Mais les pupilles dilatées de l'enfant la convainquirent qu'elle voyait parfaitement. Cette couleur bleu-gris doit être courante chez les Autres, pensa-t-elle.

La petite fille restait étendue, parfaitement immobile, les yeux grands ouverts. Quand Iza l'aida à s'asseoir, elle grimaça de douleur et tous ses souvenirs refluèrent en force. Elle revit le monstrueux lion et ses griffes acérées lui labourant la cuisse ; elle se rappela ses efforts pour gagner le bord de la rivière, étourdie par la soif et la souffrance, mais elle fut incapable de se remémorer ce qui lui était arrivé auparavant. Elle avait complètement refoulé de sa mémoire tout ce qui concernait sa fuite solitaire, la peur et la faim, le tremblement de terre et les êtres chers qu'elle avait perdus.

Iza approcha le bol de ses lèvres. La fillette avait soif mais à la première gorgée le breuvage amer lui arracha une grimace de dégoût. Lorsque la femme porta de nouveau le bol à ses lèvres, cependant, elle but, trop effrayée pour refuser. Satisfaite, Iza la laissa pour aider les femmes à préparer le repas du matin. La petite fille la suivit des yeux, et avec stupeur elle vit pour la première fois ce campement où tous les gens ressemblaient à cette femme.

L'odeur de la nourriture qui cuisait réveilla la faim de l'enfant et, quand Iza revint avec un petit bol de bouillon de viande épaissi de graines broyées, elle l'avala avec avidité. La guérisseuse ne la jugeait pas prête à un aliment plus solide. Pour le moment un simple gruau suffisait à remplir son estomac resserré par le jeûne. Elle garda le reste du bouillon dans une outre de peau ; elle le lui donnerait une fois qu'ils se seraient remis en route. Puis elle l'allongea sur la fourrure et lui ôta l'emplâtre. Les plaies commençaient à sécher et la cuisse était déjà moins enflée.

— Bien, dit Iza à haute voix.

La petite fille sursauta au son rauque et guttural du mot, le premier qu'elle entendait prononcer. Cela ne ressemblait pas à un vrai mot, on aurait dit plutôt le grognement de quelque animal. Mais le comportement d'Iza n'avait rien d'animal, il était au contraire très humain, très tendre. La guérisseuse avait déjà préparé un nouveau pansement et elle s'apprêtait à l'appliquer quand survint en claudiquant un homme bancal et difforme.

Jamais elle n'avait vu homme plus horriblement repoussant. Une profonde balafre zébrait un côté de son visage et il n'y avait qu'un bout de chair tourmentée à la place où aurait dû se trouver son œil. Mais tous ces gens lui semblaient si bizarres et si laids que ces traits abominablement défigurés ne représentaient pour elle qu'un degré supplémentaire dans la laideur. Elle ne savait pas qui ils étaient ni comment elle se trouvait parmi eux mais elle savait que cette femme prenait soin d'elle. On lui avait donné à manger, on l'avait soignée, et surtout elle éprouvait un immense soulagement après l'effroi qu'elle avait connu à errer seule dans un monde hostile. Et seule, elle ne l'était plus, même parmi ces êtres si différents d'elle.

L'infirme s'assit pour observer la petite fille. Elle lui rendit son regard avec une franche curiosité qui surprit le vieil homme. Les enfants de son clan avaient toujours eu peur de lui, prompts à s'apercevoir que leurs aînés mêmes le craignaient, et ses manières distantes n'encourageaient pas la familiarité. De plus, les mères menaçaient fréquemment leurs bambins d'appeler Mog-ur s'ils se montraient désobéissants. En approchant de l'âge adulte, la plupart d'entre eux, et particulièrement les filles, le redoutaient réellement. Ce n'était que beaucoup plus tard, une fois adultes, que les membres du clan voyaient leur crainte se transformer en respect. L'œil valide de Creb pétillait d'intérêt devant le regard franc et serein que lui portait cette étrange enfant.

— La petite va mieux, Iza, remarqua-t-il.

Il avait la voix plus profonde que celle de la femme mais, aux oreilles de l'enfant, les sons qu'il émettait ressemblaient plutôt à des grognements, et elle ne remarqua pas les gestes qui les accompagnaient. Leur langage lui demeurait totalement étranger ; elle savait seulement qu'il venait de communiquer une observation à la femme.

— Elle est encore très faible, dit Iza, mais sa blessure va mieux. En dépit de la profondeur de ses plaies, elle n'a pas la jambe trop abîmée et l'infection se résorbe. Elle a été labourée par les griffes d'un lion des cavernes, Creb. As-tu déjà vu un lion des cavernes attaquer une proie et se contenter de lui donner un coup de patte ? Je suis étonnée qu'elle soit encore en vie. Elle doit se trouver sous la protection d'un esprit très puissant. Mais, ajouta Iza, que sais-je des esprits ?

Il n'appartenait certainement pas à une femme, fût-elle la sœur de Mog-ur, de parler des esprits. D'un geste, elle le pria de pardonner son audace. Il ne releva pas, ainsi qu'elle s'y attendait, mais considéra l'enfant avec un intérêt accru. Il était arrivé de son côté à la même conclusion et, s'il ne voulait pas l'admettre, l'avis de sa sœur comptait pour lui et venait confirmer ses propres déductions.

Ils levèrent le camp rapidement. Iza, chargée de ses ballots et de son panier, hissa la petite fille sur sa hanche et prit sa place dans le rang derrière Brun et Grod. Du haut de son perchoir, la fillette promenait autour d'elle un regard curieux, attentive à ce que faisaient Iza et les autres femmes en marchant. Les arrêts au cours desquels elles ramassaient tout ce qui se présentait de comestible l'intéressaient tout particulièrement. Iza lui donnait de temps à autre un morceau de bourgeon qu'elle venait de cueillir ou quelque jeune et tendre racine, qui réveillaient chez l'enfant le vague souvenir d'une autre femme qui avait eu pour elle les mêmes attentions. La terrible faim dont elle avait souffert suscita en elle un vif désir d'apprendre à trouver sa pitance, et elle se mit à prêter davantage attention aux plantes, cherchant à percevoir leurs caractéristiques. Lorsqu'elle en désignait une du doigt, elle manifestait sa joie si Iza s'arrêtait pour l'arracher. Iza aussi était heureuse. Cette enfant est vive, pensait-elle. Elle apprend rapidement.

Vers la mi-journée, ils firent une halte pour se reposer pendant que Brun inspectait les lieux. Après avoir donné à l'enfant le reste de bouillon conservé dans une outre, Iza lui tendit à mâcher un morceau de viande séchée. Ils se remirent en route sans avoir trouvé de caverne satisfaisante et, vers la fin de l'après-midi, la potion d'écorce de saule ayant cessé d'agir, la jambe de la fillette la fit de nouveau souffrir. Comme elle s'agitait nerveusement, Iza l'installa plus à l'aise, et l'enfant s'abandonna en toute confiance, les bras autour du cou de la femme et la tête reposant sur sa large épaule. La guérisseuse, qui n'avait pas encore eu d'enfant, éprouvait un grand élan d'affection pour la petite orpheline. Encore faible et fatiguée, celle-ci ne tarda pas à s'assoupir, bercée par le mouvement régulier de la marche.

Comme le soir approchait, Iza, éreintée par le poids du fardeau supplémentaire qu'elle portait, accueillit avec soulagement la halte qu'ordonna Brun, et elle déposa l'enfant à terre. La fillette avait les joues en feu et le front brûlant de fièvre et, tout en ramassant du bois, la guérisseuse cueillit au passage quelques plantes pour renouveler ses soins. Iza ignorait ce qui causait l'infection, mais elle savait comment la traiter, comme elle savait soigner bien d'autres maux.

La guérison avait beau être chargée de magie et attribuée aux esprits, les remèdes d'Iza n'en étaient pas moins efficaces. Le Peuple du Clan vivait depuis la nuit des temps de la chasse et de la cueillette, et au cours des générations s'était constituée une solide base de connaissances sur les vertus curatives des plantes, due au hasard comme à l'expérimentation. Une fois les animaux dépouillés et dépecés, on observait leurs organes. Les femmes les découpaient pour les cuisiner et en tiraient un savoir qu'elles pouvaient appliquer sur elles-mêmes.

La mère d'Iza lui avait montré les divers organes internes et lui avait expliqué leur fonction, ainsi que son éducation l'exigeait, mais en fait uniquement pour faire resurgir dans sa mémoire ce qu'elle savait déjà. A sa naissance, Iza possédait un savoir inné, légué par la grande lignée de guérisseuses dont elle était la descendante directe. Elle possédait la capacité de se souvenir des expériences de ses ancêtres comme des siennes propres, et une fois le processus enclenché, il devenait automatique. Elle faisait appel à sa mémoire personnelle et aux événements qu'elle avait vécus et dont elle n'oubliait jamais rien, mais s'il lui arrivait d'utiliser le savoir ancestral accumulé dans son cerveau, elle ne pouvait se rappeler comment elle l'avait acquis. Et même si Brun et Creb étaient nés des mêmes parents, ils ne possédaient pas le savoir médicinal inné d'Iza, leur propre sœur.

Parmi tous les groupes qui composaient le Peuple du Clan, les souvenirs se répartissaient différemment, en fonction des sexes. Ainsi, les femmes n'avaient pas plus besoin de connaissances en matière de chasse que les hommes en matière de plantes. Si la différence entre le cerveau des hommes et celui des femmes était imposée par la nature, elle était consolidée par la culture. Chaque enfant naissait avec un savoir appartenant au genre opposé, mais le perdait faute d'y avoir recours dès qu'il atteignait l'âge adulte.

Mais si la nature tentait de prolonger la race en limitant la taille du cerveau des hommes et des femmes, cette tentative portait en elle les germes de son échec. Les deux sexes étaient non seulement indispensables à la procréation mais aussi à la vie quotidienne ; l'un ne pouvait survivre sans l'autre, et ils ne pouvaient échanger leurs aptitudes faute de posséder la mémoire correspondante.

Le cerveau des hommes, comme celui des femmes, était doué d'une acuité visuelle particulièrement aiguë, bien qu'utilisée de façon différente. Au fur et à mesure de leur progression, l'environnement géographique s'était considérablement modifié sous les yeux d'Iza, qui avait à son insu enregistré les moindres particularités du paysage et plus spécialement de la végétation. Elle était capable de distinguer de loin les imperceptibles détails du contour d'une feuille ou même la taille d'une plante, et si, par hasard, elle trouvait en chemin quelques végétaux, certaines fleurs, un buisson ou un arbre qu'elle n'avait encore jamais vus, ils lui étaient pourtant familiers. Elle parvenait à en faire resurgir le souvenir profondément enfoui dans les replis de sa mémoire. Mais en dépit de cette impressionnante réserve d'informations, elle avait vu récemment une végétation qui lui était totalement inconnue, tout comme l'était d'ailleurs la contrée qu'ils traversaient. Elle aurait aimé l'examiner de plus près, car tout spécimen végétal nouveau l'intéressait, outre le fait que l'acquisition de connaissances supplémentaires était indispensable à leur survie immédiate.

Toutes les femmes étaient curieuses de connaître des plantes ignorées jusqu'alors et elles possédaient le talent d'en déterminer les effets et l'usage éventuel. Iza, comme les autres, se livrait à des expériences sur elle-même. Les similarités avec des plantes déjà répertoriées situaient les nouvelles dans des catégories voisines, mais toute bonne guérisseuse connaissait bien les dangers de l'amalgame : des caractères semblables ne signifiaient pas des propriétés identiques. La méthode d'expérimentation était simple. Elle en mangeait tout d'abord un petit morceau. Si le goût était désagréable, elle le recrachait immédiatement ; sinon, elle en gardait un bout dans la bouche en étudiant soigneusement les sensations de picotement ou de brûlure qui pouvaient survenir ainsi que les altérations de la saveur. Si rien de tel ne se produisait, elle l'avalait et attendait d'en ressentir les effets. Le lendemain, elle en absorbait un morceau plus gros et procédait de même. Si aucune conséquence désagréable ne s'était manifestée à la troisième fois, elle considérait la plante comme une nouvelle denrée comestible, du moins en petites quantités au début.

Mais c'étaient les effets notables qui intéressaient surtout Iza, car ils indiquaient la possibilité d'un éventuel usage curatif. Les autres femmes lui apportaient tout ce qui présentait les caractéristiques de plantes exotiques ou vénéneuses. De telles expériences lui demandaient beaucoup de temps car elle procédait avec précaution, selon ses propres méthodes, et c'est pourquoi elle s'en tenait pour l'instant aux plantes connues tant qu'ils n'auraient pas découvert une nouvelle caverne.

Iza trouva non loin du campement plusieurs pieds de roses trémières dont les fleurs aux vives couleurs étaient épanouies. Les racines pouvaient fournir un emplâtre dont les propriétés désinfectantes étaient comparables à celles obtenues à partir des rhizomes d'iris. L'infusion des fleurs, elle, atténuerait la douleur et aurait un effet somnifère. Elle arracha quelques pieds et finit de ramasser son bois mort.

Après le repas, la petite fille, assise contre un gros rocher, regardait tout le monde s'activer alentour. Une nourriture reconstituante et un pansement frais lui ayant fait le plus grand bien, elle se mit à jacasser à l'adresse d'Iza qui n'y comprenait goutte. Les autres membres du clan jetaient des regards désapprobateurs dans sa direction, mais elle était bien incapable d'en comprendre la signification. Leurs cordes vocales atrophiées leur rendaient impossible toute articulation précise. Les quelques sons qu'ils émettaient pour souligner leurs gestes étaient dérivés des cris qu'ils poussaient en guise d'avertissement ou pour capter l'attention, et l'importance attachée aux verbalisations faisait partie de leurs traditions. Leurs moyens de communication — signes de la main, gestes, attitudes, intuition née du contact intime, coutumes — étaient très suggestifs mais limités. Aussi la volubilité de la fillette suscitait-elle parmi le clan perplexité et méfiance.

Ils chérissaient les enfants et les élevaient avec une réelle tendresse et une discipline qui se durcissait à mesure qu'ils grandissaient. Les hommes comme les femmes dorlotaient les bébés et mettaient au pas les jeunes enfants en se contentant la plupart du temps de ne pas leur prêter attention. En prenant conscience de la considération dont jouissaient leurs aînés, les jeunes prenaient exemple sur eux et apprenaient très tôt à se conformer strictement aux usages établis. L'un d'entre eux consistait précisément à éviter de proférer un son inutile.

En raison de sa taille, la fillette paraissait plus que son âge et, aux yeux du clan, elle passait pour indisciplinée et mal élevée.

Iza, en contact plus intime avec elle, avait deviné qu'elle était beaucoup plus jeune qu'il ne semblait. Elle était parvenue à estimer approximativement son âge, et elle se laissait plus facilement attendrir par une enfant qui avait jeté ses petits bras autour de son cou avec un tel abandon. Par ailleurs, à en juger par les sons émis par la fillette au plus fort de sa fièvre, la guérisseuse avait supposé que le peuple auquel l'enfant appartenait verbalisait davantage et avec une grande aisance. Et puis, pensait-elle, elle aurait le temps de lui enseigner les bonnes manières. Elle commençait déjà à considérer la fillette comme la sienne.

Creb vint s'asseoir auprès de la petite fille pendant qu'Iza versait de l'eau bouillante sur les sommités fleuries des roses trémières. L'enfant des Autres l'intéressait au plus haut point et, les préparatifs de la cérémonie nocturne n'étant pas encore achevés, il venait voir comment elle se remettait. La fillette et l'infirme restèrent un long moment à s'observer avec une égale intensité. Le vieil homme avait pour la première fois l'occasion de voir de près un rejeton des Autres, et elle venait juste de découvrir l'existence du Peuple du Clan. Mais plus que les caractéristiques raciales, c'était ce visage ridé qui l'intriguait. Au cours de sa brève existence, elle n'avait jamais vu un être aussi monstrueusement défiguré. Impétueusement, avec l'audace spontanée des enfants, elle tendit la main vers la cicatrice qui lui barrait tout un côté du visage.

Creb fut stupéfait lorsqu'il sentit cette main le caresser. Aucun des enfants du clan ne l'avait jamais touché ainsi. Aucun adulte non plus, d'ailleurs. Ils évitaient son contact, comme si sa difformité avait été contagieuse. Seule Iza, qui le soignait lors des attaques d'arthrite qui le terrassaient un peu plus violemment chaque hiver, ne semblait ressentir aucune répugnance. Elle n'était pas dégoûtée par son corps contrefait et ses horribles cicatrices, ou terrorisée par son pouvoir et par son rang. La douce caresse de la petite fille émut profondément ce vieux cœur solitaire. Il désira communiquer avec elle et se demanda un instant comment y parvenir.

— Creb, dit-il en se désignant du doigt.

Iza les regardait tranquillement en attendant que ses fleurs infusent. Elle était heureuse de l'intérêt que son frère portait à l'enfant.

— Creb, répéta-t-il en se frappant la poitrine.

La fillette tendit le visage en avant, essayant de comprendre ce qu'il attendait d'elle. Creb répéta son nom pour la troisième fois. Soudain son regard s'éclaira, et elle se redressa en souriant.

— Grub ? répondit-elle en roulant les r comme lui.

Le vieil homme approuva de la tête ; elle n'était pas trop loin de la bonne prononciation. Puis il la montra du doigt. Elle fronça légèrement les sourcils, incertaine de ce qu'il voulait à présent. Il se frappa la poitrine en disant son nom, puis frappa celle de la fillette. Le large sourire de compréhension qui illumina l'enfant fit à Creb l'effet d'une grimace, et quant au mot polysyllabique qui tomba de ses lèvres, il était non seulement imprononçable, mais quasiment incompréhensible. Il refit les mêmes gestes en s'approchant pour l'entendre mieux.

— Ay-rr, répéta-t-il, hésitant. Ay-lla, Ayla ?

C'était le mieux qu'il pût faire. Bien peu parmi les membres du clan seraient parvenus à un résultat aussi proche de l'exactitude. Elle sourit de nouveau en hochant la tête. Ce n'était pas tout à fait ce qu'elle avait dit, mais elle acceptait ce nom, comprenant dans la précocité de son intelligence que le vieil homme ne pouvait mieux faire.

— Ayla, répéta Creb pour s'habituer à la sonorité.

— Creb ? dit la petite fille en le tirant par le bras pour qu'il la regarde.

Puis elle désigna la femme.

— Iza, dit Creb. Iza.

— Iiiia-sa, répéta-t-elle, prenant manifestement un grand plaisir à ce jeu. Iza, Iza, dit-elle encore en regardant la femme.

Iza acquiesça solennellement ; savoir prononcer le nom de quelqu'un était très important. Elle se pencha et toucha l'enfant comme Creb l'avait fait. La fillette répéta son nom au grand désespoir d'Iza qui se révéla incapable d'en prononcer la moindre syllabe. La petite fille, désolée, jeta un coup d'œil à Creb et articula son nom à la manière du vieillard.

— Aaay-ghha, dit la femme avec difficulté. Aaaya-ya ?

— Non, Aaay-lla, reprit Creb très lentement pour qu'Iza puisse mieux saisir.

— Aaaya-lla, parvint à articuler Iza au prix d'un grand effort pour imiter son frère.

La petite fille sourit, peu lui importait que son nom ne fût pas très bien prononcé ; Iza avait eu tant de mal à répéter celui que lui avait indiqué Creb qu'elle l'accepta désormais comme le sien. Elle serait donc Ayla. L'enfant tendit spontanément les bras vers la femme et l'embrassa.

Iza la serra doucement contre elle, puis la repoussa. Il lui faudrait apprendre à la fillette que les démonstrations d'affection n'avaient pas cours en public. Ayla était folle de joie. Elle s'était sentie tellement perdue, tellement isolée parmi ces inconnus. Elle avait ressenti une déception si cruelle de ne pouvoir communiquer avec la femme qui prenait soin d'elle. Ce n'était qu'un début, mais au moins pouvaient-elles désormais s'appeler l'une l'autre par leurs noms. Elle se tourna vers l'homme qui était à l'origine de ce commencement de communication et ne le trouva plus aussi laid. Elle éprouva soudain pour lui un grand élan d'affection et, comme elle l'avait fait si souvent avec cet autre homme dont la silhouette flottait dans ses souvenirs, elle passa ses bras autour du cou de l'infirme et, attirant sa tête vers elle, elle posa sa joue contre la sienne.

Ce geste affectueux ébranla profondément Creb. Il résista au désir de lui rendre son étreinte car il était impensable qu'on le vît embrasser cette étrange fillette hors des limites du foyer familial. Mais il la laissa presser sa petite joue ferme et douce contre son visage broussaillant de barbe avant de se dégager.

Creb ramassa son bâton et s'en aida pour se relever. Comme il s'éloignait, il songea à l'enfant. Je vais lui apprendre à parler et à communiquer correctement, se promit-il. Je ne vais tout de même pas confier son éducation à une femme. Il ne pouvait se cacher cependant que son véritable désir était de passer davantage de temps avec l'enfant. Sans en être vraiment conscient, il la considérait déjà comme un membre à part entière du clan.

Quant à Brun, il n'avait pas réfléchi aux conséquences que pourrait avoir la permission donnée à Iza de recueillir une enfant étrangère. Toutefois, il ne pensait pas avoir commis une erreur. Comment aurait-il pu prévoir qu'ils trouveraient sur leur route une fillette blessée n'appartenant pas à la race du Clan ? Grâce aux soins d'Iza, l'enfant était maintenant hors de danger, mais pouvait-il la chasser sans se heurter à Iza qui, bien qu'elle n'eût aucun pouvoir personnel, comptait maints alliés invisibles parmi les esprits ? Et voilà que Creb à son tour, le Mog-ur, homme écouté de tous les esprits, semblait manifestement séduit par la petite. Brun n'avait nulle envie de se mesurer à si forte partie. En outre, il ne s'en était pas encore fait la réflexion, mais le clan, avec l'enfant, comptait maintenant vingt et un membres.

Le lendemain matin, en examinant la jambe d'Ayla, la guérisseuse constata une nette amélioration de son état. Grâce à ses soins avisés, l'infection s'était à peu près résorbée et les quatre sillons parallèles se refermaient peu à peu en s'atténuant, même s'il en resterait à jamais des cicatrices. Iza considéra comme inutile le renouvellement de l'emplâtre mais elle prépara néanmoins une infusion d'écorce de saule. Avec son aide, Ayla essaya de se lever. Elle grimaça de douleur en s'appuyant sur sa jambe blessée mais, au bout de quelques pas, elle eut moins mal.

Une fois debout, la fillette se révéla encore plus grande que ne le pensait Iza. Ses jambes fines, droites et fuselées où pointaient des genoux arrondis incitèrent la guérisseuse à croire qu'elles étaient déformées, car tous ceux du Clan avaient les membres inférieurs fortement arqués. Mais à part une légère claudication, l'enfant ne semblait guère éprouver de difficultés à marcher. Comme les yeux bleus, les jambes droites devaient être une caractéristique normale chez les Autres, se dit Iza.

La guérisseuse enveloppa Ayla dans la couverture et la hissa sur sa hanche au moment du départ ; elle n'était pas suffisamment guérie pour marcher normalement mais, de temps à autre, Iza la laissait faire quelques pas toute seule. La fillette montrait un appétit féroce, et Iza constata qu'elle avait pris du poids, car elle était plus lourde à porter. Et c'est avec soulagement qu'elle la déposait par terre, d'autant que le chemin devenait de plus en plus pénible.

Le clan abandonna derrière lui la vaste étendue des steppes pour traverser une contrée vallonnée qui fit bientôt place à d'abruptes montagnes dont les sommets enneigés se rapprochaient sensiblement chaque jour. Si d'épaisses forêts croissaient sur les pentes, ce n'étaient plus les conifères de la forêt boréale mais des arbres aux troncs noueux et aux larges feuilles caduques. La température s'était réchauffée bien plus vite que ne le laissait présager la saison, à la grande surprise de Brun. Les hommes avaient troqué leur fourrure contre un pagne court en cuir, laissant le torse nu. Les femmes n'avaient pas changé de vêtements, trouvant plus commode de porter leurs ballots vêtues de peaux pour se protéger des frottements.

Le paysage n'avait rien de commun avec la froide prairie qui entourait leur ancienne caverne. Iza dut recourir de plus en plus souvent à ses connaissances ancestrales tandis que le clan traversait les vallées ombreuses et les collines boisées. L'écorce brun foncé des chênes, des hêtres, des pommiers et des érables alternait avec celle plus tendre et plus souple des saules, des bouleaux, des peupliers, des aulnes et des noisetiers. L'air avait une senteur particulière qui semblait portée par une douce brise tiède en provenance du sud. Des chatons pendaient encore aux branches feuillues des bouleaux. Des pétales fragiles tombaient en pluie rose et blanche, promesse précoce d'un automne fructueux.

Ils cheminaient avec difficulté à travers des sous-bois denses, d'où ils ne sortaient que pour longer des pentes ravinées par les eaux et le soleil. Quand ils franchissaient une arête, les collines autour d'eux offraient à leur vue une formidable palette de verts. Avec l'altitude les sapins argentés réapparaissaient, tachés plus haut du bleu des épicéas. Le vert sombre des conifères se mêlait au véronèse des arbres à feuilles caduques et au vert amande d'autres espèces à petites feuilles. Les mousses et les herbes ajoutaient leurs teintes à la mosaïque des oxalides, de l'oseille sauvage et des succulentes accrochées aux roches. Les fleurs sauvages mouchetaient les sous-bois du blanc des trilliums, du bleu des violettes, du rose pâle des aubépines, tandis que le jaune des jonquilles et le bleu et jaune des gentianes dominaient dans les prairies de montagne. Dans les rares endroits préservés de l'ardeur du soleil, les dernières anémones dressaient comme un défi leurs têtes blanches.

Le clan décida de faire halte après avoir atteint le sommet d'un escarpement. Au-dessous, le paysage ondoyant des collines s'interrompait brusquement devant les steppes qui s'étendaient jusqu'à l'horizon. De leur poste d'observation, les hommes pouvaient distinguer de nombreux troupeaux pâturant dans les hautes herbes dont le vert commençait déjà à jaunir au soleil de l'été. Des chasseurs se déplaçant rapidement, débarrassés des femmes lourdement chargées, pourraient fort bien gagner ces étendues herbeuses en moins d'une matinée et y choisir leurs proies parmi une grande variété de gibier. Le ciel était encore dégagé vers l'est, au-dessus de la vaste prairie, mais de gros nuages noirs menaçants arrivaient du sud. Ils ne tarderaient pas à rencontrer la chaîne de montagnes et à éclater en orages sur le clan.

Brun et ses hommes tenaient conseil, à l'écart des femmes et des enfants qui, cependant, à leurs airs préoccupés et à leurs gestes, comprirent vite ce qui les tourmentait. Ils se demandaient en effet s'ils ne seraient pas plus avisés de rebrousser chemin. Non seulement la région leur était totalement inconnue, mais ils s'éloignaient beaucoup trop des steppes à leur goût. Certes ils avaient entraperçu de nombreux animaux dans les bois au pied des collines, mais ce n'était rien par comparaison avec les superbes troupeaux engraissés dans les riches herbages des plaines. Il était infiniment plus facile de chasser le gibier à découvert qu'à l'abri des épaisses forêts où les prédateurs eux aussi vivaient dissimulés. Les animaux des plaines avaient un instinct grégaire qui les poussait à vivre en hardes et non en solitaires ou en petits groupes, comme c'était le cas des espèces de la forêt.

Iza devina qu'ils allaient probablement revenir sur leurs pas, après avoir escaladé en vain les pentes raides de la montagne. Les nuages qui s'amoncelaient et la pluie menaçante jetaient un voile lugubre sur les voyageurs désemparés. Iza déposa Ayla sur le sol et se débarrassa de son fardeau. Profitant pleinement de la liberté de mouvement que lui offrait de nouveau sa jambe en voie de guérison, l'enfant gambadait joyeusement. Quelques instants plus tard, Iza la vit disparaître derrière un gros épaulement rocheux. Elle ne tenait pas à ce que la fillette s'éloigne trop. La discussion des hommes pouvait prendre fin d'un moment à l'autre, et Brun verrait assurément d'un fort mauvais œil leur départ retardé par sa faute. Elle s'élança à sa recherche, et à peine eut-elle contourné la roche qu'elle aperçut Ayla, mais ce qu'elle découvrit au-delà de la fillette lui fit battre le cœur à tout rompre.

Elle fit aussitôt demi-tour, jetant force regards par-dessus son épaule. N'osant pas interrompre Brun et ses hommes, en plein conseil, elle attendit impatiemment que la discussion prît fin. Brun devina en la voyant qu'il se passait quelque chose d'anormal. Dès que les hommes se préparèrent, Iza se précipita vers lui et s'assit les yeux baissés, position qui indiquait son désir de lui parler. Il était libre de lui accorder la parole ou de la refuser ; le choix lui appartenait entièrement. S'il ignorait sa présence, elle n'aurait pas le droit de lui dire ce qui la préoccupait.

Brun se demanda ce qu'elle voulait. Il avait remarqué la fugue de la petite fille ; rien ou presque de ce qui se passait dans le clan ne lui échappait, mais des problèmes plus pressants l'occupaient. Il doit s'agir de l'enfant, pensa-t-il avec déplaisir, et il fut tenté de négliger la requête d'Iza. Quoi qu'en dise Mog-ur, Brun ne voyait pas d'un œil serein la présence de la fillette. En levant les yeux, il rencontra le regard du sorcier. Il s'efforça de deviner les pensées de l'infirme, mais ne put parvenir à pénétrer le visage impassible.

Brun reporta son regard sur la femme assise à ses pieds, visiblement très agitée. Il n'était pas insensible à sa sœur qu'il estimait tout particulièrement. Elle s'était toujours bien conduite, donnait l'exemple aux autres femmes et l'avait rarement importuné avec des demandes futiles. Peut-être devrait-il la laisser parler ; il n'était pas obligé de satisfaire l'objet de sa requête. Il tendit le bras et lui tapa sur l'épaule.

Iza, à ce geste, expira bruyamment ; elle ne s'était pas rendu compte qu'elle avait durant tout ce temps retenu son souffle. Il l'autorisait à parler ! Il avait mis si longtemps à se décider qu'elle était persuadée de recevoir un refus. Elle se releva et, pointant le doigt en direction de l'arête rocheuse, elle prononça un seul mot :

— Caverne !

4

Brun partit aussitôt dans la direction que lui indiquait Iza. A peine eut-il tourné l'arête rocheuse qu'il s'arrêta net, fasciné par ce qui s'offrait à sa vue. Une bouffée d'enthousiasme l'envahit soudain. Une caverne ! Et quelle caverne ! Il sut dès le premier instant que c'était celle qu'il cherchait, mais il lutta néanmoins pour contrôler son émotion et refréner ses espoirs. Il s'obligea à concentrer son attention sur les possibilités qu'elle offrait ainsi que sur son emplacement et ne remarqua même pas la petite fille.

Il se trouvait à une centaine de mètres mais, même de là, l'entrée de la caverne, de forme grossièrement triangulaire, laissait présager un espace intérieur plus que suffisant pour y loger à l'aise tout le clan. Elle était orientée plein sud, bénéficiant ainsi du soleil pendant la majeure partie de la journée. Brun inspecta rapidement les environs. Deux falaises escarpées, l'une au nord et l'autre au sud-est, protégeaient un ruisseau qui coulait le long d'une pente douce, ajoutant un atout supplémentaire à une liste déjà longue. C'était le site le plus exceptionnel qu'il eût jamais vu. Contenant sa joie, il fit signe à Grod et à Creb de le rejoindre pour examiner la caverne de plus près.

Les deux hommes accoururent vers leur chef, suivis par Iza qui venait chercher Ayla. Elle en profita, elle aussi, pour jeter un coup d'œil circonspect à la caverne et hocha la tête avec satisfaction, avant de s'en retourner avec l'enfant vers le reste du clan tout agité d'impatience. L'émotion réprimée de Brun ne leur avait pas échappé, et ils avaient deviné la découverte d'une caverne offrant de bonnes possibilités. Perçant les sombres nuages accumulés au-dessus d'eux, des rayons de soleil semblaient confirmer leurs espoirs.

Brun et Grod se saisirent de leurs épieux en s'approchant de la grotte. Ils ne remarquèrent aucun signe de vie humaine, ce qui ne leur garantissait pas pour autant qu'elle fût inhabitée. Des oiseaux entraient et sortaient inlassablement, voletant, gazouillant, et décrivant de larges cercles. Leur présence est de bon augure, pensa Mog-ur. Ils s'avancèrent avec prudence, longeant l'entrée, tandis que Brun et Grod cherchaient attentivement des empreintes ou des excréments d'animaux. Les plus récents dataient de plusieurs jours. Les impressionnantes marques de dents laissées sur de gros ossements par de puissantes mâchoires en disaient long sur les hôtes de ces lieux : une bande de hyènes avait trouvé refuge dans la caverne. Les charognards avaient attaqué un vieux daim dont ils avaient traîné la carcasse à l'intérieur pour finir leur repas en paix dans une relative sécurité.

Sur le côté ouest de l'entrée, tapie au milieu d'un épais taillis, se trouvait une petite mare, dont le trop-plein, suivant la pente, se déversait plus bas dans le cours d'eau. Pendant que les deux autres attendaient, Brun suivit le bras d'eau jusqu'à sa source. Elle surgissait un peu plus haut d'une anfractuosité dans la roche moussue qui formait un des côtés de la caverne. Une eau vive, fraîche et pure, y jaillissait. Brun rejoignit ses compagnons, comptant la mare et la source dans la liste des avantages du lieu. Le site en lui-même était excellent, mais c'est de la caverne elle-même que dépendait la décision.

Les trois hommes franchirent le seuil de l'entrée triangulaire percée dans la montagne et pénétrèrent, leurs sens en alerte, à l'intérieur, sans s'écarter de la paroi rocheuse. Une fois leurs yeux accoutumés à l'obscurité, ils regardèrent autour d'eux avec stupéfaction. Un haut plafond voûté surplombait une immense salle suffisamment spacieuse pour contenir plusieurs clans comme le leur. Ils longèrent la roche dans l'espoir de découvrir des ouvertures susceptibles de les conduire plus avant dans les tréfonds de la montagne. Au fond de la salle, une seconde source jaillissait du mur pour former une petite mare sombre. Juste au-delà, la paroi de la caverne tournait brusquement en direction de l'entrée et, en suivant le côté opposé, les trois hommes aperçurent, à la lueur croissante du jour, une faille noire dans la pierre grisâtre. D'un geste, Brun signifia à Creb de s'arrêter et, s'approchant de la fissure avec Grod, en scruta les profondeurs. Il y faisait nuit noire.

— Grod ! ordonna Brun, joignant le geste propre à lui faire comprendre ce dont il avait besoin.

Le chef en second sortit précipitamment de la caverne. Il passa rapidement en revue la végétation qui croissait alentour et se dirigea vers un petit bosquet de sapins argentés. Des coulées de résine solidifiée faisaient des plaques brillantes sur les troncs. Grod arracha un morceau d'écorce scintillant de gouttes de résine, cassa quelques branches mortes à la base du sapin sous les premiers rameaux d'aiguilles vertes puis, retirant d'un pli de son vêtement une hache à la pierre effilée, trancha et dépouilla prestement une branche verte. A l'aide de quelques longues herbes, il attacha à l'extrémité de la branche l'écorce résineuse et des brindilles sèches et, après avoir extrait avec précaution le charbon ardent de la corne d'aurochs suspendue à sa ceinture, il l'approcha de la résine et se mit à souffler dessus. Un instant plus tard, il regagnait en courant la caverne, une torche enflammée à la main.

Grod, la torche haut levée, et Brun, brandissant sa massue, prêt à toute éventualité, disparurent dans la faille obscure. Ils suivirent en silence un étroit passage qui tourna brusquement et déboucha soudain dans une seconde caverne. Au fond de celle-ci, plus petite que la précédente et presque circulaire, ils découvrirent un amoncellement d'ossements que la lueur de la torche parait de reflets d'ivoire. Brun s'avança pour voir de plus près et, les yeux écarquillés, fit un signe à Grod. Les deux rebroussèrent chemin.

Appuyé sur son bâton, Mog-ur attendait, inquiet. Lorsque Brun et Grod débouchèrent du passage, il remarqua avec surprise l'agitation inaccoutumée du chef. Sur un geste de lui, Creb suivit les deux hommes à l'intérieur de la faille En arrivant dans la grotte secondaire, Grod leva sa torche, et le sorcier étrécit les yeux en découvrant la pile d'ossements. Il s'en approcha avec impatience et, se laissant choir à genoux, il se mit à fouiller. Il aperçut dans le tas un grand objet oblong. Il le tira. C'était un crâne.

Il n'y avait aucun doute possible. Le crâne au front fortement arqué était absolument identique à celui que Mog-ur transportait dans ses affaires. Le sorcier s'assit par terre et, soulevant le lourd crâne à hauteur de ses yeux, plongea son regard dans les deux orbites noires avec un mélange d'incrédulité et de respect. Ursus lui-même avait séjourné dans cette caverne. A en juger par la quantité d'ossements, les ours des cavernes avaient passé plusieurs hivers en ces lieux. Mog-ur comprenait enfin l'excitation de Brun. Que le Grand Ours des Cavernes eût hiberné dans cette grotte, il ne pouvait y avoir de meilleur présage. L'essence de la puissante créature que le Peuple du Clan vénérait entre toutes imprégnait la roche même. Chance et protection étaient assurées au clan qui y résiderait. A en juger par l'âge des ossements, la grotte était manifestement inhabitée depuis des années, attendant seulement qu'ils la découvrent.

C'était une caverne parfaite, bien située, spacieuse, pourvue d'un réduit idéal pour y célébrer les rites secrets du Clan. Mog-ur imaginait déjà les cérémonies. La petite grotte serait son domaine réservé. Leur quête était enfin terminée, leur clan avait trouvé une demeure, à condition que la première chasse soit fructueuse.

Lorsque les trois hommes quittèrent la caverne, le soleil brillait dans le ciel tandis que le vent chassait rapidement les derniers nuages. Brun y vit un heureux présage ; mais il aurait également trouvé de bon augure le plus formidable déluge, tant sa satisfaction était grande. De la terrasse à l'entrée de la caverne, il regarda le panorama qui s'étendait à ses pieds. Devant lui, dans l'échancrure de deux collines brillait une vaste étendue d'eau, et il comprit alors la raison de la douceur du climat et du changement de la végétation.

La caverne se trouvait au pied d'une chaîne de montagnes située à l'extrémité sud d'une péninsule qui avançait dans une mer intérieure. La péninsule était reliée en deux points au continent, au nord par une large bande de terre, et à l'est par une langue étroite de marais salants faisant la jonction avec la région des hautes montagnes. Les marais les séparaient également d'une autre mer intérieure, plus petite, située au nord-est.

Les montagnes dans leur dos protégeaient la bande côtière des grands vents froids venus du glacier continental au nord. Les vents maritimes apportaient assez d'humidité et de chaleur pour que se développent les essences forestières à feuilles caduques communes aux climats tempérés.

Le site de la caverne était vraiment idéal. Non seulement la température y était plus élevée que n'importe où alentour, mais on y trouvait du bois en abondance pour affronter sans crainte les rigueurs de l'hiver.

La grande mer proche pourvoirait poissons et crustacés et les falaises le long du rivage abritaient des colonies d'oiseaux marins et leurs œufs. La forêt tempérée était un paradis pour qui savait y cueillir les fruits, les noix, les baies, les graines et les gousses des légumineuses. Les sources et ruisseaux constituaient une réserve d'eau fraîche inépuisable. Mais le principal avantage résidait dans la proximité des steppes dont les verts pâturages engraissaient d'importants troupeaux de ruminants qui fourniraient non seulement de la viande mais aussi des peaux pour les vêtements et des os pour l'outillage. Le petit clan qui vivait de la chasse et de la cueillette dépendait de la terre, et cette terre à leurs pieds déployait toute son abondance.

Comme il s'en retournait vers le clan qui attendait impatiemment, Brun regardait à peine où il posait les pieds. Il n'aurait su imaginer caverne plus parfaite. Les esprits protecteurs étaient revenus, pensait-il. Peut-être ne les avaient-ils jamais abandonnés, peut-être désiraient-ils simplement que le clan s'en aille, pour s'installer ici, dans cette grotte plus grande, plus avantageuse. Il n'y avait pas d'autre explication ! Les esprits s'étaient lassés de leur ancienne caverne, ils en voulaient une nouvelle, et ils avaient déclenché un tremblement de terre pour les obliger à partir. Peut-être avaient-ils également besoin parmi eux de ceux et celles qui avaient perdu la vie dans le séisme. Ils m'ont mis à l'épreuve, songea-t-il encore. Voilà pourquoi j'étais incapable de décider si nous devions ou pas rebrousser chemin. Brun était heureux que sa qualité de chef n'ait pas été prise en défaut. Si cela n'avait pas été contraire à sa position, il aurait pris le pas de course pour annoncer la bonne nouvelle à son clan.

Lorsque les trois hommes réapparurent, il leur fut inutile d'informer les autres qu'ils étaient arrivés au terme de leur voyage. Tout le monde le savait déjà. Iza, la seule avec Ayla à avoir vu la caverne, n'avait jamais douté que Brun en prendrait possession. Et à présent, pensait-elle, il ne pourrait plus exiger le départ d'Ayla. Sans elle, il aurait décidé de rebrousser chemin. Le totem de l'enfant est décidément aussi puissant que bénéfique et la chance qu'il apporte avec lui s'étend aux membres de notre clan. Iza considéra la fillette à côté d'elle, inconsciente de l'enthousiasme dont elle était indirectement la cause. Mais si la chance était avec elle, pourquoi avait-elle perdu ses parents et ceux de sa race ? Iza secoua la tête d'un air perplexe. Décidément, les voies des esprits étaient impénétrables.

Brun aussi pensait à l'enfant et il reconnaissait en son for intérieur qu'Iza n'aurait jamais découvert la caverne si elle ne s'était mise à la recherche d'Ayla. Il avait été contrarié quand il avait vu la petite s'éloigner du groupe, alors qu'il avait donné l'ordre d'attendre. Mais sans l'indiscipline de l'enfant, la grotte leur serait restée cachée. Pourquoi les esprits avaient-ils guidé les pas de la fillette ? Comme toujours, Mog-ur avait raison. Les esprits ne désavouaient pas la pitié d'Iza ni la présence d'Ayla parmi eux. On pouvait même dire que cette dernière avait leur faveur.

Brun jeta un regard à l'homme estropié qui aurait dû devenir chef à sa place. Nous avons bien de la chance que mon frère soit notre mog-ur. C'est étrange, se dit-il, car cela fait si longtemps que je n'ai pas pensé à lui comme étant mon frère. Quand Brun était jeune et qu'il s'efforçait d'acquérir le courage et le sang-froid qu'on attendait de celui destiné à être chef, la présence de son frère lui avait été d'un grand secours. Creb était l'aîné, et il avait son propre combat à mener contre son infirmité et les douleurs physiques et morales qu'elle lui valait, mais rien de ce qui pouvait tourmenter Brun ne lui échappait. Que son jeune frère eût le moindre doute quant à ses capacités à commander et à donner l'exemple, Creb était là, à ses côtés, présence silencieuse mais rassurante et pleine de compréhension.

Tous les enfants nés de la même femme n'étaient pas considérés comme frères ou sœurs. Seuls des enfants de même sexe pouvaient se désigner l'un l'autre comme frères ou comme sœurs, et cela uniquement quand ils étaient jeunes ou en de rares moments d'intimité particulière. Les hommes n'avaient pas de sœurs, et les femmes n'avaient pas de frères. Creb, de même mère que Brun, était son frère. Iza, pourtant née de la même mère, ne pouvait être tenue pour sa sœur, et elle-même n'avait pas de sœur.

Etant jeune, Brun avait éprouvé de la compassion envers son frère, mais il avait depuis longtemps oublié l'infirmité de son aîné et n'avait plus à son égard qu'un profond respect pour son pouvoir et son savoir. A ses yeux, Creb était maintenant avant tout le grand sorcier dont il sollicitait souvent les sages conseils. Brun ne pensait pas que son frère pût regretter de ne pas être lui-même un chef, mais parfois il se demandait si l'infirme ne souffrait pas de ne pas avoir pris femme et eu des enfants. Les femmes pouvaient se révéler parfois contrariantes, mais le plus souvent elles apportaient de la chaleur et du plaisir à l'homme. Creb n'avait jamais eu de compagne, il n'avait jamais appris à chasser, n'avait jamais connu les joies et les responsabilités de tout homme normal, mais il était Mog-ur, le grand Mog-ur.

Brun ne connaissait rien à la magie, et le monde mystérieux des esprits lui était pratiquement étranger, mais il était le chef et sa compagne avait donné le jour à un fils superbe. C'est avec fierté qu'il pensa à Broud, le garçon qu'il élevait pour devenir chef à sa suite. Je l'emmènerai à la chasse pour la fête de la caverne, décida-t-il soudain. Ce sera sa chasse d'homme. S'il réussit sa première prise, nous pourrons célébrer en même temps les rites de son accession à l'âge adulte. Broud l'a requis, il est fort et brave, un peu obstiné parfois, mais il apprend à se contrôler. Brun avait besoin d'un chasseur supplémentaire, à présent qu'ils prenaient possession d'une nouvelle caverne et que les préparatifs en vue de l'hiver exigeraient beaucoup à faire. Broud avait douze ans, un âge plus que suffisant pour être considéré comme un adulte. Il partagera les souvenirs des hommes de notre nouvelle demeure, pensa Brun. Iza préparera le breuvage.

Iza ! Que vais-je faire d'Iza ? Et de l'enfant ? Iza s'est déjà attachée à elle, malgré qu'elle soit une étrangère. Ce doit être parce qu'elle est restée si longtemps sans enfant. Mais elle en aura un bientôt, et elle n'a plus son compagnon pour pourvoir à ses besoins. Avec la petite, elle aura deux bouches à nourrir. Iza n'est plus très jeune, mais elle est enceinte, et son savoir et sa haute position dans le clan honoreraient tout homme disposé à lier sa vie à la sienne. Sans cette gamine venue d'ailleurs, un des chasseurs la prendrait peut-être comme deuxième épouse.

L'enfant est protégée des esprits, pensa encore Brun, et Iza désire vivement la garder avec elle. C'est Iza qui m'a averti au sujet de la caverne. Elle mérite que je l'en remercie, mais je ne dois pas le faire de façon trop ostensible. Je lui ferais certainement plaisir en l'autorisant à garder la petite fille, mais celle-ci n'appartient pas au Peuple du Clan. Les esprits du Clan veulent-ils d'elle ? Elle n'a même pas de totem ; comment pourrait-elle demeurer parmi nous sans totem ? Les esprits ! Ah ! Je ne les comprends pas !

— Creb, appela Brun. (Le sorcier se retourna et s'approcha du chef en boitant.) Tu sais que la fillette, enfin, l'enfant qu'Iza a recueillie ne fait pas partie du clan. Tu m'as conseillé de laisser Ursus décider de son sort, mais qu'allons-nous faire d'elle à présent ? Elle n'appartient pas au clan, elle n'a même pas de totem, et les nôtres ne laisseront jamais une étrangère assister à la cérémonie d'inauguration de la caverne. Je vois bien qu'Iza désire la garder auprès d'elle, et qu'abandonnée dans la nature elle ne pourrait survivre. Mais que faire pour la cérémonie ?

Creb, qui n'attendait que ce moment, répondit sans hésiter.

— L'enfant a un totem, Brun, un totem très puissant. Nous ne savons pas encore lequel. Elle a été attaquée par un lion des cavernes et pourtant elle s'en est tirée avec un bon coup de patte en tout et pour tout.

— Un lion des cavernes ! Peu de chasseurs s'en seraient sortis à si bon compte.

— Oui, et elle a erré seule pendant longtemps. Elle était près de mourir de faim ; et pourtant elle n'est pas morte. Elle a été placée sur notre chemin pour qu'Iza la découvre. Et n'oublie jamais, Brun, que tu ne t'y es pas opposé. Elle est encore bien jeune pour subir une épreuve, poursuivit Mog-ur, mais je pense que son totem voulait voir si elle est digne de lui. Et son totem n'est pas seulement puissant, il porte également chance. Nous pourrions partager sa chance ; peut-être la partageons-nous déjà.

— Tu veux parler de la caverne ?

— C'est elle qui l'a vue la première. Nous étions prêts à rebrousser chemin ; tu nous as conduits si près, Brun...

— Les esprits m'ont conduit, Mog-ur. Ils désiraient une nouvelle demeure.

— Bien sûr qu'ils t'ont conduit, mais ils ont d'abord révélé l'existence de la grotte à la fillette. J'ai réfléchi, Brun, il reste encore deux bébés qui ne possèdent pas de totem. J'ai pensé que nous pourrions célébrer en même temps la consécration de la caverne et la révélation de leurs totems. Cela leur portera bonheur et fera plaisir à leurs mères.

— Quel rapport avec la petite ?

— Lorsque j'interrogerai les esprits pour savoir quels sont leurs totems, je demanderai également quel est celui de l'enfant. S'il se révèle à moi, nous pourrons la faire participer à la cérémonie et l'accepter dans le clan. Alors, plus rien ne s'opposera à sa présence parmi nous.

— L'accepter dans le clan ! Elle n'appartient pas au Peuple du Clan, elle est née chez les Autres. Qui a parlé de l'accepter dans le clan ? Ursus ne permettra jamais une chose pareille. Ça ne s'est jamais vu ! objecta Brun. Je me demandais seulement si les esprits l'autoriseraient à séjourner parmi nous jusqu'à ce qu'elle soit assez grande pour se débrouiller toute seule.

— Iza lui a sauvé la vie, Brun, et en le faisant elle s'est approprié une partie de son esprit. L'enfant était tout près de passer dans l'autre monde, mais à présent elle est vivante. C'est comme si elle était venue une seconde fois à la vie, au sein du clan. (Creb, voyant avec quelle difficulté le chef accueillait cette idée, s'empressa de poursuivre sa plaidoirie avant que Brun n'intervienne.) Les membres d'un clan ont le droit de se joindre à un autre clan, Brun. Il n'y a rien d'anormal à cela. Souviens-toi du dernier Rassemblement du Clan ; deux petits clans n'ont-ils pas décidé de se regrouper en un seul ? Ces deux clans auraient probablement disparu s'ils ne s'étaient unis, car ils avaient tous deux perdus beaucoup d'enfants en bas âge. L'acceptation d'un étranger ne date pas d'hier.

— C'est vrai, certains clans fusionnent entre eux, mais cette fillette est une étrangère au Peuple du Clan. Tu ne sais même pas si l'esprit de son totem te parlera, Mog-ur Et s'il le fait, sais-tu seulement si tu le comprendras ? Pour ma part, je ne comprends rien à ce qu'elle dit. Crois-tu vraiment découvrir son totem ?

— Je peux toujours essayer. Je demanderai à Ursus de m'aider. Les esprits savent se faire comprendre, Brun. Si elle doit appartenir au clan, son totem me le fera savoir.

Brun réfléchit un instant aux paroles de Mog-ur.

— Même si tu découvres son totem, quel chasseur voudra d'elle plus tard ? Iza et son enfant représentent déjà une charge assez lourde et les chasseurs ne sont pas nombreux parmi nous. Le compagnon d'Iza n'est pas le seul à avoir péri dans le tremblement de erre. Le fils de Grod a été tué ; c'était un chasseur jeune et fort. Le compagnon d'Aga n'est plus, il l'a laissée avec deux enfants et sa vieille mère à nourrir. Quant à Oga, poursuivit Brun avec émotion, elle a perdu le compagnon de sa mère, mort encorné par un mouflon, puis sa mère dans l'éboulement de la caverne. Dans quelque temps, je la donnerai à Broud, ce qui lui fera plaisir. Tu vois que les hommes ont déjà suffisamment de bouches à nourrir sans se charger en plus de cette étrangère, Mog-ur. Si je l'accepte dans le clan, à qui vais-je donner Iza ?

— A qui comptais-tu la donner, de toute façon, Brun ? dit le sorcier. (Mais avant que le chef, mal à l'aise, ait pu lui répondre, il enchaîna :) Iza et l'enfant ne seront un fardeau pour aucun chasseur, Brun. Je m'occuperai d'elles.

— Toi !

— Et pourquoi pas ? Ce sont deux femmes. Pour le moment du moins, il n'y a aucun garçon à éduquer. Ma position de mog-ur m'autorise à recevoir une part de toutes les chasses, n'est-ce pas ? Je n'ai jamais réclamé mon dû, car je n'en ai jamais eu besoin, mais aujourd'hui, je peux le faire. Ne serait-il pas beaucoup plus simple que tous les chasseurs me remettent la part qui revient de droit au mog-ur pour qu'ainsi je subvienne aux besoins d'Iza et de la fillette, plutôt que de charger l'un d'eux de s'occuper d'elles ? J'avais l'intention de te faire part de mon désir de fonder un foyer avec Iza dès que nous aurions trouvé une nouvelle caverne, à moins qu'un autre homme ne la désire, naturellement. Voilà des années que je partage le feu de ma sœur ; il me serait pénible de voir cette situation changer. En outre, Iza soulage mes rhumatismes. Si son enfant est une fille, je la prendrai également avec moi. Si c'est un garçon, eh bien, nous verrons à ce moment-là...

L'idée fit son chemin dans l'esprit de Brun. Elle ne lui déplaisait pas vraiment. Cela arrangerait tout le monde, en effet. Mais pourquoi Creb voulait-il cela ? se demanda-t-il. Iza s'occuperait de lui et de ses maux, quel que soit l'homme dont elle partagerait le feu. Pourquoi un homme de son âge tiendrait-il soudain à s'entourer d'enfants ? Pourquoi ce désir d'éduquer une petite fille étrangère à sa propre race ? Peut-être Creb se sentait-il responsable de cette enfant. Brun n'aimait pas trop l'idée d'intégrer la fillette dans le clan, mais il lui déplaisait encore plus de la voir vivre hors des règles et échapper à son autorité. Mais si Creb se chargeait de son éducation et qu'il lui apprenait à se comporter comme il se doit, son intégration serait moins problématique. Non, Brun ne voyait pas de raison de refuser à Mog-ur ce que ce dernier lui réclamait.

— D'accord, répondit-il avec un geste d'acquiescement. Si tu parviens à découvrir son totem, Mog-ur, nous accepterons la fillette dans le clan et elle pourra vivre avec Iza dans ton foyer, au moins jusqu'à la naissance de l'enfant.

Et, pour la première fois de sa vie, Brun se surprit à souhaiter qu'un enfant à naître soit une fille plutôt qu'un garçon.

Une fois sa décision prise, Brun se sentit soulagé. Le devenir d'Iza le préoccupait depuis des jours, sans qu'une solution ne se manifeste, du moins dans l'immédiat. Ce problème à présent résolu, il allait pouvoir se consacrer à des tâches plus importantes. La proposition de Creb avait en outre l'avantage de résoudre un problème personnel. En effet, depuis que le compagnon d'Iza avait trouvé la mort dans l'éboulement de l'ancienne caverne, Brun ne voyait pas comment il pourrait faire autrement que de prendre Iza et son enfant à naître, ainsi que Creb, dans son propre foyer. Or, il avait déjà la responsabilité de Broud et d'Ebra, et également d'Oga. Aussi la perspective de deux bouches supplémentaires, plus une autre à venir, aurait inévitablement créé des tensions autour de son feu, le seul endroit où il pouvait se détendre et oublier un instant sa tâche de chef de clan. Et puis cela n'aurait certainement pas plu à sa compagne, Ebra.

Celle-ci s'entendait bien avec Iza, mais de là à l'accueillir dans son foyer... Sans que rien n'ait jamais été exprimé à ce sujet, Brun savait qu'Ebra jalousait la position d'Iza. Compagne du chef, Ebra aurait occupé le rang le plus haut parmi les femmes dans tout autre clan. Mais Iza descendait directement d'une lignée de guérisseuses qui étaient les plus renommées parmi tous les clans, et elle ne devait sa situation élevée qu'à elle-même. Quand Iza avait recueilli la fillette, Brun avait pensé qu'il faudrait également prendre cette enfant en charge. Il ne lui était pas venu à l'idée que Mog-ur lui en demande la garde, ni qu'il requière la présence d'Iza. Creb ne pouvait chasser mais il avait bien d'autres ressources.

Ce problème résolu, Brun se hâta de rejoindre le clan qui attendait impatiemment de son chef la confirmation de ce qu'ils avaient tous deviné.

— Notre voyage est terminé, annonça-t-il d'un geste bref. Nous avons trouvé une caverne.

— Iza, dit Creb à la femme qui préparait une décoction d'écorce de saule pour Ayla. Je ne mangerai pas ce soir.

Iza inclina la tête pour signifier qu'elle avait compris. Elle savait qu'il allait méditer pour se préparer à la cérémonie. Il ne mangeait jamais avant de méditer.

Le clan campait près du cours d'eau au pied de la pente douce menant à la caverne, dans laquelle ils s'installeraient seulement quand elle aurait été consacrée selon le rituel établi. Bien qu'il ne fût pas convenable de faire preuve d'impatience, chacun trouvait quelque prétexte pour s'en approcher et jeter un coup d'œil à l'intérieur. Les femmes s'obstinaient à ramasser du bois mort près de l'entrée, et les hommes, sous couvert de veiller sur elles dans cette contrée inconnue, leur emboîtaient le pas. Le soulagement était grand dans le clan après tous ces jours d'angoisse qui avaient suivi le tremblement de terre. La nouvelle caverne, tout au moins ce qu'ils pouvaient en voir depuis ses abords, leur plaisait. Elle leur paraissait beaucoup plus spacieuse que celle qu'ils avaient perdue. Les femmes désignaient avec satisfaction la petite mare tout près de l'entrée. Elles n'auraient pas à descendre jusqu'à la rivière pour aller chercher de l'eau. Elles attendaient avec impatience que se déroule la cérémonie consacrant la caverne, l'un des rares rites auxquels elles avaient le droit de participer.

Mog-ur quitta le campement affairé. Il désirait trouver un endroit tranquille où il pourrait réfléchir sans être dérangé. Il suivit la berge de la rivière dont les eaux vives se jetaient beaucoup plus bas dans la mer intérieure. Une brise tiède soufflait de nouveau du sud. Seuls quelques nuages blanchissaient au loin le ciel clair de cette fin d'après-midi. La végétation était dense des deux côtés du cours d'eau, et il contournait machinalement les obstacles, plongé qu'il était dans ses réflexions. Un bruit dans un taillis devant lui le fit s'arrêter net. Il était en terrain inconnu, et il n'avait que son lourd bâton pour se défendre, mais la puissance de son bras valide en faisait une arme redoutable. Il le brandit au-dessus de lui, à l'affût des grognements et des mouvements agitant les buissons devant lui.

Soudain, un animal surgit de l'écran de verdure, son corps robuste supporté par de courtes pattes trapues. Des canines pointues se dressaient comme des défenses, de chaque côté de son groin. Quoique Creb n'en eût encore jamais rencontré le nom de la bête lui revint en mémoire. Un sanglier. Le porc sauvage le regarda d'un air belliqueux en grattant le sol, puis se détourna et disparut dans l'épaisseur des fourrés. Creb poussa un soupir de soulagement et reprit son chemin. Parvenu auprès d'un banc de sable étroit, il déplia sa couverture, y déposa le crâne de l'ours des cavernes et s'assit en lui faisant face. Il exécuta les gestes rituels, requérant l'assistance d'Ursus, puis chassa de son esprit toutes les préoccupations qui ne concernaient pas exclusivement les enfants dont il devait découvrir le totem.

Les enfants avaient toujours intrigué Creb. Souvent, assis parmi les siens et apparemment plongé dans ses pensées, il les observait à l'insu de tous. L'un d'eux, un petit garçon costaud de six mois environ, avait coutume de brailler d'un air agressif chaque fois qu'il avait faim. Depuis sa naissance, Creb l'avait toujours vu fourrer son petit nez dans la douce poitrine de sa mère pour y trouver le sein, puis pousser des grognements de plaisir tout en tétant. Le petit Borg, pensa Creb en souriant, lui rappelait le porc sauvage qu'il venait de voir et d'entendre grogner tout en fouillant le sol de son groin. Le sanglier était un animal intelligent, digne de respect, dont les redoutables défenses se révélaient capables d'infliger de sérieuses blessures à qui le mettait en colère, et dont les courtes pattes devenaient d'une surprenante vivacité lorsqu'il décidait de charger. Il n'était de chasseur qui aurait dédaigné un tel totem. Et puis il convenait tout particulièrement à la nouvelle caverne, car l'esprit du sanglier habitait ces bois. Un sanglier donc, décida Creb, convaincu que le totem de l'enfant lui était apparu à dessein.

Satisfait de son choix, Mog-ur tourna son attention vers l'autre enfant. Ona, dont la mère avait perdu son compagnon lors du tremblement de terre, était née peu de temps avant le cataclysme. Vorn, son frère de quatre ans, était le seul mâle au foyer. Il faudra bientôt trouver à Aga un nouveau compagnon, songea le sorcier, un homme qui saura prendre soin également d'Aba, sa vieille mère. Mais ceci est l'affaire de Brun ; c'est à Ona qu'il me faut penser, non à sa mère.

Les filles avaient besoin de totems plus paisibles, moins puissants que ceux des garçons, si elles désiraient porter des enfants. Creb songea à Iza, dont le totem, une antilope saïga, avait longtemps mis en échec celui de son compagnon... un problème qui avait souvent occupé les réflexions de Mog-ur. Iza connaissait bien plus la magie qu'on ne le supposait, et cependant elle n'avait pas trouvé le bonheur avec l'homme qu'on lui avait donné. Creb ne trouvait rien à reprocher à sa sœur ; elle s'était toujours parfaitement conduite envers cet homme. Celui-ci était mort, à présent. Mog-ur allait le remplacer. Naturellement, il n'aurait pas de rapports physiques avec Iza. Elle était sa sœur, et ce serait contraire à toutes les coutumes. Par ailleurs, ce genre de désir était depuis longtemps étranger à Creb. Iza avait toujours été de bonne compagnie, s'occupant avec diligence de lui depuis des années, et ce n'en serait que plus agréable aujourd'hui que son ancien compagnon avait disparu. Et puis il y avait Ayla. Creb éprouva une bouffée d'émotion au souvenir de ses petits bras autour de son cou. Plus tard, se rappela-t-il à l'ordre. D'abord, Ona.

Ona était une enfant tranquille et facile, qui posait souvent sur lui un regard grave. Ses petits yeux tout ronds examinaient chaque chose avec un vif intérêt silencieux, sans que rien leur échappât, semblait-il. L'image d'un hibou lui traversa l'esprit. Etait-ce un totem trop puissant ? Le hibou chasse, pensa-t-il, mais il ne s'attaque qu'aux petits animaux. Lorsqu'une femme possède un totem puissant, celui de son époux doit être plus puissant encore. Mais peut-être Ona aura-t-elle besoin d'un homme capable de lui assurer une forte protection, un homme ayant un totem plus fort que le sien. Le hibou donc, décida-t-il. Toutes les femmes doivent prendre des époux aux totems puissants. Est-ce la raison pour laquelle je n'ai jamais eu de compagne ? se demanda Creb. Quelle protection peut bien apporter un chevreuil ? Il y avait longtemps que Creb n'avait pensé à son totem, le doux et timide chevreuil. Il gîte lui aussi dans les forêts impénétrables, tout comme l'ours, se rappela-t-il soudain. Le sorcier était l'un des rares à posséder deux totems. Le chevreuil était celui de Creb, Ursus celui de Mog-ur.

Ursus Spelaeus, l'ours des cavernes, massif végétarien qui surpassait largement en taille ses cousins omnivores, près de deux fois plus petits que lui et trois fois plus légers, le plus grand ours qui ait jamais existé, était généralement lent à se mettre en colère. Mais un jour, une femelle irritée attaqua un petit garçon boiteux et sans défense qui musardait un peu trop près de ses oursons. La mère découvrit l'enfant déchiqueté et en sang, un œil arraché ainsi que la moitié du visage, et ce fut elle qui le ramena à la vie. Elle amputa au niveau du coude le bras paralysé et inutile, broyé par l'énorme bête à la force colossale. Ce petit garçon s'appelait Creb. A quelque temps de là, le mog-ur en exercice choisit pour servant l'enfant estropié et défiguré, lui apprenant qu'Ursus l'avait choisi, éprouvé et considéré digne de lui, emportant l'un de ses yeux comme gage de sa protection. Il devait maintenant se sentir fier de ses cicatrices, lui recommanda-t-il, car elles représentaient les marques de son nouveau totem.

Ursus ne permit jamais à l'esprit de Creb d'être englouti par une femme pour reproduire un enfant ; l'Ours des Cavernes n'offrait sa protection qu'après avoir éprouvé ses élus. Si ces derniers étaient fort peu nombreux, les survivants à ses épreuves l'étaient encore moins. La perte d'un œil était un lourd tribut à payer, mais Creb n'en ressentait aucune amertume. Il était Mog-ur et possédait l'intime conviction qu'Ursus n'avait jamais, au grand jamais, investi les précédents sorciers d'un pouvoir aussi formidable que le sien.

Saisissant son amulette, il pria l'esprit du Grand Ours de lui révéler celui du totem protecteur de la fillette née parmi les Autres. C'était là demander beaucoup, et il n'était pas certain que le message lui parviendrait. Il concentra ses pensées sur l'enfant et le peu de choses qu'il savait d'elle. Elle était intrépide, pensa-t-il. Elle m'a ouvertement manifesté son affection, sans peur ni crainte de la censure du clan. Voilà qui est rare chez une fille ; les filles ont plutôt tendance à se cacher derrière leur mère. Elle est curieuse et vive. Une image commença à se former dans son esprit, mais il la chassa. Non, c'est une fille, elle a besoin d'un totem féminin. Malgré ses efforts de concentration, l'image demeura persistante. Cette fois, il décida de ne pas l'écarter ; peut-être le mènerait-elle quelque part.

Il vit une troupe de lions en train de se chauffer paresseusement au soleil d'été dans les hautes herbes de la steppe. L'un des deux lionceaux était une petite femelle, destinée à devenir la chasseresse de la troupe. Elle jouait avec intrépidité et donnait des coups de patte sur le museau d'un gros lion. Des coups de patte audacieux et en même temps légers comme des caresses. Le lion finit par la repousser tendrement et, l'immobilisant sous son énorme patte, se mit à la lécher de sa langue rugueuse. Les lions des cavernes élevaient eux aussi leurs petits avec amour et fermeté, pensa Creb, en se demandant pourquoi lui était apparue cette scène de félicité domestique.

Mog-ur fit encore quelques efforts pour dissiper sa vision, mais la scène ne s'évanouit nullement.

— Ursus, serait-ce le Lion des Cavernes ? Ce n'est pas possible. C'est un totem trop puissant pour une femme. A quel homme pourra-t-elle s'accoupler ?

Le Lion des Cavernes n'était le totem d'aucun homme du clan, et n'apparaissait que fort rarement dans les autres clans. Il vit en imagination la maigre fillette, aux bras et aux jambes droits, au visage plat et au front bombé, si pâle ; même ses yeux étaient trop clairs. Elle deviendrait une femme hideuse et aucun homme ne voudrait d'elle, se dit Mog-ur. La pensée de sa propre laideur lui traversa l'esprit, et il se rappela comment les femmes l'évitaient, surtout quand il était jeune. Peut-être aura-t-elle besoin d'un totem puissant si elle ne doit jamais trouver d'homme pour veiller sur elle. Mais tout de même, un Lion des Cavernes ! Il essaya de se souvenir s'il y avait jamais eu une femme parmi le Peuple du Clan à avoir le grand félin pour totem.

J'oubliais qu'elle n'est pas des nôtres mais elle bénéficie d'une protection puissante, sinon elle n'aurait jamais survécu à ses épreuves. Elle serait morte sous les crocs de ce lion. Cette pensée se cristallisa dans son esprit. Le Lion des Cavernes ! Il l'avait attaquée sans la tuer… Voulait-il l'éprouver ? Une autre idée lui vint, et il frissonna. Le doute n'était plus permis. Brun lui-même ne pourrait faire la moindre objection. Le lion des cavernes l'avait marquée à la cuisse gauche de quatre sillons parallèles dont elle porterait toute sa vie les cicatrices. Or les rites de l'âge adulte exigeaient que Mog-ur marque du signe de son totem le corps d'un homme jeune, et le signe du Lion des Cavernes était justement quatre entailles parallèles dans la cuisse.

Les garçons sont marqués sur la cuisse droite ; mais Ayla est une fille, et les marques sont bien les mêmes, songea-t-il. Que n'y ai-je pensé plus tôt ! Le lion, conscient de la difficulté qu'aurait le clan à accepter une étrangère, l'a marquée du signe de son totem. Il désire qu'elle vive parmi nous, c'est pourquoi il l'a éloignée de son peuple. Mais pour quelle raison ? Le sorcier se sentit soudain mal à l'aise. S'il avait eu notion de ce concept, il y aurait vu un pressentiment. Dans l'état des choses, il éprouvait une vague appréhension mêlée d'un étrange espoir.

Mog-ur se ressaisit. Jamais un totem ne s'était imposé à son esprit d'une manière aussi impérieuse, et c'était cela précisément qui l'inquiétait. Le Lion des Cavernes est son totem. Il l'a choisie exactement comme Ursus m'a choisi. Mog-ur plongea son regard dans les sombres orbites du crâne posé devant lui. Avec une sincère humilité, il s'émerveilla de la façon dont les esprits parvenaient à se faire comprendre. Tout était clair, à présent. Un profond soulagement l'envahit en même temps que subsistait une question. Pourquoi cette petite fille avait-elle besoin d'une protection aussi grande ?

5

Les branches feuillues se balançaient doucement sous la brise du soir, silhouettes dansantes se découpant sur le ciel assombri. Le camp silencieux se préparait pour la nuit. A la faible lueur des braises du foyer, Iza vérifiait le contenu de ses bourses de peau rangées en bon ordre sur sa couverture, tout en jetant des regards inquiets dans la direction où elle avait vu disparaître Creb. Elle n'aimait pas le savoir seul, dans des bois inconnus, sans armes pour se défendre. La fillette dormait déjà et, à mesure que la nuit tombait, l'inquiétude de la guérisseuse grandissait.

Quelques instants plus tôt, elle était allée se rendre compte de la variété des plantes qui poussaient aux alentours de la caverne, désireuse de réapprovisionner et d'étendre sa pharmacopée. Elle ne se séparait jamais de son sac en loutre où elle serrait des feuilles séchées, des fleurs, des racines, des graines et des écorces, mais c'était là sa trousse d'urgence. Dans la nouvelle grotte, elle disposerait de tout l'espace voulu pour stocker et conserver toutes les plantes médicinales dont elle pourrait faire moisson.

Iza vit enfin arriver en claudiquant le vieux sorcier et, soulagée, elle s'empressa de mettre à chauffer son repas et de faire bouillir de l'eau pour son infusion favorite. Il s'approcha, silhouette voûtée par la fatigue, et s'assit à ses côtés pendant qu'elle rangeait ses bourses dans le sac en peau de loutre.

— Comment va l'enfant ce soir ? lui demanda-t-il par gestes.

— Mieux. Elle n'a presque plus mal. Elle t'a réclamé, répondit Iza.

— Tu lui feras une amulette demain matin, Iza.

La femme baissa la tête en signe d'acquiescement puis, incapable de rester en place tant sa joie était grande, elle se précipita pour surveiller le repas. Ayla allait rester parmi eux. Creb a parlé à son totem, se dit-elle, le cœur battant. Les mères de deux autres enfants leur avaient confectionné des amulettes ce jour même, au vu et au su de tous, pour que l'on sache que leurs rejetons connaîtraient bientôt leurs totems lors de la cérémonie de consécration de la caverne. Cette coïncidence était pour eux un présage de chance, et les deux mères ne s'en montraient pas peu fières. Pourquoi Creb s'était-il absenté si longtemps ? Il devait avoir eu du mal à découvrir le totem d'Ayla, songea Iza, s'abstenant de poser la moindre question à Creb, qui d'ailleurs ne lui aurait sans doute pas répondu.

Elle déposa le repas devant son frère, et de l'infusion pour tous les deux. Assis l'un près de l'autre, ils se sentaient envahis par une douce et réconfortante tendresse. Quand Creb eut fini de manger, ils étaient les seuls du clan à être encore éveillés.

— Les chasseurs partiront dans la matinée, dit Creb. S'ils font une bonne chasse, la cérémonie se déroulera le lendemain. Tu seras prête ?

— Je viens de vérifier, il me reste suffisamment de racines. Je serai prête, lui indiqua Iza en montrant sa petite sacoche.

Celle-ci était différente des autres. Le cuir en avait été teint en brun-rouge foncé, avec une poudre d'ocre rouge mélangée à la graisse d'ours qui avait servi à tanner la peau. Aucune autre femme ne possédait rien de teint en rouge sacré, mais toutes portaient sur leurs amulettes une petite marque d'ocre rouge.

— Je me purifierai demain matin, ajouta-t-elle.

Pour tout commentaire, Creb se contenta d'un grognement. C'était là une forme de réponse coutumière aux hommes lorsqu'ils s'adressaient à une femme. Ils restèrent un long moment silencieux, puis Creb posa son bol et regarda sa sœur.

— Mog-ur va s'occuper de toi et de la fillette ; de ton enfant à naître aussi, si c'est une fille. Tu partageras mon feu dans la nouvelle caverne, Iza, dit-il.

Et, s'aidant de son bâton, il se redressa avec peine et s'en fut se coucher.

Iza, qui avait commencé de se lever, se rassit lourdement sur le sol, stupéfaite par cette déclaration. C'était la dernière chose à laquelle elle se fût attendue. Depuis la disparition de son compagnon, elle savait qu'un autre homme allait devoir se charger d'elle. Elle s'était en vain efforcée de chasser de son esprit cette préoccupation, car le choix d'un compagnon n'était pas de son ressort mais de celui de Brun. Elle ne pouvait que passer en revue les hommes qui pourraient lui échoir.

Il y avait Droog, seul depuis la mort de la mère de Goov. Iza le respectait. Il était le meilleur tailleur d'outils du clan. N'importe qui était capable de tailler un bloc de silex pour confectionner un coup-de-poing ou un grattoir, mais Droog possédait un authentique talent, faisant voler d'un seul coup des éclats de la taille et de la forme qu'il avait choisies. Ses couteaux, ses grattoirs et autres instruments étaient hautement prisés. Si elle avait été libre de le faire, Iza aurait choisi

Droog entre tous. Il s'était montré bon envers la mère du servant de Mog-ur, et il y avait toujours eu entre elle et lui une relation affectueuse.

Cependant, il était plus probable qu'Aga serait donnée au tailleur de pierres. Elle était plus jeune qu'Iza et déjà mère de deux enfants. Son fils, Vorn, aurait bientôt besoin de la présence d'un homme pour assumer son éducation en matière de chasse, et il en fallait un aussi à la petite Ona pour prendre soin d'elle. Droog accepterait sans doute aussi Aba, la vieille mère d'Aga. Toutes ces responsabilités bouleverseraient la vie jusqu'ici tranquille et rangée du tailleur de pierres. Aga était parfois sujette à des sautes d'humeur, et elle n'avait pas la compréhension qu'avait toujours manifestée la mère de Goov, mais ce dernier fonderait bientôt son propre foyer, et Droog avait besoin d'une femme.

Par ailleurs, il était impensable qu'elle fût unie à Goov, qui était bien trop jeune. Jamais Brun ne lui donnerait une vieille femme pour compagne. Iza aurait le sentiment d'être sa mère plus que sa femme.

Iza avait songé à partager le foyer de Grod et d'Uka qui vivaient avec Zoug, le compagnon de la mère de Grod. Grod était un homme distant et peu disert, mais dépourvu de toute cruauté, et sa loyauté envers Brun ne faisait aucun doute. Il n'aurait pas déplu à Iza de devenir la seconde compagne de Grod, mais Uka était la sœur d'Ebra et elle n'avait jamais pardonné à Iza son rang qui lui portait ombrage. En outre, elle ne s'était jamais consolée de la mort de son jeune fils, et pas même sa fille Ovra ne parvenait à adoucir son chagrin. Ce foyer était trop mélancolique pour le goût d'Iza.

Quant au foyer de Crug, elle y avait à peine songé. Ika, sa compagne, la mère de Borg, était une femme ouverte et aimable. Et la réticence d'Iza tenait précisément au fait que ces deux-là étaient trop jeunes pour elle, et puis elle ne s'était jamais bien entendue avec Dorv, le compagnon de la mère d'Ika, qui partageait le foyer des jeunes gens.

Restait Brun, dont elle ne pouvait devenir la seconde épouse, du fait qu'elle était née de la même mère bien que son rang de guérisseuse eût pu lui permettre de surmonter cet interdit. Iza n'était pas comme cette vieille femme qui avait rejoint le monde des esprits durant le tremblement de terre. Celle-là était veuve et venait d'un autre clan. Hébergée de foyer en foyer, sans position, elle n'avait jamais été qu'une charge pour les uns et les autres.

L'idée de partager le foyer de Creb ne l'avait pas effleurée un seul instant. Il n'était dans le clan d'homme ou de femme auxquels elle fût plus attachée. De plus, il aimait Ayla, elle en était persuadée. C'était là un arrangement parfait, à moins qu'elle ne donnât le jour à un garçon. Un garçon avait besoin d'un homme qui lui apprenne à chasser, et Creb n'était pas un chasseur.

Iza envisagea un moment de prendre une potion pour perdre l'enfant qu'elle attendait et s'assurer ainsi, une fois pour toutes, de ne pas avoir un garçon. Mais sa grossesse était bien avancée, et elle savait qu'elle désirait vraiment ce bébé. Malgré son âge, Iza avait de fortes chances de mener cet enfant à terme, et les enfants étaient trop précieux pour qu'on s'en débarrasse aussi légèrement. Je demanderai à mon totem de me donner une fille, décida-t-elle. L'esprit de mon totem sait que j'ai toujours voulu une fille ; ne lui ai-je pas promis de prendre grand soin de moi, afin que l'enfant naisse en bonne santé, à la condition que ce soit une fille ?

Iza n'ignorait pas que des femmes de son âge risquaient d'avoir des problèmes, et elle avait veillé à prendre des aliments et des remèdes favorisant une bonne gestation. Bien qu'elle n'eût jamais enfanté, Iza en connaissait plus sur la question que la plupart des femmes. Elle surveillait les grossesses, participait aux accouchements, dispensant volontiers ses connaissances. Mais il y avait certains remèdes, dont les formules se transmettaient de mère à fille, qui étaient tellement secrets qu'Iza serait morte plutôt que de les révéler, particulièrement aux hommes, car ils en auraient interdit absolument l'usage.

Si le secret avait pu être ainsi gardé, la raison en était que personne, homme ou femme, ne questionnait jamais une guérisseuse sur sa magie. Cette discrétion était presque une loi. Toute guérisseuse pouvait partager son savoir avec quiconque en manifestait sincèrement l'intérêt, mais elle se gardait bien d'aborder certains aspects de son art, car serait-il venu à l'esprit d'un homme de la questionner à ce propos, elle n'aurait pas pu refuser de lui répondre, de même qu'elle aurait été incapable de lui mentir. Le mode de communication dépendait trop des gestes, des expressions et des attitudes pour que tout mensonge ne fût pas détectable. La notion même de mensonge était absente des pensées, et les seules tentatives de dissimulation qui pouvaient parfois se produire se bornaient à une réticence à parler, réticence qui, par ailleurs, était souvent tolérée.

Iza tenait de sa mère de nombreux remèdes magiques et secrets qu'elle avait utilisés sans jamais en parler à personne. L'un d'entre eux était destiné à empêcher la conception, à empêcher l'esprit du totem d'un homme de concevoir un enfant. Son compagnon n'avait jamais songé à lui demander pourquoi elle n'avait pas d'enfant. Il la croyait dotée d'un totem trop puissant pour une femme et s'en plaignait fréquemment aux autres. Mais Iza désirait par-dessus tout l'humilier aux yeux du clan. Elle voulait que le clan sache que le totem de l'homme était impuissant à briser les défenses du sien, que le fluide de son propre ventre était plus fort que le fluide de l'homme, et que celui-ci pouvait toujours la battre, il n'y changerait rien.

L'homme lui infligeait de sévères corrections destinées à soumettre son totem, mais Iza savait qu'il prenait plaisir à ces sévices. Elle avait détesté cet homme avant même qu'on le lui donne pour compagnon. Elle avait supplié sa mère mais celle-ci ne pouvait rien pour elle. Iza était la guérisseuse, et son haut rang dans le clan était comme un défi pour cet homme envieux qui n'avait pas supporté de voir sa virilité mise en question par la stérilité de sa compagne. Ne pouvant la dominer en la fécondant, il s'était mis à la battre.

Iza savait que Brun désapprouvait un tel comportement et elle était sûre qu'il n'aurait pas fait de cet homme son compagnon, s'il avait été chef du clan à ce moment-là. Brun ne tenait pas pour une preuve de force la domination physique d'une femme. Le Peuple du Clan considérait comme indigne d'un homme de s'en prendre à un adversaire plus faible ou de se laisser emporter à cause d'une femme. Un homme devait se faire obéir d'une femme sans violence, il devait chasser et pourvoir son foyer de la nourriture nécessaire, sans montrer de signe de douleur quand il souffrait. Il arrivait que des hommes corrigent des femmes coupables de manquements à la discipline établie, mais peu en faisaient une pratique, encore moins un plaisir.

Quand Creb s'était installé avec eux, son compagnon avait pensé en tirer un bénéfice. En effet, Iza n'était pas seulement la guérisseuse du clan mais elle était également celle qui cuisinait pour Mog-ur. L'homme s'était imaginé que le reste du clan croirait que le sorcier l'initiait à sa magie. En réalité, Creb lui prêtait tout juste attention et, bien qu'il n'en dît jamais rien, n'appréciait pas la brutalité du compagnon de sa sœur.

Malgré les coups, Iza n'en avait pas moins continué à faire usage de ses potions contraceptives. Toutefois, lorsqu'elle se découvrit enceinte, elle accepta son sort avec résignation. Un moment elle pensa que le totem de son compagnon avait finalement vaincu le sien mais le tremblement de terre sembla le démentir : si le totem de l'homme avait été si fort, pourquoi l'avait-il soudain abandonné ? S'il avait survécu au cataclysme, Iza aurait probablement provoqué une fausse couche. Sa mort l'en avait dissuadée, et elle s'était accrochée à l'espoir de donner le jour à une fille, afin de prolonger sa lignée de guérisseuses. A présent, ce désir d'une fille était d'autant plus fort que cela lui permettrait de vivre aux côtés de Creb.

Iza rangea sa sacoche et se glissa dans la fourrure, auprès de l'enfant qui dormait paisiblement. Ayla est vraiment favorisée par la chance, pensa-t-elle. Elle a découvert une nouvelle caverne, elle obtiendra le droit de rester avec moi, et nous allons partager le feu de Creb. Puisse sa chance me faire donner naissance à une fille. Iza serra la fillette dans ses bras en se blottissant contre le petit corps chaud.

Le lendemain, après le repas matinal, Iza fit signe à l'enfant de la suivre pour chercher des plantes le long du cours d'eau. Elle aperçut bientôt une clairière de l'autre côté de la rivière et passa sur l'autre rive. Il y poussait de grandes plantes aux feuilles mates, pourvues de petites fleurs vertes disposées en grappes épaisses. Iza cueillit quelques-unes de ces ansérines aux racines rouges, puis se dirigea vers les marais où elle découvrit des prêles et, un peu plus haut, des saponaires. Ayla la regardait faire avec intérêt, désolée de ne pouvoir communiquer avec elle, la tête pleine de questions qu'elle était incapable de formuler.

De retour au campement, Iza remplit d'eau et de pierres brûlantes un panier finement tressé où elle ajouta les tiges de prêles. Puis elle découpa avec un éclat de silex un morceau circulaire dans une couverture dont la peau, bien que souple, était assez solide. A l'aide d'un instrument pointu, elle perça de petits trous au bord du cercle, dans lesquels elle passa une sorte de lien confectionné avec une écorce filandreuse torsadée qu'elle tira ensuite pour obtenir une petite bourse. Enfin, d'un coup de couteau, elle trancha un bout de la longue lanière de cuir qui maintenait fermé son vêtement, après en avoir mesuré la longueur en le passant autour du cou d'Ayla.

Quand l'eau se mit à bouillir, Iza ramassa les plantes qu'elle venait de cueillir ainsi que le bol d'osier tressé, et retourna à la rivière. La femme et la fillette longèrent son cours jusqu'à ce qu'elles découvrent un endroit où la rive descendait en pente douce dans l'eau. Iza entreprit alors d'écraser la racine de saponaire à l'aide d'un gros caillou rond dans une anfractuosité de la roche en forme de cuvette et il se forma bientôt une riche mousse savonneuse. Puis elle sortit des plis de son vêtement quelques outils de pierre et divers objets, ôta sa robe de peau ainsi que l'amulette qu'elle portait autour de son cou.

Ayla fut enchantée quand Iza la prit par la main pour la conduire dans l'eau. Elle adorait se baigner. Mais après une rapide immersion, la femme la prit dans ses bras et la déposa sur le rocher où elle la savonna de la tête aux pieds. Elle la rinça ensuite dans le courant après lui avoir appliqué la lotion à base de prêle, destinée à exterminer la vermine tapie dans ses cheveux. Ensuite Iza procéda aux mêmes ablutions sur sa personne pendant que la fillette jouait dans l'eau.

Tandis qu'elles se laissaient sécher au soleil, Iza ôta l'écorce d'une ramille avec ses dents et s'en servit pour démêler leurs cheveux. La finesse soyeuse des cheveux blond pâle d'Ayla ne cessait de l'étonner. Elle trouvait cela aussi étrange que beau, certainement le meilleur et, peut-être le seul avantage physique de la fillette, songea-t-elle en l'observant à la dérobée. Maigre, la peau claire, les yeux d'un bleu tendre, l'enfant était d'une grande laideur. Sans doute les Autres étaient-ils des humains, mais comme ils étaient laids ! Pauvre enfant, comment trouverait-elle jamais un compagnon ?

Si elle n'a pas de compagnon, quelle place pourra-t-elle avoir dans le clan ? Je ne voudrais pas qu'elle devienne comme cette vieille femme morte dans le tremblement de terre, pensait Iza. Si elle était réellement ma fille, elle aurait son propre rang. Je me demande si je ne pourrais pas lui apprendre l'art de soigner ? Cela lui conférerait de l'importance. Si je donne le jour à une fille, je pourrais leur enseigner mon art à toutes les deux ; et si c'est un garçon qui vient au monde, il n'y aura donc pas de femme pour prolonger ma lignée de guérisseuses. Pourtant il en faudra bien une pour me remplacer tôt ou tard. Si Ayla devient la dépositaire de mon savoir, le clan l'acceptera plus volontiers, et peut-être un homme voudra-t-il d'elle ? Pourquoi ne serait-elle pas ma fille ? Une idée commença de germer dans l'esprit d'Iza.

Elle s'aperçut soudain que le soleil était haut dans le ciel et qu'il se faisait tard. Reprenant conscience de ses responsabilités, elle décida qu'il était grand temps de préparer l'amulette d'Ayla ainsi que le breuvage à base de racines.

— Ayla, cria-t-elle à l'enfant qui s'était remise à jouer dans l'eau.

La fillette arriva en courant. Iza remarqua que l'eau avait légèrement gonflé ses cicatrices, mais la guérison était presque achevée. Elle se hâta d'envelopper l'enfant dans sa peau de bête et, ramassant son bâton à fouir et la petite bourse de sa confection, elle gagna avec Ayla la crête qui surplombait la rivière. La veille, juste avant qu'elle découvre la caverne en allant chercher la petite fille, elle avait remarqué un fossé de terre rouge. Parvenue sur les lieux, elle gratta le sol de son bâton pour en détacher de petites mottes d'ocre rouge. Elle en ramassa quelques-unes qu'elle montra à Ayla. La fillette les examina sans trop savoir ce qu'on attendait d'elle, et finit par en toucher une. Iza prit le morceau de terre et le mit dans sa bourse qu'elle referma. Avant de se remettre en route, elle scruta les environs et aperçut de petites silhouettes qui se déplaçaient au loin dans la plaine au pied de la colline. Les chasseurs étaient partis de fort bonne heure ce matin-là.

En des temps plus reculés, les hommes et les femmes, plus primitifs encore que Brun et ses cinq chasseurs, apprirent à chasser en observant les prédateurs et en s'inspirant de leurs méthodes. Ils remarquèrent, par exemple, comment les loups, chassant en bande, avaient raison de proies dix fois plus grandes et plus fortes qu'eux. Avec le temps et l'emploi d'outils et d'armes en guise de crocs et de griffes, ils apprirent qu'ensemble eux aussi pouvaient abattre les grands animaux qui partageaient leur environnement. L'évolution de ces hommes dut beaucoup à la chasse.

La nécessité de rester silencieux afin de ne pas alerter le gibier donna naissance à tout un code de signes et de gestes leur permettant de communiquer entre eux durant les actions de chasse. Bien que la branche de l'arbre humain aboutissant au Peuple du Clan ne comportât pas de mécanismes vocaux capables d'évoluer en un langage proprement dit, leur habileté de chasseur ne s'en trouvait pas amoindrie pour autant.

Les six hommes s'étaient mis en route dès les premières lueurs de l'aube. De leur position dominante, ils virent le soleil pointer timidement à l'horizon puis étendre franchement ses rayons sur la terre alentour. Dans la direction du nord-ouest, un nuage de poussière masquait une masse ondulante de massives silhouettes brunes, qui laissaient derrière elles un large sillage de terre labourée, dénudée de toute végétation. Le troupeau de bisons avançait lentement tout en paissant l'épais tapis herbeux qui s'étendait à l'infini. Les six chasseurs couvrirent rapidement la distance qui les séparait des steppes.

Laissant les collines derrière eux, ils s'approchèrent au petit trot du troupeau sous le vent et, une fois à proximité, ils se tapirent dans les hautes herbes pour observer les gigantesques ruminants aux encolures massives surmontées d'une grosse bosse, aux flancs étroits, au crâne crépu d'où s'élançaient deux immenses cornes noires, dont la longueur pouvait atteindre près d'un mètre chez les grands mâles. L'odeur musquée et douceâtre des bovidés agglutinés en masse compacte leur parvint aux narines, tandis que la terre résonnait du piétinement de milliers de sabots.

Brun, une main en visière pour s'abriter les yeux de l'éclat du soleil, étudia longuement les bêtes défilant très lentement devant eux, pour choisir la proie qui leur conviendrait le mieux. A le voir, il eût été difficile de deviner l'état de tension extrême qui était le sien. Seul un battement aux tempes et ses mâchoires serrées trahissaient sa nervosité. Il participait à la chasse la plus importante de sa vie, celle dont dépendait leur installation dans la nouvelle caverne. Une bonne chasse non seulement fournirait la viande indispensable au festin qui allait accompagner la cérémonie d'inauguration, mais elle serait la preuve que les totems du clan approuvaient leur choix. Si les chasseurs rentraient bredouilles, le clan se verrait contraint de repartir en quête d'une caverne plus digne des esprits protecteurs. C'était ainsi que les totems se faisaient comprendre quand un choix était malheureux. Brun se sentait toutefois rassuré devant ce troupeau de bisons, incarnations de son propre totem.

Il jeta un coup d'œil à ses chasseurs qui attendaient anxieusement son signal. L'attente constituait de loin le moment le plus pénible, mais tout mouvement prématuré pouvait compromettre l'issue de l'expédition. Dans la mesure du possible, Brun entendait mettre toutes les chances de son côté. Il surprit l'expression inquiète de Broud et, l'espace d'un instant, il regretta de lui avoir confié la mise à mort. Puis il se rappela avec tendresse l'orgueil qui brillait dans les yeux du garçon quand il lui avait dit de se préparer à sa première chasse. Il est naturel que Broud soit nerveux, pensa-t-il. Ce n'est pas seulement la première fois qu'il chasse, mais l'installation du clan dans sa nouvelle demeure dépend de la force de son bras.

Broud surprit le regard de Brun et il maîtrisa sur-le-champ son inquiétude, ou du moins la dissimula du mieux qu'il put. Il ne savait pas combien un bison pouvait être impressionnant, vu de près. La bosse qui surmontait l'encolure devait le dépasser de près d'un mètre ! Et que dire de l'impression éprouvée en présence de tout un troupeau ! Il lui faudrait infliger la première blessure. Et si je manque ma cible ? Que la bête s'enfuie ?

Où était passé ce sentiment de supériorité qu'il ressentait en présence d'Oga, quand celle-ci venait le voir s'entraîner au lancement de l'épieu et qu'elle le regardait avec adoration ? Il feignait alors de l'ignorer ; elle n'était qu'une gamine. Mais elle serait bientôt une femme, et elle ne serait pas une mauvaise compagne, pensait Broud. Elle aurait besoin d'un bon chasseur pour la protéger, maintenant que sa mère et son père avaient disparu. Broud appréciait son empressement à le servir, depuis qu'elle vivait dans leur foyer. Mais que pensera-t-elle de moi si je rate ma première chasse ? se demanda-t-il avec anxiété. Si je ne peux être déclaré homme à la cérémonie de la caverne ? Que pensera Brun ? Que pensera le clan ? Quel malheur si par ma faute nous devions quitter cette belle caverne dans laquelle repose l'esprit du grand Ursus ! Broud serra fort son épieu et saisit son amulette en priant le Rhinocéros Laineux de lui donner courage et force.

Brun avait l'intention de laisser Broud courir sa chance, mais il avait prévu de rester à proximité de la bête pour la tuer lui-même s'il le fallait. Il tenait pour le moment à ce que Broud soit persuadé que le destin de la nouvelle caverne dépendait de lui. S'il était appelé à devenir chef un jour, autant qu'il en mesure les responsabilités dès aujourd'hui. Brun espérait toutefois ne pas avoir à intervenir. Broud était orgueilleux, et son humiliation serait grande, mais Brun n'entendait aucunement sacrifier la caverne pour ménager la fierté de son fils.

Brun remarqua un jeune bison qui se tenait légèrement à l'écart du troupeau. L'animal avait atteint son plein développement mais il était encore jeune et inexpérimenté. Le chef attendit qu'il s'éloigne encore un peu et, quand il fut bien isolé, il donna le signal.

Les hommes se dispersèrent instantanément, Broud à leur tête. Brun les observa se poster à intervalles réguliers, sans pour autant quitter des yeux le jeune bison. Sur un autre signe de lui, les hommes se précipitèrent vers le troupeau en poussant de grands cris et en agitant les bras. Les bêtes situées en bordure détalèrent vers le reste du troupeau, Brun s'élança pour couper la route au jeune bison et l'éloigner davantage. Rassemblant toute son énergie, il se mit à pousser l'animal aussi vite que ses jambes le lui permettaient, crachant et toussant, aveuglé par la poussière qui lui emplissait les narines et lui coupait le souffle. Hors d'haleine, à bout de forces, il vit que Grod venait prendre le relais.

Pressé par Grod, le bison infléchit sa course, tandis que les autres chasseurs couraient pour former un grand cercle destiné à rabattre la bête vers Brun qui, haletant, s'efforçait de lui couper toute issue. Le vaste troupeau filait à travers la prairie. Il ne restait que le jeune bison pris de panique, fuyant devant une créature d'une force dérisoire comparée à la sienne, mais douée d'une intelligence et d'une détermination suffisantes pour compenser la différence. Grod maintint son effort jusqu'à ce que son cœur menace d'éclater. La sueur ruisselait sur son corps couvert de poussière. Quand il sentit ses jambes fléchir sous lui, il céda à son tour la place à Droog.

L'endurance des chasseurs était considérable, mais le jeune bison luttait de toutes ses forces qui étaient grandes. Droog, de loin l'homme le plus grand du clan, poussa la bête en avant et, dans un dernier sursaut d'énergie, l'empêcha de rejoindre le troupeau qui s'éloignait. Au moment où Crug prit le relais, l'animal commençait à fatiguer. Crug talonna la bête, la forçant encore un peu en la piquant au flanc de la pointe de son épieu.

Lorsque Goov prit sa suite, le bison éperdu courait maintenant à l'aveuglette, suivi de près par le chasseur qui s'acharnait à user ses dernières forces. Brun s'avança également et il entendit Broud pousser un cri au moment où il s'élançait à la poursuite de leur proie. Mais le fils du chef n'eut pas à courir longtemps. La bête n'en pouvait plus. Elle ralentit, puis s'arrêta net, les flancs fumants, la tête baissée, la gueule écumante. Son épieu bien en main, le garçon s'approcha du taureau épuisé.

Avec la justesse d'appréciation que lui conférait une longue expérience, Brun jeta un coup d'œil à la situation. Le bison était-il réellement à bout de forces ? Certains s'immobilisaient ainsi, donnant tous les signes d'épuisement, et soudain chargeaient sans qu'on s'y attende, et leurs charges pouvaient s'avérer meurtrières. Devait-il lui empêtrer les pattes d'un jet de ses bolas ? Le museau de l'animal effleurait le sol et son halètement témoignait de son épuisement. Si Brun l'entravait de ses bolas, la première mise à mort de Broud aurait moins d'éclat. Il décida de lui laisser entièrement l'honneur de la chasse.

Sans donner au bison le temps de reprendre son souffle, le garçon fondit sur lui, son épieu levé. Avec une dernière pensée pour son totem, il projeta son arme, qui se ficha profondément dans le flanc de la bête. La pointe durcie au feu perça le cuir épais et fracassa une côte, portant un coup prompt et fatal à l'animal. Le bison beugla de douleur et, les pattes flageolantes, fit un effort désespéré pour charger son adversaire. Brun prévint la menace en s'élançant aux côtés de son fils et en abattant sa massue sur le crâne de la bête de toute la force de ses muscles puissants. Le bison s'écroula sur le flanc, battit l'air de ses sabots et, après quelques soubresauts, cessa de bouger.

Broud resta quelques secondes stupéfait et légèrement étourdi, puis il poussa un hurlement de triomphe. Il avait réussi sa première chasse ! Il était enfin un homme !

Exultant, il saisit la hampe de son épieu profondément enfoncé dans la chair de l'animal et, comme il l'arrachait d'un coup sec, un jet de sang chaud lui gicla au visage. Brun, plein de fierté, lui tapa sur l'épaule.

— Bien joué, lui signifia-t-il d'un geste éloquent, tout heureux de pouvoir compter dans ses rangs ce nouveau chasseur, ce vaillant chasseur qui faisait sa joie et l'honorait, le fils de sa compagne, l'enfant de son cœur.

La caverne leur appartenait désormais. La cérémonie rituelle scellerait définitivement une possession que la mise à mort de Broud leur avait assurée : les totems étaient satisfaits de leur choix. Broud brandit sa lance maculée de sang tandis qu'accouraient les chasseurs, tout joyeux à la vue de la bête abattue. Brun dégaina son couteau et ouvrit le ventre du bison pour l'étriper avant de le transporter à la caverne. Il ôta le foie, le découpa en tranches et donna un morceau à chacun des hommes. C'était un morceau de choix, réservé aux chasseurs, destiné à leur conférer force et acuité visuelle. Puis il trancha le cœur qu'il enterra auprès de l'animal pour en faire présent à son totem.

En mâchant le foie cru imprégné de chaleur, Broud goûta pour la première fois la saveur de l'âge adulte et crut que son cœur allait exploser de bonheur. Il allait être intronisé en tant qu'homme du clan lors de la cérémonie sanctifiant la caverne. Il conduirait la danse de la chasse, et il aurait allégrement donné sa vie rien que pour avoir vu l'orgueil qui se lisait sur le visage de Brun. Broud savourait déjà l'intérêt qu'il susciterait au sein du clan, sans compter le respect et l'admiration qui lui reviendraient assurément. Le clan entier ne résonnerait que du récit de ses prouesses. Cette nuit serait sa nuit, et dans les yeux d'Oga se lirait toute la dévotion éperdue d'une jeune fille pour le héros de ses rêves.

Les hommes attachèrent deux à deux les pattes du bison, au-dessus de la jointure des genoux. Grod et Droog lièrent leurs lances ensemble, imités par Crug et Goov, et obtinrent ainsi deux perches fort résistantes qu'ils glissèrent transversalement entre les pattes avant et entre les pattes arrière. Brun et Broud saisirent chacun l'animal par une corne ; Grod et Droog se placèrent de part et d'autre du bison pour porter la perche avant, tandis que Crug et Goov procédaient de même pour celle de derrière. Au signal de leur chef, les six hommes se mirent en branle, moitié traînant, moitié soulevant l'énorme bête. Le voyage du retour dura plus longtemps que l'aller, les porteurs peinant pour transporter leur fardeau à travers les steppes jusqu'à la caverne.

Oga, qui guettait leur retour, les aperçut au loin dans les plaines. En arrivant dans la montagne, ils découvrirent que le clan tout entier les attendait pour les escorter pendant la fin du trajet. La position de Broud en tête du cortège indiquait clairement la part qu'il avait prise dans cette chasse. L'enthousiasme était général et Ayla elle-même, sans trop comprendre ce qui se passait, se sentait déborder d'allégresse.

6

— Le fils de ta compagne s'est bien comporté, Brun. Ce fut une belle mise à mort, dit Zoug, tandis que les chasseurs déposaient le pesant animal devant la caverne. Tu peux être fier de ton nouveau chasseur.

— Il s'est montré vaillant et courageux, répondit Brun, en tenant Broud par les épaules, les yeux brillants de fierté.

La félicité du garçon était à son comble.

Zoug et Dorv admirèrent le jeune bison avec un soupçon de nostalgie pour les plaisirs de la chasse et l'excitation du succès, oubliant les dangers et les découragements accompagnant souvent la périlleuse aventure de la traque du gros gibier. Incapables de se joindre à l'expédition des jeunes, les deux vieillards avaient passé la matinée à écumer les bois environnants à la recherche de petit gibier.

— Je vois que Dorv et toi n'avez pas perdu votre temps, à en juger par le fumet du repas qui se prépare, ajouta Brun. Quand nous serons installés dans la nouvelle caverne, nous tâcherons de trouver un endroit pour entraîner les chasseurs à tirer à la fronde, Zoug. Le clan aura tout à gagner à ton enseignement, en particulier Vorn qui sera bientôt en âge de pratiquer.

Le chef désirait faire savoir aux anciens combien ils étaient encore précieux pour la communauté. Quand les chasseurs rentraient bredouilles, il arrivait fréquemment aux plus âgés d'approvisionner le clan en viande fraîche, tout particulièrement pendant les longs mois d'hiver, où la fronde se révélait une arme très efficace par temps de neige. Ils apportaient alors un agréable changement dans l'alimentation du clan, le plus souvent obligé de puiser dans ses réserves de viande séchée.

— Rien de comparable avec ce jeune bison, mais nous avons tué quelques lièvres et un gros blaireau. Ils sont cuits, nous vous attendions, répondit Zoug. Et à propos de terrain d'entraînement, j'ai repéré une clairière qui fera très bien l'affaire.

Depuis la mort de sa compagne, Zoug partageait le foyer de Grod et travaillait à parfaire son tir à la fronde depuis qu'il avait quitté les rangs des chasseurs. La fronde et les bolas restaient en effet pour les hommes du clan les armes les plus difficiles à manier. La puissante musculature de leurs bras légèrement arqués ne les empêchait guère de se livrer à des exercices précis et délicats comme l'exigeait le maniement de la fronde, mais l'épaisseur de leurs articulations restreignait considérablement l'agilité de leurs membres. Ils ne pouvaient ainsi accomplir une rotation complète, et se voyaient pénalisés au lancer. Leur lance, l'épieu, était plus lourde que la sagaie, et ils la projetaient à courte distance avec grande force. L'usage de l'épieu ou de la masse exigeaient surtout de la puissance musculaire, alors que la fronde et les bolas demandaient des années de pratique. La fronde en particulier, faite d'une longue boucle de cuir souple lestée d'une pierre ronde que l'on faisait tournoyer au-dessus de soi pour catapulter le projectile, requérait de l'entraînement. Zoug était fier de son habileté de tireur, et la proposition de Brun de former les jeunes chasseurs à l'usage de cette arme l'honora fortement.

Pendant que Zoug et Dorv arpentaient les collines à la recherche de petit gibier, les femmes avaient également exploré les alentours, et le fumet appétissant du repas aiguisait la faim des chasseurs, qui n'eurent pas longtemps à attendre.

Une fois rassasiés, les hommes firent le récit de leur chasse tant pour leur propre plaisir que pour celui de Zoug et Dorv. Broud, fier de son nouveau rang dans le clan et des chaudes louanges qu'on lui prodiguait, remarqua que Vorn le regardait avec admiration. Jusqu'alors, ils étaient encore des enfants tous les deux, et Vorn avait été son unique compagnon de jeu dans le clan depuis que Goov était devenu un homme.

Broud se revit à guetter l'arrivée des chasseurs, comme Vorn le faisait encore. Il ne lui arriverait jamais plus désormais de se sentir tenu à l'écart par les hommes lorsqu'il les écoutait conter leurs histoires ; il ne serait plus jamais soumis aux ordres de sa mère et des autres femmes lui commandant d'aider aux tâches domestiques. A présent il était un homme, un chasseur. Il ne lui restait plus qu'à attendre la cérémonie qui se déroulerait en même temps que celle de l'inauguration de la caverne pour voir son statut d'adulte confirmé.

Certes, il se trouverait au rang le plus bas de la hiérarchie, mais il ne s'en préoccupait guère. Cela ne durerait pas. Sa place dans le clan était fixée d'avance : fils de la compagne du chef, il serait lui-même chef un jour. Aujourd'hui, Broud pouvait se permettre de se montrer bon et généreux envers le petit Vorn. Il s'approcha de l'enfant âgé de quatre ans ; ce dernier le regarda arriver avec des yeux emplis d'une admiration sans bornes.

— Vorn, je pense que tu es assez grand maintenant, lui fit-il comprendre avec toute la solennité seyant à l'homme qu'il était désormais. Je vais te fabriquer une lance. Il est grand temps que tu apprennes à devenir un chasseur.

Vorn se tortilla de plaisir, les yeux brillants d'admiration devant le jeune homme élevé depuis peu au rang enviable de chasseur.

— C'est vrai, approuva-t-il vigoureusement. Je suis grand, maintenant, Broud.

Puis, montrant l'épieu à la pointe noircie de sang :

— Je peux toucher ?

Broud abaissa l'arme devant le petit garçon qui tendit une main timide et effleura le sang séché de l'énorme bison, qui gisait sur le sol devant la caverne.

— Tu as eu peur, Broud ? demanda-t-il.

— Brun dit que tous les chasseurs sont un peu nerveux la première fois, répondit Broud, sans vouloir avouer les appréhensions qui l'avaient saisi.

— Vorn ! Ah. te voilà enfin ! Je croyais que tu devais aider Oga à ramasser du bois, s'exclama Aga en apercevant son fils qui avait échappé à l'attention des femmes.

Vorn suivit sa mère à contrecœur sans quitter des yeux sa nouvelle idole. Brun avait assisté à la scène avec satisfaction. Il voyait dans l'attitude du fils de sa compagne la marque d'un chef, capable de manifester de l'intérêt pour un petit garçon. Plus tard, quand Broud commanderait au clan, Vorn se souviendrait de la gentillesse qu'il lui avait témoignée.

Broud regarda Vorn qui traînait les pieds dans le sillage de sa mère. La veille encore, se rappela-t-il, Ebra était venue lui demander de l'aider. Il jeta un coup d'œil en direction des femmes occupées à creuser une fosse et il réprima à temps une envie de s'esquiver en surprenant le regard d'admiration qu'Oga posait sur lui. Ma mère ne peut plus rien exiger de moi, à présent que je suis un homme. C'est à elle de m'obéir, désormais, pensa-t-il en gonflant la poitrine.

— Ebra ! apporte-moi de l'eau ! ordonna-t-il sur un ton impérieux, tout en redoutant que sa mère ne l'envoie quand même chercher du bois.

Après tout, il ne serait définitivement un homme, du moins officiellement, qu'après la cérémonie.

Ebra leva vers lui des yeux emplis de fierté. Il était là devant elle, son garçon qui avait si bien accompli sa périlleuse mission, son fils, aujourd'hui devenu un homme. Elle se précipita vers la mare près de la caverne et revint aussitôt avec de l'eau en dévisageant ses compagnes d'un air hautain, comme pour dire : « Regardez mon fils ! N'est-ce pas un bel homme ? N'est-ce pas un vaillant chasseur ? »

L'empressement et l'orgueil de sa mère adoucirent la crispation de

Broud qui la gratifia d'un grognement de reconnaissance. La réponse d'Ebra lui fit presque autant plaisir que la lueur d'adoration qu'il lut dans les yeux d'Oga.

Oga avait le plus grand mal à se remettre de la mort de sa mère, suivie de peu par celle du compagnon de celle-ci. Le couple chérissait tendrement la jeune fille, en dépit de son sexe. La compagne de Brun s'était montrée très gentille avec elle lorsqu'elle vint au foyer du chef. Mais Oga avait peur de Brun, plus sévère que le compagnon de sa mère, et sur les épaules duquel pesaient lourdement ses responsabilités de chef. Quant à Ebra, elle avait peu de temps à consacrer à la petite orpheline. Un soir qu'elle songeait seule et triste près du feu, Broud, ce garçon fier, déjà presque un homme, était venu s'asseoir à côté d'elle et lui avait offert le réconfort de son épaule. Débordante de gratitude envers lui qui, auparavant, n'avait jamais porté la moindre attention à sa personne, Oga vivait depuis ce jour dévorée par le désir de devenir la compagne du jeune homme.

Le soleil de cette fin d'après-midi était encore chaud et aucun souffle de vent ne venait troubler l'air chargé de l'inlassable bourdonnement des mouches qui se relayaient autour des restes du repas, et du bruit des femmes occupées à creuser une fosse à rôtir. Ayla, assise auprès d'Iza, ne l'avait pas quittée de la journée, mais à présent la guérisseuse devait accomplir certains rites en compagnie de Mog-ur, afin de se préparer au rôle important qu'elle aurait à jouer lors de la cérémonie d'inauguration de la caverne, fixée pour le lendemain. Elle prit la petite fille par la main et la conduisit auprès des autres femmes. Le trou qu'elles creusaient non loin de l'entrée de la caverne serait tapissé de pierres puis on allumerait un grand feu qui brûlerait toute la nuit. Au matin, elles déposeraient au fond le bison dépecé et coupé en quartiers enveloppés de feuilles, puis recouvert d'argile sous laquelle il cuirait jusqu'au soir.

L'excavation exigeait du temps et beaucoup d'effort. Les femmes ameublissaient avec leurs bâtons la terre qu'elles ramassaient à la main pour la déposer sur une peau de cuir qu'elles hissaient et déchargeaient hors du trou. Cependant, une fois creusée, la fosse pouvait être utilisée autant de fois qu'on le désirait, son entretien n'exigeait que l'enlèvement des cendres. Tandis que les femmes creusaient, Oga et Vorn ramassaient du bois et rapportaient des pierres du ruisseau.

Les femmes s'arrêtèrent de travailler en voyant arriver Iza avec Ayla.

— Il faut que je voie Mog-ur, signala Iza en poussant gentiment Ayla vers le groupe.

Elle s'éloigna rapidement après avoir fait comprendre à la petite fille, tentée de la suivre, qu'elle ne devait pas bouger.

C'était le premier contact d'Ayla avec les autres membres du clan. Loin de la présence réconfortante d'Iza, elle resta clouée sur place, les yeux baissés. A l'encontre de tous les usages, les femmes examinèrent avec insistance la fillette qu'elles avaient pour la première fois l'occasion de voir de près.

Ebra fut la première à réagir.

— Elle peut ramasser du bois, fit comprendre la femme du chef à Ovra, avant de se remettre à creuser.

Ovra se dirigea vers un boqueteau en appelant d'un signe Oga et Vorn incapables de détacher leurs regards d'Ayla. Ovra fit le même geste à l'adresse d'Ayla qui hésita, incertaine de ce qu'on attendait d'elle. Puis, comme Ovra lui faisait signe de nouveau avant de se diriger vers le bouquet d'arbres, elle s'en fut d'un pas hésitant derrière Oga et Vorn qui traînaient les pieds dans le sillage de leur aînée.

Arrivée aux arbres, Ayla regarda les deux jeunes ramasser des branches mortes, tandis qu'Ovra élaguait de grosses bûches à l'aide de son coup-de-poing de pierre. Oga faisait la navette entre le tas de bois et les rondins que taillait Ovra. Elle s'efforçait de traîner une lourde bûche quand Ayla se porta à son aide en prenant l'autre extrémité. Les deux petites filles se dévisagèrent un long moment.

Quoique fondamentalement différentes, elles possédaient de nombreux points communs. Issues d'une même origine, leurs ancêtres avaient suivi une évolution différente qui conférait aux deux enfants une intelligence vive, mais totalement dissemblable. Toutes deux *homo sapiens,* toutes deux dominantes pendant une époque, le fossé les séparant n'était pas considérable, mais de subtiles particularités engendreraient des destins opposés.

Comme elles s'en retournaient après avoir déposé leur charge sur le tas de bois, les femmes suspendirent un instant leurs gestes pour les observer. Elles étaient à peu près de la même taille, bien que l'une fût deux fois plus âgée que sa compagne. L'une était élancée et blonde, l'autre courtaude et brune. Les femmes les comparèrent, mais les deux fillettes, comme tous les enfants, oublièrent vite leurs différences. Avant la fin de la journée, elles avaient trouvé, à partager les tâches, le moyen de communiquer et même de s'amuser.

Ce soir-là, elles dînèrent côte à côte, découvrant les premières joies de l'amitié. Heureuse qu'Oga ait accepté Ayla comme compagne de jeu, Iza attendit que la nuit tombât pour l'emmener se coucher. Les deux fillettes se séparèrent après avoir échangé un long regard puis Oga alla se glisser dans la fourrure d'Ebra, obligée, ainsi que le reste du clan, à dormir séparée de son compagnon jusqu'à leur emménagement dans la nouvelle caverne. Ainsi en avait décidé Mog-ur.

Iza ouvrit les yeux aux premiers rayons de soleil. Elle resta allongée à écouter le chant intarissable des oiseaux saluant le jour nouveau. D'ici peu, pensa-t-elle, elle s'éveillerait dans la caverne. Il ne lui déplaisait pas de dormir à la belle étoile, quand le temps était clément, mais il lui tardait de retrouver la sécurité des parois d'une grotte. Elle songea à la cérémonie et à toutes les tâches qui l'attendaient, et elle se leva promptement, sans faire de bruit.

Creb était déjà réveillé. En le retrouvant exactement comme elle l'avait quitté la veille, assis devant le feu, elle se demanda si seulement il avait dormi. Elle mit de l'eau à chauffer, et quand elle lui apporta son infusion de menthe et d'ortie, Ayla était déjà assise auprès du vieil homme. Elle alla quérir pour la fillette des restes du dîner de la veille car, ce jour-là, les hommes et les femmes ne mangeraient pas avant le festin rituel.

Vers la fin de l'après-midi, des fumets exquis s'échappaient de plusieurs feux où mijotait la nourriture, aux abords de la caverne. Les femmes avaient déballé les ustensiles de cuisine qu'elles avaient pu sauver du tremblement de terre. Des récipients d'osier tressé selon des trames variées servaient aussi bien à puiser de l'eau dans la mare qu'à y cuire ou contenir divers aliments. On faisait le même usage des bols en bois. Les larges os iliaques servaient, eux, de plats et de plateaux, tandis que les cuillers à touiller étaient faites de côtes. Mâchoires, os frontaux offraient de leur côté un assortiment de coupes et de louches. Enfin des écorces de noisetier collées ensemble avec de la résine de pin et renforcées astucieusement par des tendons formaient une variété de récipients de toutes formes.

Dans une outre, suspendue au-dessus d'un feu à trépied lié par une lanière de cuir, mitonnait un savoureux potage, objet d'une surveillance sans défaut, car il fallait que le niveau du liquide dépasse toujours les flammes, maintenant ainsi une température trop basse pour que la peau risque de prendre feu. Ayla observait Uka remuer doucement des morceaux de viande coupés dans le cou du bison, qui avaient été mis à cuire avec des oignons sauvages, du pas-d'âne, et diverses herbes. Uka goûtait de temps à autre le potage, dans lequel elle avait ajouté des champignons coupés en lamelles, des chardons ébarbés, des bulbes et des bourgeons de lis, du cresson sauvage, des bourgeons de laiterons ainsi que des airelles datant d'une cueillette précédant le cataclysme et que les femmes avaient également emportées.

Les fibres dures de vieux rhizomes de massettes avaient été broyées et ôtées. Des myrtilles séchées et des graines grillées agrémentaient la pâte des galettes de pain sans levain qui cuisaient sur des pierres près du feu. Des ansérines, du jeune trèfle et des feuilles de pissenlit cuisaient dans une autre marmite d'osier, tandis qu'une sauce faite d'une compote de pommes séchées mélangée à des pétales de roses et à du miel mijotait sur un autre feu.

Iza avait été particulièrement contente de voir Zoug rentrer de sa chasse avec quelques lagopèdes : leur vol bas en faisait des proies faciles pour l'habile frondeur. C'était le mets préféré de Creb. Farcis d'herbes odorantes et enveloppés dans des feuilles de vigne sauvage, les goûteux volatiles cuisaient à part dans une petite fosse à rôtir. Des lièvres et des hamsters géants, dépecés et vidés, rôtissaient au-dessus des braises, tandis que des tas de petites fraises sauvages brillaient d'un rouge vif au soleil.

C'était un festin à la hauteur de l'événement.

Ayla n'en pouvait plus d'attendre. Elle avait passé la journée entière à errer autour des plats fumants. Iza et Creb semblaient des plus affairés ; quant à Oga, elle aidait les femmes à la cuisine. Personne n'avait le temps ni le moindre désir de s'occuper de la petite fille qui, après s'être fait rabrouer à plusieurs reprises, s'efforça de se tenir à distance.

Tandis que le soleil couchant allongeait les ombres autour de la caverne, un silence attentif s'abattit sur le clan. Tout le monde s'approcha de la fosse où mijotaient les quartiers de bison. Ebra et Uka commençaient déjà à retirer l'argile chaude qui recouvrait la bête ; ôtant la couche de feuilles roussies, elles découvrirent l'appétissante chair exhalant un fumet qui mit l'eau à la bouche de chacun. La viande fut extraite du foyer avec précaution, tant les quartiers cuits à point risquaient de se détacher. Puis le soin de découper et de servir échut à Ebra, la compagne du chef, qui, avec orgueil, offrit le premier morceau à son fils.

Broud s'avança pour recevoir son dû sans afficher la moindre modestie. Une fois les hommes servis, les femmes, puis les enfants reçurent leur part, la dernière étant réservée à Ayla, et un grand silence tomba sur le clan tout occupé à dévorer la viande savoureuse.

Ce fut un interminable festin où chacun eut le loisir de se resservir à volonté. Si les femmes avaient travaillé dur, les louanges qu'elles en tirèrent les récompensèrent largement de leur peine, ainsi que la pensée de ne plus avoir à cuisiner de plusieurs jours. Quand tous furent gavés, ils se reposèrent, car une longue nuit les attendait.

Quand la pénombre s'installa, l'atmosphère doucement paresseuse de l'après-midi se chargea peu à peu de fébrilité. Sur un regard de Brun, les femmes firent rapidement disparaître les reliefs du repas et prirent place autour d'un feu dressé à l'entrée de la caverne. La disposition des membres du clan obéissait à des règles très strictes, correspondant au rang de chacun. Les femmes avaient pris place d'un côté de l'assemblage de branches mortes, et les hommes de l'autre, chacune et chacun selon sa position hiérarchique. Seul Mog-ur ne se trouvait pas parmi eux.

Brun fit signe à Grod qui s'avança dignement, sans se presser, et sortit de sa corne d'aurochs le charbon ardent provenant en ligne directe du feu allumé dans l'ancienne caverne. La survie de ce feu était étroitement liée à celle du clan. L'allumer à l'entrée de leur nouvelle demeure consacrait la possession et la pérennité de celle-ci.

La maîtrise de ce feu était primordiale pour l'homme en ces régions froides. La fumée même possédait des vertus. Son odeur seule suscitait le sentiment de sécurité d'avoir un abri. La fumée pénétrerait dans la caverne, monterait jusqu'à la voûte, s'insinuerait dans les fissures de la roche, éloignerait les forces du mal, assainirait la grotte et l'imprégnerait de l'essence même de l'homme.

Allumer le feu n'était qu'un des rites marquant l'inauguration d'une nouvelle caverne. L'un d'eux avait pour but de familiariser les esprits des totems protecteurs avec leur nouvelle résidence. Célébré par Mog-ur, ce rituel s'accomplissait sous la direction du sorcier par sexes séparés. A cette occasion, c'était Iza qui préparait le breuvage de la cérémonie consacrée aux hommes.

L'heureuse issue de la chasse avait témoigné de l'approbation des totems, et le festin confirmait leur intention d'en faire un lieu de résidence permanent, même si le clan était appelé à s'absenter plus ou moins longuement à certaines époques. Les esprits totémiques voyageaient également, mais tant que les membres du clan étaient en possession de leurs amulettes, leurs totems pouvaient les rejoindre depuis la caverne à chaque fois que leur présence était requise.

Dans la mesure où les esprits étaient forcément présents lors de la cérémonie d'inauguration d'une caverne, d'autres rituels pouvaient y être adjoints. Dans ce cas, ces derniers, associés à un événement aussi solennel que l'entrée en possession d'une nouvelle demeure, s'en trouvaient considérablement grandis.

C'était à Mog-ur qu'incombait le soin de décider des rituels susceptibles d'être associés, une tâche dont il ne s'acquittait toutefois qu'en accord avec Brun. Ainsi la consécration de leur nouvelle caverne allait-elle s'accompagner de la nomination de Broud au rang d'homme et de la désignation des totems de certains jeunes membres du clan, celle-ci étant accomplie par ailleurs dans le désir de plaire aux esprits. Le temps n'était pas un facteur important, et tout rituel pouvait se prolonger à plaisir quand les conditions s'y prêtaient. Auraient-ils été épuisés ou en danger, le simple fait d'allumer un feu aurait suffi à consacrer la caverne.

Avec une gravité à la mesure de l'importance de sa tâche, Grod s'agenouilla, déposa la braise rouge sur un tas de brindilles, puis se mit à souffler dessus. Le clan se pencha en avant dans une attitude anxieuse et de toutes les poitrines s'exhala un soupir de soulagement quand les flammes commencèrent de crépiter et que le bois sec s'embrasa rapidement. Soudain, surgissant de nulle part, un personnage effrayant apparut si près du feu qu'il semblait en être l'émanation. Un crâne blanc surmontait son visage rouge vif qui semblait flotter au milieu du brasier.

Ayla tressaillit à cette apparition, et Iza lui pressa la main pour la rassurer. L'enfant perçut le sourd martèlement des épieux sur le sol tandis que Dorv marquait le rythme sur une grande calebasse en bois. La fillette sursauta de nouveau alors que le plus proche des chasseurs bondissait devant les flammes. C'était Broud, entamant sa danse de la chasse.

Broud s'accroupit, la main en visière pour se protéger d'un soleil imaginaire, bientôt imité par les autres chasseurs qui mimèrent avec lui la chasse au bison. Leur art de la pantomime, affiné par des siècles de langage gestuel, était si parfait qu'ils parvenaient à recréer l'intense émotion de la traque au gros gibier. Les femmes du clan, sensibles aux nuances les plus fines de leurs gestes, se sentaient transportées dans les plaines torrides ; il leur semblait percevoir le tremblement du sol sous le martèlement de milliers de sabots et elles partageaient avec les chasseurs l'exaltation de la mise à mort. C'était là un rare privilège pour elles que d'entrevoir le domaine sacro-saint de la chasse. Même l'étrange fillette blonde était fascinée par le spectacle.

Broud avait pris la direction de la danse. Ç'avait été sa chasse, et c'était sa nuit. Conscient des réactions de son auditoire et de la peur des femmes, il y allait de ses plus belles mimiques, savourant le plaisir de se voir le centre de l'attention générale. Comédien consommé, il était parfaitement dans son élément sur cette scène primitive éclairée par les flammes d'un feu de camp, et le frisson qu'il faisait passer parmi les femmes avait une qualité érotique. Mog-ur, debout derrière son rempart de feu, suivait ses mimiques avec une attention passionnée ; s'il avait souvent entendu les hommes faire le récit de leurs chasses, il ne partageait réellement leurs émotions qu'à l'occasion de ces fêtes. Ce garçon s'est bien comporté, estima le sorcier ; il a bien mérité de son totem, et il est normal qu'il ait son heure de gloire.

Le dernier bond du jeune homme le fit atterrir devant le grand Mog-ur, tandis que le battement sourd des épieux et le contrepoint plus sec de la calebasse s'achevaient sur un dernier roulement. Le vieux sorcier et le jeune chasseur se firent face. Mog-ur aussi connaissait bien son rôle. Le maître de cérémonie, dont la silhouette bancale malgré la peau d'ours qui l'enveloppait se détachait sur le fond du brasier, attendit que l'excitation de la danse fût apaisée. Son visage teinté d'ocre rouge lui donnait l'apparence d'un être surnaturel.

Seuls les craquements du feu, la brise soufflant à travers les arbres et le cri d'une hyène dans le lointain venaient troubler le silence de la nuit. Les yeux brillants, le cœur battant, Broud ne parvenait pas à reprendre son souffle, après la danse exténuante, mais aussi en raison d'une peur incontrôlable qui l'envahissait soudain. Il savait ce qui l'attendait, mais plus le temps passait, plus ses frissons se muaient en tremblements. Le moment était venu où Mog-ur allait imprimer dans sa chair la marque de son totem. Jusqu'ici Broud avait chassé cette pensée de son esprit, et à présent l'aura dégagée par le sorcier bien plus que la douleur physique à venir l'emplissait d'effroi.

Il allait en effet pénétrer dans le monde des esprits, bien plus terrifiant que tous les bisons de la terre, qui sont au moins des créatures palpables, appartenant au monde visible, sans rien de commun avec le monde surnaturel puissant et invisible, capable de faire trembler la terre. Broud n'était pas le seul parmi l'assistance à frissonner au souvenir du dernier cataclysme qui avait douloureusement frappé le clan. Seuls les sorciers osaient pénétrer dans les contrées de l'impalpable, et le jeune homme pétri de superstition souhaitait que Mog-ur en finisse au plus vite.

En réponse au désir muet de Broud, le sorcier leva le bras, les yeux rivés sur le croissant de lune. Alors il adressa un appel passionné, qui n'était pas destiné au clan fasciné mais au monde éthéré des esprits. Eux seuls étaient capables de comprendre les gestes lents et éloquents de ce corps difforme et de cet unique bras. Lorsqu'il eut terminé, le clan se sentait pénétré de l'essence des totems protecteurs ainsi que de bien d'autres esprits connus, et Broud trembla de plus belle.

Soudain, avec une rapidité qui arracha un hoquet de stupeur à quelques bouches, le sorcier fit surgir de sa fourrure une pierre acérée qu'il brandit au-dessus de sa tête. D'un geste vif, il l'abaissa sur la poitrine de Broud, comme s'il allait lui porter un coup fatal. Mais il lui fit seulement deux entailles superficielles incurvées, se rejoignant en un point, telle la corne du rhinocéros.

Broud avait fermé les yeux mais il ne broncha pas quand le couteau lui grava la chair. Le sang jaillit, laissant des sillons rouges le long du torse. Puis Goov se porta aux côtés du sorcier pour lui présenter un bol d'onguent à base de graisse de bison mélangée à de la cendre de frêne. Mog-ur fit pénétrer la pommade noirâtre dans les entailles, interrompant l'hémorragie et assurant ainsi la formation d'une cicatrice noire. Elle indiquerait que Broud était un homme ; un homme placé sous l'éternelle protection du puissant et imprévisible rhinocéros.

Le jeune homme regagna sa place, sensible à l'attention générale dont il faisait l'objet et plus que jamais disposé à en jouir maintenant que le pire était passé. Il était persuadé que son courage et son adresse à la chasse, le récit éloquent qu'il avait su en donner en dansant, enfin l'impassibilité dont il avait fait preuve en recevant la marque de son totem fourniraient pendant longtemps un sujet de conversation animée aux membres du clan. Il se voyait déjà tel un personnage légendaire dont on se conterait les exploits lors des longues soirées hivernales et des rassemblements claniques. Sans moi, cette caverne ne serait pas nôtre, se dit-il. Si je n'avais pas tué ce bison, nous n'aurions pu célébrer cette cérémonie et nous serions toujours à la recherche d'une caverne. Broud, grisé par son succès, n'était pas loin de croire que la nouvelle et heureuse situation du clan n'était due qu'à lui seul.

Ayla assista au rite, fascinée et terrorisée par la vue du sang. Aussi, quand Iza l'emmena auprès du sorcier, essaya-t-elle de s'enfuir, se demandant ce qu'allait lui faire ce personnage vêtu d'une peau d'ours et qui venait de taillader cruellement la poitrine d'un jeune chasseur. Elle fut cependant rassurée de voir Aga portant Oga dans ses bras, et Ika avec Borg, s'approcher également de Mog-ur.

Goov tenait à présent le panier cérémoniel contenant l'ocre rouge sacrée réduite en poudre et mélangée avec de la graisse animale. Mog-ur s'adressa de nouveau à la lune, haute dans le ciel, en exécutant les gestes convenus pour demander aux esprits de veiller sur les enfants dont les totems allaient leur être révélés. Puis, plongeant ses doigts dans la pâte rouge, il dessina une spirale sur la hanche du petit garçon, évoquant la queue d'un sanglier. Un murmure étouffé s'éleva de l'assistance qui, par gestes, commenta éloquemment le bien-fondé d'un tel choix.

— Esprit du Sanglier, Borg se trouve désormais sous ta protection, indiqua par signes le sorcier tout en passant autour du cou de l'enfant une petite bourse attachée avec une lanière de cuir.

Ika baissa la tête en signe d'approbation et de satisfaction, car le totem du sanglier était fort et respectable. Heureuse de ce choix pour son fils, elle s'écarta.

Le sorcier s'adressa de nouveau aux esprits puis, reprenant un peu de pâte dans le panier que lui présentait Goov, il dessina un cercle rouge sur le bras d'Ona.

— Esprit du Hibou, mima-t-il, Ona se trouve désormais sous ta protection.

Mog-ur passa ensuite au cou de la petite fille l'amulette que lui avait confectionnée sa mère, et une fois encore les gestes et les grognements allèrent bon train. Aga était heureuse pour sa fille, convenablement protégée d'ores et déjà, et qui plus tard se verrait à coup sûr présenter un compagnon au totem encore plus puissant. Il le fallait si Oga voulait être mère sans trop de difficultés.

Les bustes se penchèrent en avant avec curiosité quand Iza prit Ayla dans ses bras. La fillette n'était plus le moins du monde effrayée. Maintenant qu'elle était proche de lui, elle avait reconnu Creb sous l'inquiétante peinture rouge. La tendresse se lisait dans les yeux du sorcier lorsqu'il posa son regard sur elle.

A la grande surprise de l'assistance, le sorcier exécuta non pas les gestes auxquels on s'attendait, mais ceux qu'il avait coutume d'accomplir à chaque fois qu'il devait donner son nom à un nouveau-né, sept jours après sa naissance. Non seulement la fillette étrangère allait connaître son totem, mais elle allait être adoptée par le clan ! Mog-ur traça une ligne rouge sur le visage de l'enfant, partant du milieu du front et descendant le long de l'arête du nez.

— L'enfant s'appelle Ayla, déclara-t-il en prononçant lentement son nom, de manière à ce que le clan et les esprits le comprennent bien.

Iza se tourna vers l'assistance, le cœur battant, aussi stupéfaite que les autres devant cette révélation. Cela signifie donc, pensa-t-elle, qu'Ayla est ma fille, mon premier enfant. Seule la mère a le droit de présenter son enfant pour qu'il reçoive un nom. Cela fait-il sept jours que je l'ai trouvée ? Je n'en suis pas sûre ; il faudra que je demande à Creb. Après tout, il est juste qu'elle soit ma fille ; qui d'autre que moi pourrait être sa mère ?

Tous les membres du clan défilèrent devant Iza, qui portait la fillette de cinq ans comme un bébé, et tous répétèrent le nom avec plus ou moins d'exactitude. Puis Iza se retourna vers le sorcier qui, une fois encore, appela les esprits. Utilisant à son avantage l'attention impatiente du clan, Mog-ur décrivit délibérément de larges mouvements lents, pour bien faire durer l'expectative. Puis, prenant un peu de la pâte rouge et grasse, il traça une ligne sanglante sur la cuisse d'Ayla, exactement superposée à la première des cicatrices laissées par les griffes du félin.

De quel totem s'agissait-il ? se demandait le clan, interdit. Le sorcier plongea de nouveau la main dans le panier rouge et dessina une deuxième ligne sur la cicatrice suivante. Ayla sentit Iza frémir. Figé, le clan retenait sa respiration. Au troisième tracé, Brun jeta un regard insistant et contrarié à Mog-ur, mais ce dernier refusa d'y prêter attention. Quand la quatrième ligne fut tracée, tout le monde avait compris, mais personne ne pouvait en croire ses yeux. Après tout, ce n'était pas la bonne jambe. Alors Mog-ur releva la tête et regarda Brun dans les yeux tandis que de sa main il traçait la formule consacrée.

— Esprit du Lion des Cavernes, Ayla se trouve désormais sous ta protection.

Le geste rituel balaya les derniers doutes. Comme Mog-ur passait l'amulette autour du cou d'Ayla, l'agitation des mains traduisait la stupeur du clan. Comment était-ce possible ? Une fille pouvait-elle posséder l'un des plus puissants totems réservés aux hommes, le Lion des Cavernes ?

Le regard de Creb à son frère était aussi ferme qu'intraitable. Ils s'affrontèrent ainsi pendant un long moment en un combat muet. Mais Mog-ur se sentait sûr des raisons qui avaient inspiré son choix. Il n'avait fait que confirmer le signe que le lion lui-même avait gravé dans la chair de la fillette. C'était là une raison plus forte que toutes les raisons voulant qu'une femme ne reçoive jamais la protection d'un totem aussi puissant. Brun n'avait jamais mis en question les révélations dont son sorcier de frère faisait l'objet de la part des esprits, mais cette fois-ci il avait le sentiment d'avoir été trompé par Creb, même s'il devait admettre qu'il n'avait jamais vu de totem révélé de manière aussi évidente. Il fut le premier à détourner les yeux, mais il n'était pas heureux.

Accepter cette enfant des Autres au sein du clan n'était déjà pas chose facile, et voilà que son totem créait une situation tout à fait irrégulière, anormale. Et Brun n'aimait pas les anomalies dans son clan bien ordonné. Les dents serrées, il se promit qu'il n'y aurait pas d'autre dérogation à l'avenir. Si la fillette était appelée à devenir un membre du clan, elle devrait se conformer aux règles, que son totem soit ou non le Lion des Cavernes.

Stupéfaite, Iza baissa la tête en signe d'acceptation. Puisque Mog-ur l'avait décidé, il devait en être ainsi. Elle savait que le totem d'Ayla était puissant, mais de là à penser au Lion des Cavernes ! A présent, elle était convaincue que la petite fille ne trouverait jamais de compagnon, et cette certitude l'encouragea dans sa décision de lui transmettre son savoir de guérisseuse, afin qu'elle puisse jouir d'un statut particulier. Creb l'avait nommée, l'avait reconnue, et lui avait révélé son totem alors qu'Iza la tenait dans ses bras. C'était cela qui la désignait comme sa fille, car la naissance seule ne suffisait pas. Iza songea que si elle menait sa grossesse à terme, elle, qui n'avait jamais eu d'enfant, en aurait bientôt deux.

A en juger par l'agitation et le brouhaha guttural qui régnaient, la nouvelle avait provoqué le plus vif émoi dans le clan. Iza, gênée, reprit sa place sous les regards emplis de stupeur que lui lançaient à la dérobée aussi bien les hommes que les femmes. Toutefois, tous s'efforçaient de ne pas fixer des yeux d'Iza et la fillette, car il était malséant de le faire. Tous, sauf un.

Il y avait plus que de l'étonnement dans les yeux de Broud. La haine qu'y lut Iza l'effraya, et elle tenta de s'interposer entre Ayla et le regard malveillant de l'orgueilleux jeune homme. Broud n'était plus le centre de l'attention générale ; plus personne ne parlait de lui. Oubliée sa chasse, oubliée sa danse merveilleuse, oublié son courage exemplaire lorsque Mog-ur lui avait gravé sur le torse la marque de son totem. Plus personne ne lui prêtait d'intérêt. Il entendait certains dire que c'était ce petit laideron qui avait découvert la caverne ! Son totem était le Lion des Cavernes ? Et alors ? Etait-ce elle qui avait tué le bison ? Ayla était en train de lui voler son plaisir, l'admiration et le respect du clan.

Il continuait de fixer la fillette d'un regard mauvais, quand il remarqua qu'Iza s'était levée pour se rendre au campement, près du ruisseau, et son attention se porta vers Mog-ur. Bientôt, très bientôt il allait participer aux cérémonies secrètes des hommes. Il ignorait ce qui l'attendait ; on lui avait seulement laissé entendre qu'il apprendrait pour la première fois ce qu'était la mémoire. C'était là le dernier pas qui lui ferait franchir le seuil de l'âge d'homme.

Au campement, Iza ôta sa peau de bête et prit l'écuelle en bois et les racines séchées qu'elle avait préparées pour la cérémonie. Après avoir rempli d'eau l'écuelle, elle regagna le gigantesque feu de joie qui crépitait de plus belle depuis que Grod y avait ajouté des branchages.

Sa peau de bête avait masqué pour une part la raison des longues absences d'Iza durant la journée : quand elle s'avança devant le sorcier, son corps entièrement nu, à l'exception de son amulette, était marqué de dessins à la peinture rouge. Un large cercle accentuait encore la plénitude de son ventre ; des cercles plus petits soulignaient également ses seins et ses fesses. Ces symboles énigmatiques, connus de Mog-ur seul, la protégeaient comme ils protégeaient aussi les hommes. Il était considéré comme dangereux d'impliquer une femme dans les rites religieux, mais l'événement autorisait qu'on déroge à cette règle.

Iza se tenait si près de Mog-ur qu'elle voyait les gouttelettes de sueur perler sur son visage à se tenir devant le feu dans sa peau d'ours. Sur un signe imperceptible de lui, elle leva l'écuelle en se tournant face au clan. C'était une écuelle très ancienne, exclusivement consacrée à certains rites depuis des générations. Il y avait très longtemps de cela, une guérisseuse avait évidé un petit billot taillé dans un arbre, puis l'avait longuement poli en le ponçant avec du sable et une pierre ronde. Un dernier polissage avec des rameaux de fougère lui avait donné un aspect soyeux, et l'intérieur avait pris une patine blanche due à toutes les fois où elle avait contenu le breuvage cérémoniel.

Iza porta les racines séchées à sa bouche et les mâcha lentement, en prenant bien soin de ne pas en avaler. Puis, elle cracha la pulpe ainsi obtenue dans l'écuelle remplie d'eau et remua le mélange jusqu'à ce qu'il devienne d'un blanc laiteux. Seules les guérisseuses de la lignée d'Iza connaissaient le secret de cette plante assez rare mais cependant familière qui, consommée fraîche, perdait de ses qualités narcotiques. Mais la guérisseuse en avait fait sécher les racines pendant au moins deux ans, suspendues la tête en haut, contrairement à la pratique courante. Si seules les guérisseuses étaient habilitées à préparer ce breuvage, seuls les hommes avaient le droit de le boire.

Selon une très ancienne légende, transmise de mère en fille, en des temps très reculés seules les femmes absorbaient cette drogue puissante. Bientôt cependant, les hommes les privèrent de ce privilège et s'octroyèrent l'exécution des rites qui l'accompagnaient, mais ils ne purent leur arracher le secret de sa préparation. Les guérisseuses qui le possédaient refusèrent avec intransigeance de le dévoiler à quiconque, si ce n'est à leurs descendantes directes. Aujourd'hui encore, le breuvage n'était remis aux hommes qu'en échange d'un équivalent. C'est ainsi qu'une fois la boisson prête, Iza adressa un signe de tête à Goov qui s'avança avec un bol de datura, tel qu'il le préparait d'ordinaire pour les hommes mais qui, en cette occasion, était destiné aux femmes. Ils échangèrent solennellement les écuelles, puis Mog-ur entraîna les hommes à sa suite dans la petite caverne.

Après leur départ, Iza fit passer le datura à la ronde parmi ses compagnes. La guérisseuse savait utiliser cette plante à des fins diverses : selon le mode de préparation, elle avait des effets anesthésiants, calmants, soporifiques, et Iza avait également une préparation sédative destinée aux enfants. Les femmes ne pouvaient en effet se détendre complètement qu'en sachant que leurs enfants ne viendraient pas réclamer leur attention et qu'ils seraient en même temps en sécurité. Ainsi Iza s'assurait-elle du sommeil des petits quand les femmes s'offraient le luxe rare d'une cérémonie.

Elles ne tardèrent pas à coucher leurs enfants tout ensommeillés avant de s'en retourner près du feu. Après avoir bordé Ayla dans sa fourrure, Iza retourna la calebasse dont Dorv s'était servi pendant la danse de la chasse et se mit à battre un rythme lent et régulier dont elle faisait varier la sonorité en frappant à son gré sur les bords ou bien au centre de l'instrument.

Au début, les femmes demeurèrent assises sans bouger, habituées qu'elles étaient à manifester la plus grande réserve en présence des hommes. Mais petit à petit, à mesure qu'elles ressentaient les effets de la drogue et prenaient conscience de l'absence de leurs compagnons, certaines commencèrent à se balancer au rythme lancinant de la calebasse. Ebra fut la première à se lever. Elle exécuta des pas complexes autour d'Iza qui accéléra le tempo, éveillant le désir d'un grand nombre de femmes. Elles ne tardèrent pas à rejoindre en chœur la compagne du chef.

Comme le rythme s'accélérait encore, les femmes, d'ordinaire si pudiques, se débarrassèrent de leurs peaux de bêtes, pour se donner plus librement et plus érotiquement à la danse. Elles ne s'aperçurent même pas qu'Iza avait abandonné son instrument pour danser avec elles. Un rythme interne les possédait et elles s'abandonnaient, exprimant des émotions que la vie quotidienne les obligeait à refouler. Dans une débauche de tourbillons, de bonds et de contorsions, elles dansèrent ainsi jusqu'à l'aube, avant de s'écrouler épuisées et de s'endormir sur place.

Les hommes commencèrent à quitter la caverne aux premières lueurs du jour. Enjambant les corps inertes des femmes, ils gagnèrent leurs couches pour sombrer dans un sommeil sans rêves. Leur propre cérémonie, plus réservée, plus intérieure, les avait tout autant épuisés.

Comme le soleil apparaissait à l'horizon, Creb sortit de la caverne en claudiquant et contempla le spectacle de ces corps abandonnés. Il avait eu le privilège d'assister une fois à la cérémonie des femmes. Le vieux magicien, dans sa sagesse, comprenait leur besoin de détente. Il savait les hommes extrêmement curieux d'apprendre ce qui mettait leurs compagnes dans un tel état d'épuisement, mais il ne leur avait jamais rien révélé. Les hommes auraient été choqués par le total abandon des femmes, comme celles-ci l'auraient été de surprendre leurs fiers compagnons suppliant les esprits protecteurs de ne pas les abandonner.

Mog-ur s'était souvent demandé s'il serait capable de faire remonter la pensée des femmes jusqu'à leurs origines premières. Leurs souvenirs étaient de nature différente, mais elles avaient la même capacité que les hommes à se rappeler leurs connaissances ancestrales. Pourraient-elles partager les rites des mâles, se demandait Mog-ur, bien décidé cependant à ne pas risquer de déchaîner la colère des esprits pour en avoir le cœur net. Le clan irait à sa perte le jour où une femme serait admise aux cérémonies masculines.

Creb se dirigea péniblement vers le campement où il retrouva sa fourrure. Il aperçut le désordre d'une chevelure blonde dans la couche d'Iza et se prit à repenser aux événements survenus depuis l'éboulement de leur ancienne caverne. Comment cette étrange fillette était-elle parvenue à gagner aussi vite son affection ? Il se sentait blessé par les sentiments hostiles de Brun à l'égard d'Ayla. Quant aux regards haineux de Broud, ils ne lui avaient pas échappé. Les dissensions au sein de ce petit groupe homogène avaient entaché la fête et fait naître en lui un certain malaise.

Broud n'en restera pas là, pensa-t-il. Le Rhinocéros Laineux ne pouvait mieux convenir comme totem à notre futur chef. Broud peut se révéler courageux mais il est pétri d'orgueil. Le voici calme et raisonnable, et même doux et aimable, et l'instant d'après, sans raison apparente, il peut charger aveuglé par la rage. J'espère qu'il ne se retournera pas contre Ayla.

Allons, ne sois pas idiot, se reprocha-t-il. Le fils de Brun ne va tout de même pas prendre ombrage d'une enfant ! Il est appelé à être un jour le chef de ce clan, et puis Brun désapprouverait tout geste hostile envers la fillette. Broud est maintenant un homme, et il lui faudra bien apprendre à se maîtriser.

Le vieillard se rendit compte en s'allongeant combien il était las. Depuis le tremblement de terre, pour la première fois, il pouvait se laisser aller au repos. La caverne était désormais la leur et les totems intronisés dans leur nouvelle demeure où le clan pourrait emménager dès le lendemain matin. Le sorcier bâilla, s'étira, puis ferma son œil unique.

7

Les membres du clan éprouvèrent un sentiment d'émerveillement à la vue de l'imposante salle voûtée quand ils prirent enfin possession de la caverne. Laissant derrière eux les angoisses de leur quête et les souvenirs de leur ancienne grotte, ce fut avec un égal ravissement qu'ils découvrirent toutes les ressources de la contrée. Aussi se livrèrent-ils sans tarder aux occupations quotidiennes des étés courts et chauds : la chasse, la cueillette et la constitution de réserves en prévision de la saison froide.

Ils pêchaient à la main les truites arc-en-ciel réfugiées sous les souches et les pierres du cours d'eau dont les eaux vives dévalaient vers l'embouchure fréquentée par les esturgeons et les saumons, alors que la mer intérieure hébergeait de gigantesques poissons-chats. Les grosses pièces étaient prises au filet, des seines faites de crins. Souvent ils parcouraient la quinzaine de kilomètres qui les séparaient de la côte afin d'y pêcher et de fumer sur place le poisson, en même temps qu'ils ramassaient crustacés et coquillages, ainsi que les œufs des oiseaux de mer nichant dans les falaises, ajoutant parfois à leur cueillette quelques mouettes et fous de Bassan tués à la fronde, et même de grands pingouins.

Les chasseurs partaient souvent en expédition. Les steppes voisines à l'herbe grasse abondaient en herbivores. On y trouvait le cerf géant, dont les bois pouvaient s'élever jusqu'à trois mètres de hauteur, ainsi que le bison dont les cornes atteignaient également de remarquables dimensions. Les chevaux des steppes se hasardaient rarement sous des latitudes aussi basses, mais les ânes et les onagres — se situant entre le cheval et l'âne — pâturaient dans les vastes étendues herbeuses de la péninsule, alors que leur robuste cousin, le cheval sylvestre, vivait seul ou en petits groupes dans les collines avoisinantes. Enfin, il n'était pas rare de rencontrer des bandes de saïgas, antilopes au nez bossué et bombé.

La zone entre la steppe et les contreforts des montagnes était fréquentée par les aurochs, ancêtres des bovidés domestiques. On y trouvait encore le rhinocéros sylvestre — apparenté aux espèces qui devaient fréquenter plus tard les régions chaudes, mais adapté au climat tempéré de ces forêts — ainsi qu'une autre variété très voisine. Tous deux, avec leurs deux cornes courtes surmontant une tête massive, différaient des rhinocéros laineux qui, comme les mammouths, n'étaient que des visiteurs saisonniers. Ils présentaient une longue corne antérieure inclinée vers l'avant et un port de tête très bas, utile pour déblayer la neige recouvrant les pâturages en hiver. Leur épaisse couche de graisse et leur manteau laineux leur offraient une totale protection contre les rigueurs de l'hiver septentrional. Leur habitat naturel s'étendait en effet au nord, dans les steppes alluviales, riches en loess.

Seule la présence de glaciers permettait la formation de steppes à loess. La basse pression exercée en permanence sur les vastes étendues de glace éliminait l'humidité de l'air, n'autorisant ainsi que de faibles chutes de neige et créant en revanche des vents constants. Le loess, fine poussière calcaire arrachée au chaos de roches à la périphérie des glaciers, était déposée sur des centaines de kilomètres. Au printemps le mélange de neige fondue et de loess permettait la pousse rapide d'une herbe drue qui séchait vite sous l'ardeur du soleil et fournissait des centaines de milliers d'hectares de fourrage aux millions d'animaux qui s'étaient adaptés au froid glaciaire du continent.

Les steppes continentales de la péninsule n'accueillaient les bêtes laineuses qu'à la fin de l'automne. Les étés y étaient trop chauds et, en hiver, la neige trop abondante pour paître. Nombre d'animaux étaient poussés vers le nord pendant la saison froide, jusqu'aux frontières des steppes à loess, au climat rigoureux mais sec. La faune forestière, capable de se nourrir d'arbustes, d'écorces et de lichens, restait sur les pentes boisées, plus clémentes mais peu propices aux grands troupeaux.

En altitude, mouflons, bouquetins et chamois se partageaient les alpages, tandis que dans les forêts plusieurs espèces d'oiseaux au vol rapide animaient les sous-bois de leurs ramages mais encore fournissaient aux champions du tir à la fronde un gibier de choix. Le lagopède des saules, plus lourd, constituait également dans les plaines une belle cible pour les frondeurs, tandis que l'on chassait au filet les oies et canards migrateurs. Enfin dans le ciel, portés par les courants chauds, planaient, nonchalants mais attentifs, de nombreuses espèces d'oiseaux de proie et de charognards.

Il y avait d'autres hôtes dans les bois et dans les steppes voisines de la caverne : hermines, loutres, gloutons, martres, renards, fouines, zibelines, blaireaux, chats sauvages, tous prédateurs d'écureuils, porcs-épics, lièvres, lapins de garenne, castors, rats musqués, hamsters géants, grandes gerboises, et autres petits rongeurs maintenant disparus.

Les grands carnivores étaient essentiels à la sélection des vastes troupeaux. Il y avait les loups et leurs féroces cousins, les lycaons. Il y avait les félins : lynxs, panthères, léopards des neiges, tigres, lions des cavernes, de loin les plus grands. Les ours bruns maraudaient près de la caverne, mais leurs gigantesques parents, les ours des cavernes, étaient désormais absents. Quant à la grande hyène des cavernes, elle prélevait ici comme partout sa part du festin.

La richesse de cette terre était infinie, et l'homme ne représentait qu'une part infime de la vie multiforme de l'ancien jardin d'Eden. Créature chétive, hors la taille de son cerveau, il était le moins doué des chasseurs. Mais malgré son manque de griffes et de crocs, la lenteur de sa course et sa dérisoire agilité, le prédateur bipède avait eu tôt fait de gagner le respect de ses concurrents quadrupèdes. Son odeur seule suffisait à éloigner tout animal d'envergure ayant vécu dans le voisinage de l'homme. Les chasseurs du clan étaient aussi aptes à se défendre qu'à porter l'attaque quand la sécurité du clan était menacée et, lorsqu'ils désiraient quelque belle fourrure pour l'hiver, ils n'hésitaient pas à traquer les félins les plus redoutables.

C'était une belle journée ensoleillée, qui sentait bon les prémices de l'été. Les frondaisons présentaient encore un vert tendre qui irait se fonçant avec la chaleur. Les mouches bourdonnaient au-dessus des restes de repas. La brise apportait des senteurs marines, et les ombres des branches dansaient sur la pente éclaboussée de soleil devant la caverne. Une fois la caverne adoptée et les cérémonies achevées, les tâches de Mog-ur se trouvèrent soudain allégées. De temps à autre il lui incombait encore la responsabilité de quelque rituel à l'occasion d'une expédition de chasse, d'une conjuration des mauvais esprits ou encore lorsqu'un membre du clan était blessé ou malade, afin d'en appeler aux totems protecteurs pour seconder les remèdes magiques d'Iza. Les chasseurs étaient partis, emmenant avec eux la plupart des femmes. Ils ne seraient pas de retour avant plusieurs jours et, pour cette raison, les femmes les accompagnaient afin de préparer la chair des bêtes abattues, car naturellement le gibier se transportait plus facilement une fois séché et prêt à être conservé pendant l'hiver. La chaleur du soleil et le vent qui balayait constamment les steppes desséchaient rapidement la viande découpée en fines lanières. La fumée abondante que produisaient les feux d'herbes et de bouse était plutôt destinée à éloigner les mouches qui pondaient dans la viande fraîche et la faisaient s'avarier. En outre, les femmes avaient la charge de la majeure partie des fardeaux sur le chemin du retour.

Depuis leur emménagement dans la caverne, Creb avait passé la majeure partie de son temps en compagnie d'Ayla, à s'efforcer de lui apprendre leur langage. Elle répétait sans la moindre difficulté les termes rudimentaires que les enfants avaient souvent le plus grand mal à prononcer, mais le système complexe des signes et des mimiques en usage dans le clan lui était totalement étranger. Creb avait bien essayé de lui faire comprendre le sens de certains gestes, mais pour y parvenir, il lui manquait un langage commun. Le vieillard avait eu beau se creuser la cervelle, il n'était pas arrivé à communiquer ce savoir à la petite fille, ce qui la rendait tout aussi malheureuse que lui.

Consciente de la présence d'un obstacle infranchissable, elle faisait des efforts désespérés pour allonger la liste des mots qu'elle connaissait. Elle savait bien que les membres du clan possédaient d'autres moyens d'expression que le langage parlé, mais elle ignorait lesquels. Toute la difficulté résidait dans le fait qu'elle ne distinguait pas les signes. A ses yeux non avertis, ils passaient pour des mouvements désordonnés et non des gestes précis, chargés d'une signification propre. Elle n'avait tout simplement pas conscience du double système de communication de ce peuple et se révélait incapable de concevoir l'existence d'un tel mode d'expression, totalement étranger au champ de ses propres expériences.

Creb, sans trop y croire, pensait avoir compris d'où provenaient les difficultés d'Ayla. Il appela la petite fille, dont l'intelligence ne faisait aucun doute à ses yeux. Ils longèrent le cours du ruisseau en empruntant un petit sentier tracé par le passage des hommes et des femmes allant chasser, pêcher ou faire la cueillette aux alentours. Ils parvinrent ainsi au lieu de prédilection du vieil homme : une clairière au milieu de laquelle trônait un grand chêne feuillu dont les grosses racines apparentes offraient un siège ombragé et confortable. Il commença la leçon en désignant l'arbre de son bâton.

— Chêne, répondit aussitôt Ayla.

Creb acquiesça puis montra le ruisseau.

— Eau, dit la fillette.

Le vieillard opina de nouveau, puis fit un geste de la main en répétant le dernier mot. La combinaison des deux signifiait alors « eau courante, rivière ».

— Eau ? répéta la petite fille en hésitant, croyant qu'il voulait lui faire comprendre qu'elle devait recommencer.

Creb fit non de la tête. Maintes fois, il avait procédé à ce genre d'exercice avec les enfants du clan. Il essaya quelque chose de nouveau en désignant les pieds d'Ayla.

— Pieds, dit-elle.

— Oui, approuva d'un signe le sorcier, pensant qu'il devrait lui faire voir le geste en même temps qu'elle entendait le mot.

Se levant, il la prit par la main et fit quelques pas avec elle. Il fit un mouvement tout en prononçant le mot « pieds ». « Bouger les pieds, marcher », tel était le sens qu'il voulait lui faire saisir. Elle tendit l'oreille, attentive, pensant qu'une nuance lui avait échappé dans l'intonation.

— Pieds ? avança l'enfant, déjà convaincue qu'elle ne fournissait pas la bonne réponse.

— Non, non, non ! Marcher ! Bouger les pieds ! mima le sorcier en la regardant droit dans les yeux et en accentuant son geste.

Il la fit encore avancer en lui montrant les pieds du doigt, désespérant qu'elle comprenne un jour.

Ayla sentit les larmes lui monter aux yeux. Pieds ! Pieds ! Elle savait que c'était le bon mot, mais pourquoi s'obstinait-il à faire non de la tête ? Quand allait-il cesser de lui agiter la main sous le nez ? Qu'avait-elle fait de mal ?

Le vieil homme la fit de nouveau marcher, lui désigna les pieds, refit le geste de la main, répéta le mot. Elle s'arrêta pour le regarder. Il refit encore le mouvement, en l'exagérant à tel point qu'il faillit en modifier le sens, et prononça une nouvelle fois le mot. Il était penché vers elle, la regardant fixement, agitant la main devant son visage. Geste, mot. Geste, mot.

Alors une vague idée se mit à germer dans l'esprit d'Ayla. Sa main ! Il ne cesse de bouger la main ! Et elle leva la sienne avec hésitation.

— Oui, oui ! C'est ça, approuva vigoureusement Creb. Fais le geste ! Bouger ! Bouger les pieds ! mima-t-il encore une fois.

Ayla le regarda faire, puis essaya de l'imiter. Creb a dit « oui » ! Il veut donc me voir faire ce geste ! pensa-t-elle.

Elle exécuta le mouvement en prononçant le mot, sans trop comprendre sa signification, mais heureuse d'avoir au moins compris ce qu'on attendait d'elle. Creb lui fit faire demi-tour et se dirigea vers le chêne en boitant lourdement. Il répéta encore la combinaison geste-mot.

Et tout à coup, une lueur de compréhension permit à l'enfant d'effectuer le rapprochement attendu. Bouger les pieds ! Marcher ! Voilà ce que ça veut dire ! Le geste de la main accompagnant le mot « pieds » signifie « marcher ». Les idées se bousculaient dans sa tête. Combien de fois avait-elle vu les membres du clan agiter les mains. Elle revoyait Iza et Creb, face à face, remuer les mains en prononçant quelques mots de temps à autre, mais sans cesser de faire des gestes. Est-ce donc ainsi qu'ils se parlent ? Est-ce pour cette raison qu'ils disent si peu de mots ? S'expriment-ils avec leurs mains ?

Creb s'assit et Ayla s'installa en face de lui en s'efforçant de retrouver son calme.

— Pieds, dit-elle en joignant le geste à la parole.

— Oui, répondit-il, étonné.

Elle s'éloigna de quelques pas et, revenant vers lui, elle fit le geste convenu en prononçant le mot « pieds ».

— Oui, oui ! c'est ça ! s'exclama-t-il, heureux qu'elle ait enfin compris.

La petite fille resta un instant tranquille, puis traversa en courant la clairière et revint s'arrêter devant lui un peu haletante.

— Courir, mima-t-il devant la fillette attentive.

Le geste était légèrement différent du précédent.

— Courir, essaya-t-elle timidement d'exprimer à son tour.

Creb était enthousiaste. Le mouvement était encore indécis et n'avait pas la précision à laquelle parvenaient des enfants plus jeunes, mais elle avait saisi l'idée générale. Il acquiesça vivement et manqua tomber de son siège comme Ayla se jetait sur lui pour l'embrasser.

Le vieux sorcier jeta des regards inquiets autour de lui. Les démonstrations d'affection étaient réservées à l'intimité du foyer. Mais Creb savait qu'ils étaient seuls. L'infirme, en rendant ses caresses à la petite fille, se sentit envahi par une bouffée de bien-être et de chaleur qu'il n'avait jamais ressentie jusqu'alors.

Un nouveau monde s'ouvrit alors pour la petite Ayla. Elle possédait une sensibilité et un talent de mime étonnants qu'elle mit à profit avec acharnement pour copier les mouvements de Creb. L'infirme ne pouvant de son bras unique lui enseigner les nuances, Iza prit le relais. Bien qu'elle apprît beaucoup plus vite qu'un petit enfant, Ayla dut commencer par les rudiments indispensables à l'expression des besoins élémentaires. Restée longtemps sans possibilité de communication, elle était bien décidée à rattraper le temps perdu, et ce le plus vite possible.

A mesure que se développaient ses moyens d'expression et ses capacités de compréhension, la vie du clan prit à ses yeux un relief nouveau. Elle passait de longs moments à regarder les autres s'exprimer en s'efforçant de déchiffrer leurs gestes. Au début, le clan supporta patiemment sa curiosité importune, mais plus le temps passa, plus les regards désapprobateurs jetés dans sa direction témoignèrent que de si mauvaises manières devenaient intolérables. Il était fort inconvenant de regarder comme d'écouter quelqu'un qui ne s'adressait pas à vous, et la bienséance commandait de détourner les yeux lorsque deux personnes conversaient. Un soir, au milieu de l'été, après le repas, un incident éclata.

Le clan se trouvait à l'intérieur de la caverne, réuni autour des feux que chaque famille avait allumés. La dernière lueur du soleil faisait ressortir la silhouette des arbres à l'épais feuillage sombre, bruissant dans la brise vespérale. Du feu qui flambait à l'entrée de la caverne pour maintenir à distance les prédateurs curieux, chasser les mauvais esprits et atténuer l'humidité de l'air s'élevaient des volutes de fumée et des ondulations de chaleur, et sa vive lueur projetait des ombres dansantes sur les parois de la grotte.

Ayla, assise dans les limites du foyer de Creb, plongeait ses regards sur le foyer de Brun. Broud, de mauvaise humeur, s'en prenait à sa mère et à Oga, jouant de ses prérogatives masculines. Pour lui, cette journée avait mal commencé, et s'était terminée plus mal encore. Après avoir passé de longues heures à l'affût de sa proie, il avait perdu tout le bénéfice de son guet en ratant son jet, et le renard roux, dont il avait promis la fourrure à Oga, averti par le sifflement de la pierre, s'était empressé de disparaître dans les fourrés. Les regards compréhensifs et compatissants d'Oga n'avaient fait qu'aggraver sa blessure d'amour-propre. Il appartenait à l'homme de pardonner à une femme son inaptitude, et non le contraire.

Les femmes, épuisées par les corvées de la journée, finissaient d'accomplir leurs tâches ménagères et Ebra, exaspérée par les exigences incessantes de son fils, fit un signe discret à Brun, auquel la conduite impérieuse de Broud n'avait pas échappé. Certes, le garçon avait le droit de se comporter ainsi, mais Brun estimait qu'il manquait de discernement. Point n'était besoin de faire courir les femmes sous les prétextes les plus futiles, alors qu'elles se trouvaient déjà écrasées de besogne.

— Broud, laisse les femmes tranquilles. Elles ont bien assez de travail, le réprimanda Brun.

Se faire rappeler ainsi à l'ordre par Brun, et surtout devant Oga, était plus que l'ombrageux garçon ne pouvait en supporter. Il s'en alla d'un pas rageur à la limite du foyer pour y bouder tout à son aise. Ce fut alors qu'il croisa le regard d'Ayla qui ne l'avait pas quitté des yeux. Que cette sale petite indiscrète eût été témoin de la réprimande le plongea dans une fureur noire. Ses déboires de la journée lui revinrent en mémoire et, outrepassant délibérément les conventions, Broud jeta par-dessus la frontière des foyers un regard haineux à la fillette qu'il détestait.

Creb avait perçu la légère friction survenue entre Brun et son fils car rien ne lui échappait de ce qui survenait dans la caverne. La plupart du temps, tel un bruit de fond, ces menus incidents ne retenaient pas sa curiosité, mais tout ce qui touchait à Ayla éveillait son attention. Il savait qu'il avait fallu à Broud un effort délibéré et lourd de mauvaise intention pour oser transgresser les règles et regarder chez son voisin. Creb le voyait bien, Broud éprouvait à l'égard de la fillette bien trop de haine. Il était grand temps, pour son bien, d'apprendre à Ayla les bonnes manières.

— Ayla ! appela-t-il sèchement, tandis que la petite fille sursautait à l'âpreté inaccoutumée de sa voix. Ne regarde pas chez les autres, lui fit-il comprendre par gestes.

— Pourquoi ? répondit-elle, interloquée.

— Il est interdit de regarder chez les autres. Si tu les regardes comme tu le fais, ils ne sont pas contents, expliqua-t-il, sachant que Broud les observait du coin de l'œil, sans chercher à dissimuler le plaisir malin qu'il prenait à voir la fillette ainsi réprimandée par Mog-ur.

— Mais c'est pour apprendre à parler, mima Ayla, surprise et peinée.

Creb savait qu'elle était sincère et que seul son désir d'en savoir plus l'animait, mais elle devait également apprendre à bien se tenir. Et puis peut-être cela détournerait-il d'elle le ressentiment de Broud, à la voir grondée pour son indiscrétion.

— Il est défendu de regarder dans le foyer du voisin, lui signifia Creb sévèrement. C'est mal, et c'est mal aussi de répondre quand un homme parle. Très mal. C'est compris ?

En la traitant ainsi, Creb avait l'intention de se faire comprendre une bonne fois pour toutes sur ce sujet. Il vit Broud se lever et regagner sa place près du feu, manifestement de meilleure humeur.

Ayla était effondrée. Jamais Creb n'avait fait preuve de dureté envers elle. Elle le croyait content de son application à apprendre leur langage, et voilà qu'il lui interdisait de regarder les autres pour en apprendre davantage. Décontenancée, blessée, les larmes lui vinrent aux yeux et coulèrent doucement le long de ses joues.

— Iza, appela Creb, soudain inquiet. Viens vite ! Ayla a quelque chose aux yeux.

Les membres du clan ne pleuraient que lorsqu'ils avaient une poussière dans l'œil ou s'ils avaient pris froid. Mais ils n'avaient jamais vu des yeux se remplir de larmes de chagrin. Iza arriva à la hâte.

— Regarde ! Ses yeux coulent ; il y a sûrement une escarbille dedans, regarde bien, insista-t-il.

Iza aussi était inquiète ; elle souleva délicatement les paupières et examina attentivement les yeux de la fillette.

— Tu as mal ? demanda-t-elle, ne relevant nulle trace d'inflammation ou de poussière.

— Non, je n'ai pas mal, répondit l'enfant en reniflant.

Elle ne comprenait pas ce qui les préoccupait tant, mais elle était heureuse que l'on prît soin d'elle, malgré la colère de Creb.

— Pourquoi Creb est-il méchant ? demanda-t-elle entre deux sanglots

— Tu dois apprendre les bonnes manières, expliqua Iza, l'air sévère. Il n'est pas poli de regarder chez les autres pour voir ce qu'ils disent. Tu dois apprendre : quand l'homme parle, la femme baisse la tête, comme cela, lui montra Iza. Seuls les bébés peuvent regarder, mais toi, tu es une grande fille, Ayla.

— Creb n'est pas content ? Creb ne s'occupera plus de moi ? demanda Ayla en fondant en larmes de plus belle.

— Mais non, Creb continuera à prendre soin de toi. Et moi aussi, lui répondit-elle, sentant le désarroi profond de la petite fille. Creb cherche seulement à t'apprendre les coutumes du clan, ajouta-t-elle en la prenant dans ses bras.

Elle serra un long moment contre elle la fillette qui donnait libre cours à son chagrin, puis elle lui lava les yeux avec un peu d'eau douce et s'assura qu'ils n'étaient pas infectés.

— Qu'a-t-elle aux yeux ? s'enquit Creb. Elle est malade ?

— Elle pensait que tu ne l'aimais plus, que tu étais en colère contre elle. C'est ce qui a dû lui faire mal aux yeux. Les yeux clairs comme les siens sont probablement plus fragiles que les nôtres. Mais je n'y vois aucune inflammation et elle n'a pas mal. Je crois que la tristesse est seule responsable de ses larmes, expliqua Iza.

— La tristesse ? C'est la tristesse qui lui fait mal aux yeux ? Parce qu'elle croyait que je ne l'aimais plus ?

Creb était pour le moins perplexe. Ayla était-elle malade ? Pourtant elle avait toutes les apparences d'une enfant en bonne santé, et personne n'avait jamais éprouvé de malaise physique à l'idée de ne pas être aimé par Mog-ur. Non, personne, hormis Iza, ne lui avait jamais manifesté d'attachement particulier. On le craignait, on le respectait, mais il n'était pas un seul membre du clan qui eût désiré se faire aimer de lui au point d'en avoir mal aux yeux. Iza avait probablement raison, des yeux clairs comme ceux d'Ayla devaient être fragiles. Je dois lui faire comprendre que je l'ai grondée pour son bien, afin qu'elle se conduise dans le clan selon les règles établies. Si elle continue de mal se comporter, Brun finira par la chasser. Il en a le pouvoir. Je n'aurais jamais pensé qu'elle puisse s'imaginer que je ne l'aime plus. Je l'aime, cette petite, s'avoua Creb. Oui, aussi bizarre soit-elle, je l'aime énormément.

Telles étaient les pensées de Mog-ur tandis qu'Ayla s'approchait timidement, la tête baissée. Elle s'arrêta devant lui et leva vers le sorcier des yeux tristes encore remplis de larmes.

— Je ne regarderai plus chez les autres, déclara-t-elle par gestes. Tu n'es pas fâché ?

— Non, répondit-il de la même manière. Je ne suis pas fâché, Ayla. Mais tu fais désormais partie du clan, tu appartiens à mon foyer. Tu dois apprendre notre langage et nos coutumes aussi. Comprends-tu ?

— Tu vas continuer à t'occuper de moi ? demanda-t-elle. Tu m'aimes ?

— Oui, Ayla, je t'aime.

Un large sourire illumina le visage de la fillette qui tendit les bras vers le vieil homme et l'embrassa, puis grimpa sur ses genoux et s'y pelotonna tendrement.

Creb avait toujours manifesté un grand intérêt pour les enfants. Dans ses fonctions de mog-ur, il révélait rarement un totem d'enfant qui ne parût pas parfaitement approprié aux yeux de la mère. Le clan attribuait la justesse de vue de Mog-ur à ses pouvoirs magiques, mais toute son habileté résidait dans ses facultés d'observation. Il était très attentif aux enfants dès leur naissance, mais le vieil infirme qu'il était n'avait jamais connu la joie des parents à bercer leurs petits dans leurs bras.

Epuisé par tant d'émotions, Ayla s'abandonna au sommeil, rassurée par la chaude présence du vieil homme. Il remplaçait dans son cœur celle d'un homme dont le souvenir subsistait toujours dans un recoin de sa mémoire. En contemplant le visage paisible et confiant de l'enfant blottie contre lui, Creb sentit naître à son égard une affection profonde, aussi forte que s'il se fût agi de sa propre fille.

— Iza, appela-t-il doucement.

Mais il ne tendit l'enfant endormie à la femme qu'après l'avoir serrée encore un moment contre sa poitrine.

— Sa maladie l'a fatiguée, dit-il après que sa sœur eut étendu Ayla dans la fourrure. Veille à ce qu'elle se repose demain et tu examineras de nouveau ses yeux.

— Oui, Creb, répondit Iza d'un signe de tête.

Iza adorait son frère infortuné. Elle connaissait mieux que personne les trésors de bonté, dissimulés derrière une apparence rebutante, que renfermait son cœur. Elle était heureuse qu'il eût enfin trouvé quelqu'un à aimer, quelqu'un dont il fût aimé, et sa joie resserra encore les liens qui l'unissaient à la fillette.

Depuis son enfance, Iza n'avait plus jamais ressenti un bonheur semblable. Seule venait l'assombrir la peur lancinante de donner le jour à un garçon qui serait alors élevé par un chasseur. Malgré les prières ferventes qu'elle adressait quotidiennement à son totem, elle ne parvenait pas à dominer son inquiétude. Elle était la sœur de Brun ; leur mère avait été la compagne du chef auquel Brun avait succédé. S'il arrivait quelque malheur à Broud ou si la compagne de ce dernier n'avait pas d'enfant mâle, le commandement du clan reviendrait au fils d'Iza, si elle en avait un. Brun serait dans ce cas forcé de la donner, elle et l'enfant, à l'un des chasseurs, à moins qu'il ne la prît dans son propre foyer.

A mesure que l'été avançait, la petite fille commença non seulement à apprendre le langage, mais aussi les coutumes de son peuple adoptif, grâce à la douce patience de Creb et à sa propre volonté. Apprendre à détourner les yeux quand il le fallait, de manière à laisser les membres du clan jouir de la seule intimité possible, telle fut la première des nombreuses et difficiles leçons qu'elle dut assimiler. Il lui fallut aussi maîtriser sa curiosité naturelle et son enthousiasme débordant pour afficher la docilité de rigueur parmi les femmes.

Creb et Iza en apprirent également beaucoup. Ils découvrirent que lorsque Ayla faisait, en retroussant les lèvres, certaines grimaces accompagnées de sons étranges, elle voulait leur communiquer sa joie. Mais ils ne s'habituèrent jamais à la voir pleurer quand elle était triste. Iza en conclut que cette particularité était propre aux yeux clairs qui caractérisaient les Autres. Pour plus de sécurité, elle lui baignait les yeux avec une décoction de cette plante qu'elle trouvait dans les bois. Cette plante qui poussait dans l'ombre dense des sous-bois tirait sa substance des végétaux en décomposition, et sa texture cireuse noircissait au toucher, mais Iza ne connaissait pas de meilleur remède pour les yeux enflammés que le suc contenu dans sa tige.

Ayla ne pleurait pas souvent et faisait tout son possible pour contenir ses larmes qui, elle le savait, non seulement affligeaient les deux êtres qu'elle aimait, mais représentaient aux yeux de la communauté une anomalie inacceptable. Elle tenait par-dessus tout à se faire accepter du clan, encore hostile et méfiant devant ses particularités.

Si les hommes éprouvaient une extrême curiosité à son égard, il était incompatible avec leur dignité de manifester le moindre intérêt pour cette enfant de sexe féminin, et Ayla s'appliquait à les ignorer de la même manière. Quant à Brun, s'il lui témoignait un peu plus de curiosité que les autres, il lui faisait toujours peur. Elle le trouvait sévère et hermétique à ses avances, contrairement à Creb. Elle ne pouvait pas savoir combien Mog-ur paraissait plus distant et rébarbatif que Brun aux yeux du clan, consterné par l'intimité qui semblait régner entre le sorcier et la fillette étrangère. Mais s'il était quelqu'un qu'elle n'aimait pas du tout, c'était le jeune homme qui vivait au foyer de Brun.

Ce fut avec les femmes qu'elle parvint d'abord à se lier d'amitié, du fait qu'elle passait la majeure partie de son temps en leur compagnie. A l'exception des moments où elle se trouvait dans le foyer de Creb ou de ceux pendant lesquels la guérisseuse l'emmenait cueillir des plantes, Ayla partageait la vie des femmes du clan. Au début, Ayla se contentait de suivre la guérisseuse partout où elle allait et regardait les femmes dépecer les animaux, tanner les peaux, découper en spirale des lanières de cuir, tresser des paniers, des nattes ou des filets, façonner des bols dans des rondins de bois, cueillir les plantes sauvages, préparer les repas, conserver la viande, faire sécher les légumineuses pour l'hiver et répondre au désir de tout homme qui leur demandait un service. Mais lorsque les femmes découvrirent le féroce appétit de connaissances de la petite fille, elles ne se contentèrent pas de lui apprendre le langage, mais s'appliquèrent à lui transmettre leur savoir pratique.

Ayla n'était pas aussi forte que les femmes et les enfants du clan, car elle ne possédait pas leur puissante musculature, mais elle était étonnamment adroite et souple. S'il lui était difficile d'accomplir certaines tâches pénibles, elle se montrait extrêmement habile à son âge pour tresser les paniers ou découper des lanières d'une largeur parfaitement régulière. Elle gagna rapidement l'amitié d'Ika, qui l'autorisa à s'occuper du petit Borg lorsqu'elle s'aperçut de l'intérêt qu'Ayla portait à l'enfant. Ovra, malgré sa réserve, ainsi qu'Uka se montraient particulièrement compatissantes envers cette enfant qui avait perdu toute sa famille. Mais Ayla n'avait pas de compagne de jeu.

Son premier élan d'amitié envers Oga se refroidit après l'inauguration de la caverne, car Oga se vit obligée de choisir entre Broud et Ayla. Si elle ressentait une profonde sympathie envers cette fillette, dont le destin était comparable au sien, elle ne pouvait ignorer plus longtemps les sentiments de Broud à son égard. Et elle préféra éviter la compagnie de la petite orpheline, afin de plaire à l'homme dont elle espérait devenir la compagne.

Ayla n'aimait pas particulièrement jouer avec Vorn, à peine d'un an son cadet, mais pour lequel jouer consistait à reproduire le comportement des hommes envers les femmes, ce qu'Ayla avait le plus grand mal à accepter. Lorsqu'elle refusait de se plier aux caprices du garçon, elle s'attirait à la fois la colère des hommes et celle des femmes, et plus spécialement celle d'Aga, la mère de Vorn. Elle était fière que son fils se conduise déjà « comme un homme », et elle faisait grand cas des sentiments hostiles de Broud envers Ayla. Si un jour Broud devenait le chef du clan, son fils serait alors son favori et peut-être son second. Aga ne négligeait aucun moyen pour mettre son fils en avant, allant jusqu'à réprimander Ayla quand Broud se trouvait dans les parages, de même qu'elle s'empressait de rappeler Vorn, si d'aventure celui-ci jouait avec Ayla alors que Broud n'était pas loin.

Parmi tous les gestes et les signes appris par Ayla, il y en eut un qu'elle acquit par sa seule observation.

Un après-midi, alors qu'elle observait du coin de l'œil Ika jouant avec Borg, elle remarqua que la jeune mère apprenait un nouveau signe au bébé. Quand ce dernier fut parvenu à imiter le mouvement d'une manière qui parut satisfaire sa mère, celle-ci attira l'attention des autres femmes pour montrer les progrès de son rejeton en manifestant une grande fierté. Plus tard, dans la même journée, Ayla vit Vorn accourir vers Aga et lui adresser le même signe, un signe que faisait également Ovra en parlant à Uka.

Ce soir-là, elle s'approcha timidement d'Iza, et quand la guérisseuse tourna la tête vers elle, Ayla reproduisit le geste qu'elle avait observé. Iza écarquilla de grands yeux.

— Creb, quand lui as-tu appris à m'appeler maman ? demanda-t-elle à son frère.

— Je ne lui ai pas appris cela, Iza, répondit Creb. Elle a dû l'apprendre toute seule.

Iza se tourna vers la fillette.

— Tu as appris ça toute seule ?

— Oui, maman, dit Ayla en refaisant ce signe dont elle soupçonnait seulement la signification.

Ce dont elle était sûre, c'est que les jeunes enfants l'utilisaient à l'adresse des femmes qui leur étaient les plus proches. Bien que le souvenir de sa mère fût profondément refoulé dans sa mémoire, son cœur en avait gardé l'empreinte.

Iza, restée si longtemps sans enfant, en fut fortement émue.

— Ma fille, dit-elle en la prenant dans ses bras. Mon enfant. Ah Creb, je savais bien qu'elle était ma fille. Ne te l'avais-je pas dit ? Les esprits l'ont placée sur mon chemin, j'en suis sûre.

Creb ne chercha pas à la persuader du contraire. Peut-être avait-elle raison.

Après ce soir-là, la petite fille connut des nuits plus calmes, même si de temps à autre les cauchemars revenaient troubler son sommeil. Il y en avait deux qu'elle refaisait souvent. Dans le premier, elle se trouvait prisonnière dans une minuscule cavité et tentait d'échapper à une énorme patte armée de griffes acérées. Dans le deuxième, le sol tremblait sous ses pieds, elle se sentait perdue et criait dans son étrange langue. Au début, quand elle se réveillait en sursaut, elle continuait de parler son langage sans en prendre conscience, puis à mesure qu'elle apprenait le mode d'expression en vigueur dans le clan, ce fut par gestes qu'elle s'exprima dans ses rêves.

L'été passa, brûlant et court, cédant la place aux gelées matinales de l'automne, à son air vif et piquant, aux ors et aux roux qui éclaboussaient les frondaisons. Quelques neiges précoces, vite balayées par de fortes pluies saisonnières, annoncèrent l'arrivée du froid. Puis, lorsqu'il ne resta plus aux branches dénudées que quelques feuilles tenaces, un bref intermède ensoleillé vint rappeler une dernière fois les chaleurs de l'été avant l'arrivée des vents glacés et des froids rigoureux interdisant la plupart des activités en plein air.

Le clan se tenait dehors, savourant la tiédeur du soleil. Installées devant la caverne, les femmes vannaient le grain moissonné dans les steppes de la vallée. Un brutal coup de vent fit tourbillonner un amas de feuilles mortes, prêtant une apparence de vie aux vestiges de la richesse estivale. Profitant de la rafale, les femmes firent sauter le grain dans leurs larges paniers à fond plat, laissant la balle s'envoler.

Iza, penchée derrière Ayla, lui montrait comment procéder. Ayla sentait parfaitement le ventre dur de la femme dans son dos, et elle sentit également la violente contraction qui obligea Iza à s'arrêter soudain. Un instant plus tard, celle-ci quitta le groupe, suivie par Ebra et Uka. La petite fille jeta un regard inquiet aux hommes qui venaient d'interrompre leur conversation pour suivre des yeux les trois femmes, s'attendant à ce qu'ils les réprimandent pour abandonner leur tâche. Mais bizarrement, ils s'abstinrent de tout commentaire. Ayla en profita pour suivre le mouvement.

A l'intérieur de la caverne, Iza reposait sur sa fourrure, entourée d'Ebra et d'Uka. Ayla se demandait pourquoi elle s'alitait ainsi au milieu de la journée et elle s'inquiétait d'autant plus qu'elle voyait une expression douloureuse sur le visage de sa mère adoptive, en proie à une nouvelle contraction.

Ebra et Uka bavardaient avec Iza de choses et d'autres, s'entretenant des réserves pour l'hiver et du changement de saison. Mais Ayla en savait assez pour deviner à leurs mines qu'il se passait quelque chose d'inhabituel, et elle décida que rien ne l'empêcherait d'élucider ce mystère. Elle attendit donc, assise aux pieds d'Iza.

Vers la fin de l'après-midi, Ika vint voir la guérisseuse avec Borg sur la hanche, puis Aga arriva avec sa fille Ona. Les deux femmes s'installèrent pour tenir compagnie à Iza tout en allaitant leurs enfants. Ovra et Oga les rejoignirent sans tarder, curieuses et inquiètes à la fois. Bien que la fille d'Uka n'eût pas encore de compagnon, elle était adulte, et Ovra savait qu'elle pouvait dès maintenant donner la vie. Oga serait, elle, bientôt une femme, et toutes deux étaient remplies de curiosité et d'intérêt pour l'événement qui se préparait.

Quand Vorn vit Aba rejoindre le petit groupe et s'asseoir à côté de sa fille, il voulut savoir pourquoi toutes les femmes se trouvaient au foyer de Mog-ur. Il se rendit là-bas et grimpa sur les genoux d'Aga à côté de sa petite sœur, qui était en train de téter. Mais ne voyant rien d'intéressant, hormis la guérisseuse allongée sur sa couche, il se lassa rapidement et s'éloigna.

Quelque temps après, les femmes allèrent préparer le repas. Uka resta auprès d'Iza, tandis qu'Ebra et Oga ne cessaient de lui jeter des regards discrets tout en faisant la cuisine. Ebra servit le repas de Creb et de Brun, puis apporta de quoi manger à Uka, Iza et Ayla ; Ovra s'occupa du repas du compagnon de sa mère, mais elle regagna rapidement le foyer d'Iza en compagnie d'Oga. Elles tenaient fermement à voir ce qui allait se passer et s'assirent à côté d'Ayla, qui n'avait pas bougé de sa place.

Iza s'était contentée de quelques gorgées d'infusion. Sans grand faim, Ayla grignotait quelques miettes, l'estomac serré. Elle n'avait toujours pas compris ce qui allait se produire, se demandant pourquoi Iza ne se levait pas pour préparer le repas de Creb, et pourquoi Creb se trouvait dans le foyer de Brun au lieu de prier les esprits pour qu'elle guérisse vite.

Le travail avait commencé. Iza respirait par saccades, sans lâcher la main des deux femmes. Tous les membres du clan se tenaient sur le qui-vive tandis que la nuit tombait. Les hommes, groupés autour du feu qui brûlait chez Brun, semblaient plongés dans une grande discussion, mais les regards furtifs qu'ils jetaient aux femmes de temps en temps trahissaient leur véritable préoccupation. Les femmes allaient et venaient auprès d'Iza, attendant que la guérisseuse accouche.

Il faisait déjà grand nuit quand, soudain, un redoublement d'activité troubla le silence attentif. Ebra étendit une autre peau sous Iza, tandis qu'Uka soutenait la femme qui haletait violemment, en poussant très fort et en criant sous la douleur. Ayla tremblait d'émotion, assise entre Ovra et Oga. Iza prit une profonde inspiration et, grinçant des dents, tous les muscles bandés, elle poussa si vivement que le sommet de la tête du nouveau-né apparut en même temps que son ventre se vidait du liquide amniotique. Le reste fut plus facile, et Iza délivra le corps humide et luisant d'un tout petit enfant qui gigotait comme un ver.

Une dernière poussée expulsa une masse sanguinolente. Iza, épuisée, se laissa retomber sur sa couche, pendant qu'Ebra soulevait le bébé et, lui glissant un doigt dans la bouche, en chassait la glaire avant de le déposer sur le ventre de sa mère. Puis elle donna de petites claques sur les pieds du nouveau-né qui ouvrit aussitôt la bouche et poussa un braillement sonore annonçant son éveil à la vie. Ebra attacha un morceau de tendon teint en rouge au cordon ombilical qu'elle coupa avec les dents pour le détacher du placenta et souleva l'enfant pour le montrer à sa mère. Puis elle retourna dans son foyer pour faire part à son compagnon de l'heureuse naissance et lui dévoiler le sexe de l'enfant. Elle s'accroupit devant Brun, baissa la tête et ne la releva que lorsque, d'une tape sur l'épaule, il lui fit signe de parler

8

— Je suis navrée de t'apprendre, dit Ebra en faisant le signe propre à exprimer l'affliction, qu'Iza vient de donner naissance à une fille.

Cette nouvelle fut loin d'affliger Brun. Pour rien au monde il ne l'aurait admis, mais il éprouvait un vif soulagement. L'arrangement proposé par Creb fonctionnait à merveille et le chef n'avait aucune envie d'y changer quoi que ce fût. Mog-ur avait entrepris une tâche estimable en se chargeant de l'éducation de la petite étrangère, et il y parvenait bien mieux qu'on aurait pu s'y attendre. Ayla apprenait rapidement la langue gestuelle et les habitudes du clan. Quant à Creb, il n'était pas seulement rassuré mais tout à fait réjoui. Il découvrait à un âge avancé les joies de la famille, et la naissance d'une fille garantissait la présence d'Iza à ses côtés.

Iza, elle, se sentait, pour la première fois depuis leur emménagement dans la nouvelle caverne, libérée de toute angoisse. Elle était heureuse du sexe de l'enfant et que son âge n'ait pas nui à son accouchement. Elle avait assisté bien des femmes dont les délivrances avaient été bien plus difficiles que la sienne. Elle en avait vu plusieurs en mourir, et de même plus d'un enfant mort-né. Il semblait à chaque fois que les têtes des nouveau-nés étaient trop grosses pour passer. Mais son inquiétude n'avait pas tant concerné la difficulté d'accoucher que le sexe de l'enfant et les conséquences que cela pourrait avoir sur son destin. S'il y avait une chose que supportaient mal les êtres du Clan, c'était bien l'incertitude.

Iza se reposait sur sa fourrure quand Uka lui déposa le bébé dans les bras, après l'avoir emmailloté dans une peau de lapin moelleuse. Ayla n'avait toujours pas bougé. Elle regardait Iza avec une ardente curiosité. La femme lui fit signe.

— Viens ici, Ayla. Tu veux voir le bébé ?

— Oui, répondit la fillette en s'approchant timidement.

La minuscule réplique d'Iza avait la tête recouverte d'un léger duvet brun. La protubérance osseuse de la nuque était particulièrement visible sans l'épaisse masse de cheveux qui la dissimulerait bientôt. Son crâne était néanmoins plus rond que celui des adultes et se terminait abruptement au-dessus des frêles arcades sourcilières. Ayla caressa la joue de l'enfant qui tourna la tête vers elle en faisant de petits bruits de succion.

— Elle est belle, lui signifia Ayla, encore émerveillée par le miracle auquel elle venait d'assister. Est-ce qu'elle essaie de parler, Iza ? demanda-t-elle en voyant le bébé agiter ses minuscules poings fermés.

— Non, pas encore, mais elle ne tardera pas et c'est toi qui lui apprendras, répondit Iza.

— Oh oui ! Je lui apprendrai à parler comme Creb et toi m'avez appris.

— J'en suis sûre, Ayla.

Ayla demeura auprès de sa mère adoptive, veillant sur son sommeil et sur celui de l'enfant. Ebra avait enveloppé le placenta dans une peau disposée à cet effet juste avant la délivrance et l'avait caché dans un recoin jusqu'au moment où Iza pourrait sortir l'enterrer dans un endroit connu d'elle seule. Si l'enfant avait été mort-né, elle l'aurait enseveli en même temps et personne n'aurait jamais fait la moindre allusion à sa mise au monde, pas plus que la mère infortunée n'aurait montré son chagrin.

Si l'enfant, bien que vivant, naissait malformé, ou bien si pour une raison quelconque le chef ne le jugeait pas acceptable au sein du clan, le devoir de la mère était considérablement plus éprouvant. Elle devait alors soit emporter son bébé pour l'enterrer, soit le laisser exposé aux éléments et aux bêtes féroces. Il était extrêmement rare qu'un enfant anormal soit autorisé à vivre ; s'il était du sexe féminin, ce n'était en pratique jamais le cas. Si c'était un garçon premier-né et si le père désirait le garder, la décision de le laisser vivre pendant sept jours avec sa mère, pour tester ses forces, appartenait au chef. Tout enfant encore en vie passé ce délai devait, selon une coutume qui avait force de loi, recevoir un nom et être accepté dans le clan.

Cette menace avait pesé sur les premiers jours de la vie de Creb. Sa mère avait survécu de justesse à sa naissance et il revint à son compagnon, alors le chef du clan, de décider si cet enfant devait vivre ou non. Mais sa décision lui fut dictée par la santé de la mère plus que par celle de l'enfant, dont la tête difforme et les membres paralysés témoignaient amplement des difficultés de l'accouchement. Il ne pouvait exiger de sa compagne qu'elle se débarrasse du petit, car son état de faiblesse ne le lui permettait pas. Or l'usage voulait que si la mère ne pouvait le faire disparaître elle-même, la tâche en incombait à la guérisseuse : mais la mère de Creb était aussi la guérisseuse du clan. Ainsi fut-il laissé à sa mère, bien que personne ne s'attendît à le voir survivre.

La mère manquait en effet de lait et ce fut une autre femme qui allaita Creb, dont la vie commença ainsi accrochée à un fil ténu avant qu'il devienne Mog-ur, le plus vénéré parmi les hommes vénérés, le sorcier le plus habile et le plus puissant de tous les clans.

A présent, c'était au tour du vieil infirme et de Brun de s'approcher d'Iza et de son enfant. Obéissant à un geste péremptoire de Brun, Ayla se leva prestement et se tint à distance sans rien perdre de la scène. Iza se redressa sur sa couche et, après avoir démailloté le bébé, le présenta à Brun, en prenant bien soin de ne regarder aucun des deux hommes. Ils examinèrent la nouveau-née vagissante, mécontente d'avoir été tirée du sein chaud de sa mère, tout en veillant de leur côté à ne pas porter les yeux sur Iza.

— L'enfant est normale, déclara gravement Brun. Elle peut rester avec sa mère. Si elle est encore en vie le jour où on lui donnera un nom, elle sera acceptée dans le clan.

Iza n'avait désormais plus rien à craindre. Elle espérait seulement que sa fille ne connaîtrait pas comme elle-même le malheur de ne pas avoir de compagnon. Toutefois elle devait s'avouer qu'elle ne regrettait pas celui qu'elle avait eu et qui lui avait donné cet enfant, et par ailleurs Creb était là, leur fournissant à elle, son bébé, et Ayla, un foyer stable.

Elle demeurait pendant sept jours confinée dans les strictes limites du foyer de Creb, à l'exception de quelques sorties indispensables ; entre autres pour enterrer le placenta. Entre-temps, personne ne reconnaîtrait officiellement l'existence de son enfant, hormis ceux qui partageaient son foyer. Les autres femmes lui apporteraient de quoi manger, et profiteraient de l'occasion pour jeter un coup d'œil au nourrisson. Passé ces sept jours, Iza n'aurait de contact qu'avec les femmes aussi longtemps que dureraient ses saignements, une règle qui s'appliquait en temps ordinaire aux menstruations.

Iza consacra donc son temps à allaiter et à s'occuper de sa fille et, lorsqu'elle se sentit plus forte, elle entreprit de ranger l'endroit où elle conservait la nourriture, celui où elle faisait la cuisine, celui où elle dormait et celui où elle entreposait ses remèdes, dans la limite des pierres qui bornaient le foyer de Creb, son territoire personnel dans la caverne.

Le rang de Mog-ur au sein de la hiérarchie du clan le faisait bénéficier d'un foyer particulièrement bien situé : suffisamment près de l'entrée pour profiter de la lumière du jour et de la chaleur du soleil en été, mais assez éloigné cependant pour ne pas se trouver trop exposé aux vents glacials en hiver. De plus, une saillie dans la paroi offrait une protection supplémentaire contre les bourrasques néfastes aux rhumatismes et à l'arthrite dont il souffrait.

Outre la chasse, il incombait aux hommes quelques autres tâches comme celle d'édifier un coupe-vent à l'entrée de la caverne, à l'aide de peaux tendues sur des piquets plantés dans le sol. Il leur fallait également paver les abords de la caverne de galets pour éviter que la pluie et la neige fondue ne transforment les lieux en un vaste bourbier. Quant au sol des foyers, il était en terre battue recouverte çà et là de nattes pour s'asseoir ou servir les repas.

Creb disposait d'une couche confortable faite d'une litière de paille recouverte d'une épaisse fourrure. A côté, Iza et Ayla avaient chacune une litière semblable. Les fourrures qui les recouvraient servaient également de manteau. Creb avait une peau d'ours, Iza une peau de saïga, et Ayla la dépouille magnifique d'un léopard des neiges, qui s'était aventuré près de la caverne et que Goov avait abattu. Il avait offert la peau à Creb.

La plupart des membres du clan portaient une peau ou un morceau de corne ou encore une dent de l'animal qui incarnait leur totem protecteur. Creb avait pensé que la fourrure du léopard des neiges était la plus appropriée pour Ayla. Bien que ce ne fût pas son totem, le léopard était un félin assez proche du lion des cavernes. Ce dernier s'écartait rarement des steppes et ne représentait pas une menace pour le clan bien à l'abri sur ses pentes boisées. Comme ce n'était pas une bête que l'on traquait sans raison, il y avait peu de chances pour que les chasseurs en capturent un. Iza venait tout juste de terminer pour la fillette le tannage de la riche fourrure quand les premières contractions étaient survenues. L'enfant était enchantée de son vêtement et sautait sur la moindre occasion de sortir pour le porter.

Iza préparait une infusion d'armoise absinthe pour favoriser la montée de lait et atténuer les crampes douloureuses qui lui contractaient le ventre. Quelques mois plus tôt, elle avait fait provision de ces feuilles étroites aux petites fleurs verdâtres, en prévision de la naissance de son enfant. Impatiente d'aller enfouir dans les bois les peaux souillées de sang qu'elle avait utilisées depuis son accouchement, la femme guettait l'arrivée d'Ayla pour lui confier la garde du bébé pendant son absence.

Mais Ayla ne se trouvait nulle part aux abords de la caverne. Elle était partie chercher dans la rivière des galets bien ronds dont Iza avait besoin pour la cuisine et qu'il fallait ramasser avant que la glace fige le cours d'eau. Pensant ainsi faire plaisir à Iza, la fillette, agenouillée sur la rive, triait des pierres. Comme elle relevait la tête, elle aperçut une petite tache de fourrure blanche sous un buisson. Elle s'approcha et, écartant les branchages, elle vit un jeune lapin gisant sur le flanc, une patte cassée noircie de sang séché.

L'animal blessé, haletant de soif, était incapable de bouger. Il roula des yeux inquiets alors que la fillette tendait la main vers lui. Un louveteau qui faisait son apprentissage à la chasse avait attrapé le lapin, mais celui-ci était parvenu à se libérer. Avant que le jeune carnivore puisse se saisir de nouveau de sa proie, sa mère l'avait rappelé d'un hurlement impérieux. Le louveteau, pas vraiment affamé, avait aussitôt répondu à l'appel, délaissant le lapin, qui en avait profité pour plonger sous le buisson le plus proche avec l'espoir que son tourmenteur ne reviendrait pas. Un moment plus tard, tout danger passé, il avait voulu quitter sa cachette pour aller boire, mais sa patte brisée par les dents pointues du petit loup l'en avait empêché.

Ayla prit la petite bête dans ses bras et se mit à la bercer comme un nouveau-né. A la vue du sang et de l'angle bizarre que formait sa patte, elle décida sur-le-champ de l'apporter à Iza, qui saurait assurément le soigner. Oubliant sa collecte de galets, elle regagna la caverne avec sa découverte.

L'arrivée d'Ayla réveilla Iza qui somnolait. La fillette lui tendit le lapin en lui montrant ses blessures. Iza avait souvent soigné des animaux blessés mais elle s'était toujours gardé de les introduire dans la caverne.

— Ayla, les animaux ne peuvent pénétrer ici.

Tous ses espoirs déçus, Ayla baissa la tête et, tristement, s'apprêta à sortir en serrant le lapin contre son cœur.

La déception de la fillette n'échappa point à la guérisseuse.

— Enfin, maintenant qu'il est là, montre-le-moi que je voie ce qu'il a, dit-elle à Ayla, qui lui tendit aussitôt la petite bête avec un sourire radieux.

— Cet animal a soif, va donc chercher un peu d'eau, demanda Iza.

Ayla s'empressa de remplir un bol à une grande outre, tandis qu'Iza taillait une attelle dans un bout de bois.

— Rapporte-moi encore de l'eau, Ayla. Nous la ferons bouillir. Il me faut nettoyer cette blessure, fit Iza.

Ayla emporta l'outre pour la remplir à la mare. L'eau avait redonné quelque énergie à l'animal, qui mangeait un peu d'herbe qu'Iza lui avait donnée quand la fillette revint.

Lorsque Creb arriva un peu plus tard, il resta stupéfait en voyant Ayla serrer dans ses bras le lapin blessé pendant qu'Iza allaitait son enfant. Il remarqua l'attelle qui immobilisait la patte de l'animal et croisa le regard de sa sœur qui semblait lui dire : « Que pouvais-je faire d'autre ? » Alors que la fillette était tout absorbée par son jouet vivant, le sorcier et la guérisseuse s'entretinrent par gestes.

— Pourquoi a-t-elle apporté ce lapin ? demanda Creb.

— Il était blessé. Elle voulait que je le soigne. Elle ne savait pas qu'il ne faut pas introduire d'animal. Mais elle n'a rien fait de mal ; tout cela part d'un bon sentiment. Je pense qu'elle a des dispositions pour devenir guérisseuse. Creb, ajouta-t-elle après une pause, je voulais te dire deux mots à son sujet. Elle n'est pas très jolie, tu sais...

— Elle est attachante, dit Creb en coulant un regard vers Ayla. Mais tu as raison, elle n'est pas très jolie, reconnut-il. Je ne vois pas le rapport avec ce lapin ?

— Quelle chance a-t-elle de trouver un compagnon plus tard ? Aucun homme ne voudra d'elle. Que se passera-t-il alors ?

— J'y ai pensé, mais qu'y pouvons-nous ?

— En devenant guérisseuse, elle se ferait un rang, proposa Iza. Et je la considère comme ma fille.

— Mais elle ne descend pas de ta lignée, Iza. Elle n'est pas de ton sang. C'est ta propre fille qui te succédera.

— Je le sais, mais qu'est-ce qui m'empêche de former Ayla en même temps ? Tu lui as bien donné un nom quand je la tenais dans mes bras le jour où tu lui as révélé son totem, n'est-ce pas ? Cette cérémonie en a fait ma fille. Elle a été acceptée par le clan, n'est-il pas vrai ? demanda Iza avec ferveur, et elle s'empressa de poursuivre sans laisser à Creb le temps de répondre par la négative. Je suis persuadée qu'elle a des dons de guérisseuse, Creb. Elle s'intéresse déjà à tout ce que je fais et me pose mille questions quand je prépare mes remèdes.

— Elle pose à propos de tout plus de questions que personne d'autre, coupa Creb. Il faut lui apprendre que cela ne se fait pas, ajouta-t-il.

— Mais regarde-la, Creb. Elle trouve un animal blessé et le rapporte à la caverne. C'est bien une preuve, non ?

Creb, perdu dans ses pensées, gardait le silence.

— Son entrée dans le clan ne modifie nullement ses origines, finit-il par dire. Elle est née parmi les Autres, comment pourrait-elle apprendre tout ce que tu sais ? Elle ne possède pas tes souvenirs.

— Oui, mais elle apprend très vite, tu l'as constaté toi-même. Vois comme elle a vite su parler. Tu serais étonné de découvrir tout ce qu'elle sait déjà. De plus, elle a une main sûre et une grande douceur. Ce lapin se sent en sécurité dans ses bras. Nous ne sommes plus jeunes toi et moi, Creb, ajouta Iza en se penchant vers lui. Que lui arrivera-t-il le jour où nous aurons rejoint le monde des esprits ? Veux-tu qu'elle passe sa vie de foyer en foyer, à charge pour tout le monde, promise au rang le plus bas dans le clan ?

Creb s'était déjà posé les mêmes questions mais, incapable de trouver une solution satisfaisante, il avait écarté ce problème de ses préoccupations.

— Penses-tu vraiment pouvoir la former, Iza ? demanda-t-il, perplexe.

— Je peux toujours commencer avec ce lapin. Je vais lui montrer comment faire et la laisserai le soigner toute seule. Je suis sûre qu'elle est capable d'apprendre, malgré l'absence des souvenirs.

— Je vais y réfléchir, Iza, conclut Creb.

La fillette berçait le lapin en fredonnant. Elle se souvint tout à coup d'avoir vu Creb faire certains gestes pour demander aux esprits d'apporter leur soutien aux remèdes magiques d'Iza, et elle apporta le petit animal au sorcier.

— Creb, veux-tu demander aux esprits d'aider le lapin à guérir ? lui dit-elle par gestes après avoir déposé l'animal aux pieds du sorcier.

Interloqué, Mog-ur contempla le visage sérieux de la fillette. Il n'avait jamais eu l'occasion d'invoquer les esprits en faveur d'une bête et il éprouvait de la réticence à le faire, mais il n'eut pas le cœur de lui refuser son secours. Il jeta un coup d'œil autour de lui pour voir si on ne l'observait pas puis exécuta quelques passes rapides.

— Maintenant, je suis sûre qu'il guérira ! s'exclama Ayla sur un ton convaincu.

Puis, voyant qu'Iza avait fini d'allaiter, elle lui demanda si elle pouvait tenir le bébé. Un lapin était bien agréable à bercer, mais ça ne valait pas un nouveau-né.

— D'accord, mais fais bien attention, lui conseilla Iza.

Ayla berça la petite fille comme elle l'avait fait pour le lapin.

— Comment vas-tu l'appeler, Creb ? demanda-t-elle au sorcier.

Iza était avide de connaître la réponse mais elle ne se serait jamais permis une telle question. Elles vivaient dans le foyer de Creb, qui subvenait à leurs besoins. C'était à lui que revenait le droit de nommer les enfants nés chez lui.

— Je ne sais pas encore, et tu devrais te montrer moins curieuse, Ayla, la réprimanda Creb, tout en étant secrètement heureux de la confiance de la fillette en ses pouvoirs magiques. (Il se tourna vers Iza, et ajouta :) Je suppose qu'il n'y a pas de mal à garder cet animal ici jusqu'à ce qu'il retrouve l'usage de sa patte ; c'est une créature inoffensive.

Iza lui fit un signe de consentement, toute à la joie des bonnes dispositions de son frère. Elle était certaine qu'il ne s'opposerait pas à ce qu'elle forme Ayla, dût-il ne jamais lui signifier ouvertement son accord.

— Comment arrive-t-elle à faire ce bruit dans sa gorge ? demanda Iza, changeant de sujet, tandis qu'Ayla se remettait à fredonner. Ce n'est pas un son désagréable mais tout à fait étrange.

— C'est encore une des différences entre le Peuple du Clan et les Autres, affirma Creb, vaguement pontifiant. Leur absence de souvenirs en est une autre, mais as-tu remarqué qu'elle ne fait plus ces autres bruits depuis qu'elle a appris à s'exprimer comme nous ?

L'arrivée d'Ovra empêcha Iza de lui répondre. La jeune fille venait leur apporter le repas du soir. Elle ne put cacher sa stupeur à la vue du lapin, et elle roula de grands yeux effarés quand Iza lui confia le bébé et qu'elle vit Ayla s'emparer de l'animal pour le bercer comme si c'était un nouveau-né. Ovra jeta un regard furtif à Creb pour voir sa réaction, mais le vieil homme semblait n'avoir rien remarqué. Il lui tardait d'aller rapporter la nouvelle à sa mère. Bercer un animal ! On n'avait jamais vu ça ! Cette fillette étrangère était peut-être dérangée dans sa tête. Pensait-elle que cette bête était humaine ?

Un instant plus tard, Brun se présenta et fit signe à Creb qu'il voulait lui parler. Creb s'attendait à cela. Ils se dirigèrent ensemble vers le feu qui flambait à l'entrée de la caverne, à l'écart de leurs foyers respectifs.

— Mog-ur... commença le chef avec quelque hésitation.

— Oui.

— J'ai pensé que nous pourrions célébrer certaines unions. J'ai décidé de donner Ovra à Goov ; quant à Droog, il veut bien se charger d'Aga et de ses enfants, et accepte également la présence de la vieille Aba dans son foyer, expliqua Brun, sans trop savoir comment faire pour aborder le sujet de la présence du lapin dans le foyer du magicien.

— Je me demandais justement ce que tu attendais, répondit Creb, sans lui laisser la possibilité d'amener la conversation sur le sujet qui lui tenait à cœur.

— Il fallait que j'attende un peu. Il n'était pas question de me priver de deux hommes en pleine période de chasse. Quel est à ton avis le meilleur moment pour la cérémonie ? demanda Brun.

— Je vais bientôt donner un nom à la fille d'Iza, nous pourrions célébrer les unions en même temps, proposa Creb.

— Je vais prévenir les intéressés, déclara Brun.

Il se balançait d'un pied sur l'autre en contemplant alternativement la voûte de la grotte et le sol en terre battue, puis le fond de la caverne, pour éviter de regarder Ayla et son lapin. Brun savait qu'en abordant ce sujet, il reconnaîtrait par là même avoir observé ce qui se passait chez son frère et ne pouvait trouver une façon convenable de lui en parler. Creb attendait sans mot dire.

— Que fait ce lapin chez toi ? demanda brusquement Brun en quelques gestes rapides, conscient de sa position délicate.

Creb se retourna ostensiblement vers son foyer où Iza, qui avait compris ce qui se passait, s'affairait auprès du bébé, comme pour rester à l'écart de toute l'affaire. Quant à Ayla, la responsable du conflit, elle ne prêtait pas la moindre attention aux deux hommes.

— C'est un animal inoffensif, Brun, rétorqua évasivement Creb.

— Mais que fait-il dans la caverne ? réitéra le chef.

— C'est Ayla qui l'a apporté, pour qu'Iza lui soigne une patte cassée, répondit Creb, comme s'il s'agissait là de la chose la plus naturelle.

— Personne n'a jamais introduit d'animaux dans la caverne, dit Brun, exaspéré de ne pouvoir trouver un argument plus tranchant.

— Quel mal y a-t-il à cela ? Il ne restera pas longtemps ici. Juste le temps de guérir, répliqua Creb avec le plus grand calme.

Brun avait beau chercher, il n'arrivait pas à trouver une bonne raison pour obliger Creb à se débarrasser de l'animal. Il se trouvait dans les limites de son foyer et aucun code n'interdisait formellement la présence d'animaux dans la caverne. Le fait ne s'était tout simplement jamais produit.

En fait, le lapin n'était qu'un prétexte. Le désarroi de Brun venait de la présence d'Ayla dans le clan. Depuis qu'Iza avait décidé de garder l'enfant, toute une série d'incidents inhabituels se produisaient à cause d'elle. Et encore n'était-elle qu'une enfant ! Que se passerait-il quand elle serait grande ? Brun ne pouvait s'appuyer sur aucun précédent de ce genre pour réussir l'intégration de cette étrangère parmi eux et il se voyait soudain incapable de faire part à Creb de ses doutes et de sa détresse. Devant la gêne de son frère, Creb chercha à lui fournir une raison sérieuse de garder l'animal.

— Brun, le clan qui nous a reçus lors du dernier Rassemblement avait recueilli un ourson dans sa caverne, lui rappela le sorcier.

— Cela n'a rien à voir. Il était destiné à la Cérémonie de l'Ours. Et puis les ours vivaient dans les cavernes bien avant les hommes, mais pas les lapins !

— Peut-être, mais il n'empêche que cet ourson a bien été introduit dans leur caverne.

Brun ne trouva rien à répondre à cela. Les arguments de Creb se tenaient, mais quelle idée avait eu la fillette d'apporter ce lapin ! Sans elle, jamais un tel problème ne se serait posé. Brun avait le sentiment que les fondements sur lesquels il avait toujours vécu se dérobaient sous ses pieds, comme s'il s'était aventuré dans des sables mouvants. Il préféra abandonner le sujet pour l'instant.

Il faisait beau mais froid à la veille de la cérémonie au cours de laquelle Creb allait donner un nom à la fille d'Iza. Le vieillard, que ses rhumatismes torturaient de plus belle, sentait qu'un orage se préparait. Désireux de profiter encore une fois du temps clair avant l'arrivée des neiges hivernales, il s'en fut se promener par le petit sentier qui longeait le cours d'eau. Ayla l'accompagnait, heureuse d'étrenner les chausses qu'Iza lui avait taillées dans une peau d'aurochs tannée, le poil vers l'intérieur, une bonne couche de graisse imperméabilisant le cuir à l'extérieur. Elle s'était enveloppée dans sa fourrure de léopard des neiges et, pour se protéger les oreilles, s'était couvert la tête d'une peau de lapin, le poil en dedans, nouée sous son menton avec les pattes de l'animal. Elle gambada un instant devant puis revint vers le vieil homme qui allait d'un pas lent. Ils marchèrent un moment côte à côte en silence, chacun d'eux perdu dans ses pensées.

Creb se demandait comment il allait nommer la petite fille d'Iza. Il aimait sa sœur et voulait choisir un nom qui lui plairait. Ce ne serait pas un nom associé à son compagnon défunt, décida-t-il. Au seul souvenir de cet homme il en éprouvait comme de la nausée. Sa méchanceté à l'égard de sa sœur l'avait ulcéré, mais son inimitié remontait à plus loin. Creb se rappelait la façon dont cet homme le malmenait quand il était petit, le traitant de « femme » parce qu'il était incapable de chasser comme les autres. Seule la crainte que ce méprisable personnage avait par la suite éprouvée face aux pouvoirs du sorcier avait tu ses railleries. Creb était content qu'Iza eût une fille, et non un garçon. Cela eût fait trop d'honneur à ce misérable.

Depuis la disparition de cet être détestable, il commençait à apprécier pleinement les joies du foyer. En devenant soudain le patriarche d'une petite famille, dont il se sentait responsable et qu'il était chargé de nourrir, il avait fait l'expérience d'une nouvelle forme de respect de la part des autres hommes, aux chasses desquels il s'intéressait de plus près depuis qu'une partie lui en revenait de droit.

Je suis sûr qu'Iza est heureuse également, songeait-il, en pensant à l'affection qu'elle lui témoignait, au soin qu'elle prenait à lui faire la cuisine et à prévenir ses moindres désirs. Elle se conduisait exactement comme si elle était sa compagne, sauf charnellement, bien entendu. Quant à Ayla, elle était pour lui une source intarissable de joie. Les particularités qu'il découvrait en elle le passionnaient, et son éducation représentait un défi qu'il éprouvait le désir de relever, comme tout maître confronté à une élève brillante et intelligente. La nouveau-née aussi l'intriguait beaucoup. Passé les premiers moments de surprise et de trouble, il était parvenu à maîtriser sa nervosité quand Iza lui déposait l'enfant sur les genoux et il observait avec intérêt ses mouvements désordonnés, s'émerveillant de ce qu'un si petit être puisse devenir un jour une femme.

Elle assurera l'illustre lignée d'Iza, pensait-il. Leur mère était la guérisseuse la plus réputée de tous les clans. On venait de loin lui présenter les malades encore capables de se déplacer. Iza possédait des talents de même envergure et, selon toute probabilité, sa fille était destinée à un avenir enviable. Elle méritait donc un nom digne de ses illustres ancêtres.

Les pensées de Creb allaient maintenant à la mère de leur mère. Cette femme s'était toujours montrée douce et affectueuse à son égard, s'occupant de lui quand sa mère avait mis Brun au monde.

Elle aussi avait été une grande guérisseuse ; c'était elle qui avait soigné cet homme né chez les Autres, tout comme l'avait fait Iza d'Ayla. Quel dommage que ma sœur n'ait jamais connu cette femme, se dit-il. Il s'arrêta soudain.

— Voilà ! J'ai trouvé ! Je donnerai son nom au bébé, décida-t-il, heureux de son inspiration.

Puis il porta son attention aux cérémonies qui allaient unir Goov et Ovra, ainsi que Droog et Aga. Il pensa d'abord au jeune homme qui était son servant. Il aimait bien Goov pour son calme et son sérieux. L'Aurochs, son totem, devrait être assez puissant pour vaincre celui d'Ovra, le Castor. La jeune femme était courageuse et ferait assurément une bonne compagne. Ses talents de chasseur permettraient à Goov de nourrir convenablement sa famille et une fois mog-ur, la part qui lui serait due compenserait largement l'impossibilité où il se trouverait de chasser.

Serait-il un puissant mog-ur ? se demanda Creb. Il secoua la tête. Il avait de l'affection pour son servant, mais il savait que Goov n'aurait jamais l'habileté dont lui-même faisait preuve. Ce corps infirme qui l'avait empêché de se livrer aux activités dévolues aux hommes, telles la chasse et la paternité, lui avait permis de se consacrer totalement à son art. C'était la raison pour laquelle il était Mog-ur, le plus puissant des sorciers, celui qui guidait les esprits des autres sorciers lors des Rassemblements du Peuple du Clan, au cours d'une cérémonie suivie des mog-ur seuls. La symbiose des esprits qu'il réalisait chaque soir avec les membres du clan ne pouvait se comparer à cette fusion des âmes qui se produisait avec les esprits entraînés des autres sorciers. Il songea au prochain Rassemblement du Clan, qui n'aurait lieu que dans plusieurs années. Les Rassemblements se tenaient tous les sept ans, et le dernier avait eu lieu l'été précédent. Ce sera mon dernier Rassemblement... si je vis jusque-là, réalisa-t-il soudain.

Il reporta son attention à la cérémonie qui unirait Droog et Aga. Droog était un excellent chasseur qui avait eu maintes fois l'occasion de le prouver. Sa réputation d'habile tailleur d'outils n'était plus à faire ; sérieux et paisible comme le fils de sa compagne défunte, il était comme lui placé sous le signe de l'Aurochs. Droog n'éprouverait certainement pas envers Aga la passion d'un jeune homme, mais tous deux se devaient de contracter une nouvelle union. Aga s'était déjà révélée plus féconde que la première compagne de Droog, et la décision de Brun de les unir obéissait à la raison.

Un lapin qui déboula soudain entre leurs jambes arracha Creb et Ayla à leurs pensées. La petite fille en profita pour exprimer tout haut les questions qu'elle s'était posées en chemin.

— Creb, comment le bébé est-il entré dans Iza ? demanda-t-elle.

— La femme avale l'esprit du totem de l'homme, commença Creb machinalement, encore perdu dans ses réflexions. Les deux totems se battent et, si celui de l'homme l'emporte sur celui de la femme, il lui laisse une partie de lui-même pour faire commencer une nouvelle vie.

Ayla jeta des regards autour d'elle, étonnée d'apprendre l'omniprésence des esprits. Elle ne pouvait en voir aucun, mais si Creb disait qu'ils existaient, elle voulait bien le croire.

— Est-ce que les esprits de tous les hommes peuvent pénétrer dans la femme ? demanda-t-elle ensuite.

— Oui, mais seul un esprit puissant peut vaincre l'esprit de la femme. S'il n'y parvient pas, l'homme peut demander l'assistance d'un autre esprit, expliqua prudemment Creb.

— Seules les femmes ont des enfants ? insista Ayla.

— Oui, acquiesca Creb.

— Et il faut une cérémonie pour en avoir ?

— Non, pas toujours, il arrive qu'une femme avale l'esprit de l'homme avant la cérémonie, mais si elle ne prend pas de compagnon avant la naissance de son enfant, le petit risque d'être malheureux toute sa vie.

— Et moi, je pourrais avoir un enfant ? demanda Ayla, pleine d'espoir.

Creb songea alors à l'esprit de son puissant totem. Le principe vital de ce dernier était trop fort. Peut-être avec l'aide d'un autre esprit concéderait-il une défaite momentanée. Mais elle découvrira cela bien assez tôt, songea-t-il.

— Tu es encore trop jeune, répondit-il évasivement.

— Quand alors ?

— Quand tu seras une femme.

— Et quand serai-je une femme ?

Creb commençait à croire qu'elle n'arrêterait jamais ses questions et, prenant son courage à deux mains, il se lança dans une grande explication.

— La première fois que ton esprit se battra avec un autre esprit, tu vas saigner, preuve qu'il a été blessé. Après cela, il combattra régulièrement avec d'autres esprits, et le jour où tu ne saigneras plus, tu sauras qu'il aura été vaincu et qu'une nouvelle vie est en train de germer en toi.

— Mais quand exactement serai-je une femme ? insista Ayla.

— En principe, lorsque tu auras parcouru huit ou neuf fois le cycle complet des saisons, répondit Creb.

— Dans combien de temps, alors ?

— Approche, je vais essayer de t'expliquer, lui dit avec patience le vieux sorcier en poussant un soupir.

Il sortit d'un pli de son manteau un couteau de silex, doutant que la fillette puisse comprendre mais espérant que sa démonstration mettrait enfin un terme au flot de questions.

Les nombres étaient une abstraction difficile pour les membres du clan dont la plupart ne pouvaient penser au-delà de trois ; toi, moi et un autre. Ce n'était pas un défaut d'intelligence. Ainsi, Brun s'apercevait immédiatement de l'absence de l'un des vingt-deux membres du clan. Il lui suffisait de penser à chaque individu, ce qu'il faisait rapidement, sans même s'en apercevoir. Mais passer de l'individu au concept de « un » représentait un effort considérable que bien peu étaient capables de fournir. Comment deux personnes différentes pouvaient-elles être « une » à un moment donné, voilà qui dépassait largement leur entendement.

L'incapacité du Peuple du Clan à concevoir la synthèse ou l'abstraction s'étendait à d'autres aspects de leur vie. Ils connaissaient le chêne, le saule, le sapin, mais ne possédaient pas de termes génériques pour les désigner : le mot « arbre » était absent de leur vocabulaire. Chaque type de sol, de roche, mêmes les différentes sortes de neige avaient un nom. Les membres du Peuple du Clan s'en remettaient à la richesse de leur mémoire et à leur capacité de l'enrichir encore, car ils n'oubliaient presque rien. Aussi dépendaient-ils de leur sorcier pour garder la trace de ce qui devait être compté : les années entre les Rassemblements, l'âge de chacun d'eux, la période d'isolement requise après une union et les sept premiers jours de la vie d'un nouveau-né. C'était dans sa capacité à mesurer le temps que résidait l'un des pouvoirs magiques les plus importants du mog-ur.

Creb ramassa une petite branche, s'assit et cala la badine entre son pied et une grosse pierre.

— Iza pense que tu es un peu plus âgée que Vorn, commença-t-il. Vorn a déjà passé l'année de sa naissance, l'année où il a appris à marcher, et celle où il a été sevré, expliqua Creb en faisant au fur et à mesure une entaille dans la branchette. Je vais ajouter une autre marque pour représenter l'âge que toi tu as aujourd'hui. Si je place mes doigts dans chaque entaille, toute ma main les recouvre, vois-tu ?

Ayla considéra avec une extrême attention l'ensemble des marques du couteau et tout à coup son visage s'éclaira.

— J'ai donc autant d'années que tout ça ! s'exclama-t-elle, en lui montrant sa main, les cinq doigts écartés. Mais dans combien de temps pourrai-je avoir un bébé ? ajouta-t-elle, plus intéressée par ce sujet que par le calcul.

Creb était stupéfait. Comment avait-elle pu comprendre si vite ? Elle n'avait même pas pris la peine de l'interroger sur le rapport existant entre les doigts et les entailles et sur leur relation avec les années. Goov avait mis très longtemps avant de comprendre tout cela. Creb incisa encore trois fois la petite branche et posa trois doigts sur les marques. Ayla regarda alors son autre main et leva aussitôt trois doigts, après avoir replié sans hésiter le pouce et l'index.

— Quand j'aurai tout ça ? demanda-t-elle en levant ses huit doigts.

Creb acquiesça, mais ce que fit ensuite la fillette le laissa ébahi ; il lui avait fallu des années pour maîtriser cette abstraction. Ayla abaissa l'une de ses mains et ne tendit que trois doigts.

— Alors, je pourrai avoir un bébé dans ça d'années, conclut-elle par gestes avec une grande assurance, convaincue de la justesse de son raisonnement.

Le vieux sorcier était abasourdi. Il était inconcevable qu'une enfant de son âge fût capable d'une telle promptitude de déduction.

— Oui, c'est possible, bien qu'un peu tôt. Il se pourrait que ce soit encore dans tout ça, répondit Creb en faisant deux entailles supplémentaires dans son morceau de bois. Ou bien dans beaucoup plus, ajouta-t-il. On ne peut savoir à l'avance.

Ayla, l'air perplexe, leva le pouce et l'index.

— Et après ça ? demanda-t-elle.

Creb la considéra avec suspicion. Ils s'aventuraient sur un terrain glissant et Brun verrait d'un mauvais œil la petite fille s'initier à des domaines réservés aux seuls mog-ur et, plus grave encore, exercer d'aussi grands pouvoirs magiques. Mais Ayla avait piqué la curiosité du sorcier, impatient de voir jusqu'où iraient ses capacités de compréhension.

— Mets tes deux mains sur toutes les marques, lui expliqua-t-il. (Ayla lui obéit, puis Creb traça une autre marque sur laquelle il mit son petit doigt.) Tu vois, dit-il, j'ai mis mon petit doigt sur cette marque-là. Après la première série couverte par tes deux mains, tu dois penser au premier doigt de la main de quelqu'un d'autre, puis au doigt suivant et ainsi de suite. Tu comprends ? demanda-t-il en la regardant attentivement.

La petite fille ne cilla pas. Elle considéra ses mains puis celles de Creb et fit la grimace particulière avec laquelle elle manifestait sa joie, en hochant vigoureusement la tête. Et, à la stupeur du sorcier, elle franchit une nouvelle étape avec une aisance déconcertante.

— Et ensuite les mains de quelqu'un d'autre, et encore de quelqu'un d'autre, n'est-ce pas ? demanda-t-elle.

C'était plus que ne pouvait imaginer Creb, qui avait le plus grand mal à compter jusqu'à vingt. Au-delà, les nombres se perdaient dans une infinité vague qu'il nommait « beaucoup ». Il avait en de rares occasions et après une longue méditation eu le sentiment d'entrevoir une bribe de ce concept qu'Ayla venait de maîtriser sans la moindre difficulté. Prenant soudain conscience de l'abîme qui séparait son esprit de celui d'Ayla, il chercha à dissimuler son trouble en faisant diversion.

— Dis-moi comment s'appelle ceci ? lui demanda-t-il en brandissant la branchette qu'il avait utilisée pour sa démonstration.

— Saule, répondit-elle avec une légère hésitation.

— Très bien, dit Creb en la prenant par les épaules et en la regardant droit dans les yeux. Ayla, il vaudrait mieux que tu ne parles à personne de tout ce que je viens de t'apprendre, ajouta-t-il en lui montrant les entailles.

— Oui, Creb, lui promit-elle, consciente de l'importance que cela représentait aux yeux du sorcier, dont elle avait appris à comprendre les gestes et les expressions mieux que personne, à l'exception d'Iza.

— Allons, il est grand temps de rentrer, déclara-t-il, désireux de rester seul pour méditer en paix.

— Oh, non, pas encore ! Il fait encore bon dehors, supplia la fillette.

— Ayla, il ne faut jamais contredire un homme quand il a pris une décision, lui reprocha-t-il gentiment.

— Oui, Creb, répondit-elle en baissant la tête, comme il lui avait appris à le faire.

Sur le chemin du retour, elle marcha en silence aux côtés de Mog-ur jusqu'au moment où l'impétuosité de sa jeunesse reprit le dessus, et elle se remit à gambader devant lui. Elle revenait en courant, les bras chargés de brindilles et de pierres, dont elle lui déclinait les noms ou lui demandait de les lui rappeler si elle ne s'en souvenait plus. Encore sous le coup de sa découverte, le sorcier lui répondait machinalement.

Les premières lueurs de l'aube dissipaient les ténèbres et la fraîcheur de la nuit annonçait l'arrivée prochaine de la neige. Allongée sur sa couche, Iza regardait se préciser peu à peu les contours familiers de la caverne. Aujourd'hui, sa fille allait recevoir un nom et se voir reconnue comme membre du clan à part entière et comme un être humain non seulement vivant mais apte à vivre. Elle songea avec plaisir que sa mise à l'écart forcée allait se relâcher, bien que ses rapports avec les autres dussent encore se limiter strictement aux femmes jusqu'à la fin des saignements.

A l'apparition de leurs premières menstruations, les jeunes filles étaient obligées de s'éloigner du clan pendant toute la durée du cycle. Si elles se produisaient en hiver, la jeune femme demeurait seule au fond de la caverne, mais devait tout de même subir l'épreuve de l'isolement total au printemps suivant, au moment de ses règles. Cette expérience était non seulement terrifiante mais encore dangereuse pour ces jeunes femmes désarmées, accoutumées à la protection et à la compagnie du clan. Cette épreuve était destinée à marquer le passage à la condition de femme, tout comme la première chasse marquait le passage d'un garçon à l'âge d'homme. Mais contrairement à ce dernier, la femme n'avait droit à aucune cérémonie pour fêter l'événement et son retour parmi les siens. Certes, pendant l'épreuve, elle avait la permission de faire du feu pour éloigner les bêtes féroces, mais il n'était pas rare que l'une d'elles disparaisse à tout jamais, et que son cadavre soit découvert plus tard par quelque chasseur. La mère de la jeune fille avait le droit de lui rendre visite une fois par jour, pour lui apporter réconfort et nourriture. Mais si elle venait à disparaître, sa mère n'était autorisée à en faire mention qu'au bout d'un certain temps.

Les luttes auxquelles se livraient les esprits à l'intérieur des corps des femmes dans le but de concevoir la vie restaient un profond mystère pour les hommes. Mais ils savaient que leur essence était vaincue, chassée du corps de la femme, quand celle-ci saignait. Si, durant cette période, une femme regardait un homme, l'esprit de ce dernier risquait d'être attiré dans une lutte qu'il n'était pas certain de remporter. C'est pourquoi les totems des femmes devaient être plus faibles que ceux des hommes, car même un totem faible pouvait tirer une grande force de l'essence vitale propre au sexe féminin. C'étaient les femmes qui possédaient le pouvoir de donner la vie.

Dans le monde matériel, un homme était plus grand, plus fort, bien plus puissant qu'une femme, mais dans le monde terrible des forces invisibles, la femme était l'héritière naturelle d'une force potentiellement plus conséquente. Pour les hommes la faiblesse physique de la femme était précisément ce qui permettait d'établir l'équilibre entre elles et eux. Qu'on permît aux femmes de réaliser toute la force qu'elles avaient en puissance, et c'en serait fini de cet équilibre. C'était la raison pour laquelle elles étaient tenues à l'écart de la vie spirituelle et gardées ainsi dans l'ignorance de la trop grande force que leur conférait ce pouvoir de concevoir la vie.

Les jeunes hommes étaient avertis à leur première cérémonie suivant la consécration à l'âge adulte des terribles conséquences qui pourraient résulter de la découverte par une femme des rites secrets des hommes, et des légendes couraient sur l'époque où c'étaient les femmes qui exerçaient la magie et intercédaient auprès des esprits. Ainsi éclairés, les jeunes hommes considéraient les femmes d'un autre regard. Ils assumaient leurs responsabilités masculines avec beaucoup de sérieux et veillaient à ce qu'une femme soit protégée, nourrie mais totalement dominée, sinon le fragile équilibre entre les forces matérielles et les forces spirituelles risquait d'être brisé et la pérennité du Peuple du Clan condamnée.

La puissance des esprits féminins étant beaucoup plus agissante pendant la menstruation, la femme devait subir un isolement forcé pour ne pas mettre en échec l'esprit totémique de l'homme. Confinée auprès des autres femmes elle n'avait le droit de toucher à aucune nourriture susceptible d'être consommée par un homme. Elle ne pouvait s'occuper que de tâches subalternes comme le ramassage du bois ou la préparation des peaux à l'usage exclusif des femmes. Pendant cette période, les hommes l'ignoraient totalement et s'abstenaient même de la réprimander. Que son regard tombât par hasard sur elle, l'homme faisait comme si elle était invisible.

Cet isolement semblait un châtiment cruel, presque aussi cruel que la Malédiction Suprême infligée au membre du clan coupable d'une faute grave. Seul le chef du clan était habilité à demander au mog-ur de faire descendre sur lui les esprits malfaisants. Le mog-ur ne pouvait se soustraire à cette obligation malgré le danger que cela représentait pour le clan et pour lui-même. Une fois maudit, le coupable était exclu du clan qui cessait aussitôt de lui parler comme de le voir. Il n'existait plus pour personne. Il était tout bonnement considéré comme mort. Son épouse et sa famille le pleuraient et personne n'avait le droit de lui donner à manger. Quelques-uns quittaient le clan pour ne plus jamais reparaître. Mais la plupart se laissaient mourir de faim et de soif.

Il arrivait parfois que le châtiment soit imposé pour une durée déterminée, mais dans la plupart des cas l'issue demeurait fatale, le coupable se laissant quand même mourir. S'il survivait à une telle condamnation, il pouvait réintégrer le clan et retrouver son rang. Une fois sa dette payée, son crime était oublié. Cependant, en raison de la rareté des actes criminels, un tel châtiment était fort peu souvent infligé. Enfin, l'isolement forcé des femmes pendant la menstruation avait au moins cela de bon qu'il les soustrayait pendant un temps aux demandes incessantes et à la surveillance attentive des hommes.

Iza attendait avec impatience la cérémonie grâce à laquelle elle pourrait enfin se joindre aux autres femmes et, lasse de se voir confinée dans les limites du foyer de Creb, elle regardait avec envie le beau soleil qui pénétrait dans la caverne. Elle guettait le signe de Mog-ur lui annonçant qu'il était prêt et le clan rassemblé pour la cérémonie. Lorsque enfin il la fit venir, elle se présenta devant lui et, la tête baissée, elle dénuda son enfant, tandis que Mog-ur convoquait les esprits protecteurs avec de grands gestes solennels. Puis plongeant les doigts dans l'écuelle que lui présentait Goov, il traça une ligne rouge sur le nez de l'enfant jusqu'au milieu des sourcils.

— Uba, cette enfant se nomme Uba, déclara le sorcier.

— Uba, répéta Iza en serrant contre elle son enfant frissonnante de froid.

Elle était heureuse que sa fille portât le nom de cette aïeule qu'elle regrettait de ne pas avoir connue. Les membres du clan commencèrent à défiler un à un devant la petite fille, en répétant son nom pour se familiariser ainsi que leurs totems avec la nouvelle venue. Après quoi, Iza enveloppa la nouveau-née dans de douces peaux de lapin et l'installa sous sa propre fourrure, tout contre la chaleur de son corps, et elle prit place parmi les femmes pour assister à la consécration des unions.

A l'occasion de cette cérémonie et celle-là seule, on utilisait l'ocre jaune. Goov, ne pouvant officier comme servant de sa propre union, tendit l'écuelle d'onguent jaune à Mog-ur, qui la cala entre son bras et sa taille. Il prit place devant le sorcier, attendant que Grod lui amène la fille de sa compagne. Uka, quant à elle, assistait à la scène, à la fois heureuse pour sa fille et désolée de la voir quitter le foyer familial. Ovra, enveloppée dans une peau de bête toute neuve, s'avança les yeux baissés, et s'assit en tailleur devant Goov.

Avec les gestes appropriés, Mog-ur s'adressa de nouveau aux esprits, puis, après avoir plongé son majeur dans l'écuelle, il traça à l'ocre jaune le signe du totem d'Ovra sur la cicatrice de celui de Goov, symbole de l'union de leurs esprits, puis le signe du totem de Goov sur celui d'Ovra, en recouvrant entièrement le signe de la femme, symbole de sa soumission.

— Esprit de l'Aurochs, Totem de Goov, tu as vaincu l'Esprit du Castor, Totem d'Ovra, déclara Mog-ur en effectuant les gestes rituels. Puisse Ursus permettre qu'il en soit toujours ainsi. Goov, acceptes-tu cette femme ?

Goov répondit en tapant Ovra sur l'épaule et en lui faisant signe de venir avec lui dans la caverne, vers leur nouveau foyer fraîchement délimité par des pierres. Ovra se releva pour suivre son nouveau compagnon. Personne ne lui ayant demandé son avis, elle n'avait pas eu le choix. Le couple allait rester isolé, confiné dans les limites du foyer où chacun dormirait de son côté. A la fin de cet isolement de quatorze jours, les hommes procédaient entre eux à de nouveaux rites pour sceller l'union.

L'union de deux êtres était aux yeux du clan une affaire strictement spirituelle, qui commençait par une déclaration publique devant tous et s'achevait par un rite secret strictement réservé aux hommes. Dans la communauté, il était aussi naturel de s'adonner aux activités sexuelles que de dormir ou de manger. Les enfants apprenaient souvent comment cela se passait en observant les adultes, et ils jouaient à faire l'amour dès leur plus jeune âge, tout comme ils imitaient les autres activités de leurs aînés. Les petites filles étaient déflorées très jeunes par des garçons pubères qui, n'ayant pas encore abattu leur première bête à la chasse, flottaient entre l'enfance et l'âge adulte.

Tout homme avait le droit de satisfaire ses désirs quand bon lui semblait, avec n'importe quelle femme, à l'exception de sa sœur. Généralement, les couples se restaient plus ou moins fidèles, mais il était plus grave pour un homme de réprimer ses désirs que de prendre la première femme venue. Quant aux femmes, elles faisaient volontiers des gestes subtilement évocateurs et suggestifs aux hommes qui leur plaisaient, afin de susciter leurs avances. Aux yeux des membres du clan, toute vie nouvelle prenait naissance par l'entremise des totems en présence dans le couple uni selon la coutume, et tout lien entre l'activité sexuelle et la reproduction paraissait inconcevable.

Une seconde cérémonie fut célébrée pour unir Droog et Aga, et le couple alla s'isoler dans le foyer de Droog. Cet isolement concernait le clan, mais non ceux qui partageaient leur feu et qui étaient libres d'aller et venir dans ce foyer qui leur restait ouvert. Quand le couple eut disparu dans la caverne, les femmes entourèrent Iza et son enfant.

— Mais elle est parfaitement constituée, Iza ! s'exclama Ebra. Je dois dire que j'étais inquiète quand je t'ai sue enceinte, au bout de tout ce temps.

— Les esprits ont veillé sur moi, répondit Iza. Une fois vaincu, un totem puissant aide à faire de beaux enfants.

— Je craignais que le totem de l'étrangère ait une mauvaise influence sur ton enfant. Elle est si différente de nous et son totem est si puissant qu'elle aurait pu déformer ta petite, commenta Aba.

— Ayla a de la chance et elle m'a porté chance, répliqua brusquement Iza en jetant un coup d'œil vers Ayla pour voir si elle avait prêté attention aux propos d'Aba. (La guérisseuse n'aimait pas qu'on affiche ouvertement de telles pensées.) Ne nous a-t-elle pas porté chance à tous ?

— Peut-être, mais en ce qui te concerne, pas assez pour te donner un garçon, insista Aba.

— Je désirais une fille, Aba, déclara Iza.

— Iza, comment peux-tu dire une chose pareille !

Les femmes n'en revenaient pas ; il n'était pas de coutume qu'elles reconnaissent préférer une fille à un garçon.

— Je la comprends, dit Uka, prenant la défense d'Iza. Vous avez un fils, vous veillez sur lui, vous le nourrissez, vous l'élevez, et dès qu'il est grand, il disparaît. S'il n'est pas tué à la chasse, il meurt autrement. Au moins, Uba aura, elle, une chance de vivre plus longtemps.

Tout le monde connaissait le chagrin de cette femme qui avait perdu son fils dans l'éboulement de la caverne. Ebra, avec tact, changea de sujet.

— Je me demande comment nous allons passer l'hiver dans cette nouvelle caverne.

— La chasse a été bonne, et nous avons assez de provisions. Les chasseurs vont tenter une dernière expédition aujourd'hui. Pourvu qu'il nous reste assez de place dans la réserve pour entreposer ce qu'ils tueront, dit Ika. En attendant, nous ferions bien de leur faire à manger, ils ont l'air de s'impatienter.

Les femmes quittèrent à regret Iza et son enfant pour aller préparer le repas du matin. Ayla s'assit à côté d'elle et prit le bébé dans ses bras. Iza se sentait heureuse de se trouver dehors par cette belle matinée froide et ensoleillée ; heureuse de la naissance de son enfant, une fille de surcroît, et en bonne santé ; heureuse de la nouvelle caverne et que Creb ait décidé de pourvoir à ses besoins ; heureuse enfin de la présence à ses côtés de la jeune étrangère aux cheveux blonds.

Elle regarda Uba, puis Ayla. Mes deux filles, pensa-t-elle, elles sont toutes les deux mes filles. Tout le monde sait déjà qu'Uba deviendra guérisseuse, mais il en sera de même pour Ayla. Je ferai en sorte qu'il en soit ainsi. Elle honorera sûrement notre grande lignée.

9

Alors l'Esprit de la Neige poudreuse vainquit celui de la Neige cristalline qui, à quelque temps de là, donna naissance loin au nord à la Montagne de Glace. Mais l'Esprit du Soleil détestait cette enfant étincelante qui ne cessait de s'étendre à mesure qu'elle grandissait, repoussant la chaleur de ses rayons et empêchant l'herbe de croître. Alors, le Soleil se jura de faire disparaître la Montagne de Glace, mais l'Esprit du Gros Nuage, frère de la Neige cristalline, apprit que le Soleil voulait tuer l'enfant. Et lorsque le Soleil se trouva au point culminant de sa puissance, en plein été, l'Esprit du Gros Nuage engagea le combat contre lui pour sauver la vie de la Montagne de Glace.

Uba sur les genoux, Ayla écoutait, captivée, la légende familière. C'était sa légende préférée, celle qu'elle ne se lassait pas d'entendre. Mais l'intrépide gamine d'un an et demi qu'elle tenait dans ses bras semblait plus intéressée par ses longs cheveux blonds qu'elle tirait allégrement. Ayla dégagea de sa chevelure les petits doigts, sans quitter des yeux le vieux Dorv qui, debout près du feu, mimait de façon théâtrale devant le clan les péripéties d'une histoire qu'il avait maintes fois racontée.

Certains jours, le Soleil gagnait la bataille après avoir réduit en eau la glace dure, ôtant peu à peu la vie à la Montagne de Glace. Mais certains autres, le Gros Nuage l'emportait sur son rival, faisant écran entre lui et la Montagne de Glace. Si en été la Montagne de Glace mourait de faim et perdait considérablement de ses forces, en hiver sa mère lui apportait de quoi se nourrir et retrouver la santé. Et chaque été, le Soleil luttait avec moins de succès contre le Gros Nuage. Ainsi, au début de chaque hiver, la Montagne de Glace était-elle un peu plus grosse que l'hiver précédent et recouvrait-elle davantage les terres tous les ans.

A mesure qu'elle envahissait l'espace, les vents froids se levaient et la neige tourbillonnait. Et la Montagne avançait toujours, se rapprochant petit à petit des lieux habités par le Peuple du Clan.

Un frisson parcourut l'auditoire blotti autour du feu. Instinctivement, des têtes rentrèrent dans les épaules, comme sous une bourrasque de neige.

Personne ne savait que faire. « Pourquoi les esprits ne nous protègent-ils plus ? Qu'avons-nous fait pour mériter leur colère ? » se demandaient-ils. Alors, le mog-ur décida de partir à la rencontre des esprits afin de leur parler. Il resta absent très longtemps. Tout le monde guettait son retour avec impatience, surtout les jeunes hommes.

Parmi ces derniers, Durc était le plus impatient.

— Le mog-ur ne reviendra jamais, dit-il. Nos totems n'aiment pas le froid. Ils sont partis. Nous devrions en faire autant.

— Nous ne pouvons pas quitter notre abri, dit le chef. C'est là que notre clan a toujours vécu. C'est la demeure des esprits de nos totems. Ils ne sont pas partis. Ils ne sont pas contents de nous, mais ils le seront encore moins sans feu ni lieu. Nous ne pouvons pas nous en aller et les emmener avec nous. De plus, où irions-nous ?

— Nos totems sont déjà partis, insista Durc. Ils reviendront peut-être si nous trouvons des lieux plus cléments. Nous pouvons aller vers le sud, en suivant les oiseaux chassés par le froid de l'automne ; ou vers l'est, au pays du Soleil. Nous devons aller là où la Montagne de Glace ne pourra jamais nous atteindre. Elle se déplace très lentement, tandis que nous, nous filons comme le vent. Elle ne pourra jamais nous rattraper. Si nous restons ici, nous gèlerons sur place.

— Non. Nous devons attendre le mog-ur. Il nous dira ce qu'il faut faire, ordonna le chef.

Mais Durc ne voulait pas écouter cet avis sage. A force d'exhortations, il parvint à rallier à sa cause quelques membres du clan qui décidèrent de partir avec lui.

— Restez, suppliaient les autres. Attendez le retour du mog-ur.

Durc refusa de les écouter.

— Le mog-ur ne trouvera jamais les esprits. Il ne reviendra jamais. Nous partons sur-le-champ. Venez donc chercher avec nous un endroit inaccessible à la Montagne de Glace.

— Non, répliquèrent-ils. Nous attendrons ici.

Les mères et leurs compagnons pleurèrent les jeunes hommes et les jeunes femmes qui partirent, assurés de ne jamais les revoir. Ils attendirent encore longtemps le retour du mog-ur et, à mesure que le temps passait, ils se mirent à douter de le revoir jamais et se demandèrent s'ils n'auraient pas mieux fait de suivre Durc.

Mais un jour le clan vit arriver un étrange animal, si étrange qu'il n'avait pas peur du feu. Lorsqu'il s'approcha on s'aperçut que ce n'était pas un animal : c'était le mog-ur, vêtu d'une peau d'ours des cavernes ! Il avait fini par revenir. Et il raconta au clan ce qu'Ursus, l'Esprit du Grand Ours des Cavernes, lui avait révélé.

Ursus leur enseigna à vivre dans les cavernes, à porter des vêtements de peaux de bêtes, à chasser et à faire la cueillette en été pour amasser des provisions en prévision de l'hiver. Le Peuple du Clan n'oublia jamais la leçon d'Ursus, et la Montagne de Glace, malgré tous ses efforts, ne parvint jamais à chasser notre peuple de chez lui.

Alors la Montagne de Glace finit par abandonner la lutte. Elle boudait et ne voulait plus se battre avec le Soleil. L'Esprit du Gros Nuage, mécontent, refusa désormais de la défendre. Elle retourna chez elle, loin vers le nord, et le froid la suivit. Radieux de sa victoire, le Soleil la poursuivit tout le long du chemin, et la Montagne de Glace n'ayant plus nulle part où se réfugier, fut obligée de s'avouer vaincue. Et pendant longtemps, longtemps, il n'y eut plus jamais d'hiver, seulement un éternel été.

Mais la Neige cristalline regrettait la perte de son enfant et elle commença à s'affaiblir de chagrin. La Neige poudreuse, qui désirait un autre enfant, fit appel au Gros Nuage pour l'assister. Prenant sa sœur en pitié, il couvrit le visage du Soleil pendant que la Neige poudreuse répandait son esprit sur la Neige cristalline qui, à quelque temps de là, donna naissance à une autre Montagne de Glace. Mais cette fois, notre peuple se rappelait ce qu'Ursus lui avait enseigné. La Montagne de Glace ne chassa jamais plus ceux du Clan de chez eux.

Et qu'est-il advenu de Durc et de ses compagnons ? Certains prétendent qu'ils furent dévorés par les loups et les lions ; d'autres qu'ils se sont noyés dans des eaux profondes ; d'autres encore qu'une fois arrivés au pays du Soleil, celui-ci, furieux à l'idée que Durc et ses amis veuillent lui prendre sa terre, leur envoya une boule de feu qui les réduisit en cendres, et personne ne les revit jamais plus.

— Tu vois, Vorn, tu dois toujours écouter ta mère, Droog et Mog-ur. Tu ne dois jamais désobéir, ni quitter le clan, sous peine de disparaître à jamais.

C'était toujours sur ces mots qu'Aga concluait, à l'usage de son fils Vorn, l'édifiante histoire de Durc.

— Creb, dit Ayla, crois-tu que Durc et ses compagnons ont découvert un nouvel endroit pour vivre ? Il a disparu, c'est vrai, mais personne ne l'a vu mourir, n'est-ce pas ? Il n'est peut-être pas mort ?

— Il est vrai que personne ne l'a vu mourir, Ayla, mais il est très difficile de chasser à deux ou trois hommes seulement. Ils auront pu tuer suffisamment de petit gibier durant les mois d'été, mais ils ont dû avoir beaucoup de mal avec le gros gibier, indispensable pour passer l'hiver. En outre, ils ont dû traverser de nombreux hivers avant d'atteindre le pays du Soleil. Et tu sais que les totems ont besoin d'un endroit pour vivre. Ils s'éloignent de ceux qui errent à l'aventure. Aimerais-tu que ton totem te quitte ?

— Mais mon totem ne m'a pas abandonnée, même quand j'étais toute seule et sans abri, rétorqua Ayla en portant spontanément la main à son amulette.

— C'est parce qu'il voulait t'éprouver. Il t'a trouvé un nouveau foyer, n'est-ce pas ? Le Lion des Cavernes est un totem très puissant, Ayla. Il t'a choisie lui-même et peut donc te protéger à tout moment. Mais en général, les totems préfèrent résider dans une demeure fixe. Si tu es très attentive, le tien t'aidera et te dictera ce que tu as de mieux à faire.

— Comment le saurai-je, Creb ? demanda Ayla. Je n'ai jamais vu l'Esprit du Lion des Cavernes. Comment peut-on savoir quand un totem vous dit quelque chose ?

— Tu ne peux pas voir l'esprit de ton totem parce qu'il fait partie de toi, qu'il est en toi. Mais il peut te parler si tu sais l'écouter. Si tu dois prendre une décision, il est là pour t'aider. Il te fera savoir à sa manière si tu as fait le bon choix.

— Mais par quel signe il me le fera savoir ?

— C'est difficile à dire. En général, il te le signifie par quelque chose d'inhabituel ou d'étrange. Ce peut être une pierre que tu n'as jamais vue auparavant ou bien une racine à la forme bizarre qui prendra un sens pour toi. Tu dois réussir à le comprendre avec ton cœur et ton esprit, non avec tes yeux et tes oreilles. C'est ainsi que tu sauras ce qu'il faut faire. Toi seule es capable de comprendre ton totem, personne ne peut le faire à ta place. Mais à chaque fois que tu trouveras un signe de lui, ajoute-le à ton amulette, cela te portera bonheur.

— Et toi, Creb, tu as des signes avec ton amulette ? demanda la fillette en fixant d'un œil curieux la petite bourse rebondie qui pendait au cou du sorcier.

— Oui, acquiesça-t-il. J'ai une dent d'ours des cavernes que j'ai trouvée quand je suis devenu le servant du mog-ur précédent. Elle s'était détachée de la mâchoire et se trouvait par terre, à mes pieds. Elle est en parfait état. C'est comme ça qu'Ursus m'a fait savoir que ma décision était la bonne.

— Tu crois que mon totem m'enverra aussi des signes ?

— Personne ne le sait. Mais ce n'est pas impossible ; le jour où tu auras une grave décision à prendre, ton totem t'y aidera peut-être si tu as conservé ton amulette sur toi. Fais bien attention de ne jamais la perdre, Ayla. Elle contient une partie de ton esprit et c'est grâce à elle qu'il pourra te retrouver où que tu sois. Si tu la perds, il perdra son chemin et regagnera le monde des esprits. Si tu ne la retrouves pas très vite, tu mourras.

Ayla frissonna. Elle porta la main à la petite bourse qui pendait à son cou en se demandant si elle rencontrerait jamais un signe de son totem.

— Crois-tu que le totem de Durc lui avait signifié qu'il pouvait partir au pays du Soleil ?

— Personne ne saurait le dire, Ayla. Cela ne fait pas partie de la légende.

— Je trouve que Durc a eu beaucoup de courage de partir à la recherche d'un pays plus doux, déclara Ayla.

— Il était peut-être courageux, mais bien imprudent, répondit Creb. Pourquoi quitter son clan et la demeure de ses ancêtres ? Pour découvrir autre chose ? Les jeunes trouvent toujours à Durc de la bravoure, mais avec l'âge et la sagesse, ils changent d'avis.

— Moi, je l'aime parce qu'il était différent, dit Ayla. C'est en tout cas ma légende préférée.

Ayla se leva pour suivre les femmes qui allaient préparer le repas du soir. Creb, perplexe, la suivit des yeux en secouant la tête d'un air de dépit. Chaque fois qu'elle paraissait sur le point de comprendre et de se soumettre aux coutumes du clan, elle faisait ou disait quelque chose qui incitait le sorcier à douter d'elle. Ainsi dans cette légende destinée à illustrer l'erreur de chercher à bouleverser les traditions, Ayla admirait l'intrépidité du jeune homme, avide de changement. Quand adopterait-elle une fois pour toutes les idées du clan ? se demandait-il. Elle avait pourtant appris tellement de choses en si peu de temps.

Dès l'âge de sept ou huit ans, les petites filles du clan étaient censées posséder tout le savoir pratique des femmes adultes. Peu après, d'ailleurs, la plupart d'entre elles devenaient en âge de s'accoupler. Depuis deux années qu'Iza l'avait recueillie, Ayla avait appris à trouver seule sa nourriture, à la préparer et à la conserver. Elle savait également faire de nombreuses autres choses, et cela aussi bien que les jeunes filles du clan.

Elle savait dépecer et tailler une peau pour en faire des vêtements, des couvertures et des sacs. Elle était capable de découper dans une seule peau des lanières de largeur régulière. Les cordes qu'elle fabriquait avec les poils, les tendons ou les écorces fibreuses étaient solides et lourdes, ou fines et légères, en fonction des besoins. Elle excellait dans le tressage des paniers, des nattes et des filets. Elle savait également tailler une pierre pour confectionner un coup-de-poing ou un couteau tranchant qui faisait l'admiration de Droog lui-même. Elle pouvait encore creuser des écuelles dans des souches d'arbre et les polir. Elle était capable de faire du feu en faisant tourner vivement entre ses mains la pointe d'une baguette contre une pièce de bois, jusqu'à l'obtention d'un charbon fumant avec lequel elle parvenait à enflammer des brindilles sèches. Et, à la grande surprise de tous, elle assimilait le savoir thérapeutique d'Iza avec une facilité déconcertante. Iza avait raison, songeait Creb, la petite n'a pas besoin de mémoire pour apprendre.

Ayla était occupée à couper des racines en morceaux pour les faire bouillir dans un récipient suspendu au-dessus du feu. Une fois enlevées les parties moisies, il ne restait plus grand-chose. Le fond de la caverne avait beau être frais et sec, les légumes entreposés n'en pourrissaient pas moins vers la fin de l'hiver. La petite fille commençait à rêver de la saison prochaine. Elle avait remarqué la présence d'un filet d'eau dans la rivière encore gelée, signe qu'elle ne serait pas longue à se libérer de la glace. Il lui tardait de retrouver la saveur des premiers légumes, des bourgeons, de la résine sucrée de l'érable que l'on recueillait pour la faire bouillir dans de grands récipients en peau jusqu'à ce qu'elle se transforme en un épais sirop, conservé dans des pots faits d'écorce de bouleau. Le bouleau lui-même fournissait un sirop, mais moins bon que l'érable.

Ayla n'était pas la seule à déplorer la longueur de ce pénible hiver, qui confinait le clan à l'intérieur de la caverne. Au lever du jour, le vent du sud avait commencé à souffler, porteur de la douce et tiède odeur de la mer proche. Les longues stalactites qui obstruaient partiellement l'entrée de la grotte commencèrent de fondre. Mais un peu plus tard dans la matinée, la température chuta brusquement, gelant de nouveau les pointes acérées. Néanmoins, chacun avait senti dans cette brise l'approche imminente du printemps.

Les femmes travaillaient en bavardant, conversant à leur habitude avec leurs mains, à l'aide de gestes brefs et éloquents, sans pour autant interrompre un seul instant leurs tâches. Vers la fin de l'hiver, au moment où venaient à s'épuiser les provisions, elles avaient coutume de mettre en commun leurs réserves et de faire la cuisine ensemble tout en continuant à manger séparément, sauf à l'occasion d'événements particuliers. Les festins étaient plus nombreux en hiver, agréable façon de rompre la monotonie des jours. Le clan avait largement de quoi manger. Entre deux tempêtes de neige, les chasseurs parvenaient à rapporter à la caverne quelque menu gibier ou un vieux daim, dont on aurait d'ailleurs fort bien pu se passer, étant donné l'abondance de viande séchée en réserve. La vieille Aba racontait une histoire aux femmes, dont le goût pour les légendes du clan avait été réveillé par le récit que venait de faire Dorv.

« ... *Mais l'enfant était difforme. Alors, obéissant aux ordres du chef, sa mère l'emporta, la mort dans l'âme, décidée à ne pas le laisser mourir. Elle grimpa dans un arbre et l'attacha aux branches les plus hautes, inaccessibles même aux chats sauvages. Le bébé se mit à pleurer à son départ et eut si faim au cours de la nuit qu'il hurla comme un loup, empêchant tout le monde de dormir. Il brailla jour et nuit, mais tant qu'il pleurait et criait, sa mère le savait vivant.*

Le jour où il devait recevoir un nom, la mère s'empressa de grimper dans l'arbre, très tôt le matin. Et non seulement son fils était encore en vie, mais son infirmité avait disparu ! Il était devenu normal et bien portant. Le chef, qui n'avait pas voulu de l'enfant dans le clan, fut obligé de l'accepter et de lui faire donner un nom. Par la suite, l'enfant devint chef à son tour et il fut toujours reconnaissant à sa mère de lui avoir évité une mort certaine. Il lui remettait une part de ses chasses et ne la battit ni ne la réprimanda jamais, et il la traita toujours avec le plus grand respect, conclut Aba.

— Quel enfant pourrait survivre sans manger dans les premiers jours après sa naissance ? demanda Oga en jetant un regard sur son robuste petit Brac, qui venait de s'endormir. Et comment a-t-il pu devenir chef si sa mère n'était pas déjà la compagne du chef ?

Oga était particulièrement fière de son nouveau-né, et Broud plus fier encore que sa compagne ait si rapidement donné naissance à un fils. Brun lui-même se départait quelque peu de sa dignité en contemplant l'enfant qui assurerait la pérennité de la direction du clan.

— Qui serait le futur chef si tu n'avais pas eu Brac, Oga ? lui demanda Ovra. Et si tu n'avais eu que des filles ? Il se peut fort bien que cette femme ait été l'épouse du second ou bien qu'il soit arrivé malheur au chef...

Ovra enviait un peu cette femme plus jeune qu'elle-même, qui venait d'avoir un enfant de Broud, alors qu'elle-même attendait encore d'en avoir un de Goov avec lequel elle s'était pourtant unie bien avant Broud et Oga.

— De toute façon, comment un enfant difforme peut-il devenir soudain normal et en bonne santé ? rétorqua Oga

— Je crois que cette histoire a été inventée par une femme qui avait un enfant anormal et souhaitait qu'il en fût autrement, dit Iza.

— C'est une légende très ancienne, Iza, répliqua Aba, désireuse de défendre son récit. Elle est transmise de génération en génération. Et ce qui se passait il y a bien longtemps ne peut probablement plus se produire aujourd'hui. Comment savoir ?

— Certaines choses étaient peut-être différentes il y a très longtemps, Aba, mais je pense qu'Oga a raison, dit Iza. Un bébé né difforme ne peut pas devenir subitement normal, et il est peu vraisemblable qu'il puisse survivre tout ce temps sans être alimenté. Mais il est vrai que cette histoire est très ancienne. Qui sait, elle contient peut-être une part de vérité.

Une fois le repas prêt, Iza prit sa part pour l'emporter au foyer de Creb, Ayla sur ses talons tenant dans ses bras la turbulente petite Uba, qui était très attachée à la fillette. Elle voulait suivre Ayla partout, et celle-ci semblait ne jamais se lasser de l'enfant

Le repas terminé, Uba se précipita sur sa mère pour téter, mais se mit bientôt à gigoter et à pleurnicher si bien qu'Iza finit par tendre le bébé à Ayla.

— Tiens, prends-la et va voir si Aga ou Oga peuvent la nourrir, lui dit-elle entre deux quintes de toux

— Tu ne te sens pas bien, Iza ? s'inquiéta Ayla

— Je suis beaucoup trop vieille pour pouvoir m'occuper convenablement d'un petit bébé. Je n'ai pas assez de lait. Uba a faim. La dernière fois, c'est Aga qui l'a nourrie. Amène-la donc à Oga, elle a plus de lait qu'il ne lui en faut.

Iza croisa le regard curieux de Creb mais s'empressa de détourner la tête, tandis qu'Ayla emmenait Uba à Oga, en faisant très attention à sa façon de marcher et en prenant bien soin de garder la tête baissée lorsqu'elle se présenta au foyer de Broud. Elle savait que le moindre écart de conduite lui attirerait la colère du garçon, à qui tout prétexte était bon pour la gronder ou pour la battre ; elle ne voulait surtout pas risquer qu'il lui interdise son foyer au nom de quelque inconvenance. Oga fut heureuse de nourrir l'enfant d'Iza, mais sous la surveillance sourcilleuse de Broud, il n'y eut pas de conversation possible. Une fois Uba rassasiée, Ayla la ramena chez elle et s'assit par terre en la berçant, fredonnant tout doucement pour endormir le bébé. Elle avait depuis longtemps oublié la langue qu'elle parlait en arrivant, mais fredonnait toujours en tenant la fillette dans ses bras.

— Je ne suis qu'une vieille femme qui s'aigrit, dit Iza à Ayla. J'ai conçu cette enfant trop tard, je n'ai plus de lait, et il est encore trop tôt pour la sevrer. Elle marche à peine, mais je n'ai pas le choix. Demain je t'apprendrai à lui préparer à manger Je préférerais ne pas avoir à la confier à une autre femme.

— La confier à une autre femme ! Comment pourrais-tu donner Uba à quelqu'un d'autre ! Uba nous appartient !

— Ayla, je n'ai nulle envie de la donner à qui que ce soit, mais elle doit manger, et je ne peux plus l'allaiter. Nous ne pouvons pas la faire nourrir à la ronde par les autres femmes. Le bébé d'Oga est encore jeune, c'est pourquoi elle a beaucoup de lait. Mais quand Brac grandira, elle aura moins de lait, expliqua Iza.

— Si seulement je pouvais la nourrir moi-même !

— Ayla, je sais que tu es une grande fille mais tu n'es pas encore une femme et tu ne sembles pas prête de le devenir bientôt. Seules les femmes peuvent être mères, et seules les mères ont du lait. Nous allons donc préparer des repas spéciaux pour Uba et voir comment elle réagit. La nourriture pour les bébés doit être préparée de façon particulière. Tout doit être doux sous leurs dents de lait qui ne sont pas assez fortes pour mâcher. Il faudra tout réduire en bouillie, aussi bien la viande que les légumes et les graines. Est-ce qu'il reste encore des glands ?

— Il en restait encore la dernière fois que je suis allée voir, mais les souris et les écureuils ont dû en grignoter une bonne partie, sans compter ceux qui ont pourri.

— Prends ce que tu trouveras. Nous en ôterons le moisi, et nous les ajouterons, moulus, à la viande. Elle pourra manger des racines aussi. Heureusement l'hiver tire à sa fin et le printemps va enfin nous permettre de varier les menus !

Iza était heureuse de constater le sérieux avec lequel Ayla l'écoutait. Plus d'une fois pendant l'hiver elle lui avait été reconnaissante pour son aide empressée. Elle se demandait parfois si Ayla ne lui avait pas été envoyée par les esprits pour servir de seconde mère à cette enfant née un peu tardivement. Mais, outre son âge, sa mauvaise santé épuisait Iza, qui pourtant jamais ne parlait de cette douleur qu'elle ressentait dans la poitrine ni du sang qu'elle crachait après avoir toussé. Elle savait que Creb avait deviné qu'elle était beaucoup plus mal qu'elle ne voulait l'admettre. Comme il vieillit, lui aussi, songea-t-elle en observant le vieux sorcier. La chevelure hirsute du vieil homme était parsemée de fils argentés. L'arthrite, jointe à son infirmité, lui rendait tout déplacement horriblement douloureux. Ses dents usées commençaient à le faire souffrir. Mais Creb, depuis longtemps habitué à la douleur et à la souffrance, s'inquiétait pour Iza. Il ne pouvait s'empêcher de remarquer combien elle avait maigri, les traits tirés et les yeux profondément enfoncés dans les orbites, les bras décharnés et les cheveux grisonnants. Mais c'était sa toux qui le tourmentait le plus. Le vieil homme souhaitait ardemment lui aussi le retour du printemps et de ses douces journées ensoleillées.

L'hiver libéra enfin la terre de son étreinte glacée et le printemps déversa sur elle des pluies torrentielles. La fonte des neiges dans les montagnes environnantes grossit la rivière et transforma les abords de la cabane en un vaste bourbier. Seules les pierres plates qui en pavaient l'entrée protégeaient la grotte des infiltrations d'eau.

Mais toute la boue du monde n'aurait pu retenir le clan à l'intérieur de la caverne. Après leur longue réclusion, tous se précipitèrent dehors pour saluer les premiers rayons du soleil et la douce brise marine. Ils n'attendirent pas que la neige eût complètement fondu pour se dégourdir les jambes en pataugeant dans une mélasse glacée qui transperçait leurs chausses malgré la double couche de graisse qui les enduisait. Iza était plus occupée à soigner des rhumes en ces premiers jours de printemps qu'elle ne l'avait été de tout l'hiver.

Le paisible hiver nonchalant, consacré aux récits de légendes, aux bavardages, à la fabrication des outils et des armes, ainsi qu'à toutes sortes d'activités propres à passer le temps, faisait enfin place à l'agitation affairée du printemps. Les femmes partaient à la recherche des jeunes pousses et des tendres bourgeons, tandis que les hommes s'entraînaient pour la première grande chasse de la saison.

Uba s'accommodait parfaitement de sa nouvelle alimentation et ne tétait que de temps à autre, par habitude ou pour le plaisir de retrouver la chaleur et la sécurité du sein maternel. Bien que faible encore, Iza toussait moins. Cependant, elle ne s'éloignait guère de la caverne quand elle partait en quête de plantes. Quant à Creb, il reprit ses lentes promenades le long de la rivière, seul ou en compagnie d'Ayla, ravie par le renouveau de la nature.

Depuis qu'Iza se déplaçait moins, Ayla découvrait le plaisir des longues promenades solitaires où elle se sentait pour la première fois libérée des regards inquisiteurs du clan. Iza s'inquiétait de la savoir seule dans les bois, mais les autres femmes avaient pour tâche de ramasser de quoi manger, et les plantes médicinales ne poussaient pas toujours aux mêmes endroits que les espèces comestibles. De temps à autre Iza accompagnait la fillette, dans le but, surtout, de parfaire son apprentissage de la flore. Bien qu'Ayla portât Uba, ces sorties n'en fatiguaient pas moins la guérisseuse, qui finit par laisser à Ayla le soin de veiller à l'approvisionnement en plantes médicinales.

La fillette se joignait fréquemment aux autre femmes quand elles partaient en cueillette, mais, dès qu'elle en avait l'occasion, elle s'empressait d'exécuter au plus vite les tâches qui lui incombaient pour filer ensuite seule, dans les bois, d'où elle rapportait non seulement des végétaux qu'elle connaissait mais également d'autres qui lui étaient étrangers.

Brun ne fit à cela aucune objection directe ; il fallait bien que quelqu'un se charge d'apporter à Iza ce dont elle avait besoin pour préparer ses remèdes. Par ailleurs la maladie d'Iza ne lui avait pas échappé. Mais l'empressement d'Ayla à s'éloigner seule ne lui plaisait aucunement. Ce n'était pas dans les habitudes des femmes du clan. Ayla ne manquait jamais à ses devoirs domestiques, se tenait toujours correctement, et Brun n'avait aucun reproche à lui faire. Il sentait seulement confusément et non sans un certain malaise que le comportement, le caractère et les pensées de la fillette étaient non pas blâmables mais différents, et cela le troublait profondément. Mais que pouvait-il trouver à redire quand il la voyait arriver avec son panier rempli de plantes utiles et bénéfiques au clan ?

De temps à autre, Ayla ne ramenait pas seulement de la verdure. Sa disposition particulière envers les animaux, qui avait tant frappé le clan, s'était affirmée et imposée à tous au point que personne ne s'étonnait plus de la voir ramener une bête blessée pour la soigner. Le lapin qu'elle avait découvert juste après la naissance d'Uba fut le premier d'une longue série. Elle savait parfaitement mettre les animaux en confiance. Brun, qui ne s'était pas senti le courage de le lui interdire, ne s'éleva qu'une seule fois contre cette habitude saugrenue : le jour où elle revint avec un louveteau. La capacité de tolérance du clan s'arrêtait aux carnivores contre lesquels les chasseurs devaient défendre leurs proies. Il arrivait plus d'une fois qu'une bête traquée, peut-être même blessée, se trouve enfin à portée d'arme pour tomber au dernier moment entre les griffes d'un carnassier plus rapide. Brun ne pouvait pas permettre le sauvetage d'une bête susceptible de voler d'aventure au clan l'une de ses prises.

Un jour, alors qu'Ayla s'affairait à genoux à déterrer une racine, un lapin à la patte légèrement tordue surgit de sous un buisson et, furtivement, vint lui renifler les pieds. Se gardant de tout geste brusque, elle tendit lentement la main pour caresser l'animal. Es-tu mon lapin-Uba ? Mon bébé lapin ? pensa-t-elle. Tu es devenu grand et fort. Mais ton accident ne t'a-t-il pas appris à te montrer plus prudent ? Tu devrais te méfier des hommes, tu sais, sinon tu risques fort de te retrouver en train de rôtir au-dessus d'un feu, continua-t-elle ainsi en sentant sous ses doigts la douceur du pelage. Soudain, un coup de vent et le bruissement des buissons alertèrent l'animal, qui détala droit devant lui puis exécuta un stupéfiant demi-tour pour bondir dans la direction opposée.

— Tu cours si vite, je ne vois pas comment on pourrait t'attraper. Comment arrives-tu à faire des demi-tours pareils ? signifia-t-elle en gestes à l'adresse du lapin qui s'était évanoui dans les broussailles.

Et, comme elle éclatait de rire, elle se fit la remarque que c'était la première fois depuis longtemps qu'elle n'avait pas ri si franchement. Elle avait appris à refouler ses éclats de rire, car le bruit éveillait toujours les regards réprobateurs du clan. Durant sa promenade, ce jour-là, elle trouva plus d'un motif de se laisser aller à rire à gorge déployée.

— Ayla ! appela Iza un beau matin. Veux-tu aller me chercher de l'écorce de merisier ? Je ne peux pas utiliser celle qui me reste, elle est trop vieille. Il y a un bouquet de merisiers de l'autre côté de la rivière, juste après la clairière. Tu vois où c'est ?

— Oui, maman, je sais où ils sont, répondit Ayla.

C'était une superbe matinée de printemps. Les derniers crocus blancs et mauves étaient blottis auprès des premières jonquilles. Un léger tapis d'herbe tendre et bien verte commençait à croître dans le sol humide. De minuscules points verdoyants parsemaient çà et là les branches nues des buissons et des arbres, premiers bourgeons s'ouvrant à la vie. Un timide soleil dispensait ses encouragements au renouveau de la nature.

Dès qu'elle eut disparu aux regards du clan, Ayla retrouva sa liberté d'allure, heureuse de ne plus avoir à surveiller sa démarche et sa conduite. Elle descendit une pente, en remonta une autre, un sourire de contentement aux lèvres, s'amusant à répertorier les plantes qu'elle rencontrait au passage.

Il y avait de nouveaux pieds de ces baies violettes de phytolacca qu'elle avait cueillies à l'automne précédent. J'arracherai quelques racines au retour, se dit-elle. Iza prétend que les racines sont bonnes pour les rhumatismes de Creb. J'espère que l'écorce de merisier fera du bien à Iza. Elle semble aller mieux mais elle a tellement maigri. Et elle devrait arrêter de porter Uba, qui est devenue si lourde. Si c'est possible, j'emmènerai Uba avec moi la prochaine fois. Elle commence à s'exprimer. Il me tarde qu'elle grandisse et que nous puissions nous promener ensemble. Oh, comme ces saules blancs paraissent veloutés quand ils sont jeunes ; curieux qu'ils verdissent en grandissant. Et le ciel est si bleu, aujourd'hui. Le vent apporte des odeurs marines. Quand irons-nous pêcher ? Les eaux ont dû suffisamment se réchauffer pour que je puisse me baigner. Je suis étonnée que personne au clan n'aime nager. La mer a un goût salé, mais je flotte si bien dedans. J'espère que nous irons très bientôt à la pêche ; j'adore le poisson et les fruits de mer et aussi les œufs qu'on trouve dans les falaises. Tiens ! un écureuil ! Comme j'aimerais grimper dans un arbre comme il le fait !

Elle musarda ainsi dans les collines boisées une bonne partie de la matinée puis, s'étant soudain aperçue de l'heure tardive, elle décida de regagner directement la clairière aux merisiers. Comme elle s'en approchait, elle perçut des bruits de voix et entrevit à travers les arbres la silhouette des hommes se livrant à quelque activité. Elle s'apprêtait à faire demi-tour quand elle se rappela l'écorce de merisier, et un instant elle hésita. Les hommes ne seraient pas contents de me surprendre dans le coin, pensa-t-elle. Brun ne manquerait pas de me réprimander, mais Iza a besoin de son écorce. Peut-être qu'ils ne tarderont pas à rentrer. Je me demande ce qu'ils sont en train de faire, tout de même. Elle s'avança à pas de loup et se cacha derrière le large tronc d'un grand arbre pour observer à travers les buissons enchevêtrés ce qui se passait.

Les hommes s'entraînaient au lancer en prévision de la prochaine chasse. Ayla se rappela les avoir vus confectionner de nouvelles lances. Ils avaient commencé par abattre de jeunes arbres aux troncs minces, souples et bien droits, dont ils avaient élagué toutes les branches ; puis ils en avaient durci au feu l'extrémité, pour ensuite les tailler en pointe et les aiguiser à l'aide d'un grattoir en silex. Ayla frémissait encore au souvenir de la réprobation générale qu'elle avait provoquée en osant toucher l'un de ces épieux.

Il était strictement interdit aux femmes de toucher les armes, lui apprit-on ce jour-là, ainsi que les outils utilisés pour leur fabrication. Ayla ne voyait pourtant aucune différence entre un couteau servant à couper le cuir destiné à confectionner une fronde et celui servant à tailler un vêtement. La lance que sa main avait souillée fut brûlée, pour la plus grande irritation du chasseur qui l'avait fabriquée. Creb et Iza l'avaient soumise par gestes à une longue réprimande dans le but d'ancrer dans sa conscience l'abomination de son acte. Les femmes étaient consternées devant une telle audace ; quant à Brun, son regard noir en disait long sur sa réprobation. Mais ce fut le malin plaisir que prit Broud à la voir accablée de reproches qui ulcéra particulièrement Ayla.

La fillette observait, mal à l'aise, la scène qui se déroulait derrière l'écran de broussailles. Outre leurs lances, les hommes avaient emporté leurs autres armes. A l'exception de Dorv, de Grod et de Crug en grande discussion sur les mérites comparés de la lance et de la massue, la plupart des hommes s'entraînaient à la fronde. Vorn se trouvait parmi eux depuis que Brun l'avait estimé en âge d'apprendre le maniement de cette arme, sous la conduite de Zoug.

Zoug montrait à Vorn comment tenir ensemble les deux extrémités de la bande de cuir et comment placer le caillou. Il avait préféré utiliser une fronde passablement usée dont il avait raccourci les deux bouts pour l'adapter à la petite taille de son élève.

Ayla, tout attentive, se sentit rapidement captivée par la leçon de Zoug, et elle suivit avec autant d'intérêt que le jeune garçon les explications du vieil homme. Au premier essai de Vorn, la fronde s'emmêla et le caillou tomba à ses pieds. Le garçon semblait avoir le plus grand mal à donner le coup de poignet indispensable pour faire tournoyer la fronde et lui donner ainsi la force nécessaire à la projection violente du caillou.

Légèrement à l'écart, Broud observait Vorn. Le garçon lui vouait une véritable adoration. C'était Broud qui lui avait fabriqué sa première lance, dont il ne se séparait jamais, même pour dormir, et qui lui avait appris à s'en servir en le traitant d'égal à égal. Or, voilà qu'à présent Vorn reportait son admiration sur le vieux chasseur, au grand dépit de Broud. Après que Vorn eut échoué plusieurs fois, Broud interrompit la leçon.

— Attends, Vorn, je vais te montrer comment il faut s'y prendre, déclara Broud en écartant du coude le vieil homme.

Zoug recula, foudroyant du regard l'arrogant jeune homme. Chacun, médusé, se figea. Brun était furieux de l'insolence de Broud envers le meilleur tireur à la fronde du clan. C'était la raison pour laquelle il avait confié au vieil homme le soin d'initier Vorn à cette discipline. Le jeune garçon devait recevoir le meilleur enseignement, et Broud savait que la fronde n'était pas son arme favorite. Broud devait apprendre qu'un bon chef utilisait au mieux le talent de chaque homme. Zoug était non seulement le plus apte à former Vorn mais encore avait-il le temps de le faire pendant que les autres chasseurs étaient en expédition. Broud commence à se montrer un peu trop prétentieux et arrogant sous prétexte qu'un jour il sera chef, se dit-il.

Broud prit la fronde des mains de l'enfant, ramassa un caillou, le plaça au creux du cuir, et tira aussitôt. Il visa trop court et le caillou tomba bien avant d'avoir atteint la cible. A la fois furieux et vexé d'avoir manqué son coup, Broud prit une autre pierre et la lança précipitamment pour bien montrer toute sa dextérité au maniement de la fronde. Il sentait tous les regards braqués sur lui. La fronde était plus courte que celle à laquelle il était habitué ; la pierre partit beaucoup trop à gauche et atterrit aussi loin du but que la première fois.

— As-tu toujours l'intention de faire une démonstration à Vorn ou bien préfères-tu prendre toi-même quelques leçons à sa place, Broud ? lui demanda ironiquement Zoug. Je peux rapprocher la cible, si tu veux.

Broud s'efforça de garder son sang-froid, furieux de se voir tourné en ridicule et d'avoir encore raté son objectif. Il lança une autre pierre, mais cette fois-ci l'envoya trop loin.

— Si tu veux bien attendre que j'en aie terminé avec Vorn, je me ferai un plaisir de te donner une leçon à toi aussi, insista Zoug, sarcastique. Tu en aurais besoin à ce que je vois.

— Comment Vorn peut-il apprendre à tirer avec cette fronde pourrie ? lança Broud en jetant l'arme par terre d'un air dégoûté. Personne ne pourrait tirer convenablement avec ça. Vorn, je vais te fabriquer une nouvelle fronde. Tu n'apprendras jamais rien avec une vieillerie pareille appartenant à un vieillard qui n'est même plus capable de chasser !

Alors Zoug se mit réellement en colère. Il avait été longtemps second avant de céder la place au fils de sa compagne et il se sentait profondément blessé dans son orgueil par la remarque insolente de Broud. Par ailleurs, tout chasseur souffrait dans sa fierté de ne plus avoir la force d'accompagner les jeunes hommes aux grandes chasses dans les steppes. Enfin Zoug, qui avait à cœur d'être utile au clan, s'était durement entraîné au tir à la fronde pour devenir le fin tireur qu'il était et un honnête pourvoyeur de petit gibier.

— Mieux vaut être un vieillard qu'un gamin qui se prend pour un homme, répliqua Zoug.

L'affront infligé à sa virilité était plus que Broud n'en pouvait supporter. Hors de lui, incapable de se contrôler davantage, il bouscula violemment le vieil homme. Surpris, Zoug perdit l'équilibre et tomba lourdement à la renverse, regardant autour de lui d'un air stupéfait. Ce geste était bien la dernière chose à laquelle il se serait attendu.

Dans le clan, les chasseurs ne s'agressaient jamais physiquement ; ce traitement était réservé aux femmes, incapables de comprendre des remontrances exprimées de manière plus subtile. L'énergie bouillonnante des jeunes gens se dépensait lors de tournois de lutte, de concours de lancer de l'épieu ou encore dans les compétitions de tir à la fronde et aux bolas à l'occasion desquels ils en profitaient pour perfectionner leur adresse à la chasse. Broud, presque aussi surpris que Zoug par sa propre audace et mesurant la gravité de son geste, se détourna, rouge de honte.

— Broud !

Tel un grondement rauque, le nom sortit de la bouche de Brun.

Broud leva la tête craintivement. Jamais de sa vie il n'avait vu Brun dans une telle colère. Le chef s'approcha de lui d'un pas lourd et décidé et, en quelques gestes rapides et précis, se mit en devoir de le tancer vertement.

— Cette manifestation de mauvaise humeur on ne peut plus puérile est impardonnable ! Si tu ne te trouvais déjà au dernier rang des chasseurs, je t'y aurais relégué sur-le-champ. Qui t'a demandé de te mêler de la leçon de Vorn ? T'ai-je chargé de son entraînement ? (Les yeux du chef étincelaient de fureur.) Et tu te prétends chasseur, alors que tu ne peux même pas te comporter comme un homme ! Vorn sait mieux se contrôler que toi. Une femme a plus de discipline que toi. Est-ce ainsi que tu entends mener tes hommes le jour où tu seras chef ? Si tu es incapable de bien te conduire toi-même, comment peux-tu prétendre conduire le clan un jour ? Zoug a raison, tu n'es qu'un gamin qui se prend pour un homme.

Broud était mortifié. Jamais il n'avait subi de réprimande aussi sévère, et qui plus est, devant les chasseurs et devant Vorn. Jamais il ne parviendrait à faire oublier cette scène humiliante. Il aurait préféré affronter un lion des cavernes plutôt que d'encourir la colère de Brun. Et de la colère, Brun en manifestait d'autant plus rarement que l'harmonie régnait dans le clan, auquel il donnait un exemple de dignité, de sagesse et de rigueur personnelle. Jamais Brun n'avait à élever la voix ; il savait se faire obéir d'un seul regard appuyé. Broud, tout honteux, baissa humblement la tête.

Après avoir jeté un coup d'œil en direction du soleil, Brun donna le signal du départ. Témoins gênés d'une semonce aussi sévère, les autres chasseurs se sentirent soulagés de partir et se mirent à leur place derrière leur chef qui prit à vive allure le chemin de la caverne. Le visage encore cramoisi, Broud terminait la marche.

Ayla s'aplatit sur le sol, sans bouger, sans même oser respirer, paralysée de peur à l'idée que les hommes viennent à la découvrir. Elle savait qu'elle avait assisté à une scène qu'aucune femme n'avait le droit de surprendre. Broud n'aurait jamais été réprimandé de la sorte devant une femme. Quels que fussent les reproches qu'ils avaient à se faire, les hommes restaient fraternellement solidaires les uns des autres face à la gent féminine. Mais cette algarade avait fait découvrir à la petite fille tout un aspect de la vie des hommes qu'elle n'avait jamais envisagé. Ils n'étaient donc pas des êtres tout-puissants et jouissant de l'impunité, ainsi qu'elle l'avait toujours cru. Ils étaient eux aussi obligés d'obéir à des ordres et pouvaient également se faire réprimander. Seul Brun semblait au-dessus de toute loi et de tout homme. Ayla ne pouvait s'imaginer combien Brun, plus que quiconque, se trouvait soumis à de lourdes contraintes : celles des us et coutumes du clan et celles, imprévisibles, que lui imposaient les esprits mystérieux et son propre sens des responsabilités.

Ayla resta cachée longtemps après le départ des hommes, redoutant leur retour à tout instant. Et c'est toute tremblante qu'elle osa enfin sortir des buissons. Si elle n'était pas encore réellement à même de mesurer toutes les conséquences de sa nouvelle perception des hommes, une chose au moins était claire : elle avait vu Broud aussi soumis qu'une femme, et cela lui avait procuré un vrai plaisir, car elle en était venue peu à peu à détester l'arrogant jeune homme qui ne manquait jamais de l'admonester durement et de la frapper pour de prétendus manquements à la discipline dont elle ne se sentait pas coupable. Elle avait beau accourir à ses ordres et accomplir tout ce qu'il lui commandait, jamais il n'était satisfait d'elle.

Ayla traversait la clairière en songeant encore à l'incident quand elle aperçut à ses pieds la fronde que Broud avait jetée dans sa rage. Personne n'avait pensé à la ramasser avant de partir. Elle la contempla sans oser la toucher. C'était une arme, et elle avait bien trop peur de Brun pour commettre une faute qui lui attirerait sa terrible colère. Il lui revint en mémoire le début de la scène, quand les hommes étaient rassemblés autour de Zoug qui prodiguait à Vorn ses conseils, et la difficulté du petit garçon à tirer. Est-ce vraiment si difficile ? se demanda-t-elle. Si Zoug me montrait comment faire, serais-je capable de tirer ?

Ayla pâlit devant la témérité de ses propres pensées, jetant autour d'elle des regards inquiets pour s'assurer qu'elle était bien seule. Puis elle se baissa pour ramasser la fronde. A peine eut-elle en main l'arme au cuir souple et usé qu'elle prit conscience du châtiment qui l'attendait si elle venait à être surprise. Elle revit Broud essayer de toucher le poteau, la grimace moqueuse de Zoug comme le présomptueux manquait sa cible, et une lueur espiègle s'alluma dans ses yeux.

Comme Broud enragerait s'il me savait capable de réussir là où il échoue ! Elle aurait aimé le battre à toutes les disciplines. Mais l'ombre de Brun la retenait encore. Brun serait furieux, pensa-t-elle. Et Creb ne serait pas content de moi. Et Broud me battrait, c'est certain. Il tiendrait enfin un bon prétexte pour le faire. Il serait fou de rage s'il savait que je l'ai vu baisser la tête comme une femme. De toute façon, le mal est fait, j'ai touché à une arme. Mon crime serait-il plus grand si je l'essayais ? Déchirée entre son désir d'essayer la fronde et la crainte du châtiment, Ayla était sur le point de la jeter quand ses regards se posèrent sur la pile de cailloux. La tentation était trop forte. Elle s'assura une fois encore qu'elle était bien seule et se dirigea vers le monticule de galets ronds.

Ayla en ramassa un, en s'efforçant de se rappeler les instructions de Zoug. Elle prit les deux extrémités de la fronde qu'elle tint fermement ensemble. La bande de cuir pendait tristement. Ayla ne savait comment faire pour placer le caillou dans la légère poche réservée à cet effet. Elle se sentait horriblement maladroite et, plusieurs fois de suite, la pierre tomba à peine eut-elle esquissé un geste. Elle se concentra intensément sur ce qu'elle faisait en essayant de se remémorer la démonstration du vieil homme. Elle fit une nouvelle tentative qui faillit réussir, mais le caillou roula par terre encore une fois. Au coup suivant, elle réussit à projeter le galet quelques pas plus loin. Après plusieurs essais malheureux, elle parvint à lancer une seconde pierre. Elle renouvela ses tentatives jusqu'au moment où son projectile fila droit vers la cible, mais bien au-dessus. Ayla avait attrapé le coup de main. Les essais suivants révélèrent de nouveaux progrès. Enfin, elle lança son dernier caillou. Il toucha le poteau avec un bruit mat et rebondit tandis qu'Ayla sautait de joie.

Elle avait fini par y arriver ! C'était un pur hasard, un coup de chance extraordinaire, mais cela n'entama pas son enthousiasme. Elle voulut rééditer son exploit, mais elle tira trop court. Peu importe, elle avait réussi une fois, et elle était persuadée de réussir encore.

Elle s'apprêtait à reconstituer sa pile de galets quand elle s'aperçut que le soleil était déjà proche de l'horizon. Elle s'empressa de fourrer la fronde dans les replis de son vêtement, se précipita vers les merisiers dont elle arracha l'écorce à l'aide d'une pierre tranchante, puis courut vers la caverne aussi vite qu'elle put, ne s'arrêtant qu'aux abords de la mare pour reprendre le maintien réservé aux femmes. Elle ne tenait aucunement à donner de nouveau prétexte à une éventuelle semonce. Son retour tardif suffisait amplement.

— Ayla ! cria Iza en la voyant. Où étais-tu donc passée ? J'étais affreusement inquiète, je pensais qu'un animal t'avait attaquée. J'allais demander à Creb d'envoyer Brun à ta recherche.

— J'ai passé la journée à regarder ce qui poussait par ici et du côté de la clairière aussi, répondit Ayla d'un air coupable. Je n'ai pas vu le temps passer. Je t'ai apporté de l'écorce de merisier. J'ai trouvé aussi les plantes dont tu te sers pour les rhumatismes de Creb. Tu n'utilises que les racines, n'est-ce pas ?

— Oui, tu les fais d'abord macérer et tu appliques la décoction sur les points douloureux. Quant au jus de baies écrasées, il est très bon contre les inflammations, répondit machinalement la guérisseuse qui s'interrompit brusquement. Ayla, reprit-elle, reprenant une expression sévère, tu essayes de détourner la conversation. Tu sais que tu aurais dû rentrer plus tôt. Je me suis fait un tel souci...

A présent qu'elle savait l'enfant saine et sauve, la colère d'Iza était tombée, mais elle tenait à ce que ce genre d'escapade ne se reproduise plus.

— Je ne recommencerai plus, Iza. Je ne me suis pas aperçue qu'il était tard, c'est tout.

A peine était-elle entrée dans la caverne qu'Uba, qui avait passé la journée à guetter son retour, courut maladroitement sur ses petites jambes arquées et, dans sa précipitation, trébucha. Mais Ayla la saisit avant qu'elle ne heurte le sol et la souleva dans ses bras.

— Je pourrais l'emmener avec moi de temps en temps ? demanda-t-elle à Iza. On n'ira pas loin, et je commencerai à lui montrer certaines choses.

— Elle est encore trop petite pour comprendre. Elle sait à peine parler, dit Iza.

Mais devant le plaisir qu'avaient les deux enfants à se retrouver elle lui donna la permission.

— Comme je suis contente ! s'écria Ayla en embrassant Iza.

Mais qu'a-t-elle donc ? se demanda Iza. Il y a longtemps que je ne l'ai pas vue aussi joyeuse. Il se passe des choses bien étranges aujourd'hui. Les hommes sont rentrés de bonne heure et, contrairement à leur habitude, au lieu de rester ensemble à bavarder, ils ont directement regagné leurs foyers, sans prêter attention aux femmes. Aucune d'ailleurs n'a été réprimandée et Broud lui-même s'est montré presque aimable à mon égard. Et voilà qu'Ayla se met à embrasser tout le monde après avoir passé la journée dehors !

10

— Oui ? Que veux-tu ? demanda Zoug, l'air agacé.

Il faisait particulièrement chaud en ce début d'été. Zoug avait soif et souffrait de la chaleur, suant sang et eau à tanner en plein soleil une grande peau de daim. Il n'était pas d'humeur à se laisser interrompre dans sa tâche, et tout spécialement par cette horrible petite fille au visage aplati qui venait de s'asseoir à côté de lui, la tête baissée, attendant qu'il l'autorise à parler.

— Zoug désirerait-il un peu d'eau ? lui demanda par gestes Ayla, après qu'il lui eut tapé sur l'épaule. L'enfant qui est devant toi est allée à la rivière et elle a vu le chasseur travailler en plein soleil. L'enfant qui est devant toi a pensé que le chasseur avait soif, elle ne voulait pas le déranger, dit-elle avec les formules indispensables pour s'adresser à un homme.

Elle lui tendit une coupe en écorce de bouleau et souleva une outre ruisselante d'eau fraîche, confectionnée dans une panse de bouquetin. Zoug poussa un grognement affirmatif, dissimulant sa surprise devant ce témoignage d'attention, tandis que la fillette remplissait la coupe. Zoug n'avait pas réussi à attirer l'attention d'une femme pour lui demander de l'eau, et il ne pouvait suspendre sa tâche. La peau était presque sèche, et il devait continuer de la travailler s'il voulait qu'elle reste souple. Il suivit des yeux la petite fille qui posait l'outre à quelques pas dans un coin ombragé, où elle s'installa pour entreprendre le tressage d'un panier à l'aide de joncs et de racines ligneuses trempées dans l'eau.

Si Uka se montrait toujours respectueuse, répondant sans broncher à ses moindres désirs depuis qu'il vivait au foyer de son fils, elle anticipait rarement ses besoins comme le faisait sa compagne avant sa mort. Uka était nettement plus attentive aux désirs de Grod, son compagnon. Zoug regardait de temps à autre la fillette assise près de lui, toute au tressage de son panier, sans s'apercevoir qu'à son tour elle l'observait travailler du coin de l'œil, sans rien perdre de la façon dont il étirait, tendait et grattait la peau humide.

Plus tard, dans la journée, le vieil homme s'assit devant la caverne, les yeux perdus dans le lointain. Tous les chasseurs étaient partis. Uka les avait accompagnés ainsi que deux autres femmes, et Zoug avait été obligé de déjeuner au foyer de Goov et d'Ovra. A voir cette jeune femme, encore enfant dans les bras d'Uka il y avait si peu de temps, aujourd'hui adulte et unie à un homme, Zoug se surprit à songer avec nostalgie à toutes les belles années où il avait encore la force de chasser avec les hommes. Il avait quitté leur foyer dès la fin du repas. Peu après, Ayla s'était présentée, un petit panier d'osier à la main.

— L'enfant qui est devant toi a cueilli plus de framboises que nous ne pouvons en manger, dit-elle après que Zoug l'eut autorisée à parler. Le chasseur a-t-il encore assez faim pour y goûter ?

Zoug accepta le présent avec un plaisir non dissimulé. Et la petite fille attendit à une distance respectueuse qu'il eût fini les fruits juteux et sucrés. Zoug lui rapporta le panier et la regarda s'éloigner rapidement, sans comprendre en quoi Broud la trouvait insolente. Il ne voyait rien à lui reprocher, en dehors de son inqualifiable laideur.

Le lendemain, Ayla lui apporta de nouveau à boire et reprit à ses côtés le tressage de son panier. Quelques instants plus tard, tandis que Zoug finissait à peine de graisser la peau de daim souple, Mog-ur s'approcha de lui en clopinant.

— C'est un travail pénible de traiter les peaux en plein soleil, remarqua-t-il.

— Je fais de nouvelles frondes pour les hommes, et j'en ai promis une aussi à Vorn. Le cuir des frondes doit être extrêmement souple ; je suis obligé de le travailler sans cesse pendant qu'il sèche et absorbe la graisse. Il vaut donc mieux effectuer ce travail au soleil.

— Les chasseurs seront enchantés, affirma Mog-ur. Tu es irremplaçable pour fabriquer les frondes. Je t'ai vu en enseigner le maniement à Vorn. Il a de la chance de t'avoir comme professeur ! L'art de manier la fronde doit être aussi délicat que celui de les fabriquer.

— Je les découperai demain, répondit Zoug, flatté par tant de compliments. Je connais la taille de celles des hommes, mais je vais être obligé d'adapter celle de Vorn. Une fronde doit respecter certaines proportions pour gagner en force et en précision.

— Iza et Ayla sont en train de préparer le lagopède que tu m'as apporté l'autre jour. Voudrais-tu partager notre repas ce soir ? C'est Ayla qui l'a proposé et je serais ravi que tu te joignes à nous. Un homme a parfois le désir de discuter avec un autre homme ; or, je suis entouré de femmes.

— Zoug dînera avec Mog-ur, répondit le vieil homme, manifestement satisfait de l'invitation.

Si les festins étaient relativement fréquents ainsi que les réunions entre familles, Mog-ur invitait rarement à partager son repas. Encore peu habitué à posséder son propre foyer, il se contentait fort bien de la compagnie de ses trois femmes. Mais il connaissait Zoug depuis la prime enfance et l'avait toujours aimé et respecté. La joie qui éclaira le visage du vieil homme lui fit regretter de ne pas y avoir songé plus tôt.

Iza n'avait pas l'habitude de telles réceptions. Elle se dépensa sans compter pour préparer le repas. Sa connaissance de la flore s'étendant aussi bien aux plantes aromatiques, elle savait comment exalter le fumet d'un plat. Le dîner fut particulièrement savoureux. Ayla s'appliqua à se montrer d'une discrétion exemplaire, et Mog-ur se sentit flatté par tant de perfection. A la fin du repas, Ayla servit une infusion de menthe et de camomille, dont Iza savait qu'elle facilitait la digestion. Puis les deux hommes se mirent à évoquer le temps passé, tandis que les femmes se tenaient prêtes à satisfaire leurs moindres désirs. Zoug se sentit vaguement jaloux du bonheur du vieux sorcier, pour qui la vie n'aurait pu être plus douce.

Le lendemain, Ayla observa soigneusement Zoug en train de mesurer la fronde de Vorn, et prêta une grande attention aux explications du vieil homme sur la façon dont les deux extrémités devaient être taillées en pointe, ni trop courtes ni trop longues. Puis elle le regarda façonner le petit creux destiné à recevoir le caillou au centre de la fronde, à l'aide d'un galet bien rond et mouillé de manière à déformer et distendre légèrement le cuir à cet endroit. Au moment où Zoug rangeait les restes de cuir inutilisés, Ayla lui apporta à boire.

— Zoug a-t-il encore besoin de ces petits morceaux ? Ils ont l'air tellement souples, indiqua Ayla par gestes.

— Je n'en ai pas l'usage. Cela te ferait plaisir de les prendre ? proposa Zoug, qui se sentait rempli de bienveillance à l'égard de cette petite fille serviable et admirative.

— L'enfant qui est devant toi t'en serait reconnaissante. Certaines chutes sont encore assez grandes pour être utilisées, répondit Ayla, la tête baissée.

Le lendemain, Zoug regretta l'absence d'Ayla travaillant à ses côtés et lui apportant à boire ; mais il avait terminé son ouvrage ; toutes les frondes étaient enfin prêtes. Il la vit se diriger vers les bois, son panier de cueillette sanglé sur le dos, le bâton à fouir à la main. Elle va chercher des plantes pour Iza, pensa-t-il. Je ne comprends pas Broud. Zoug n'avait guère de sympathie pour le garçon ; il n'avait pas oublié le geste violent qu'il avait eu envers lui. Pourquoi est-il toujours à la réprimander ? Elle est travailleuse, respectueuse ; Mog-ur peut en être fier. Il a de la chance d'avoir Iza et cette fillette à son foyer. Zoug se souvenait de l'agréable soirée qu'il avait passée en compagnie du grand sorcier et, bien qu'il n'en fît point mention, il se rappelait que c'était

Ayla qui avait suggéré au mog-ur cette invitation. Il la regarda s'éloigner sur ses grandes jambes. Dommage qu'elle soit si laide, déplora-t-il une fois de plus, elle pourrait rendre un homme heureux un jour.

Après s'être confectionné une fronde neuve avec les morceaux de cuir que Zoug lui avait donnés, la vieille fronde ayant fini par se déchirer, Ayla décida de se trouver un lieu d'entraînement plus éloigné encore de la caverne, bien à l'abri de toute surprise. Elle commença par remonter le cours d'eau, puis grimpa la colline en suivant l'un de ses affluents, se frayant un passage à travers les broussailles.

Elle parvint bientôt à une falaise abrupte du haut de laquelle chutait en une fine pluie le ruisseau. Cherchant un passage pour aller plus haut, elle longea la falaise et vit que celle-ci prenait une inclinaison qui rendait possible son escalade. Elle en vint facilement à bout et déboucha sur un plateau traversé par le ruisseau. Elle poursuivit son chemin vers l'amont.

Les pins et les sapins aux troncs recouverts de lichen vert-de-gris dominaient le site dans lequel elle pénétrait. Les écureuils sautaient d'arbre en arbre ou traversaient le tapis de mousse qui s'étalait indifféremment sur la terre, les pierres et les souches. Les arbres s'éclaircirent peu à peu, et elle parvint à un petit pré enserré entre les parois gris-brun de la montagne. Le ruisseau qui serpentait le long d'un des côtés de la prairie prenait sa source au pied d'un rocher, près duquel poussait un gros bouquet de noisetiers. La chaîne de montagnes était criblée de fissures et de failles. Elles recevaient les eaux de la fonte des neiges qui resurgissaient plus bas en sources fraîches et cristallines.

Ayla alla se désaltérer longuement à la source glacée, puis s'arrêta un instant pour examiner quelques grappes de noisettes enchâssées dans leurs coques de velours vert. Elle en prit une, la cassa entre ses dents, pour extraire le petit fruit à la chair blanche et tendre. Elle les préférait vertes plutôt que mûres. Sa gourmandise réveillée, elle allait en entreprendre la cueillette quand soudain, derrière l'épais feuillage, elle aperçut un trou noir. Elle repoussa les branches et découvrit une petite grotte dissimulée par les noisetiers. Elle se faufila à travers les troncs enchevêtrés des arbres, puis après avoir jeté prudemment un coup d'œil à l'intérieur, pénétra dans l'abri, laissant les branches se rabattre derrière elle. Le soleil éclairait faiblement une cavité de trois mètres de long environ sur deux de large, dont la voûte s'abaissait doucement vers le fond. Ce n'était pas grand mais il y avait assez d'espace pour qu'une petite fille puisse s'y mouvoir à son aise. Ayla découvrit à l'entrée une réserve de noisettes pourries et quelques crottes d'écureuil, et en conclut que seuls de petits animaux avaient occupé les lieux. Elle en fit le tour en dansant de joie, ravie de sa découverte. La grotte semblait avoir été faite sur mesure pour elle.

Elle ressortit et, après avoir contemplé un instant la clairière, escalada la paroi rocheuse jusqu'à une étroite corniche. Au loin, blottie au creux de deux collines, s'étendait la surface miroitante de la mer intérieure.

Tout en bas, elle distingua de minuscules silhouettes près du ruban argenté de la rivière. Ayla comprit alors qu'elle se trouvait pratiquement au-dessus de la caverne du clan.

Puis elle s'en fut faire le tour de la clairière. C'était exactement ce qu'elle cherchait. Elle pourrait s'entraîner à la fronde dans le pré, se désaltérer à sa guise, et s'abriter de la pluie dans la petite grotte, où elle pourrait également cacher son arme sans craindre que Creb ou Iza viennent à la découvrir. Et il y avait même des noisettes ! En outre, elle n'aurait plus à redouter l'arrivée inopinée des hommes, qui ne s'aventuraient jamais aussi haut pour chasser. Elle s'élança toute joyeuse vers le ruisseau où elle choisit quelques galets bien ronds pour essayer sa nouvelle fronde.

Dès qu'elle le pouvait, Ayla gagnait sa retraite pour s'entraîner à tirer. Elle découvrit un accès plus direct, quoique plus escarpé, à sa prairie. Il n'était pas rare qu'elle croise en chemin un mouflon, un chamois ou même un daim farouche en train de paître. Mais les animaux des hauts pâturages s'habituèrent rapidement à sa présence, et lorsqu'elle arrivait, ils se contentaient de s'éloigner à l'autre bout du pré.

Quand elle eut gagné en habileté et que le tir sur cible fixe eut perdu son piquant, elle se donna des objectifs plus difficiles. La fillette écoutait attentivement les conseils que Zoug prodiguait à Vorn, puis les mettait en pratique pour son compte personnel. C'était un jeu pour elle, et elle s'amusa à comparer ses progrès avec ceux du jeune garçon. Mais celui-ci considérait la fronde comme une arme réservée aux vieux et lui préférait de loin la lance, l'arme des chasseurs, avec laquelle il avait réussi à abattre quelques petites proies peu rapides, comme les porcs-épics et les serpents. Faute de s'appliquer autant qu'Ayla, il éprouvait plus de difficultés qu'elle. Et quand la fillette constata sa supériorité sur lui, elle en ressentit une certaine fierté qui se manifesta par un léger changement dans son comportement, changement qui n'échappa nullement à Broud.

Les femmes étaient censées se montrer dociles, soumises, modestes et humbles, et le jeune homme considérait comme un affront personnel l'absence de toute servilité chez Ayla. Cela représentait une menace pour sa virilité. Il l'observa attentivement, afin de discerner ce qu'il y avait en elle de changé, et lui envoya même quelques calottes, rien que pour voir sa peur et pour l'humilier.

Ayla s'efforçait d'obéir aussi vite que possible aux ordres de Broud. Elle n'avait pas conscience de sa liberté d'allure et de son aisance, acquises à arpenter les forêts et les prés, de son attitude fière, née des exploits récents dans l'art de manier la fronde mieux que son jeune rival, et de la confiance en soi qu'elle gagnait chaque jour davantage. Elle ne comprenait pas pourquoi Broud s'en prenait si souvent à elle, et Broud lui-même aurait été incapable de dire en quoi elle le dérangeait tant.

Le souvenir cuisant du jour où elle avait usurpé à son profit l'attention générale y était pour quelque chose, mais la raison véritable résidait dans son origine étrangère, dans sa naissance chez les Autres. Elle représentait une nouvelle race, plus jeune, plus vigoureuse, plus dynamique, moins conditionnée par les acquis de la mémoire. La morphologie même de son crâne annonçait une nouvelle intelligence. Il naîtrait de son cerveau des idées comme le Peuple du Clan ne saurait même en rêver. La race d'Ayla appartenait à l'avenir, celle du Clan était déjà du passé.

Broud sentait de façon inconsciente et profonde la différence de leurs destins. Ayla constituait non seulement une menace pour sa virilité mais pour son existence même. Sa haine à l'égard de la fillette était celle de l'ancien pour le nouveau, de la tradition envers l'innovation, de ce qui meurt envers ce qui vit. La race de Broud était trop statique ; elle n'évoluait pas. Quant à Ayla, elle représentait une nouvelle expérience de la nature, et en essayant de modeler son comportement sur celui des femmes, elle ne faisait qu'adopter une façade. En fait, elle essayait de découvrir le moyen de satisfaire un profond besoin qui cherchait à s'exprimer et, au fond d'elle-même, elle était déjà entrée dans la voie de la révolte.

Par une matinée qui s'était révélée particulièrement éprouvante pour elle, Ayla alla se désaltérer à la petite mare. Les hommes s'étaient réunis de l'autre côté de l'entrée de la caverne pour organiser la prochaine chasse. Ayla en était heureuse, car ainsi Broud ne serait pas là pour la harceler comme il prenait plaisir à le faire. Pourquoi fait-il toujours appel à moi pour les corvées ? Et j'ai beau m'exécuter du mieux que je le peux, il n'est jamais satisfait. Comme j'aimerais qu'il me laisse tranquille !

— Aïe ! s'écria-t-elle involontairement, surprise par la violence du coup que Broud venait de lui porter.

Tout le monde se tourna vers elle, puis regarda aussitôt ailleurs. Quand on est presque une femme, on s'abstient de crier quand on reçoit une taloche.

— Espèce de paresseuse ! A quoi rêvassais-tu, assise à ne rien faire ! s'exclama Broud. Je t'ai demandé de nous apporter à boire et tu n'as pas obéi. Pourquoi faut-il qu'on te le dise deux fois ?

Une bouffée de rage envahit Ayla. Elle s'en voulait d'avoir crié, de s'être humiliée devant tout le clan. Elle se leva, mais au lieu de bondir sur ses pieds, prompte à obéir, elle prit tout son temps et, jetant à Broud un regard noir, elle se mit en devoir d'apporter à boire aux hommes, muets de stupeur. Comment osait-elle se montrer si insolente ?

Donnant libre cours à sa colère, Broud se jeta sur elle, la fit pivoter et lui envoya en plein visage un coup de poing qui la projeta à terre. Il lui asséna un autre coup violent tandis qu'elle roulait en boule pour tenter de se protéger. Aucune plainte ne sortit de sa bouche, bien que le silence ne soit plus de rigueur en de telles circonstances. La fureur de Broud croissait avec sa violence ; il voulait l'entendre crier et, aveuglé par la rage, il fit pleuvoir sur elle une volée de coups féroces.

Se cuirassant contre la douleur, elle serra les dents, résolue à ne pas lui concéder ce plaisir. Mais au bout de quelques instants, elle n'était même plus en mesure de hurler.

Lentement, à travers le voile rouge qui l'aveuglait, elle prit vaguement conscience qu'on avait cessé de la battre. Elle sentit Iza l'aider à se relever et, en s'appuyant sur elle de tout son poids, elle tituba, à moitié évanouie, jusqu'à la caverne. Elle éprouva une vague sensation de bien-être quand la guérisseuse lui appliqua des cataplasmes et, avant de sombrer dans le sommeil, elle sentit confusément qu'on lui faisait absorber un breuvage amer.

A son réveil, la faible lueur de l'aube soulignait à peine le contour des objets familiers. La fillette essaya de se redresser, mais tout son corps se rebella, lui arrachant un gémissement qui réveilla Iza. La guérisseuse fut aussitôt auprès d'elle, les yeux pleins d'inquiétude et de compassion. De sa vie, elle n'avait vu quelqu'un se faire corriger aussi sauvagement. Son époux, même dans ses pires moments, ne l'avait jamais pareillement battue. Iza était convaincue que Broud l'aurait tuée si on ne l'en avait empêché à temps. C'était une pénible scène qu'elle n'était pas près d'oublier.

A mesure que la mémoire lui revenait, Ayla se sentait envahie par la peur et la haine. Elle savait qu'elle n'aurait pas dû faire preuve d'une telle effronterie, mais jamais elle n'aurait imaginé une réaction aussi violente. Pourquoi donc Broud en était-il arrivé à cette extrémité ? Ce matin-là, Brun était en colère, d'une colère froide qui incita chacun à l'éviter autant que possible. S'il désapprouvait l'impudence d'Ayla, la réaction de Broud ne lui déplaisait pas moins. Broud avait eu raison de corriger la fillette mais avait largement exagéré l'ampleur de la punition. Il n'avait même pas répondu à Brun qui lui ordonnait d'arrêter ; il avait fallu que Brun l'écarte de force. Mais il y avait plus grave : Broud avait perdu son sang-froid d'une manière indigne d'un homme, à cause d'une femme, à cause d'une fillette un peu trop effrontée.

Après l'éclat de Broud à la clairière, Brun avait pensé que le jeune homme ne se laisserait plus aller à de tels excès. Or, il venait de récidiver plus gravement encore. Et pour la première fois, Brun commença à se demander, la mort dans l'âme, s'il serait sage de remettre à Broud la direction du clan. Plus que le fils de sa compagne, Brun était persuadé que Broud était une émanation de son propre esprit et il l'aimait plus que la vie même. Peut-être l'avait-il mal élevé ? se demanda-t-il, prenant sur lui les défauts du garçon. Peut-être s'était-il montré trop tolérant à son égard ?

Brun laissa couler plusieurs jours avant de parler à Broud, afin de bien réfléchir à tout ce qu'il devrait lui dire. Broud passa tout ce temps dans un état d'intense agitation, quittant à peine son foyer, et ce fut avec un réel soulagement qu'il vit Brun lui faire signe de le suivre. Il ne redoutait rien autant que la colère de Brun, et ce ne fut pas sans stupeur qu'il vit celui-ci lui exposer le fond de sa pensée avec des gestes simples et calmes. Se déclarant personnellement responsable des erreurs du fils de sa compagne, il se présenta à lui non comme le chef redoutable que le garçon avait toujours craint et respecté, mais comme un homme aimant et profondément déçu. Broud se sentit envahi de remords.

Puis il perçut une froide détermination dans le regard de Brun qui, à contrecœur, se devait de faire passer en priorité le bien de son clan.

— Encore un éclat de la sorte, même minime, Broud, et tu n'es plus le fils de ma compagne. Tu es destiné à me remplacer en tant que chef, mais sache-le bien, plutôt que de remettre le clan entre les mains d'un homme incapable de se contrôler, je te renierai et te condamnerai à la Malédiction Suprême. Tant que tu n'auras pas prouvé que tu es un homme, il te sera interdit de prendre ma suite. Je vais t'observer, Broud. Je ne veux plus voir aucune manifestation de mauvaise humeur. Et si je dois choisir un autre chef, tu seras ravalé au dernier rang du clan, et cela pour toujours. M'as-tu bien compris ?

— Oui, Brun, acquiesça-t-il, blême.

— Tout cela restera entre nous. Un tel bouleversement dans nos projets ne ferait qu'inquiéter les autres, or je ne tiens pas à les perturber inutilement. Mais ne te méprends pas, il en sera comme je l'ai décidé. Un chef a le devoir de faire passer les intérêts de son clan avant les siens propres. C'est la première chose à apprendre, Broud. Voilà pourquoi un chef doit savoir garder son sang-froid. Il assume l'entière responsabilité de la survie du clan. Un chef est moins libre qu'une femme, Broud. Il est parfois contraint de faire des choses qui ne lui plaisent guère. Et si besoin est, il peut même aller jusqu'à renier le fils de sa compagne. Tu comprends ?

— Oui, Brun, je comprends, répondit Broud, qui doutait d'avoir bien compris.

Comment se pouvait-il qu'un chef soit moins libre qu'une femme ? Un chef devait être libre de faire tout ce qu'il voulait et de commander à tout le monde, non ?

— Va, va-t'en maintenant, Broud. Je désire rester seul.

Ayla dut attendre plusieurs jours avant de pouvoir se lever et encore plus longtemps pour voir les ecchymoses violacées qui lui couvraient le corps virer au jaune pâle puis enfin disparaître. Au début, elle avait si peur de Broud qu'elle sursautait dès qu'elle le voyait arriver. Or, elle ne tarda pas à remarquer qu'un changement était intervenu en lui. Il avait cessé de la tourmenter, de la harceler et en vérité cherchait plutôt à l'éviter. Ses souffrances oubliées, elle se dit qu'à toute chose malheur est bon. La vie, sans l'oppression exercée par Broud, lui parut facile. Bien qu'elle continuât de vaquer aux mêmes tâches que les autres femmes, elle éprouvait une telle impression de liberté que son bonheur se lisait dans le moindre de ses gestes. Elle éclatait de rire et marchait la tête haute. Iza savait que la fillette était tout simplement heureuse, mais sa désinvolture et son exubérance suscitaient l'étonnement et la muette réprobation du clan, habitué à plus de réserve.

Quant au comportement distant de Broud envers Ayla, il n'échappait à personne. La fillette surprit par hasard quelques conversations et comprit que Broud avait été menacé d'un châtiment exemplaire s'il la battait encore une fois. Cela lui fut confirmé un jour où elle le provoqua sans résultat. Elle se permit tout d'abord quelques petites négligences, de petits riens, dans le seul but de l'irriter. Elle le haïssait et, se sentant protégée par Brun, prenait sournoisement sa revanche.

La petite taille du clan fit qu'en dépit des efforts de Broud pour éviter Ayla, il lui était nécessaire de recourir à elle en certaines occasions. Elle mettait alors un point d'honneur à satisfaire ses désirs le plus lentement possible. Après s'être assurée que personne ne regardait, elle le gratifiait de cette étrange grimace dont elle avait le secret, prenant un malin plaisir à voir les efforts désespérés du jeune homme pour garder son sang-froid. Elle faisait beaucoup plus attention lorsqu'elle n'était pas seule avec lui, ne désirant nullement s'attirer la colère de Brun.

De temps à autre elle surprenait le regard de haine que Broud posait sur elle, et il lui arrivait alors de s'interroger sur la sagesse de son comportement. Broud la tenait pour seule responsable de sa situation inconfortable. Si elle n'avait pas été aussi insolente, il ne se serait pas mis en colère comme il l'avait fait, et il ne serait pas aujourd'hui menacé du châtiment suprême. Pourquoi les autres ne se rendaient-ils pas compte de l'insolence de cette étrangère ? Pourquoi ne la punissaient-ils pas pour sa mauvaise conduite ? Oui, il la détestait encore plus qu'avant, mais il se gardait bien de le montrer, surtout quand Brun était là.

Si le conflit entre les deux jeunes gens devint larvé, son intensité s'accrut encore et la fillette déploya moins de finesse dans ses provocations. Tout le monde se demandait pourquoi Brun laissait faire et la tension entravait parfois la vie du clan, perturbant les hommes comme les femmes.

En réalité, Brun n'appréciait nullement le comportement d'Ayla dont les insolences, qu'elle croyait subtiles, ne lui échappaient pas, pas plus qu'il n'approuvait la relative résignation de Broud. Toute effronterie était inacceptable de la part d'une femme. Brun était choqué de voir la fillette s'imposer de cette façon contre un homme. Aucune femme du clan n'aurait imaginé pareille attitude. Elles étaient satisfaites de leur position dans la communauté. Elles possédaient un savoir qui leur était propre. L'art de la chasse n'était pas inscrit dans leurs gènes. Pourquoi une femme lutterait-elle pour changer le cours naturel de son existence ? Se rebeller contre l'ordre établi leur paraissait aussi absurde que de s'arrêter de manger ou de respirer. Si Brun n'avait été certain du sexe d'Ayla, le comportement de la fillette lui eût donné à penser qu'elle appartenait au sexe masculin. Pourtant elle avait remarquablement assimilé le savoir-faire des femmes et révélait même certains dons de guérisseuse.

Néanmoins, Brun se retenait d'intervenir dans ce conflit où il voyait enfin Broud lutter pour apprendre à conserver son sang-froid, qualité indispensable à un futur chef. Broud était un chasseur courageux, et

Brun se sentait fier de sa bravoure. S'il parvenait à se corriger de son principal défaut, il ferait un chef remarquable.

Ayla n'était pas pleinement consciente de toutes les tensions qu'elle provoquait. Cet été-là, elle se sentit plus heureuse qu'elle ne l'avait jamais été. Elle profita de sa nouvelle liberté pour aller à travers bois et ramasser des herbes ou bien s'entraîner à la fronde. Sans pouvoir se dérober totalement aux corvées qui lui incombaient, elle bénéficiait cependant du prétexte de rapporter des plantes à Iza pour s'échapper de la caverne aussi souvent que possible. La guérisseuse n'était pas encore remise de son pénible hiver, bien qu'elle toussât beaucoup moins avec les beaux jours revenus. Creb et elle s'inquiétaient au sujet d'Ayla. Iza redoutait que son comportement ne finisse par incommoder le clan et appelle à une sanction. Elle décida d'accompagner la fillette dans sa cueillette pour trouver l'occasion de lui parler.

— Uba, viens vite, maman est prête, dit Ayla en soulevant la petite fille et en l'installant sur sa hanche.

Elles descendirent la colline, traversèrent la rivière et continuèrent leur route à travers les bois en suivant une sente ouverte par un animal et élargie par le passage des hommes. Iza fit halte dans une prairie dégagée et, après avoir repéré les lieux, se dirigea vers une touffe de grandes fleurs jaune vif qui ressemblaient à des asters.

— Ce sont des aunées, Ayla, dit Iza. Elles poussent généralement dans les prés. Les feuilles sont ovales et pointues au bout, vert foncé par-dessus et vert clair en dessous, tu vois ?

Iza s'était agenouillée pour montrer une feuille à Ayla.

— Oui, je vois.

— C'est la racine qu'il faut utiliser. La plante se reproduit tous les ans, mais il vaut mieux la ramasser la seconde année, à la fin de l'été ou en automne, au moment où la racine est lisse et ferme. Il faut la couper en petits morceaux, puis en faire réduire une poignée dans l'écuelle en os. Ce breuvage se boit froid, deux fois par jour. Il s'utilise contre la toux et plus particulièrement quand on crache du sang. Il fait aussi transpirer abondamment. (Iza s'était assise par terre pour extraire la racine avec le bâton à fouir, agitant rapidement les mains à mesure qu'elle s'expliquait.) On peut aussi faire sécher la racine et la moudre en poudre, ajouta-t-elle.

Puis elles se dirigèrent vers un petit monticule. Uba s'était endormie, rassurée par la chaude présence d'Ayla.

— Tu vois cette petite plante aux fleurs jaunes en forme d'entonnoir, mauves au centre ? demanda Iza, en montrant à Ayla une plante de trente centimètres environ.

— Celle-ci ?

— Oui, ce sont des jusquiames. Elles sont très utiles aux guérisseuses, mais il ne faut jamais en manger car elles sont vénéneuses.

— Que faut-il utiliser ? La racine ?

— Les racines, les feuilles et les graines. Les feuilles sont plus grandes que les fleurs et poussent les unes après les autres de part et d'autre de la tige. Regarde bien, Ayla, les feuilles sont vert tendre et dentelées.

(La guérisseuse froissa une feuille entre ses doigts.) Sens, dit-elle à Ayla, qui perçut une forte odeur de narcotique. Le parfum disparaît une fois les feuilles séchées. Dans quelque temps, il y aura beaucoup de petites graines marron. (Iza arracha une racine brune et rugueuse qui, une fois cassée, révéla une chair blanche.) Toutes les parties de la plante sont efficaces pour lutter contre la douleur. On peut les préparer en infusion ou bien en lotion à appliquer sur la peau. Elles calment les contractions musculaires, détendent, apaisent et favorisent le sommeil.

Après en avoir ramassé plusieurs, Iza s'approcha d'un massif de splendides roses trémières dont elle cueillit quelques spécimens roses, mauves, blancs et jaunes.

— Voilà une plante excellente pour calmer les irritations, les maux de gorge, les écorchures et les égratignures. La décoction des fleurs soulage la douleur, mais elle fait également dormir. La racine est très efficace pour soigner les plaies. Je m'en suis servie pour traiter tes blessures.

Ayla porta la main à sa cuisse et sentit les quatre cicatrices parallèles, se disant qu'elle serait morte sans Iza.

Elles marchèrent un long moment sans parler, prenant plaisir à être ensemble par cette belle journée ensoleillée. Iza scrutait la végétation et, à chaque fois qu'elle le pouvait, elle indiquait une nouvelle plante à la fillette attentive, lui exposant ses vertus et ses contre-indications. Elles traversaient un champ de seigle sauvage quand Iza s'arrêta pour examiner certains plants dont les sommités avaient une coloration violette très foncée.

— Regarde, Ayla, dit-elle en désignant l'un des plants. Ce n'est pas comme ça que pousse le seigle, d'ordinaire. Ce que tu vois là est l'effet d'une maladie, et nous avons de la chance d'être tombées dessus. Ça s'appelle l'ergot. Sens-le.

— Pouah ! On dirait du poisson pourri ! s'exclama la fillette en fronçant le nez d'un air de dégoût.

— Mais l'ergot est magique et il est très utile aux femmes enceintes. Il provoque des contractions et facilite l'accouchement. Il peut même provoquer une fausse couche, ce qui permet aux femmes de ne pas mettre au monde des enfants se suivant de trop près, car il y a toujours un risque de ne pouvoir les allaiter. Trop de bébés meurent à la naissance ou pendant leur première année, et une mère doit prendre soin de celui qui vit et a une chance de grandir. Mais l'ergot de seigle n'est qu'une plante abortive parmi d'autres. Il a peut-être un goût et une odeur affreux mais il est fort efficace, utilisé sagement. Une trop grande quantité entraîne des crampes, des vomissements et même la mort.

— C'est comme la jusquiame, elle peut être nocive ou bénéfique, fit remarquer Ayla.

— C'est vrai. Souvent les plantes vénéneuses se révèlent de puissantes médecines, si l'on connaît le dosage.

Tandis qu'elles revenaient vers la rivière, Ayla s'arrêta pour montrer à Iza une plante aux fleurs bleu violacé.

— Regarde, de l'hysope ! Elle guérit les rhumes, n'est-ce pas ?

— Exactement. Et elle parfume agréablement n'importe quelle infusion. Prends-en donc quelques-unes.

Ayla arracha plusieurs pieds par la racine et entreprit de les effeuiller en chemin.

— Ayla, ce sont les racines qui permettent à la plante de repousser chaque année, fit observer la guérisseuse. Si tu les arraches, il n'y aura pas de récolte l'an prochain. Contente-toi donc de cueillir les feuilles si tu n'as pas besoin des racines.

— Je n'y avais pas pensé. Je ferai attention désormais, promit Ayla, penaude.

— Et même quand tu dois utiliser les racines, il vaut mieux ne pas les arracher toutes au même endroit, de façon à ce qu'il y en ait toujours l'année suivante.

Aux abords de la rivière, les deux femmes arrivèrent près d'un marécage où poussait une autre plante intéressante.

— C'est un lis des marais, expliqua Iza. Il ressemble un peu à l'iris, mais ce n'est pas la même plante. La lotion de racine bouillie apaise les brûlures et l'on peut en mâcher si l'on a mal aux dents. Mais il est dangereux d'en donner à une femme enceinte. Elle peut perdre son enfant, encore que cet expédient ne se soit pas révélé efficace quand j'y ai recouru. Tu ne peux pas la confondre avec l'iris ; regarde, elle a un bulbe et sent beaucoup plus fort.

Elles s'arrêtèrent pour se reposer à l'ombre d'un érable, près de la rivière. Ayla prit une feuille qu'elle roula en cornet et ferma avec son pouce pour la remplir d'eau dans le courant. Elle apporta à boire à Iza dans son récipient de fortune.

— Ayla, commença la femme, après s'être désaltérée, tu devrais te montrer plus obéissante envers Broud. C'est un homme, et il a le droit de te commander.

— Je fais tout ce qu'il me demande, répondit Ayla sur la défensive.

— Oui, mais tu ne le fais pas comme il faut. Tu ne cesses de le défier et de le provoquer. Tu le regretteras plus tard, Ayla, le jour où il sera chef. Tu dois obéir aux hommes, à tous les hommes. Tu n'as pas le choix.

— Pourquoi les hommes ont-ils le droit de commander aux femmes ? En quoi nous sont-ils supérieurs ? Ils ne peuvent même pas avoir d'enfants ! répliqua amèrement Ayla.

— C'est ainsi, et il en a toujours été ainsi chez ceux du Clan. N'oublie pas que tu es des nôtres, Ayla. Tu es ma fille. Tu dois te conduire comme il sied à une fille de notre peuple.

Ayla baissa la tête. Iza avait raison, elle avait provoqué Broud. Elle regarda la femme qu'elle pouvait considérer comme sa mère. Iza avait vieilli, ses bras autrefois musclés avaient perdu leur fermeté et ses cheveux bruns avaient blanchi. Creb, qui lui avait paru si vieux au premier abord, avait fort peu changé par comparaison.

— Tu as raison, Iza, répondit la fillette. Je me suis mal comportée avec Broud. Je tâcherai de ne plus le mécontenter dorénavant.

Le bébé qu'Ayla tenait dans ses bras commença à s'agiter, puis ouvrit de grands yeux étonnés.

— Faim, dit-elle en esquissant maladroitement le geste approprié, puis elle enfourna son petit doigt dans sa bouche.

— Il se fait tard, déclara Iza en regardant le ciel. Nous ferions mieux de rentrer.

Si Ayla avait décidé de faire des efforts pour plaire à Broud, elle eut le plus grand mal à tenir sa promesse. Elle essaya bien de ne plus le provoquer mais elle avait pris l'habitude de l'ignorer, faisant semblant de ne pas le voir en sachant qu'il s'adresserait à quelqu'un d'autre pour ses besoins ou encore se résignerait à se servir tout seul. Les regards haineux qu'il lui lançait ne faisaient plus peur à la fillette, qui se sentait à l'abri de sa colère. Son impertinence était devenue une habitude. Elle l'avait trop longtemps regardé droit dans les yeux pour baisser la tête à présent. Et c'était ce dédain inconscient que Broud lui reprochait bien plus que ses précédentes effronteries. Il sentait qu'elle n'avait plus le moindre respect pour lui. Mais ce n'était pas le respect qu'elle avait perdu, mais la crainte qu'il lui avait inspirée.

La saison où les vents froids et les neiges abondantes allaient de nouveau confiner le clan dans la caverne approchait, au grand regret d'Ayla. Les femmes s'activaient à rentrer les récoltes de l'automne. Ayla n'aimait pas voir les feuilles commencer de tomber, même si la riche palette de l'arrière-saison la fascinait par sa beauté. Elle avait peu de temps pour grimper jusqu'à sa retraite pastorale, car les tâches étaient multiples et les jours raccourcissaient rapidement.

Un jour, toutefois, elle prit son panier de cueillette et, armée de son bâton, s'en fut ramasser des noisettes dans sa clairière secrète. Dès qu'elle fut arrivée, elle se débarrassa de son panier et courut dans la grotte chercher sa fronde. Elle avait quelque peu aménagé sa retraite, y apportant une vieille peau de couchage. Sur une étagère faite d'un bout de branche fendu en deux posé entre deux grosses pierres, il y avait quelques ustensiles en écorce de bouleau, un couteau de silex, et quelques galets pour casser les noisettes. Elle prit sa fronde dans le panier d'osier tressé où elle la rangeait et s'en fut en quête de cailloux.

Elle se mit à tirer quelques coups pour ne pas perdre la main. Vorn n'atteint certainement pas ses cibles comme moi, pensa-t-elle avec fierté, tandis que chacun de ses projectiles filait avec force et précision. Mais elle se lassa vite de son jeu et entreprit de ramasser les noisettes éparpillées sur le sol, au pied des épais buissons. La vie lui paraissait merveilleuse. Uba croissait et embellissait à vue d'œil, Iza allait beaucoup mieux, et les maux de Creb se faisaient moins sentir durant les beaux jours, ce qui lui avait permis de faire de longues promenades en sa compagnie. Elle était devenue experte dans le tir à la fronde et prenait un immense plaisir à s'entraîner. Il lui était devenu extrêmement facile de toucher à tous les coups les cibles qu'elle choisissait, branches ou rochers. Enfin, plus important que tout, Broud avait fini par la laisser tranquille. Elle était convaincue que rien ne pourrait désormais gâcher son bonheur, tandis qu'elle remplissait son panier de noisettes.

Les feuilles mortes tourbillonnaient dans le vent avant de recouvrir les noisettes qui jonchaient le sol. Celles qui n'étaient pas tombées pendaient, mûres et bien pleines, aux branches en partie dénudées. A l'est, les steppes ondoyaient sous le vent telle une mer dorée, tandis qu'au sud, les eaux de la mer intérieure formaient une immense tache grise que festonnait l'écume blanche des vagues. Les dernières grappes de raisin sauvage gorgées de jus attendaient d'être coupées.

Les hommes s'étaient réunis à leur habitude pour organiser l'une des dernières chasses de la saison. Ils avaient discuté de l'expédition projetée jusque tard dans la matinée, et chargé Broud de demander à boire aux femmes. Le garçon aperçut Ayla installée à l'entrée de la caverne, des morceaux de bois et des lacets de cuir éparpillés autour d'elle, avec lesquels elle fabriquait des claies pour faire sécher les raisins.

— Ayla ! de l'eau ! lui signifia Broud.

La fillette était fort occupée à une opération délicate de son ouvrage. Si elle bougeait tant soit peu, tout serait à recommencer. Elle hésita une seconde, regardant autour d'elle si personne ne pouvait la remplacer, et finit par se lever à contrecœur en poussant un soupir de mécontentement.

S'efforçant de réprimer la colère qui montait en lui devant tant d'évidente mauvaise volonté, Broud chercha des yeux une autre femme susceptible de répondre plus rapidement à ses désirs. Mais soudain, il changea d'idée. Elle m'obéira, décida-t-il brusquement. Pourquoi se montre-t-elle aussi insolente envers moi ? Ne suis-je pas un homme à ses yeux ? N'est-ce pas son devoir de m'obéir ? Brun ne m'a jamais conseillé d'encourager un tel manque de respect, se dit-il. Il ne peut tout de même pas me menacer de la Malédiction Suprême uniquement parce que j'oblige une femme à faire ce qu'une femme doit faire ! Quel est le chef qui laisserait une femme le défier impunément ? Non, son insolence n'a que trop duré. Cette fois, je ne la laisserai pas s'en tirer comme ça !

Ces pensées lui vinrent en même temps qu'il franchissait en trois enjambées la distance qui les séparait. Son poing s'abattit sur elle juste comme elle se levait et l'envoya au sol. Le regard stupéfait qu'elle lui jeta se chargea vite de colère. Elle vit Brun qui observait la scène, mais comprit à sa mine qu'il n'y avait rien à attendre de lui. La rage qu'elle lut dans les yeux de Broud transforma sa colère en peur, et elle regretta aussitôt de l'avoir défié une fois de plus. Esquivant prestement le coup suivant, elle courut chercher l'outre dans la caverne. Les poings serrés, Broud la suivit des yeux, luttant pour ne pas donner libre cours à son exaspération. Puis il porta son regard du côté des hommes et surprit l'air impassible de Brun, qui n'exprimait ni encouragement ni réprobation. Broud reporta son attention sur Ayla qui s'empressait de remplir l'outre à la mare puis la hissait sur son épaule. Son empressement soudain ainsi que son regard terrifié ne lui avaient pas échappé et l'aidaient à conserver son sang-froid.

Au moment où Ayla, courbée sous le poids de son fardeau, passait à sa hauteur, le jeune homme la poussa d'un revers de la main, manquant de la faire tomber. Rouge de colère, la fillette parvint à garder l'équilibre et ralentit l'allure. Broud resta sur ses talons et lui administra un coup sur l'épaule. Alors, Ayla franchit en courant les derniers pas jusqu'à l'écuelle qu'elle remplit à ras bord, sans relever le visage. Broud l'avait suivie, inquiet de connaître la réaction de Brun.

— Crug dit avoir vu le troupeau se diriger vers le nord, Broud, déclara Brun d'un ton détaché.

Tout allait donc pour le mieux ! Brun ne lui en voulait nullement. Au fait, pourquoi lui en aurait-il voulu de corriger une femme qui le méritait ? Broud poussa un profond soupir de soulagement.

Quand les hommes eurent fini de boire, Ayla regagna la caverne, à l'entrée de laquelle se trouvait Creb. Le sorcier avait observé toute la scène.

— Creb ! Broud m'a encore battue, se plaignit-elle en accourant vers lui.

Mais devant le regard que lui jeta le vieil homme qu'elle aimait tant, son sourire s'évanouit brusquement.

— Tu n'as eu que ce que tu méritais, répliqua-t-il d'un air sévère, avant de lui tourner le dos, la laissant interloquée.

Un peu plus tard dans la journée, la fillette s'approcha timidement du vieux sorcier et lui passa les bras autour du cou, geste qui, généralement, avait le don de l'attendrir. Mais cette fois-ci, il ne daigna pas réagir et ne prit même pas la peine de la repousser. Il se contenta de rester le regard vague, perdu dans le lointain, et ce fut Ayla qui se retira.

Ses yeux se remplirent de larmes. Elle se sentait blessée et quelque peu terrorisée par le vieux magicien. Et, pour la première fois depuis qu'elle partageait la vie du clan, elle comprit pourquoi tout le monde redoutait et admirait le grand Mog-ur. D'un simple regard il lui avait fait comprendre sa réprobation et la distance qui les séparerait désormais. Comprenant qu'il ne l'aimait plus, elle alla se réfugier auprès d'Iza.

— Pourquoi Creb est-il en colère contre moi ? lui demanda-t-elle.

— Je t'avais bien dit de faire tout ce que Broud te demanderait, Ayla. Il a le droit de te commander, lui répondit doucement Iza.

— Mais c'est bien ce que je fais. Je ne lui ai jamais désobéi.

— Tu lui résistes, Ayla. Tu ne cesses de le défier. Tu sais parfaitement que tu es insolente. Ta conduite a nécessairement des répercussions sur Creb et moi-même. Creb a l'impression de t'avoir mal élevée, de t'avoir laissée agir avec trop de liberté envers lui, de sorte que tu te crois autorisée à agir de même avec n'importe qui. Brun non plus n'est pas content de toi, et Creb en est conscient. Tu n'arrêtes pas de courir, Ayla. Tu sais pourtant que les grandes filles ne doivent pas courir. Tu fais de drôles de sons avec ta gorge. Tu ne mets pas assez d'empressement quand on te demande quelque chose. Tout le monde désapprouve ta conduite Ayla, et cela fait honte à Creb

— Je ne savais pas que c'était mal, Iza, se défendit Ayla. Je ne l'ai pas fait exprès.

— Mais justement, tu devrais faire plus attention à ce que tu fais. Tu es trop grande à présent pour te conduire comme une enfant.

— Oui, mais Broud est toujours méchant avec moi. Il m'a encore fait mal aujourd'hui.

— Peu importe s'il est méchant, Ayla. Il en a le droit, c'est un homme. Il peut te battre aussi fort et autant qu'il le voudra. N'oublie pas qu'il sera bientôt le chef. Tu dois lui obéir et faire tout ce qu'il te demande au moment où il te le demande. Tu n'as pas le choix, lui expliqua Iza. (Elle considéra le visage empli de tristesse d'Ayla et se sentit envahie de compassion pour la fillette qui avait tant de mal à accepter les obligations de la vie.) Il est tard, Ayla. Va au lit, maintenant.

Ayla gagna sa couche mais elle ne put trouver le sommeil avant longtemps. Elle se réveilla très tôt, prit son panier et son bâton et partit sans déjeuner. Elle désirait être seule pour réfléchir. Elle grimpa jusqu'à sa grotte secrète et prit sa fronde, mais elle ne se sentait pas d'humeur à s'entraîner.

Tout est la faute de Broud, pensa-t-elle. Que lui ai-je donc fait pour qu'il s'acharne ainsi sur moi ? Il ne m'a jamais aimée. La grande affaire qu'il soit un homme ! En quoi un homme serait-il mieux qu'une femme ? Je me demande quel genre de chef il sera. Zoug est meilleur tireur à la fronde que lui. Et je suis sûre que je tire mieux que lui.

Elle se mit à jeter des pierres avec colère. L'une d'elles atterrit dans un fourré d'où elle chassa un porc-épic endormi. Les petits animaux nocturnes étaient rarement chassés. Vorn passe pour un prodige parce qu'il a tué un porc-épic. Moi aussi je pourrais le tuer si je voulais. L'animal gravissait un monticule de sable près du ruisseau. Ayla plaça une pierre dans sa fronde, visa et projeta le caillou. Cible facile, l'animal s'écroula.

Ayla, satisfaite de son tir, accourut auprès de sa proie. Mais comme elle se penchait pour toucher la petite bête, elle vit qu'il n'était que blessé. Le cœur battant, elle contempla le sang qui sourdait de sa blessure à la tête, et elle fut tentée de rapporter le porc-épic à la caverne pour le soigner comme elle l'avait fait avec d'autres animaux. Elle s'en voulait terriblement d'avoir blessé l'animal, et elle savait qu'elle ne pourrait l'emmener à la caverne car Iza avait trop vu d'animaux tués à la fronde pour se méprendre sur sa blessure.

La fillette contempla le porc-épic blessé. Je ne peux même pas chasser, comprit-elle soudain. Et si je parvenais à tuer quelque gibier, je ne pourrais même pas le rapporter au clan. A quoi bon avoir appris à tirer ? Creb m'en veut déjà suffisamment, que ferait-il s'il savait ? Et Brun ? Je suis censée ne jamais toucher à une arme et encore moins m'en servir ! Brun me chasserait. Alors où irais-je ? Qui s'occuperait de moi ? Je ne veux pas partir, pensa-t-elle en fondant en pleurs, bouleversée par la peur et par un sentiment de culpabilité.

Les larmes coulaient le long du petit visage désespéré. Elle se laissa choir par terre, donnant libre cours à son chagrin. Quand elle eut pleuré tout son soûl, elle se redressa et s'essuya le nez au revers de la main, encore secouée par les sanglots. Je ferai absolument tout ce que Broud me demandera, sans discuter. Et je ne toucherai plus jamais à une fronde. Afin de bien marquer sa détermination, elle jeta son arme dans un buisson, alla chercher son panier et se dépêcha de rentrer à la caverne où Iza l'attendait.

— Où étais-tu ? Tu as disparu de toute la matinée et tu reviens le panier vide !

— J'ai réfléchi, maman, répondit Ayla en regardant Iza avec sérieux. Tu avais raison, j'ai eu tort. Mais c'est la dernière fois. Je ferai tout ce que voudra Broud. Désormais, je me conduirai convenablement et plus jamais je ne vais courir ou me tenir mal. Tu crois que Creb m'aimera de nouveau si je suis bien sage ?

— J'en suis certaine, Ayla, répondit Iza en lui faisant une petite caresse, attendrie par les bonnes résolutions de la fillette.

C'est étrange, pensa-t-elle, elle a encore mal aux yeux, comme chaque fois qu'elle croit que Creb ne l'aime plus. Elle est si différente de nous. J'espère que tout se passera pour le mieux à partir de maintenant.

11

La transformation d'Ayla était stupéfiante. Elle avait changé du tout au tout et se montrait à présent repentante, docile et prévenante envers Broud. Les hommes étaient convaincus que ce changement provenait de l'intransigeance du jeune homme et, en voyant passer la fillette, hochaient la tête d'un air entendu. Ayla offrait la démonstration vivante de leur conviction profonde : si les hommes laissaient faire, les femmes devenaient vite paresseuses et insolentes. Il leur fallait une poigne énergique, la domination et le contrôle des hommes pour devenir des membres productifs du clan et contribuer à sa survie.

Qu'Ayla ne fût encore qu'une enfant et qu'elle n'appartînt pas au clan ne comptait pas aux yeux de la communauté. Elle était assez grande, par la taille au moins, pour être considérée comme une femme, et les hommes mettaient un point d'honneur à ne pas passer pour laxistes.

Mais c'était dans un esprit de vengeance que Broud appliquait ces principes. Il ne laissait guère de répit à Oga mais redoublait de dureté envers Ayla, la harcelant sans cesse, la dérangeant pour un rien, la corrigeant à la moindre incartade et parfois même sans raison aucune, pour le plaisir de la frapper. Elle l'avait blessé dans sa fierté d'homme, dans sa virilité, et il entendait le lui faire payer chèrement. Elle l'avait défié, l'avait provoqué, et il s'était retenu trop souvent de la corriger. Il la plierait à sa volonté et ne lui accorderait aucune grâce.

Ayla, pour sa part, faisait son possible pour lui être agréable. Elle essaya même de prévenir ses désirs, mais mal lui en prit. Broud lui reprocha de s'être crue capable de savoir ce qu'il pouvait désirer. A peine avait-elle franchi les limites du foyer de Creb que Broud l'attendait de pied ferme, et il était difficile à la fillette de rester sans raison chez Mog-ur. On approchait de l'hiver ; il y avait encore de nombreuses tâches à accomplir pour permettre au clan d'affronter la saison froide en toute sécurité. La pharmacopée d'Iza se trouvant à peu près complète, Ayla n'avait plus d'excuses pour s'éloigner de la caverne, et le soir, après une journée éreintante, la fillette s'écroulait sur sa couche.

Pour Iza, le changement de comportement d'Ayla avait peu de choses à voir avec Broud. C'était par amour pour Creb plus que par peur de Broud qu'elle s'efforçait de se bien conduire. Iza raconta au vieil homme qu'Ayla avait encore souffert des yeux à la pensée qu'il ne l'aimait plus.

— Tu sais qu'elle était allée trop loin, Iza. Je me devais d'intervenir. Si Broud n'avait recommencé à sévir, Brun l'aurait fait. Cela eût été plus grave. Broud lui rend la vie misérable, mais Brun a le pouvoir de la chasser.

Troublé par ce qu'Iza venait de lui apprendre, Creb passa de longues heures à méditer sur le pouvoir de l'amour, plus grand que celui exercé par la peur. Le sorcier se reprit à regarder Ayla avec tendresse.

Les premières chutes de neige alternaient avec de froides averses. Il gelait au matin mais le temps, entre cette fin d'automne et le début de l'hiver, était instable, et parfois le vent du sud réchauffait brusquement l'atmosphère. Pendant toute cette période, Ayla ne flancha pas une seule fois, obéissant à toutes les lubies de Broud, bondissant pour répondre à toutes ses exigences, baissant la tête avec soumission, surveillant soigneusement sa façon de marcher, sans jamais se permettre de rire ni même de sourire ; mais si elle n'opposait aucune résistance, ce n'était pas sans mal, car elle avait beau lutter contre ses penchants pour se montrer docile, l'envie la tenaillait de se rebiffer.

Elle se mit à maigrir et à perdre l'appétit, restant calme et soumise, même quand elle se trouvait dans le foyer de Creb. Uba elle-même ne parvenait pas à la dérider. Iza, inquiète à son sujet, décida par une belle journée ensoleillée qu'il était nécessaire de donner un certain répit à la fillette avant que l'hiver ne les confine tous dans la caverne pour une longue période.

— Ayla, dit Iza d'une voix forte, alors qu'elles sortaient de la caverne, sans laisser à Broud le temps de formuler la moindre exigence, il me faut des symphorines, contre les maux d'estomac. Tu les trouveras facilement, les fruits blancs restent attachés au buisson après la chute des feuilles.

Iza se garda bien de préciser qu'elle avait en réserve bien d'autres remèdes tout aussi efficaces contre les maux d'estomac. Broud fronça les sourcils en voyant Ayla se précipiter pour aller chercher son panier, mais il savait qu'il était plus important de la laisser cueillir des plantes pour Iza que de lui ordonner de lui apporter de l'eau, une infusion, un morceau de viande, ou encore une pomme, ou bien deux pierres pour casser des noix, sous prétexte que celles qui se trouvaient aux abords de la caverne ne lui convenaient pas, ou d'exiger de la fillette n'importe quelle autre besogne subalterne. Il s'éloigna dignement quand Ayla sortit de la grotte, son panier et son bâton à la main.

La fillette courut vers la forêt, reconnaissante à Iza de lui avoir procuré l'occasion d'être seule. Oublieuse des petites baies blanches, elle partit à l'aventure sans se rendre compte que ses pas la portaient jusqu'à sa prairie favorite et sa petite caverne. Elle n'y était pas retournée depuis qu'elle avait blessé le porc-épic.

Elle s'installa au bord de l'eau, jetant des cailloux dans le courant d'un air absent. Il faisait froid. La pluie de la veille s'était transformée en neige en cette altitude, couvrant la terre d'un tapis éblouissant. Mais Ayla restait indifférente à la beauté sereine de ce paysage hivernal. Il lui rappelait seulement que le froid n'allait pas tarder à empêcher le clan de sortir et qu'elle ne pourrait échapper à Broud avant le printemps.

Le long hiver glacial s'annonçait particulièrement lugubre aux yeux de la fillette, qui se verrait soumise chaque jour aux caprices de Broud. Quoi que je fasse, il n'est jamais content, songea-t-elle. J'ai beau faire de mon mieux, rien n'y fait. Elle tourna machinalement les yeux vers une tache dans la neige, et elle vit une peau de bête à moitié pourrie, hérissée encore de quelques piquants ; tout ce qui restait du porc-épic. Ayla se rappela avec remords le jour où elle l'avait blessé. Je n'aurais jamais dû apprendre à tirer, se dit-elle, ce n'est pas bien. Creb serait furieux, et Broud... comme il serait ravi s'il venait à le savoir. Mais il ne le saura jamais, se jura-t-elle. Ayla se sentit heureuse à la pensée qu'elle lui cachait quelque chose qui lui aurait donné des raisons de la corriger. Et elle eut soudain envie de se dépenser, de tirer à la fronde justement pour donner libre cours à sa révolte.

Elle se souvint d'avoir jeté son arme dans un buisson et l'y chercha. Elle aperçut le morceau de cuir dans les broussailles et le ramassa, tout trempé, mais les intempéries ne l'avaient pas trop abîmé. Elle tira et lissa entre ses mains la bande de peau, se rappelant la fois où elle l'avait ramassée, après que Broud se fut fait sévèrement réprimander par Brun pour son geste agressif envers Zoug. Elle n'était pas la seule à avoir provoqué la rage du jeune fier-à-bras.

Seulement voilà, je suis une femme, et il peut me frapper sans encourir les foudres de Brun. Brun s'en fiche pas mal, qu'il me batte quand bon lui semble. Non, ce n'est pas vrai, reconnut-elle, Brun est intervenu la fois où Broud m'a battue si fort, et celui-ci se retient parfois de me corriger quand Brun est là. Mais ça m'est égal de recevoir des coups, tout ce que j'aimerais, c'est qu'il me laisse de temps en temps tranquille.

Elle mit machinalement un caillou dans la fronde et, voyant une dernière feuille qui pendait à une branche, elle la visa avec succès. Je suis encore capable de toucher ce que je veux, pensa-t-elle, puis elle se renfrogna. Mais à quoi bon ? Je n'ai jamais essayé de tirer sur une cible mouvante ; le porc-épic ne compte pas, il était pratiquement immobile. Je ne sais même pas si j'en serais capable et, si tel était le cas, cela ne me servirait à rien. Je ne pourrais jamais rien apporter à la caverne. Tout ce que j'arriverais à faire, c'est blesser des animaux, comme ce porc-épic, et les offrir aux loups, aux hyènes et aux gloutons, qui déjà nous volent nombre de proies.

Le clan, qui dépendait en grande partie de la chasse pour sa survie, devait monter sans cesse la garde contre les prédateurs. Non seulement les grands félins ou les bandes de loups ou de hyènes dérobaient parfois leur proie aux chasseurs mais encore les gloutons et autres petits carnassiers constituaient une menace pour les réserves de viande séchée qu'il leur arrivait de dérober sitôt que la surveillance se relâchait. Aussi ces animaux étaient-ils détestés des chasseurs.

Ayla se rappela la fois où Brun lui avait interdit de ramener dans la caverne un louveteau blessé. Soudain un projet commença à germer dans son esprit. Les carnassiers, à l'exception des grands félins, pouvaient être tués à la fronde. J'ai entendu Zoug le dire à Vorn. Il affirmait qu'il était souvent préférable d'utiliser la fronde, afin de ne pas être obligé de trop s'approcher d'eux.

Ayla avait maintes fois entendu Zoug louer les vertus de son arme favorite. Il était vrai qu'avec une fronde un chasseur restait hors de portée des griffes et des crocs des carnassiers, mais Zoug n'avait rien dit des risques encourus au cas où le tireur manquait le loup ou le lynx qu'il avait visé ; ces bêtes étaient parfaitement capables de se retourner contre lui.

Et si je ne chassais que les carnassiers ? songea-t-elle. Nous ne les mangeons pas, ce ne sera pas du gaspillage si je les laisse en pâture aux charognards. Les chasseurs le font bien.

Ayla secoua la tête, se reprochant de telles pensées. Je suis une femme, et la chasse m'est interdite ; je n'ai même pas le droit de toucher à une arme. Il n'empêche, je sais me servir d'une fronde ! Ce serait bien utile au clan que je tue ces gloutons, ces renards et ces sales hyènes qui volent notre viande.

Elle s'était entraînée au tir à la fronde pendant tout l'été, et bien que ce ne fût alors qu'un jeu pour elle, elle savait que toute arme avait pour fonction la chasse. Elle savait également qu'elle finirait par se lasser de tirer sur des branches, des feuilles ou des rochers. Aussi lui était-il insupportable de devoir abandonner la fronde faute de pouvoir l'employer pour ce qu'elle était : une arme de chasse. Tuer les prédateurs nuisibles au clan lui apparaissait comme la réponse à son dilemme, même si cela lui posait un problème de conscience. Creb et Iza lui avaient tant de fois dit qu'il était formellement interdit à une femme de toucher à une arme. Mais elle avait déjà largement transgressé cet interdit, et sa faute ne pouvait être plus grave si elle chassait. Elle jeta un regard à la fronde qu'elle tenait à la main et, balayant ses derniers scrupules, prit une décision.

— Je vais le faire ! Je vais apprendre à chasser ! Mais je ne m'en prendrai qu'aux carnassiers ! s'exclama-t-elle énergiquement, ponctuant ses mots par de grands gestes.

Rouge d'excitation, elle courut chercher des cailloux à la rivière.

En choisissant des galets ronds et lisses d'une taille précise, son regard fut attiré par un objet étrange. On aurait dit une pierre, mais il ressemblait aussi à une coquille de mollusque marin. Elle le ramassa et l'examina soigneusement. Quel étrange caillou, pensa-t-elle. Je n'en ai jamais vu de pareil. Puis, se souvenant soudain de ce que lui avait dit Creb un jour, elle se sentit si bouleversée qu'un frisson lui parcourut l'échine.

Creb a dit, se rappelait-elle, que mon totem m'aiderait chaque fois que j'aurais une grave décision à prendre, qu'il m'enverrait un signe pour m'indiquer la bonne direction. Creb a dit aussi que ce serait quelque chose d'inhabituel, et que personne ne pourrait identifier le signe à ma place. Je devrais écouter avec mon cœur et mon esprit, a-t-il dit encore, et l'esprit de mon totem me dira quoi faire.

— Grand Lion des Cavernes, est-ce toi qui me fais signe ? demanda-t-elle en utilisant le langage gestuel approprié pour s'adresser aux totems. Veux-tu me faire savoir que j'ai pris une bonne décision, que j'ai raison de chasser, bien que je sois une fille ?

Elle contempla le fossile d'un air méditatif, comme elle avait vu Creb le faire. Elle savait que le choix de son totem avait plongé le clan dans la stupéfaction. Elle frôla les quatre cicatrices parallèles qui lui striaient la cuisse et se demanda pourquoi le Lion des Cavernes l'avait choisie. Elle pensa alors à la fronde et au fait qu'elle avait appris à s'en servir. Pourquoi ai-je ramassé cette vieille fronde ? se demanda-t-elle. Aucune autre femme n'aurait osé y toucher. Mon totem m'y a-t-il poussée ? Voulait-il que j'apprenne à chasser ?

— O Grand Lion des Cavernes, je ne sais pourquoi tu veux que je chasse, mais je suis heureuse que tu m'aies envoyé un signe.

Ayla ôta le lacet de cuir auquel pendaient ses amulettes, délia la petite bourse et y glissa le fossile, à côté de la particule d'ocre rouge. La différence de poids se fit particulièrement sentir quand elle la repassa autour de son cou. Elle y vit le signe matériel de l'approbation donnée par son totem à la décision qu'elle venait de prendre.

Je suis comme Durc, pensa-t-elle. Il a quitté son clan en dépit de l'hostilité de chacun. Il était sûr de découvrir un endroit où la Montagne de Glace ne pourrait jamais l'atteindre. Je suis certaine qu'il a créé un nouveau clan. Lui aussi devait posséder un totem très puissant. Je me demande si le totem de Durc l'a mis à l'épreuve. Et moi, vais-je avoir à subir une autre épreuve de la part de mon Lion des Cavernes ? Quelle action difficile aurai-je à accomplir ? Ayla chercha dans sa vie ce qu'il pouvait y avoir de pénible et, soudain, elle comprit.

— Broud ! Broud est mon épreuve ! s'exclama-t-elle. Qu'y a-t-il de plus pénible que d'avoir à affronter tout un hiver avec Broud ? Mais si je réussis cet exploit, mon totem me laissera chasser.

Sans pouvoir préciser ce qu'il y avait de différent dans la démarche d'Ayla, Iza remarqua une légère transformation, et elle surprit une lueur consentante dans le regard que la fillette jeta à Broud en arrivant. Creb, pour sa part, nota le renflement de sa petite bourse à amulettes.

L'hiver s'installant définitivement, ils furent heureux tous les deux de la voir redevenir comme avant malgré la pression exercée par Broud. Creb était convaincu qu'elle avait pris une décision et découvert un signe de son totem. La résignation de la fillette à accepter sa place dans le clan le soulagea grandement. Il connaissait ses affres intimes, mais il savait également qu'elle devait non seulement se plier à la volonté du jeune homme mais aussi cesser de lui être hostile. Il lui restait à apprendre à conserver son sang-froid.

Ce fut au cours de cet hiver qu'Ayla entra dans sa huitième année et devint une femme. Non pas physiquement car elle avait encore le corps d'une fillette gracile et élancée, mais ce fut pendant cette longue saison glaciale qu'elle sortit de l'enfance.

Parfois, l'existence lui paraissait si insupportable qu'il lui arrivait, en contemplant le matin au réveil les aspérités familières de la paroi, d'avoir envie de se rendormir à tout jamais. Mais lorsqu'il lui semblait impossible de supporter davantage sa condition, elle touchait son amulette dont le renflement lui donnait le courage d'affronter l'avenir. Et chaque jour qui passait la rapprochait peu à peu du moment où les neiges épaisses et les vents glacés céderaient la place à l'herbe tendre et aux brises marines, lui permettant enfin d'arpenter de nouveau les prairies et les forêts en toute liberté.

A l'image du rhinocéros laineux, son totem, Broud pouvait se montrer aussi entêté que méchant. Trait de caractère propre au Peuple du Clan, une fois qu'il s'était fixé une ligne de conduite, il s'y tenait fermement, et en l'occurrence, il s'acharnait à maintenir son emprise sur Ayla. Le martyre quotidien de la fillette, sous les coups et les insultes, n'était un mystère pour personne. Si beaucoup reconnaissaient qu'elle méritait de se faire corriger, peu approuvaient les extrémités auxquelles Broud se laissait entraîner.

Brun trouvait que Broud exagérait un peu, mais après avoir constaté qu'il était capable de contrôler ses mouvements d'humeur, il estima les efforts du fils de sa compagne amplement suffisants et, tout en espérant le voir se comporter avec plus de modération, il décida de laisser les choses suivre leur cours. Pourtant, au fil de l'hiver, il en vint à éprouver malgré lui un certain respect à l'égard de la fillette, respect comparable à celui qu'il avait ressenti envers sa sœur Iza quand son compagnon la frappait.

Tout comme Iza, Ayla se comportait de façon exemplaire. Elle endurait tout sans se plaindre, ainsi qu'il convient à une femme. Et lorsqu'elle s'interrompait un instant dans l'accomplissement de ses tâches pour saisir son amulette, Brun et les autres ne voyaient dans ce geste qu'un signe de respect pour les puissances surnaturelles si importantes aux yeux du clan. Cette attitude ajoutait à sa stature féminine.

L'amulette était comme l'âme du projet qu'elle avait conçu. Elle rappelait à Ayla que son totem l'éprouvait et que, si elle se révélait digne de lui, elle pourrait apprendre à chasser. Plus Broud la harcelait, plus sa détermination grandissait. Quand le printemps viendrait, elle reprendrait sa fronde et deviendrait le meilleur tireur à la fronde du clan. Elle traversait ses dures journées, animée de cette espérance, aussi solide que les longues stalactites de glace qui se formaient à l'entrée de la caverne sous l'effet combiné de la chaleur provenant des feux allumés à l'intérieur de la grotte et du vent glacial soufflant au-dehors.

A son insu même, elle commençait déjà à s'entraîner. Elle débordait de curiosité pour les récits des hommes qui, assis ensemble, relataient les chasses passées ou établissaient des stratégies pour les battues futures. Elle trouvait le moyen de s'installer à côté d'eux pour travailler, prenant un plaisir tout particulier aux histoires de Dorv et de Zoug sur leurs chasses à la fronde. Son intérêt pour Zoug se ranima, elle redoubla de prévenances envers lui et en vint à éprouver une réelle affection pour le vieux chasseur. Comme Creb, il était fier et sévère, mais se montrait également heureux des gentillesses dont l'entourait la fillette, aussi étrange et laide fût-elle. L'attention vive avec laquelle elle suivait le récit de ses exploits, du temps où il était second à la place de Grod, n'échappait pas à Zoug et, lorsqu'elle venait s'asseoir tout près de lui, il en profitait pour expliquer à Vorn ses méthodes pour dépister et chasser le gibier. Quel mal pouvait-il y avoir à ce qu'elle prît plaisir à ses récits ?

Si j'étais plus jeune, pensait Zoug, et encore capable de chasser, je la prendrais pour compagne le moment venu. Elle aura bientôt besoin d'un compagnon et, laide comme elle est, elle risque d'avoir le plus grand mal à en trouver un. Mais elle est jeune, forte et respectueuse. J'ai des parents dans d'autres clans ; si je m'en sens la force, j'irai au prochain Rassemblement, et je parlerai en sa faveur. Ses propres désirs ne comptent pas, mais je comprendrais très bien qu'elle n'ait pas envie de demeurer ici lorsque Broud sera le chef.

J'espère que je ne serai plus de ce monde quand Brun cédera sa place, songeait encore Zoug, qui n'avait pas oublié l'agression de Broud. Il n'aimait pas ce garçon et le trouvait cruel envers cette fillette pour laquelle il se prenait peu à peu d'affection. Elle méritait d'être mise au pas mais la sévérité elle-même avait des limites que Broud dépassait de beaucoup. Oui, je parlerai en sa faveur, et si je ne peux me déplacer, j'enverrai un message. Si seulement elle n'était pas si laide...

La situation d'Ayla, aussi pénible fût-elle, n'était pas totalement déplaisante. Les activités s'étaient singulièrement ralenties, et les corvées devenaient rares. Broud lui-même avait du mal à trouver quelque travail à lui donner. Avec le temps, il commença de se lasser et, faute de recevoir la moindre opposition, il relâcha son emprise. Une autre raison aida également Ayla à trouver l'existence supportable.

Au début de l'hiver, cherchant de bonnes raisons de garder Ayla dans les limites protectrices du foyer de Creb, Iza avait décidé de commencer à lui enseigner la préparation et l'utilisation des plantes. Le désir d'apprendre de son élève obligea vite Iza à organiser des leçons régulières, et même à regretter de ne pas s'y être prise plus tôt, tandis qu'elle prenait pleinement conscience de l'intelligence d'Ayla, si différente de celle du Peuple du Clan.

Si Ayla avait été sa propre fille, elle n'aurait eu qu'à lui rafraîchir la mémoire et faire resurgir les souvenirs enfouis dans son esprit et lui apprendre à les utiliser. Mais Ayla devait enregistrer la somme des connaissances qu'Uba avait héritées à sa naissance. Aussi Iza était-elle obligée de revenir maintes fois sur le même sujet et de lui poser des questions pour s'assurer qu'elle avait bien compris. Iza tirait son savoir de sa mémoire aussi bien que de sa propre expérience et elle s'étonnait elle-même de l'étendue de ses connaissances. Aussi le handicap de la fillette lui apparaissait-il parfois comme insurmontable, et elle aurait peut-être abandonné si Ayla ne s'était montrée aussi curieuse et avide d'apprendre. Par ailleurs, Iza était bien déterminée à lui procurer une position assurée dans le clan, et les leçons se poursuivaient régulièrement tous les jours.

— Avec quoi soigne-t-on les brûlures, Ayla ?

— Euh... avec une quantité égale de fleurs d'hysope, de verge d'or et de rudbeckie séchées et réduites en poudre. Puis on les humecte pour en faire un cataplasme que l'on ıecouvre d'un bandage. Quand il est sec, il faut l'humidifier de nouveau en versant de l'eau froide sur le bandage, récita-t-elle précipitamment Les fleurs et les feuilles de menthe sont excellentes contre les brûlures par l'eau bouillante ; il faut les mouiller et les appliquer à l'endroit douloureux. Les racines de lis des marais font aussi une bonne lotion contre les brûlures.

— Très bien, quoi d'autre ?

La fillette réfléchit quelques instants.

— L'hysope géant aussi. Mâcher les feuilles et la tige pour en faire un cataplasme ou alors humecter les feuilles sèches. Et... ah oui ! les fleurs de chardons jaunes, bouillies. Les appliquer en lotion après les avoir fait refroidir.

— C'est un remède excellent contre toutes les maladies de la peau, Ayla. Et n'oublie pas que les cendres de prêle mélangées à de la graisse font aussi un onguent efficace contre les brûlures.

Ayla commença également à se charger de la préparation des repas sous la direction d'Iza. Elle apprit sans déplaisir à se plier aux exigences que l'âge imposait à Creb. Elle se donna du mal pour moudre ses céréales suffisamment fin afin que ses dents abîmées puissent les mâcher plus facilement. Elle coupait les noix en petits morceaux avant de les lui servir. Iza lui apprit à préparer des potions analgésiques et des cataplasmes pour le soulager de ses rhumatismes, et Ayla se spécialisa dans la préparation de ces remèdes pour les autres membres du clan dont les maux empiraient invariablement avec leur réclusion hivernale dans la caverne humide et froide.

Pour la première fois Ayla assista la guérisseuse, et leur premier patient fut Creb.

C'était le milieu de l'hiver. Les lourdes chutes de neige obstruaient l'entrée de la caverne sur une hauteur de plus de trois mètres. Ce mur de neige isolait l'intérieur de la grotte où l'on entretenait du feu en permanence, mais le vent s'engouffrait par la large ouverture au-dessus de la congère. Creb était de fort méchante humeur, passant d'un silence têtu à des grognements bougons. Son comportement décontenançait

Ayla, mais Iza avait deviné que le vieil homme souffrait d'un mal de dents particulièrement douloureux.

— Creb, pourquoi ne me laisses-tu pas regarder cette dent ? demanda Iza.

— Ce n'est rien qu'une mauvaise dent qui me fait souffrir un peu. Crois-tu que je ne puisse pas supporter la douleur, femme ? aboya Creb.

— Oui, Creb, répondit Iza, la tête baissée.

Le vieil homme s'en voulut aussitôt de sa rudesse.

— Iza, je sais bien que tu cherches à m'aider.

— Si tu me laissais voir, je pourrais peut-être te donner quelque chose qui te soulagerait. Mais il faut que je t'examine pour cela.

— Qu'y a-t-il donc à voir ? dit-il par gestes. Une mauvaise dent n'est qu'une mauvaise dent. Fais-moi donc plutôt une infusion d'écorce de saule, grommela Creb, puis il s'assit sur sa fourrure et détourna la tête.

Iza s'en fut préparer l'infusion en secouant la tête d'un air de dépit.

— Femme ! appela Creb un instant plus tard. Et cette infusion ? C'est bien long. Comment pourrais-je méditer avec cette douleur ?

Iza se précipita avec une coupe en os, tout en faisant signe à Ayla de la suivre.

— Voici l'infusion, mais je doute qu'elle te soit d'un grand secours, Creb. Veux-tu me laisser voir cette dent ?

— D'accord, d'accord, Iza. Voilà, regarde.

Il ouvrit la bouche et désigna de son index la dent malade.

— Vois-tu comme le trou est profond, Ayla ? La gencive est enflée, et infectée. J'ai peur qu'il ne faille arracher cette dent, Creb.

— L'arracher ! Tu demandes à la voir pour savoir ce qu'il faut me donner comme médecine. Tu n'as pas parlé de l'arracher. Eh bien, maintenant que tu l'as vue, donne-moi donc quelque chose contre la douleur, femme !

— Oui, Creb, dit Iza. Bois donc cette infusion de saule.

Ayla observait l'échange avec des yeux emplis de stupeur.

— Tu disais que cette infusion ne me serait d'aucun secours, fit remarquer Creb.

— C'est vrai. Tu pourrais mastiquer un bout de racine de lis des marais, mais là encore je ne pense pas que ce soit très efficace.

— Ah ! Tu fais une fameuse guérisseuse ! Même pas fichue de soigner un simple mal de dents, bougonna Creb.

— Je pourrais essayer de cautériser la gencive, proposa Iza.

Creb fit la grimace.

— Apporte-moi du lis des marais à mâcher, commanda-t-il.

Le lendemain matin, la joue de Creb était tout enflée, ajoutant s'il était possible à la laideur de son visage. Il avait l'œil rougi du manque de sommeil.

— Iza, gémit-il. Ne pourrais-tu pas faire quelque chose pour cette dent ?

— Si tu m'avais laissée faire hier, tu n'aurais plus mal à présent,

répliqua Iza, et elle s'en retourna surveiller sa bouillie de céréales qui mijotait sur le feu.
— Femme ! Tu n'as donc pas de cœur ? Je n'ai pas fermé l'œil de la nuit !
— Je le sais. Tu m'as empêchée de dormir.
— Allons, fais quelque chose ! exigea-t-il avec de grands gestes.
— Je veux bien, Creb, mais je ne peux pas l'arracher tant que la gencive est enflée.
— L'arracher ! L'arracher ! Tu ne penses décidément qu'à ça !
— Je veux bien essayer autre chose, Creb, mais cela ne sauvera pas ta dent. (Elle fit signe à Ayla.) Ayla, apporte-moi le petit panier de lancettes, celles qu'on a taillées dans l'arbre abattu par la foudre, l'été dernier. Il faut percer la gencive pour vider l'abcès, et peut-être pourra-t-on calmer la douleur.
Creb tenta en vain de réprimer un frisson, puis il haussa les épaules d'un air fataliste. Le remède ne pouvait être pire que le mal, pensa-t-il.
Iza choisit deux lancettes de bois.
— Ayla, tu feras rougir au feu la pointe de celle-ci en faisant bien attention à ne pas la briser. Mais d'abord, je veux que tu voies comment on perce la gencive. Tiens les lèvres de Creb bien écartées pendant que j'opère.
Ayla fit ce qu'on lui demandait et regarda à l'intérieur de la bouche de Creb les deux rangées de vieilles dents jaunies.
— Il faut inciser la gencive sous la dent, expliqua Iza en passant à l'acte.
Creb serra le poing mais ne laissa échapper aucune plainte.
— Voilà, maintenant que le sang coule et le pus avec, va faire brûler la pointe de l'autre lancette.
Ayla courut au feu qui rougeoyait non loin et revint avec une braise contre laquelle elle appuya un instant la lancette. Prestement, elle tendit l'instrument à Iza. La guérisseuse considéra la pointe, hocha la tête et fit signe à Ayla d'écarter de nouveau les lèvres de Creb. Puis elle procéda à la cautérisation de l'incision qu'elle avait pratiquée. Ayla sentit frémir Creb tandis qu'une mince volute de fumée s'échappait de sa bouche.
— Voilà, c'est fait. Maintenant il faut attendre que la douleur s'estompe. Si ça te fait encore mal demain, alors nous arracherons la dent, déclara Iza, après qu'elle eut appliqué sur la gencive un emplâtre de poudre de géranium et de nard.
Le lendemain matin, Iza demanda à Creb comment allait sa dent.
— Est-ce qu'elle te fait encore mal, Creb ?
— Ça va mieux, Iza, répondit Creb.
— Si la douleur n'est pas complètement partie, la gencive enflera de nouveau, dit Iza.
— Elle... elle me fait encore un petit peu mal, reconnut Creb. Mais c'est très supportable. On pourrait peut-être attendre encore un jour ou deux. J'ai demandé à Ursus de détruire l'esprit maléfique qui cause la douleur.

— N'as-tu pas déjà demandé plusieurs fois à Ursus de te débarrasser de cette douleur ? A mon avis, Ursus veut que tu sacrifies d'abord cette dent avant de répondre à ta demande, Mog-ur, dit Iza.

— Que connais-tu du Grand Ursus, femme ? demanda Creb, irrité.

— La femme qui est devant toi est trop présomptueuse. La femme qui est devant toi ne sait rien des esprits, répondit Iza. (Puis levant la tête vers son frère :) Mais une guérisseuse connaît les maux de dents. Tu auras mal tant que tu garderas cette dent, lui dit-elle avec des gestes empreints d'assurance.

Creb lui tourna le dos et alla en boitant s'asseoir sur sa fourrure. Il ferma son œil unique, paraissant plonger dans une profonde méditation.

— Iza ? appela-t-il au bout d'un moment.

— Oui, Creb ?

— Tu as raison. Ursus désire que j'abandonne cette dent. Viens, finissons-en.

Iza s'approcha de lui.

— Tiens, Creb, bois pour atténuer la douleur. Ayla, tu trouveras dans ma trousse une petite cheville et un long tendon. Apporte-les-moi.

— Comment se fait-il que tu aies déjà préparé ce breuvage ? demanda Creb.

— Je connais Mog-ur. C'est dur de perdre une dent, mais Mog-ur s'en séparera volontiers, si tel est le désir d'Ursus. Et ce n'est pas le premier sacrifice ni le plus grand qu'il ait fait à Ursus. Il est difficile de vivre avec un totem puissant, mais Ursus ne t'aurait pas choisi s'il n'avait mesuré toute ta valeur.

Creb approuva d'un hochement de tête et but la décoction.

C'est la même plante que j'utilise pour raviver la mémoire ancestrale des hommes, réalisa-t-il. Mais Iza la fait bouillir au lieu de la laisser seulement infuser. Son pouvoir doit en être accru. Le datura est un don d'Ursus. Je commence déjà à ressentir les effets narcotiques.

Iza avait demandé à Ayla de maintenir ouverte la bouche de Creb pendant qu'elle plaçait avec précaution la petite cheville de bois brûlé à la base de la dent malade. Elle enfonça la cheville d'un coup sec avec un galet afin d'ébranler la dent de son logement. Creb tressaillit mais ce n'était pas aussi douloureux qu'il l'avait redouté. Puis Iza attacha le tendon autour de la dent et demanda à Ayla de lier l'autre extrémité à l'un des piquets qui supportaient la claie sur laquelle la guérisseuse faisait sécher ses herbes.

— Maintenant, tourne la tête de Creb jusqu'à ce que le tendon soit bien raide, demanda Iza à la fillette. Voilà, comme ça, approuva-t-elle.

Se saisissant du tendon, elle tira dessus d'un coup sec, arrachant la lourde molaire. Elle posa dans le trou sanglant un emplâtre de racine de géranium et appliqua par-dessus un morceau de peau de lapin trempé dans une solution antiseptique à base de balsamine.

— Voici ta dent, Mog-ur, dit Iza en posant la molaire cariée dans la main du sorcier qui dodelinait du chef sous les effets du datura.

Il referma gauchement les doigts dessus, mais la dent lui échappa alors qu'il se laissait aller à la renverse sur sa couche de fourrure.

— Il... faut que... je l'offre... à Ursus, exprima-t-il de quelques signes vagues.

Le clan ne perdit rien de l'opération exécutée par Iza avec l'assistance de la jeune étrangère. Quand ils virent Creb retrouver rapidement l'usage de ses mâchoires, ils furent rassurés de savoir que la présence d'Ayla auprès de la guérisseuse n'avait pas contrarié les esprits protecteurs. Au cours de cet hiver-là, Ayla apprit à soigner les brûlures, les coupures, les ecchymoses, les coups de froid, les maux de gorge, d'estomac, d'oreilles auxquels les membres du clan étaient sujets, ainsi que la plupart des blessures bénignes. Ceux-ci finirent bientôt par s'adresser indifféremment à Ayla ou à Iza, lorsqu'ils souffraient de maux légers. Ils voyaient bien aussi que la guérisseuse se faisait vieille, que sa santé déclinait et qu'Uba était encore trop petite pour assurer sa succession. C'est ainsi que le clan s'accoutuma à la présence d'Ayla et en vint à admettre qu'une enfant née parmi les Autres pût devenir un jour une bonne guérisseuse.

Ce fut au moment le plus rigoureux de l'année, peu après le solstice d'hiver, qu'Ovra entra en couches.

— C'est trop tôt, dit Iza à Ayla. Elle ne devait pas accoucher avant le printemps. Elle ne sent plus bouger son bébé depuis quelque temps. J'ai bien peur que l'accouchement soit difficile et l'enfant mort-né.

— Elle le désirait tellement ce petit, son premier. Tu te souviens, Iza, comme elle était heureuse de se savoir enceinte ? Ne peux-tu rien faire ? demanda Ayla.

— Je ferai ce que je pourrai. Mais tu sais, Ayla, il est des circonstances devant lesquelles nous sommes impuissantes, répondit la guérisseuse.

Tout le clan se sentit concerné par l'accouchement prématuré de la compagne de Goov. Les femmes firent leur possible pour la réconforter, tandis que les hommes attendaient, anxieux, à quelque distance. Ils avaient perdu un trop grand nombre des leurs au cours du tremblement de terre pour ne pas espérer voir le clan se renouveler. Si les enfants constituaient pour le moment de nouvelles bouches à nourrir, ils subviendraient plus tard aux besoins de leurs parents devenus vieux. Aussi se sentaient-ils profondément affligés à la pensée qu'Ovra n'accoucherait probablement pas d'un enfant vivant.

Goov, quant à lui, était beaucoup plus préoccupé par l'état de santé de sa compagne que par celui de l'enfant. Il ne supportait pas de la voir souffrir et se lamentait de se trouver impuissant à la soulager. De son côté, Ovra était peinée d'être la seule femme du clan à ne pas avoir d'enfant. Même Iza, en dépit de son âge, en avait un.

Droog, pour sa part, comprenait mieux que personne les sentiments de Goov ; il les avait lui-même éprouvés envers la mère de ce dernier. Le vieil homme s'était peu à peu habitué à sa nouvelle famille qu'il appréciait grandement. Il espérait même intéresser le petit Vorn à la taille des outils ; quant à Ona, elle faisait sa joie, surtout depuis qu'elle était sevrée et commençait à imiter à sa manière le comportement des adultes.

Ebra et Uka étaient assises auprès d'Ovra, tandis qu'Iza préparait les potions. Uka, qui s'était réjouie de la maternité de sa fille, lui tenait la main avec compassion. Oga était allée préparer le repas pour Brun, ainsi que pour Grod et Broud, après avoir proposé à Goov de se joindre à eux. Mais celui-ci avait décliné son offre, car il se sentait incapable d'avaler une bouchée. Il préféra se rendre au foyer de Droog, où Aba réussit à lui faire grignoter quelques morceaux de viande.

Oga, qui s'inquiétait pour Ovra, n'avait pas le cœur à ce qu'elle faisait, et au moment où elle servait aux hommes un bol de soupe brûlante, elle trébucha et renversa le liquide bouillant sur le bras et l'épaule de Brun. Celui-ci poussa un hurlement et se releva en se tordant de douleur. Un silence pesant s'abattit sur l'assemblée.

— Oga ! Espèce d'abrutie ! aboya Broud en gesticulant comme un forcené.

— Ayla, va soigner Brun, je ne peux pas laisser Ovra maintenant, dit Iza.

Broud s'avança vers sa compagne, les poings serrés, prêt à la corriger.

— Non, Broud, s'interposa Brun. C'est un accident, cela ne servirait à rien de la battre.

Oga, recroquevillée aux pieds de Broud, tremblait de peur et de honte.

L'angoisse étreignait Ayla. Jamais encore il ne lui était arrivé de devoir soigner le chef du clan. Elle se précipita au foyer de Creb où elle prit un bol en bois, puis courut à l'entrée de la caverne. Elle se présenta bientôt aux pieds de Brun, tenant l'écuelle pleine de neige.

— C'est Iza qui m'envoie. Elle doit rester au chevet d'Ovra. Le chef se laisserait-il soigner par la petite fille qui est devant lui ? demanda-t-elle après que Brun l'eut autorisée à parler.

Brun acquiesça. Il n'était pas convaincu des capacités d'Ayla comme guérisseuse, mais les circonstances ne lui laissaient pas d'alternative. Ayla recouvrit fébrilement de neige la brûlure à vif, et sentit aussitôt les muscles de Brun se détendre au contact de la fraîcheur apaisante. Puis elle courut chercher des feuilles de menthe sèches qu'elle trempa dans de l'eau chaude pour les ramollir. Revenue auprès de son patient, elle lui appliqua le cataplasme sur le bras. La respiration de Brun se fit beaucoup plus régulière et, si la brûlure le faisait encore souffrir, la douleur avait sensiblement décru. Il adressa un signe de tête approbateur à la fillette, qui poussa un soupir de soulagement.

Quelques instants plus tard, Ebra vint prévenir son compagnon que le fils d'Ovra était mort-né. Brun hocha la tête et jeta un coup d'œil en direction de la jeune femme. Et c'était un garçon ! pensa-t-il. Elle doit en avoir le cœur brisé, elle avait tellement désiré cet enfant ! Néanmoins, malgré toute sa compassion, il ne fit aucun commentaire, personne n'étant autorisé à parler de ce malheur. Mais Ovra comprit les sentiments de Brun à son égard lorsque, quelques jours plus tard, il se présenta à leur foyer pour lui recommander de bien se reposer. Si les hommes avaient coutume de se réunir fréquemment au foyer de Brun, le chef se rendait très rarement chez les autres membres du clan, et il était encore plus exceptionnel qu'il adressât la parole à une femme.

Aussi touchée fût-elle par ce témoignage de sollicitude, Ovra demeurait néanmoins inconsolable.

Iza tint à ce qu'Ayla continue de soigner les brûlures de Brun, et le clan constata avec plaisir que la blessure de leur chef se cicatrisait parfaitement. Quant à Ayla, elle fut désormais moins impressionnée en présence de Brun. Après tout, il n'était qu'un homme.

12

Tandis que le long hiver touchait à sa fin, le rythme de la vie du clan s'accélérait à l'unisson de la nature renaissante. Avec l'adoucissement de la température, chacun se sentait impatient de sortir de la léthargie dans laquelle l'avait confiné la saison froide. Iza distribua à la ronde une potion à base d'armoise commune, de feuilles sèches de reine-des-bois et de parelle, qu'elle administra aux jeunes comme aux vieux, afin de leur communiquer une vigueur nouvelle.

Ce troisième hiver passé dans la caverne ne s'était pas révélé trop pénible. La seule perte à déplorer était l'enfant mort-né d'Ovra, ce qui en fait ne comptait guère puisque le bébé n'avait pas été nommé ni reconnu. Iza, qui n'avait plus besoin d'allaiter son enfant, avait bien supporté les froids. Creb, pour sa part, n'avait pas plus souffert que de coutume. Aga et Ika étaient de nouveau enceintes, à la grande satisfaction de tous. Les premières pousses furent cueillies et une chasse fut prévue en vue d'un festin printanier destiné à rendre grâce aux esprits qui avaient ressuscité la nature et permis au clan de traverser sans encombre un autre hiver.

Ayla éprouvait une infinie reconnaissance envers son totem. L'hiver avait été pour elle à la fois rude et plaisant. Si elle détestait Broud plus férocement que jamais, elle avait du moins réussi à se contenir devant lui. Et puis elle avait pris grand plaisir à apprendre comment préparer les remèdes d'Iza. Plus elle avançait dans ses connaissances, plus elle désirait savoir. Elle était impatiente d'aller cueillir des herbes, mais cette fois pour leur usage propre, et non plus comme un prétexte à s'éloigner de la caverne. Enfin, elle attendait avec une fiévreuse impatience le départ des vents froids et des blizzards pour se mettre à chasser.

Dès que le temps le lui permit, Ayla prit la direction des bois et des collines. Désormais, elle ne cachait plus sa fronde dans la petite grotte derrière les noisetiers. Elle la gardait sur elle, dissimulée dans un des replis de sa fourrure ou sous une couche de feuilles au fond de son panier. Au début, elle eut du mal à retrouver le coup de main et à ajuster son tir. Les animaux se révélaient prestes et agiles, et les cibles mouvantes autrement plus difficiles que les cibles immobiles. Il lui fallut aussi se défaire de la fâcheuse habitude qu'avaient les femmes de faire du bruit, quand elles partaient en cueillette, pour effrayer les bêtes qui pouvaient se trouver dans les parages. Combien de fois s'en voulut-elle d'avoir averti un animal de sa présence en le voyant disparaître dans un fourré. Mais elle était déterminée, et elle apprit vite.

Ce fut toutefois à grand-peine, et non sans commettre de nombreuses erreurs, qu'elle apprit à dépister le gibier en appliquant les rudiments du savoir qu'elle avait glanés auprès des hommes. Naturellement dotée d'un sens aigu de l'observation, elle s'appliqua à utiliser les indications que lui fournissaient telle trace imperceptible dans la poussière, telle nappe d'herbe couchée ou telle branche cassée. Elle apprit aussi à reconnaître la foulée des différents animaux, leurs habitudes et leurs repaires. Sans négliger les herbivores, elle concentra cependant son attention sur les carnivores, les proies qu'elle s'était choisies.

Elle prenait bien garde d'observer la direction que prenaient les hommes quand ils partaient chasser ; mais ce n'étaient pas eux qui l'inquiétaient le plus, car ils préféraient les steppes, où elle n'aurait jamais osé s'aventurer. Les deux vieux chasseurs en revanche lui causaient maintes angoisses, car elle les avait souvent trouvés sur son chemin, quand elle cueillait des plantes pour Iza. Zoug et Dorv étaient les seuls susceptibles de chasser aux mêmes endroits qu'elle. Même lorsqu'ils partaient dans une direction opposée à la sienne, rien ne garantissait qu'ils ne rebrousseraient pas chemin. Alors ils risquaient de la surprendre, la fronde à la main. Aussi, Ayla se tenait-elle constamment sur ses gardes.

Mais dès qu'elle eut appris à se déplacer sans bruit, elle s'enhardit parfois à les suivre afin de les observer. Elle devait alors faire particulièrement attention, car il était beaucoup plus difficile et risqué de suivre des chasseurs que de faire l'objet de leur poursuite. Ce fut pour elle cependant une excellente école. Elle devint experte à la traque, et savait se fondre instantanément dans l'ombre d'un fourré si d'aventure l'un des deux hommes jetait un regard derrière lui.

Pendant qu'elle s'entraînait ainsi à gagner en habileté dans le dépistage des animaux, à perfectionner sa démarche silencieuse, à distinguer une silhouette tapie sous le couvert d'un buisson, Ayla s'aperçut qu'elle aurait pu, en certaines occasions, abattre un petit animal. Mais elle avait promis à son totem de ne s'attaquer qu'aux carnivores et malgré la tentation, elle laissa échapper maintes opportunités de tuer des proies faciles. Le printemps avança, les bourgeons firent place aux fleurs, les arbres se couvrirent de feuilles, mais Ayla n'avait pas encore abattu sa première bête.

— Allez, ouste ! Va-t'en ! Va-t'en !

Ayla sortit de la caverne pour voir ce qui se passait. Plusieurs femmes agitaient les bras pour chasser un animal court sur pattes, trapu et aux longs poils. Le glouton se dirigeait vers la caverne, mais en apercevant Ayla, il se détourna soudain en poussant un grognement. Il fila entre les jambes des femmes et s'enfuit, un morceau de viande dans la gueule.

— Quelle sale bête ! Je venais juste de mettre ce morceau de viande à sécher ! s'exclama Oga avec colère. Il rôde par ici depuis le début de l'été, et chaque jour il se fait plus audacieux. J'espère que Zoug l'aura un de ces jours ! Heureusement que tu es sortie, Ayla. Il allait entrer dans la caverne.

— Je pense que c'est une femelle, Oga. Elle doit nicher non loin de là avec ses petits affamés.

— Il ne manquait plus que ça ! Toute une tribu ! Et Zoug et Dorv qui sont partis avec Vorn très tôt ce matin ! Ils auraient mieux fait de se mettre à la chasse de ce glouton. Ces sales bêtes ne sont bonnes à rien !

— Si, elles sont bonnes à quelque chose, Oga. Leur fourrure fait d'excellentes capuches, car elle ne gèle pas sous l'haleine.

— J'aimerais que cette bestiole ne soit qu'une fourrure !

Ayla regagna le foyer où elle n'avait pas grand-chose à faire. Mais Iza l'informa qu'elle manquait d'un certain nombre de plantes, et elle décida de profiter de l'occasion pour partir à la recherche du glouton. Elle prit son panier et se dépêcha de sortir pour gagner la forêt, en direction de l'endroit où l'animal s'était réfugié.

En observant attentivement le sol, elle remarqua l'empreinte d'une patte pourvue de longues griffes et, un peu plus loin, de l'herbe couchée. Ayla se mit à suivre l'animal à la trace. Au bout de quelques instants, elle entendit un bruit de course précipitée. Elle s'avança prudemment, sans froisser la moindre feuille ni craquer de brindille sous ses pas, et aperçut tout à coup le glouton et ses quatre petits en train de se disputer le morceau de viande volé. Elle sortit tout doucement sa fronde de son vêtement et déposa un caillou au creux du renflement. Puis elle attendit le moment opportun pour tirer, sachant qu'elle n'avait pas droit à l'erreur. Une brusque saute de vent apporta une odeur étrangère aux narines du rusé carnivore. C'est exactement le moment que choisit Ayla pour lancer sa pierre. Le glouton s'écroula sur le sol, pendant que ses quatre petits s'enfuyaient, affolés.

Sortant des buissons, Ayla s'approcha pour examiner sa proie, une espèce de gros putois à la queue touffue, recouvert d'un épais pelage brun-noir. Les gloutons étaient d'intrépides nécrophages, assez agressifs pour disputer leurs proies à des prédateurs bien plus gros qu'eux, courageux au point d'aller voler de la viande en train de sécher sous le nez des humains, et assez malins pour s'introduire dans les caches à provisions. Pourvus de glandes secrétant une odeur repoussante, ils représentaient un fléau pour le clan, plus encore que la hyène.

La pierre d'Ayla l'avait frappé juste au-dessus de l'œil, exactement à l'endroit où elle avait visé. En voilà un qui ne nous volera plus, pensa-t-elle avec jubilation. C'était sa première bête tuée, son premier trophée ! Je vais offrir la peau à Oga, se dit-elle en portant la main à son couteau de chasse pour dépecer l'animal. Comme elle sera contente de savoir que cet animal ne nous ennuiera plus ! Soudain elle suspendit son geste.

Qu'est-ce que je raconte là ? Je ne risque pas d'offrir à quiconque la fourrure de ce glouton ni même de la garder pour moi. Je ne suis pas censée chasser. Je préfère ne pas penser à la sanction qui m'attendrait si jamais l'on découvrait que j'ai tué cet animal. Ayla s'accroupit près de la dépouille dont elle caressa le poil dense.

Elle venait de tuer sa première proie, et même si ce n'était pas un bison terrassé à l'épieu, c'était mieux que le porc-épic de Vorn. Mais aucune cérémonie ne marquerait son entrée dans le monde des chasseurs, aucun festin ne serait organisé en son honneur ! Si elle rapportait le glouton à la caverne, elle n'obtiendrait que des regards consternés et la plus sévère des punitions. Peu importait qu'elle voulût rendre service au clan et se montrât capable de chasser brillamment. Les femmes ne devaient pas chasser, les femmes ne devaient pas tuer d'animaux.

Elle poussa un soupir. Mais je le savais, je le savais bien, pensa-t-elle. Avant même que je commence à chasser, avant même que je touche à cette fronde, je savais que je transgressais l'une des lois du clan.

Le plus intrépide des jeunes gloutons sortit de sa cachette et, après quelque hésitation, vint renifler la femelle morte. Ces petits vont nous créer autant d'ennuis que leur mère, se dit Ayla. Mieux vaut éloigner cette charogne. Si je l'emmène assez loin, ils la suivront à l'odeur. Ayla se leva et traîna le glouton mort au plus profond des bois en le tirant par la queue. Puis elle se mit en quête de plantes.

Le glouton ne fut que le premier d'une longue série de prédateurs et de nécrophages à tomber sous les coups de la fronde. Les martres, les visons, les furets, les loutres, les belettes, les blaireaux, les hermines, les renards, ainsi que les chats sauvages tigrés gris et noir devinrent les victimes de ses lancers foudroyants. La décision d'Ayla de ne tuer que des prédateurs contribua grandement à accélérer le processus de son apprentissage, en l'obligeant à développer son habileté et sa précision. Les carnivores étaient bien plus rapides, plus astucieux, plus intelligents et plus dangereux que les paisibles herbivores.

Elle surpassa de loin Vorn, moins enthousiaste à pratiquer la fronde et moins bien adapté morphologiquement, moins souple, moins délié qu'elle pour atteindre une grande précision. Ayla ambitionna vite de devenir l'égale de Zoug. De fait, elle gagnait de jour en jour plus d'assurance et de savoir-faire. Un peu trop rapidement, toutefois.

L'été tirait à sa fin, avec son lot de chaleurs torrides alternant avec des orages. Il faisait terriblement chaud ce jour-là ; pas la moindre brise ne venait troubler l'immobilité de l'air. La veille, un orage extraordinaire avait illuminé toute la montagne de ses terribles éclairs et forcé le clan à se réfugier dans la caverne. La forêt était humide et étouffante. Les mouches et les moustiques bourdonnaient inlassablement aux abords de ce qui était devenu un mince filet d'eau.

Ayla suivait à la trace un renard roux, traversant sans bruit les sous-bois en bordure d'une petite clairière. Le front emperlé de sueur, elle songeait à abandonner la partie et à rentrer à la caverne. En arrivant au bord de la rivière, elle s'arrêta pour boire dans une petite cuvette naturelle où l'eau vive coulait encore, canalisée entre deux gros rochers.

Au moment où elle se relevait, elle resta pétrifiée à la vue de la tête et des oreilles houppées d'un lynx, tapi sur le rocher juste en face d'elle, battant l'air de sa queue courte. Plus petit que bien d'autres félins, le lynx au long corps et aux pattes trapues était capable de bonds prodigieux. Il se nourrissait surtout de lièvres, de lapins, de gros écureuils et autres rongeurs, mais pouvait fort bien terrasser un petit daim si l'envie lui en prenait ; un être humain de huit ans représentait exactement le genre de proie susceptible de lui convenir.

Le premier réflexe d'effroi passé, Ayla se sentit parcourue par un frisson d'excitation à l'idée de s'opposer au félin immobile. Zoug n'avait-il pas dit à Vorn qu'on pouvait tuer les lynx à la fronde ? Sans quitter l'animal des yeux, elle glissa tout doucement la main dans les replis de son vêtement, drapé court en cette saison, et y prit sa plus grosse pierre. Les paumes moites, elle saisit fermement les deux extrémités de son arme et y plaça avec soin le projectile. Et aussitôt, avant que sa tension se relâche, elle fit tournoyer la fronde au-dessus d'elle et décocha sa pierre. Mais le lynx, alerté par son mouvement, bougea la tête. La pierre lui racla le cou, lui causant une douleur aiguë.

Avant qu'elle eût le temps de prendre une autre pierre, Ayla vit les muscles du félin se bander brusquement. Seul un réflexe instantané lui permit de se jeter sur le côté pour éviter l'animal furieux qui bondissait sur elle. Elle atterrit dans la boue, au bord du ruisseau, et en tombant mit la main sur une grosse branche, dépourvue de feuilles après un long séjour dans le courant. Ayla s'en saisit en roulant sur elle-même au moment où le lynx, fou de rage, les babines retroussées, se jetait sur elle de nouveau. Balançant le rondin de toutes ses forces, elle lui en asséna un coup violent sur le crâne. Etourdi, le lynx resta immobile pendant quelques instants, puis s'en fut lentement vers les bois en secouant la tête, lassé sans doute de recevoir des coups.

Ayla se releva toute tremblante, le cœur battant, pour aller chercher sa fronde. Zoug n'aurait jamais imaginé qu'on pût s'attaquer, muni d'une simple fronde, à un prédateur aussi redoutable qu'un lynx, sans le secours d'un autre chasseur. Elle s'était montrée trop sûre d'elle et n'avait pas songé une seule seconde à ce qu'il pourrait lui arriver si elle ratait son coup. Elle prit le chemin de la caverne dans un tel état de choc qu'elle faillit oublier le panier qu'elle avait caché avant de se mettre sur la trace du renard.

— Ayla ! Que s'est-il passé ? Tu es couverte de boue ! s'écria Iza en la voyant arriver, remarquant à sa pâleur que quelque chose avait dû l'effrayer.

Mais la jeune fille se contenta de secouer la tête sans répondre.

Ce soir-là, Ayla conserva l'air fort abattu et se coucha de bonne heure. Elle eut le plus grand mal à s'endormir, repensant sans cesse à l'attaque du lynx et au danger auquel elle avait miraculeusement échappé. Ce ne fut qu'au petit matin que le sommeil finit par la gagner, mais elle s'éveilla bientôt en hurlant.

— Ayla, Ayla ! Qu'y a-t-il ? lui demanda Iza en la secouant doucement pour la ramener à la réalité.

— J'ai rêvé que j'étais dans une petite grotte et qu'un lion des cavernes me poursuivait. Mais ça va mieux, maintenant, Iza.

— Il y avait longtemps que tu n'avais pas fait de mauvais rêves, Ayla. Quelque chose t'a effrayée, aujourd'hui, n'est-ce pas ?

Ayla acquiesça de la tête mais s'abstint de toute explication. L'obscurité de la caverne où ne rougeoyaient que quelques braises dissimulait à la guérisseuse son air gêné.

L'idée de chasser ne la culpabilisait plus depuis qu'elle avait trouvé le petit fossile mais elle se demandait à présent si elle avait interprété correctement ce signe mis sur sa route par son totem. Peut-être ne devait-elle pas chasser, après tout. Surtout des animaux aussi dangereux. Comment avait-elle pu penser qu'une fillette pût s'attaquer sans dommage à un lynx ?

— Je ne suis jamais tranquille quand tu pars toute seule, Ayla. Je sais bien que cela te fait plaisir, mais tu t'absentes trop longtemps à mon goût. Il n'est pas normal qu'une jeune fille se plaise à ce point dans la solitude. Et la forêt peut se révéler dangereuse...

— Tu as raison, Iza, la forêt est dangereuse, répondit Ayla par gestes. La prochaine fois, j'emmènerai Uba avec moi, ou peut-être Ika, si elle veut bien m'accompagner.

Iza constata avec soulagement qu'Ayla prenait ses conseils au sérieux. Elle ne s'éloignait plus des abords immédiats de la caverne et, lorsqu'elle devait aller cueillir des plantes médicinales, elle se dépêchait de rentrer. Chaque fois qu'elle partait seule, la peur la taraudait et elle redoutait à tout instant d'apercevoir un animal prêt à fondre sur elle. Elle comprit alors la raison pour laquelle les femmes n'aimaient pas s'aventurer dans les bois et s'étonnaient toujours de son goût pour la solitude. Jusqu'à présent, elle avait tout simplement fait preuve d'inconscience devant les dangers qui la guettaient. Les animaux prédateurs n'étaient pas les seuls dangereux. Les sangliers aux canines acérées, les chevaux aux durs sabots, les cerfs aux bois lourds, les mouflons et les béliers aux cornes meurtrières pouvaient tous se révéler redoutables si on les provoquait. Ayla se demandait comment elle avait pu songer à chasser et n'avait pas la moindre intention de recommencer de sitôt.

Il n'y avait personne à qui la jeune fille pût confier ses appréhensions, personne pour lui dire que c'est la peur qui aiguise l'adresse du chasseur, que les hommes la connaissaient bien, même s'ils n'en parlaient jamais entre eux. Quant aux femmes, les journées qu'elles passaient loin de la protection des hommes partis chasser constituaient aussi une épreuve de courage. Les filles comme les garçons ne devenaient adultes qu'après avoir affronté et vaincu la peur.

Si, pendant un certain temps, Ayla n'eut aucune envie de s'éloigner de la caverne, elle ne tarda pas à s'impatienter. En hiver, elle n'avait pas le choix et devait accepter de rester confinée comme tout le monde ; mais lorsqu'il faisait beau, elle ne savait plus que faire. Lorsqu'elle se trouvait seule dans la forêt, loin du clan, elle ne se sentait pas rassurée et lorsqu'elle se trouvait aux abords de la caverne, la solitude de la forêt lui manquait.

L'une de ses cueillettes la conduisit tout près de sa retraite secrète et elle poussa jusqu'à sa prairie, haut dans la montagne. L'endroit eut sur elle un effet apaisant. Elle se trouvait là dans son monde personnel, et se sentait même un droit de propriété sur le petit troupeau de chevreuils qui venait paître fréquemment dans son pré. Cet espace découvert lui procurait un profond sentiment de sécurité, à présent qu'elle savait les bois pleins de bêtes féroces occupées à rôder. Elle n'était plus revenue dans sa grotte depuis le début de l'été, et ces retrouvailles ravivèrent ses souvenirs. C'était là qu'elle avait appris à manier la fronde, qu'elle avait découvert le signe du totem.

Comme elle n'osait pas la laisser dans la caverne, de peur qu'Iza la découvre, elle portait toujours sa fronde sur elle. Au bout d'un moment, elle ramassa des cailloux et tira quelques coups. Mais le jeu était trop monotone pour l'intéresser longtemps, et elle se remémora l'incident avec le lynx. Si seulement j'avais eu une autre pierre toute prête, pensa-t-elle, j'aurais pu la lancer sans lui laisser le temps de me sauter dessus. Il faut que j'apprenne à mettre une autre pierre dans la fronde dans la foulée du premier jet. Elle ne se souvenait pas d'avoir surpris Zoug parlant à Vorn de ce deuxième projectile de sécurité, songea-t-elle, mais sûrement le vieux chasseur devait connaître cette technique.

Elle se livra à quelques tentatives et se trouva aussi maladroite que lors de son premier essai à la fronde. Au bout d'un certain temps néanmoins, elle commença à acquérir le coup de main. Elle envoyait son premier caillou, rattrapait la fronde dans sa course descendante, glissait l'autre pierre au passage et la projetait. La deuxième pierre glissait souvent hors de son logement, et la première manquait de précision, car cette double opération influait sur la concentration, mais Ayla était ravie de savoir son projet réalisable. Si elle ne se sentait pas le cœur à chasser, le pari qu'elle s'était fixé raviva considérablement son intérêt pour le tir, auquel elle s'entraîna régulièrement à dater de ce jour.

Quand les collines revêtirent les couleurs flamboyantes de l'automne, Ayla était aussi habile à tirer deux cailloux qu'un seul. Campée au milieu du pré d'où elle envoyait ses projectiles contre un piquet planté dans le sol, elle ressentait la vive satisfaction de la réussite à chaque fois que le piquet vibrait par deux fois sous le choc de ses deux pierres. Elle n'avait entendu personne dire qu'on pouvait doubler le tir à la fronde, car peut-être personne n'en avait eu l'idée jusqu'ici, mais quoi qu'il en fût, elle avait prouvé que la chose était faisable.

Un beau matin, par une douce journée d'automne, une année après qu'elle se fut décidée à chasser, Ayla eut envie de grimper jusqu'à sa grotte secrète pour y cueillir des noisettes. Tandis qu'elle s'en approchait, elle entendit le ricanement caractéristique de la hyène et, en arrivant dans la prairie, elle en vit une vautrée sur la carcasse sanglante d'un vieux chevreuil.

Ayla se sentit prise de fureur à cette vue. Comment ce vil animal osait-il souiller sa prairie, attaquer l'un de ses hôtes ? Elle allait s'élancer en criant vers la bête pour la faire fuir quand il lui vint une meilleure idée en même temps qu'un réflexe de prudence. Les hyènes étaient des carnassiers aux mâchoires assez puissantes pour briser le tibia d'une antilope et on ne les chassait pas aisément de leurs proies. Elle fouilla précipitamment dans son panier pour y prendre sa fronde, cachée tout au fond. Puis elle se dirigea vers un monticule, près de la paroi rocheuse, tout en ramassant des cailloux en chemin. Le vieux chevreuil était à moitié dévoré, et la hyène efflanquée, au pelage moucheté, plus lourde et plus haute qu'un lynx, fut tirée de ses occupations par son passage. La bête leva la tête, huma cette odeur étrangère et se tourna en direction de la jeune fille.

Ayla était prête. De sa position élevée sur la butte, elle envoya un premier projectile, suivi d'un second. Elle ne pouvait savoir que ce dernier était inutile, le premier ayant déjà accompli son œuvre, mais il constituait néanmoins une sécurité supplémentaire. Forte de son expérience, elle avait déjà logé une troisième pierre dans la fronde, et tenait la quatrième dans la main, en prévision d'un second tir complet, si cela se révélait nécessaire. Mais la hyène s'était effondrée sur place et ne bougeait plus. Après s'être assurée qu'il n'y en avait pas d'autres alentour, la jeune fille s'approcha précautionneusement. Elle ramassa au passage un tibia auquel pendaient encore quelques lambeaux de chair et fracassa le crâne de la bête pour plus de sûreté.

Elle contempla l'animal mort à ses pieds et, comme elle prenait soudain conscience de son acte, le tibia lui glissa des mains. J'ai tué une hyène, se dit-elle. J'ai tué une hyène avec ma fronde ! Un sentiment d'exaltation l'envahit, mais ce n'était pas par satisfaction d'avoir tué une bête dangereuse et puissante. C'était quelque chose de plus humble, de plus profond. A travers la hyène, c'était sa propre faiblesse, sa peur qu'elle avait vaincue. Elle en éprouva une véritable révélation spirituelle, et ce fut le cœur empli d'un profond respect qu'elle s'adressa à l'esprit de son totem en employant les formules ancestrales du clan.

« Je ne suis qu'une fille, ô Grand Lion des Cavernes, et je suis fort ignorante du monde des esprits, mais il me semble mieux le comprendre à présent. Le lynx était une épreuve autrement plus importante que Broud. Creb m'a toujours enseigné qu'il est malaisé de vivre avec des totems puissants, mais il ne m'a pas dit que leurs plus beaux dons se trouvent en nous. L'épreuve ne consiste pas seulement à réaliser une action difficile, mais aussi à savoir qu'on peut l'accomplir. Je te suis reconnaissante de m'avoir choisie, Grand Lion des Cavernes. Je souhaite me montrer éternellement digne de toi. »

Quand les couleurs rousses de l'automne eurent perdu leur éclat et que furent tombées les dernières feuilles mortes, Ayla retourna dans la forêt, non seulement pour traquer les bêtes mais aussi pour étudier leurs habitudes. Combien de fois, s'étant approchée suffisamment pour les tuer d'un jet de pierre, elle avait retenu son geste pour les observer. Elle commençait à comprendre combien il était absurde de se débarrasser d'animaux qui ne constituaient pas un danger pour le clan, et dont la peau était inutilisable. Mais elle était bien décidée à devenir le meilleur tireur à la fronde du clan, et la seule manière de perfectionner son art était de le pratiquer en chassant, ce dont elle ne se privait pas.

Les conséquences ne se firent pas attendre, au grand désarroi des hommes.

— J'ai découvert encore un glouton, ou du moins ce qu'il en restait, non loin du champ d'entraînement, annonça Crug.

— Et moi, j'ai trouvé des morceaux de fourrure, on aurait dit celle d'un loup, un peu plus bas, de l'autre côté de l'escarpement, ajouta Goov

— Il s'agit toujours de carnassiers, les bêtes les plus fortes, pas de totems femelles, dit Broud. Grod a dit que nous devions en parler à Mog-ur.

— Des carnassiers, mais des petits, pas les grands félins, qui s'attaquent aux daims et aux chevaux, aux mouflons et aux sangliers. Mais qui peut chasser les petits carnassiers ? Je n'en ai jamais vu autant de tués, remarqua Crug.

— C'est ce que j'aimerais savoir, qui les tue ? Ce n'est pas que je regrette la mort de quelques hyènes et de quelques loups mais si ce n'est pas nous... Est-ce que Grod va parler à Mog-ur ? Pensez-vous que ce soit le fait d'un esprit ? demanda Broud en frémissant légèrement.

— S'agirait-il d'un bon esprit qui nous veut du bien ou d'un esprit mauvais mécontent de nos totems ? s'enquit Goov.

— C'est à toi précisément de répondre à cette question, Goov. Tu es le servant de Mog-ur, dis-nous ce que tu en penses, répliqua Crug.

— Je ne pourrai répondre qu'après avoir longuement médité et consulté les esprits.

— Tu parles déjà comme un mog-ur, Goov, ironisa Broud. Jamais de réponse directe.

— Eh bien, dis-nous donc ce que tu en penses toi-même, Broud, rétorqua le servant. Qui tue ces animaux ?

— Je ne suis pas mog-ur ni destiné à le devenir, ce n'est pas à moi qu'il faut poser la question.

Ayla, qui vaquait à ses occupations non loin de là, eut du mal à réprimer un sourire.

— Je n'ai pas encore de réponse à te donner, Broud, dit Mog-ur qui s'était approché sans bruit. Il va falloir que je médite. Mais je puis dire déjà que cela n'est pas la manière habituelle des esprits.

Les esprits, se dit Mog-ur, peuvent provoquer des chaleurs torrides ou des froids glacials, susciter des pluies torrentielles ou encore éloigner les troupeaux, engendrer les maladies ou déclencher le tonnerre, les éclairs ou les tremblements de terre, mais ils n'ont pas coutume de faire périr des animaux isolés. Ce mystère sent la main de l'homme. Mog-ur fut arraché à ses pensées par Ayla qui se dirigeait vers la caverne. Comme elle a changé, songea-t-il en la suivant des yeux. Il nota le regard que Broud aussi posait sur elle, un regard chargé d'une haine froide. Le jeune homme avait également remarqué la différence. Peut-être est-ce sa nature étrangère, sa façon de marcher, différente de la nôtre, se dit le sorcier, mais dans un coin de son esprit, il sentait que la réponse était ailleurs.

Oui, Ayla avait changé. A mesure que se développaient ses talents de chasseresse, elle acquérait une assurance et une grâce inusitées parmi les femmes du clan. Elle possédait désormais la démarche silencieuse du traqueur, le contrôle parfait de son jeune corps musclé, une confiance absolue en ses réflexes et un regard lointain qui se voilait légèrement quand Broud se mettait à la harceler, comme si elle ne le voyait pas vraiment. Elle obéissait toujours aussi rapidement à ses ordres, mais Broud ne percevait plus dans ses réactions le réflexe de peur qu'il y cherchait, en dépit de la sévérité de ses corrections.

Broud ne comprenait pas ce qui se passait. Chaque fois qu'il s'efforçait de s'imposer à elle, c'est elle qui lui faisait sentir son infériorité. Exaspéré et dépité, plus il la harcelait, moins il la tenait en son pouvoir. Il la haïssait toujours, mais petit à petit il s'aperçut qu'il cessait de la tourmenter et se prenait à l'éviter, n'usant que très rarement de ses prérogatives. Sa haine atteignit son paroxysme vers la fin de la saison. Je la briserai un jour, se promit-il.

13

L'hiver survint et, avec lui, le ralentissement des activités coutumières. La vie suivait son cours, paisiblement. Ayla n'était pas mécontente de l'arrivée du froid qui lui permettrait de reprendre auprès de la guérisseuse son apprentissage interrompu par la belle saison. A peu de choses près, cet hiver se déroula semblable au précédent et céda à son tour la place à un printemps tardif et humide.

La fonte des neiges, jointe à des pluies torrentielles, transforma la rivière en un impétueux torrent débordant de son lit, entraînant des arbres entiers et des buissons sur son passage. Une vague de chaleur qui favorisa l'éclosion de timides bourgeons se trouva brutalement interrompue par des tempêtes de grêle qui ravagèrent les fleurs fragiles des arbres fruitiers, anéantissant tous les espoirs d'une récolte estivale. Puis, comme si la nature, ayant soudain changé d'avis, désirait suppléer à l'absence de fruits, l'été fournit une profusion de légumes, de racines et de courges.

Il tardait au clan de se rendre comme chaque printemps au bord de la mer pour y pêcher le saumon, et grande fut la joie de chacun le jour où Brun annonça qu'ils iraient bientôt à la pêche à l'esturgeon et à la morue. Si certains chasseurs parcouraient fréquemment la distance qui les séparait de la mer intérieure pour y ramasser des coquillages et les œufs des milliers d'oiseaux nichant dans les falaises, la pêche au gros poisson était une des activités du clan qui exigeait la présence des hommes et des femmes.

Droog se réjouissait particulièrement de cette expédition. Les fortes pluies printanières avaient détaché de nombreux fragments de silex des sédiments calcaires, les charriant en aval du cours d'eau. Cette sortie serait une excellente occasion de renouveler le matériel nécessaire à la fabrication des outils. Il était en effet plus commode de tailler sur place que de rapporter à la caverne de lourds morceaux de roche. Droog n'avait pas travaillé pour le clan depuis un certain temps. Les hommes avaient dû se contenter d'outils plus grossiers fabriqués par eux-mêmes, lorsqu'ils avaient cassé ceux taillés de main experte par Droog.

Une humeur allègre régna pendant les divers préparatifs. Il était rare pour le clan de quitter la caverne au complet et la perspective de dormir au bord de l'eau enchantait tout le monde et plus spécialement les enfants. Pendant leur séjour, Brun enverrait chaque jour deux hommes à la caverne pour entretenir le feu afin d'éloigner d'éventuels prédateurs. Creb lui-même était heureux de s'absenter un peu de son foyer, dont il ne s'éloignait presque jamais.

Les femmes s'appliquèrent à réparer les filets ; elles consolidèrent les zones les plus fragiles avec des cordelettes provenant de tiges ou d'écorces fibreuses, d'herbes résistantes, et de longs poils d'animaux. Bien qu'extrêmement solides, les nerfs et les tendons n'étaient pas utilisés car ils durcissaient beaucoup trop au contact de l'eau et se montraient peu perméables à la graisse destinée à les assouplir.

Au début de l'été, l'imposant esturgeon désertait, au moment du frai, les eaux tièdes de la mer pour la fraîcheur des rivières. Quoique ressemblant fort au requin, il se nourrissait exclusivement d'invertébrés et de petits poissons en raison de son absence de dents. Quant à la morue, plus petite, dont le poids moyen avoisinait les douze kilos, bien que certains spécimens puissent atteindre cinquante kilos et plus, elle gagnait les hauts-fonds tous les étés, en direction du nord, et remontait à la surface pour y chercher sa nourriture.

Durant les deux semaines que durait le frai, les embouchures des rivières regorgeaient d'esturgeons. Moins impressionnants par leur taille que les spécimens remontant les grands fleuves, ceux-ci ne se laissaient pourtant pas prendre facilement. A l'approche des migrations, Brun envoya tous les jours un homme observer la côte. Et, dès que le premier gros esturgeon fut aperçu à l'embouchure de la rivière, il fixa le départ pour le lendemain matin.

Ayla se réveilla ce jour-là en proie à la plus vive excitation. Elle avait déjà préparé toutes ses affaires, fait un paquet de sa fourrure, rangé dans son panier de la nourriture et quelques ustensiles de cuisine, et plié par-dessus le tout une grande peau de bête qui servirait à les abriter. Iza, qui ne se déplaçait jamais sans son sac de guérisseuse, était encore en train d'en vérifier le contenu quand Ayla sortit de la caverne pour voir si tout le monde était prêt.

— Dépêche-toi, Iza, lui cria-t-elle en revenant auprès d'elle en courant. On part bientôt.

— Du calme, petite. La mer nous attendra, répliqua Iza en serrant le cordon de sa sacoche en peau de loutre.

Ayla hissa le panier sur son dos et prit Uba dans ses bras. Iza la suivit tout en jetant un dernier regard derrière elle pour s'assurer qu'elle n'avait rien oublié, comme elle en avait la fâcheuse habitude. Oh, Ayla pourra toujours revenir, si jamais il me manque quelque chose, se dit-elle. Tout le monde était déjà dehors, et quand Iza eut pris sa place dans le rang, Brun donna le signal du départ. Ils avaient à peine parcouru une centaine de mètres qu'Uba s'agita dans les bras d'Ayla pour descendre.

— Je ne suis plus un bébé, je veux marcher toute seule ! demanda-t-elle par gestes avec une fierté enfantine.

A trois ans et demi, Uba commençait d'imiter les adultes et les enfants plus âgés qu'elle et refusait les marques d'attention dont faisaient l'objet les bébés et les plus jeunes. Elle grandissait. Dans quatre ans, elle serait presque une femme. Et durant ces quatre années, elle aurait beaucoup à apprendre, et le sentiment inné de sa maturité précoce la poussait à son insu à se préparer aux responsabilités qui seraient bientôt les siennes.

— D'accord, Uba, répondit Ayla en la laissant descendre. Mais reste bien derrière moi.

Ils descendirent la colline en suivant la rivière, empruntant un nouveau chemin pour éviter une partie du sentier inondé. Ils arrivèrent avant midi sur une longue plage où ils dressèrent en retrait des abris pour la nuit, à l'aide de peaux de bêtes tendues sur une armature de bois. Puis ils allumèrent des feux et vérifièrent le filet qui serait utilisé le lendemain matin. Une fois le campement installé, Ayla partit se promener au bord de l'eau.

— Je vais me baigner, maman, dit-elle.

— Mais pourquoi veux-tu toujours aller dans l'eau, Ayla ? C'est dangereux et tu t'aventures beaucoup trop loin.

— Mais c'est délicieux, Iza ! Je ferai bien attention.

Chaque fois qu'Ayla entrait dans la mer, Iza s'inquiétait horriblement. La fillette était la seule à savoir nager, la lourde ossature du Peuple du Clan lui interdisant cette activité. Ils avaient le plus grand mal à flotter et redoutaient particulièrement l'eau profonde. S'ils acceptaient volontiers de marcher dans la mer pour pêcher, ils s'arrêtaient toujours dès que l'eau leur arrivait à la ceinture. Ayla, au contraire, aimait nager, et le clan considérait cette prédilection pour l'élément liquide comme l'une des particularités de la jeune fille. Ce n'était pas la seule.

A neuf ans, elle dépassait par sa taille toutes les femmes, ainsi que la plupart des hommes du clan, bien qu'elle ne manifestât toujours aucun signe de maturité. Iza se demandait parfois si elle arrêterait jamais de grandir. Certains pensaient que son puissant totem mâle l'empêchait d'atteindre la féminité et qu'elle était peut-être condamnée à rester ainsi toute sa vie, sur la frontière incertaine entre les deux sexes, ni femme ni homme.

Creb s'approcha en boitant de la guérisseuse qui regardait Ayla s'éloigner vers le rivage. Son corps élancé et vigoureux, ses muscles nerveux et ses longues jambes auraient dû lui donner l'air gauche et maladroit, ce que démentait la souplesse de ses mouvements. De toute sa personne irradiait une confiance en elle inconnue des autres femmes du clan. C'était une chasseresse. Pas un seul homme du clan n'était aussi bon qu'elle à la fronde, elle en avait désormais la certitude. Elle ne pouvait pas feindre envers les hommes une soumission qu'elle ne ressentait pas. Elle ne pouvait avoir cette humilité naturelle des femmes du clan à l'égard du sexe fort. Et aux yeux des hommes, elle n'apparaissait pas seulement laide avec ses longs membres et son absence d'attributs féminins, mais masculine dans son attitude.

— Creb, dit Iza, Aba et Aga prétendent qu'elle ne deviendra jamais une femme. Elles pensent que son totem est trop puissant.

— Mais bien sûr qu'elle deviendra femme ! Tu crois que les Autres ne peuvent pas avoir d'enfants ? Son séjour parmi nous ne changera rien à sa nature, et il est fort possible que dans son peuple les femmes se forment plus tard. Chez nous, d'ailleurs, certaines jeunes filles ne deviennent femmes qu'à dix ans. Alors prends patience au lieu d'aller imaginer des sottises ! répliqua Creb.

Légèrement rassurée, la guérisseuse regarda Ayla qui venait de plonger dans l'eau, pour réapparaître quelques brasses plus loin. La jeune fille aimait l'impétuosité de la mer. Incapable de se souvenir de ses premières tentatives pour nager, il lui semblait avoir toujours su. Non loin du rivage, la couleur plus foncée et la fraîcheur de l'eau indiquaient à Ayla qu'elle venait de dépasser la limite où elle avait pied. Se retournant sur le dos, elle se laissa paresseusement bercer par les vagues. La marée descendait et elle fut portée vers l'embouchure de la rivière. La puissance des courants contraires lui rendit le retour difficile, mais après quelques efforts, elle regagna la plage et alla s'écrouler devant le feu qui crépitait au camp, épuisée mais heureuse.

Après avoir mangé, Ayla contempla rêveusement l'horizon, se demandant ce qu'il y avait au-delà des eaux. Les oiseaux de mer, en quête de fretin, rasaient une dernière fois les vagues avant que la nuit ne tombe. Les troncs blanchis d'arbres rejetés par la marée dressaient leurs silhouettes torturées dans le crépuscule. L'obscurité fondit bientôt toutes choses, à l'exception des foyers des hommes qui rougeoyaient en bordure de la plage.

Après avoir couché Uba, Iza alla s'asseoir à côté de Creb et d'Ayla, près du feu dont les volutes de fumée s'envolaient vers le ciel étoilé.

— Qu'est-ce que c'est, Creb ? demanda Iza en montrant les étoiles dans le ciel.

— Des feux. Chacun d'eux représente le foyer de l'esprit de quelqu'un qui nous a quittés pour l'autre monde.

— Pourquoi sont-ils si nombreux ?

— Parce qu'ils représentent également le foyer de ceux qui ne sont pas encore nés, et aussi celui des esprits des totems ; or, la plupart des totems possèdent plusieurs esprits. Regarde, tu vois ces feux ? indiqua Creb. C'est la fameuse Grande Ourse. Et ceux-là ? Ce sont les feux de ton totem, Ayla, le Lion des Cavernes.

— C'est bon de dormir dehors quand on peut voir tous ces petits feux briller dans le ciel, fit remarquer la fillette.

— C'est beaucoup moins agréable quand le vent souffle et que la neige tombe à gros flocons, dit Iza.

— Uba aussi aime tous ces petits feux, dit l'enfant surgissant de l'obscurité pour se joindre à eux.

— Je croyais que tu dormais, Uba, dit Creb.

— Non, Uba regarde les feux comme Ayla et Creb.

— Allez, il est temps d'aller nous coucher, proposa Iza. Nous aurons demain une rude journée.

Le lendemain matin, le filet fut tendu en travers de l'embouchure du cours d'eau. Des vessies d'esturgeon, conservées de la pêche précédente, soigneusement lavées et séchées pour qu'elles durcissent à l'air, faisaient office de flotteurs pour le pourtour du filet, et des pierres attachées en quelques points lui donnaient du poids. Brun et Droog tirèrent une extrémité vers la rive opposée et, sur un signe de leur chef, les adultes et les enfants les plus grands entrèrent dans l'eau. Uba allait les suivre quand Iza l'en empêcha.

— Non, Uba, dit-elle, tu restes ici. Tu n'es pas encore assez grande pour nous suivre.

— Mais Ona vous aide bien, répliqua l'enfant, l'air obstiné.

— Ona est plus grande que toi, Uba. Tu nous aideras plus tard, quand nous aurons ramené le poisson. Regarde, Creb aussi reste sur la rive.

— Oui, maman, répondit Uba avec des gestes empreints de déception.

Avançant tout doucement pour agiter l'eau le moins possible, les hommes et les femmes déplièrent le filet en un large demi-cercle. Puis ils attendirent que le sable se dépose à nouveau, jusqu'au signal de Brun. Ayla se tenait les jambes fermement campées dans le sable pour lutter contre la force du courant. Elle avait pris position au milieu du lit, le dos à l'embouchure et à la mer. Elle vit une longue silhouette sombre fendre les eaux à quelques brasses d'elle. Les esturgeons commençaient à remonter la rivière.

Quand Brun leva le bras, tout le monde se mit à crier et à agiter l'eau en soulevant de grandes gerbes écumantes. Ce qui semblait un indescriptible désordre était en réalité une habile manœuvre, destinée à entraîner le poisson à l'intérieur du filet tout en rétrécissant le cercle Bientôt le filet se referma sur une masse de poissons affolés, prisonniers dans un espace de plus en plus réduit, qui se débattaient entre les mailles, menaçant de les rompre. Toutes les mains s'agrippèrent au filet, le poussant vers le rivage, tirant, luttant pour hisser hors de l'eau les énormes prises agitées de terribles soubresauts.

Levant la tête, Ayla vit Uba, de l'eau jusqu'aux genoux, qui essayait désespérément d'attirer son attention.

— Uba, ne reste pas là ! lui cria-t-elle.

— Ayla ! Ayla ! s'écria l'enfant en montrant la mer du doigt. Ona !

Ayla se retourna et entrevit une petite tête noire qui dansait dans l'eau, menacée d'être engloutie à tout moment. L'enfant, à peine plus âgée qu'Uba, avait perdu pied et le courant l'entraînait vers l'embouchure. Dans la confusion, personne ne s'en était aperçu. Seule Uba, qui regardait avec envie les évolutions de sa petite compagne de jeu, avait assisté au drame et s'efforçait désespérément de prévenir quelqu'un.

Ayla plongea dans la rivière bouillonnante, fendant les flots en direction du large. Portée par le courant descendant de la rivière, elle n'avait jamais nagé aussi vite, mais le même courant éloignait l'enfant avec une force presque égale. Ayla vit de nouveau la tête émerger à la surface, et elle redoubla de vitesse, gagnant du terrain peu à peu. Si jamais Ona atteignait la barre au point de rencontre de la rivière et de la mer avant qu'elle l'ait rattrapée, elle serait engoutie dans les eaux tourbillonnantes.

L'eau se faisait de plus en plus salée. La petite tête sombre émergea une fois de plus à quelques brasses devant elle, puis disparut à sa vue. Ayla tenta un plongeon désespéré, les mains tendues vers la vague silhouette qui s'enfonçait devant elle. Ses doigts se refermèrent sur la longue chevelure de l'enfant.

Elle eut alors l'impression que ses poumons allaient éclater, faute d'avoir eu le temps de prendre une grande inspiration avant de plonger, et elle craignit de s'évanouir tandis qu'elle remontait à la surface, chargée de son précieux fardeau. C'était la première fois qu'elle nageait en tirant quelqu'un mais, soutenant d'un bras l'enfant en veillant à lui garder la tête hors de l'eau, et se propulsant de ses jambes et de son bras libre, elle parvint à regagner la rive.

Le clan qui avait suivi ses efforts, paralysé par l'angoisse, accourut à sa rencontre, quand il la vit enfin reprendre pied.

Elle souleva le corps inerte d'Ona pour la tendre à Droog, et s'aperçut alors de son épuisement. Creb la soutint d'un côté et avec une vive surprise elle vit Brun la soutenir de l'autre. Droog les avait devancés, et au moment où Ayla s'écroula sur le sable, Iza était déjà en train d'éjecter l'eau des poumons de l'enfant.

Ce n'était pas la première fois qu'un membre du clan échappait à la noyade, et Iza savait ce qu'il fallait faire en pareil cas. Ona se mit soudain à tousser et à cracher, et entrouvrit légèrement les yeux.

— Mon bébé ! Mon bébé ! s'écria Aga en se jetant à genoux. J'étais sûre qu'elle était morte. Je pensais qu'elle était partie. Oh, mon enfant, ma petite fille !

Droog prit l'enfant des bras de sa mère et, la serrant à son tour contre lui, il la ramena au campement. Contrairement à la coutume, Aga marchait à ses côtés en caressant sa fille rescapée.

Personne n'en croyait ses yeux. Personne n'avait jamais regagné le rivage une fois entraîné vers le large, et des regards incrédules et admiratifs suivaient Ayla tandis qu'elle remontait la plage. Pour le clan, le sauvetage d'Ona était un véritable miracle. La chance accompagne cette fille, pensait chacun. Elle en a toujours eu. N'a-t-elle pas découvert la caverne ?

Les poissons s'agitaient encore spasmodiquement sur le rivage, pris au piège dans le filet. Certains avaient pu s'échapper quand le clan s'était rendu compte de ce qui se passait et qu'ils avaient tous couru à la rencontre d'Ayla revenant avec Ona, mais le plus gros de la pêche était sauvé. Les hommes assommèrent les prises à coups de massue, et les femmes entreprirent de les vider.

— Une femelle ! s'exclama Ebra en ouvrant le ventre d'un énorme esturgeon, ce qui fit accourir tout le monde.

— Regardez ça ! s'écria Vorn en prenant une poignée de ces petits œufs noirs dont le clan raffolait.

La tradition voulait que chacun puise à volonté dans les entrailles de la première femelle attrapée et se régale à satiété. Les autres prises seraient salées et conservées pour être consommées plus tard, mais le poisson n'était jamais aussi délicieux que frais pêché. Ebra arrêta le geste du garçon et se tourna vers Ayla.

— Toi d'abord, Ayla, dit-elle.

La fillette jeta à la ronde des regards surpris, gênée de se trouver au centre de l'attention générale.

— Vas-y, Ayla, l'encouragèrent les autres.

Elle regarda Brun qui hocha la tête d'un air approbateur. Puis, timidement, elle s'avança pour prendre une poignée d'œufs noirs et brillants. Alors Ebra donna le signal, et chacun plongea la main dans le ventre de l'esturgeon dans un joyeux désordre. Un grand malheur venait de leur être épargné et ils désiraient fêter ça.

Ayla regagna lentement leur abri. Elle mesurait tout l'honneur qui lui avait été fait. Avec chaque bouchée d'œufs il lui semblait savourer le plaisir merveilleux d'avoir été réellement acceptée par le clan. Ce plaisir-là, elle n'était pas près de l'oublier.

Une fois le poisson assommé, les hommes avaient coutume de laisser aux femmes la tâche de le vider et de le préparer pour la conservation. Outre les outils de silex tranchants utilisés pour ouvrir et découper leurs prises, elles se servaient d'un instrument spécial. C'était une sorte de couteau dont la partie supérieure était émoussée pour permettre un maniement plus facile, et qui comportait également, vers la pointe, un léger renflement pour y placer l'index et contrôler avec précision la pression de la main, afin d'écailler le poisson sans l'abîmer.

La pêche était bonne : outre les esturgeons, le filet était plein de morues, de carpes d'eau douce, de quelques grosses truites et même de crustacés. Les oiseaux, attirés par le poisson, se disputaient leurs entrailles, dérobant à l'occasion quelques morceaux de choix. Une fois les poissons préparés, les femmes étendirent dessus le filet, tout d'abord pour le faire sécher, mais aussi pour empêcher les oiseaux de s'emparer d'un butin chèrement gagné.

Bien avant la fin de la pêche, l'odeur et le goût du poisson dégoûtaient le clan, mais le festin de la première nuit était toujours un régal, essentiellement composé de morue fraîche à la chair blanche et délicate, parfumée aux herbes aromatiques et enveloppée dans de grandes feuilles vertes pour être ensuite cuite sur un lit de braises. Bien que personne ne le lui ait annoncé explicitement, Ayla savait que ce festin était célébré en son honneur. Les femmes lui choisirent les meilleurs morceaux et Aga lui prépara tout spécialement un filet entier.

Le soleil venait de disparaître à l'horizon, et la plupart des pêcheurs avaient rejoint leurs abris pour la nuit. Iza et Aba bavardaient près des braises rougeoyantes, tandis qu'Ayla et Aga regardaient en silence Ona et Uba qui jouaient. Groob, le petit garçon d'un an d'Aga, dormait paisiblement dans les bras de sa mère, après avoir eu son content de lait.

— Ayla, dit Aga d'un ton hésitant, je voulais te dire quelque chose. Je n'ai pas toujours été gentille avec toi...

— Mais non, Aga, l'interrompit Ayla. Tu t'es toujours montrée très courtoise envers moi.

— Ce n'est pas la même chose que d'être gentille, dit Aga. J'en ai parlé à Droog. Tu sais qu'il adore Ona, ma fille, bien qu'elle ne soit pas née chez lui, car il n'y a jamais eu d'enfant dans son foyer. Il m'a dit que désormais une partie de l'esprit d'Ona t'appartenait à tout jamais. Quand un chasseur sauve la vie d'un autre chasseur, il emporte avec lui un peu de son esprit. Ils deviennent frères en quelque sorte. Je suis heureuse que tu partages l'esprit d'Ona, Ayla, et qu'elle soit encore là pour le partager avec toi. Si j'ai la chance d'avoir un autre enfant, et que ce soit une fille, Droog a fait la promesse de l'appeler Ayla.

Ayla était stupéfaite.

— Mais c'est un trop grand honneur, Aga. Ayla n'est pas un nom du clan.

— Il l'est maintenant, répondit Aga.

La femme se leva et, après avoir appelé Ona, se dirigea vers son foyer.

— Je m'en vais, dit-elle en se retournant.

C'était, pour les membres du clan, la manière habituelle de se dire au revoir. Plus couramment, ils se contentaient de partir sans cérémonie. Ils ne possédaient en outre aucun terme pour dire « merci ». La gratitude ne leur était pas étrangère mais elle était chargée d'un sentiment d'obligation, généralement dû par une personne d'un rang inférieur envers une autre à la position plus élevée. Ils s'entraidaient néanmoins volontiers, ainsi que le voulaient leurs traditions et les nécessités de leur survie. Tout présent, toute faveur exigeait une réciproque de valeur égale, et cela par entente tacite, sans démonstration de remerciements. Aussi longtemps qu'Ona vivrait, elle serait redevable envers Ayla, à moins que l'occasion se présente à elle de lui sauver à son tour la vie et de s'assurer ainsi une partie de son esprit. L'offre d'Aga ne représentait pas le paiement de son obligation envers elle, mais plus que cela, c'était sa manière à elle de lui dire merci.

Aba se leva peu après le départ de sa fille.

— Iza a toujours dit que tu portais chance, dit la vieille femme comme elle passait devant Ayla. Je le crois, à présent.

— Iza, dit Ayla en venant s'asseoir aux côtés de la guérisseuse, Aga prétend qu'une partie de l'esprit d'Ona m'appartient pour toujours. Mais je n'ai fait que la ramener au rivage, c'est toi qui l'as sauvée réellement. En fait, nous l'avons sauvée l'une et l'autre. Tu possèdes donc une partie de son esprit, et de nombreux autres esprits doivent t'appartenir, toi qui as sauvé la vie à tant de monde ?

— Et d'où vient à ton avis le rang élevé de la guérisseuse, Ayla ? Elle porte en elle une partie de l'esprit de chaque membre du clan, aussi bien homme que femme. Et de tout le Peuple du Clan, en vérité. Elle aide chacun à venir au monde et veille sur leur santé tout au long de leurs vies. Quand une femme devient guérisseuse, elle reçoit une partie de l'esprit de chacun, même de ceux qu'elle n'a pas eu l'occasion de guérir, car personne n'est à l'abri d'un accident ou d'une maladie.

» Quand une personne meurt et s'en va dans le monde des esprits, poursuivit Iza, la guérisseuse perd une partie de cet esprit. Toutes les femmes ne sont pas aptes à devenir guérisseuse. Une guérisseuse doit posséder en elle le désir profond de secourir les autres. Mais toi, Ayla, tu l'as déjà en toi, cette volonté, et c'est pourquoi j'ai commencé à te former. Je l'ai su quand tu as rapporté à la caverne ce lapin blessé, juste après la naissance d'Uba. Quand tu t'es portée au secours d'Ona, tu n'as pas songé un seul instant au danger que tu pouvais courir, tu désirais la sauver avant tout. Les guérisseuses de ma lignée ont le rang le plus élevé. Le jour où tu seras guérisseuse, Ayla, tu seras toi aussi de cette lignée.

— Mais je ne suis pas ta vraie fille, Iza. Tu es la seule mère dont je puisse me souvenir, mais je ne suis pas née de toi. Comment puis-je appartenir à ta lignée ? Je ne possède même pas tes souvenirs...

— Ma lignée possède le rang le plus élevé parce que ses guérisseuses ont toujours compté parmi les meilleures. Ma mère, et la mère de ma mère, et leurs mères avant elles ont été de grandes guérisseuses qui se sont transmises les unes aux autres leur savoir. Tu es du clan, Ayla, tu es ma fille, formée par mes soins. Tu posséderas le savoir que je t'aurai enseigné. Si tu ne possèdes pas toutes mes connaissances, ce que tu sais sera néanmoins suffisant car tu as un don inestimable, le don de comprendre et de deviner l'origine du mal et, à partir de là, de le guérir. Je ne t'ai jamais dit de placer de la neige sur la brûlure de Brun quand Oga a renversé sur lui le bol de soupe. J'aurais fait la même chose, et pourtant je ne t'en avais rien dit. Ce don que tu possèdes peut se révéler aussi puissant et efficace, et peut-être plus même, qui sait, que tous les souvenirs dont nos têtes sont pleines. Oui, tu seras de ma lignée, Ayla, parce que je sais que tu feras une excellente guérisseuse. Tu seras digne du rang le plus élevé.

Le clan s'installa dans la routine des occupations quotidiennes. On ne faisait qu'une seule pêche par jour, mais cela suffisait amplement à tenir les femmes occupées jusque tard dans la soirée. Ona ne fut plus autorisée à aider les pêcheurs à battre l'eau, Droog ayant décidé qu'elle attendrait l'année suivante pour leur prêter main-forte. Vers la fin de la saison de l'esturgeon, les prises se firent de plus en plus réduites, ce qui laissa aux femmes le temps de souffler un peu. Les claies chargées de poissons à sécher s'étendaient à présent tout le long de la plage.

Droog passa au peigne fin le lit de la rivière, à la recherche de rognons de silex ayant dévalé la montagne, et il en rapporta quelques-uns au campement. Pendant l'après-midi, on le voyait souvent en train de façonner de nouveaux outils. Un jour, peu avant leur départ, Ayla le vit prendre son baluchon et se diriger vers la souche d'un arbre mort où il avait l'habitude de travailler. Elle le suivit et s'assit à ses pieds, tête baissée.

— La fillette qui se tient devant toi aimerait te regarder travailler. Y vois-tu une objection ? lui demanda-t-elle quand il l'eut autorisée à parler.

Droog acquiesça d'un grognement.

Ayla trouva une place sur le tronc de l'arbre abattu et l'observa en silence. Ce n'était pas la première fois qu'elle le regardait travailler. Droog savait qu'elle ne le dérangerait pas mais manifesterait au contraire un vif intérêt pour tout ce qu'il exécuterait. Si seulement Vorn pouvait en faire autant, pensa-t-il avec regret. Aucun des enfants du clan ne semblait doué pour la fabrication des outils, déplorait-il, lui qui, comme tous les bons artisans, désirait transmettre et partager son savoir.

Peut-être Groob prendra-t-il la relève, pensa-t-il avec espoir. Il était heureux que sa nouvelle compagne ait donné naissance à un garçon si tôt après qu'Ona eut été sevrée. Droog n'avait jamais eu un foyer aussi peuplé, mais il était content d'avoir pris avec lui Aga et ses deux enfants. Et la présence d'Aba était d'autant moins une gêne que la vieille femme s'occupait de lui quand Aga était avec le bébé. Aga n'avait pas la douce compréhension de la mère de Goov, et au début Droog s'était vu forcé de remettre la jeune femme à sa place. Mais elle était saine et avait eu un fils, dont il espérait fermement faire son élève. Il avait lui-même appris l'art de tailler la pierre avec le compagnon de la mère de sa mère et il comprenait aujourd'hui le plaisir qu'avait manifesté le vieil homme à le voir, alors qu'il était encore enfant, s'enthousiasmer pour cette discipline.

Seule Ayla, depuis son arrivée au clan, se passionnait pour son travail et semblait adroite de ses mains. Les femmes étaient libres de fabriquer des outils, tant qu'ils n'étaient pas destinés à devenir une arme. Il n'y avait donc pas un grand intérêt à former une fille, qui ne pourrait jamais exercer son habileté dans tous les domaines de la taille, mais elle avait déjà taillé quelque pierres avec adresse, et une élève-fille était mieux que pas d'élève du tout.

L'artisan ouvrit son baluchon et étendit la peau renfermant ses instruments. Il décida de donner à Ayla quelques notions utiles en matière de pierres, et il en prit une qu'il avait écartée la veille. De longues années d'expérience, de tâtonnements, avaient amené Droog à la conclusion que seul le silex possédait l'ensemble des qualités indispensables à la fabrication de bons outils.

Ayla écoutait attentivement ses explications. D'abord une pierre devait être suffisamment dure pour gratter, couper ou fendre une grande variété de matières végétales ou animales. Nombre des minéraux siliceux de la famille des quartz possédaient la dureté nécessaire mais le silex avait une qualité qui manquait à la plupart d'entre eux, ainsi qu'à d'autres pierres. Le silex se brisait aisément sous une pression ou un choc. Ayla tressaillit tandis que Droog, en matière de démonstration, frappait la pierre défectueuse contre une autre, la brisant en deux morceaux et révélant un matériau de différente nature au cœur du silex d'un gris foncé et brillant.

En outre, le silex devait posséder une troisième qualité que Droog avait le plus grand mal à définir, bien que son long apprentissage lui ait appris à la reconnaître, et qui tenait à la façon particulière dont il se cassait et à son homogénéité.

La plupart des minéraux se brisaient en suivant la ligne de leur structure cristalline, et ne pouvaient donc se tailler que dans une direction bien précise, ne laissant au tailleur de pierre qu'un nombre restreint de possibilités. Lorsqu'il en trouvait, Droog se servait d'obsidienne, cette roche volcanique noire moins dure que la plupart des autres minéraux et dépourvue de structure nettement définie, qui se taillait dans n'importe quel sens.

La structure cristalline du silex était si dense, son homogénéité telle qu'elle laissait au tailleur la possibilité de le façonner à sa guise, la seule limitation résidant dans l'habileté de l'artisan, et c'était précisément là qu'intervenait tout le talent de Droog. Le silex n'en restait pas moins assez dur pour sectionner nettement les tiges végétales les plus fibreuses et les plus résistantes, et il était assez cassable pour se briser en laissant un profil de coupe plus tranchant que le couteau le plus affûté. Droog prit l'un des morceaux du silex défectueux et en montra le bord à Ayla. Elle n'avait pas besoin d'y poser le doigt pour mesurer la finesse de la brisure.

Droog se prit à penser à ses années d'expérience, tandis qu'il laissait choir à ses pieds le morceau de silex et étalait sa peau sur ses genoux. Pour commencer, un bon tailleur de pierre devait savoir choisir ses matériaux, avoir l'œil pour distinguer les variations de couleur de la gangue de calcaire recouvrant un silex au grain fin. Il fallait du temps pour développer l'intuition que tel nodule à tel endroit était de meilleure qualité, moins sujet à des inclusions de matières étrangères.

Le voyant disposer ses outils, examiner soigneusement ses pierres puis fermer les yeux en tenant son amulette, Ayla crut que Droog l'avait oubliée. Elle fut d'autant plus surprise quand il se mit à parler par gestes.

— Les outils que je vais faire sont d'une extrême importance ; Brun a décidé que nous irions à la chasse au mammouth. Dès l'automne, nous partirons en direction du nord à la recherche du troupeau. Je vais fabriquer des outils qui me serviront à tailler les armes spécialement réservées à cette chasse. Mog-ur va préparer un charme puissant pour que les esprits nous portent assistance. Mais si je ne rencontre aucune difficulté, ce sera un bon présage.

Ayla ne savait pas très bien si Droog s'adressait à elle, ou s'il se parlait à lui-même. Elle savait seulement qu'elle devait se tenir tranquille et ne rien faire qui pût le distaire, et elle s'était presque attendue à ce qu'il lui ordonne de partir, maintenant qu'elle savait toute l'importance des outils qu'il s'apprêtait à façonner.

En revanche, elle ignorait que Droog, depuis le jour où elle avait découvert la caverne, était persuadé qu'elle portait chance, conviction qui s'était affermie avec le sauvetage de la petite Ona, et c'est pourquoi il acceptait de la garder auprès de lui en travaillant. Il ignorait si elle-même était chanceuse, mais sa présence à ses côtés dans cette circonstance particulière lui semblait propice et, quand il la vit porter la main à son amulette en le voyant prendre le premier nodule, il fut certain qu'elle dispenserait la chance de son puissant totem sur le travail délicat qu'il allait accomplir.

Droog était assis par terre, sa peau sur les genoux, un rognon de silex dans la main gauche. Puis il choisit une pierre de forme ovale qu'il soupesa un long moment pour l'avoir bien en main. Il avait mis longtemps à trouver ce percuteur dont les nombreuses entailles attestaient l'ancienneté. Il fit délicatement sauter la gangue de craie qui recouvrait le silex. L'artisan s'arrêta un instant pour examiner la pierre d'un œil critique. La texture était parfaite, la couleur convenable et il n'y avait pas d'inclusions. Il entreprit alors de dégrossir la masse à l'aide d'un coup-de-poing. Des éclats tranchants et épais volaient à chaque coup, creusant une profonde dépression dans le cœur de la pierre.

Enfin, Droog posa son percuteur pour prendre un morceau d'os avec lequel il affûta délicatement le bord acéré du silex. Son instrument, plus souple, lui permit d'enlever des éclats beaucoup plus longs et fins que le marteau de pierre, sans risquer d'émousser l'arête tranchante du futur outil.

Quelques instants plus tard, Droog brandissait son œuvre achevée C'était un outil relativement mince, long d'une quinzaine de centimètres, acéré, pointu à son extrémité, dont les deux faces auraient été parfaitement lisses sans les légères dépressions laissées par les éclats. On pouvait s'en servir pour couper du bois, ou pour évider une défense de mammouth, pour briser les os des animaux dépecés et dans toutes les circonstances nécessitant l'usage d'un instrument tranchant.

C'était un outil fort ancien, et les ancêtres de Droog en avaient façonné de semblables pendant des millénaires. Un outil de base, simple, toujours utile. Mais la fabrication de ce coup-de-poing n'était pour Droog qu'un exercice de mise en train, une façon de se faire la main. Il porta son attention sur un autre rognon de silex qu'il avait choisi pour la finesse de son grain, et qui nécessiterait une technique plus évoluée, plus difficile.

Droog se sentait à présent détendu et prêt pour la taille suivante. Il prit l'os de pied de mammouth qui lui servait d'enclume et le serra entre ses jambes, puis il y déposa la pierre qu'il tint fermement. S'emparant de son percuteur, il dégagea avec précaution la gangue de calcaire en veillant à ce que le rognon de silex garde sa forme ovoïde, grossièrement aplatie. Il le tourna sur le côté et, avec l'aide du morceau d'os, travailla le silex des bords vers le centre jusqu'à ce que le gros œuf de pierre présente une extrémité supérieure plate et ovale.

Droog marqua alors un temps d'arrêt, porta la main à son amulette et ferma les yeux. Ce qui venait ensuite exigeait autant d'adresse que de chance. Il étendit les bras, fit jouer ses doigts et reprit le morceau d'os dont il se servait comme d'un marteau. Ayla retint son souffle.

Droog devait préparer un plan de frappe — une surface plane — en faisant sauter un petit éclat de pierre du bloc de silex. Cette plate-forme de percussion était nécessaire pour détacher proprement un éclat aux bords acérés. Il examina les deux extrémités de la surface ovale, en choisit une et, affermissant sa prise, il frappa un coup sec. Droog maintint le nucleus sur l'enclume et, évaluant la distance et le point d'impact, frappa l'entaille qu'il avait faite avec le percuteur en os. Une lame parfaite sauta. Longue, ovale, avec des bords tranchants, aplatie sur une face, lisse et renflée sur l'autre.

Droog contempla le bloc à nouveau, le retourna et, de la même façon, fit voler une autre lame. En quelques instants, il était parvenu à débiter six grandes lames ovales, en forme d'amande, qui s'amincissaient en pointe à l'extrémité la plus fine. Droog les aligna soigneusement, elles étaient prêtes pour les retouches qui en feraient les outils voulus. D'un bloc de pierre identique à celui qu'il avait utilisé pour faire un seul coup-de-poing, il avait tiré grâce à une nouvelle technique six lames tranchantes.

Avec une petite pierre ronde légèrement aplatie, Droog procéda à de petits enlèvements sur le bord acéré de la première lame pour en affiner la pointe ; et il en émoussa le talon afin qu'il ne soit pas coupant. Il regarda le couteau d'un œil critique, fit sauter encore quelques minuscules éclats, puis, satisfait, le posa et passa à l'outil suivant. Il réalisa, selon le même procédé, un second couteau.

La lame que Droog choisit ensuite était plus grande, avec une arête presque droite. Après l'avoir calée contre l'enclume, Droog exerça une pression avec un petit os, détacha un petit fragment du bord effilé, puis plusieurs autres, pratiquant ainsi une série d'encoches en forme de V. Il émoussa le dos de l'outil, reéxamina l'espèce de petite scie qu'il venait de fabriquer, puis hocha la tête, et la posa.

Ensuite, Droog s'attaqua à une autre pierre, plus petite et plus ronde, lui donnant une forme convexe pour en faire un outil muni de bords coupants, assez massif pour résister aux pressions exercées en raclant du bois ou des peaux. Ramassant un autre éclat de bonne taille, il y fit une seule et profonde encoche tranchante particulièrement destinée à l'affûtage des pointes d'épieux. Enfin, il gratta les deux faces d'un dernier éclat bien pointu, obtenant un outil propre à percer des trous dans le cuir ou à forer le bois ou l'os.

Ce travail accompli, Droog fit signe à Ayla qui l'avait observé sans oser faire un mouvement. Il lui tendit le racloir ainsi que plusieurs grands éclats de silex provenant de la fabrication du coup-de-poing.

— Tiens, tu peux les garder. Ils te seront utiles si tu viens avec nous à la chasse au mammouth, déclara-t-il.

Ayla, rayonnante de plaisir, reçut ces présents comme s'il se fût agi d'un trésor.

— La fille qui est devant toi gardera précieusement ces outils jusqu'à la chasse au mammouth, où elle s'en servira pour la première fois si elle y est autorisée, répondit Ayla.

Droog approuva d'un grognement tout en secouant la peau sur laquelle il travaillait pour en faire tomber tous les petits fragments et y envelopper le pied de mammouth, le marteau de pierre, le percuteur en os, ainsi que les deux petits instruments réservés aux retouches. Il serra bien son baluchon et l'attacha avec une lanière de cuir. Puis il ramassa les outils récemment fabriqués et se dirigea vers le campement. Il en avait terminé pour la journée. Il avait réalisé quelques outils parfaits, et il ne fallait pas trop exiger de la chance.

— Iza ! Iza ! Regarde ce que m'a donné Droog ! Il m'a même laissée regarder comment il s'y prend, s'écria Ayla, ponctuant ses phrases d'une seule main, à la manière de Creb, tandis qu'elle tenait de l'autre son précieux trésor. Il a dit que les hommes allaient partir à la chasse au mammouth cet automne et qu'il fabriquait des outils spéciaux pour cette occasion ! Il a dit que je pourrais en avoir besoin si je les accompagne. Crois-tu que j'aurai la permission de partir avec eux ?

— C'est possible, Ayla. Mais je ne comprends pas ce que tu trouves d'excitant à cela. Il y aura beaucoup de travail. Il faudra faire fondre toute la graisse et sécher la viande, et tu ne peux t'imaginer combien on en trouve dans un mammouth ! De plus le voyage sera long et tu seras lourdement chargée.

— Ça ne me fait pas peur. Je n'ai jamais vu de mammouth et j'ai tellement envie d'y aller ! Oh, Iza, pourvu qu'ils m'emmènent !

— Les mammouths fréquentent peu nos régions. Ils préfèrent le froid et nos étés sont beaucoup trop chauds pour eux. Cela fait bien longtemps que je n'ai pas mangé de cette viande. Il n'y a rien de plus succulent ni de plus tendre, et leur graisse sert à de multiples usages.

— Tu crois qu'ils me permettront d'y aller ? insista Ayla, toute excitée.

— Brun ne m'a pas fait part de ses projets, Ayla. Tu en sais plus que moi à ce sujet, répondit Iza. Mais je pense que Droog ne t'aurait rien dit s'il n'en était pas question. Je crois qu'il t'est reconnaissant d'avoir sauvé Ona, et qu'il a voulu te le faire savoir en te donnant ces outils et en te parlant de la chasse. Droog est un homme respectable, Ayla. Tu as de la chance qu'il t'ait jugée digne de ses présents.

— Je lui ai dit que je les utiliserai pour la première fois pendant la chasse au mammouth, si j'y vais.

— Tu lui as fait une excellente réponse. C'est exactement ce qu'il fallait lui dire.

14

Les préparatifs pour la chasse au mammouth, prévue au début de l'automne, mirent le clan en émoi. Tous les membres valides feraient partie de l'expédition, qui se dirigerait vers le nord de la péninsule. Pendant la période où les chasseurs seraient occupés à voyager, puis à traquer le mammouth, sans avoir la certitude d'en rencontrer ni même de réussir à en tuer un, ils délaisseraient tout autre gibier. Seule la perspective, en cas de succès, de rapporter au camp de la viande en suffisance pour plusieurs mois et de la graisse en grande quantité rendait le risque digne d'être connu.

Les chasseurs se livrèrent toutefois à de nombreuses chasses dès le début de l'été, afin de constituer un maximum de réserves de viande pour l'hiver. Ils ne pouvaient jouer leur avenir sur une chasse aléatoire, ni se dispenser de faire des provisions en vue de la saison froide. Le prochain Rassemblement du Clan devait avoir lieu l'été suivant et ils n'auraient alors guère l'occasion de chasser car il leur faudrait consacrer toute la saison à faire le voyage jusqu'à la caverne du clan hôte, participer à la grande fête et retourner chez eux. Une longue expérience de telles expéditions avait appris à Brun qu'il fallait prévoir à l'avance la constitution de réserves pour l'hiver qui suivait le Rassemblement. C'est ce qui le décida à organiser la chasse au mammouth. Si les fruits d'une chasse couronnée de succès venaient s'ajouter aux provisions déjà entreposées, ils pourraient faire face en toute tranquillité. Leurs réserves de viande séchée, de légumes, de fruits et de céréales leur permettraient facilement, s'ils se montraient vigilants, de tenir deux ans.

Toute la préparation de la chasse baignait dans une atmosphère rituelle. Le succès de l'entreprise dépendant pour une grande part de la chance, chacun avait tendance à voir un présage dans le moindre des événements et n'entreprenait les activités les plus quotidiennes qu'avec une extrême circonspection, veillant à ne pas susciter la colère d'un esprit et attirer ainsi sur lui et sur le clan une mauvaise fortune. Les femmes surveillaient attentivement la préparation des repas, car un plat brûlé pouvait être un mauvais présage.

A chaque stade des préparatifs, les hommes organisaient des cérémonies pour se concilier les forces invisibles qui les entouraient. Mog-ur s'affairait en pratiques magiques fabriquant des charmes puissants, le plus souvent à l'aide des ossements trouvés dans la petite caverne sacrée. Tout événement heureux était interprété comme un présage favorable, et toute difficulté suscitait l'inquiétude. Chacun se sentait nerveux et Brun ne connut plus aucune véritable nuit de repos à partir du moment où il prit la décision d'organiser cette expédition. Il lui arrivait parfois de regretter d'y avoir songé.

Le chef réunit les hommes afin de décider qui participerait à la chasse et qui resterait à la caverne. Il leur fallait aussi penser à protéger leur refuge.

— Je me demande s'il ne faudrait pas que l'un de nous reste à la caverne, commença-t-il en regardant les chasseurs. Nous serons absents pendant au moins une lune entière, peut-être même deux, et nous ne pouvons laisser notre demeure aussi longtemps sans protection.

Les chasseurs évitèrent le regard de Brun. Aucun ne voulait être exclu de la chasse, et chacun redoutait de voir les yeux du chef se poser sur lui.

— Brun, tu auras besoin de tous tes chasseurs, intervint Zoug. Si mes jambes sont trop faibles pour traquer le mammouth, mon bras peut encore lancer un épieu. La fronde n'est pas la seule arme dont je sache me servir. Quant à Dorv, si sa vue baisse, ses muscles sont encore puissants ; il est toujours capable de manier la massue ou l'épieu et de défendre la caverne avec moi. Tant que nous ne laisserons pas le feu mourir, aucun animal n'approchera. Bien sûr, la décision t'appartient, mais je pense que tu devrais emmener tous les chasseurs.

— Je suis d'accord avec Zoug, Brun, ajouta Dorv en clignant des yeux. Zoug et moi, nous protégerons la caverne pendant que vous serez partis.

Brun regarda attentivement Zoug et Dorv. Il n'avait aucune envie de se laisser démunir de l'un de ses chasseurs, et ne voulait rien faire qui pût compromettre ses chances de réussite.

— Tu as raison, Zoug, finit par répondre Brun. Ce n'est pas parce que Dorv et toi n'êtes plus capables de chasser le mammouth que vous ne pouvez défendre la caverne. C'est une chance pour le clan que de pouvoir compter sur vos capacités, et je suis heureux de profiter encore de tes sages conseils.

Brun avait voulu faire entendre au vieil homme combien celui-ci était encore utile à la communauté, et les autres chasseurs se sentirent soulagés. Ils partiraient donc tous. Il allait de soi que Mog-ur, n'étant pas chasseur, ne participerait pas à l'expédition. Mais Brun l'avait déjà vu brandir son gourdin avec une force certaine, et il le compta en son for intérieur parmi les défenseurs de la caverne. A eux trois, ils feraient certainement aussi bien qu'un seul chasseur.

— Et maintenant, quelles femmes allons-nous emmener ? demanda Brun. Ebra viendra.

— Uka aussi, ajouta Grod. Elle est forte, expérimentée, et n'a pas d'enfant en bas âge.

— C'est entendu, approuva Brun. Elle nous accompagnera ainsi qu'Ovra, dit-il en regardant Goov qui hocha la tête en signe d'approbation.

— Et Oga alors ? s'enquit Broud. Brac commence à marcher et il sera bientôt sevré. Il ne l'encombrera pas trop.

— Je n'y vois pas d'objection, répondit Brun après avoir réfléchi un moment. Les autres femmes l'aideront à s'occuper de Brac, et Oga est une excellente travailleuse. Elle nous sera utile.

Broud avait l'air ravi, heureux de la bonne opinion exprimée par le chef au sujet de sa compagne. C'était un compliment pour la manière dont il l'avait éduquée.

— Certaines femmes devront rester pour s'occuper des enfants, déclara Brun. On pourrait choisir Aga et Ika : Groob et Igra sont trop petits pour un si long voyage.

— Aba et Iza pourraient les surveiller, proposa Crug. Igra ne leur posera aucun problème.

La plupart des hommes préféraient que leurs compagnes les suivent lors des grandes expéditions afin de ne pas dépendre de la compagne d'un autre pour se faire servir.

— Je ne sais pas ce qu'il en est pour Ika, intervint Droog, mais je pense qu'Aga ferait mieux de rester au camp cette fois-ci. Elle a trois enfants encore petits.

— Aga et Ika resteront, décida Brun, ainsi que Vorn. Il n'est pas assez grand pour chasser, et il nous sera d'autant moins utile qu'il rechignera à aider les femmes, surtout en l'absence de sa mère pour le commander. Il aura bien le temps de participer à d'autres chasses au mammouth.

Mog-ur, qui n'était pas intervenu jusqu'à présent, sentit le moment propice venu.

— Iza est trop faible pour vous suivre, et elle doit rester pour s'occuper d'Uba, mais il n'y a aucune raison pour qu'Ayla ne vienne pas.

— Ce n'est même pas une femme, répliqua Broud, et cela pourrait déplaire aux esprits de voir cette étrangère parmi nous.

— Elle est plus grande qu'une femme et aussi forte, affirma Droog. C'est une bonne travailleuse, habile de ses mains et elle a la faveur des esprits. Souvenez-vous de la caverne. Souvenez-vous d'Ona. Je pense au contraire de toi qu'elle nous portera chance.

— Droog a raison, conclut Brun. Elle travaille vite et bien. Elle n'a pas d'enfant et possède quelques rudiments du savoir des guérisseuses qui pourront nous être utiles. Ayla viendra avec nous.

Ayla fut si heureuse d'apprendre qu'elle participerait à la chasse au mammouth qu'elle ne tint plus en place. Elle accabla Iza de questions sur ce qu'elle devait emporter et fit et refit plusieurs fois son panier au cours des jours précédant leur départ.

— N'emporte pas trop de choses, Ayla. Vous serez lourdement chargés au retour si la chasse a été bonne. Viens, j'ai ici quelque chose pour toi. Je viens juste de le terminer.

Des larmes de joie montèrent aux yeux d'Ayla en voyant la petite sacoche que lui tendait Iza. Elle avait été confectionnée dans une peau de loutre entière, dont on avait gardé intactes la fourrure, la tête, la queue et les pattes. Iza avait demandé à Zoug de lui tuer l'animal, dont elle avait caché la peau au foyer de Droog en mettant Aga et Aba dans le secret.

— Une trousse de guérisseuse, rien que pour moi ! s'écria Ayla, et elle sauta au cou d'Iza.

Elle s'assit aussitôt pour sortir ses petites bourses de remèdes et les aligna comme elle avait vu Iza le faire si souvent. Elle ouvrit chaque petit sac, en huma le contenu, puis le referma en veillant à refaire scrupuleusement le même nœud.

Il était en effet difficile de distinguer à leur odeur les herbes et les racines séchées, quoique les plus dangereuses fussent souvent mélangées à une herbe inoffensive mais très parfumée pour éviter les méprises. En fait, les bourses étaient classées selon la cordelette qui les fermait et le type de nœud utilisé. Ainsi étaient-elles fermées par différentes tresses faites de crin de cheval, de poils de bison ou de tout animal à la robe possédant une caractéristique, ou encore de tendons ou de ficelles confectionnées dans diverses tiges végétales nouées chacune de manière distinctive. Pour savoir où se trouvait tel ou tel remède, il suffisait donc de mémoriser le type de fermeture correspondante.

Ayla mit les bourses dans sa sacoche de guérisseuse et rangea celle-ci près de son panier avec les grands sacs destinés à transporter la viande de mammouth. Tout était prêt. Seule une chose la préoccupait encore. Que ferait-elle de sa fronde ? Elle craignait qu'Iza ou Creb la découvre si elle la laissait dans la caverne. Elle pensa la cacher dans les bois, mais y renonça de peur que les animaux et les intempéries viennent à l'abîmer. Elle décida finalement de l'emporter, cachée dans un repli de son vêtement. Il faisait encore nuit lorsque le clan s'éveilla le jour du départ des chasseurs. Ils se mirent en marche dès les premières lueurs, mais après avoir franchi l'escarpement qui protégeait la caverne, ils découvrirent le soleil levant illuminant la plaine de tous ses feux. Ils eurent tôt fait de gagner les steppes, et Brun adopta un pas rapide. Le fardeau des femmes était léger, mais leur manque d'habitude les obligeait à de grands efforts pour suivre le mouvement. Ils marchèrent ainsi jusqu'à la tombée de la nuit, couvrant autant de distance en un jour qu'ils l'avaient fait quand le clan errait en quête d'une nouvelle caverne. Les femmes n'eurent pas à préparer de repas chaud et se contentèrent de faire bouillir de l'eau pour l'infusion d'herbes. On ne chassait pas non plus durant le voyage, se contentant des rations que les chasseurs avaient coutume d'emporter en expédition : de la viande séchée, hachée menu, mélangée à de la graisse, et des fruits secs, le tout présenté sous forme de galettes. Ces aliments hautement nutritifs suffisaient amplement à leurs besoins énergétiques.

A mesure qu'ils avançaient vers le nord, le froid devenait plus vif, mais, réchauffés par la marche, ils ne s'en apercevaient que lors des étapes. Avec l'entraînement, les courbatures des premiers jours, surtout chez les femmes, disparurent, et la petite troupe repartait chaque matin d'un bon pas.

Le terrain se fit plus accidenté une fois qu'ils atteignirent la partie nord de la péninsule. De vastes plateaux butaient soudain contre de hautes falaises ou disparaissaient en de profonds ravins, résultats des convulsions qui continuaient encore d'agiter la terre. D'abruptes parois flanquaient d'étroits canyons, dont certains se terminaient en culs-de-sac. D'autres recevaient des cours d'eau allant des ruisseaux saisonniers aux torrents impétueux, aux bords desquels poussait une végétation composée de pins, de bouleaux et de saules rabougris qui brisaient quelque peu la monotonie des étendues herbeuses. En de rares endroits, où quelque contrefort protégeait des vents incessants une vallée arrosée par un cours d'eau, les arbres — des conifères et quelques espèces à petites feuilles caduques — avoisinaient leurs proportions habituelles.

Le voyage se déroula sans incident particulier. Pendant dix jours, ils avancèrent au même pas, jusqu'à ce que Brun décide d'envoyer des éclaireurs dans les alentours, ce qui ralentit leur progression au cours des jours suivants. Ils approchaient maintenant de leur destination, là où la péninsule s'étrécissait légèrement entre la grande mer et la mer intérieure. Ils ne devraient pas tarder à apercevoir des mammouths, s'il y en avait dans la région.

La petite troupe fit halte au bord d'une rivière. Brun avait envoyé Broud et Goov en éclaireurs plus tôt dans l'après-midi et il se tenait à l'écart, scrutant l'horizon dans la direction qu'ils avaient prise. Il faudrait bientôt décider s'ils allaient installer leur camp près de cette rivière ou continuer plus loin.

Brun, son long manteau de fourrure battant au vent coupant qui soufflait de l'est, continua de guetter les deux hommes, tandis que les ombres s'allongeaient insensiblement. Soudain, il eut l'impression d'apercevoir au loin un mouvement, et un instant plus tard il distingua la silhouette des deux chasseurs en train de courir. Peut-être s'agissait-il d'une intuition, peut-être était-ce la manière dont il percevait leur course, mais lorsqu'ils arrivèrent en agitant les bras, Brun connaissait déjà la nouvelle qu'ils apportaient.

— Mammouth ! Mammouth ! criaient les éclaireurs hors d'haleine en se précipitant vers leurs compagnons.

— Un grand troupeau vers l'est ! s'exclama Broud avec de grands gestes.

— A quelle distance ? demanda Brun.

— A quelques heures, indiqua Goov en décrivant avec son bras un court arc de cercle.

— Montrez-nous le chemin, dit Brun en faisant signe aux autres de se mettre en route.

Ils avaient encore le temps de se rapprocher du troupeau avant la nuit.

Le soleil déclinait à l'horizon lorsque les chasseurs aperçurent au loin une masse sombre en mouvement. C'est un grand troupeau, estima Brun en ordonnant la halte. Il leur faudrait se contenter de l'eau qu'ils avaient emportée du campement précédent car il faisait trop sombre pour se mettre en quête d'une rivière. Au matin, ils chercheraient un site plus hospitalier. L'important était d'avoir découvert les mammouths.

Le lendemain, après avoir établi le camp près d'un petit ruisseau serpentant entre deux haies de maigres buissons, Brun partit avec les chasseurs pour reconnaître les lieux. Il fallait élaborer une stratégie pour prendre au piège les lourds pachydermes. Brun et ses hommes explorèrent les ravins et les canyons des alentours, à la recherche d'une gorge ou d'un défilé bordé de rochers, se terminant de préférence en cul-de-sac, point trop éloigné du troupeau qui se déplaçait lentement.

A l'aube du second jour, Oga se présenta devant Brun, la tête baissée, tandis qu'Ovra et Ayla attendaient, inquiètes, derrière elle, l'issue de sa requête.

— Que veux-tu, Oga ? demanda Brun en lui tapant sur l'épaule.

— La femme qui est devant toi a une requête à te présenter, commença-t-elle avec hésitation.

— Oui ?

— La femme qui est devant toi n'a jamais vu de mammouth. Ovra et Ayla non plus. Le chef nous permettrait-il d'approcher le troupeau ?

— Et Ebra et Uka, est-ce qu'elles veulent elles aussi voir un mammouth ?

— Elles disent qu'elles verront assez de mammouth comme ça avant qu'on reparte. Elles n'ont pas envie de venir avec nous, répondit Oga.

— Ce sont des femmes sages, mais il est vrai qu'elles ont déjà vu des mammouths. Nous sommes sous le vent ; cela ne devrait pas affecter le troupeau si vous ne vous approchez pas trop.

— Nous ferons attention, promit Oga.

— Je crois que quand vous les aurez vus, vous n'aurez aucune envie de vous avancer trop près. Oui, vous pouvez y aller, décida-t-il.

Cela ne poserait pas de problème de laisser les jeunes femmes satisfaire leur curiosité, pensa-t-il. Elles avaient peu d'occupations pour le moment, et elles auraient bientôt tant à faire... si les esprits étaient avec eux.

Les trois jeunes femmes étaient tout excitées à l'idée de cette aventure. C'était Ayla qui avait convaincu Oga de formuler la demande. L'expédition leur avait fourni l'occasion de mieux se connaître ; Ovra, de nature calme et réservée, avait toujours considéré Ayla comme une enfant. Quant à Oga, elle n'avait pas encouragé leurs relations, connaissant les sentiments de Broud à l'égard de la jeune fille. Elles étaient adultes, vivaient en couple, possédaient un foyer, alors qu'Ayla était encore une enfant qui n'avait pas les mêmes responsabilités.

Ce n'était que depuis cet été-là que les femmes avaient commencé de considérer Ayla autrement que comme une enfant. Sa grande taille lui donnait l'apparence d'une adulte, et les chasseurs la traitaient d'ailleurs comme si elle était une femme. Crug et Droog particulièrement faisaient appel à ses services, car leurs compagnes étaient restées à la caverne, et la disponibilité d'Ayla leur évitait de demander aux autres chasseurs l'aide de leurs compagnes. Leur participation commune à la chasse avait créé entre les trois jeunes femmes des rapports plus amicaux. Ayla, qui n'avait jusqu'alors vraiment connu qu'Iza, Creb et Uba, découvrait avec bonheur la chaleur de l'amitié entre femmes.

Elles se mirent aussitôt en route comme pour une promenade, tout occupées par une conversation animée. Mais à l'approche des animaux, elles parlèrent de moins en moins, pour peu à peu se taire tout à fait, bouche bée devant les imposants mastodontes.

Les mammouths étaient des animaux parfaitement adaptés aux rudes conditions climatiques de leur environnement. Leur peau épaisse était couverte d'une fourrure dense et de longs poils brun-roux hirsutes. Ils étaient en outre protégés contre le froid par une épaisse couche de graisse. Leur énorme tête disproportionnée s'élevait en un dôme pointu entre les épaules massives, et ils avaient de petites oreilles, une queue courte et une trompe de modeste dimension, terminée par deux appendices préhenseurs placés l'un au-dessus de l'autre. De profil, ils présentaient un creux profond à la hauteur de la nuque, entre leur tête pointue et une grosse bosse de graisse située sur le garrot. Leur échine suivait une courbe rapide jusqu'à leurs pattes arrière, légèrement plus courtes. Mais le plus impressionnant était encore leurs longues défenses recourbées.

— Regardez celui-là ! s'écria Oga en désignant un vieux mâle, dont les défenses étaient enroulées sur elles-mêmes.

Le mammouth arrachait des touffes d'herbe avec sa trompe, et enfournait dans sa gueule le fourrage sec avant de le broyer dans un crissement de molaires. Un animal plus jeune, dont les défenses plus courtes conservaient leur efficacité, déracina un mélèze et entreprit d'arracher les branchages et l'écorce.

— Je n'aurais jamais cru qu'il puisse exister des animaux aussi grands, s'exclama Ovra. Comment vont-ils s'y prendre pour en tuer un ? Ils ne pourront même pas le tuer avec leurs épieux.

— Je ne sais pas, répondit Oga, tout aussi inquiète.

— Je regrette d'être venue, déclara Ovra. La chasse sera dangereuse. Il y aura peut-être des blessés. Que deviendrais-je s'il arrivait quelque chose à Goov ?

— Brun a sans doute un plan, dit Ayla, sinon il n'aurait pas entrepris cette chasse. J'aimerais bien assister à ce qui va se passer, ajouta-t-elle avec regret.

— Pas moi, dit Oga. Je serai bien contente quand tout sera terminé.

— Il faut rentrer à présent, dit Ovra. Brun ne veut pas que nous approchions et nous sommes déjà beaucoup trop près pour mon goût.

Les trois jeunes femmes rebroussèrent chemin. Ayla se retourna plusieurs fois tandis qu'elles pressaient le pas, perdues dans leurs pensées.

Le lendemain, Brun ordonna aux femmes de lever le camp après le départ des chasseurs. Il avait découvert un endroit qui lui semblait propice : la chasse aurait lieu le jour suivant, et il désirait que les femmes se tiennent à l'écart du danger. Il avait repéré la veille le canyon qui lui convenait, mais il se trouvait trop éloigné du troupeau. A présent, les mammouths, en se déplaçant vers le sud-ouest, s'étaient avancés assez près pour rendre utilisable cette configuration du terrain, ce qu'il interpréta comme un présage des plus favorables.

Une neige légère et poudreuse balayée par les vents d'est accueillit la petite troupe quand elle s'extirpa au petit matin de ses abris de peaux. Mais ni le froid ni le ciel gris n'auraient pu faire obstacle à l'impatience des chasseurs : aujourd'hui ils allaient traquer le mammouth. Les femmes s'empressèrent de faire des infusions, car les chasseurs, tels des athlètes affûtés pour les jeux, n'absorberaient rien d'autre. En attendant que l'eau frémisse dans les écuelles de bois, ils entreprirent de s'échauffer, feignant de lancer leurs épieux afin d'assouplir leurs muscles engourdis par le sommeil. L'air était chargé d'une grande excitation.

Grod prit un charbon ardent dans le feu et le plaça dans la corne d'aurochs qu'il portait à la ceinture. Goov en fit autant. Ils troquèrent leurs épaisses fourrures contre de plus légères qui n'entraveraient pas leurs mouvements. Ils n'auraient pas froid une fois dans le feu de l'action. Brun exposa une dernière fois rapidement le plan d'attaque.

Chaque homme ferma les yeux en portant la main à son amulette, puis s'empara d'une torche éteinte confectionnée la veille au soir, et on se mit en route. Ayla les regarda partir en regrettant de ne pouvoir les accompagner, puis elle se joignit aux femmes qui ramassaient des herbes sèches, de la bouse et des branchages pour le feu.

Les hommes arrivèrent vite à proximité du troupeau. Les mammouths s'étaient déjà remis en marche après le repos de la nuit. Les chasseurs se tapirent dans l'herbe haute tandis que Brun examinait les animaux. Il remarqua le vieux mâle aux gigantesques défenses recourbées. Quel trophée cela ferait, se dit-il en éliminant néanmoins cette proie éventuelle dont les défenses constitueraient un fardeau excessif au cours de leur long voyage de retour. Il leur serait plus facile de transporter celles d'un animal plus jeune, dont la chair en outre serait plus tendre. Et cela importait plus que la gloire d'un beau trophée.

Les jeunes mâles étaient cependant plus dangereux. Leurs défenses, plus courtes, ne leur servaient pas seulement à déraciner les arbres : elles représentaient aussi des armes redoutables. Brun attendit patiemment. Il n'avait pas préparé aussi minutieusement cette chasse et entrepris ce long voyage pour agir avec précipitation au dernier moment. Il connaissait les conditions qui devaient se trouver réunies et préférait revenir le lendemain plutôt que de compromettre leurs chances de réussite. Les autres chasseurs attendaient, non sans impatience.

Le soleil avait fini par réchauffer le plafond bas, et les nuages s'éloignaient. La neige avait cessé, cédant la place à de belles éclaircies.

— Quand va-t-il se décider à donner le signal ? signifia silencieusement Broud à Goov. Regarde comme le soleil est déjà haut à présent. Pourquoi partir de si bonne heure pour rester ensuite à ne rien faire ? Mais qu'est-ce qu'il attend ?

Grod surprit les gestes de Broud.

— Brun attend le moment propice. Préférerais-tu rentrer les mains vides ? Sois patient, Broud, et apprends. Un jour, c'est toi qui devras choisir le moment opportun. Brun est un bon chasseur. Tu as de la chance de l'avoir pour maître.

Broud n'apprécia guère le sermon de Grod. Il ne sera pas mon second le jour où je serai chef, décida-t-il. De toute façon, il commence à se faire vieux.

Le soleil était haut dans le ciel quand Brun prévint enfin ses hommes de se tenir prêts et tous les chasseurs ressentirent un violent émoi. Une femelle, grosse d'un petit, se tenait à l'écart du troupeau. Son état en ferait assurément une proie plus facile ; quant au fœtus, sa chair délicate et tendre constituerait un régal pour tous.

La bête se dirigeait vers une belle touffe d'herbe, s'éloignant de ses congénères. Lorsqu'elle se trouva suffisamment isolée, Brun donna le signal de la chasse. Grod porta alors la braise à la torche qu'il tenait prête, et souffla dessus jusqu'à ce qu'elle s'enflamme. Droog en alluma deux autres à la première et en tendit une à Brun. Aussitôt Grod et Brun se précipitèrent vers le mammouth et mirent le feu aux herbes sèches de la prairie.

Les mammouths ne se connaissaient pas d'ennemis naturels, hormis l'homme. Seuls les très jeunes ou les très vieux risquaient de succomber sous les crocs des grands carnassiers. Mais ils redoutaient le feu. Les feux de prairie dus à des causes naturelles pouvaient parfois ravager la steppe durant des jours, détruisant tout sur leur passage. Le feu provoqué par l'homme n'était pas moins dévastateur.

Sitôt qu'elles humèrent l'odeur de la fumée, les bêtes affolées se regroupèrent instinctivement tandis que Grod et Brun prenaient position entre le troupeau et la femelle solitaire. Comme les flammes commençaient à crépiter, les paisibles mastodontes furent pris d'une panique indescriptible et leurs barrissements retentirent à travers la prairie. La femelle essaya de rejoindre le troupeau, mais il était trop tard ! Un mur de feu la séparait de ses congénères qui s'éloignaient en direction du couchant.

Barrissant d'effroi, le mammouth se rua dans la direction opposée. Droog courut à sa rencontre, en hurlant et en agitant sa torche pour le pousser dans le canyon. Puis Crug, Broud et Goov, les chasseurs les plus jeunes et les plus vigoureux, s'élancèrent à toutes jambes au-devant de l'animal, tandis que Brun, Grod et Droog couraient derrière. Une fois lancé, le mammouth fonça droit dans la direction qu'on voulait lui faire prendre.

Les trois jeunes chasseurs parvinrent à l'entrée du défilé. Fébrile et hors d'haleine, Goov saisit sa corne d'aurochs, priant son totem pour que la braise fût toujours incandescente. Le brandon rougeoyait encore mais personne n'ayant assez de souffle pour l'attiser, ce fut le vent qui s'en chargea. Brandissant leurs torches enflammées, les jeunes gens guettèrent l'arrivée de l'énorme pachyderme. Le mammouth terrorisé ne fut pas long à se présenter dans un vacarme de barrissements déchirants. Les courageux chasseurs se ruèrent alors au-devant de la bête qui fonçait sur eux et, agitant leurs torches, entreprirent la tâche dangereuse entre toutes de la faire pénétrer dans le canyon.

Pris de panique devant les torches, le mammouth chercha désespérément à s'échapper. Il fit un brusque écart, et fonça tête baissée dans l'étroit goulet sans issue, au bout duquel il se retrouva bloqué et, faute d'espace, dans l'impossibilité de se retourner.

Broud et Goov s'étaient précipités derrière la bête. Broud avait en main l'un des couteaux savamment taillés par Droog et consacrés par Mog-ur. D'un mouvement aussi vif que l'éclair, il se jeta sur les pattes arrière du pachyderme et lui trancha les tendons du pied gauche, tandis que Goov surgissait derrière lui pour blesser l'autre patte. Un horrible barrissement fendit l'air et la femelle tomba lourdement sur les articulations.

Caché derrière un rocher, Crug bondit devant l'animal et plongea son épieu dans la gueule ouverte. Mue par un dernier sursaut instinctif, la bête chercha à attraper l'homme, crachant du sang sur son assaillant désarmé qui s'empressa de se saisir d'une nouvelle lance. Au même instant, Brun, Grod et Droog pénétraient dans le défilé et, escaladant les rochers, encadraient le mammouth, dans les flancs duquel ils plongèrent les pointes effilées de leurs lances. Brun parvint à enfoncer un autre épieu dans l'un des yeux du pachyderme, qui ne tarda pas à s'écrouler en poussant un dernier barrissement déchirant.

Un silence soudain environna les hommes éreintés dont le cœur battait d'excitation. Ils se regardèrent quelques secondes, interloqués, et comprenant soudain l'exploit qu'ils venaient de réaliser, un fantastique hurlement de joie jaillit de leurs poitrines, couronnant leur victoire.

Six hommes, ridiculement petits comparés à leur proie, venaient, à force d'intelligence, de ruse et de courage, de tuer la puissante bête. Broud bondit sur le rocher à côté de Brun, puis grimpa sur la gigantesque femelle. En un clin d'œil, Brun le rejoignit, suivi de près par les quatre autres chasseurs qui donnèrent libre cours à leur joie en dansant sur le dos du mammouth terrassé.

— Nous devons remercier les esprits, déclara Brun à ses compagnons. A notre retour, Mog-ur organisera une cérémonie en leur honneur. En attendant, partageons-nous le foie et gardons-en une part pour Zoug, Dorv et Mog-ur. Nous en enterrerons également un morceau pour l'Esprit du Mammouth à l'endroit où nous l'avons abattu. Quant au cerveau, Mog-ur m'a bien recommandé de ne pas y toucher et de le laisser à sa place. Qui a porté le premier coup ? Broud ou Goov ?

— C'est Broud, répondit Goov.

— Eh bien, c'est lui qui recevra le premier morceau de foie, mais le mérite de la chasse revient également à tous.

Broud et Goov partirent chercher les femmes auxquelles incombait à présent la lourde tâche de découper et de préparer la viande. Les autres commencèrent à vider la bête et sortirent le fœtus parvenu pratiquement à terme. A l'arrivée des femmes, les hommes les aidèrent à dépecer le mastodonte, dont la taille gigantesque requérait la collaboration de tous. Ils en découpèrent certains morceaux de choix qu'ils mirent à l'abri dans des caches entre des pierres. Ensuite, ils allumèrent des feux autour de la carcasse pour éloigner les inévitables charognards et l'empêcher de geler.

Ce fut avec le plus grand soulagement que tout le monde se glissa, épuisé mais heureux, dans les chaudes fourrures, après un repas de viande fraîche, le premier depuis qu'ils avaient quitté la caverne. Le lendemain matin, les femmes s'attelèrent à l'ouvrage, pendant que les hommes se réunissaient pour revivre l'éprouvante chasse et se complimenter les uns les autres sur leur courage. Un cours d'eau coulait non loin de l'étroit cul-de-sac où gisait le mammouth, ce qui, dans un premier temps, obligea les femmes à de fatigantes allées et venues. Ce ne fut que lorsqu'elles eurent débité la chair de la bête en gros quartiers, ne laissant qu'un squelette sanglant aux charognards, qu'elles se transportèrent au bord de la rivière.

Presque tout le mammouth pouvait être utilisé. Sa peau épaisse servirait à confectionner de solides chausses, des coupe-vent, des récipients, des lacets. La sous-couche au poil chaud et doux entrerait dans la confection d'oreillers ou de paillasses ; les poils longs ou les tendons donneraient des cordes à toute épreuve ; la vessie, l'estomac et les intestins deviendraient des outres étanches. Il ne resterait presque plus rien sur la bête une fois le travail achevé. A tout cela, il fallait ajouter la graisse, denrée des plus précieuses pour le clan. Outre son utilité alimentaire, elle permettrait de faire prendre feu au bois mouillé ou de fabriquer des torches à combustion lente, des lampes de pierre qui procureraient chaleur et lumière ; Iza en aurait usage pour la fabrication d'onguents et d'émollients.

Chaque jour, en se mettant au travail, les femmes scrutaient le ciel. Si le temps se maintenait au beau, la viande sécherait en une semaine, avec l'aide du vent soufflant en permanence. Elles n'avaient nul besoin d'allumer des feux, afin de faire de la fumée, car le froid ambiant éliminait toute présence d'insectes, et c'était une bonne chose, car le combustible manquait dans ces étendues arides, d'où les arbres étaient pratiquement absents. Mais si les nuages et la pluie survenaient, il faudrait trois fois plus longtemps pour que la viande sèche. La neige légère que charriait parfois le vent n'était pas non plus un obstacle. Un réchauffement de l'atmosphère était beaucoup plus à craindre. C'est pourquoi les femmes souhaitaient que le temps reste sec et froid, et que les énormes quantités de chair de mammouth sèchent dans les meilleures conditions possibles, afin de pouvoir les transporter jusqu'à la caverne.

La peau couverte de poils drus, avec son épaisse couche de graisse et de vaisseaux sanguins, de nerfs et de follicules, fut raclée. Les femmes disposèrent de gros morceaux de graisse durcie par le froid dans une grande marmite de cuir suspendue au-dessus d'un feu afin de la faire fondre et d'en garnir des segments d'intestins préalablement nettoyés et liés comme des saucisses. Le cuir lui-même, avec ses poils, fut découpé en larges plaques roulées sur elles-mêmes et laissées à geler pour en faciliter le transport. Ce ne serait que plus tard à la caverne, pendant l'hiver, qu'il serait rasé et tanné. Les hommes avaient arraché les défenses du squelette, pour les disposer fièrement sur le campement, en attendant de les rapporter à la caverne.

Tandis que les femmes s'activaient, les hommes chassaient le petit gibier ou montaient la garde. Le fait de s'être rapproché du cours d'eau facilitait le travail, mais l'expédition devait maintenant faire face à une autre nuisance, celle des charognards attirés par la forte odeur de sang. Il leur fallait surveiller sans cesse la viande mise à sécher. Une grosse hyène particulièrement se montrait audacieuse. Chassée à plusieurs reprises, elle n'en continuait pas moins de rôder autour du camp, échappant aux timides tentatives des hommes pour la tuer. La bête, qui avait réussi par deux ou trois fois à voler un morceau de viande, était une véritable calamité.

Ebra et Oga se dépêchaient de découper en tranches fines les énormes quartiers de viande, afin de les mettre à sécher. Uka et Ovra étaient occupées à bourrer de graisse un gros intestin tandis qu'Ayla en lavait un autre à la rivière, dont les glaces commençaient à ralentir le cours. Quant aux hommes, installés auprès des défenses du mammouth, ils étaient en grande discussion pour savoir s'ils iraient chasser la gerboise à la fronde.

Assis près de sa mère, Brac jouait avec de petits cailloux. Se lassant bientôt de son jeu, il décida de trouver quelque chose de plus amusant et s'écarta des femmes qui, tout à leur besogne, ne le virent pas s'éloigner. Mais une autre paire d'yeux guettait.

Soudain, on entendit Brac pousser un terrible hurlement de frayeur.

— Mon enfant ! s'écria Oga. Une hyène emporte mon enfant !

L'horrible charognard, prédateur à ses heures et toujours prêt à fondre sur une vieille bête amoindrie ou un jeune égaré, avait attrapé le bambin par le bras et, le serrant dans ses redoutables mâchoires, l'entraînait au loin.

— Brac ! Brac ! hurla Broud en courant derrière le fils de sa compagne, suivi de tous les hommes.

Sortant sa fronde, il se baissa pour ramasser une pierre et se dépêcha de la lancer avant qu'il ne soit trop tard.

— Oh non ! gémit-il de rage comme il ratait la bête pour avoir tiré trop court. Brac ! Brac !

Et tout à coup, venant de la direction opposée, retentit le bruit mat de deux pierres projetées l'une après l'autre. Touchée à la tête, la hyène s'écroula.

Interdit, Broud vit alors Ayla se précipiter, la fronde à la main, vers l'enfant en larmes. En entendant crier Brac, sans songer un seul instant aux conséquences de son geste, elle avait saisi sa fronde et envoyé deux pierres. Ce fut seulement après avoir libéré l'enfant de l'emprise du charognard qu'elle mesura toute la portée de son acte, en voyant les visages consternés tournés vers elle. Son secret se trouvait dévoilé à la vue de tous. Ils savaient qu'elle pouvait chasser. Une peur glacée l'envahit. Que vont-ils me faire ? se demanda-t-elle.

Serrant l'enfant dans ses bras, elle se dirigea vers le camp en évitant les regards. Ce fut Oga qui se remit la première de son étonnement et courut à leur rencontre. A peine arrivée, Ayla entreprit d'examiner le petit garçon, non seulement pour se rendre compte de l'importance de ses blessures, mais aussi pour ne pas avoir à affronter le regard de sa mère. Elle constata que la bête lui avait déchiré le bras et l'épaule et cassé l'avant-bras. Si elle n'avait jamais eu l'occasion de remettre en place un bras cassé, Ayla avait observé Iza le faire. Elle ranima le feu sur lequel elle mit de l'eau à bouillir, et elle alla chercher son sac de guérisseuse.

Encore sous le choc de la découverte, les hommes demeuraient silencieux, peu désireux de se rendre à l'évidence. Pour la première fois de sa vie, Broud ressentait une certaine reconnaissance envers Ayla qui avait sauvé Brac d'une mort horrible, mais les pensées de Brun allaient beaucoup plus loin.

Le chef ne fut pas long à mesurer toutes les conséquences du geste d'Ayla et se vit brusquement confronté à un dilemme épouvantable. En effet le châtiment infligé aux femmes coupables d'avoir utilisé une arme n'était autre que la Malédiction Suprême. Ainsi le voulaient les usages du Clan, si profondément ancrés qu'on ne les mentionnait plus depuis longtemps. Les femmes se gardaient bien d'outrepasser cet interdit, mais la loi n'en subsistait pas moins. D'autre part, Ayla était née chez les Autres.

Brun adorait le fils de la compagne de Broud. Seul Brac avait le don de l'attendrir. L'enfant pouvait faire de lui tout ce qu'il désirait : lui tirer la barbe, lui mettre les doigts dans les yeux, lui baver dessus ; Brun acceptait tout. Comment pouvait-il condamner à mort la fillette qui venait de lui sauver la vie ?

Comment a-t-elle pu réussir son coup ? se demanda-t-il.

L'animal se trouvait hors de portée des hommes, et Ayla était encore plus éloignée qu'eux. Brun s'approcha du cadavre de la hyène et toucha le sang qui coulait encore de ses blessures. Ses yeux ne l'avaient pas trompé quand il avait cru voir filer deux pierres. Personne, pas même Zoug, n'était capable de tirer deux pierres à la fronde avec une telle rapidité, une telle précision et une telle force.

Jamais personne d'ailleurs n'avait tué de hyène à la fronde. Pourtant Zoug avait toujours prétendu l'entreprise réalisable, mais Brun n'y avait jamais cru. A présent, il détenait la preuve que le vieil homme disait vrai. Etait-il donc possible de tuer un loup, voire un lynx, à la fronde, comme il le prétendait également ? s'interrogea Brun, dont les yeux s'ouvrirent tout grands sous l'effet de la surprise. Un loup ou un lynx ? Ou alors un glouton, un chat sauvage, un blaireau, un furet ou tout autre prédateur trouvé mort récemment !

Mais c'est évident ! s'exclama-t-il en son for intérieur. C'est elle ! Et ce n'est pas d'hier qu'elle chasse ! Autrement, comment aurait-elle pu acquérir une telle adresse ? Elle est pourtant femme, et elle a parfaitement assimilé le savoir-faire propre à sa condition féminine. Alors comment a-t-elle pu en même temps apprendre à chasser ? Et pourquoi s'en prendre exclusivement aux carnassiers ? Des carnassiers dangereux. Pourquoi ?

Si elle avait été un homme, elle aurait fait l'envie de tous les chasseurs. Mais Ayla est une femme, pensa-t-il, et elle doit mourir pour avoir désobéi, sous peine de déplaire aux esprits et de provoquer leur colère. Leur déplaire ? Provoquer leur colère ? Il y a longtemps qu'elle chasse, manifestement, et ils n'ont jamais manifesté le moindre signe de mécontentement ou de réprobation, bien au contraire. Ne venons-nous pas de tuer un mammouth sans qu'aucun chasseur n'ait été blessé ? N'avons-nous pas eu jusqu'ici la faveur des esprits ?

Profondément décontenancé, Brun secoua la tête. Les esprits ! Je ne les comprendrai jamais. Ah, si Mog-ur était ici ! Droog prétend qu'Ayla porte chance. Il est vrai que nous n'avons jamais été aussi fortunés que depuis qu'Iza l'a recueillie. Si les esprits la protègent, seront-ils contrariés de la voir mourir ? Mais que faire avec les traditions du Clan ? Elle a beau nous porter chance, elle ne cesse de me poser des problèmes. Il faut que je parle à Mog-ur avant de prendre une décision.

Brun regagna le campement. Après avoir administré un analgésique à l'enfant qui finit par s'assoupir, Ayla entreprit de nettoyer la blessure avec une solution antiseptique et de réduire la fracture. Elle enveloppa son bras d'une écorce de bouleau mouillée qui, en séchant, durcirait et maintiendrait les os dans la bonne position. Elle veillerait toutefois à ce que l'attelle ne serre pas trop et n'entrave pas la circulation du sang. Elle frémit de peur en voyant Brun revenir, mais le chef passa devant elle sans mot dire. Elle comprit alors que son sort ne serait fixé qu'à leur retour à la caverne.

15

Les saisons semblaient se succéder à rebours et passer de l'hiver à l'automne, à mesure que le petit groupe de chasseurs se dirigeait vers le sud. Un ciel noir et l'odeur de la neige avaient précipité leur départ ; ils ne tenaient pas à essuyer le premier blizzard hivernal au nord de la péninsule. A présent, la douceur de la température leur donnait l'étrange impression que le printemps était proche, impression démentie par les tons chatoyants des frondaisons et la couleur dorée des steppes.

Les lourds fardeaux ralentissaient considérablement le voyage du retour ; on était loin du pas allègre de l'aller. Mais ce n'était pas le poids de la viande de mammouth qui oppressait Ayla. Une angoisse insupportable, un sentiment de culpabilité et un grand abattement l'accablaient. Si personne ne mentionnait jamais l'incident, elle faisait l'objet de regards furtifs et on lui adressait rarement la parole. Elle se sentait abandonnée de tous.

A la caverne, chacun guettait le retour de l'expédition et, depuis quelques jours, quelqu'un se postait en permanence sur la crête proche de la grotte d'où la vue s'étendait jusqu'aux steppes. La plupart du temps, l'un des enfants assumait cette tâche.

Un beau matin, de bonne heure, ce fut au tour de Vorn d'assurer la vigie. Il scruta, scrupuleux, le lointain pendant un moment, puis se lassa de son immobilité. Il n'aimait pas trop être seul sans Borg pour compagnon de jeu. S'imaginant à la chasse, il s'amusa à planter dans le sol un petit épieu dont la pointe ne tarda pas à s'émousser, et ce fut par le plus grand des hasards qu'il porta ses regards au pied de la colline, au moment précis où apparaissaient les chasseurs.

— Les défenses ! Les défenses ! s'écria Vorn en se précipitant vers la caverne.

— Les défenses ? s'étonna Aga. Qu'est-ce que tu racontes ?

— Ils arrivent ! insista-t-il, tout excité. Brun, Droog et tous les autres. . Je les ai vus, ils portaient des défenses de mammouth !

Tout le monde courut accueillir les chasseurs victorieux, mais loin de jubiler, ils offraient des visages fermés. Brun arborait un air sombre, et un seul regard à Ayla suffit à Iza pour comprendre qu'il était survenu quelque grave incident auquel sa fille était mêlée.

Lorsque la petite troupe s'arrêta un moment pour se décharger des fardeaux sur ceux qui venaient à leur rencontre, Iza apprit ce qui s'était passé, tandis qu'Ayla poursuivait son chemin vers la caverne, la tête baissée, fuyant les regards. Si Iza s'attendait à tout de la part de sa fille adoptive, elle ne l'aurait jamais crue capable de se livrer à semblable transgression et elle frémit à la pensée du châtiment qu'elle encourait.

En arrivant à la caverne, Oga et Ebra amenèrent le petit Brac dans le foyer d'Iza, qui, après avoir ôté l'attelle de bouleau, examina la blessure.

— Il pourra se servir de son bras comme si de rien n'était, déclara-t-elle. Il conservera une cicatrice, mais la plaie est en bonne voie de guérison et la fracture se soude parfaitement. Je vais tout de même lui changer son pansement.

Les deux femmes se sentirent soulagées. Un chasseur avait besoin de ses deux bras, et si Brac en avait perdu un il n'aurait jamais pu devenir chef. Dans l'incapacité physique de chasser, il ne serait jamais devenu un homme, au vrai sens du terme, et aurait fini sa vie au stade intermédiaire ou végétaient les jeunes gens qui, bien que physiquement mûrs, n'étaient pas en mesure d'abattre leur première bête.

Brun et Broud se sentirent eux aussi vivement soulagés. Mais Brun accueillit cette nouvelle avec un plaisir mitigé : elle lui rendait la tâche plus difficile encore. Ayla ne s'était pas contentée de sauver la vie de Brac, elle lui avait aussi assuré une existence normale. Mais il fallait prendre une décision différée depuis trop longtemps. Brun fit signe à Mog-ur et les deux hommes s'éloignèrent.

Creb resta consterné au récit de Brun. C'est lui qui avait assumé la lourde responsabilité de l'éducation et de la formation d'Ayla, et il avait lamentablement échoué dans sa tâche. Mais autre chose le troublait davantage. Quand il avait été informé des cadavres d'animaux que découvraient les hommes, il n'y avait pas vu une manifestation des esprits. Il s'était même demandé s'il n'y avait pas derrière cette histoire quelque facétie imaginée par Zoug ou un autre chasseur habile à la fronde, bien que cette supposition lui parût peu sérieuse. A présent qu'il connaissait la vérité, il se rappelait avoir remarqué un profond changement en Ayla, un changement qui aurait dû le mettre en garde. Les femmes n'avaient pas la démarche souple et feutrée du chasseur, elles faisaient au contraire du bruit sitôt qu'elles pénétraient dans un bois, et cela pour de bonnes raisons. Plus d'une fois, Ayla l'avait fait tressaillir en apparaissant à ses côtés, sans qu'il l'eût entendue approcher. D'autres détails lui venaient, qui auraient dû alors lui ouvrir les yeux.

Aveuglé par son affection pour Ayla, il s'était toujours refusé à la croire capable de chasser. Avait-il donc laissé ses sentiments personnels prendre le pas sur les intérêts spirituels du clan ? Méritait-il encore la confiance de son peuple ? Etait-il encore digne d'Ursus ? Pouvait-il décemment continuer d'être le mog-ur de ce clan ?

Pourtant ses regrets à l'égard de ce qu'il aurait dû faire ne lui épargnaient pas ce qu'il lui restait à accomplir à présent. Si la décision finale incombait à Brun, sa fonction exigeait que ce fût lui qui exécutât la sentence ; son devoir l'obligerait à sacrifier l'enfant qu'il adorait.

— Ce n'est qu'une supposition, dit Brun, mais je pense que c'est elle qui tuait les carnassiers aux alentours de la caverne. Il faudra le lui demander. Elle s'est forcément entraînée pour acquérir une telle adresse ; elle est plus adroite que Zoug, Mog-ur, et ce n'est qu'une fille ! Mais comment a-t-elle fait pour apprendre à tirer ? Je ne suis pas le seul à croire qu'il y a quelque chose de masculin en elle. Elle est aussi grande qu'un homme et n'est toujours pas une femme ! Penses-tu qu'elle le devienne jamais ?

— Ayla est une fille, Brun, et comme toutes les filles, elle deviendra femme un jour. Elle est tout simplement une femelle capable de se servir d'une arme, déclara le vieux sorcier.

— Bon, il me reste à savoir depuis combien de temps elle chasse. Nous sommes tous fatigués après ce long voyage. Dis à Ayla que je l'interrogerai demain.

Creb boitilla jusqu'à la caverne et ne s'arrêta devant son foyer que le temps de demander à Iza de transmettre le message de Brun. Puis il se dirigea vers la petite grotte sacrée où il passa toute la nuit.

Les femmes regardèrent en silence les hommes s'enfoncer dans les bois, Ayla sur leurs talons. Animées de sentiments contradictoires, elles ne savaient que penser. Ayla elle-même était profondément troublée. Elle avait toujours su qu'il était mal de chasser. Mais me serais-je abstenue si j'avais connu toute la portée de mon crime ? se demandait-elle. Non, je voulais chasser, et rien au monde ne m'en aurait empêchée. Mais elle n'en était pas moins terrifiée à la pensée de se voir bannie du clan, condamnée à errer dans le monde des esprits, qu'elle craignait autant qu'elle croyait au pouvoir des totems protecteurs.

Rien, pas même l'Esprit du Lion des Cavernes, ne pourrait-il la protéger contre les esprits maléfiques ? Quelle erreur ai-je faite en croyant que mon totem m'envoyait un signe favorable ! Jamais il n'aurait fait cela, sachant que je me condamnais moi-même à la Malédiction Suprême en chassant ! Mon totem protecteur m'a certainement abandonnée dès l'instant où j'ai mis la main sur cette fronde. Elle frémit à ce souvenir.

Arrivés dans une clairière, les hommes s'assirent autour de Brun sur des souches d'arbres, tandis qu'Ayla s'effondrait à ses pieds. Après lui avoir tapé sur l'épaule pour lui faire relever la tête, le chef commença de la questionner.

— Est-ce toi qui tuais les carnassiers que les chasseurs ont découverts ?

— C'est moi, acquiesça-t-elle.

Incapable de mentir, comme tous les autres membres du clan, Ayla, sachant son secret éventé, était prête à faire face à toutes les accusations.

— Comment as-tu appris à te servir d'une fronde ?

— C'est Zoug qui m'a appris, répondit-elle.

— Zoug ! s'exclama Brun, tandis que toutes les têtes se tournaient vers le vieux chasseur.

— Je ne lui ai jamais appris à se servir d'une fronde, se défendit Zoug avec énergie.

— Zoug ne savait pas qu'il était en train de m'apprendre, s'empressa d'ajouter Ayla, volant au secours du vieillard. Je l'observais quand il apprenait à Vorn.

— Depuis quand sais-tu tirer ? poursuivit Brun.

— Voilà deux étés que je chasse, et je me suis entraînée, sans chasser, l'été d'avant.

— Cela correspond bien au moment où Vorn a commencé son apprentissage, commenta Zoug.

— Oui, répondit Ayla, j'ai commencé le même jour que lui.

— Comment peux-tu savoir exactement quand Vorn a commencé ? demanda Brun, surpris de son assurance.

— Parce que je l'ai vu.

— Que racontes-tu là ? Où étais-tu ?

— Dans le pré où vous vous entraînez. Iza m'avait demandé de lui rapporter de l'écorce de merisier et, quand je suis arrivée, vous étiez déjà là, expliqua-t-elle. Iza avait grand besoin de cette écorce, c'est pourquoi j'ai préféré attendre, et j'ai regardé Zoug donner à Vorn sa première leçon.

— Tu as vu Zoug donner sa première leçon à Vorn ? répéta Broud. Es-tu bien sûre que c'était sa première leçon ?

Broud se sentait encore honteux au souvenir de son humiliation.

— Oui, Broud, j'en suis sûre, répondit Ayla.

— Et qu'as-tu vu d'autre ? ajouta-t-il sur un ton inquisiteur, tandis que Brun se rappelait l'incident survenu ce jour-là.

— J'ai vu les autres en train de s'entraîner, eux aussi, répondit Ayla essayant d'échapper à la question, mais elle croisa le regard sévère de Brun. Et puis j'ai vu Broud faire tomber Zoug et Brun se mettre très en colère contre lui.

— Tu as vu ça ? Tu as assisté à toute la scène ? s'écria Broud, blême de rage et de honte.

De tous les membres du clan, pourquoi fallait-il que ce fût elle, le témoin de la dure réprimande que Brun lui avait adressée ! La façon désastreuse dont il avait manqué tous ses tirs lui revint en mémoire, de même que celle dont il avait raté la hyène, cette hyène qu'elle avait tuée, elle, une femelle.

Toute la reconnaissance qu'il éprouvait envers Ayla pour avoir sauvé le fils de sa compagne s'évanouit d'un seul coup. Je serai bien content quand elle sera morte. Elle mérite d'être maudite. Il ne pouvait supporter l'idée qu'elle vive, sachant qu'elle l'avait vu tremblant de peur comme une femme devant Brun.

Brun lut sur le visage du fils de sa compagne les sombres pensées qui l'agitaient. Dommage, pensa-t-il, qu'il en soit ainsi alors qu'il y avait une chance pour que leur animosité cesse.

— Tu prétends donc, poursuivit-il, avoir commencé à t'entraîner le même jour que Vorn. Raconte-moi comment.

— Après votre départ, j'ai trouvé la fronde que Broud avait jetée. Personne n'avait songé à la ramasser. Alors je me suis demandé si je serais capable de tirer, et j'ai essayé en appliquant les conseils que Zoug avait donnés à Vorn. Au début, j'ai eu beaucoup de mal, et je suis restée à m'entraîner tout l'après-midi, sans voir le temps passer. J'ai réussi à toucher le poteau une fois seulement, et j'ai cru que c'était un hasard. Mais j'ai pensé qu'en persévérant, je pourrais réussir encore, alors j'ai gardé la fronde.

— Et je suppose que c'est grâce à Zoug que tu as pu t'en fabriquer une autre ?

— Oui.

— Et tu t'es entraînée cet été-là ?

— Oui.

— Et ensuite tu as décidé de t'en servir pour chasser, mais pourquoi t'en prendre aux carnassiers ? C'est plus difficile et fort dangereux. Nous avons trouvé des loups et des lynx morts. Tu as donné raison à Zoug qui affirmait qu'on pouvait les tuer à la fronde. Pourquoi les as-tu choisis ?

— Je savais que je ne pourrais jamais rien apporter à la caverne, mais je désirais chasser ou du moins essayer. Comme les carnassiers n'arrêtent pas de nous voler de la viande, j'ai pensé qu'il serait utile de nous en débarrasser. Alors j'ai décidé de les chasser.

Si Brun se sentait satisfait par cette réponse, il ne comprenait toujours pas les motifs qui l'avaient poussée à chasser, à se servir d'une arme, elle, une femme.

— Tu sais que tu aurais pu toucher Brac et non la hyène en tirant d'aussi loin, dit Brun, curieux de connaître sa réaction.

Il s'était lui-même apprêté à lancer ses bolas, malgré le risque de tuer l'enfant avec l'une des grosses pierres. Mais une mort instantanée eût été préférable à celle qui attendait Brac, et au moins auraient-ils pu l'enterrer et permettre à son esprit de rejoindre le monde invisible selon les rites établis.

— Je savais que j'aurais la hyène, répondit calmement Ayla.

— Comment pouvais-tu en être aussi sûre ? La hyène se trouvait hors de portée.

— Pas pour moi, j'ai déjà tué des animaux à cette distance et en règle générale, je ne les ai pas ratés.

— Il me semble avoir vu la marque de deux pierres, ajouta Brun.

— C'est exact, répondit Ayla. J'ai appris à tirer deux pierres à la suite après m'être fait attaquer par un lynx.

— Tu t'es fait attaquer par un lynx ? s'étonna Brun.

— Oui, dit Ayla, et elle raconta l'épisode de son affrontement avec le félin.

— Et à quelle distance tires-tu ? s'enquit Brun. Montre-moi plutôt. Tu as ta fronde ?

Ayla acquiesça et se releva. Tout le monde se dirigea vers un petit ruisseau qui cascadait à l'autre bout de la clairière où la jeune fille choisit soigneusement quelques galets. Les ronds fendaient mieux l'air et donnaient de meilleurs résultats pour les tirs longs.

— Le petit rocher blanc à côté du gros, là-bas, indiqua-t-elle du doigt.

Brun hocha la tête pour donner son accord. La cible se situait près de deux fois plus loin que la portée courante. Ayla prit une profonde inspiration, glissa un caillou dans sa fronde, et tira deux projectiles coup sur coup. Zoug se précipita pour constater le résultat.

— Il y a deux encoches toutes fraîches dans le rocher blanc. Elle l'a bien touché deux fois, annonça-t-il en revenant, non sans une nuance admirative dans ses gestes, et même un soupçon de fierté.

C'était une femme, et elle n'avait pas le droit de toucher à une arme, pensait le vieux chasseur, mais, à en juger par le tir qu'il venait de voir, elle excellait. Et qu'elle eût appris à son insu confirmait en quelque sorte la valeur de son enseignement. Cette technique à deux pierres, se dit-il, voilà une chose que j'aimerais bien essayer. La fierté de Zoug était celle d'un maître envers un élève dont l'excellence rejaillit sur le maître lui-même. Par ailleurs, elle avait prouvé qu'il avait toujours dit vrai en ce qui concernait les possibilités de la fronde. Ayla redonnait à cette arme toute la noblesse qu'elle méritait.

Brun surprit du coin de l'œil un mouvement dans l'herbe au bout de la clairière.

— Ayla ! Le lapin, là-bas ! s'écria-t-il en désignant le petit animal qui fuyait.

Avec une rapidité déconcertante, Ayla repéra le lapin, ajusta son tir, et abattit l'animal. Point n'était besoin d'aller vérifier. Elle est vive, pensa-t-il en regardant la fillette avec admiration. Tout en sachant les convenances bafouées, le chef ne pouvait s'empêcher de songer à la prospérité de son clan et aux multiples bienfaits que lui apporterait la présence d'un chasseur supplémentaire. Non, c'est impensable, conclut-il après réflexion, c'est aller à l'encontre des traditions.

Creb ne voyait pas la démonstration avec les yeux d'un chasseur. Il n'était désormais convaincu que d'une seule chose : Ayla avait chassé.

— Pourquoi as-tu ramassé cette fronde la première fois ? demanda-t-il en la foudroyant du regard.

— Je n'en sais rien, répondit-elle en baissant les yeux, désespérée par la colère sourde du sorcier.

— Non contente de la toucher, tu as chassé avec, tu as tué des animaux avec, tout en sachant que tu n'en avais pas le droit.

— Mon totem m'a envoyé un signe, Creb, ou du moins j'ai cru que c'en était un, répondit Ayla en dénouant son amulette. Voilà ce que j'ai trouvé après avoir décidé de chasser, ajouta-t-elle en tendant le fossile à Mog-ur.

Un signe ? Son totem lui aurait envoyé un signe ? Les hommes tressaillirent. La révélation d'Ayla donnait à la situation une nouvelle dimension. Mais la question demeurait : pourquoi avait-elle décidé de chasser ?

Le sorcier examina la pierre avec intérêt. En effet, il s'agissait d'un caillou très étrange, évoquant par sa forme un coquillage marin, mais de toute évidence il s'agissait bien d'une pierre. Y avait-elle vu un encouragement à utiliser une fronde, l'arme qui lançait des pierres ? Mog-ur ne pouvait répondre à cette question. L'interprétation des signes envoyés par un totem à celui ou celle qu'il protégeait concernait exclusivement la personne et son totem. Mog-ur rendit le fossile à la fillette.

— Creb, ajouta-t-elle pour tenter de le convaincre, j'ai cru que mon totem voulait m'éprouver, et que cette épreuve consistait à endurer les mauvais traitements de Broud. Je me suis dit qu'il me laisserait chasser si je parvenais à les subir sans me plaindre.

Des regards interrogateurs se tournèrent vers le jeune homme qui semblait très mal à l'aise.

— Le jour où le lynx m'a attaquée, poursuivit Ayla, j'ai cru qu'il s'agissait d'une nouvelle épreuve. Après cela, j'ai failli arrêter de chasser pour toujours. Puis, j'ai eu l'idée de m'entraîner avec deux pierres, pour plus de sécurité. J'ai même cru que cette idée venait aussi de mon totem.

— Oui, je vois, répondit le sorcier. Brun, j'aimerais que l'on me laisse un peu de temps pour réfléchir à tout cela.

— Je crois que nous ferions bien d'y réfléchir tous, déclara le chef. Nous nous réunirons demain matin pour en discuter, sans la fille.

— Je ne vois pas la nécessité de réfléchir indéfiniment, rétorqua Broud. Nous savons tous le châtiment qu'elle mérite.

— Ce châtiment pourrait se révéler néfaste pour tout le clan, Broud. Avant de la condamner, je dois m'assurer que nous avons bien considéré tous les aspects du problème. Nous nous retrouverons demain.

Les hommes s'entretinrent entre eux en revenant à la caverne.

— Je n'ai jamais entendu parler d'une femme qui voulait chasser, dit Droog. Est-ce que son totem n'en serait pas la cause ? C'est un totem mâle.

— Je ne me suis pas permis de discuter le jugement de Mog-ur, quand il a annoncé son totem, dit Zoug, mais je me suis dit alors qu'un Lion des Cavernes, tout de même, c'était beaucoup pour une petite fille, même si les cicatrices sur sa cuisse sont sans aucun doute la marque d'un lion. Mais aujourd'hui, après l'avoir vue tirer à la fronde, ça ne m'étonne plus. Mog-ur avait raison... comme toujours.

— Est-ce qu'elle ne serait pas moitié homme, moitié femme ? avança Crug. Il y en a qui le pensent.

— C'est vrai qu'elle ne se comporte pas comme une femme doit le faire, ajouta Dorv.

— Non, c'est bien une femelle, dit Broud. Et la loi veut qu'on la tue. Tout le monde le sait bien.

— Tu as probablement raison, Broud, dit Crug.

— Même si elle était moitié homme, je n'aime pas l'idée d'une femme qui chasse, dit Dorv, l'air buté. Je n'aime pas non plus l'idée qu'elle fasse partie du clan. Elle est trop différente de nous.

— Tu sais que j'ai toujours eu le même sentiment, Dorv, dit Broud. Je ne sais pas pourquoi Brun veut qu'on en discute encore et encore. Si j'étais le chef, nous en aurions déjà fini avec elle.

— Ce n'est pas une décision à prendre à la va-vite, Broud, dit Grod. Pourquoi se presser ? Nous ne sommes pas à un jour près.

Broud accéléra le pas sans même daigner répondre. Ce vieux Grod, toujours à sermonner, toujours de l'avis de Brun, pensait-il, amer. Brun serait-il incapable de prendre une décision ? A quoi sert de réfléchir ? Décidément, je me demande s'il n'est pas devenu trop vieux pour être encore le chef.

En arrivant à la caverne, Ayla se dirigea droit vers le foyer de Creb et s'assit sur sa fourrure, le regard perdu dans le vague. Iza lui proposa de manger un peu, mais elle refusa d'un signe de tête. Uba, qui ne comprenait pas très bien ce qui troublait sa grande amie, qu'elle adorait par-dessus tout, se glissa gentiment sur ses genoux. Ayla serra contre elle la petite fille en la berçant tendrement, jusqu'à ce qu'elle s'endorme. Peu après, Iza coucha Uba et s'allongea à son tour. Mais, le cœur gros en pensant à l'étrangère qu'elle appelait sa fille et qui fixait d'un air absent les dernières braises du foyer, elle ne put trouver le sommeil.

L'aube pointa, claire et froide. Une mince couche de glace recouvrait la petite mare près de la caverne. L'hiver ne tarderait pas à confiner le clan dans la grotte.

A son lever, Iza trouva Ayla toujours assise au même endroit. La fillette était silencieuse, perdue dans son monde, figée dans l'attente de son sort. Pour la deuxième nuit consécutive, Creb n'avait pas regagné le foyer. Il ne quitterait pas son sanctuaire avant le matin. Quand les hommes furent partis, Iza apporta une infusion à Ayla, qui resta muette devant ses questions et refusa de boire. On dirait qu'elle est déjà morte, songea-t-elle, la gorge serrée par le chagrin.

Brun conduisit ses hommes à l'abri d'un gros rocher au pied duquel il fit allumer un feu. Il ne tenait pas à ce que le froid les fît se prononcer trop hâtivement, et il voulait sonder les sentiments et connaître le point de vue de chacun. Lorsqu'il commença, ce fut avec une grande solennité. Il s'adressa d'abord aux esprits puis précisa aux hommes qu'il s'agissait là d'une réunion extraordinaire.

— Une fille de notre clan, Ayla, s'est servie d'une fronde pour tuer la hyène qui emportait Brac. Elle a utilisé cette arme pendant trois ans. C'est une femelle ; et nos lois exigent le châtiment de toute femme ayant touché à une arme. Le châtiment suprême. Quelqu'un a-t-il quelque chose à dire ?

— Droog demande la parole, Brun.

— Droog a mon autorisation.

— Lorsque la guérisseuse a découvert cette fille, nous errions à la recherche d'une nouvelle caverne, car les esprits, mécontents de nous, avaient envoyé un tremblement de terre pour détruire notre ancienne demeure. Mais peut-être, après tout, n'étaient-ils pas si mécontents et voulaient-ils que nous découvrions l'enfant. Elle est aussi étrange et surprenante que les signes de nos totems. Depuis son arrivée parmi nous, la chance nous a toujours souri. Je suis persuadé que son totem nous est favorable. Si elle n'était pas différente de nous, si, par exemple, elle n'aimait pas autant se baigner dans la mer, elle n'aurait jamais pu sauver Ona de la noyade. Et, bien qu'Ona ne soit qu'une fille, je l'aime et je suis heureux qu'elle ne nous ait pas quittés pour le monde des esprits.

» Nous ne savons pas grand-chose des Autres. J'ignore ce qui l'a poussée à chasser, mais si elle n'avait pas su tirer à la fronde, Brac serait mort, lui aussi, et je préfère ne pas songer de quelle horrible façon. Qu'un chasseur tombe sous la griffe et la dent d'un carnassier, c'est dans l'ordre des choses, mais Brac n'est qu'un bébé...

» Sans compter ton affliction, Brun, et la tienne, Broud, le clan entier aurait eu à déplorer sa perte. Certes, nous ne serions pas ici à décider du sort de celle qui lui a sauvé la vie, mais nous aurions perdu un futur chef. Je pense qu'elle mérite une punition, mais comment pourrions-nous la condamner au châtiment suprême ? J'ai dit tout ce que j'avais à dire.

— Zoug demande la parole, Brun.

— Zoug a mon autorisation.

— Je suis d'accord avec tout ce que vient de dire Droog ; comment pouvez-vous condamner la fille qui a sauvé la vie de Brac ? Elle est différente, elle n'est pas née au sein du clan, et elle ne pense pas comme une femme, mais, exception faite de la fronde, elle s'est toujours conduite d'une manière correcte, obéissante, respectueuse...

— C'est faux ! Elle est insolente et rebelle ! l'interrompit Broud.

— C'est moi qui ai la parole, Broud, rétorqua avec colère Zoug, tandis que Brun intimait silence au jeune homme d'un regard courroucé. Il est vrai, poursuivit Zoug, qu'étant plus jeune, elle s'est montrée insolente à ton égard, Broud. Mais tu es entièrement responsable de cet état de fait. Comment voulais-tu qu'elle te traite en adulte ? Toute ton attitude envers elle était puérile. Elle s'est toujours bien comportée envers moi et n'a jamais fait montre d'insolence envers personne d'autre que toi.

Broud fulminait de rage aux saillies du vieux chasseur.

— En dépit de ses torts, poursuivit Zoug, je n'ai jamais vu manier la fronde avec tant d'adresse. Elle prétend tenir son savoir de mes propres enseignements. Je n'en ai jamais eu conscience, mais je dois avouer que j'aurais aimé former un élève aussi brillant, et je reconnais qu'elle pourrait à présent me donner des leçons. Comme il lui était interdit de chasser pour le clan, elle a découvert un autre moyen de contribuer à son bien-être. Elle est peut-être née chez les Autres, mais elle a toujours fait passer les intérêts du clan avant les siens. Elle n'a pas songé au danger en se portant au secours d'Ona, et j'ai vu combien elle était épuisée en regagnant le rivage. La mer aurait très bien pu l'emporter, elle aussi, toute grande nageuse qu'elle est. Elle savait qu'elle n'avait pas le droit de chasser et qu'elle devait protéger son secret aussi longtemps que possible, et pourtant elle s'est précipitée au secours de Brac, sans hésiter un seul instant.

» Elle excelle au tir à la fronde, et il serait regrettable pour tout le monde de laisser perdre une telle habileté. Je dirai en conséquence qu'il faut la laisser chasser...

— Non, non, non et non ! s'écria Broud, furieux. C'est une femelle, et les femelles n'ont pas le droit de chasser...

— Broud, rétorqua placidement le vieux chasseur, je n'ai pas encore terminé. Tu demanderas la parole quand j'aurai fini.

— Laisse parler Zoug, ajouta Brun. Si tu n'es pas capable de respecter les règles dans ce genre de débat, tu peux t'en aller !

Broud se rassit, ravalant de son mieux sa colère.

— La fronde n'est pas une arme très importante. Pour ma part, je n'ai commencé à l'utiliser qu'au moment où l'âge m'a empêché de chasser à la lance. Je disais donc qu'il faut la laisser chasser, mais à la fronde seulement. La fronde deviendra l'arme des vieillards et des femmes, à tout le moins de cette femme-là. J'ai terminé.

— Zoug, tu sais aussi bien que moi qu'il est plus difficile de manier une fronde qu'une lance. Ne sous-estime pas ta propre habileté pour sauver la fille. La chasse à la lance n'exige que de la force, déclara Brun.

— Il faut aussi un cœur solide et de bonnes jambes, sans parler d'une bonne dose de courage, répliqua Zoug.

— Je me demande s'il ne faut pas autrement de courage pour affronter un lynx, seul et muni d'une simple fronde, quand on s'est déjà fait attaquer par un lynx et qu'on s'en est tiré par miracle, intervint Droog. Je m'associe à la proposition de Zoug. Les esprits ne semblent pas s'y opposer et elle nous a encore porté chance lors de la chasse au mammouth.

— Je ne crois pas que nous puissions prendre ce genre de décision, dit Brun. Vous connaissez tous les traditions. Il n'y a aucun moyen de la laisser vivre et moins encore de la laisser chasser. Cela ne s'est jamais vu, et nous ignorons ce que pourrait être la réaction des esprits. Comment peux-tu penser à une chose pareille, Zoug ? Les femmes du Peuple du Clan ne chassent pas.

— Oui, les femmes du Peuple du Clan ne chassent pas, mais elle, oui. Je n'y aurais jamais songé si je ne l'avais vue à l'œuvre. Je propose simplement de la laisser continuer.

— Qu'as-tu à dire, Mog-ur ? demanda Brun au sorcier.

— Que veux-tu qu'il dise, elle vit dans son foyer ! s'exclama amèrement Broud.

— Broud ! se récria Brun. Accuserais-tu Mog-ur de faire passer ses intérêts personnels ou ses propres sentiments avant ceux du clan ? N'est-il pas Mog-ur ? Le grand Mog-ur ? Insinuerais-tu qu'il ne dit pas ce qui est vrai, ce qui est juste ?

— N'insiste pas, Brun. Broud a touché juste, dit Creb. Mes sentiments pour Ayla ne sont un mystère pour personne. N'oubliez pas d'en tenir compte car je ne suis pas certain d'être parvenu à faire abstraction de mon affection pour elle. La nuit dernière, Brun, au cours de ma méditation, j'ai réussi à rappeler à moi des souvenirs que je ne connaissais pas, peut-être parce que je n'avais pas pensé à les chercher.

» Il y a très, très longtemps de cela, bien avant la naissance du Peuple du Clan, les femmes chassaient avec les hommes, poursuivit Mog-ur à la grande stupeur de l'assemblée. C'est rigoureusement vrai. Je vous révélerai ces souvenirs à la prochaine cérémonie. Lorsque notre peuple ne connaissait encore que les premières ébauches de nos outils, les femmes et les hommes tuaient ensemble les animaux indispensables à leur survie. Les hommes n'étaient pas obligés de nourrir les femmes, qui chassaient pour elles et leurs enfants, comme les louves et les ours.

» C'est beaucoup plus tard que les hommes se mirent à chasser pour nourrir leur foyer. Avant, quand la mère mourait à la chasse, son petit mourait de faim. Puis le Peuple du Clan ne s'est constitué et développé réellement qu'au moment où les différents clans ont cessé de se combattre et ont appris à s'entraider et à chasser pour le bien commun. Au début, il y avait encore des femmes pour chasser ; c'étaient ces mêmes femmes qui communiquaient avec les esprits.

» Brun, tu te trompes en prétendant que l'on n'a jamais vu de femme chasser. Les femmes des clans chassaient, et les esprits approuvaient de telles pratiques. Ces esprits-là, fort anciens, étaient différents de ceux de nos totems. Ils étaient puissants. Ils ont depuis longtemps disparu. Je ne sais pas si l'on peut les appeler des esprits du Peuple du Clan, car ils étaient plus craints que vénérés, bien qu'ils ne fussent pas maléfiques, à proprement parler.

Tout le monde resta bouche bée devant de pareilles affirmations. Mog-ur faisait allusion à des temps si reculés que leur simple évocation suffisait à faire frémir son auditoire.

— Je serais fort surpris si aujourd'hui une femme du Peuple du Clan désirait chasser, poursuivit Mog-ur. Je ne suis même pas certain qu'elles en soient capables physiquement. Mais Ayla est différente de nous ; les Autres sont différents. Je crois que si nous lui donnions la permission de chasser, cela n'aurait aucune importance en ce qui concerne les autres femmes du clan. C'est tout ce que j'ai à dire.

— Quelqu'un veut-il ajouter quelque chose ? demanda Brun qui commençait à ne plus savoir que penser devant l'afflux de tant d'idées nouvelles.

— Goov demande la parole, Brun.

— Goov a mon autorisation.

— Je ne suis que le servant de Mog-ur et mon savoir est moins étendu, mais je crois que le sorcier a oublié quelque chose. Dans son désir de reléguer au second plan ses sentiments pour Ayla, il ne s'est pas assez penché sur la personnalité de la fille et a négligé son totem.

» Avez-vous songé aux raisons pour lesquelles un totem masculin aussi puissant choisit une fille ? Hors Ursus, le Lion des Cavernes est le totem le plus puissant. Le lion des cavernes est plus puissant que le mammouth ; le lion des cavernes chasse le mammouth, seulement les jeunes et les vieux, mais il le chasse néanmoins. Pourtant, le lion des cavernes ne chasse pas le mammouth !

— Tu dis n'importe quoi, Goov, dit Brun. Tu prétends d'abord que le lion des cavernes chasse le mammouth et ensuite tu affirmes le contraire !

— Ce n'est pas le lion, c'est la lionne qui le chasse ! C'est elle qui rapporte ses proies au mâle qui, de son côté, se charge de la protéger quand elle chasse.

» Personne n'a-t-il songé que son totem n'est peut-être pas le Lion des Cavernes, mais plutôt la Lionne ? La femelle ? Cela n'explique-t-il pas la raison pour laquelle elle désire tant chasser ? C'est aussi peut-être pourquoi elle est marquée à la cuisse gauche. Je ne sais pas si ce que j'avance est vrai, mais reconnaissez au moins que c'est logique. Que son totem soit le Lion des Cavernes ou la Lionne, il nous faut admettre qu'elle était destinée à chasser. Oserons-nous la condamner pour avoir obéi aux ordres de son totem ? conclut Goov. J'ai terminé.

Brun ne savait plus où il en était. Tournant et retournant les arguments dans sa tête, il ne parvenait pas à prendre son parti. Le chef devait tenir compte de l'avis de tous les chasseurs, mais il aurait préféré se donner le temps de la réflexion avant de prendre une décision. Néanmoins, l'heure n'était plus aux hésitations. Certes Goov avait raison, c'était la lionne qui chassait, mais qui avait jamais entendu parler d'un totem femelle ? Les esprits étaient mâles, non ? Seul un servant de mog-ur, habitué à s'interroger longuement sur les intentions des esprits, pouvait arriver à la conclusion que le totem de la fille qui chassait était l'animal chasseur dans l'espèce qui incarnait son totem. Brun aurait préféré que Goov ne soulève pas le risque qu'il y avait pour le clan à ne pas tenir compte des volontés d'un totem aussi puissant que celui de la fille. Ayla avait-elle chassé uniquement pour obéir à son totem ?

— Quelqu'un d'autre a-t-il quelque chose à ajouter ? demanda-t-il à la ronde.

— Broud demande la parole, Brun.

— Broud a mon autorisation.

— Tout cela est fort intéressant, et nous pourrions en débattre à notre aise durant les longues soirées d'hiver, mais les traditions sont parfaitement claires. Qu'elle soit née chez nous ou chez les Autres, elle fait partie du clan. Les femmes du Peuple du Clan n'ont pas le droit de toucher à une arme ou à un outil destiné à fabriquer une arme, et encore moins de s'en servir et de chasser. Nous savons tous le châtiment encouru : la Malédiction Suprême. Peu importe si les femmes chassaient dans le passé. Ce n'est pas parce que la lionne ou l'ourse chassent que la femme en a le droit. Nous ne sommes ni des ours ni des lions. Peu importe qu'elle possède un totem puissant et qu'elle porte chance au clan. Peu importe son adresse à la fronde et même qu'elle ait sauvé la vie du fils de ma compagne. Je lui en suis, certes, reconnaissant et je ne m'en suis pas caché, mais encore une fois, cela importe peu. Les traditions du clan sont formelles. Toute femme prise à se servir d'une arme doit mourir. Nous n'y pouvons rien changer. C'est ainsi.

» Nous perdons notre temps à tergiverser. Tu n'as pas le choix, Brun. J'ai terminé.

— Broud a raison, dit Dorv. Ce n'est pas à nous de changer les lois du clan. Une exception en entraînera forcément d'autres, et bientôt nous n'aurons plus aucune règle sur laquelle nous fonder. Le châtiment est la mort ; la fille doit mourir.

Deux hochements de tête vinrent saluer la déclaration de Dorv. Brun ne répondit pas tout de suite. Broud a raison, pensait-il. Quelle autre décision pourrais-je prendre ? Elle a sauvé la vie de Brac mais, ce faisant, elle a utilisé une arme. Brun ne se sentait pas plus avancé qu'au premier jour.

— Je tiendrai compte de vos avis respectifs, avant de prendre une décision, déclara-t-il. Mais auparavant, je voudrais connaître votre opinion définitive.

Assis en rond autour du feu, les hommes serrèrent leur poing sur leur poitrine. En le bougeant de haut en bas, ils exigeraient la mort pour Ayla, et un mouvement latéral signifierait la grâce.

— Grod, dit Brun en s'adressant d'abord à son second. Exiges-tu la mort pour Ayla ?

Grod hésitait. Les longues années au cours desquelles il avait appris à connaître Brun lui permettaient de deviner ses pensées et de mesurer toute l'ampleur de son dilemme. Mais cette fois-ci, il ne voyait guère d'autre alternative. Il leva le poing et l'abaissa.

— Quel autre choix y a-t-il, Brun ? ajouta-t-il.

— Grod a dit oui. Droog ? demanda Brun en se tournant vers le tailleur de pierre.

Sans hésiter, Droog bougea son poing de droite à gauche.

— Droog a dit non. Crug, à toi.

Crug regarda tour à tour Brun, puis Mog-ur et enfin Broud. Il leva le poing et le rabaissa.

— Crug dit oui, la fille doit mourir, confirma Brun. Goov ?

Le jeune servant de Mog-ur répondit aussitôt en bougeant son poing latéralement.

— C'est non pour Goov. Broud ?

Broud avait levé son poing avant même d'avoir entendu son nom et Brun n'eut aucun besoin de le regarder pour connaître sa réponse.

— Oui, Zoug ?

Le vieux chasseur, passé maître dans l'art de la fronde, se redressa fièrement et bougea son poing latéralement avec une assurance qui ne laissait planer aucun doute sur ses sentiments.

— Zoug estime qu'elle ne mérite pas la mort, qu'en penses-tu, Dorv ?

Le poing du vieil homme se leva et, avant même qu'il fût retombé, tous les regards se tournèrent vers Mog-ur.

— Dorv a dit oui. Mog-ur, quel est ton avis ? demanda Brun, qui, s'il avait pu deviner le verdict de tous les autres, ne savait pas à quoi s'en tenir en ce qui concernait le vieux sorcier.

Creb était au supplice. Il connaissait les traditions du clan. Il s'en voulait d'avoir accordé trop de liberté à Ayla, et se sentait personnellement responsable de son crime. Il se reprochait son amour pour elle, redoutant qu'elle lui fît perdre la raison et oublier ses devoirs envers le clan. Tout le poussait à requérir la peine de mort, mais au moment où il s'apprêtait à lever le poing, celui-ci se déplaça latéralement, comme mû par une volonté propre qui échappait totalement à la sienne. Creb ne pouvait se résoudre à condamner la fillette, tout en sachant qu'il devrait se soumettre à la décision finale, dont le choix incombait à Brun et à lui seul.

— Les choix sont également partagés, annonça le chef. Quoi qu'il en soit, c'est à moi qu'il appartient de décider, mais je tenais à connaître votre opinion à tous. Je vais devoir consacrer quelque temps à peser vos avis respectifs et je vous ferai part de ma décision demain matin.

Après le départ des hommes, Brun resta un long moment seul devant le feu. Des nuages s'amoncelaient dans le ciel, poussés par des vents froids, et crevaient par intermittence en averses glaciales. Indifférent aux intempéries comme au feu moribond, Brun ne regagna la caverne qu'à la tombée de la nuit. Elle s'attend au pire, se dit-il en apercevant Ayla assise à la place où il l'avait vue le matin. A quoi d'autre peut-elle s'attendre ?

16

Le lendemain matin, le clan au grand complet se réunit devant la caverne. Il soufflait de l'est un vent glacial annonciateur des blizzards, mais le ciel était clair et le soleil se levait au-dessus de la crête, baignant les collines d'une lumière dorée. Le visage sombre et fermé, chacun prit place en silence pour apprendre le sort réservé à cette fille dont la présence était devenue familière à tous.

Uba sentait sa mère trembler, et sa main serrait si fort la sienne que la petite en avait mal. Elle se doutait bien que ce n'était pas le vent froid qui faisait ainsi frissonner sa maman. Creb se tenait à l'entrée. Jamais le grand sorcier n'avait arboré un air aussi austère et menaçant. Son visage ravagé avait la dureté du granit, son œil unique était plus opaque qu'une pierre. Sur un signe de Brun il se dirigea d'un pas lent vers son foyer, accablé par le chagrin, et au prix d'un suprême effort il s'approcha d'Ayla, toujours assise sur sa peau de bête.

— Ayla, Ayla, lui dit-il avec douceur, tandis qu'elle levait les yeux vers lui. Il faut que tu viennes, Ayla. Brun est prêt.

Ayla hocha la tête puis se leva avec difficulté, les jambes ankylosées pour être restée si longtemps sans bouger. Hagarde, elle suivit le vieux sorcier, notant les multiples empreintes de pieds au sol de la caverne, les marques du bâton de Creb, la trace d'un talon, d'orteils, jusqu'à ce qu'elle voie devant elle les chausses poussiéreuses de Brun et s'effondre à ses pieds. La tape qu'il lui donna sur l'épaule sembla soudain la réveiller.

Elle leva les yeux vers lui et vit le visage familier, le front fuyant, les larges arcades, le nez busqué, la barbe grisonnante, mais le regard dur, fier et impitoyable du chef avait fait place à une sincère compassion et à une tristesse évidente.

— Ayla, commença-t-il à voix haute en employant les gestes appropriés à des circonstances aussi dramatiques, fille du Peuple du Clan, nous respectons nos traditions depuis des générations, depuis la naissance du clan. Sans être née parmi nous, tu es aujourd'hui des nôtres, soumise à la même loi que nous tous. Quand nous étions dans le nord, à chasser le mammouth, tu as été surprise une fronde à la main et tu as avoué chasser depuis longtemps déjà. Selon nos coutumes, les femmes du clan n'ont pas le droit de se servir d'une arme. Le châtiment qu'elles encourent est également prévu par nos traditions. Rien ne peut les modifier.

Brun se pencha et plongea son regard pénétrant dans les yeux bleus de la jeune fille.

— Je sais pourquoi tu as fait usage de ta fronde, poursuivit Brun. Mais je ne comprends toujours pas ce qui t'a poussée la première fois à t'en servir. Néanmoins, le chef de ce clan t'est reconnaissant d'avoir sauvé le fils de la compagne du fils de ma compagne.

Les membres du clan échangèrent des regards surpris. C'était là un aveu très rare chez un homme, et encore plus de la part d'un chef, que de témoigner sa reconnaissance envers quiconque, et encore moins envers une fille.

— Mais nos traditions sont impitoyables, poursuivit-il en faisant un signe à Creb, qui disparut aussitôt dans la caverne. Je n'ai pas le choix, Ayla. Quand Mog-ur aura fini d'invoquer les esprits occultes, tu mourras. Ayla, fille du Peuple du Clan, tu es maudite !

Ayla blêmit, tandis qu'Iza poussait un cri strident qui se prolongea en une longue plainte déchirante, brutalement interrompue par un geste de Brun.

— Je n'ai pas encore terminé, ajouta-t-il devant un auditoire suspendu à ses lèvres et à ses gestes. Les traditions du Clan sont parfaitement claires et, en tant que chef, je dois les respecter. Mais si une femme doit encourir la Malédiction Suprême pour avoir utilisé une arme, il n'est dit nulle part que son châtiment doive demeurer éternel. Ayla, tu es maudite pour la durée d'une lune entière. Si les esprits te font la grâce de te laisser revenir de l'au-delà quand la lune aura accompli un cycle complet, nous t'accepterons de nouveau parmi nous.

Une émotion intense envahit l'assemblée. Personne ne s'attendait à une telle éventualité.

— C'est juste, approuva Zoug. Rien n'indique que la malédiction doive être éternelle.

— Mais quelle différence cela fait-il ? demanda Droog. Comment peut-on être mort aussi longtemps pour revivre ensuite ? Quelques jours peut-être, mais certainement pas une lune entière.

— Si la malédiction ne durait que quelques jours, il n'est pas sûr qu'elle soit une punition suffisante, dit Goov. Certains mog-ur croient que l'esprit ne pénètre jamais dans le monde invisible si la malédiction est trop courte. L'esprit rôde alors entre les deux mondes, attendant que le temps passe avant de pouvoir revenir à la vie. La sentence de Brun est juste, car la malédiction est assez longue pour qu'elle puisse devenir éternelle. La loi est ainsi respectée.

— Alors pourquoi ne se contente-t-il pas de la maudire une bonne fois pour toutes ! s'exclama Broud, furieux. Les traditions n'ont jamais fait allusion à une malédiction temporaire. La mort doit être le seul châtiment.

— Parce que tu crois qu'elle ne mourra pas, Broud ? Tu t'imagines qu'elle reviendra parmi nous ? demanda Goov.

— Je ne crois rien du tout. Je me demande simplement pourquoi Brun ne l'a pas maudite éternellement. Est-il donc désormais incapable de prendre une simple décision ?

Broud disait tout haut ce que tout le monde pensait en son for intérieur. Brun aurait-il condamné Ayla à une malédiction temporaire s'il ne pensait pas qu'elle avait une chance, fût-elle infime, de revenir d'entre les morts ?

Brun avait débattu toute la nuit de la sentence qu'il devait prononcer. Ayla avait sauvé Brac, et il n'était pas juste qu'elle doive le payer de sa vie. Les traditions exigeaient la mort, mais il existait d'autres lois, des lois qui disaient « une vie contre une vie ». Ayla portait en elle une partie de l'esprit de Brac ; elle méritait, avait droit à une compensation de valeur égale... sa propre vie.

Ce ne fut qu'au point du jour qu'il trouva enfin un compromis. Quelques âmes intrépides étaient revenues après une malédiction temporaire. L'espoir était mince, mais il ne pouvait lui offrir plus.

Soudain, un silence de mort tomba sur le clan. Mog-ur apparut à l'entrée de la caverne, les traits tirés et le visage couleur de cendres. Le sorcier avait accompli son devoir. Ayla était morte.

Iza poussa une longue plainte perçante, tandis qu'Ebra et Oga, puis toutes les autres femmes se portaient auprès d'elle et joignaient leurs cris aux siens. Devant la peine de la femme qu'elle aimait par-dessus tout, Ayla courut vers elle pour la réconforter, mais au moment même où elle s'apprêtait à la prendre dans ses bras, Iza se détourna. Tout se passait comme si elle ne la voyait pas. Ayla ne comprenait pas ce qui lui arrivait. Elle se tourna vers Ebra d'un air interrogatif, mais le regard de la compagne du chef ne la vit pas. Puis elle s'approcha d'Aga et ensuite d'Ovra. Personne ne la voyait plus. Tout le monde cherchait à l'éviter. Désespérée, elle courut alors auprès d'Oga.

— C'est moi, Ayla ! Tu ne me vois donc pas ? Je suis là, devant toi ! s'écria-t-elle.

Le regard d'Oga lui passait au-travers et la jeune femme se détourna sans un geste, sans un signe de reconnaissance, comme si Ayla était invisible.

Elle aperçut alors Creb qui se dirigeait vers Iza.

— Creb ! C'est moi, Ayla ! Je suis là, cria-t-elle en faisant de grands gestes.

Le vieux sorcier passa son chemin, s'écartant juste ce qu'il fallait pour éviter la jeune fille prosternée à ses pieds, comme il l'eût fait pour éviter une pierre.

— Creb ! hurla-t-elle. Pourquoi ne me vois-tu pas ? (Ayla se releva pour s'élancer de nouveau vers Iza.) Iza ! Maman ! Mamaaaaan ! Regarde-moi ! Mais regarde-moi donc, hurla-t-elle avec de grands gestes.

Mais Iza émit de nouveau une longue plainte en se frappant la poitrine.

— Mon enfant, mon Ayla, ma fille est morte. Elle n'est plus. Ma pauvre Ayla. Elle est partie, elle nous a quittés...

En voyant Uba s'accrocher désespérément aux jambes de sa mère, l'air effarouché, Ayla s'agenouilla auprès de la petite fille.

— Tu me vois, toi, Uba ? Je suis là, dit Ayla.

Mais Ebra se précipita aussitôt vers l'enfant et l'emporta dans ses bras.

— Je veux Ayla ! cria la petite fille en se débattant pour descendre.

— Ayla est morte, Uba. Ce n'est plus elle que tu vois, c'est son esprit. Laisse-le trouver son chemin vers l'autre monde. Si tu lui parles ou si tu le regardes, il t'emmènera avec lui. Ne le regarde surtout pas, Uba.

Ayla s'effondra sur le sol. Elle avait imaginé toutes sortes d'horreurs en pensant à la malédiction qui l'attendait, mais la réalité se révélait pire encore. Elle avait cessé d'exister aux yeux du clan. La vraie Ayla ne faisait plus partie de leur monde. Ils ne lui jouaient pas une sinistre comédie destinée à lui faire peur ; elle avait cessé d'exister. Elle n'était plus qu'un esprit qui donnait encore une apparence de vie à son corps, mais la vraie Ayla était morte. La mort pour le Peuple du Clan n'était qu'un changement d'état, un voyage vers une autre dimension. L'essence de la vie ne pouvait être qu'un esprit, une force invisible. Une personne pouvait être vivante et, l'instant d'après, morte sans qu'il y ait une modification notable, apparente. L'esprit d'Ayla ne faisait plus partie de leur monde ; il avait été chassé de leur réalité, et peu leur importait que le corps qui restait fût froid et immobile ou chaud et animé.

Par ailleurs, il leur paraissait évident que ce corps même cesserait bientôt d'exister, quand il saurait que l'esprit qui l'avait animé l'avait déserté pour le monde invisible. Personne ne croyait franchement qu'elle reviendrait jamais, pas même Brun. Son corps, cette enveloppe vide, ne pourrait jamais tenir jusqu'au retour de son esprit. Sans la vie spirituelle, le corps était incapable de manger, de boire, et il se détériorait rapidement. Quand une telle croyance était aussi fermement enracinée dans les mentalités, quand les êtres aimés ne reconnaissaient plus votre existence, il n'y avait plus de raison de manger, de boire ou de vivre.

Mais aussi longtemps que l'esprit restait à proximité de la caverne, animant un corps qui en était désormais détaché, les forces qui dirigeaient cet esprit représentaient un danger pour les membres du clan. On avait déjà vu la compagne ou le compagnon d'une personne condamnée à la Malédiction Suprême succomber à son tour peu de temps après. Aussi tout le monde désirait-il que l'esprit d'Ayla disparaisse au plus vite.

Dans un climat de tension, chacun retourna à ses occupations habituelles. Creb et Iza se dirigèrent vers la caverne, et Ayla les suivit. Personne n'essaya de l'en empêcher et l'on se contenta de tenir Uba à l'écart. Iza fit un ballot de toutes les affaires de la jeune fille, sans oublier sa couverture de fourrure et l'herbe de sa paillasse, qu'elle sortit avec l'aide de Creb de la caverne. Après en avoir fait un gros tas sur un bûcher prêt à être allumé, elle rentra précipitamment tandis que le sorcier y mettait le feu.

Avec un désespoir croissant, Ayla vit Creb nourrir les flammes de tous ses biens. Si son châtiment n'exigeait pas de cérémonie célébrant sa mort, toutes traces de son existence devaient être effacées ; rien de ce qui pouvait l'inciter à revenir ne devait subsister. Elle vit son bâton à fouir jeté au feu, puis son panier, ses vêtements de peau. Lorsque Creb saisit sa fourrure favorite, ses mains tremblèrent légèrement. Il la serra un instant contre son cœur avant de la jeter dans les flammes...

— Creb, je t'aime, s'écria Ayla, en larmes.

Le sorcier ne semblait pas la voir ; il ramassa la petite sacoche de guérisseuse qu'Iza avait confectionnée juste avant la fatale chasse au mammouth, et la jeta dans le bûcher.

— Non, Creb, non ! Pas mon sac de guérisseuse ! gémit Ayla, le cœur brisé.

Mais il était trop tard, le cuir commençait déjà à se racornir sous l'effet de la chaleur.

Incapable d'en supporter davantage, Ayla, aveuglée par les larmes, s'élança dans le sentier, puis s'enfonça dans la forêt en courant éperdument. Elle traversa comme une folle les épais taillis et les branches qui obstruaient le passage, indifférente aux égratignures qui lui striaient les bras et les jambes. Puis elle traversa la rivière glacée, insensible au froid qui lui engourdissait les pieds, et alla s'écrouler dans l'herbe mouillée, souhaitant de tout son cœur que la mort vienne au plus vite mettre un terme à ses souffrances.

La jeune fille risquait fort de voir se réaliser ce souhait. Isolée dans son monde de chagrin et de peur, elle n'avait ni mangé ni bu depuis son retour il y avait plus de deux jours. Elle ne portait aucun vêtement chaud, et ses pieds étaient bleuis de froid. Faible, déshydratée, l'hypothermie et la mort la guettaient. Mais du tréfonds d'elle-même monta le même désir qui l'avait poussée à survivre, quand elle avait erré seule, toute petite alors, après la disparition des siens dans un tremblement de terre. Elle parvint tant bien que mal à se relever, flageolant sur ses jambes, les pieds engourdis par le froid. Elle se laissa conduire par l'habitude et, sans y penser, emprunta le chemin familier qui conduisait à sa prairie. Dégageant l'épais feuillage qui dissimulait aux regards indiscrets l'entrée de la faille dans la paroi rocheuse, elle pénétra dans son antre.

Sa grotte lui parut beaucoup plus exiguë qu'à l'accoutumée. Elle y découvrit la vieille fourrure qu'elle avait apportée un jour et s'en enveloppa pour se réchauffer. Elle y trouva également une peau de bête qu'elle avait bourrée d'herbe pour s'en faire une couche, puis elle chercha son couteau. Elle réussit à le trouver, à demi enfoui dans la terre, et entreprit de se confectionner de nouvelles chausses dans la peau de bête pour remplacer les siennes, qu'elle put ainsi mettre à sécher.

Il faut que je fasse du feu, se dit-elle. Tiens, voilà mon écuelle en écorce de bouleau, elle me sera utile pour aller chercher de l'eau. Ma vieille fronde ! J'avais oublié que je l'avais laissée là. Elle est trop petite pour moi, maintenant, il faudra que je m'en confectionne une nouvelle. Les yeux sur la lanière de cuir craquelé, elle songea soudain à la malédiction qui l'avait frappée. Je suis morte, se dit-elle. Comment puis-je penser à faire du feu et à me confectionner une nouvelle fronde ? J'ai froid, j'ai faim... je ne me sens absolument pas morte ! A quoi ressemble la mort ? Mon esprit se trouve-t-il dans l'autre monde ? Je ne sais même pas à quoi peut ressembler mon esprit. Creb dit qu'on ne les voit jamais, mais qu'on peut s'adresser à eux. Pourquoi Creb ne me voyait-il plus ? Pourquoi personne ne faisait plus attention à moi ? Si je suis morte, pourquoi penser aux frondes et au feu ? Parce que j'ai faim ! Parce que sans fronde je ne pourrai jamais chasser, je ne pourrai jamais manger !

Le cuir de la vieille fourrure étant trop raide pour y tailler une fronde, elle se servit de son vêtement à la peau souple et fine. Il manquait à l'arme le renflement pour y loger les pierres, mais elle jugea qu'elle ferait néanmoins l'affaire.

C'était la première fois qu'elle allait tuer des animaux pour se nourrir. Si le lapin qu'elle visa était rapide, il ne le fut pas assez pour échapper à son tir précis. Elle se rappela avoir aperçu un castor près du ruisseau et l'abattit avant qu'il eût le temps de plonger dans l'eau. Puis elle rapporta son précieux butin à la grotte, ramassant en chemin un nodule de pierre grise qu'elle savait contenir du silex.

Il lui fallut du temps et un effort soutenu pour faire naître en frottant deux morceaux de bois sec l'un contre l'autre une petite étincelle qui bientôt mit le feu aux herbes sèches tirées de sa paillasse, auxquelles elle s'empressa d'ajouter des brindilles, puis des morceaux plus gros provenant de l'étagère sur laquelle elle disposait ses quelques ustensiles.

Il va falloir que je me fabrique un récipient pour faire la cuisine, décida-t-elle en embrochant le lapin après l'avoir dépecé. Il me faudra aussi un bâton à fouir et un panier. Creb a jeté les miens au feu, il a tout brûlé, même mon sac de guérisseuse.

Cette nuit-là, Ayla se félicita d'avoir fait du feu. Elle s'assura qu'il ne s'éteindrait pas avant le matin, s'enveloppa dans sa vieille couverture et s'allongea pour dormir. La fatigue l'emporta bientôt et elle sombra dans un sommeil agité et entrecoupé de cauchemars où elle appelait Iza et aussi une autre femme dans une langue qu'elle avait complètement oubliée.

Les journées d'Ayla étaient bien remplies. Elle se confectionna des récipients étanches pour transporter l'eau et faire la cuisine. Elle travailla la peau des animaux qu'elle tuait, pour s'en faire toutes sortes de vêtements d'hiver, se fabriqua des outils de silex et ramassa de l'herbe pour amollir sa couche.

La flore des hauts pâturages lui fournissait également de quoi manger. Elle fit provision de noisettes mais aussi de mûres et des dernières airelles. Elle cueillit de la vesce, dont les fèves étaient comestibles, ainsi que de petites pommes sauvages, des tubercules, des graminées. Une fois qu'elle eut ainsi ramassé tout ce qu'elle pouvait trouver de nutritif, elle décida qu'il lui fallait une nouvelle peau de bête. La température glaciale faisait déjà sentir sa morsure, et la neige ne semblait pas loin. Après avoir passé en revue tous les animaux dont la fourrure serait inutile, elle fixa son choix sur le daim, qui avait le mérite d'être comestible de surcroît. Une pierre lancée de près avec force abattit la bête qu'elle acheva d'un coup de massue taillée dans une branche noueuse.

La fourrure était douce et épaisse, et le ragoût qu'elle fit s'avéra excellent. Quand par l'odeur alléché un glouton s'approcha de la caverne, Ayla l'abattit d'une seule pierre et se rappela le premier qu'elle avait tué parce qu'il volait le clan... Voilà qui me fera un bonnet, décida-t-elle en traînant la dépouille dans la grotte.

Elle fit sécher le reste de la viande à la fumée de petits feux qu'elle alluma tout autour de l'entrée, afin d'éloigner les charognards, et entreposa ensuite la viande séchée dans un trou au fond de son antre, qu'elle recouvrit de grosses pierres. Elle fit une outre de l'estomac du daim, récupéra les tendons pour en faire des cordelettes et acheva d'assouplir la peau et de la tailler pour qu'elle la couvre du mieux possible.

Par une nuit où de lourds nuages cachaient la lune à ses regards, Ayla commença à se préoccuper de l'écoulement du temps. Elle se rappelait parfaitement ce que lui avait dit Brun. « Si les esprits te font grâce de te laisser revenir de l'au-delà, quand la lune aura accompli un cycle complet, nous t'accepterons de nouveau parmi nous. » Elle ne savait pas si elle se trouvait réellement dans l'au-delà, mais elle tenait absolument à retrouver le clan, et elle se raccrocha désespérément à la promesse de Brun.

Elle se souvint alors de la fois où elle s'était amusée à compter les jours que mettait la lune à parcourir sa révolution, mais sans parvenir à se rappeler le nombre exact. Elle se souvenait en revanche de la réprimande que lui avait adressée Creb, quand il avait découvert son petit jeu. Il lui fallut toute la journée pour que la manière de calculer lui revînt en mémoire et elle décida de faire tous les soirs une entaille dans un bout de bois. En dépit de tous ses efforts, elle ne pouvait s'empêcher de fondre en larmes chaque fois qu'elle ajoutait une encoche.

De fait, Ayla pleurait souvent. Un rien faisait affluer des milliers de souvenirs douloureux. Ainsi, le passage d'un lapin lui rappelait ses longues promenades avec Creb, une plante qu'elle avait cueillie avec Iza la faisait éclater en sanglots et le simple souvenir de son petit sac de guérisseuse jeté au feu avait le don de la faire redoubler de pleurs. Mais c'était la nuit qu'elle avait le plus grand mal à supporter. Seule dans la grotte, assise devant le feu dont les flammes projetaient des ombres dansantes sur les parois, elle pleurait l'absence des êtres qu'elle chérissait, et tout particulièrement celle d'Uba. Souvent elle étreignait sa fourrure contre sa poitrine et se balançait doucement en chantonnant tout bas, comme elle l'avait tant de fois fait avec l'enfant.

La première neige tomba durant la nuit. Ayla eut un cri de ravissement en sortant au matin de la grotte. Une blancheur cristalline adoucissait le relief, coiffant rochers et buissons de calottes blanches, chargeant les branches et les rameaux des sapins, dont les cimes blanchies se découpaient contre un ciel bleu éclatant. Elle s'était mise à suivre les traces d'un petit animal mais, mue par une impulsion soudaine, elle prit la direction de la crête dominant la prairie.

De là-haut elle avait vue sur toute la chaîne de montagnes étincelantes sous les premiers rayons du soleil. Au loin la mer d'un bleu vert moutonnait sous la brise. Les collines environnantes étaient enneigées, les steppes brunes et nues. Ayla aperçut de minuscules silhouettes en dessous d'elle. Il avait neigé devant la caverne. L'une de ces silhouettes semblait claudiquer en se déplaçant lentement. Soudain la magie déserta le paysage, et Ayla s'empressa de redescendre.

La deuxième chute de neige n'eut rien de ravissant. La température chuta brusquement. Pendant quatre jours, la tempête souffla, accumulant la neige devant la petite grotte dont l'entrée fut rapidement obstruée. En grattant avec ses mains, Ayla parvint à se frayer un passage pour aller chercher du bois. Si elle avait fait d'amples provisions de viande, elle s'était montrée moins prévoyante en ce qui concernait l'alimentation de son feu, et si la neige continuait à tomber au même rythme, elle n'était pas sûre de pouvoir dans quelque temps sortir de son abri.

Pour la première fois depuis le début de son isolement forcé, Ayla craignit pour sa vie. Si jamais elle se trouvait prisonnière, elle ne pourrait pas tenir longtemps. En rentrant dans la grotte, Ayla se promit de retourner chercher du bois dès le lendemain matin.

Le jour suivant, l'entrée était complètement obstruée après une nuit où le blizzard n'avait cessé de souffler avec violence. Terrorisée, elle se sentit prise au piège. Afin de savoir sous quelle épaisseur de neige elle se trouvait prisonnière, elle enfonça une longue branche dans le mur blanc et réussit à ménager une petite ouverture. La neige tombait toujours. Elle laissa la branche dans le trou, afin qu'il entre de l'air dans la faille et s'installa auprès du feu, mais elle ne fut pas longue à s'apercevoir qu'elle n'avait pas besoin d'entretenir son foyer pour avoir chaud, car la neige, enfermant de minuscules poches d'air, isolait parfaitement la grotte où régnait une douce chaleur. Mais comme il lui fallait de l'eau, elle attisa néanmoins le feu pour faire fondre la neige.

Seule dans son antre éclairé par les maigres flammes, Ayla ne pouvait distinguer le jour de la nuit qu'à la faible lueur qui filtrait quand elle retirait la branche de son trou. Et, chaque fois que la lumière déclinait, elle prenait grand soin de tailler une nouvelle encoche dans le morceau de bois.

Réduite à une inaction totale, Ayla se perdait dans ses pensées, contemplant le feu d'un regard fixe. Les flammes dansaient, vivantes, et elle les regardait dévorer lentement une bûche, jusqu'à ce que celle-ci ne soit plus qu'un tas de cendres. Est-ce qu'il existe un esprit du feu ? se demandait-elle. Et où peut bien aller l'esprit du feu quand il meurt ? Creb dit qu'à la mort de quelqu'un, son esprit part dans l'autre monde. Serais-je dans cet autre monde ? Il ne m'a pas l'air différent de celui que je suis censée avoir quitté. L'unique différence, c'est que j'y suis terriblement seule. Après tout, peut-être que mon esprit est parti ailleurs ? Comment le saurais-je ? Mon esprit est avec Creb, Iza, Uba. J'ai été maudite, mais suis-je morte ?

Les jours se suivaient et se ressemblaient tous. Un soir, après avoir nourri son feu exigeant, Ayla décida de compter les entailles. Elle commença par placer tous ses doigts de la main droite sur chacune des encoches, puis ceux de la main gauche, à nouveau ceux de la main droite et ainsi de suite jusqu'à ce qu'elle les eût toutes recouvertes. C'est hier que mon châtiment a pris fin, constata-t-elle. Demain, je pourrai rentrer à la caverne, mais comment faire avec toute cette neige ?

Quand elle se réveilla le lendemain, elle se précipita pour vérifier le temps qu'il faisait dehors. Mais le blizzard soufflait toujours. Désespérée de ne pouvoir sortir, elle se laissa aller à de sombres pensées. Elle se demanda si Brun n'avait pas entre-temps aggravé sa peine, et ne l'avait pas condamnée à une malédiction éternelle. Se pourrait-il que je ne puisse pas revenir, même si la tempête s'arrêtait ? C'est alors que j'en mourrais pour de bon. Non, je ne pourrai jamais tenir plus d'une lune ici. Elle s'interrogea sur la sentence de Brun. Pourquoi l'avoir maudite pour la durée d'une lune seulement ? Pourquoi cette condamnation temporaire, peu courante dans le Peuple du Clan ? Je ne m'y attendais pas. Mais aurais-je pu revenir si c'était mon corps, et non mon totem, qui avait disparu dans le monde invisible ? De toute façon, rien ne me dit que mon esprit m'ait quittée. Mon totem m'a tout de même bien protégée jusqu'à maintenant. Ce que je sais, c'est que je n'aurais jamais eu une seule chance de m'en sortir sans cette malédiction temporaire.

Ayla comprit soudain que le désir de Brun avait été de lui donner une chance. Il m'est reconnaissant d'avoir sauvé la vie de Brac. Il devait me maudire, car c'est la loi du clan, mais il a tenu à me laisser une possibilité de revenir parmi eux. Aurais-je lutté comme je l'ai fait, si je n'avais eu cet espoir de retour ? Non, il est probable que je n'aurais pas chassé à la fronde pour manger, que je n'aurais eu ni faim ni soif ni envie de faire un pas de plus. C'est pour cela, pour cette chance de retrouver ceux que j'aime, que j'ai eu envie de vivre. Et puis, je suis sûre que mon totem aussi était là pour m'aider.

Le lendemain, Ayla mit un grand moment à se convaincre qu'elle était bien éveillée. Elle chercha à tâtons la longue branche qui traversait la paroi glacée obstruant la grotte et poussa frénétiquement jusqu'au moment où des paquets de neige se détachèrent, laissant apparaître un lambeau de ciel bleu.

Une bouffée d'air frais lui fouetta le visage. Ça y est ! s'exclama-t-elle. Il ne neige plus ! Je peux retourner à la caverne ! La fillette entreprit d'élargir l'ouverture avec son bâton et fit tomber de grands blocs de neige compacte. Une fois l'entrée dégagée, elle se força à se calmer et à penser sérieusement à son départ. Tout en grignotant un morceau de viande fumée, elle passa en revue ce qu'elle désirait emporter. En réfléchissant, elle se mit à enfiler tous les vêtements qu'elle s'était confectionnés. Elle s'entortilla les jambes de fourrure de lapin, glissa à ses pieds les deux paires de chausses, jeta en travers de ses épaules une autre peau de lapin, et enfin s'emmitoufla dans sa fourrure de daim, dans les replis de laquelle elle serra ses outils. Après avoir mis son capuchon et ses moufles, elle entreprit de sortir de sa prison, non sans avoir jeté un dernier regard derrière elle.

Elle s'extirpa de la grotte par l'ouverture qu'elle avait pratiquée dans le mur de neige, mais la hauteur de ce dernier était encore telle qu'elle dut le franchir en se hissant aux branches du bouquet de noisetiers. Sa prairie était méconnaissable. L'épaisse couche de neige avait enseveli tous les repères. Dès qu'elle voulut avancer, Ayla s'enfonça profondément dans la neige, mais pas autant qu'elle le craignait, car ses larges chausses offraient une grande surface portante. La progression n'en était pas moins lente et difficile. Marchant à petits pas, elle réussit à se frayer un chemin vers ce qui avait été l'impétueux ruisseau. Elle s'y arrêta pour décider de la route à suivre : longerait-elle le cours d'eau gelé jusqu'à la rivière pour gagner la caverne en faisant un grand détour, ou emprunterait-elle le chemin le plus direct ? Impatiente d'arriver, elle opta pour le plus court, sans imaginer à quel point cet itinéraire pouvait être dangereux.

Quand le soleil parvint au zénith, elle avait à peine parcouru la moitié du chemin. Malgré la chaleur de ses rayons, il faisait un froid vif et Ayla commençait à se sentir fatiguée. En descendant une pente raide et verglacée, son pied glissa sur des éboulis. Dans leur chute, ceux-ci ébranlèıent des roches, entraînant avec elles une coulée de neige qui renversa la jeune fille et la précipita au bas de la pente dans un grondement formidable d'avalanche.

Creb était réveillé quand Iza s'approcha sans bruit, un bol d'infusion brûlante à la main.

— Je savais que tu ne dormais pas, Creb, et j'ai pensé que tu aimerais boire quelque chose de chaud avant de te lever. La neige s'est arrêtée de tomber cette nuit.

— Oui, je sais, j'ai vu le ciel bleu ce matin à l'entrée de la caverne.

Ils s'assirent tous deux pour boire leur infusion matinale, comme ils le faisaient souvent depuis la disparition d'Ayla, cherchant dans cette intimité un réconfort susceptible de remplir le vide créé par son absence. Uba n'avait plus goût à rien, personne n'avait su la convaincre de la mort de son amie et elle ne cessait de la réclamer. Elle rendait la vie difficile à Iza, qu'une toux persistante torturait de nouveau, l'empêchant de trouver le sommeil.

Creb avait terriblement vieilli. Pas une seule fois il n'était retourné dans la grotte sacrée, depuis le jour fatal où il s'était adressé aux esprits. Il avait alors disposé les os blanchis de l'ours des cavernes en deux rangées parallèles, l'une d'elles passant sur le crâne de l'animal. Il n'osait revoir la disposition des ossements et ne cherchait même plus à communiquer avec les esprits protecteurs. Il avait songé à se retirer de ses fonctions de mog-ur pour les confier à Goov, et Brun l'avait exhorté à n'en rien faire, quand Creb l'avait informé de son projet.

— Pourquoi ferais-tu cela, Mog-ur ? lui avait demandé le chef.

— Que peut faire un homme quand il devient trop vieux pour rester assis de longs jours dans la grotte sacrée ? Il y fait froid et mes rhumatismes me font de plus en plus souffrir.

— N'entreprends rien à la hâte, Creb, avait répondu Brun avec douceur. Réfléchis encore.

Creb avait réfléchi et pris la décision de nommer Goov à sa place en ce deuxième jour suivant la dernière lune.

— Je pense que je vais laisser Goov me remplacer, Iza, annonça-t-il à la femme assise à ses côtés.

— La décision n'appartient qu'à toi seul, Creb, dit Iza, sans chercher à le dissuader. (Elle savait qu'il n'avait plus le cœur à rien, depuis qu'il avait accompli la malédiction sur Ayla.) Le délai est dépassé, n'est-ce pas, Creb ? demanda la guérisseuse.

— Oui, il est dépassé, Iza.

— Mais comment pourrait-elle le savoir ? Comment aurait-elle pu voir la lune dans cette tempête ?

Creb se souvint du jour où il lui avait appris à compter les années, où il l'avait surprise à calculer toute seule les jours du cycle lunaire.

— Si elle est toujours en vie, elle le saura, Iza.

— Mais songe à la tempête, personne ne pourrait en réchapper.

— N'y pense plus, Ayla est morte.

— Je le sais bien, Creb, répondit Iza avec des gestes accablés.

Le chagrin de sa sœur poussa Creb à lui offrir le réconfort qu'il pouvait.

— Je ne devrais pas dire cela, Iza, mais à présent que son esprit a quitté ce monde et, avec lui, les esprits maléfiques, il n'y a plus de danger. Son esprit m'a parlé avant de partir. Il m'a dit qu'il m'aimait, et ses gestes étaient si réels que j'ai failli m'y laisser prendre. Mais un esprit qui a été maudit est très dangereux. Il essaie toujours de te tromper, pour pouvoir t'emmener avec lui. Je regrette presque de ne pas avoir suivi l'esprit d'Ayla.

— Je sais, Creb. Quand son esprit m'a appelée maman, je....

Bouleversée, Iza ne put poursuivre.

— Son esprit m'a supplié de ne pas brûler le sac de guérisseuse, Iza. L'eau lui est venue aux yeux, comme quand elle était vivante. Et là, j'avoue que si je n'avais pas déjà jeté le sac dans le feu, je le lui aurais donné. Cela a été sa dernière tentative pour nous égarer. Et puis il est parti.

Creb se leva, s'enveloppa dans sa fourrure et prit son bâton. Etonnée qu'il désire sortir, Iza le regarda se diriger vers l'entrée de la caverne où il resta, les yeux rivés sur l'étendue de neige étincelante. Il ne revint qu'au moment où Iza envoya Uba lui dire de venir manger. Il regagna aussitôt après son poste d'observateur, et Iza le rejoignit bientôt.

— Il fait froid, Creb. Tu ne devrais pas rester ainsi exposé au vent, lui signifia-t-elle.

— Voilà des jours que le ciel n'a pas été aussi limpide. C'est un soulagement que de revoir le paysage après toutes ces journées de blizzard.

— Oui, mais viens quand même te réchauffer un moment auprès du feu.

Creb fit plusieurs allers et retours entre son foyer et l'entrée de la caverne. Vers le soir, après dîner, il s'adressa à Iza.

— Je vais voir Brun à son foyer pour lui annoncer que Goov sera désormais notre mog-ur, déclara-t-il.

— Oui, Creb, dit-elle, la tête baissée.

Elle aussi n'avait plus aucun espoir.

Creb se levait de sa fourrure quand un cri perçant éclata au foyer de Brun. Iza leva la tête. Une étrange apparition se tenait dans l'entrée de la caverne, silhouette blanche de neige, qui battait la semelle pour se réchauffer.

— Creb, qu'est-ce que... ? demanda Iza, affolée.

Creb fixait d'un regard perçant l'apparition. Etait-ce l'incarnation de quelque mauvais esprit ? Soudain il ouvrit de grands yeux où dansait une lueur de joie.

— C'est Ayla ! cria-t-il.

Et il se porta vers elle aussi vite que son handicap le lui permettait.

Oubliant de prendre son bâton, oubliant sa dignité de mog-ur, oubliant la coutume réservant les manifestations affectives au foyer seul, il jeta son bras valide autour de la fillette et la serra contre sa poitrine.

17

— Ayla ? Es-tu bien sûr qu'il s'agisse d'Ayla et non pas de son esprit ? demanda Iza au vieil homme qui amenait Ayla à leur foyer.

Iza avait peur, peur que ce ne soit un mirage.

— C'est bien elle, répondit Creb. Elle a réussi à vaincre les esprits maléfiques et à revenir parmi nous.

— Ayla ! s'écria Iza en ouvrant les bras à sa fille qui pleurait de joie, tandis que la petite Uba, elle aussi, s'agrippait à elle.

— Ayla ! Ayla revenue ! Uba savoir Ayla pas morte ! déclara la petite avec l'autorité de quelqu'un convaincu d'avoir eu raison depuis toujours.

Ayla la prit dans ses bras et la serra à lui couper le souffle.

— Toi, mouillée ! lui signifia l'enfant en se dégageant de son étreinte.

— Ayla, change de vêtements, tu vas prendre froid, recommanda Iza, profitant de ce prétexte pour cacher son émotion.

Elle s'affaira à lui chercher une fourrure sèche et à mettre du bois dans le feu.

— Tu as raison, maman, je risque d'attraper froid, dit Ayla.

Elle entreprit de se défaire du tas de peaux dont elle s'était couverte, et enfila avec plaisir la fourrure chaude que lui tendait Iza.

— Je meurs de faim, je n'ai rien mangé de la journée, dit Ayla. J'aurais dû arriver plus tôt mais j'ai été emportée par une avalanche. Heureusement, elle ne m'a pas ensevelie trop profond. N'empêche qu'il m'a fallu longtemps pour me dégager

La stupéfaction d'Iza ne dura qu'un moment. Ayla aurait pu lui dire aussi bien qu'elle avait traversé une rivière de flammes, elle l'aurait crue. Son retour était une preuve amplement convaincante de son invincibilité. Comme elle ramassait les fourrures mouillées de la fillette, la guérisseuse remarqua la peau de daim.

— Comment t'es-tu procuré cette peau, Ayla ? s'enquit-elle.

— Mais c'est moi qui l'ai faite.

— Mais... mais elle vient de... ce monde, le nôtre ? demanda Iza avec inquiétude.

— Tout à fait de ce monde, répondit Ayla en souriant. As-tu oublié que je savais chasser ?

— Ne dis pas ca, Ayla. (Iza vint se placer devant Ayla de façon à ce qu'on ne puisse comprendre sa question.) Tu n'as pas ta fronde avec toi, hein, dis-moi ?

— Non, je l'ai laissée derrière moi. Mais ça ne change pas grand-chose. Tout le monde le sait, maintenant, Iza. Il fallait bien que je me fabrique certaines choses après que Creb eut brûlé tout mon bien. Et la seule façon d'avoir une peau, c'est de la prendre à une bête. Les fourrures ne poussent pas sur les arbres.

Creb, pour sa part, la regardait en silence, sans croire encore tout à fait à la réalité de ce qu'il voyait. Certes, il avait entendu raconter que les morts pouvaient revenir après leur malédiction, mais il ne l'avait jamais constaté par lui-même. Il la trouvait changée, plus mûre, plus confiante en elle. Comment en aurait-il été autrement après l'épreuve dont elle venait de triompher ? A quoi peut bien ressembler le monde des esprits ?

Les esprits, songea-t-il soudain. Je dois rompre le maléfice en changeant l'ordonnance des ossements dans la grotte sacrée.

Il se rua vers le sanctuaire pour apporter les modifications nécessaires et, brandissant la torche qui brûlait à l'entrée de l'étroit passage, il pénétra dans la grotte et s'arrêta net. Le crâne de l'ours avait été déplacé, et les os blanchis dérangés.

De petits rongeurs nichaient dans la caverne, attirés par les restes de repas et la chaleur. L'un d'eux était sans doute responsable du déplacement des os. Creb n'en frissonna pas moins. Il fit un signe de protection et, ramassant les os, il alla les remettre sur la pile d'ossements dans un coin de la grotte. Quand il ressortit, Brun l'attendait au-dehors.

— Brun ! s'exclama le sorcier. Tu sais que personne ne s'est introduit dans le sanctuaire depuis la malédiction d'Ayla ? Eh bien, les ossements ont été déplacés !

— Que s'est-il donc passé ? demanda Brun, inquiet.

— Je pense que c'est son totem. La lune est passée, et il voulait nous signifier qu'elle pouvait revenir parmi nous.

— Tu dois avoir raison, répondit Brun, l'air hésitant, comme s'il désirait poursuivre la conversation.

— Tu désires me parler, Brun ?

— Je voudrais te parler en privé. (Il hésita de nouveau.) Pardonne mon intrusion. J'ai regardé dans ton foyer. Le retour de la fille est une surprise.

Tous les membres du clan n'avaient pu s'empêcher malgré la coutume de regarder ce qui se passait dans le foyer de Creb. Personne n'avait encore jamais vu quelqu'un revenir d'entre les morts.

— C'est compréhensible, vu les circonstances, et il ne faut pas en tenir compte, répondit Mog-ur.

Il s'apprêtait à regagner son foyer quand Brun le retint de la main.

— Ce n'est pas pour ça que je voulais te voir, dit-il, mais pour te parler des cérémonies. Enfin... d'une cérémonie pour son retour...

— Ce ne sera pas nécessaire, dit Mog-ur. Les esprits maléfiques se sont éloignés. Il n'y a plus de danger.

— Je ne pensais pas à ce genre de cérémonie.

— Que veux-tu dire alors ?

Brun parut incertain un instant, puis il choisit d'aborder le sujet par un autre biais.

— Je regardais Ayla tout à l'heure quand elle te parlait à toi et à Iza. As-tu remarqué un changement chez elle ?

— Quel genre de changement ? répondit Mog-ur, qui ne voyait pas du tout où Brun voulait en venir.

— Nous savons tous qu'elle possède un totem très puissant qui, non seulement la protège, mais lui porte chance. Droog l'a toujours pensé, et je crois qu'il a raison. Elle ne serait jamais revenue sans cela, et je pense qu'elle le sait aujourd'hui. Voilà ce qu'il y a de différent en elle.

— Oui, je m'en suis aperçu, mais je ne vois pas le rapport avec les cérémonies ?

— Tu te souviens de la fois où nous nous sommes réunis pour que chacun exprime ce qu'il pensait d'elle et du fait qu'elle avait osé chasser ? J'ai souvent repensé à cette réunion depuis qu'elle est partie. Je ne pensais pas qu'elle reviendrait jamais, mais je me disais que, si elle retrouvait le chemin de la caverne, nous devrions faire quelque chose.

— Que faudrait-il faire ? Nous n'avons rien à faire ! Elle est de retour, et il n'y a rien de changé. C'est toujours une fille, Brun.

— Et si je désirais changer quelque chose, moi, y a-t-il une cérémonie pour cela ?

— Mais une cérémonie pour quoi faire ? insista Mog-ur qui ne comprenait toujours pas. Tu n'as pas besoin de cérémonie pour modifier ton comportement envers elle. De quels changements veux-tu parler ? Je ne peux pas te répondre si tu n'en dis pas davantage !

— Voilà, je voudrais que tous les totems de notre clan soient heureux, Mog-ur, et que tu organises une cérémonie, mais je ne sais pas si une telle cérémonie existe.

— Je n'y comprends absolument rien ! s'exclama Mog-ur, exaspéré par les propos sybillins de Brun.

Brun baissa les yeux, découragé. Tout ce qu'il avait échafaudé pendant l'absence d'Ayla s'écroulait lamentablement, faute de pouvoir l'exprimer clairement.

— Moi-même, je ne comprends pas très bien, alors comment pourrais-je t'en parler ? Et qui aurait cru qu'elle allait revenir ? Je ne comprendrai jamais rien aux esprits, mais c'est pour ça que tu es là ! Tu ne m'aides pas beaucoup d'ailleurs. De toute façon, toute cette histoire est ridicule, et je ferais mieux d'y repenser sérieusement.

Brun tourna les talons, laissant le vieux sorcier dans la confusion la plus complète.

— Dis à la fille que je désire la voir, ajouta-t-il en se retournant une dernière fois avant de regagner son foyer.

Creb rentra chez lui perplexe.

— Brun veut voir Ayla, annonça-t-il en arrivant.

— Il veut la voir tout de suite ? demanda Iza en poussant un plat de viande vers la jeune fille. Il voudra bien attendre qu'elle ait fini de manger, n'est-ce pas ?

— Ça y est, j'ai fini. Je ne pourrais rien avaler de plus. J'y vais.

Ayla se présenta au foyer du chef aux pieds duquel elle s'assit, les yeux baissés. Il portait les mêmes chausses que le jour de la malédiction mais cette fois-ci, elle ne ressentit aucune crainte. Loin d'avoir peur du chef du clan, elle le respectait davantage. Elle attendit très longtemps qu'une tape sur l'épaule lui fît relever la tête.

— Je vois que tu es de retour, Ayla, commença-t-il maladroitement, sans savoir qu'ajouter.

— Oui, Brun.
— Je suis surpris de te voir. Je ne m'y attendais pas du tout.
— La fille qui se tient devant toi ne s'y attendait pas non plus.
Brun était complètement dérouté. Il désirait lui parler mais ne trouvait rien à lui dire et ne savait pas non plus comment mettre un terme à l'entretien. Ayla attendit un instant, puis lui demanda la parole.
— La fille qui est devant toi aimerait parler, Brun.
— Je te donne mon autorisation.
— La fille qui se tient devant toi, Brun, est heureuse d'être revenue. J'ai eu peur plus d'une fois et plus d'une fois j'ai cru ne jamais pouvoir rentrer à la caverne.
Brun émit un grognement. Il ne doutait pas qu'elle dise la vérité.
— Ce fut dur au début, poursuivit-elle, mais je pense que mon totem m'a protégée. J'étais trop occupée pour réfléchir, mais quand je me suis retrouvée bloquée, j'ai eu tout le temps alors de le faire.
Occupée ? Bloquée ? Que se passe-t-il donc dans le monde des esprits ? se demanda Brun qui faillit lui poser la question, mais préféra ne pas trop en apprendre.
— Brun !... poursuivit Ayla en hésitant légèrement.
Elle voulait lui exprimer sa gratitude pour lui avoir laissé une chance. Elle voulait lui dire qu'elle avait compris son dilemme, que sa sentence avait été juste et la plus humaine possible, mais cela n'était pas facile à dire.
— Brun, reprit-elle, la fille qui se tient devant toi t'est reconnaissante. Tu m'as dit un jour que tu m'étais reconnaissant d'avoir sauvé la vie de Brac... Aujourd'hui, c'est moi qui le suis envers toi, pour avoir sauvé la mienne.
Cette déclaration était bien la dernière à laquelle Brun s'attendait de la part d'une fille qu'il avait maudite. Il est vrai qu'elle ne prétend pas m'être reconnaissante pour avoir ordonné son châtiment, pensa-t-il. A-t-elle donc compris que je lui ai donné sa chance, la seule et unique chance que je pouvais lui accorder ? Cette étrange fille serait-elle capable de comprendre plus de choses que les chasseurs, et peut-être même que Mog-ur ? A n'en pas douter, décida-t-il. Et, pour la première fois, il regretta l'espace d'un instant qu'elle ne fût pas un garçon. Jamais une femme ne lui avait inspiré pareil sentiment. Il n'avait plus besoin de réfléchir à ce qu'il voulait demander à Mog-ur. Il le savait clairement à présent.

— Je ne sais pas ce qu'ils complotent, et je ne pense pas que les chasseurs eux-mêmes le sachent, disait Ebra. Tout ce que je sais, c'est que je n'ai jamais vu Brun aussi agité.
Les femmes étaient ensemble, s'occupant de préparer le festin que Brun leur avait demandé, un festin dont l'objet était un mystère pour tout le monde.
— Mog-ur a passé toute la journée et une partie de la nuit dans la grotte sacrée. Une cérémonie se prépare, c'est sûr. Quand Ayla n'était

plus là, il n'y a jamais mis les pieds, et maintenant c'est tout juste s'il en sort de temps en temps, raconta Iza. Il a la tête tellement ailleurs qu'il en oublie de manger. Et quand ça lui arrive de le faire, il ne sait pas ce qu'il mange.

— Mais si c'est pour une cérémonie, pourquoi Brun a-t-il passé la moitié de la journée à dégager tout un espace au fond de la grotte ? demanda Ebra avec des gestes vifs. Quand je lui ai proposé de le faire à sa place, il m'a chassée. Ils ont déjà un lieu pour les cérémonies ; pourquoi travaillerait-il comme une femme là-bas derrière ?

— Ce ne peut être qu'une cérémonie, affirma Iza. Brun et Mog-ur projettent quelque chose, mais ils en font tout un mystère. J'ai vu Mog-ur transporter je ne sais quoi de la grotte sacrée à l'endroit que dégageait Brun.

Ayla se laissait aller dans la chaude compagnie des femmes. Elle avait parfois du mal à croire qu'elle se trouvait là, dans la caverne, à préparer la cuisine avec ses compagnes. Celles-ci n'étaient pas cependant très à l'aise en sa présence. Elles l'avaient crue morte, et son retour parmi elles était un miracle. Et elles ne savaient que dire à quelqu'un revenu du royaume des morts. Mais Ayla ne s'en préoccupait pas ; elle était seulement heureuse d'être là. Elle regardait Brac réclamer le sein à Oga.

— Comment va son bras ? demanda-t-elle à la jeune mère assise à côté d'elle.

— Vois toi-même, Ayla. (Elle écarta un pan de sa fourrure et montra à Ayla le bras de Brac.) Iza lui a enlevé son attelle la veille de ton retour. Son bras est guéri. Un peu plus maigre que l'autre, mais il deviendra plus fort quand il recommencera de s'en servir.

Ayla examina les cicatrices.

— Les cicatrices sont encore rouges, mais ça partira avec le temps. (Elle regarda l'enfant.) Est-ce que tu es fort, Brac ? (L'enfant hocha vigoureusement la tête.) Fort comment ? Montre-moi. (Elle tendit son avant-bras.) Non, pas avec cette main, l'autre. (Elle désigna le bras blessé. Brac changea de main et essaya d'abaisser l'avant-bras d'Ayla. Ayla éprouva un instant la force de sa poussée, puis laissa retomber son bras.) Tu es fort, Brac. Un jour, tu seras un grand chasseur, comme Broud.

Elle tendit les mains vers le petit garçon, qui d'abord hésita, puis avança le buste pour qu'elle le prenne dans ses bras. Elle le souleva dans les airs, puis se rassit en le prenant sur ses genoux.

— Brac a grandi. Il est lourd, et tellement costaud.

L'enfant resta quelques instants sur ses genoux sans broncher puis il parut se rappeler qu'il avait faim, et quitta Ayla pour retrouver le sein de sa mère.

— Tu as de la chance d'avoir un si beau garçon, Oga, dit Ayla.

— Grâce à toi, répondit Oga, abordant enfin un sujet qu'elle avait d'abord fui. Je ne t'ai jamais dit combien je te suis reconnaissante. Au début, j'étais tellement inquiète pour lui, et puis je ne savais que te dire. Je ne le sais toujours pas. Je ne m'attendais pas à te revoir ; c'est difficile à croire que tu es de retour. Tu as eu tort de toucher à une arme, et je ne sais pas pourquoi tu chasses, mais j'ai eu mal quand tu es partie, et je suis bien heureuse de te savoir de nouveau parmi nous.

— Moi aussi, ajouta Ebra, tandis que les autres femmes hochaient la tête en signe d'approbation.

Ayla fut profondément touchée par ces marques d'amitié, et elle s'efforça de contenir ses larmes, phénomène étranger aux membres du Peuple du Clan.

— Je suis heureuse d'être de retour, signifia-t-elle, et les larmes lui échappèrent.

Iza en connaissait maintenant la cause, les autres femmes en avaient une idée, et leurs hochements de tête exprimèrent leur compréhension.

— Comment c'était, Ayla ? demanda Oga, les yeux emplis de compassion.

— C'était une grande solitude, Oga, répondit-elle. Vous me manquiez tellement, tous. (Comme une grande tristesse se lisait sur les visages des femmes, Ayla essaya de détendre l'atmosphère.) Même Broud me manquait, ajouta-t-elle.

— Alors il fallait que ce soit vraiment une grande solitude, commenta Aga, en coulant un regard embarrassé vers Oga.

— Je sais bien que Broud n'a pas un caractère facile, reconnut Oga. Mais il est mon compagnon, et il ne me traite pas mal.

— Ne t'excuse pas pour lui, Oga, dit Ayla, qui éprouvait de l'amitié pour la jeune femme. Tout le monde sait que Broud tient à toi. Tu devrais être fière de lui. Il sera un jour chef, et c'est un chasseur courageux, c'est lui qui a frappé le premier le mammouth. Tu n'y peux rien s'il ne m'aime pas. C'est en partie ma faute ; je ne me suis pas toujours bien comportée envers lui. J'ignore comment tout cela a commencé ni pourquoi, et si je le pouvais, j'aimerais bien faire la paix avec lui. Mais quoi qu'il en soit, tu n'as pas à t'inquiéter de ça.

— Broud est d'une nature emportée, dit Ebra. Il n'est pas comme Brun. Mog-ur ne s'est pas trompé en lui attribuant comme totem le rhinocéros. Malgré toi, tu l'auras aidé à se contrôler, Ayla.

— Je ne sais pas, dit Ayla. Peut-être ne serait-il pas comme ça sans moi. Ma présence réveille en lui ce qu'il a de pire.

Un silence tendu suivit ces paroles. Il était rare que les femmes parlent aussi librement de leurs compagnons, mais la discussion avait cependant créé une intimité inattendue entre Ayla et ses compagnes. Iza décida sagement qu'il était temps de changer de sujet :

— Est-ce que quelqu'un sait où se trouvent les tubercules ? demanda-t-elle à la ronde.

— Ils étaient dans le fond, là où Brun a dégagé l'espace, répondit Ebra. Ça m'étonnerait qu'on les retrouve.

Broud avait vu Ayla en compagnie des femmes. Quand elle prit Brac dans ses bras, il se souvint que c'était grâce à elle que le fils de sa compagne était en vie. Il n'avait cependant pas oublié qu'elle avait été le témoin de son humiliation. Comme les autres, il avait été frappé de stupeur par son retour. Le premier jour, il ne put s'empêcher d'éprouver une certaine appréhension à chaque fois qu'il la croisait, puis il se mit à considérer comme une nouvelle insolence son changement d'attitude, que Creb interprétait comme une maturité naissante, et Brun comme la conscience d'être placée sous le signe de la chance.

Ayla ne mentait pas. Dans son extrême solitude, elle s'était surprise parfois à regretter Broud et ses exigences, plus supportables que le vide de ces regards qui ne la voyaient plus, que ce néant brutal auquel tous l'avaient réduite dès l'instant où la malédiction avait été prononcée. Durant les deux premiers jours qui suivirent son retour, elle s'avoua prendre grand plaisir à sentir le regard de Broud posé sur elle avec une insistance proche de la fascination.

Au troisième jour, les vieilles habitudes reprirent le dessus, et Broud recommença de la harceler. Mais Ayla répondait désormais à toutes ses demandes avec une soumission tellement sereine que le jeune homme enrageait. La patience d'Ayla semblait inépuisable. Elle s'acquittait des tâches qu'il lui imposait avec une indifférence royale. Et plus Broud s'acharnait, plus il tentait de la pousser à la faute, à provoquer en elle un geste de rébellion, plus elle lui opposait un calme que rien n'aurait pu ébranler.

Broud avait un besoin fondamental d'être reconnu et de s'imposer aux autres. L'indifférence d'Ayla le rendait fou de frustration. Pour lui, elle n'avait d'autre cause que le fait que la jeune fille l'avait vu se faire réprimander comme un petit garçon par Brun et qu'elle n'avait plus depuis aucun respect pour son autorité. En vérité, il la haïssait surtout parce qu'elle lui ravissait toujours l'attention qu'il se sentait en droit d'attendre.

Il suffisait à cette étrangère d'apparaître pour que tous les regards se tournent vers elle. Elle avait un totem très puissant ; elle vivait dans le foyer de Mog-ur, qui l'aimait de tout son cœur ; elle avait toutes les chances de devenir une grande guérisseuse ; elle avait sauvé Ona de la noyade, Brac des crocs d'une hyène, grâce à sa stupéfiante habileté à la fronde, et voilà que maintenant elle revenait saine et sauve du monde des esprits. A chaque fois que Broud avait fait preuve d'un grand courage, elle avait détourné à son profit l'admiration et la reconnaissance du clan.

Broud la fixait d'un regard sombre comme un ciel d'orage. Pourquoi a-t-il fallu qu'elle revienne ? Tout le monde ne parle plus que d'elle. Quand j'ai tué le bison, il n'y en avait que pour son totem. Est-ce qu'elle a risqué de se faire piétiner par un mammouth ? Non, elle a seulement jeté quelques pierres avec une fronde, et la vie du clan a tourné autour d'elle jusqu'à ce que Brun la maudisse. Temporairement ! S'il l'avait condamnée comme elle le méritait, elle ne serait pas de nouveau le centre de toutes les conversations. Pourquoi faut-il toujours qu'elle me gâche la vie ?

— Mais que t'arrive-t-il, Creb ? Je ne t'ai jamais vu aussi agité ! Tu fais penser à un jeune homme sur le point de prendre sa première compagne. Veux-tu que je te fasse une infusion pour te calmer ? demanda Iza au sorcier qui, pour la troisième fois, s'apprêtait à partir puis se rasseyait pour se lever de nouveau.

— Qu'est-ce qui te fait croire que je suis nerveux ? J'essaye simplement de ne rien oublier et de réfléchir un peu, rétorqua-t-il d'un air penaud.

— Ne rien oublier ? Mais ça fait des années que tu es mog-ur, et il n'est pas une cérémonie que tu ne puisses célébrer les yeux fermés ! Laisse-moi te préparer une tisane.

— Non, non, je n'en ai pas besoin. Où est Ayla ?

— Elle est sortie pour chercher des tubercules, pourquoi ?

— Pour savoir, répliqua Creb en se rasseyant.

Quelques instants plus tard, Brun se présenta au foyer de Creb et lui fit signe de le rejoindre au fond de la caverne. Mais que peuvent-ils bien manigancer ? se demanda Iza, perplexe.

— C'est maintenant ? demanda le chef quand ils se retrouvèrent à l'endroit qu'il avait dégagé. Tout est prêt ?

— Tout est prêt, mais je crois que le soleil devrait être plus bas.

— Comment ça, tu crois ? Tu m'as dit que tu savais parfaitement ce qu'il fallait faire, que tu avais médité et retrouvé le souvenir de cette cérémonie, dit Brun, réprobateur.

— J'ai médité, rétorqua Mog-ur. Mais ce que j'ai vu se passait il y a si longtemps. Il n'y avait pas de neige. Je sais seulement que le soleil était bas.

— Pourquoi ne m'en as-tu rien dit ? Si tu n'es pas sûr du déroulement de la cérémonie, on ferait mieux de tout arrêter.

— J'ai déjà parlé aux esprits. Les pierres sont en place. Ils nous attendent.

— Je n'aime pas non plus cette idée de bouger les pierres. Nous aurions peut-être mieux fait de célébrer dans la petite grotte. Es-tu certain que les esprits ne sont pas mécontents qu'on les déplace ainsi, Mog-ur ?

— Nous avons déjà discuté de cela, Brun. Nous avons bougé les pierres parce qu'il était risqué de convier les Esprits Séculaires dans la demeure des esprits de nos totems. Ils auraient peut-être eu envie d'y rester.

— Mais qui nous garantit que les Esprits Séculaires repartiront ? C'est trop dangereux, Mog-ur. On devrait tout annuler.

— Ils resteront peut-être un moment, dit Mog-ur, mais ils s'en iront quand ils verront qu'il n'y a pas de place pour eux. Nos totems leur demanderont de partir. Mais la décision t'appartient. Si tu veux tout annuler, je ferai de mon mieux pour apaiser les esprits. Ce n'est pas parce qu'ils s'attendent à ce qu'on tienne une cérémonie que nous sommes obligés de la célébrer.

— Non, non, finalement je préfère qu'on aille jusqu'au bout. Je ne tiens pas à contrarier les esprits. Et puis les hommes aussi ne seraient pas contents.

— C'est toi le chef, Brun.

— Es-tu sûr que nos totems n'en prendront pas ombrage ?

— Rien n'est jamais sûr, Brun, répondit Mog-ur, qui comprenait l'inquiétude du chef. Nous ne sommes que des hommes. Mais tu l'as dit toi-même, nous avons été chanceux jusqu'ici. Cela signifie que les esprits de nos totems sont satisfaits. S'ils ne l'étaient pas, crois-tu que nous aurions eu autant de chance ? Combien de fois un clan a-t-il tué un mammouth sans perdre un seul homme ? Même le petit Brac en est revenu sain et sauf, Brun.

Le chef considéra longuement le visage empreint de gravité du sorcier, et dans ses yeux se remit à briller une lueur de ferme résolution.

— Je vais chercher les hommes, dit-il.

On avait interdit aux femmes de s'approcher du fond de la grotte et même de regarder dans cette direction. Quand Iza vit Brun appeler ses hommes, elle fit comme si de rien n'était. Leurs manigances ne la regardaient pas, mais un pressentiment lui fit relever la tête juste au moment où deux hommes, le visage peint à l'ocre rouge, se précipitaient sur Ayla.

La fillette ne s'était rendu compte de rien, tout occupée à déballer le contenu de ses paniers, à l'autre bout de la caverne. La brutale apparition des deux hommes, et tout particulièrement la présence du chef, la fit sursauter.

— Pas un bruit, pas de résistance, lui signifia par gestes Brun.

Elle ne commença à s'inquiéter réellement qu'au moment où ils lui bandèrent les yeux et la soulevèrent dans leurs bras.

En voyant arriver Brun et Goov chargés de leur fardeau, les autres hommes ressentirent un pincement d'angoisse. Eux aussi ignoraient tout de la cérémonie qui allait se dérouler. Mog-ur s'était contenté de leur intimer silence lorsqu'ils avaient pris place en cercle autour des pierres que le sorcier avait apportées de la grotte sacrée. Et il n'eut pas besoin de réitérer son ordre quand il tendit à chacun deux ossements d'ours à croiser sur leur poitrine. Le danger devait être grand s'il leur fallait recourir à une telle protection.

Brun fit asseoir la fillette au centre du cercle, face à Mog-ur, et prit place derrière elle. Au signal du sorcier, il lui ôta son bandeau. La lueur des torches éblouit Ayla, lui révélant progressivement Mog-ur, assis derrière un crâne d'ours, et les autres hommes protégés par les os croisés. Atterrée, elle se recroquevilla sur le sol, tremblante de peur.

— Pas un mot, pas un geste ! l'avertit Mog-ur.

Les yeux écarquillés, elle vit le sorcier se lever pesamment et accomplir les signes rituels destinés à s'attirer la protection d'Ursus et des esprits totémiques. Elle connaissait bien le vieil homme, l'infirme aux gestes gauches, claudiquant à chaque pas, lourdement appuyé sur son bâton. Mais l'homme qui se dressait devant elle avait perdu toute maladresse. Mog-ur s'était transformé en un éloquent orateur aux gestes persuasifs. Il ne déployait jamais autant de grâce et d'assurance que lorsqu'il communiquait avec les puissances surnaturelles.

— O Esprits Séculaires que nous n'avons pas invoqués depuis l'aube de l'humanité, écoutez-nous ! Nous vous appelons pour vous rendre hommage et implorer votre protection. O puissants Esprits, si vénérables que vos noms ne sont qu'un chuchotement dans notre mémoire, éveillez-vous et laissez-nous vous honorer. Nous voulons offrir un sacrifice à vos cœurs séculaires. Ecoutez-nous, nous vous appelons.

» Esprit du Vent, Ooooha ! Esprit de la Pluie, Zheena ! Esprit des Brouillards, Eecha ! Prêtez-nous attention et soyez indulgents. L'un d'entre vous se trouve aujourd'hui parmi nous. Le Grand Lion des Cavernes en a décidé ainsi.

C'est de moi qu'il parle, comprit soudain Ayla, qui tremblait de peur. Pourquoi me font-ils participer à cette cérémonie ? Et qui sont ces esprits ? Je n'en ai jamais entendu parler. C'est étrange qu'ils portent des noms féminins ; je croyais que les esprits protecteurs étaient masculins.

Les hommes assis autour d'elle n'avaient jamais eu connaissance de ces anciens esprits que Mog-ur invoquait. Pourtant leurs noms réveillaient en eux de lointains souvenirs enfouis au fond de leur mémoire.

— O Esprits Séculaires, poursuivit Mog-ur, vos voies sont impénétrables, nous ne sommes que des humains ignorant la raison pour laquelle cette fille a été choisie par le plus puissant d'entre vous. Il l'a défendue contre les malins et nous l'a rendue pour se faire connaître de nous. O puissants Esprits du Passé, si nous vous avons longtemps négligés, nous vous vénérerons désormais en honneur de celle qui se trouve aujourd'hui parmi nous. Nous vous supplions de l'accueillir et de la protéger ainsi que son clan. (Puis se tournant vers Ayla :) Qu'on me l'amène, ordonna-t-il.

Ayla se sentit soulevée de terre et déposée devant le vieux sorcier. Se retenant de crier quand Brun lui tira la tête en arrière par les cheveux, elle vit du coin de l'œil Mog-ur brandir un long couteau au-dessus de son visage révulsé de peur et manqua de s'évanouir quand l'arme plongea vers sa gorge offerte.

La douleur aiguë ne lui arracha pas un seul cri. Mog-ur venait de lui faire une petite estafilade à la base du cou, dont le sang fut aussitôt absorbé par un morceau de peau de lapin. Brun attendit qu'il se teintât entièrement de rouge pour relâcher la jeune fille.

Fascinée, elle regarda Mog-ur déposer le petit carré imbibé de sang dans une écuelle à demi remplie d'huile à laquelle il mit le feu. Une fumée âcre s'éleva bientôt tandis que la peau de lapin se consumait en crépitant. Puis Brun exposa la cuisse nue d'Ayla et Mog-ur, trempant ses doigts dans le liquide résiduel de l'écuelle, dessina quatre traits noirs sur chacune des cicatrices. Ayla n'en crut pas ses yeux : on aurait dit les marques totémiques du rite de passage des jeunes hommes à l'âge adulte. Elle se sentit alors tirée en arrière, pendant que Mog-ur adressait une dernière prière aux esprits.

— Acceptez ce sacrifice du sang, ô Esprits vénérables, et sachez que c'est l'Esprit du Lion des Cavernes qui l'a choisie pour que nous suivions vos enseignements. Nous vous avons rendu hommage. Accordez-nous votre protection et retournez dans les ténèbres de vos demeures.

Ayla, qui ne comprenait toujours pas l'objet de cette cérémonie, crut qu'elle était terminée en voyant Mog-ur s'asseoir. Mais il n'en était rien. Brun lui fit signe de se lever et d'un repli de sa peau de bête sortit un petit morceau d'ivoire teint en rouge.

— Ayla, pour la première et la dernière fois, te voilà l'égale des hommes, déclara Brun. Mais à la fin de cette cérémonie, tu devras te considérer de nouveau comme une femme.

Ayla acquiesça sans vraiment comprendre ce qu'il entendait par ces paroles.

— Cet ivoire provient de la défense du mammouth que nous avons tué. Ce fut une excellente chasse au cours de laquelle personne ne fut blessé. Cet objet a été sanctifié par Ursus et teinté à l'ocre rouge sacré par Mog-ur. C'est le puissant talisman des chasseurs que tous les hommes ici réunis portent en amulette.

» Ayla, les garçons ne deviennent adultes qu'après leur première chasse. Il y a très longtemps de cela, les femmes du Peuple du Clan chassaient aussi. Nous ignorons la raison pour laquelle ton totem t'a poussée à suivre leurs traces, mais nous ne pouvons renier l'Esprit du Lion des Cavernes. Ayla, tu as fait ta première chasse ; tu dois désormais assumer les responsabilités des adultes. Mais tu es une femme et tu le resteras à tous égards, à l'exception d'un seul : tu auras le droit de te servir d'une fronde. Te voilà aujourd'hui la Femme-Qui-Chasse.

Ayla rougit de plaisir. Avait-elle bien compris les propos de Brun ? Après avoir frôlé la mort pour s'être servie d'une fronde, on l'autorisait maintenant à en faire usage ? A chasser ?

— Ce talisman est à toi, range-le avec tes amulettes, ajouta Brun en le tendant à Ayla qui défit le lacet de cuir noué à son cou, et glissa dans la petite bourse l'ovale d'ivoire à côté du morceau d'ocre rouge et du fossile marin. Ne parle de cela à personne pour l'instant, lui recommanda le chef. J'annoncerai la nouvelle au clan ce soir avant le festin, en l'honneur de ta première chasse. J'espère qu'à la prochaine, tu rapporteras quelque chose de plus comestible qu'une hyène, ajouta-t-il avec humour. Maintenant tourne-toi.

On lui remit le bandeau sur les yeux et les deux hommes la reconduisirent au centre de la caverne avant de retourner auprès de leurs compagnons.

La cérémonie avait amplement suffi à convaincre les hommes d'accorder à Ayla le privilège de chasser ; tous sauf un. Broud était fou de rage. S'il n'avait pas tant redouté Mog-ur, il aurait instantanément quitté l'assemblée et refusé obstinément de cautionner tout ce qui pourrait accorder à cette fille odieuse le moindre privilège. S'il en voulait à Mog-ur, sa hargne se dirigeait particulièrement contre Brun qu'il estimait directement responsable.

Il l'a toujours protégée et favorisée, pensa-t-il amèrement. Il aurait dû la maudire éternellement. Et voilà qu'au contraire il la laisse chasser. Comment a-t-il pu en arriver là ? Mais il commence à se faire vieux et ne sera pas toujours le chef. Un jour, ce sera mon tour, et alors nous verrons.

18

Ayla devint pleinement la Femme-Qui-Chasse au cours de l'hiver où elle entra dans sa dixième année. C'est avec soulagement et une satisfaction personnelle qu'Iza remarqua chez la jeune fille les signes avant-coureurs annonçant l'approche de ses menstruations. Des hanches plus pleines et deux seins naissants modifiaient la silhouette longiligne de la fillette et rassurèrent la guérisseuse ; sa fille adoptive n'était pas condamnée à demeurer éternellement impubère. Une légère pilosité au pubis et sous les bras ainsi que des tétons gonflés apparurent peu de temps avant ses premières règles et le premier combat que livra l'esprit de son totem.

A la vue du sang qui témoignait de l'affrontement entre son totem et un autre esprit, Ayla douta de jamais avoir un enfant : son totem était trop puissant. Mais elle se résigna et prit d'autant plus plaisir à s'occuper des enfants des autres, regrettant seulement de ne pouvoir les allaiter elle-même.

Elle ressentait une grande sympathie pour Ovra dont les fausses couches se succédaient. Le Castor, son totem, était lui aussi trop vindicatif et la jeune femme semblait destinée à ne jamais procréer. Depuis la chasse au mammouth, Ayla et Ovra s'étaient découvert de nombreuses affinités et il s'était noué entre elles des liens d'amitié desquels Goov n'était pas exclu. Personne n'ignorait l'attachement qu'éprouvait le jeune servant du mog-ur pour sa compagne, qui regrettait d'autant plus de ne pouvoir lui donner d'enfant.

A la grande satisfaction de Broud, Oga était de nouveau enceinte. Brac n'avait que trois ans et la jeune femme semblait suivre les traces d'Aga et d'Ika qui avaient donné le jour à une nombreuse progéniture. Droog eut l'assurance que le fils de sa compagne, Groob, âgé de deux ans, deviendrait un tailleur de pierre le jour où il le surprit à frapper des cailloux l'un contre l'autre. Il fabriqua au bambin un petit marteau et le laissa jouer près de lui pendant qu'il travaillait, s'amusant de voir l'enfant imiter ses gestes et taper sur les pierres avec le plus grand sérieux. Igra, la fille d'Ika, âgée elle aussi de deux ans, promettait d'être enjouée et chaleureuse comme l'était sa mère. Le clan de Brun ne cessait de s'accroître.

Conformément à la règle d'exclusion imposée à toutes les femmes lors de leurs premières menstruations, Ayla se retira au début du printemps dans sa grotte des hauts pâturages. Après les souffrances qu'elle y avait endurées, ce court séjour lui sembla une partie de plaisir. Elle consacra son temps à perfectionner son tir qu'elle n'avait plus pratiqué depuis l'hiver. Iza venait la voir tous les jours à un endroit convenu, non loin de la caverne, et lui apportait à manger. Mais surtout, elle lui tenait compagnie.

Elles restaient ensemble tard le soir, et c'est à la lueur d'une torche qu'Ayla retrouvait le chemin de sa retraite. La guérisseuse apprit à la jeune fille tout ce qu'une femme doit savoir, lui indiquant les signes symboliques qu'elle devait tracer sur les peaux de lapin souillées de sang avant de les enterrer profondément. Elle lui expliqua la manière de se comporter si un homme voulait assouvir avec elle ses désirs, lui montrant la position convenable, les mouvements qu'elle devrait faire et la façon de se purifier après. Elle lui indiqua également les positions et les gestes susceptibles de plaire aux hommes du clan, ainsi que les diverses manières de faire naître leur désir. Elle lui transmit tout le savoir qu'elle tenait elle-même de sa mère, doutant en son for intérieur que ces connaissances puissent un jour se révéler utiles à une jeune fille aussi laide.

Mais Iza se gardait bien d'aborder ce sujet. Parvenues à l'âge d'Ayla, la plupart des jeunes femmes se sentaient déjà attirées par un jeune homme en particulier. Ni la fille ni la mère n'avaient leur mot à dire dans l'histoire, mais cette dernière pouvait dans une certaine mesure s'en ouvrir à son compagnon qui, s'il le jugeait bon, pouvait à son tour en parler au chef auquel revenait la décision finale. Et si rien ne s'y opposait, le chef accédait aux désirs de la jeune femme.

Mais tous les jeunes gens du clan possédaient déjà un foyer, et même si tel n'avait pas été le cas, Iza demeurait persuadée que personne n'aurait voulu prendre Ayla pour compagne. Quant à la jeune fille, aucun homme ne l'intéressait, et elle n'y avait jamais pensé avant qu'Iza lui en parlât. Mais elle devait s'en préoccuper plus tard.

Par un beau matin de printemps, Ayla se rendit à la mare pour y remplir une outre. Personne n'était encore sorti. S'étant mise à genoux, elle se pencha vers l'eau, l'outre à la main, et s'arrêta soudain, pétrifiée d'horreur. Comme elle puisait de préférence l'eau à la rivière, et n'allait à la mare que lorsqu'elle était pressée, Ayla n'avait jamais eu l'occasion de voir son reflet sur la surface lisse du bassin.

La jeune femme observa attentivement son visage. Il était plutôt anguleux, terminé par des maxillaires très prononcés, mais adouci par la rondeur des hautes pommettes, et soutenu par un cou lisse. Une légère fossette creusait son menton, ses lèvres étaient charnues et son nez droit et fin. Ses grands yeux gris-bleu étaient réhaussés de longs cils un ton plus foncé que ses longs cheveux blonds, tombant en cascade sur ses épaules et brillant dans les rayons du soleil. L'arc de ses sourcils délicatement dessinés soulignait la courbe de son front. Quittant précipitamment la mare, Ayla se rua vers la caverne.

— Ayla, que se passe-t-il ? lui demanda Iza en la voyant bouleversée.

— Oh, maman ! Je me suis vue dans la mare. Pourquoi suis-je si laide ? répondit-elle sur un ton pathétique, avant de fondre en larmes.

Aussi loin que remontaient ses souvenirs, Ayla n'avait jamais vu personne d'autre que les membres du clan et son aspect provoqua en elle un choc douloureux.

— Ayla, Ayla, calme-toi, dit Iza en la serrant contre elle.

— Je ne savais pas que j'étais si vilaine, maman. Pourquoi suis-je si laide ?

— Mais tu n'es pas si vilaine que ça, Ayla. Tu es différente, c'est tout.

— Je suis laide ! Je suis laide ! répondit Ayla avec entêtement. Regarde-moi ! Je suis trop grande, je suis plus grande que Broud et Goov, je suis presque aussi grande que Brun ! Et je suis laide. Je suis grande et laide. Je n'aurai jamais de compagnon, personne ne voudra de moi ! s'écria-t-elle en redoublant de sanglots.

— Ayla, arrête ! lui ordonna Iza. Tu n'y peux rien changer. Tu n'es pas née au sein du clan, tu es née chez les Autres et tu leur ressembles. Tu dois te faire à cette idée. S'il est vrai que tu ne puisses jamais trouver de compagnon, tu dois te faire à cela aussi. Mais on ne sait jamais... Tu seras bientôt guérisseuse et tu ne seras pas sans statut ni sans valeur.

» Le Rassemblement du Clan se tiendra l'été prochain, il se pourrait fort bien que tu y rencontres un compagnon. Il ne sera peut-être ni jeune ni d'un rang très élevé, mais il sera ton compagnon. Zoug te tient en grande estime ; il a déjà prié Creb de te recommander auprès des autres clans. N'oublie pas que nous ne sommes pas le seul clan au monde, et qu'il existe d'autres hommes que ceux que tu connais.

— Zoug a dit ça ? Malgré ma laideur ? s'étonna Ayla dont les yeux brillèrent d'une lueur d'espoir.

— Exactement. Avec sa recommandation et le rang que je vais te transmettre, je suis certaine qu'il se présentera un homme pour t'accepter.

— Mais je ne serai pas obligée de m'en aller au moins ? demanda Ayla dont le sourire fugace avait disparu. Je ne veux pas vous quitter, ni toi, ni Creb, ni Uba.

— Ecoute, Ayla, je suis vieille. Creb n'est plus très jeune lui non plus, et d'ici quelques années, Uba sera en âge de vivre dans le foyer d'un homme. Que feras-tu alors ? Brun passera bientôt le pouvoir à Broud et je ne suis pas sûre que ce jour-là tu souhaiteras rester parmi nous. Profite du Rassemblement du Clan pour trouver le moyen de t'en aller à temps.

— Je crois que tu as raison. Je ne pourrais jamais supporter de vivre ici quand Broud sera le chef. Mais il me reste encore une année entière pour y penser, je ne vais pas m'inquiéter d'ici là !

Une année entière, pensa Iza. Ayla, ma pauvre enfant. Peut-être faudrait-il que tu aies mon âge pour savoir combien passe vite une année. Tu ne veux pas me quitter. Mais tu ne sais pas combien tu me manqueras. Si seulement il y avait dans le clan un homme disposé à te prendre pour compagne ! Si seulement Broud n'était pas destiné à devenir chef !

Mais Iza ne laissa pas deviner ses pensées. Ayla se frotta les yeux et retourna puiser de l'eau à la mare. Cette fois elle évita de regarder son reflet.

Un peu plus tard dans l'après-midi, Ayla, à la lisière du bois, observait de loin la caverne devant laquelle travaillaient et bavardaient plusieurs personnes. Elle disposa convenablement les deux lapins jetés en travers de son épaule, sortit sa fronde d'un repli de son vêtement pour se l'attacher à la taille, bien en vue, et, quelque peu nerveuse, elle se dirigea droit vers la caverne, la tête haute.

Brun a dit que j'avais le droit de chasser à la fronde, se dit-elle pour se rassurer. Je suis un chasseur, la Femme-Qui-Chasse.

Pendant un long moment, tous les regards se tournèrent vers la jeune fille qui, les joues en feu, passa son chemin et pénétra dans l'ombre accueillante de la caverne. Sa première surprise passée, Iza détourna les yeux sans rien dire. Creb semblait méditer, assis sur sa fourrure, mais il l'avait vue entrer et il s'abstint également de toute remarque quand elle déposa les deux lapins près du feu. Ce fut Uba qui, accourant de toute la vitesse de ses petites jambes, rompit le silence.

— C'est toi qui les as tués, toi toute seule ? demanda-t-elle.

— Oui, c'est moi, répondit Ayla.

— Ils ont l'air bien gras. On va les manger ce soir, maman ?

— Euh, oui, j'imagine... bafouilla Iza, encore sous le choc.

— Je vais les dépecer, s'empressa d'ajouter Ayla en sortant son couteau.

— Non, Ayla. Tu les as tués, c'est à moi de les dépecer, déclara Iza qui, après un instant d'hésitation, lui prit le couteau des mains.

Lorsque la jeune femme rapporta le produit de sa chasse la fois suivante, l'émoi fut déjà moindre et tout le monde s'habitua bientôt à cet état de fait. Creb comptait désormais un chasseur dans son foyer, et la part qu'il prélevait sur la chasse des autres s'en trouva réduite, à l'exception toutefois des animaux de grande taille que les hommes tuaient à la lance.

Ayla ne chôma pas ce printemps-là. Outre ses activités de chasseur, il lui fallait toujours accomplir sa part de travail féminin, et ramasser des herbes pour Iza. Mais elle aimait cette vie et se sentait plus dynamique et heureuse que jamais, heureuse de pouvoir chasser ouvertement, heureuse de vivre de nouveau au sein du clan, heureuse enfin d'être une femme et de se lier plus étroitement d'amitié avec les autres femmes.

Ebra et Uka l'avaient acceptée. Ika s'était toujours montrée amicale et l'attitude d'Aga et de sa mère avait changé du tout au tout depuis le sauvetage d'Ona. Ovra était devenue une confidente et quant à Oga, elle était, malgré l'hostilité de Broud, mieux disposée à son égard. En revanche, la haine de Broud envers Ayla avait encore grandi après son admission parmi les chasseurs, et il cherchait par tous les moyens à la persécuter. Ayla ne s'en émouvait plus et elle en était arrivée à penser que rien venant de lui ne pourrait jamais plus l'affecter.

Le printemps était à son apogée lorsqu'un jour Ayla décida d'aller chasser le lagopède, le gibier favori de Creb. Elle en profiterait pour recenser les plantes en herbe et commencer à cueillir les simples dont Iza avait besoin. Elle passa la matinée à parcourir les bois puis orienta ses pas vers une vaste prairie près des steppes. Elle abattit deux perdrix en plein vol, et se mit à chercher leur nid parmi les hautes herbes dans l'espoir d'y trouver des œufs dont Creb raffolait. Elle poussa une exclamation de joie en découvrant le nid et trois œufs à l'intérieur. Elle les enveloppa dans de la mousse et les glissa dans un repli de son vêtement. Heureuse jusqu'à l'exubérance, elle courut à perdre haleine à travers la prairie et s'arrêta, pantelante, au sommet d'un petit tertre couvert d'une herbe verte.

Elle se laissa choir à plat ventre, vérifia que les œufs étaient intacts, et calma sa faim d'un morceau de viande séchée. Elle observa une alouette à la gorge jaune vif qui, perchée sur un arbuste, lançait des trilles vibrantes vers l'azur. Des moineaux se chamaillaient dans les mûriers bordant la prairie. Ayla adorait ces moments de solitude où elle pouvait lézarder au soleil, détendue et heureuse sans penser à rien de particulier. C'est seulement au moment où une ombre se dessina à ses pieds qu'elle réalisa qu'elle n'était pas seule. Stupéfaite, elle leva les yeux pour découvrir le visage menaçant de Broud.

Aucune expédition de chasse n'avait été organisée ce jour-là, et Broud avait décidé de chasser en solitaire. Il n'avait encore rien tué, se contentant de se promener par cette belle journée. Il avait aperçu de loin Ayla étendue sur le tertre, et n'avait pu résister à la tentation de profiter de l'occasion pour aller lui reprocher sa paresse.

Ayla bondit sur ses pieds en le voyant, ce qui eut le don de l'exaspérer. Elle était plus grande que lui et il n'aimait pas devoir lever les yeux pour regarder une femme. Il la repoussa, se préparant à la corriger sévèrement, et le regard soumis et absent à la fois de la jeune fille le mit hors de lui. Il lui fallait trouver un moyen de l'obliger à réagir. A la caverne, il pouvait au moins la charger d'une tâche pour la voir s'empresser d'obéir.

Il la regarda, attendant à genoux qu'il la frappe à son gré puis s'en aille. Elle est pire que jamais depuis qu'elle est devenue une femme, pensa-t-il. La Femme-Qui-Chasse ! Comment Brun a-t-il pu lui permettre de chasser ? Il remarqua les deux perdrix. Et lui avait les mains vides. Que pourrais-je bien lui ordonner de faire ? Puisque la voilà femme, il y a tout de même une chose qu'elle peut faire.

Ce que Broud lui signifia d'un geste fit écarquiller les yeux d'Ayla. Elle ne se serait jamais attendue à cela. Iza lui avait dit que les hommes ne l'exigeaient que des femmes qu'ils trouvaient attirantes, et elle savait que Broud la trouvait affreuse. La surprise de la jeune fille n'échappa pas au garçon que cette réaction encouragea. Il lui fit à nouveau impérativement signe d'adopter la position qui lui permettrait d'assouvir ses désirs, la position du rapport sexuel.

Ayla savait ce qu'il attendait d'elle. Outre les explications d'Iza, elle avait souvent vu, comme tous les enfants, les adultes du clan se livrer à cette activité à laquelle on ne mettait aucune entrave. C'est en regardant faire leurs parents que les enfants apprenaient à se conduire en adultes, et ils imitaient volontiers entre eux leur comportement sexuel.

Parfois l'acte n'était pas seulement feint. Il arrivait souvent que des petites filles soient déflorées par de tout jeunes garçons pubères, et parfois même par un adulte, excité par une fillette plus délurée que les autres. Mais, en règle générale, les jeunes gens bientôt en âge d'accomplir leur première chasse dédaignaient ces jeux érotiques avec leurs amies d'enfance.

Il n'y avait eu que Vorn comme garçon de son âge autour d'Ayla, et ils n'étaient jamais devenus proches. Elle n'avait jamais apprécié qu'il imite le comportement de Broud à son égard. En dépit de l'incident avec Zoug, le garçon idolâtrait toujours Broud et se gardait bien de lui déplaire en sympathisant avec la jeune étrangère. Aussi se trouvait-elle encore vierge au sein d'un groupe où chacun se livrait aux activités sexuelles aussi naturellement qu'il respirait.

La jeune femme ne savait que faire, consciente qu'elle devait s'exécuter mais en proie à un effarement dont Broud jouissait. Il était ravi de son idée et tout excité de la voir ainsi prise de panique. Il se pressa contre elle quand elle fit mine de se relever et la força à se remettre à genoux. Dans son inexpérience, Ayla fut effrayée par la respiration haletante de l'homme.

Impatient, Broud la jeta à terre et se débarrassa de son vêtement, exhibant un sexe énorme et turgescent. Qu'est-ce qu'elle attend ? se demandait-il. Elle est si laide qu'elle devrait se sentir flattée de trouver un homme qui veuille d'elle.

Quand Broud se jeta sur Ayla, quelque chose se brisa en elle. Elle ne pouvait s'exécuter, cela lui était impossible. Elle sentit sa raison chavirer. Bondissant sur ses pieds, elle se mit à courir, mais Broud, plus rapide, la rattrapa, la fit tomber et la frappa au visage, lui ouvrant la lèvre d'un coup de poing. Il commençait à trouver ce jeu amusant. Trop souvent, il avait dû se retenir de la battre, mais cette fois personne ne pouvait l'en empêcher, et il avait une raison valable de le faire : elle lui désobéissait ouvertement.

Ayla était comme folle. Elle essaya de se relever et il la frappa de nouveau. Il allait enfin dompter cette femme insolente. Il cogna à coups redoublés, prenant un immense plaisir à la voir frémir chaque fois qu'il levait la main.

La tête en feu, le sang ruisselant de son nez et de la commissure des lèvres, elle essayait toujours de se relever, mais il la plaquait au sol. Elle se débattait, lui martelant la poitrine à coups de poing sans autre résultat que de l'exciter encore davantage : la violence déchaînait le désir du garçon, l'incitant à frapper de plus belle.

Elle était à moitié évanouie quand il la retourna face contre terre, la dépouilla de son vêtement et lui écarta les jambes pour la pénétrer profondément d'un seul coup violent. Elle hurla de douleur ; il s'enfonça de nouveau en elle, lui arrachant un autre cri de souffrance, et il recommença encore et encore. Son excitation atteignit bientôt une intensité insupportable et, en un dernier assaut, provoquant un dernier hurlement déchirant, il se libéra de la tension accumulée.

Broud s'écroula sur elle un instant, épuisé. Puis, toujours pantelant, il se retira. Ayla sanglotait nerveusement. Ses larmes salées avivaient les blessures de son visage maculé de sang ; l'un de ses yeux était tuméfié, à moitié fermé et commençait à virer au noir ; ses cuisses étaient couvertes de sang, et elle avait horriblement mal au ventre. Broud se leva et regarda la fille toujours à terre. Il se sentait bien. Il n'avait jamais pris autant de plaisir à pénétrer une femme. Ramassant ses armes, il reprit le chemin de la caverne.

Ayla resta face contre terre longtemps après avoir cessé de sangloter Elle finit par se lever. Son corps n'était que souffrance. Voyant le sang couler entre ses cuisses et les taches dans l'herbe, elle se demanda si son totem n'était pas encore en train de se battre. Mais non, décida-t-elle, ce n'est pas le moment habituel. Broud a dû me blesser, mais je ne savais pas qu'il pouvait ainsi me faire mal. Pourtant, cela ne fait pas mal aux autres femmes. Est-ce moi qui ne suis pas normale ?

Elle se dirigea péniblement vers la rivière et s'y lava sans réussir à se débarrasser de la douleur lancinante ni de son trouble. Pourquoi Broud m'a-t-il fait ça ? Iza dit que les hommes désirent assouvir leurs besoins avec les femmes qui leur plaisent, or moi je suis laide. Et pourquoi un homme voudrait-il faire mal à une femme qui lui plaît ? Les femmes aussi semblent y prendre du plaisir, sinon pourquoi feraient-elles tant de gestes pour les encourager ? Cela ne gêne pas Oga quand Broud lui fait ça, au moins une fois par jour, si ce n'est plus.

Ayla fut soudain horrifiée à la pensée que Broud puisse recommencer de lui faire ça. Désespérée, elle songea un bref instant à ne pas revenir à la caverne. Elle se réfugierait dans sa grotte secrète. Mais celle-ci était trop proche de la caverne et puis elle ne pourrait jamais y tenir tout un hiver. Enfin, et surtout, elle ne pouvait quitter Iza, Creb et Uba. Elle ne savait que faire, consciente qu'elle ne pourrait se refuser à Broud. Il ne m'a jamais fait ça quand je n'étais pas encore une femme. Pourquoi ne suis-je pas restée une petite fille ? A quoi bon être une femme si on a un totem trop puissant pour avoir des enfants ? Surtout si un homme vous force de cette façon ? A quoi bon ?

Le soleil était déjà bas à l'horizon quand elle remonta chercher les deux perdrix qu'elle avait laissées sur le tertre. En regardant la rivière, elle se souvint combien elle avait été heureuse de chasser à cet endroit. Elle avait l'impression que cela faisait une éternité. Puis elle se traîna jusqu'à la caverne, souffrant le martyre à chaque pas.

Comme le soleil disparaissait derrière les arbres, Iza se sentait de plus en plus anxieuse. Elle s'était mise à la recherche d'Ayla dans tous les sentiers avoisinants et avait poussé jusqu'au promontoire rocheux pour scruter le chemin qui descendait vers les steppes. Creb, lui aussi, était préoccupé quoiqu'il s'efforçât de n'en rien laisser paraître. Quand la nuit tomba, Brun lui-même commença à s'inquiéter. Iza fut la première à la voir revenir. Elle s'apprêtait à la réprimander, mais elle se ravisa en la voyant.

— Ayla ! Tu es blessée ! Que s'est-il passé ?

— Broud m'a battue, répondit-elle d'un air accablé.

— Mais pourquoi ?

— Je lui ai désobéi, lui signifia la jeune femme en entrant dans la caverne.

Que pouvait-il s'être passé ? se demanda Iza. Cela faisait bien longtemps qu'Ayla ne désobéissait plus à Broud. Alors pourquoi s'était-elle révoltée aujourd'hui contre lui ? Et lui, pourquoi n'avait-il rien dit ? Il savait que j'étais inquiète. Il est rentré quand le soleil était au plus haut. Comment se fait-il qu'Ayla rentre seulement maintenant ? Iza jeta un regard furtif dans la direction du foyer de Broud et le vit, contre tous les usages, dévisager Ayla d'un air narquois.

La scène n'avait pas échappé à Creb : le visage tuméfié d'Ayla, son expression désespérée, le regard triomphant et mauvais que Broud fixait sur elle depuis qu'elle était entrée dans la caverne. Il savait que la haine de Broud n'avait fait que croître au cours des années et que l'impassible soumission de la jeune fille l'exaspérait encore plus que sa révolte enfantine. Mais cette fois un élément nouveau était intervenu, donnant à Broud le sentiment d'avoir barre sur elle. En dépit de sa perspicacité, Creb ne pouvait en deviner la nature.

Le lendemain, Ayla, redoutant de quitter le foyer, fit durer son repas matinal aussi longtemps que possible. Mais Broud l'attendait, excité par le souvenir de son plaisir de la veille. Quand il lui fit de nouveau le signe convenu, elle fut tentée de prendre la fuite, mais elle se résigna. Malgré ses efforts pour demeurer silencieuse, la souffrance lui arracha des cris qui suscitèrent la curiosité de tous ceux qui se trouvaient à proximité. Ils ne comprenaient pas plus ces cris de douleur que le soudain intérêt de Broud pour cette laideronne.

Broud jouissait du nouveau pouvoir qu'il exerçait sur Ayla et il en usait largement, à la grande surprise du clan qui le voyait délaisser son avenante compagne pour cette fille hideuse qu'il haïssait. Au bout de quelque temps, Ayla cessa de souffrir mais elle continua de détester cela. Et c'est justement ce qui plaisait à Broud. Il l'avait remise à sa place, il avait affirmé sa supériorité et enfin trouvé un moyen de la faire réagir. Il aimait la voir trembler à son approche, il se délectait de sa soumission forcée. Il lui suffisait d'y penser pour se sentir envahi d'un désir frénétique. Son activité sexuelle, déjà considérable, s'était encore accrue. Tous les matins où il ne partait pas à la chasse, il la prenait, puis de nouveau le soir et parfois même dans le courant de la journée. Il lui arrivait souvent de se réveiller la nuit dans un état de grande excitation, et il se soulageait alors sur sa compagne. Il était jeune et sain, au zénith de sa puissance sexuelle, et plus elle le haïssait pour ce qu'il lui faisait subir, plus il en tirait du plaisir.

Ayla perdit tout son entrain. Elle se sentait abattue, morose, sans plus de goût à rien. Un seul sentiment l'occupait : sa haine implacable pour Broud et le viol quotidien de son corps qu'il lui infligeait.

Si elle s'était toujours montrée propre et soignée, multipliant les ablutions à la rivière, ses cheveux à présent formaient une masse terne et emmêlée, et elle portait continuellement le même vêtement, sans jamais se préoccuper de le nettoyer. Elle renâclait à accomplir les corvées ménagères, obligeant les hommes les moins brutaux à la corriger. Elle perdit tout intérêt pour les plantes médicinales, cessa de parler, si ce n'est pour répondre à des questions directes, ainsi que d'aller à la chasse. Le malaise provoqué par son état gagna tout le monde au foyer de Creb.

Iza, qui ne comprenait pas les motifs de ce changement soudain, était fort inquiète. Elle savait que cela tenait à l'inexplicable intérêt que Broud portait à Ayla, mais il dépassait son entendement de voir une telle cause produire un tel effet. Elle surveillait attentivement Ayla, et quand la jeune femme commença à éprouver régulièrement au réveil un malaise, elle craignit qu'un mauvais esprit se fût emparé d'elle.

Mais Iza, en guérisseuse expérimentée, fut la première à remarquer qu'Ayla ne respectait pas l'isolement relatif auquel les femmes étaient astreintes lorsque leurs totems se battaient, et elle redoubla de vigilance envers sa fille adoptive. L'hypothèse qui lui vint à l'esprit lui parut d'abord extravagante. Mais après l'écoulement d'une autre lune, Iza se sentit sûre de son fait. Un soir, en l'absence de Creb, elle appela Ayla.

— Je voudrais te parler.

— Oui, répondit Ayla en se traînant auprès d'elle.

— Quand ton totem s'est-il battu pour la dernière fois, Ayla ?

— Je n'en sais rien.

— Je veux que tu fasses un effort pour y réfléchir. Les esprits se sont-ils battus en toi depuis que les arbres ont perdu leurs fleurs ?

La jeune fille rassembla avec peine ses souvenirs.

— Une fois, peut-être.

— C'est bien ce que je pensais, dit Iza. Tu as des nausées le matin, n'est-ce pas ?

— Oui.

Ayla croyait que ses malaises étaient dus aux assauts de Broud, si pénibles à supporter qu'elle en vomissait son repas du matin et même parfois celui du soir.

— Est-ce que tu as mal aux seins ?

— Oui, un peu.

— Et ils ont grossi, n'est-ce pas ?

— Je crois. Mais pourquoi poses-tu ces questions ?

— Ayla, dit-elle en la regardant avec sérieux, je ne comprends pas ce qui a pu se passer et j'ai même du mal à y croire, mais je suis sûre d'avoir raison.

— Et en quoi as-tu raison ?

— Ton totem a été vaincu, tu vas avoir un enfant.

— Un enfant, moi ? Mais je ne peux pas en avoir, protesta Ayla, mon totem est trop puissant.

— Je sais bien, Ayla, et je n'y comprends rien, mais tu vas quand même donner le jour à un enfant, répéta Iza.

Une lueur d'espoir apparut dans le regard morne de la jeune femme.

— Est-ce vrai ? Moi, avoir un enfant ? Oh, maman, c'est merveilleux !

— Ayla, tu n'as pas de compagnon, et aucun homme du clan ne voudra de toi, même comme seconde compagne. Or, tu ne peux avoir d'enfant sans compagnon, cela lui porterait malheur, déclara Iza avec fermeté. Il vaudrait mieux que tu essaies de t'en débarrasser. Je pense que le gui fera l'affaire. C'est une plante très efficace et, utilisée avec précaution, à peu près inoffensive. Je vais te faire une infusion de feuilles avec quelques baies seulement, cela aidera ton totem à expulser la vie naissante. Tu seras un peu malade, mais...

— Non, non, et non ! coupa Ayla en secouant vigoureusement la tête. Non, Iza, je ne prendrai rien du tout. Je veux un enfant. J'en ai toujours voulu un depuis la naissance d'Uba et je n'aurais jamais cru cela possible.

— Mais, Ayla, ça va porter malheur à l'enfant ! Il pourrait naître anormal.

— Mais non, tu verras, je ferai très attention. Ne dis-tu pas qu'un totem puissant contribue, après sa défaite, à favoriser une heureuse naissance ? Iza, il faut absolument que je garde cet enfant. Mon totem ne sera peut-être plus jamais vaincu. Je dois saisir cette chance !

Pour la première fois depuis longtemps, Iza perçut dans le regard implorant de la jeune fille une étincelle de vie. Elle savait qu'elle aurait dû insister pour qu'Ayla absorbe le breuvage, mais elle craignait que la jeune fille ne sombre alors dans une dépression encore plus profonde. Peut-être avait-elle raison, après tout, peut-être était-ce là son unique chance de procréer ?

— Parfait, si tel est ton désir. Mais n'en parle à personne pour l'instant, on le saura bien assez tôt.

— Oh, Iza ! s'écria Ayla en se jetant dans ses bras, le visage illuminé de joie.

Elle sembla retrouver soudain toute son énergie et ne plus tenir en place.

— Maman, que fais-tu à manger pour ce soir ? Laisse-moi t'aider.

— Un ragoût d'aurochs, répondit la guérisseuse, stupéfaite par la transformation soudaine de la jeune fille. Tu peux découper la viande, si tu veux.

Tandis que les deux femmes s'affairaient, Iza réalisa qu'elle avait presque oublié combien la présence d'Ayla lui apportait de joie. La jeune fille recommençait même à s'intéresser aux techniques de la guérisseuse.

— Je ne connaissais pas cet usage du gui, s'étonna-t-elle.

— Il y aura toujours des choses que je ne t'aurai pas dites, Ayla, mais tu en sais déjà assez. La tanaisie fait également l'affaire mais elle est d'un usage plus dangereux. Il faut utiliser toute la plante, les fleurs, les feuilles et les racines, et les faire bouillir. Si tu remplis d'eau cette écuelle jusqu'à hauteur de cette marque et si tu la fais réduire jusqu'à la contenance de ce bol-ci, tu obtiendras une quantité suffisante. Les fleurs de chrysanthèmes se révèlent parfois efficaces et sont beaucoup moins dangereuses que le gui ou la tanaisie, mais le résultat n'est pas garanti. Il est aussi autre chose dont je voudrais t'entretenir, Ayla, poursuivit Iza en s'assurant que Creb ne se trouvait pas dans les parages. Aucun homme ne doit apprendre ce secret, connu des guérisseuses seules. Tu promets de n'en parler jamais à personne, même pas aux autres femmes ?

— Oui, répondit Ayla.

— Je ne pense pas que tu en aies besoin un jour pour toi-même, mais il faut que tu le connaisses, en ta qualité de guérisseuse. Il est parfois souhaitable, après un accouchement difficile, que la femme n'ait plus d'autre enfant. Dans ce cas, la guérisseuse lui donne ce qu'il faut pour cela, sans lui dire de quoi il s'agit. Certaines plantes possèdent la propriété particulière de fortifier le totem d'une femme au point qu'il empêche toute vie de prendre naissance.

— Tu peux donc empêcher une femme de devenir enceinte ? Tu peux donner de la puissance à n'importe quel totem, même à un totem faible ? Et cela même si Mog-ur prépare un charme pour donner de la force au totem de l'homme ?

— Oui, Ayla. C'est pourquoi les hommes ne doivent jamais apprendre ce secret. C'est le sortilège dont je me suis servie moi-même pour inciter mon compagnon, que je n'aimais pas, à me donner à un autre homme. J'espérais qu'il ne voudrait plus de moi si je n'avais pas d'enfant, avoua Iza.

— Mais tu as eu Uba

— Au bout d'un certain temps, la magie a dû perdre son pouvoir. Ou bien peut-être mon totem n'avait-il plus envie de lutter, ou encore peut-être voulait-il que j'aie un enfant ? Je n'en sais rien. Il existe des forces plus puissantes que la magie, Ayla. Personne ne pourra jamais connaître vraiment le monde des esprits, pas même Mog-ur. Qui aurait cru que ton totem pût s'avouer vaincu ? (Iza jeta un coup d'œil furtif autour d'elle avant de poursuivre.) Vite, que je termine avant le retour de Creb. Tu vois cette petite plante grimpante jaune avec des fleurs et des feuilles toutes petites ?

— Le fil d'or ?

— Exactement. On l'appelle aussi l'herbe-qui-étrangle, parce qu'elle tue la plante autour de laquelle elle s'enroule. Après l'avoir fait sécher, tu en fais bouillir une poignée, dans assez d'eau pour remplir l'écuelle d'os, jusqu'à ce qu'elle ait pris une couleur de foin mûr. Il faut en boire deux gorgées tous les jours durant lesquels ton totem ne se bat pas.

— Ne peut-on également en faire des emplâtres contre les piqûres et les démangeaisons ?

— Mais oui, et cela te fournira un excellent prétexte pour en avoir toujours en réserve. Il y a encore autre chose que l'on peut prendre, mais cette fois, quand ton totem se bat : la racine de sauge, fraîche ou séchée. Il faut la faire en infusion, et en boire une tasse par jour pendant tout le temps de ton isolement.

— N'est-ce pas la plante aux feuilles dentelées que tu donnes à Creb pour ses rhumatismes ?

— Oui, c'est elle. Je connais enfin un autre remède qui m'a été communiqué par la guérisseuse d'un autre clan. Tu sais, nous échangeons nos recettes entre nous. Je n'ai pu l'expérimenter moi-même car il s'agit d'un tubercule qui ne pousse pas dans nos régions. Il faut le couper en morceaux, le faire bouillir et l'écraser en pâte, que l'on réduit en poudre une fois séchée. Mais il faut en prendre une assez grande quantité, une moitié de bol de poudre délayée dans de l'eau, une fois par jour, pendant tout le temps où ton totem ne se bat pas.

A ce moment-là, Creb entra dans la caverne et surprit les deux femmes en grande conversation. Il se rendit compte au premier regard de la transformation d'Ayla. La jeune fille était à la fois éveillée, attentive et souriante.

Elle a dû se reprendre un peu, pensa-t-il en gagnant son foyer.

— Iza, cria-t-il pour attirer leur attention. Suis-je condamné à mourir de faim, aujourd'hui ?

La guérisseuse se leva précipitamment, l'air contrit, tandis qu'à la grande joie de Creb Ayla s'activait.

— Ce sera bientôt prêt, annonça-t-elle.

Et tandis qu'il s'installait sur sa natte, Uba fit irruption dans la caverne.

— J'ai faim ! s'exclama-t-elle.

— Toi, tu as toujours faim, Uba, dit Ayla en faisant tournoyer la petite fille.

Uba était aux anges ; c'était la première fois de tout l'été qu'Ayla était d'humeur à jouer avec elle.

Plus tard, après le dîner, Uba se pelotonna sur les genoux de Creb. Ayla chantonnait tout doucement en aidant Iza à faire le nettoyage. Le vieux sorcier poussa un soupir d'aise. Les garçons sont très importants pour le clan, pensa-t-il, mais je crois que je préfère les filles. Au moins, elles n'ont pas besoin de démontrer leur bravoure à tout bout de champ et ne craignent pas de se blottir dans vos bras pour s'endormir.

Le lendemain matin, Ayla s'éveilla étourdie de bonheur en se rappelant sa découverte de la veille. Soudain impatiente de se lever, elle pensa aller se laver les cheveux à la rivière. Elle se força toutefois à manger quelque chose avant de partir, et fut agréablement surprise de constater qu'elle ne rendait pas aussitôt ce qu'elle avalait, comme c'était le cas chaque matin ces derniers temps. Elle se hâta de quitter la caverne, mais elle n'avait pas fait trois pas en direction de la rivière qu'elle s'entendit appeler.

— Ayla ! lui cria Broud sur un ton méprisant en lui faisant le signe convenu.

La jeune fille s'arrêta, médusée. Elle avait complètement oublié l'existence de son tourmenteur et ne songeait plus qu'à bercer un bébé dans ses bras, son bébé. Espérons qu'il va se dépêcher, se dit-elle en adoptant la position que Broud attendait pour satisfaire ses désirs.

Mais Broud ne se sentait pas en forme. Il lui manquait quelque chose. La haine, la rage qu'elle n'était jamais parvenue à dissimuler complètement s'étaient évanouies. Ayla était ailleurs, calme, sereine, indifférente à tout ce qu'il pouvait lui faire, résignée à accepter ses caprices.

Or, ce qui procurait du plaisir à Broud, c'était plus de la dominer que l'acte sexuel en soi. Il s'aperçut qu'il ne ressentait à présent aucune excitation et, après plusieurs tentatives infructueuses, il abandonna la partie, fort humilié, et regagna son foyer.

Soulagée qu'il ait enfin cessé de ressentir cette attirance incompréhensible pour Ayla, Oga lui fit bon accueil. Elle n'avait jamais été jalouse, car il n'y avait aucun motif à cela. Broud était son compagnon, et ne semblait pas avoir l'intention de la quitter. Il était normal qu'un homme assouvisse ses désirs avec la femme de son choix. Mais ce qu'elle ne comprenait pas, c'était qu'il s'intéresse à une femme qui, de toute évidence et pour une raison mystérieuse, ne prenait aucun plaisir avec lui.

Quant à Broud, la soudaine indifférence d'Ayla à son égard l'exaspéra au plus haut point. Il croyait avoir découvert un moyen infaillible de la dominer, de briser une fois pour toutes sa résistance tout en savourant son plaisir, et il n'en fut que plus déterminé à la soumettre de nouveau par quelque autre moyen.

19

Tout le monde fut stupéfait d'apprendre qu'Ayla était enceinte. Les spéculations allaient bon train pour savoir à qui revenait le prestige d'avoir vaincu l'Esprit du Lion des Cavernes, et tous les hommes auraient aimé pouvoir s'en attribuer le mérite. Certains étaient enclins à y voir la manifestation collective de plusieurs esprits totémiques, voire ceux de toute la population mâle, mais d'une façon générale deux points de vue s'opposaient, celui des jeunes et celui des hommes plus âgés.

Toutefois il était admis dans le clan qu'une femme devait le plus souvent sa grossesse au totem de son compagnon. Il était possible que ce dernier fît appel à l'aide d'un autre esprit mâle, mais le mérite en revenait au premier totem. Or les deux hommes qui avaient été les plus proches d'Ayla depuis qu'elle était devenue une femme étaient Mog-ur et Broud.

— Je dis que c'est Mog-ur, affirmait Zoug. Il est le seul à posséder un totem plus puissant encore que le Lion des Cavernes. Et ne partage-t-elle pas son foyer ?

— Ursus ne permettrait jamais à une femme d'absorber son essence, répliqua Crug. L'Ours des Cavernes choisit ceux qu'il désire protéger, comme il le fit pour Mog-ur. Penses-tu que le Chevreuil pourrait battre le Lion des Cavernes ?

— Oui, avec l'aide de l'Ours. Mog-ur a deux totems, et le Chevreuil n'avait pas à chercher de l'aide bien loin. Personne n'a dit qu'Ursus avait perdu son essence, rétorqua Zoug avec force.

— Alors pourquoi n'a-t-elle pas été grosse l'hiver dernier ? Elle vivait alors au foyer de Mog-ur. Or elle est dans cet état depuis que Broud s'est intéressé à elle, quoique je me demande bien pourquoi. Le Rhinocéros aussi est puissant. Avec de l'aide, il aura fort bien pu vaincre le Lion des Cavernes, persista Crug.

— Je pense que le totem y est pour quelque chose, intervint Dorv. La question est de savoir qui la veut pour compagne ? Chacun voudrait être celui par qui c'est arrivé, mais qui veut d'elle ? Brun nous a posé la question. Si elle ne trouve pas de compagnon, cela portera malheur à l'enfant. Moi, je suis trop vieux, et je dois avouer que je ne le regrette pas.

— Je la prendrais volontiers si seulement j'avais encore un foyer, dit Zoug. Elle est peut-être laide mais elle est vaillante à l'ouvrage et respectueuse. Elle saurait s'occuper d'un homme, et finalement cela compte plus qu'une belle apparence.

— Moi, je ne voudrais pas de la Femme-Qui-Chasse à mon foyer, dit Crug. C'est bien pour Mog-ur, parce qu'il ne peut pas chasser et que cela lui est égal. Mais je me vois mal rentrer les mains vides de la chasse et manger la viande d'une bête que ma compagne aurait tuée. Et puis, mon foyer est au complet avec Ika et Borg, et maintenant Igra. Je suis bien content que Dorv puisse encore chasser. Quant à Ika, elle est encore assez jeune pour avoir un autre enfant...

— J'ai réfléchi à tout ça, dit Droog, et mon foyer aussi est complet. Aga, Aba, Vorn, Ona et Groob, ça en fait du monde. Comment pourrais-je prendre en plus une femme et son enfant ? Mais toi, Grod ?

— Non, à moins que Brun me l'ordonne, répondit Grod, sèchement. Le chef en second n'avait jamais pu se défaire d'un certain sentiment de malaise en présence de la femme qui n'était pas née du clan, bien qu'il n'eût rien de particulier à lui reprocher.

— Et Brun ? demanda Crug. C'est tout de même lui qui l'a accueillie dans le clan

— Il faut parfois penser à la première compagne avant de songer à en prendre une deuxième, fit remarquer Goov. Vous connaissez les sentiments d'Ebra envers Iza. Ayla est peut-être appelée à devenir une guérisseuse de la lignée d'Iza. Croyez-vous qu'Ebra verrait d'un bon œil une femme plus jeune, une deuxième compagne, avec un rang plus élevé que le sien, s'installer dans son foyer ? Je prendrais volontiers Ayla chez moi. Quand je serai mog-ur, je ne chasserai plus beaucoup, et ça me serait égal de voir la Femme-Qui-Chasse rapporter du petit gibier. Quant à Ovra, elle n'est pas du genre à jalouser le rang d'une autre, et d'ailleurs elle s'entend très bien avec Ayla. Mais hélas elle n'a pas encore d'enfant, et elle serait malheureuse de partager son foyer avec une femme plus comblée qu'elle dans ce domaine. Je pense que l'esprit du totem de Broud est responsable de l'état d'Ayla, et c'est dommage qu'il la déteste, car c'est lui qui devrait la prendre à son foyer.

— Je ne suis pas sûr que ce soit le totem de Broud, dit Droog. Et toi, Mog-ur ? Ne pourrais-tu la prendre pour compagne ?

Le vieux sorcier avait suivi attentivement la conversation.

— J'y ai pensé, répondit-il. Je ne crois pas que ce soit Ursus ou le Chevreuil ou même le Rhinocéros qui ait fait naître une vie dans le ventre d'Ayla. Son totem a toujours été un mystère, et qui sait ce qui se sera passé ? Mais elle a besoin d'un compagnon, et pas seulement pour que le malheur ne s'abatte pas sur son enfant. Elle aura aussi besoin d'un homme pour pourvoir à ses besoins. Je suis trop vieux, et si elle donne le jour à un garçon, je ne pourrai pas lui apprendre à chasser. Elle non plus ne pourra pas le faire, hormis à la fronde. De toute façon, il m'est impossible de la prendre pour compagne. Ce serait comme si Grod s'unissait à Ovra, avec Uka encore comme première compagne. Pour moi, Ayla est comme la fille d'une seule compagne, l'enfant d'un unique foyer, pas une femme pour une deuxième couche.

— Cela s'est pourtant déjà pratiqué, dit Dorv. La seule femme qu'un homme ne peut prendre pour compagne est sa sœur.

— Je n'ai jamais eu de compagne, et je suis trop vieux pour commencer aujourd'hui, dit Mog-ur. Iza prend soin de moi, et cela me suffit. Je me trouve bien avec ma sœur. Les hommes assouvissent de temps à autre leurs besoins avec leurs compagnes, et cela fait bien longtemps que je n'ai pas ressenti ces besoins. J'ai d'ailleurs appris à les contrôler depuis bien des lunes. Je ne serais pas le compagnon rêvé pour une jeune femme. Et puis il n'est pas dit qu'Ayla puisse garder son enfant. Iza dit qu'elle risque d'avoir des problèmes à l'accouchement. Je sais qu'elle veut ce bébé, mais ce serait mieux pour tout le monde si elle le perdait.

Et Mog-ur disait vrai, la grossesse d'Ayla ne se déroulait pas dans de bonnes conditions. La jeune femme était malade tous les matins et, au bout du quatrième mois, alors que son ventre commençait à s'arrondir, elle se mit à avoir des hémorragies. Aussi Iza décida-t-elle de demander à Brun de la dispenser de toute activité. Elle était persuadée qu'Ayla ferait mieux de se débarrasser de l'enfant, un acte qui ne devrait a priori pas poser de problèmes.

Elle était très inquiète pour la jeune femme, dont les bras et les jambes maigrissaient de façon alarmante, contrastant étrangement avec la rondeur de son ventre. De grands sillons noirs lui cernaient les yeux et ses cheveux devenaient plus ternes. Toujours transie, elle passait le plus clair de son temps blottie au coin du feu, emmitouflée dans des fourrures. Néanmoins, lorsque Iza lui demanda d'absorber le breuvage qui la débarrasserait définitivement de son enfant, elle s'y opposa avec une énergie farouche.

— Iza, je t'en supplie, aide-moi au contraire. Je veux cet enfant, implora-t-elle. Je sais que tu peux m'aider.

Iza sentit qu'elle ne pouvait lui refuser son assistance. Depuis un certain temps, elle comptait presque exclusivement sur Ayla pour se procurer les plantes dont elle avait besoin. Elle sortait elle-même rarement depuis que de violentes quintes de toux lui interdisaient tout effort. Néanmoins, elle quitta la caverne un beau matin pour se mettre en quête de certaine racine particulièrement indiquée pour éviter les fausses couches. Elle s'enfonça dans la forêt et s'engagea sur l'un des sentiers abrupts qui serpentaient au flanc de la colline. Elle se sentait beaucoup plus faible qu'elle ne l'aurait cru et, à bout de souffle, elle dut faire de nombreuses haltes en chemin.

Au milieu de la matinée, le temps changea subitement. Poussés par un vent glacial, de gros nuages s'amoncelèrent et une violente averse se mit à tomber. En quelques minutes, Iza fut trempée jusqu'aux os. Elle n'en poursuivit pas moins ses recherches et finit par découvrir la plante en question dans un bosquet de pins. Parcourue de frissons, elle arracha fébrilement quelques racines et se remit péniblement en marche, brisée par la toux et crachant le sang. Elle se trompa plusieurs fois sur le chemin du retour et c'est à la nuit tombée seulement qu'elle parvint en vue de la caverne.

— Maman, où étais-tu ? s'exclama Ayla. Tu es trempée. Viens vite près du feu.

— Tiens, Ayla, j'ai trouvé ces racines pour toi. Laves-en une et mâche-la... (Une quinte de toux l'interrompit.) Mâche-la crue, ça t'aidera à garder le bébé, poursuivit-elle les yeux brillants et les joues brûlantes de fièvre.

— Tu n'es pas sortie par ce vent et cette pluie uniquement pour me chercher cette plante, hein, maman ? Ne sais-tu donc pas que je préférerais perdre mon bébé plutôt que mettre ta vie en danger ? Tu es trop malade pour sortir comme ça, tu le sais bien.

Ayla savait Iza malade depuis longtemps, mais elle n'avait jamais pris conscience jusqu'alors de la gravité de son état. A dater de ce jour, oubliant sa grossesse et ses hémorragies, dédaignant même de manger, elle ne s'occupa plus que de sa mère adoptive avec l'assistance d'Uba qui ne perdait pas un seul de ses gestes.

C'était la première fois que la petite fille était confrontée à une maladie grave affectant la personne qu'elle aimait le plus au monde, en dehors d'Ayla et de Creb, et le fait d'assister Ayla dans ses soins lui faisait découvrir son propre héritage et sa propre destinée. Mais Uba n'était pas la seule à observer Ayla. Le clan tout entier était préoccupé par la santé de la guérisseuse et sceptique quant aux capacités de la jeune femme. Indifférente à leurs appréhensions, Ayla se consacrait exclusivement à celle qu'elle appelait sa mère.

Elle employa tous les remèdes que lui avait appris la guérisseuse, interrogeant Uba dont la mémoire recélait à l'état brut les connaissances de sa mère, et n'hésitant pas à recourir à de nouvelles méthodes. Comme Iza l'avait constaté, le talent d'Ayla résidait dans son habileté à découvrir la cause d'un mal. Elle savait porter un diagnostic.

A partir d'indices qu'elle relevait çà et là, elle reconstituait le tableau clinique, dont elle complétait les blancs par le raisonnement et l'intuition.

Et elle ne devait ce talent qu'à son cerveau seul, capacité qui restait totalement étrangère au Peuple du Clan.

L'action conjuguée de ses traitements et de ses soins attentifs ainsi que la propre volonté de vivre d'Iza eurent pour résultat qu'à l'entrée de l'hiver la guérisseuse était suffisamment remise pour s'occuper à nouveau de la grossesse d'Ayla. Il était plus que temps.

La santé de la jeune femme était préoccupante. Elle ne cessait de perdre du sang et souffrait de maux de reins constants. Iza s'étonnait que l'enfant continuât à se développer, malgré la faiblesse de la future mère. Et le fait est qu'il se développait considérablement, donnant au ventre d'Ayla d'étonnantes proportions. Il s'agitait si vigoureusement qu'elle en perdit pratiquement le sommeil. Iza n'avait jamais vu de femme souffrir autant lors d'une grossesse difficile.

Mais Ayla ne se plaignait jamais, de peur que la guérisseuse ne l'incite à se débarrasser du bébé. Sa grossesse était d'ailleurs beaucoup trop avancée pour qu'Iza y songeât.

Quant à Ayla, les souffrances qu'elle endurait la confortèrent dans l'idée que, si elle venait à perdre cet enfant, elle n'en aurait plus jamais d'autre. Elle vit de son lit les pluies printanières balayer la neige à l'entrée de la caverne. Uba lui apporta le premier crocus de la saison, et les bourgeons allaient éclore le jour où elle entra en couches.

Les premières contractions, annonciatrices d'une délivrance proche, furent comme un soulagement. Iza prépara une infusion d'écorce de saule et, si elle nourrissait des doutes quant à l'issue, elle n'en laissa rien paraître. Ayla était persuadée que d'ici le lendemain elle bercerait son bébé dans ses bras La conversation s'orienta vers les plantes médicinales, comme c'était devenu depuis peu une habitude entre la guérisseuse et ses deux filles.

— Maman, quelle était cette racine que tu m'as apportée le jour où tu es sortie et que tu as pris froid ? demanda Ayla.

— On l'appelle la racine à serpent. On l'utilise peu car elle doit être consommée fraîche et cueillie à la fin de l'automne. Elle s'avère efficace en prévention des fausses couches, mais encore faut-il que ce risque survienne à la fin de l'automne, car la plante est sans effet une fois séchée.

— A quoi ressemble-t-elle ? s'enquit Uba.

Depuis la maladie de sa mère, la lignée des grandes guérisseuses semblait avoir trouvé en elle une descendante naturelle. Ayla et Iza avaient commencé de la former, mais, à la différence d'Ayla, sa formation requérait seulement le rappel des connaissances innées de sa mémoire héréditaire.

— Il s'agit en fait de deux plantes, une mâle et une femelle. Elle a une longue tige qui s'élève d'un bouquet de feuilles proche du sol, et une grappe de petites fleurs près du sommet de la tige. Celles du plant mâle sont blanches. C'est la racine du plant femelle qui contient le produit actif, et ses fleurs sont plus petites et vertes.

— Elles poussent dans les forêts de pins ? demanda Ayla.

— Oui, mais en terrain très humide. C'est une plante qui aime l'eau

— Tu n'aurais jamais dû aller si loin, ce jour-là, Iza. J'étais tellement inquiète... Oh, attends, j'ai une nouvelle contraction !

La guérisseuse considéra le visage émacié et douloureux de la jeune femme. Oui, l'accouchement serait long et difficile, se dit-elle.

— Il ne pleuvait pas quand je suis partie, reprit-elle, désireuse de distraire Ayla. Je pensais qu'il ferait beau. Mais que veux-tu, le temps est parfois imprévisible. Il y a une chose que je voulais te demander, Ayla. Tu m'as bien appliqué un cataplasme d'herbes comme celui que j'emploie pour les rhumatismes de Creb, n'est-ce pas ?

— Oui.

— Mais je ne t'ai jamais appris cela.

— Je sais. Tu toussais tellement et tu crachais le sang. Je cherchais à te donner quelque chose qui calme les spasmes et en même temps te fasse cracher plus facilement. Ces cataplasmes pour Creb font pénétrer la chaleur et ils stimulent le sang. J'ai pensé qu'ils rendraient plus fluides les mucosités, et qu'ainsi la toux serait moins pénible. Et ensuite, je t'ai donné une décoction calmante. Il semble que ça t'a fait du bien.

— Oui, ç'était très efficace, acquiesça Iza qui se demanda si elle y aurait pensé elle-même.

Ayla était décidément une bonne guérisseuse, et son talent irait grandissant avec le temps et l'expérience. Elle est digne de ma lignée, pensa Iza. Il faut que j'en parle à Creb. Il se peut que je quitte ce monde plus tôt que je le prévoyais. Ayla est femme, maintenant, et elle est en mesure de me remplacer... si elle survit à son accouchement.

A la fin de l'après-midi, les contractions se firent plus fréquentes et Iza administra à Ayla une décoction analgésique pour la soulager. Etendue sur sa couche, le front en sueur, la jeune femme gémissait de douleur à chaque spasme, tandis qu'Iza, assistée d'Ebra, s'activait auprès d'elle.

Assis autour du feu dans le foyer de Brun, les hommes avaient interrompu leur conversation et fixaient le sol d'un air morne.

— Son bassin est trop étroit, Ebra, déclara Iza. L'enfant ne passera jamais.

— Ne penses-tu pas qu'il faudrait crever la poche des eaux ? Ça pourrait l'aider, proposa Ebra.

— J'y ai pensé, mais j'attendais le moment propice. Je vais le faire à la fin de cette contraction. Tu veux me passer le bâtonnet ?

Ayla se cambra violemment en saisissant la main des deux femmes et poussa un long cri déchirant.

— Ayla, je vais essayer de t'aider, signifia Iza après que la contraction fut passée. Tu me comprends ?

Ayla acquiesça sans un mot.

— Je vais crever la poche des eaux. Il faut que tu t'accroupisses, ça aidera le bébé à sortir. Tu vas y arriver ?

— Je vais essayer, murmura Ayla.

Iza inséra le bâtonnet, et les eaux surgirent, provoquant une nouvelle contraction.

— Lève-toi, maintenant, ordonna la guérisseuse.

Iza et Ebra soulevèrent la jeune femme et la soutinrent chacune par un bras tandis qu'elle essayait de s'accroupir sur la peau de bête.

— Vas-y, pousse maintenant, Ayla.

— Elle n'y arrive pas, dit Ebra. Elle n'a plus de force.

— Ayla, il faut que tu pousses plus fort, insista Iza.

— Je ne peux pas, répondit faiblement Ayla.

— Mais il le faut, Ayla ! Essaye, sans quoi ton bébé va mourir ! dit Iza, se gardant d'ajouter qu'elle aussi mourrait avec lui.

Faisant appel à des ressources d'énergie insoupçonnées, Ayla rassembla ses dernières forces, prit une grande inspiration et s'accrocha à la main d'Iza. Proche de l'évanouissement, le front emperlé de sueur sous l'effort, elle avait l'impression que tous ses os se brisaient.

— Vas-y, Ayla. Encore, encore, l'encourageait Iza. La tête commence à sortir, continue !

Prenant une autre inspiration, Ayla poussa de nouveau. Elle sentit sa peau et ses muscles se déchirer, mais elle continua à pousser de plus belle, jusqu'au moment où la tête du bébé émergea de l'étroit passage. Iza entreprit alors de le tirer délicatement. Le plus dur était fait.

— Encore un effort, Ayla, un dernier petit effort pour le délivrer.

La jeune femme se tendit une fois encore avant de perdre connaissance.

Iza attacha un morceau de nerf teint à l'ocre rouge au cordon ombilical du nouveau-né avant de le couper avec les dents. Puis elle lui donna des petites tapes sur les pieds jusqu'à ce que sa faible plainte se transforme en un puissant vagissement. Il est vivant, pensa-t-elle avec soulagement. Mais au moment où elle s'apprêtait à le nettoyer, le cœur lui manqua. Toute cette souffrance pour en arriver là... Elle emmaillota l'enfant dans la peau de lapin déjà préparée pour lui, puis elle confectionna pour Ayla un cataplasme de racines mâchées. La jeune mère gémit en ouvrant les yeux.

— Mon bébé, Iza... C'est un garçon ou une fille ? demanda-t-elle.

— C'est un garçon, Ayla, répondit la guérisseuse. (Elle s'empressa d'ajouter, pour ne pas lui laisser de vains espoirs :) Mais il est anormal.

Le faible sourire d'Ayla se mua en une grimace horrifiée.

— Non ! Ce n'est pas possible ! Montre-le-moi !

— C'est ce que je redoutais, dit Iza en lui apportant l'enfant. C'est hélas fréquent quand une femme a une grossesse difficile. Je suis navrée, Ayla.

La jeune femme écarta la peau de lapin et regarda son fils. Il avait les bras et les jambes plus grêles que ceux d'Uba à sa naissance, plus longs également, mais pourvus du nombre exact de doigts aux pieds et aux mains. Son minuscule pénis ne laissait aucun doute sur son sexe. Son crâne était quelque peu déformé par les épreuves de son entrée dans le monde, mais ce n'était pas le plus grave : Iza savait qu'il reprendrait une forme acceptable d'ici peu. C'étaient plutôt la conformation générale de sa tête, sa grosseur anormale, sans parler du petit cou maigre trop fragile pour supporter ce poids énorme, qui paraissaient bizarres.

A l'image des individus composant le Peuple du Clan, le nouveau-né avait des arcades sourcilières proéminentes mais, au lieu de s'interrompre brusquement, son front décrivait un renflement ressemblant à une bosse au-dessus des sourcils. Son crâne, de forme arrondie, n'avait pas la longueur voulue, et au lieu de se prolonger en une forme oblongue, il s'arrêtait net au niveau de la nuque bien arquée. Ses traits étaient le plus surprenant : de grands yeux ronds, un nez beaucoup plus petit que la normale, une grande bouche mais des mâchoires étroites comparées à celles du clan, et sous la bouche, une espèce de protubérance osseuse qui le défigurait irrémédiablement. Quand Iza avait pris le bébé dans ses bras, en voyant sa tête ballotter, elle avait sérieusement douté qu'il pût un jour parvenir à la tenir droite.

Blotti contre sa mère, le bébé cherchait déjà à téter, et Ayla l'aida à trouver son sein.

— Tu ne devrais pas, Ayla, lui dit Iza avec douceur. Ne lui donne pas de forces, car on va bientôt te t'enlever, et tu auras encore plus de peine à te séparer de lui.

— Me séparer de lui ? s'écria Ayla, interloquée. Mais c'est mon bébé ! Mon fils !

— Tu n'as pas le choix, Ayla. C'est la règle ici. Une mère doit se débarrasser de son enfant s'il est anormal. Alors, autant se dépêcher de le faire avant que Brun ne l'ordonne.

— Mais Creb était bien difforme et on l'a laissé vivre, protesta Ayla.

— Le compagnon de sa mère était le chef du clan, et il lui a permis de garder l'enfant. Mais toi tu n'as pas de compagnon, tu n'as personne pour défendre ton fils. Ayla, pourquoi laisser vivre un enfant destiné à être malheureux toute sa vie ? Finissons-en au plus vite, lui conseilla Iza.

A contrecœur, Ayla arracha son enfant de son sein et fondit en larmes.

— Oh, Iza, gémit-elle. Je désirais tellement ce bébé ! Je voulais tant en avoir un pour moi toute seule, comme les autres femmes. Ne me force pas à m'en débarrasser.

— Je sais que c'est pénible, Ayla, mais c'est ainsi, insista Iza, le cœur gros.

Le bébé cherchait désespérément la chaleur du sein dont il venait d'être brutalement privé. Il se mit à pleurnicher et bientôt poussa un hurlement sonore et insistant, le cri du nouveau-né affamé.

— Non, c'est tout simplement impossible ! s'exclama Ayla en lui redonnant le sein. Mon fils est vivant. Il respire. Il est peut-être mal formé, mais il est fort. Tu l'as entendu crier ? As-tu jamais entendu un nouveau-né pousser de pareils cris ? Tu l'as vu se débattre ? Regarde donc comme il tète ! Je veux le garder, Iza, et je le garderai. Je partirai plutôt que de le tuer. Je sais chasser. Je pourrai le nourrir et m'en occuper toute seule !

— Ayla, tu plaisantes ! dit Iza qui avait pâli. Où irais-tu ? Tu es beaucoup trop faible, tu as perdu tellement de sang.

— Je n'en sais rien, maman. Quelque part, n'importe où. Mais je ne l'abandonnerai pas.

Ayla se sentait résolument déterminée et Iza comprit alors qu'elle mettrait son projet à exécution. Mais elle était trop faible pour s'en aller vivre ailleurs. Elle mourrait assurément en essayant de sauver son enfant.

— Ayla, ne dis pas ça, supplia Iza. Si tu n'as pas la force de le faire, c'est moi qui vais m'en charger. Je dirai à Brun que tu es trop fatiguée. Laisse-moi le prendre, dit-elle en tendant les bras. Une fois qu'il ne sera plus là, il te sera facile de l'oublier.

— Non, non ! Iza, protesta Ayla en serrant le nouveau-né dans ses bras. Je le garderai. Peu importe comment. Et même si je dois m'en aller, je le garderai.

Uba n'avait rien perdu de la scène entre les deux femmes, pas plus d'ailleurs que de l'accouchement difficile d'Ayla. Rien n'était caché aux enfants, qui partageaient tout autant que leurs aînés le destin du clan. Uba adorait la jeune femme aux cheveux dorés, à la fois sa camarade de jeu, son amie, sa mère et sa sœur, et si la délivrance douloureuse l'avait effrayée, elle l'était plus encore en voyant Ayla signifier qu'elle quitterait le clan plutôt que de se défaire de son enfant. Cela rappelait à la petite fille la première fois où Ayla était partie et où tout le monde disait qu'elle ne reviendrait jamais.

— Ne t'en va pas, Ayla, s'écria la fillette. Maman, tu ne vas pas la laisser partir !

— Je n'en ai pas envie, Uba, mais je ne peux pas laisser mourir mon bébé, lui dit Ayla.

— Et pourquoi ne le déposes-tu pas au sommet d'un arbre, comme dans l'histoire d'Aba ? S'il survit pendant sept jours, Brun sera obligé de l'accepter, proposa Uba.

— L'histoire d'Aba est une légende, Uba, expliqua Iza. Aucun bébé ne pourrait résister au froid sans rien manger.

Mais Ayla n'écoutait plus, une idée venait de germer dans son esprit.

— Maman, une partie de la légende est vraie, dit-elle enfin.

— Que veux-tu dire ?

— Si mon enfant est encore vivant au bout de sept jours, Brun sera obligé de l'accepter, n'est-ce pas ?

— Que vas-tu imaginer, Ayla ? Tu n'espères tout de même pas le retrouver vivant au bout de sept jours, si tu le laisses dehors sans nourriture ? Tu sais bien que c'est impossible.

— Je ne vais pas le laisser dehors, je vais l'emmener. Je connais un endroit où l'abriter. Je peux très bien y aller avec mon fils et ne revenir que le jour de la cérémonie. Brun devra alors lui donner un nom et me le laisser.

— Non ! Ayla, ne fais pas ça ! Ce serait aller à l'encontre des traditions du clan, et Brun serait furieux. Il te cherchera et finira bien par te trouver et te reconduire à la caverne. Non, ce n'est pas bien, lui reprocha Iza, fort agitée.

Jamais Iza ne s'était permis de transgresser la moindre règle, et la seule idée de s'y risquer lui coupait les jambes. Le projet d'Ayla constituait à lui seul une manifestation de révolte à laquelle elle n'aurait jamais songé et qu'elle pouvait encore moins approuver. Mais elle savait combien Ayla tenait à cet enfant et son cœur se serrait en pensant à tout ce qu'elle avait enduré pour le mener à terme et lui donner le jour. Elle a raison, pensa-t-elle en regardant le nouveau-né. Il est difforme, mais aussi fort et en bonne santé. Creb est né infirme, et pourtant cela ne l'a pas empêché de devenir Mog-ur. La pauvre, c'est son premier bébé. Si elle avait un compagnon, il se pourrait qu'il le laisse vivre.

Iza songea un instant à s'en ouvrir à Creb ou à Brun, comme elle aurait normalement dû le faire, mais elle ne put s'y résoudre. Elle déposa quelques pierres chaudes dans un bol d'eau pour faire une infusion d'ergot. Ayla dormait, le bébé dans ses bras, quand Iza lui présenta le breuvage.

— Bois ça, Ayla, dit-elle. J'ai enveloppé le placenta et l'ai mis là-bas, dans le coin. Tu peux te reposer cette nuit, mais il faudra t'en débarrasser demain avec l'enfant. Brun est déjà au courant, Ebra lui a tout dit. Il préférerait ne pas avoir à examiner le bébé et t'ordonner de t'en défaire. Il s'attend plutôt à ce que tu le fasses disparaître en même temps que la preuve de sa naissance.

Par ces propos, Iza venait de lui apprendre le temps qui lui restait pour mettre son projet à exécution.

Ayla demeura éveillée un long moment après le départ de la guérisseuse en réfléchissant à tout ce qu'il lui faudrait emporter dans sa fuite : une couverture pour dormir, des peaux de lapin pour le bébé, quelques bandes de cuir, sa fronde et des couteaux, et aussi de quoi manger et l'outre d'eau.

Le lendemain matin, Iza prépara de la nourriture en abondance. Creb, qui était rentré tard la veille, évita toute conversation avec Ayla, faute de savoir que lui dire.

Le vieux sorcier pensait que le totem de la jeune femme était trop puissant, qu'il ne s'était jamais avoué vaincu, ce qui expliquait ces pertes de sang pendant sa grossesse, ainsi que la malformation du bébé. Quelle pitié, se disait-il, elle voulait tellement cet enfant.

— Mais Iza, il y a là de quoi nourrir tout le clan ! remarqua-t-il. Nous ne pourrons jamais manger tout ça.

— C'est pour Ayla, répondit Iza en baissant la tête précipitamment.

Iza a le cœur maternel, pensa le vieil homme. Mais Ayla a effectivement grand besoin de reprendre des forces. Elle mettra du temps avant de se remettre complètement. Je me demande si elle pourra jamais avoir un enfant normal.

Quand Ayla se leva, elle sentit la tête lui tourner et un flot de sang chaud couler. Elle avait le plus grand mal à faire un pas. A se voir si faible, elle eut un instant de panique. Seule sa farouche détermination à sauver son enfant la poussa à poursuivre son projet.

Il tombait une pluie fine quand elle quitta la caverne. Elle avait rangé une partie de ses affaires au fond de son panier, en les cachant sous le paquet à l'odeur forte de placenta, et elle dissimula le reste sous la grande fourrure dans laquelle elle s'était enveloppée, après avoir installé son bébé sur sa poitrine, dans une peau suspendue à son cou. Si elle se sentit légèrement mieux en pénétrant dans les bois, la nausée persistait. Arrivée au plus profond de la forêt, elle entreprit de creuser un trou, avec la plus grande difficulté tant elle était faible, où elle enterra le paquet contenant le délivre ainsi qu'Iza lui avait appris à le faire, sans oublier les signes symboliques. Puis elle regarda son fils, profondément endormi, et décida que personne ne le mettrait jamais dans un trou comme celui qu'elle venait de creuser. Elle commença alors sa pénible ascension vers les hauts pâturages, sans s'apercevoir que quelqu'un la suivait.

A peine avait-elle quitté la caverne qu'Uba s'était glissée derrière elle. Connaissant l'état de faiblesse d'Ayla, elle craignait qu'elle ne s'évanouisse et qu'attirée par l'odeur du sang quelque bête féroce ne trouve en elle une proie facile. La petite fille avait perdu sa trace dans la forêt, mais elle la retrouva en la voyant gravir le sentier escarpé.

Ayla s'appuyait sur son bâton à fouir pour marcher et s'arrêtait souvent, luttant contre la nausée. Elle sentait le sang couler le long de ses jambes, et se prit à regretter le temps où elle pouvait gravir la colline sans le moindre essoufflement. Aujourd'hui, sa prairie lui paraissait infiniment loin. Au bord de l'évanouissement, elle se forçait à poursuivre son chemin, bien décidée à avancer tant qu'il lui resterait un soupçon de force et animée par une seule idée : gagner sa grotte.

Vers la fin de l'après-midi, quand le bébé se mit à pleurer, il lui sembla entendre ses cris à travers un épais brouillard. Elle ne s'arrêta pas pour lui donner le sein mais continua son ascension.

Uba suivait à distance, de peur qu'Ayla ne s'aperçoive de sa présence. Elle ignorait qu'Ayla ne marchait plus qu'à l'aveuglette depuis un moment. La tête lui tournait quand elle déboucha enfin sur le pré. Elle banda ses dernières forces pour avancer encore, écarter les branches masquant sa retraite et se laisser choir sur la peau de daim qu'elle avait laissée là lors de son dernier séjour. Elle ne se souvint pas d'avoir offert son sein au bébé en pleurs avant que, totalement épuisée, elle perde connaissance.

Si Uba n'était pas arrivée à hauteur de la prairie au moment même où Ayla se faufilait dans la faille, elle aurait pu croire que la jeune femme s'était évanouie dans les airs, tant les branchages enchevêtrés des noisetiers dissimulaient parfaitement l'entrée de la grotte. La fillette se dépêcha de regagner la caverne où elle avait laissé Iza dans l'ignorance de son dessein. Sa course l'avait entraînée beaucoup plus loin qu'elle ne l'imaginait, et elle craignait de se faire réprimander en arrivant. Mais Iza ne s'inquiétait aucunement. Elle avait vu sa fille s'élancer sur les traces d'Ayla et deviné ses intentions, sans pour autant chercher à en avoir le cœur net.

20

— Ne devrait-elle pas être rentrée, Iza ? s'inquiéta Creb qui avait passé tout l'après-midi à guetter le retour d'Ayla.

Iza hocha nerveusement la tête, sans lever les yeux du quartier de viande qu'elle était en train de débiter en morceaux.

— Aïe ! s'écria-t-elle soudain en se coupant avec l'instrument tranchant.

Creb leva les yeux, non seulement surpris par la maladresse mais aussi par son cri. Iza était si habile à manier les outils acérés qu'il ne se rappelait pas l'avoir jamais vue se blesser.

— Je viens de parler à Brun, Iza, déclara-t-il. Il ne croit pas nécessaire de commencer les recherches dès à présent. Personne ne doit savoir où une femme a décidé de... enfin où elle est allée. Mais par ailleurs elle est si faible qu'il se peut qu'elle se soit évanouie quelque part sous la pluie. Tu devrais aller la chercher, Iza, c'est toi la guérisseuse. Elle n'a pas dû aller bien loin. Et ne t'inquiète pas pour le dîner, je peux attendre encore un peu. Vas-y avant qu'il fasse nuit noire.

— Je ne peux pas, répondit Iza en suçant son doigt blessé.

— Comment tu ne peux pas ? s'étonna Creb.

Le vieux sorcier était perplexe. Pourquoi Iza ne veut-elle pas partir à sa recherche ? D'ailleurs, pourquoi ne l'a-t-elle pas déjà fait ? Et puis je la trouve bien nerveuse.

— Non, je ne pourrai pas la trouver.

— Comment peux-tu le savoir, tu n'as même pas commencé à la chercher ?

— Ça ne servirait à rien, je ne pourrais pas la trouver.

— Et pourquoi donc ? insista Creb.

— Parce qu'elle se cache, avoua la femme dont le regard reflétait l'angoisse et la peur.

— Elle se cache ! Mais de quoi se cache-t-elle ?

— De tout le monde. De Brun, de toi, de moi, de tous, répondit Iza.

Devant les réponses énigmatiques de sa sœur, Creb ne savait que penser.

— Iza, tu ferais mieux de m'expliquer pourquoi elle se cache ainsi de nous tous, et plus particulièrement de toi.

— Elle désire garder le bébé, Creb, déclara Iza précipitamment. Je lui ai bien dit que c'est le devoir d'une mère de se débarrasser d'un enfant anormal, mais elle n'a rien voulu entendre. Tu sais combien elle désirait ce petit. Elle m'a dit qu'elle allait se cacher avec lui jusqu'au jour de la Cérémonie du Nom. Alors, Brun sera obligé de l'accepter.

Creb ne fut pas long à comprendre toutes les implications de la fuite d'Ayla.

— Oui, Brun sera obligé d'accepter son fils dans le clan, Iza, mais il la condamnera pour sa désobéissance, et cette fois pour toujours. Tu sais bien que les hommes ne tolèrent pas de se voir contraints par une femme. Brun ne transigera pas, de peur que ses hommes cessent de le respecter. De toute façon, il va perdre la face. Et dire que le Rassemblement du Clan aura lieu l'été prochain ! Il ne pourra jamais faire front aux accusations des autres clans, et le nôtre sera ridiculisé à cause d'Ayla, répliqua le sorcier avec colère. Comment une telle idée a-t-elle pu lui traverser la tête ?

— C'est dans l'une des histoires d'Aba, celle où une mère dépose son enfant anormal au faîte d'un arbre, répondit Iza, désespérée de ne pas s'être montrée plus ferme envers Ayla.

— Des histoires de bonnes femmes, oui ! s'exclama Creb sur un ton méprisant. Aba aurait dû s'abstenir de mettre de telles sottises dans la tête d'une jeune fille.

— Aba n'est pas la seule responsable, Creb, tu l'es également.

— Moi ? Quand lui aurais-je raconté de pareilles sornettes ?

— Tu n'en as pas eu besoin. Tu es né infirme et on t'a néanmoins laissé vivre. Aujourd'hui tu es Mog-ur.

La révélation ébranla fortement le vieux sorcier manchot et boiteux. Il connaissait le concours de circonstances qui l'avait soustrait à la mort à sa naissance. Seule la chance avait préservé l'homme qui était aujourd'hui le plus grand mog-ur de tous les clans réunis. La mère de sa mère lui avait dit qu'il devait sa vie à un pur miracle. Ayla avait-elle imaginé semblable miracle pour son fils ? Elle se trompait. Jamais elle ne réussirait à convaincre Brun de donner une chance à son fils.

— Et toi, Iza, tu n'as donc rien tenté pour la dissuader ?

— J'ai fait tout ce que j'ai pu. Je lui ai proposé de la débarrasser moi-même de l'enfant, mais elle ne m'a pas laissée m'en approcher. Oh, Creb, elle a tellement souffert pour le mettre au monde !

— Alors, ainsi, tu l'as laissée partir en espérant que son projet réussirait ! Et pourquoi ne pas en avoir parlé à Brun ou à moi ?

Iza se contenta de secouer la tête d'un air accablé.

Creg a raison, pensait-elle. Maintenant, la mort n'attend pas seulement le bébé d'Ayla, mais Ayla elle-même.

— Où est-elle allée ? demanda Creb d'un geste impératif.

— Je n'en sais rien. Elle m'a parlé d'une petite grotte dans la montagne.

Le sorcier lui tourna abruptement le dos et se dirigea vers le foyer du chef.

Les cris du nouveau-né finirent par tirer Ayla de sa torpeur. La nuit était tombée et la petite grotte était froide et humide. La jeune fille alla soulager sa vessie au fond de la faille et grimaça de douleur au feu provoqué par le liquide ammoniaqué sur ses chairs à vif et déchirées. Elle fouilla à tâtons dans son panier pour trouver de quoi changer son enfant ainsi qu'une bande de peau absorbante pour elle-même. Après s'être désaltérée, elle l'enveloppa dans la fourrure et donna le sein à son petit. Quand elle s'éveilla pour la seconde fois, les rayons du soleil filtraient à travers le réseau de branchages, illuminant la caverne. Elle se restaura un peu pendant que son bébé tétait.

Revigorée par le sommeil et le repas, Ayla, son enfant dans ses bras, songea à tout ce qu'elle devrait faire. Ramasser du bois, pour commencer, et trouver de quoi manger, car ce qu'elle avait ne durerait pas longtemps. La luzerne devait pousser dans les parages ; elle lui échaufferait le sang. Il devait y avoir du trèfle ; de la vesce, et elle pourrait recueillir de la sève de bouleau ; l'érable aurait été préférable mais il ne poussait pas à cette altitude. Enfin, elle trouverait bien de la bardane, du pas-d'âne et des pissenlits. Et il y avait assez d'écureuils, de castors et de lapins dans le coin pour qu'elle ne manque pas de viande.

Elle songea aux plaisirs du printemps, aux cueillettes et aux chasses qu'elle pourrait entreprendre d'ici peu, mais en se levant elle se sentit désemparée à la vue du sang qui lui souillait les jambes en même temps qu'elle éprouvait un léger vertige.

Quand la tête cessa de lui tourner, elle décida d'aller se laver et, par la même occasion, de ramasser du bois. Elle se demanda que faire du bébé. En règle générale, les femmes du clan ne laissaient jamais leur enfant sans surveillance, mais il lui fallait se laver et également remplir son outre d'eau, et elle pourrait rapporter davantage de bois.

Elle jeta un coup d'œil hors de la grotte avant d'en sortir et d'en obstruer l'entrée avec le rideau de branchages des noisetiers. Le sol était détrempé ; les abords du ruisseau, une mare de boue glissante. Frissonnant de froid dans le vent d'est, Ayla se déshabilla et entra dans l'eau glacée pour se rincer et nettoyer ses vêtements. Puis, renfilant ses fourrures humides, elle se dirigea vers les bois qui entouraient la prairie et se mit en devoir d'arracher les branches mortes au bas d'un sapin. Elle fut aussitôt prise d'un vertige, les jambes lui manquèrent et elle dut se retenir au tronc de l'arbre pour ne pas tomber. Il lui fallait pour le moment abandonner toute idée de chasser ou même de ramasser du bois. Sa grossesse difficile, son accouchement éprouvant, sa récente escalade avaient eu raison de ses dernières forces.

Le bébé criait quand elle regagna la caverne. Le froid, l'humidité et la disparition du contact rassurant de sa mère l'avaient réveillé. Elle le prit dans ses bras, et c'est alors qu'elle se souvint d'avoir oublié l'outre près du ruisseau. Elle avait absolument besoin d'eau. Elle reposa son enfant et ressortit de la grotte. Il commençait à pleuvoir. Quand elle revint enfin, elle se laissa tomber par terre et eut à peine la force de tirer la lourde couverture sur leurs deux corps blottis l'un contre l'autre avant de sombrer dans un sommeil lourd.

— Je vous l'ai toujours dit qu'elle était insolente, têtue ! s'exclama Broud, qui triomphait. S'est-il trouvé quelqu'un pour me croire ? Non, personne ! Vous avez tous pris son parti, vous lui avez trouvé des excuses, vous l'avez laissée agir à sa guise et même autorisée à chasser, sous prétexte qu'elle possède un totem puissant. Qu'importe, les femmes n'ont pas le droit de chasser ! Le Lion des Cavernes ne l'y a jamais incitée, ce n'était qu'une provocation ! Voyez ce qui arrive quand on est trop faible avec les femmes ! Quand on leur laisse trop de liberté ! Maintenant, elle s'imagine qu'elle pourra obliger le clan à accepter son fils anormal. Mais cette fois, personne ne pourra lui trouver de bonnes excuses. Elle a délibérément bafoué les coutumes du clan et c'est impardonnable !

Broud jubilait de pouvoir lancer à la face de chacun son « Je vous l'avais bien dit ! » et il retournait le couteau dans la plaie avec une satisfaction qui impatientait Brun. Ce dernier se trouvait dans une mauvaise posture, mais le fils de sa compagne ne lui facilitait pas la tâche.

— Tu viens de marquer un point, Broud, admit-il. Il est inutile d'insister davantage. Je m'occuperai d'elle à son retour. Personne ne m'a jamais impunément obligé à agir contre ma propre volonté. Quand nous poursuivrons les recherches demain matin, je propose que nous allions là où nous n'avons pas l'habitude de nous rendre. Iza a mentionné l'existence d'une petite grotte. L'un de nous en a-t-il vu dans les environs ? Ce doit être près d'ici car elle était trop faible pour aller bien loin. Malgré la pluie, on découvrira peut-être l'une de ses empreintes. Peu importe le temps que cela nous prendra, mais je veux qu'on la retrouve.

Iza attendait anxieusement la fin de la discussion entre Brun et les hommes. Prenant son courage à deux mains, elle avait décidé de lui demander un entretien et, quand elle vit que la réunion était terminée, elle se présenta au foyer du chef et s'assit à ses pieds, les yeux baissés.

— Que veux-tu, Iza ? lui demanda Brun après lui avoir tapé sur l'épaule.

— La femme indigne qui se tient devant toi désire te parler, commença Iza.

— Tu as mon autorisation.

— Cette femme a eu tort de ne pas prévenir le chef quand elle a su ce qu'Ayla avait l'intention de faire, dit Iza. Mais, Brun, elle désirait tellement cet enfant ! Personne ne croyait possible qu'elle pût jamais donner le jour à un enfant. Elle était si heureuse de l'avoir mené à terme et elle a tant souffert ! Cet enfant, même difforme, elle ne voulait pas l'abandonner. Elle n'avait plus tout à fait sa tête à elle, Brun. Elle ne savait plus très bien ce qu'elle faisait. Je sais que je n ai pas le droit de t'en faire la demande, mais je te supplie de lui laisser la vie sauve.

— Pourquoi n'es-tu pas venue plus tôt, Iza ? Me suis-je montré si dur envers elle ? Les souffrances de son accouchement ne m'ont pas échappé. Un homme doit éviter de regarder ce qui se passe chez son voisin, mais il ne peut pas se boucher les oreilles. Personne ici n'ignore ce qu'Ayla a enduré pour donner le jour à son fils. Crois-tu donc que je n'aie pas de cœur ? Si tu étais venue me dire ce qu elle avait l'intention de faire, ne penses-tu pas que j'aurais envisagé de lui laisser son enfant, si sa difformité n'avait pas été trop monstrueuse ? Mais tu ne m'en as pas donné la possibilité, et cela ne te ressemble pas.

» Je ne t'ai jamais vue faillir à tes devoirs, Iza. Tu as toujours été un exemple pour les autres femmes, et je préfère mettre ta conduite sur le compte de ta maladie. J'ai respecté ton silence à ce sujet, et je ne t'en ai jamais parlé, mais j'étais sûr que tu nous quitterais pour le monde des esprits l'automne dernier. Je savais également qu'Ayla croyait que c'était son unique chance d'avoir un enfant, et peut-être a-t-elle raison. Pourtant, je l'ai vue oublier ses problèmes et ses propres souffrances pour te soigner, Iza, et parvenir à te sortir de ce mauvais pas. J'ignore comment elle a fait. Peut-être Mog-ur est-il intervenu auprès des esprits pour qu'ils t'accordent de demeurer encore quelque temps parmi nous, mais le mérite de ta guérison ne lui revient qu'en partie.

» Je m'apprêtais justement à répondre à la requête du Mog-ur et à autoriser Ayla à devenir guérisseuse car j'en étais venu à la respecter autant que je te respecte, Iza. Elle s'est montrée plus d'une fois admirable de courage, et elle a été un modèle d'obéissance malgré le dur traitement que lui infligeait le fils de ma compagne. Il était indigne de lui de s'acharner ainsi sur une femme. Broud est un chasseur très courageux et je n'ai jamais compris pourquoi il sentait sa virilité menacée par une femelle. Mais peut-être a-t-il vu dans sa conduite des choses qui m'ont échappé ? Peut-être ai-je fait preuve d'aveuglement en ce qui la concerne ? Iza, si tu étais venue me parler plus tôt, j'aurais pu considérer ta requête, mais il est trop tard à présent. Quand elle reviendra avec son enfant, elle mourra et son fils avec elle.

Le lendemain, Ayla essaya d'allumer un feu avec le bois qui restait de son précédent séjour, mais elle n'eut pas la force suffisante pour provoquer une étincelle, et c'est précisément ce qui la sauva. Droog et Crug découvrirent le chemin qui menait à la prairie tandis que la mère et le fils dormaient, et s'ils avaient senti un feu ou même des cendres chaudes, ils les auraient surpris. Ils s'approchèrent si près de leur refuge qu'ils auraient entendu le nouveau-né s'il s'était mis à pleurer. Mais l'ouverture de la grotte était si bien dissimulée par le vieux buisson de noisetiers que ni l'un ni l'autre ne remarqua rien. Et la chance continua de sourire à Ayla. Les pluies printanières qui tombaient sans discontinuer avaient transformé les abords du ruisseau en un véritable marécage et effacé toute trace de passage d'un être humain. Les deux hommes possédaient une telle expérience de la chasse que non seulement ils étaient capables d'identifier les empreintes de tous les membres du clan, mais qu'ils auraient tout de suite repéré les pousses coupées ou les trous laissés par l'arrachage des racines si Ayla avait pu cueillir de quoi manger. Une fois encore, ce fut sa faiblesse qui la sauva.

Lorsqu'un peu plus tard, elle s'aventura dehors, elle eut un haut-le-cœur en découvrant les traces des deux hommes qui s'étaient arrêtés pour boire au ruisseau. Après cette découverte, elle n'osa plus sortir de la grotte, et elle tressaillait à chaque fois qu'un coup de vent agitait les branches des noisetiers.

Les provisions qu'elle avait apportées tiraient à leur fin. En fouillant dans le panier qu'elle avait laissé dans la grotte la fois précédente, elle ne récolta que quelques noisettes sèches ou gâtées, ainsi que les crottes des petits rongeurs qui ne s'étaient pas privés de puiser à satiété dans ses réserves. Elle se souvint alors qu'elle avait caché de la viande de daim séchée au fond de la caverne. Soulevant les pierres, elle s'aperçut avec joie que rien n'avait été touché et que la viande était en bon état, mais sa joie fut brutalement interrompue.

Un bruissement la fit se retourner et elle vit, le cœur battant, les branchages bouger.

— Uba ! s'écria-t-elle en voyant la petite fille se faufiler dans la caverne. Comment as-tu fait pour me trouver ?

— Je t'ai suivie quand tu es partie. Je craignais qu'il t'arrive quelque chose. Tiens, je t'ai apporté de quoi manger et une infusion pour faire monter le lait. C'est maman qui l'a préparée.

— Est-ce qu'Iza sait où je suis ?

— Non, mais elle sait que je le sais. Je crois qu'elle ne tient pas à le savoir directement, autrement elle serait obligée de le dire à Brun. Oh, Ayla, Brun est furieux contre toi. Les hommes te cherchent.

— Je sais, j'ai vu leurs empreintes, mais ils n'ont pas trouvé la grotte.

— Broud ne cesse de se vanter d'avoir toujours su que tu étais une rebelle. Je n'ai presque pas vu Creb depuis ton départ, il passe son temps là où il y a les esprits, et maman est très malheureuse. Elle te fait dire de ne pas revenir.

— Si elle ne t'a pas parlé de moi, comment a-t-elle pu te transmettre le message ? demanda Ayla.

— Elle a préparé plus de nourriture que nécessaire hier au soir et ce matin aussi, mais pas trop quand même de peur que Creb ne se doute que c'était pour toi. Après, elle a préparé l'infusion en se lamentant et en se parlant à elle-même.

» Elle me regardait droit dans les yeux en répétant : "Ah, si quelqu'un pouvait dire à Ayla de ne pas revenir ! Ma pauvre enfant, ma pauvre fille, elle n'a rien à manger, elle est si faible. Elle a besoin de lait pour nourrir son bébé..."

» Ensuite elle est partie en laissant cette outre pleine et toute la nourriture enveloppée.

» Elle m'a certainement vue quand je suis partie derrière toi, poursuivit Uba. J'ai été étonnée qu'elle ne me crie pas après en me voyant rentrer si tard. Brun et Creb lui en veulent beaucoup de ne pas leur avoir dit ton intention de fuir. S'ils savaient qu'elle pouvait découvrir ta cachette en me suivant ou en m'obligeant à lui en parler, ils la puniraient très sévèrement. Mais ni elle ni personne ne m'a rien demandé. On ne fait jamais beaucoup attention aux enfants, surtout les filles. Ayla, je sais que je devrais dire à Creb où tu es, mais je ne veux pas que Brun te maudisse. Je ne veux pas que tu meures.

Ayla sentit son cœur battre à grands coups qui résonnaient jusqu'à ses tympans. Qu'avait-elle fait là ? Elle n'avait pas bien mesuré son état de faiblesse et la difficulté qu'elle aurait à survivre avec un bébé dans des conditions aussi dures. Elle avait projeté de revenir le jour de la Cérémonie du Nom. Que vais-je faire, maintenant ? Elle serra son enfant contre elle, le visage torturé d'inquiétude.

Elle n'avait pas eu le choix, pensa-t-elle encore. Comment aurait-elle pu consentir à éliminer son enfant ?

Uba regardait tendrement la jeune mère qui, perdue dans ses pensées, semblait avoir complètement oublié sa présence.

— Ayla, dit-elle timidement. Tu veux bien me le montrer ? Je n'ai pas encore eu l'occasion de le voir.

— Mais bien sûr, Uba, signifia la jeune femme, confuse d'avoir pendant un moment ignoré la petite fille qui venait de faire un si long chemin pour lui transmettre le message d'Iza, et qui risquait d'encourir un grave châtiment si l'on venait à s'apercevoir qu'elle connaissait la cachette. Tu veux le prendre dans tes bras ?

— Oh oui, si tu le permets.

Ayla lui déposa le bébé sur les genoux, et Uba commença à le démailloter, non sans en avoir demandé d'un geste la permission à Ayla, qui acquiesça avec un faible sourire.

Uba regarda tour à tour Ayla et le bébé, et Ayla de nouveau.

— Il n'est pas estropié comme Creb, dit-elle. Il est un peu maigre, mais c'est seulement sa tête qui est différente, presque comme la tienne. Après tout, toi, tu ne ressembles à personne du clan.

— Iza m'a adoptée quand j'étais petite. Elle dit que je suis née chez les Autres, mais je fais partie du clan maintenant, déclara Ayla fièrement avant de baisser la tête d'un air accablé. Mais plus pour longtemps, ajouta-t-elle.

— Tu ne regrettes jamais ta mère, pas Iza, ta vraie mère ? demanda Uba, curieuse.

— Iza est la seule mère que je me rappelle. Je ne me souviens de rien avant mon arrivée dans le clan, répondit Ayla qui pâlit soudain. Uba, où vais-je aller si je ne peux pas rentrer à la caverne ?

— Je ne sais pas, Ayla. Maman a dit que Brun perdrait la face si tu l'obligeais à accepter ton fils et c'est pour ça qu'il est tellement en colère. Il dit que quand une femme force un homme à faire quelque chose, cet homme n'est plus respecté par les autres hommes. Même s'il te maudit après, il perdra la face, parce que là encore tu l'auras forcé à faire une chose contre sa volonté. Je ne veux pas que tu t'en ailles, Ayla, mais si tu reviens, tu risques la mort.

La jeune femme contempla le visage bouleversé de la fillette sans s'apercevoir qu'elle-même était en larmes. Elles tombèrent dans les bras l'une de l'autre.

— Il vaut mieux que tu t'en ailles, Uba, sinon tu pourrais avoir des ennuis, lui conseilla Ayla en lui reprenant son enfant. Uba, je suis heureuse de t'avoir vue une dernière fois. Dis à Iza... dis à maman que je l'aime. Dis-le aussi à Creb, ajouta-t-elle en redoublant de sanglots.

— Je le ferai, Ayla.

La petite fille s'attarda encore un peu, puis, le cœur gros, quitta précipitamment la grotte.

Après le départ d'Uba, Ayla ouvrit le paquet de provisions. Il ne contenait pas grand-chose mais avec la venaison séchée, elle aurait de quoi tenir pendant quelques jours. Et ensuite, que se passerait-il ? L'esprit en proie à la plus extrême confusion, elle préféra ne pas penser à l'avenir. Elle mangea sans appétit, but un peu d'infusion et s'allongea de nouveau, son petit serré contre elle, pour trouver refuge dans le sommeil.

Elle se réveilla dans la nuit et but le reste d'infusion froid. Elle décida de profiter de l'obscurité pour aller chercher de l'eau, tâtonna à la recherche de l'outre puis se faufila à travers les branches en s'efforçant de ne faire aucun bruit.

Deux quartiers de lune que voilaient par intermittence des nuages poussés par le vent dispensaient une pénombre où chaque rocher, chaque arbre ceignant la prairie prenait une silhouette inquiétante.

Elle avança lentement, toute aux aguets, vers le ruisseau dont le chuintement troublait le silence nocturne. Elle savait qu'à cette heure les hommes dormaient encore dans la caverne et qu'ils ne reprendraient les recherches qu'au matin. Mais d'autres yeux la guettaient, des yeux habitués à percer l'ombre la plus dense. Les prédateurs et leurs proies venaient se désaltérer à la même source qu'Ayla.

La jeune femme aurait fait une proie facile pour tout félin attiré par son odeur. Mais Ayla avait su s'imposer dans cette partie de la montagne et des bois, et cette odeur même était devenue sa meilleure protection, car elle évoquait un danger pour tous les carnassiers que ses pierres, qui fendaient l'air en sifflant et frappaient si fort, avaient rendus craintifs.

Elle remplit son outre d'eau sans déceler le moindre mouvement et regagna son abri.

— Il y a bien une trace d'elle quelque part, dit Brun, qui ne décolérait plus. Même si elle a emporté des provisions, elles ne dureront pas éternellement. Il faudra bien qu'elle sorte de sa cachette. Vous allez battre encore les bois et la montagne, même là où vous êtes déjà passés. Si elle est morte, les charognards vous conduiront jusqu'à elle. Je veux qu'on la retrouve avant le jour de la Cérémonie du Nom. Sinon, je n'irai pas au Rassemblement du Clan.

— Eh voilà, elle va nous empêcher de retrouver ceux de notre peuple, maintenant, grogna Broud, méprisant. Pourquoi l'a-t-on accueillie dans le clan, je me le demande ! Elle n'est pas des nôtres. Si j'étais le chef, je n'aurais même pas laissé Iza la toucher. C'est incroyable que personne n'ait encore compris qui elle était vraiment Une rebelle qui a toujours bafoué nos lois. Personne n'a rien dit quand elle a introduit un animal dans la caverne. On l'a laissée vagabonder dans la nature, et c'est comme ça qu'elle a pu espionner les hommes s'entraîner à l'art de la chasse, c'est comme ça qu'elle a osé non seulement toucher à une arme mais encore s'en servir ! Et quelle a été sa punition pour ce crime ? Maudite... pour la durée d'une lune ! Et quand elle est revenue, elle a été sacrée la Femme-Qui-Chasse ! Imaginez ce que les autres clans diront de nous au Rassemblement ! Ça ne m'étonne pas que ce soit à cause d'elle, si nous n'y allons pas.

— Broud, nous avons déjà entendu ce discours, répliqua Brun. Je te garantis que sa désobéissance ne restera pas impunie.

L'acharnement de Broud à dénoncer la tolérance excessive du clan mais surtout de son chef à l'égard de cette jeune étrangère irritait d'autant plus Brun qu'elle l'obligeait à interroger sa propre attitude envers cette enfant des Autres, qui avait su lui imposer sa différence. Mais peut-être Broud avait-il en partie raison. Peut-être avait-il été trop indulgent, trop faible, et sa faiblesse avait permis cette ultime désobéissance, pour laquelle il n'y avait plus de pardon possible.

L'insistance de Broud provoquait des réflexions semblables parmi les autres hommes du clan, et la plupart n'étaient pas loin de penser qu'Ayla les avait plus ou moins trompés, qu'elle avait d'une certaine façon trahi leur confiance, et enfin que seul Broud l'avait peut-être devinée avant tout le monde. Sitôt que Brun avait le dos tourné, Broud s'empressait de laisser entendre que leur chef se faisait vieux, qu'il n'avait plus la fermeté propre à mener un clan. Pour Brun, qui sentait le respect des hommes lui échapper, le coup était dur. Sa confiance en lui-même en était ébranlée et, dans sa situation présente, il ne pouvait se présenter la tête haute à un Rassemblement.

Ayla ne quittait la grotte que pour aller chercher de l'eau. Emmitouflée dans ses fourrures, elle avait assez chaud pour se passer de feu. Les provisions qu'Uba lui avait apportées ainsi que la viande de daim, sèche et dure comme du cuir mais hautement nourrissante, la dispensaient de chasser, lui laissant tout loisir de se reposer. Endurci par des années de travaux éreintants, son jeune corps se remettait rapidement et elle n'eut bientôt plus besoin de dormir autant. Mais à l'état de veille, des pensées funestes l'assaillaient.

Ayla était assise à l'entrée de la caverne, son fils endormi dans ses bras. Un soleil printanier, que cachaient par moments quelques nuages, réchauffait le seuil de son refuge. La jeune femme contemplait son enfant dont la paisible respiration était rassurante. Elle venait de lui donner le sein ; son lait coulait bien.

Uba a dit que tu n'es pas si vilain, pensa-t-elle en tournant doucement la tête du bébé pour examiner son profil. C'est en tout cas mon avis. Tu es un peu différent, c'est tout. Moins que moi, je te l'assure ! songea-t-elle au rappel douloureux de son reflet dans la mare. Mon front est aussi bombé que le sien et ce petit os sous la bouche, j'en ai un semblable. Mais je n'ai pas les arcades sourcilières aussi avancées. En fait, il ressemble un peu aux bébés du clan. C'est un mélange d'eux et de moi.

Je ne pense pas que tu sois anormal, mon fils. Si mon esprit s'est mêlé à celui d'un homme du clan, tu es le fruit de ce mélange. Mais je me demande quel est le totem qui t'a engendré. Le mien est tellement puissant que seul Ursus pourrait en être l'auteur. C'est le totem de Creb, et je vis à son foyer, mais il prétend que l'esprit d'Ursus ne se laisse jamais avaler par une femme. Si ce n'est Creb, qui cela pourrait-il être ?

L'image de Broud s'imposa soudain à elle. Non ! Elle secoua la tête, s'efforçant de chasser cette pensée. Broud ? Elle frissonna de dégoût au souvenir de ce qu'il l'avait forcée à subir. Elle le haïssait corps et âme. J'espère qu'il ne viendra plus jamais satisfaire ses besoins dans mon ventre. Comment Oga peut-elle aimer ça ? Pourquoi les hommes font-ils cela aux femmes ? Pourquoi faut-il qu'ils enfoncent leur organe là d'où viennent les bébés ? Cet endroit ne devrait être que pour les bébés, pas pour le membre poisseux de Broud...

La relation qu'elle venait de faire à son insu retint son attention, malgré toute la réticence qu'elle lui inspirait. Est-ce l'organe de l'homme qui provoque la vie dans le ventre d'une femme ? Ce n'est pas l'esprit de son totem ? Cela voudrait dire que le bébé est aussi le sien ? Je ne sais pas comment les femmes avalent l'esprit d'un totem, mais je les ai vues souvent se faire pénétrer par les hommes. Tout le monde disait que je ne pourrais jamais avoir d'enfant parce que mon totem était trop puissant.

Pourtant, j'ai un fils, et il s'est manifesté en moi quelque temps après que Broud eut pris un sale plaisir à me violenter.

Non ! Dans ce cas, mon enfant serait aussi celui de Broud ! songea Ayla avec horreur. Non, c'est impossible. Creb a raison, j'ai avalé un esprit qui a pu vaincre le mien avec le concours d'autres esprits, peut-être de tous. Tu es mon bébé, pas celui de Broud. Elle serra si fort contre elle son enfant qu'il se réveilla et se mit à pleurer. Elle le berça doucement pour le calmer.

Pourquoi mon totem aurait-il accepté cette vie nouvelle en sachant qu'elle était condamnée ? Tous les enfants que je pourrais mettre au monde ressembleraient toujours à celui-là. Ils seraient tous un mélange du clan et de moi ; ils seraient tous déclarés difformes, tous éliminés selon la loi.

Que vais-je faire ? se demanda Ayla avec désespoir. Si je reviens pour la cérémonie, Brun me maudira. Où puis-je aller ? Je ne me sens pas encore assez forte pour me remettre à chasser, et puis d'ailleurs comment chasser, si je dois t'emmener avec moi ? Enfin, on pourrait toujours se nourrir de baies et de racines. Et puis, où trouver une autre grotte ? Je ne peux pas rester ici, il y a trop de neige en hiver, et c'est trop près de la caverne. Tôt ou tard, les chasseurs finiront bien par me découvrir. Et même si je parvenais à fuir loin d'ici et à trouver un refuge, tu n'aurais aucun compagnon de jeu, aucun homme pour t'apprendre à chasser, personne pour veiller sur toi s'il m'arrivait malheur.

Je veux rentrer à la caverne, sanglotait Ayla, le visage enfoui dans la couverture de son enfant. Je veux revoir Creb et Uba. Je veux revoir ma mère. Si je rentre maintenant, je cours le risque que Brun me maudisse, mais je sais aussi que l'homme a bon cœur. Il m'a toujours donné une chance. Il m'a laissée chasser. Au lieu de le forcer à t'accepter en ne réapparaissant qu'au septième jour, je pourrais revenir tout de suite, et le supplier de te laisser la vie. Il reste deux jours avant la cérémonie. Brun ne perdrait pas la face. Il sera peut-être moins en colère contre moi.

Mais s'il refuse de t'accepter ? Si tu dois mourir, je mourrai avec toi. Je te promets que jamais je ne te laisserai aller seul dans le monde des esprits. On va partir sur-le-champ, et je demanderai à Brun l'autorisation de te garder. Que puis-je faire d'autre ?

Ayla fourra précipitamment toutes ses affaires dans son panier, enveloppa son enfant dans une couverture qu'elle noua sur l'épaule et s'emmitoufla dans sa grande fourrure avant de se glisser hors de la petite grotte. En sortant, son regard fut attiré par un objet brillant : une pierre grise qui étincelait de tous ses feux au soleil. Elle la ramassa, l'examina et vit qu'elle se composait en fait d'un agglomérat de trois petits nodules de pyrite. Depuis le temps qu'elle hantait la grotte et ses parages, elle n'avait jamais remarqué ce caillou insolite.

Le serrant dans ses poings, Ayla ferma les yeux. Etait-ce un signe de son totem ?

— Grand Lion des Cavernes, dit-elle avec des gestes solennels, veux-tu me faire savoir qu'il est temps que je rentre ? O Grand Lion des Cavernes, fais que ce signe soit la preuve que tu m'as trouvée digne de toi et que mon enfant vivra.

Les mains tremblantes, elle défit le nœud de la petite bourse de cuir qu'elle portait toujours pendue à son cou et ajouta la brillante pyrite de fer au morceau d'ivoire, au fossile de gastéropode et au fragment d'ocre rouge.

Le cœur battant de peur malgré cette faible lueur d'espoir, Ayla se mit en route vers la caverne du clan.

21

Uba se précipita vers la caverne en faisant de grands gestes.

— Maman ! Maman ! Ayla est de retour !

— Non, ce n'est pas possible ! s'écria Iza, le visage blême. Le bébé est-il avec elle, Uba ? Est-ce que tu es allée la voir ? Est-ce que tu l'as avertie ?

— Oui, maman, je l'ai vue. Je lui ai tout raconté.

Iza se rua à l'entrée de la caverne pour voir Ayla s'avancer lentement vers Brun et se jeter à ses pieds en protégeant son enfant de tout son corps.

— Elle est en avance, elle a dû se tromper, signifia Brun à l'adresse du sorcier qui s'était empressé de sortir à son tour.

— Elle ne s'est pas trompée, Brun. Elle sait très bien qu'elle est en avance. Elle est revenue trop tôt exprès, déclara Mog-ur avec assurance.

Le chef jeta un regard circonspect au vieux sorcier en se demandant comment celui-ci pouvait être aussi affirmatif et, après un bref coup d'œil à la jeune femme prosternée à ses pieds, il ajouta avec une visible appréhension :

— Es-tu bien sûr que les charmes destinés à nous protéger se montreront efficaces ? Elle devrait encore observer la réclusion imposée aux femmes après leur accouchement.

— Les charmes sont puissants, Brun. Je les ai préparés à partir des os d'Ursus. Tu es bien protégé. Tu peux la voir en toute tranquillité, répondit le sorcier.

Brun considéra la jeune femme tremblante, penchée par-dessus l'enfant qu'elle serrait dans ses bras. Si Mog-ur dit vrai, pourquoi est-elle revenue avant la date ? Et avec son petit ? Cela veut dire qu'il est encore vivant. Piqué de curiosité, il lui donna une tape sur l'épaule.

— Cette femme indigne a désobéi, commença Ayla en s'exprimant par gestes, le regard baissé. La femme qui se tient devant toi aimerait parler au chef, ajouta-t-elle, craignant qu'il refuse de lui répondre, car elle était encore en état d'impureté.

— Tu ne mérites pas la parole, femme, mais Mog-ur a invoqué exprès pour toi la protection des esprits. Si tu désires parler, ils t'y autorisent. En effet, tu as désobéi. Qu'as-tu à dire ?

— Cette femme t'est reconnaissante de lui accorder la parole. Elle connaît les coutumes du clan, et au lieu de se débarrasser de son enfant, comme le lui commandait la guérisseuse, elle s'est enfuie. Elle voulait revenir le jour de la Cérémonie du Nom pour obliger le chef à accepter l'enfant.

— Tu es revenue trop tôt, répliqua Brun, fort de son droit. Je peux encore demander à la guérisseuse de t'enlever ton fils.

Mais à peine venait-il de lui signifier ces paroles en quelques gestes tranchants qu'il se détendait, réalisant soudain qu'il échappait à l'obligation d'accepter et de nommer l'enfant et à la honte de devoir céder à une femme.

— Cette femme sait bien que le jour de la cérémonie n'est pas encore arrivé, répondit Ayla. Mais elle a compris qu'elle a tort de vouloir forcer le chef à accepter son fils. Ce n'est pas à elle de décider si son enfant doit vivre ou bien mourir. Seul le chef en a le droit, et c'est pour cela que cette femme est revenue.

Brun dévisagea Ayla dont l'expression reflétait la parfaite détermination. Elle est enfin revenue à la raison, pensa-t-il.

— Si tu connais les traditions du clan, pourquoi es-tu revenue avec ton enfant difforme ? Es-tu prête à t'en séparer à présent ? Préfères-tu que la guérisseuse s'en charge à ta place ?

Ayla hésita quelques instants, son enfant serré contre elle.

— Cette femme s'en séparera si le chef le lui ordonne, déclara-t-elle avec peine, très lentement. Mais cette femme a promis à son fils de ne pas le laisser partir seul dans le monde des esprits. Si le chef décide que l'enfant n'est pas digne de vivre, elle lui demande de la maudire. Brun, je te supplie de laisser la vie sauve à mon fils, ajouta Ayla, oubliant de respecter les formes. S'il doit mourir, je ne désire pas vivre.

La fervente prière d'Ayla surprit le chef. Il savait que certaines femmes désiraient garder leur enfant en dépit de leurs malformations. Néanmoins, la plupart étaient soulagées de s'en débarrasser au plus vite. Un enfant anormal jetait l'opprobre sur sa mère et la rendait moins désirable. Dans le cas où la difformité ne provoquait pas un handicap majeur, il fallait néanmoins prendre en considération les questions de hiérarchie dans le clan et songer aux futures unions. La vieillesse de la mère pouvait se révéler pénible si ses enfants ou les compagnons de ses enfants n'étaient pas capables de subvenir à ses besoins. La requête d'Ayla était un exemple sans précédent.

— Tu désires donc mourir avec ton enfant anormal, et pourquoi donc ? s'enquit Brun.

— Mon fils n'est pas anormal, répondit Ayla, sans la moindre intention de défi. Il est différent, tout simplement. Moi aussi, je suis différente. Si mon totem se laisse encore vaincre, tous les enfants que j'aurai lui ressembleront, et si on doit tous me les enlever, je préfère la mort.

Brun regarda Mog-ur.

— Quand une femme avale l'esprit du totem d'un homme, l'enfant ne doit-il pas ressembler à l'homme ? demanda-t-il au sorcier.

— En principe, oui. Mais n'oublie pas qu'elle possède un totem masculin. C'est pour ça que le combat fut si rude. Le Lion des Cavernes voulait peut-être sa part de cette vie nouvellement créée. Il faut que je médite sur ce point.

— Mais l'enfant est tout de même difforme.

— Cela arrive fréquemment quand le totem d'une femme ne veut pas se soumettre complètement. La grossesse est alors difficile et l'enfant mal conformé, répondit Mog-ur. Je suis encore plus étonné que ce soit un garçon. En général, quand le totem est puissant, c'est une fille qui naît. Mais nous n'avons toujours pas vu ce petit, Brun. Nous devrions peut-être l'examiner.

Pourquoi se donner ce mal ? se demanda Brun. Le retour avancé d'Ayla et sa repentance manifeste le réaffirmaient dans son autorité, mais il lui en voulait cependant de l'avoir mis dans une position aussi délicate vis-à-vis du clan, et puis ce n'était pas la première fois qu'elle lui causait un problème. Combien allait-elle lui en poser à présent qu'elle était de retour ? De plus, le Rassemblement du Clan approchait, comme Broud ne cessait de le lui rappeler. Brun y songeait aussi, à ce rendez-vous, et il s'était souvent interrogé dernièrement sur l'effet que produirait la présence au sein de leur clan d'une femme née chez les Autres. Une femme pour laquelle il avait pris des décisions peu conformes aux traditions. En leur temps, elles lui avaient paru de bon sens et équitables, même celle de la reconnaître comme la Femme-Qui-Chasse. Mais, ajoutées les unes aux autres, ces licences accordées pouvaient représenter pour un observateur étranger une formidable dérogation aux coutumes. Ayla avait désobéi gravement, elle devait être punie pour cela, et Brun était tenté de la maudire, ce qui le libérerait de ses soucis.

Mais on ne pouvait prononcer de malédiction à la légère et exposer une nouvelle fois le clan aux mauvais esprits. Son retour volontaire avait jeté quelque baume sur l'orgueil blessé de Brun. Iza avait raison, se dit-il, Ayla n'avait plus toute sa tête après un accouchement aussi difficile. Et n'avait-il pas dit à Iza qu'il aurait considéré la requête d'Ayla, si seulement on le lui avait demandé ? Eh bien, elle la posait enfin, sa requête, elle le suppliait de laisser la vie à son fils. Il commencerait par examiner cet enfant. Brun n'aimait pas prendre de décisions précipitées. Il fit signe à Ayla de regagner le foyer de Creb et s'éloigna. Ayla courut se jeter dans les bras d'Iza. Au moins avait-elle la consolation de revoir une dernière fois la seule mère qu'elle ait jamais connue.

— En temps normal, je ne vous aurais jamais demandé de prendre la peine d'examiner cet enfant, déclara Brun. J'aurais pris ma décision moi-même. Mais dans ce cas particulier, je voudrais connaître vos sentiments, car la Malédiction Suprême présente des dangers, et il me déplairait d'exposer le clan aux puissances maléfiques. Si vous jugez le garçon digne d'être accepté, je pourrais difficilement condamner la mère, parce qu'il faudrait alors confier le bébé à une autre femme en état d'allaiter. Si vous le laissez vivre, le châtiment d'Ayla sera donc moins rigoureux. La Cérémonie du Nom devrait avoir lieu demain. Je dois prendre une décision au plus vite car Mog-ur a besoin d'un délai pour organiser les rites de la malédiction, si tel doit être le châtiment.

— Il y a sa tête, commença Crug, dont la compagne, Ika, nourrissait encore son petit et qui n'avait aucun désir d'ajouter un nouveau venu à son foyer. Non seulement elle est difforme mais il ne peut même pas la soutenir. Quel homme fera-t-il ? Comment chassera-t-il ? Il sera toute sa vie durant une charge pour le clan.

— Ne pensez-vous pas que son cou finira par se muscler ? demanda Droog. Si Ayla meurt, elle emportera avec elle une partie de l'esprit d'Ona. Oga serait prête à prendre son fils, et moi aussi, mais à condition qu'il ne présente pas une charge pour le clan.

—Avec un cou aussi maigre et une tête aussi grosse, il serait étonnant qu'il parvienne à la tenir droite, remarqua Crug.

— Je n'en voudrais chez moi pour rien au monde ! s'exclama Broud. Je ne prendrais même pas la peine de consulter Oga à ce sujet. Il n'est pas question qu'il devienne le frère de Brac et de Grev. Si Ayla emporte avec elle une partie de l'esprit de Brac, il n'en mourra pas. Je ne comprends pas pourquoi tu hésites, Brun. Tu étais prêt à la maudire et, sous prétexte qu'elle est revenue avant la cérémonie, te voilà soudain enclin à lui pardonner et tu envisages même d'accepter son fils anormal !

» Elle a défié ton autorité en fuyant. Son retour ne peut excuser sa faute. A quoi bon discuter ? Le bébé est difforme, et la mère doit être maudite. Pourquoi toujours toutes ces palabres autour de cette rebelle, de cette étrangère qui n'apporte que la discorde dans notre clan et qui a mauvaise influence sur nos femmes ? Comment expliquer autrement le comportement fautif d'Iza ? (Broud se laissait emporter par sa haine, et ses gestes, tandis qu'il s'adressait à Brun, se faisaient plus violents.) Serais-tu donc aveugle, Brun, pour ne pas voir clair dans son jeu ? Si j'étais le chef, j'aurais commencé par ne pas la prendre avec nous Oui, si j'étais le chef...

— Mais tu ne l'es pas encore, Broud, l'interrompit sèchement Brun, et tu n'es pas prêt à le devenir si tu te révèles incapable de te maîtriser. Ce n'est qu'une femme, Broud, en quoi te sens-tu menacé ? Que risques-tu ? Elle n'aura jamais d'autre choix que de t'obéir. « Si j'étais le chef... si j'étais le chef... » C'est tout ce que tu sais dire ! Quel chef digne de l'être sacrifierait la sécurité de son clan à son désir de tuer une femme ?

Les hommes se sentaient troublés et mal à l'aise. S'ils étaient habitués aux éclats de Broud, ils n'avaient jamais vu leur chef à ce point hors de lui. Jamais encore il n'avait publiquement mis en doute l'aptitude de Broud à lui succéder à la tête du clan.

Pendant un long moment, les regards de Broud et de Brun s'affrontèrent en un violent combat. Ce fut Broud qui baissa les yeux le premier. Brun tenait à nouveau la situation en main et le jeune homme comprit que sa position n'était pas aussi assurée qu'il se l'imaginait. Ravalant son amertume, il s'efforça de retrouver son calme.

— L'homme qui est devant toi regrette de ne pas avoir su se faire mieux comprendre, signifia-t-il avec une raideur formelle. L'homme qui est devant toi ne pense qu'aux chasseurs qu'il est appelé à commander un jour, si toutefois celui qui est notre chef aujourd'hui l'estime capable de commander. Comment un homme pourrait-il chasser avec une tête qui ne tient pas sur son cou ?

Brun jeta à Broud un regard chargé de colère. Il y avait une telle hypocrisie dans la politesse formelle que Broud adoptait à son égard que Brun y voyait comme une insulte à sa personne. Mais il était en même temps conscient de s'être lui-même laissé emporter, piqué au vif dans sa fierté par les allégations de Broud. Il décida de stopper là leur différend.

— Tu soulèves la bonne question, Broud, celle de l'intérêt du clan, répondit-il gravement. Je comprends qu'en grandissant l'enfant risque de devenir un réel fardeau pour le chef qui me succédera, mais la décision appartient à moi seul. Je ne dis pas que l'enfant sera accepté, Broud, et que sa mère ne sera pas maudite. Je vous ai demandé votre avis à tous, parce que je ne peux pas prendre cette décision à la légère, de peur que les esprits maléfiques se liguent contre nous. Ayla ne voit pas la difformité de son fils. Peut-être n'a-t-elle pas tous ses esprits. Quand elle est revenue, elle m'a supplié de la maudire si son enfant n'était pas accepté. Si je la maudis, je la punis mais je réponds en même temps à son désir. La question mérite réflexion.

Broud se détendit un peu. Il n'était pas dit que Brun prenne cette fois encore la défense d'Ayla.

— Tu as raison, Brun, approuva-t-il d'un air repentant. Un chef doit préserver son clan des dangers. Le jeune homme qui se tient devant toi est reconnaissant de recevoir d'aussi sages leçons.

— Je suis heureux que tu comprennes cela, Broud. Quand tu seras le chef, tu seras responsable de la sécurité de ton clan.

La réponse de Brun indiqua non seulement à Broud qu'il était toujours l'héritier en titre, mais soulagea le reste des chasseurs, rassurés de voir la tradition respectée et leurs rangs au sein du clan inchangés. Rien ne les troublait tant que l'incertitude face à l'avenir.

— Je pensais précisément au bien-être du clan en refusant la présence d'un enfant qui pourrait se révéler incapable de chasser, déclara Broud. Ayla a bafoué les traditions du Clan. Sa désobéissance mérite punition, et puisqu'elle demande elle-même la malédiction, n'hésitons plus. Quant à son fils, sa difformité lui interdit de vivre.

Un murmure approbateur parcourut l'assistance. Brun ne savait trop pourquoi les arguments de Broud n'avaient pas tout son assentiment, mais il ne voulait pas ranimer l'animosité entre eux. Il pensait que la proposition du fils de sa compagne était la plus conforme à la loi, pourtant il hésitait encore à trancher. Ses pensées allaient à Iza, au chagrin qu'elle en concevrait, et l'effet qu'il aurait sur son corps malade. Heureusement Uba grandissait, et elle était de la lignée d'Iza. Les guérisseuses, au Rassemblement du Clan, compléteraient sa formation.

Quant à Brac, Brun ne pensait pas que le garçon souffrirait de la perte de cette partie de son esprit qu'Ayla s'était appropriée. Quelle étrange femelle, pensa-t-il. Tant d'amour pour cet enfant n'est pas normal. Elle ne voit donc pas qu'il est difforme ? Elle a trop souffert durant son accouchement. La douleur lui a fait perdre la raison. J'aimerais bien savoir où elle s'est cachée, pour qu'aucun chasseur ne la trouve ? Elle ne pouvait pourtant aller bien loin dans l'état où elle était !

Si je lui permets de vivre, elle viendra au Rassemblement, avec son enfant anormal, et je ne sais pas ce que les autres clans en penseront. J'aurais sûrement moins de difficultés avec Broud si elle n'était pas là. Il est bon chasseur, et il pourrait être un chef capable. Peut-être s'épanouirait-il mieux sans la présence d'Ayla. Peut-être devrais-je pour le bien de tous maudire cette fille, décida Brun.

— Ma décision est prise, déclara-t-il. Demain, au petit jour, avant que le soleil...

— Brun ! l'interrompit Mog-ur, qui n'était pas encore intervenu dans la discussion.

On l'avait peu vu depuis la naissance de l'enfant d'Ayla. Il avait passé la majeure partie de son temps enfermé dans la petite grotte sacrée à la recherche d'une explication sur la conduite d'Ayla. Il savait combien elle s'était efforcée de se conformer aux traditions du Clan, et il estimait qu'elle y était parvenue. Aussi était-il convaincu qu'elle avait agi comme elle l'avait fait pour une autre raison, une raison qu'il finirait bien par découvrir.

— Avant que tu t'engages, Mog-ur demande la parole.

Brun regarda le sorcier dont l'expression était aussi énigmatique qu'à l'accoutumée.

— Mog-ur a mon autorisation.

— Ayla n'a pas de compagnon, et c'est moi qui me suis toujours chargé d'elle. Si tu m'y autorises, je parlerai donc comme son compagnon.

— Parle si tu le désires, Mog-ur, mais que pourrais-tu ajouter ? J'ai déjà pris en compte l'amour qu'elle porte à son enfant et tout ce qu'elle a enduré pour le mettre au monde. J'ai envisagé toutes les excuses possibles pour justifier ses actes, mais les faits sont là. Elle a transgressé les coutumes du Clan. Les hommes ne peuvent accepter son enfant et Broud a clairement exposé les raisons pour lesquelles ni l'un ni l'autre ne méritent de vivre.

Mog-ur se leva avec peine et laissa tomber son bâton. Drapé dans sa fourrure d'ours, il avait une allure des plus imposantes. Il était Mog-ur, le seul habilité à communiquer avec le monde des esprits, le sorcier le plus renommé dans tout le Peuple du Clan. Il émanait de sa personne une aura subtile qui ne le quittait jamais. Quand le regard terrifiant du sorcier se posa sur chacun, l'un après l'autre, aucun homme, pas même Broud, ne put s'empêcher de frémir en prenant soudain conscience que la femme qu'ils venaient de condamner à mort partageait le foyer de Mog-ur. Le vieil homme imposait rarement sa présence en dehors de ses fonctions, et son intervention n'en prenait que plus de force.

— Le compagnon d'une femme a le droit de défendre la vie d'un enfant anormal, déclara-t-il quand il fut tourné vers Brun. Je te demande de laisser la vie sauve au fils d'Ayla, et pour le bien de l'enfant, je te demande de laisser aussi la vie sauve à sa mère.

Mog-ur renvoyait à Brun l'écho de sa propre inclination à épargner Ayla et son enfant, ainsi qu'il s'en était ouvert à Iza. Les arguments en faveur de la malédiction, qu'il avait fini par faire siens pour ne pas s'aliéner son clan, lui paraissaient soudain sans fondement, fruit de la lâcheté plutôt que de l'audace. Mais il ne pouvait faire volte-face sans déconcerter les chasseurs.

Mog-ur avait compris le dilemme de Brun, observé le durcissement de son regard, après une fugitive lueur d'approbation. Il reprit la parole, avec la simplicité des gestes et des mots de tous les jours, le visage empreint d'une expression à la fois vulnérable et décidée.

— Brun, depuis son arrivée, Ayla vit dans mon foyer. Tout le monde sait parfaitement que les hommes et les enfants considèrent l'homme de leur foyer comme un modèle de ce que doit être un homme du Clan. Telle est la façon dont Ayla m'a toujours considéré. Or, je suis difforme, Brun. Qu'y a-t-il d'étrange à ce qu'une femme élevée par un homme difforme ne voie pas la difformité de son enfant ? Il me manque un œil et un bras, et la moitié de mon corps est atrophiée. Je ne suis que la moitié d'un homme, et pourtant Ayla m'a toujours vu comme un homme normal. Son fils a deux bras, deux jambes, comment peut-elle le trouver anormal ?

» Je suis celui qui l'a éduquée, et c'est à moi de répondre de ses fautes. Tu sais bien, Brun, que j'ai toujours défendu ses transgressions. Je ne les ai jamais jugées dangereuses pour le clan. Mais aujourd'hui, je me dis que j'aurais dû me montrer plus sévère à son égard.

» Je n'ai jamais pris de compagne. Et sais-tu pourquoi ? Sais-tu comment les femmes s'enfuient à mon approche ? Quand j'étais jeune, j'éprouvais moi aussi le besoin d'assouvir mes désirs, mais j'ai appris à me contrôler en voyant les femmes se détourner pour ne pas voir mon geste. Seule Ayla n'a jamais manifesté de répugnance à mon égard. Elle n'avait pas peur de moi, elle me serrait dans ses bras, m'embrassait. Comment aurais-je pu la punir de fautes qu'elle n'avait pas conscience de commettre ?

» Je n'ai jamais pu apprendre à chasser. J'étais une charge pour tout le monde, on se moquait de moi, on me traitait de femme. Aujourd'hui je suis Mog-ur et plus personne ne se moque de moi, mais aucune cérémonie rituelle de passage à l'âge adulte ne fut célébrée en mon honneur. Brun, je ne suis que la moitié d'un homme, je ne suis pas un homme du tout. Or, ce n'est pas que le sorcier qu'Ayla aime et respecte en moi, c'est l'homme, un homme à part entière. Et je l'aime comme l'enfant de la compagne que je n'ai jamais eue.

Creb se débarrassa de la fourrure qui dissimulait aux regards son corps difforme et atrophié et tendit le moignon qu'il avait toujours caché.

— Brun, voici celui qu'Ayla a toujours considéré comme un homme normal. Voici celui qui lui a servi de modèle. Voici celui qu'elle aime et auquel elle compare son fils. Regarde-moi, frère ! Ai-je mérité de vivre ? Le fils d'Ayla est-il moins digne de vivre ?

Le clan se rassemblait lentement à l'extérieur de la caverne. Le jour pointait à peine et une fine bruine jetait un vernis brillant sur les roches et les feuilles, perlait les barbes et les chevelures de minuscules gouttelettes. Seule la plus haute crête rocheuse à l'est émergeait de la mer de brume qui noyait le paysage alentour.

Ayla, allongée sur sa fourrure, regardait Iza et Uba s'affairer en silence auprès du feu. Le nourrisson, blotti à ses côtés, faisait de petits bruits de succion pendant son sommeil. Elle n'avait pas dormi de la nuit. A la joie de revoir les siens avait succédé l'angoisse et la longue attente du lendemain.

Creb n'était pas rentré à son foyer, mais Ayla croisa son regard quand il quitta son sanctuaire pour rejoindre les autres hommes que Brun avait conviés à se réunir. Le vieil homme détourna aussitôt les yeux mais pas assez vite pour qu'elle n'y lise tout l'amour et la compassion qu'il lui portait. Elle le vit revenir et regagner la petite grotte sacrée après qu'il se fut brièvement entretenu avec Brun.

Iza apporta à Ayla son infusion du matin dans le bol en os qui avait toujours été le sien, puis se tint en silence à côté d'elle pendant qu'elle buvait. Uba les avait rejointes, mais la petite ne pouvait rien apporter d'autre que sa présence muette.

— Ils sont tous dehors, il faut y aller, dit Iza.

Ayla se leva, enveloppa son fils dans la peau qui lui servait à le porter, puis jeta sur ses épaules la fourrure qui recouvrait sa couche. Au bord des larmes, elle lança un regard éploré à Iza, puis à Uba, avant de les serrer contre son cœur.

En se laissant tomber aux pieds de Brun, Ayla fixa d'un regard absent ses chausses maculées de boue. Le ciel pâlissait. Le soleil ne tarderait pas à se lever. Brun devait faire vite, pensa-t-elle. Au même moment, elle sentit une tape sur l'épaule et, lentement, releva la tête vers le visage du chef à demi dissimulé par une barbe épaisse.

— Femme, tu as délibérément transgressé les lois du Peuple du Clan et tu mérites un châtiment, commença-t-il sans plus de préliminaires, tandis qu'Ayla acquiesçait de la tête à son accusation. Ayla, femme du Clan, tu es maudite. Personne ne te verra, personne ne t'entendra. Tu es condamnée à subir l'isolement réservé aux femmes. Et, tant que la lune ne sera pas revenue dans sa position actuelle, tu n'auras pas le droit de franchir les limites du foyer de celui qui te nourrit.

Stupéfaite, Ayla jeta un regard incrédule au chef. L'isolement réservé aux femmes ! Elle n'était donc pas condamnée à la Malédiction Suprême ! Que lui importait d'être ignorée des autres membres du clan pendant une lune entière, du moment qu'elle n'était pas séparée d'Iza, d'Uba et de Creb.

Une fois ce délai écoulé, elle pourrait réintégrer le clan comme le faisaient toutes les femmes après leurs menstrues.

Mais Brun n'avait pas terminé.

— En outre, tu n'auras plus le droit de chasser ni même de parler de chasse jusqu'à notre retour du Rassemblement du Clan. Jusqu'à la chute des feuilles, tu n'auras pas le droit de t'éloigner sans motif valable. Quand tu auras besoin d'aller ramasser des herbes magiques, tu devras dire où tu vas et revenir le plus vite possible. Chaque fois que tu voudras quitter les alentours immédiats de la caverne, tu devras me demander la permission. Et tu me montreras à quel endroit se trouve la grotte où tu as trouvé refuge.

Ayla ne cessait d'acquiescer à tout ce que disait Brun tant elle était soulagée. Elle flottait dans un doux nuage d'euphorie d'où Brun l'arracha brutalement en déclarant :

— Reste le problème que pose ton fils anormal, qui t'a poussée à désobéir. N'essaie jamais plus de forcer un homme, encore moins un chef de clan, contre sa volonté.

Comme Brun faisait signe en direction de la caverne, Ayla, étreignant son enfant contre elle, tourna son regard dans la même direction. Elle vit Mog-ur sortir de la caverne, mais quand le sorcier rejeta en arrière sa peau d'ours, faisant apparaître un bol d'osier teinté de rouge, qu'il bloquait de son moignon contre sa ceinture, la jeune femme ne se tint plus de joie.

— Mog-ur attend, Ayla, dit Brun. Ton fils doit recevoir un nom pour être admis au sein du clan.

Ayla se releva et courut vers le sorcier auquel elle tendit l'enfant nu en se jetant à ses pieds. Son vagissement sonore fut salué par les premiers rayons du soleil perçant la brume matinale. Un nom ! Elle n'avait jamais songé au nom que Creb pourrait choisir pour son fils. Mog-ur invoqua la protection des esprits totémiques avant de plonger ses doigts dans le bol d'onguent rouge.

— Durc ! s'exclama-t-il bien haut pour couvrir les cris du nourrisson. Ce garçon s'appelle Durc, répéta-t-il en lui traçant une ligne rouge le long de l'arête du nez.

— Durc, répéta à son tour Ayla.

Durc, pensa-t-elle, comme celui de la légende. Creb a toujours su que c'était mon histoire préférée. Durc n'était pas un nom courant parmi le clan, il était trop ancien et trop chargé d'ambiguïté, mais peut-être convenait-il à cet enfant dont l'entrée dans le monde avait été tellement incertaine.

— Durc, prononça Brun à sa suite.

Ayla leva vers lui un visage empli de reconnaissance et elle crut déceler dans son regard une lueur de tendresse. Puis les visages de ceux du clan défilèrent devant elle à travers le voile de ses larmes. Les nodules de pyrite étaient bien un signe de son totem.

— Durc, dit Uba. (Et d'un geste bref, elle ajouta :) Je suis tellement contente !

— Durc.

Le ton méprisant de celui qui venait de parler surprit Ayla. Elle releva les yeux juste à temps pour voir Broud s'éloigner du groupe, la nuque raide, les poings serrés.

Elle se rappela soudain cette idée qui lui était venue : les hommes, et plus précisément leur membre viril, étaient peut-être responsables de la venue des bébés.

Elle ne put réprimer un frisson de dégoût à la pensée que Durc pût devoir la vie à cet homme odieux.

Comment a-t-il pu faire une chose pareille ? se demandait Broud en s'enfonçant dans les bois pour fuir cette scène qui l'avait mis en fureur. Il donna un grand coup de pied dans une souche, ramassa une branche morte qu'il lança avec rage contre un arbre. Comment a-t-il pu ? Le jeune homme ne cessait de répéter cette phrase en martelant des poings le tapis de mousse qui bordait le ruisseau.

Comment a-t-il pu non seulement la laisser vivre mais encore accepter son enfant ?

22

— Iza ! Iza ! Viens vite voir Durc ! s'écria Ayla en entraînant la guérisseuse vers la caverne.

— Que se passe-t-il ? s'inquiéta la femme en se hâtant avec peine. Il s'est encore étouffé ?

— Mais non, il n'a rien. Regarde ! dit fièrement Ayla quand elles arrivèrent au foyer de Creb. Il tient sa tête droite !

Couché sur le ventre, le nourrisson levait vers les deux femmes de grands yeux qui commençaient à prendre le ton marron foncé des hommes du Clan. Sa tête oscilla quelques instants avant que, lassé par l'effort, il ne la laisse retomber sur la fourrure. Inconscient de l'émoi que venaient de provoquer ses beaux efforts, il fourra son poing dans sa bouche et se mit à le sucer bruyamment.

— S'il arrive à faire ça maintenant, il la tiendra parfaitement droite quand il sera plus grand, dit Ayla.

— Ne te berce pas trop d'illusions, recommanda Iza. Mais c'est bon signe, néanmoins.

Mog-ur entra dans la caverne, le regard absent, perdu dans ses pensées.

— Creb ! s'écria Ayla en courant à sa rencontre. Durc tient sa tête tout seul, n'est-ce pas vrai, Iza ?

La guérisseuse acquiesça d'un hochement de tête.

— Hum ! fit le sorcier. Si c'est le cas, alors je crois qu'il est temps.

— Temps de quoi faire ?

— Eh bien, de célébrer les rites totémiques. Il est encore un peu jeune mais son totem s'est fait connaître à moi. Inutile d'attendre davantage. D'ici peu, nous serons occupés à organiser le départ et il vaut mieux que son totem possède une demeure avant qu'il entreprenne le voyage. Sinon, cela pourrait porter malheur à l'enfant. Euh... Iza, ajouta-t-il à l'adresse de la guérisseuse, à présent que je pense au Rassemblement, te reste-t-il suffisamment de racines pour la cérémonie ? Je ne sais pas encore combien de clans seront présents, mais assure-toi d'en avoir en quantité.

— Je n'irai pas au Rassemblement du Clan, Creb, annonça Iza, dont le visage exprimait tout son regret. Je ne peux plus me permettre d'entreprendre un voyage aussi long.

Que n'y ai-je pensé tout seul, se reprocha Creb en regardant la guérisseuse qui avait maigri et dont les cheveux avaient blanchi. C'est vrai, elle est beaucoup trop faible pour nous accompagner. Mais comment faire pour la cérémonie ? Seules les femmes de sa lignée connaissent la préparation du breuvage secret. Uba est trop jeune. Il faut que ce soit une adulte... Et Ayla, pourquoi pas Ayla ? Iza pourra l'initier avant notre départ. Il est grand temps d'ailleurs qu'elle devienne guérisseuse.

Creb observa d'un œil critique la jeune femme qui se penchait pour prendre son fils dans ses bras. Les autres clans vont-ils l'accepter ? Ses cheveux blonds tombaient en désordre de chaque côté de son visage plat au front bombé. Son corps était féminin, mais élancé, musclé, à l'exception du ventre, un peu mou. Elle avait de longues jambes, droites, et elle dominait tout le monde de la taille. Elle ne ressemble décidément pas aux femmes de notre peuple, pensa-t-il. Je crains fort qu'elle ne les intrigue trop. Les autres mog-ur pourraient refuser de boire le breuvage, si c'est elle qui le prépare. Enfin, nous verrons bien. Mais si je dois invoquer les esprits pour la cérémonie totémique, je ferais bien de célébrer en même temps l'accession d'Ayla au rang de guérisseuse.

— Il faut que j'aille voir Brun, annonça-t-il abruptement, en se dirigeant vers le foyer du chef. (Il se retourna vers Iza pour ajouter :) Je pense que tu devrais apprendre à Ayla et à Uba comment préparer le breuvage, bien que je doute que cela serve à grand-chose.

— Iza, je ne trouve plus le bol que tu m'as donné pour la guérisseuse du clan qui nous invite, se lamenta Ayla en fouillant frénétiquement dans la pile de fourrures, de provisions et d'affaires de toutes sortes entassées par terre. J'ai cherché partout.

— Mais tu l'as déjà rangé, Ayla. Calme-toi. Brun n'est pas encore prêt, il n'a pas fini de manger. Allez, viens t'asseoir, ton repas va refroidir. Toi aussi, Uba.

Creb, assis sur une natte, Durc sur ses genoux, regardait la scène d'un air amusé.

— Et toi-même, Iza, qu'attends-tu pour manger ? demanda-t-il.

— J'aurai tout le temps quand vous ne serez plus là, répondit-elle. Regarde comme Durc tient sa tête bien droite à présent. Donne-le-moi, je ne pourrai plus le tenir dans mes bras de tout l'été.

— C'est peut-être pour lui donner de la vigueur que le Loup Gris voulait que la cérémonie ait lieu plus tôt que de coutume, dit Creb.

Le sorcier regarda avec tendresse le petit garçon, heureux comme jamais de se sentir le patriarche de la famille. Bien qu'il ne l'eût jamais confié à personne, il avait souvent envié leur foyer aux autres hommes. Et voilà qu'au soir de sa vie il se retrouvait avec deux femmes pour veiller à tous ses besoins, une petite fille pour suivre leurs traces, et un petit garçon à cajoler. Il avait soulevé avec Brun la nécessité d'entraîner Durc à la chasse. Brun avait accueilli Durc dans le clan ; il en était désormais responsable. Aussi la joie d'Ayla avait-elle été grande quand Brun, lors de la cérémonie totémique de l'enfant, avait annoncé qu'il se chargerait lui-même de faire de Durc un chasseur, du moins quand celui-ci aurait l'âge et la force de chasser. Ayla ne pouvait souhaiter meilleur maître pour son fils.

Le Loup Gris est un excellent totem pour ce petit, songea Creb. Mais certains restent avec la meute et d'autres se comportent en loups solitaires. Quel peut bien être celui de son totem ?

Quand Ayla et Uba eurent chargé leurs affaires sur leur dos, Iza rejoignit avec elles le reste du clan rassemblé devant la caverne. Iza embrassa une dernière fois le bébé et tendit quelque chose à Ayla.

— Tiens, cela te revient à présent. Tu es la guérisseuse du clan, dit Iza en lui remettant une bourse teinte en rouge contenant les précieuses racines. Te souviens-tu de tout ce que tu dois faire ? Il ne faut surtout rien oublier. Je regrette de ne pas avoir pu te faire une démonstration, mais cela est interdit. Et n'oublie pas, les racines seules ne suffisent pas à la magie : vous devez vous préparer vous-mêmes aussi soigneusement que vous préparerez le breuvage.

Uba et Ayla acquiescèrent de concert tandis que la jeune femme rangeait la bourse dans la sacoche en peau de loutre qu'Iza lui avait donnée le jour où elle avait été reconnue guérisseuse du clan. Outre les quatre amulettes qu'elle portait à son cou, la pyrite de fer, l'ivoire de mammouth, le fossile de gastéropode et la particule d'ocre rouge, Ayla possédait désormais un fragment de pyrolusite noire, privilège exclusif des guérisseuses.

Le corps d'Ayla avait été peint de l'onguent noir, fait d'un mélange de graisse et de poussière de pyrolusite, quand elle était devenue la dépositaire d'une partie de l'esprit de chaque membre du clan et, à travers Ursus, de tout le Peuple du Clan. Une guérisseuse ne portait ces marques noires qu'à l'occasion des cérémonies les plus sacrées.

Ayla s'inquiétait de laisser Iza. De violents accès de toux avaient secoué la vieille femme ces derniers temps.

— Iza, es-tu sûre que ça va ? demanda Ayla après avoir serré sa mère adoptive dans ses bras. Tu tousses beaucoup.

— C'est l'hiver qui veut ça. Tu sais que ça s'améliore toujours en été. Et puis, Uba et toi, vous avez cueilli tellement de plantes et de racines de framboisier pour ma toux que je me demande si nous aurons une seule framboise l'an prochain. Ne t'inquiète pas, je sais me soigner, tenta de la rassurer Iza.

Mais Ayla avait remarqué que les remèdes d'Iza la soulageaient moins bien. La tuberculose dont elle souffrait avait évolué vers une phase que les plantes ne pouvaient plus combattre.

— Prends bien soin de toi, Iza, et repose-toi un peu, lui conseilla Ayla. Zoug et Dorv s'occuperont du feu pour éloigner les bêtes et les mauvais esprits. Et laisse Aba faire la cuisine.

— Oui, oui, dépêche-toi, dit Iza. Brun est prêt à partir.

Ayla prit place comme d'habitude au bout de la file, sans se rendre compte que tous les regards étaient rivés sur elle. Personne ne bougea.

— Ayla, chuchota Iza. Tout le monde attend que tu prennes la place qui te revient.

Ayla se glissa à la tête des femmes, confuse d'avoir oublié la position privilégiée que lui conférait son nouveau rang de guérisseuse. Et c'est en rougissant qu'elle se plaça devant Ebra, à qui elle adressa un signe d'excuse. Mais Ebra était accoutumée à son deuxième rang. Elle trouva seulement étrange de voir cette tête blonde devant elle à la place de celle d'Iza, et se demanda si elle se rendrait au prochain Rassemblement.

Iza, Zoug, Dorv et Aba, trop âgés pour faire le voyage, accompagnèrent les autres jusqu'au promontoire rocheux, d'où ils les regardèrent s'éloigner. Quand ils ne virent plus que de minuscules têtes d'épingles perdues dans la plaine, ils regagnèrent la caverne. Aba et Dorv qui, déjà, n'avaient pu se rendre au dernier Rassemblement se sentaient tout étonnés de se trouver encore en vie, mais c'était la première fois que Zoug et Iza devaient y renoncer. Zoug sortait encore chasser, mais il revenait le plus souvent les mains vides. Quant à Dorv, sa vue baissait au point qu'il ne s'aventurait que fort rarement dehors.

Malgré la douceur de la journée, ils se pressèrent tous les quatre autour du feu qui flambait devant la caverne, sans éprouver le moindre désir de converser. Soudain, Iza fut prise d'une quinte de toux qui lui arracha du sang. Elle alla se reposer dans son foyer, et les autres en firent bientôt autant, l'air désœuvré. Ils savaient que leur été allait être désespérément long et solitaire.

En ce début d'été, il faisait moins frais dans les plaines orientales que dans la zone tempérée où résidait le clan.

Au riche feuillage vert auquel chacun était habitué succédait une herbe haute qui déjà perdait sa verdeur pour se fondre dans cette mer végétale aux reflets pâles qui s'étendait jusqu'à l'horizon. Ils avançaient sur l'épais tapis, laissant derrière eux un étroit sillage d'herbes froissées. L'eau était rare, et ils s'arrêtaient pour remplir leurs outres à chaque cours d'eau rencontré, au cas où ils ne trouveraient pas d'autre source quand ils s'installeraient pour la nuit. Brun conduisait le clan à un pas que tous pouvaient suivre, mais néanmoins alerte. Ils avaient un long trajet à parcourir avant d'arriver à la caverne de leurs hôtes, dans les hautes montagnes de l'est. Creb, aiguillonné par la perspective du Rassemblement et des cérémonies dont il aurait la charge, suivait l'allure sans trop de mal. Le soleil et les décoctions d'Ayla soulageaient la douleur de ses articulations, et puis cette marche raffermissait ses muscles, même ceux de sa jambe déformée.

Les journées se firent monotones. Ils marchaient, s'arrêtaient de temps à autre pour se restaurer, et continuaient d'avancer en direction de l'est jusqu'à la nuit tombante où ils dressaient le camp, pour repartir à l'aube. La saison avançait mais le changement de temps était si graduel qu'ils ne s'étonnèrent pas de l'ardeur du soleil qui brunissait les grandes plaines. Pendant trois jours ils subirent la fumée et les cendres que les vents charriaient d'un lointain et gigantesque feu de prairie. Ils croisèrent des troupeaux de bisons, des daims géants, des chevaux, des onagres et des ânes, ainsi que quelques saïgas, tous ces milliers de bêtes que la steppe nourrissait.

Bien qu'ils n'eussent pas encore atteint l'isthme qui reliait la péninsule au continent et alimentait en eau salée la mer intérieure, ils aperçurent l'imposante chaîne de montagnes qui brillait devant eux. Une calotte de glace étincelante recouvrait le sommet des pics les plus hauts, immuable malgré la chaleur torride des plaines alentour.

Quand la prairie céda le terrain à de basses collines de terre rouge, cet ocre rouge qui en sanctifiait le sol, Brun sut que les marécages n'étaient pas loin.

Pendant deux jours, ils pataugèrent dans les marais putrides, infestés de moustiques, avant de parvenir enfin sur le continent. Ils pénétrèrent alors dans une région boisée, humide, aux arbres croulant sous les lianes, le lierre grimpant et les clématites. Le chêne dominait, aux côtés du hêtre et de l'if, dans cette région exposée aux précipitations marines.

Ils surprirent des daims, des cerfs et des élans. Ils virent également des sangliers, des renards, des loups, des lynx et des léopards, des chats sauvages et une multitude de petits animaux, mais pas un seul écureuil. Ayla se demandait précisément ce qui manquait à cette faune des montagnes, quand le spectacle qui s'offrit à elle détourna son intérêt.

Sur un signe de Brun, tout le monde s'était figé pour regarder l'énorme ours des cavernes qui se frottait le dos contre un arbre. Tout occupé à se gratter le long de l'écorce rugueuse, il ne prêta aucune attention au clan médusé. Sa taille immense paraissait à tous particulièrement imposante tant sa fourrure était épaisse et sa tête massive. Les ours bruns qu'on rencontrait dans ces montagnes pesaient près de deux cents kilos. Mais c'était un ours des cavernes qu'ils avaient devant eux, et l'animal, bien qu'au début de l'été, devait atteindre les six cents kilos. Sa force colossale le mettait à l'abri de tous les prédateurs, et seul un autre mâle à l'époque du rut, ou encore une femelle protégeant ses oursons, aurait osé le défier.

Mais, outre sa stature impressionnante, c'était son caractère sacré qui figeait tous les membres du clan en une attitude de muette révérence. C'était Ursus, la personnification même du Peuple du Clan, qui se dressait devant eux Ses ossements avaient le pouvoir d'éloigner toutes les forces du mal, et son esprit unissait tous les clans en un seul : le Clan de l'Ours des Cavernes.

Lassé de son activité, ou satisfait du bien-être qu'elle lui avait apporté, l'ours se redressa de toute sa hauteur pour faire quelques pas, campé sur ses pattes de derrière, avant de se laisser retomber. Flairant le sol, il s'éloigna d'un trot pesant. L'ours des cavernes était un animal fondamentalement pacifique qui n'attaquait personne tant qu'on ne l'importunait pas.

— Etait-ce Ursus ? demanda Uba, émerveillée.

— Oui, c'était lui, affirma Creb. Et quand nous serons arrivés, tu verras un autre ours des cavernes.

— Le clan qui nous reçoit vit donc vraiment avec un ours des cavernes ? demanda Ayla. Un ours de cette taille ! (La jeune femme n'ignorait pas la coutume selon laquelle le clan qui accueillait les autres lors du Rassemblement devait capturer un ourson et l'élever dans sa caverne.)

— Il est maintenant probablement enfermé dans une cage devant la caverne, mais lorsqu'il est petit, il vit à l'intérieur et chaque foyer le nourrit. Quand il commence à grandir, on le met en cage pour plus de sûreté, mais tout le monde continue à lui donner à manger et à le caresser pour qu'il sache qu'on l'aime toujours. La plupart des clans prétendent même avoir appris quelques rudiments de notre langage à leur ours, mais je n'ai jamais pu le vérifier. J'étais très jeune quand notre clan reçut le Rassemblement, et je ne m'en souviens pas. Nous lui rendrons hommage pendant la Cérémonie de l'Ours, et il transmettra nos messages au monde des esprits, expliqua Creb.

— Quand recevrons-nous les autres clans et aurons-nous un ours à élever ? demanda Uba.

— Quand ce sera notre tour de le faire. C'est un grand honneur pour un clan, et les chasseurs sont prêts à braver tous les dangers pour capturer un ourson. Le clan qui nous reçoit a la chance d'habiter dans une région fréquentée par des ours des cavernes. Il doit en rester quelques-uns dans la montagne, près de notre caverne, comme le prouvent les ossements d'Ursus que nous avons trouvés, répondit Creb.

Au signal de Brun, tout le monde se remit en route. En passant près de l'arbre contre lequel l'ours s'était frotté, Creb s'arrêta pour recueillir une touffe de poils accrochés à l'écorce. Il les enveloppa soigneusement dans une feuille qu'il fourra dans l'un des plis de sa fourrure. Le poil d'un ours des cavernes vivant avait un grand pouvoir magique.

Les hauts conifères des contreforts cédèrent la place à une végétation plus rase et plus robuste à mesure qu'ils approchaient des sommets scintillants contemplés depuis les plaines. Des bouleaux firent leur apparition, ainsi que des genévriers et des azalées dont les fleurs roses venaient à peine d'éclore, parsemant le vert tendre des herbages de pimpantes taches de couleur. Une multitude de fleurs sauvages ajoutaient leurs teintes à cette palette chatoyante : l'orange tacheté des lis tigrés, le mauve et le rose des ancolies, le violet des vesces, le bleu lavande des iris, l'azur des gentianes.

Ils aperçurent quelques chamois et des mouflons aux cornes épaisses. Ils parvinrent bientôt à un sentier témoignant de passages fréquents. Le clan qui recevait devait accomplir un long chemin avant d'atteindre les plaines et leurs troupeaux de ruminants. Mais la proximité bénéfique des ours des cavernes compensait cet inconvénient, en même temps qu'il incitait les chasseurs à se rabattre sur le gibier fréquentant les forêts.

Tous ceux qui avaient couru au-devant des nouveaux venus s'arrêtèrent net en voyant Ayla. Tandis que le clan avançait en file indienne en direction de la caverne, Ayla en tête des femmes, les commentaires allaient bon train. Creb avait eu beau la prévenir, la jeune femme ne s'était pas attendue à provoquer un tel émoi, ni à se trouver en présence d'une telle multitude : plus de deux cents personnes s'étaient attroupées pour considérer l'étrangère et Ayla n'avait jamais vu tant de monde réuni.

Le clan s'arrêta près d'une immense cage aux épais montants de bois profondément enfoncés en terre, à l'intérieur de laquelle un ours gigantesque, encore plus grand que celui rencontré en route, se balançait paresseusement d'un pied sur l'autre. Le petit clan qui recevait avait dû déployer des trésors de dévotion pour nourrir aussi longtemps l'énorme animal, et des dons apportés par les autres clans ne pourraient jamais compenser le sacrifice qu'il avait consenti. Mais il n'était pas de clan qui n'attendît impatiemment son tour d'offrir l'hospitalité afin de recueillir la protection des esprits.

Uba, vivement impressionnée par la bête et tous ces gens, se rapprocha d'Ayla, tandis que le chef et le sorcier du clan-hôte s'avançaient vers eux avec des gestes d'accueil, avant de se tourner vers Brun d'un air courroucé.

— Pourquoi as-tu amene cette femme à notre Rassemblement, Brun ? demanda le chef.

— Elle fait partie de notre clan, Norg, et c'est une guérisseuse de la lignée d'Iza, répliqua Brun en s'efforçant de conserver son calme, alors que s'élevait un murmure de stupéfaction dans l'assistance.

— C'est impossible ! rétorqua le mog-ur. Comment peut-elle faire partie de ton clan ? Elle est née chez les Autres !

— Elle fait partie du clan, répéta Mog-ur sur un ton aussi assuré que celui de Brun, en fixant d'un regard glacé le chef du clan-hôte. Douterais-tu de ma parole, Norg ?

Norg, mal à l'aise, consulta d'un regard son sorcier, mais celui-ci, aussi désarçonné que lui, ne lui fut d'aucun secours.

— Norg, nous avons fait un long voyage et nous sommes fatigués, dit Brun. Ce n'est vraiment pas le moment d'aborder le sujet. Nous refuserais-tu l'hospitalité de ta caverne ?

L'atmosphère était tendue. Norg réfléchissait. S'il refusait son hospitalité, ses visiteurs n'auraient plus qu'à entreprendre un long voyage de retour. Ce serait un manquement grave aux lois ancestrales. Mais s'il laissait Ayla pénétrer dans la caverne, cela reviendrait à la reconnaître en tant que femme du Clan. La mise en demeure de Brun obligeait Norg à se prononcer sur-le-champ. Les regards de Norg passèrent de son mog-ur à celui qui était le plus puissant d'entre les mog-ur, puis au chef du premier des clans. Que lui restait-il à faire du moment que Mog-ur avait parlé ?

Norg fit signe à sa compagne de montrer au clan l'emplacement qui lui avait été réservé dans la caverne, puis entra à la suite de Brun et de Mog-ur, bien décidé à éclaircir le mystère de l'étrangère une fois tout le monde installé.

Au premier abord, la caverne de Norg leur parut plus petite que la leur, mais en pénétrant plus avant, ils découvrirent qu'elle se composait d'une série de grottes et de galeries qui s'enfonçaient sous la montagne. Il y avait assez de place pour héberger tous les clans, mais Brun et ses compagnons furent conduits dans une vaste alvéole située non loin de l'entrée de la caverne, bénéficiant ainsi de la lumière du jour. Leur rang élevé leur avait valu cet emplacement de faveur.

Le Peuple du Clan n'avait pas de grand chef à proprement parler, mais il n'en existait pas moins une hiérarchie entre les clans, et le chef du premier clan devenait de fait celui de tous. Il n'en tirait pas cependant une autorité absolue. De ce point de vue, les clans restaient autonomes, commandés par des hommes au caractère indépendant, peu enclins à se plier à une autorité supérieure, hormis dans le domaine des rites de la magie. La position de chaque clan dans la hiérarchie était décidée tous les sept ans lors du grand Rassemblement.

Outre les cérémonies, les compétitions constituaient une activité importante pour les clans. Elles les opposaient dans un cadre strict, leur évitant ainsi de s'affronter hors les lois régissant leur peuple. Elles leur permettaient également de se départager et de déterminer leurs rangs. Les hommes s'affrontaient alors en des tournois de lutte, de fronde, de bolas, de course à pied, de course à la lance, de fabrication d'outils, de danse, de déclamation de contes et de subtiles pantomimes retraçant des chasses particulièrement remarquables.

Quant aux femmes, si leurs joutes avaient moins de poids aux yeux des hommes, elles participaient néanmoins à la fête. Elles disposaient à la vue de tous les dons apportés au clan-hôte, fières de l'étalage de leur artisanat, de la beauté de leurs fourrures, de leurs ustensiles finement travaillés, astucieusement tressés, qui faisaient l'objet d'examens critiques et passionnés de la part des autres femmes.

La position relative au sein de chaque clan de la guérisseuse et du mog-ur entrait pour une large part dans la définition du statut final. Ainsi Iza et Creb avaient contribué d'une manière décisive à faire du clan de Brun le premier de tous. Mais le facteur capital résidait dans la capacité du chef à diriger son clan, les critères d'évaluation de cette capacité étant des plus subtils.

Ils reposaient d'une part sur les résultats des joutes, qui témoignaient de la façon dont le chef s'était révélé capable d'entraîner ses hommes et de les stimuler, et d'autre part, sur la manière dont les femmes travaillaient et se conduisaient, preuve de sa fermeté. Le respect de la tradition entrait également en ligne de compte ainsi que la force de caractère du chef. Brun savait que cette fois-ci la lutte serait serrée. La présence d'Ayla constituait déjà un sérieux désavantage.

Le Rassemblement du Clan était aussi l'occasion de renouer de vieilles connaissances, et d'engranger suffisamment d'histoires et de commérages pour plusieurs hivers. Les jeunes gens incapables de trouver des compagnes dans leur propre clan en profitaient pour faire de nouvelles rencontres. Les unions n'étaient scellées qu'à la condition que le chef du clan auquel appartenait l'homme accepte la femme. Pour celle-ci, c'était un honneur que d'être choisie par un homme d'un clan de rang supérieur.

Malgré les recommandations de Zoug et son statut de guérisseuse, Iza doutait qu'Ayla trouve un compagnon. La présence de son fils apparemment anormal lui en ôtait tout espoir. Mais Ayla était loin de pareilles préoccupations. Elle éprouvait déjà le plus grand mal à rassembler son courage pour affronter la foule de curieux qui se pressaient devant la caverne. Avec Uba, elle avait pris possession du foyer qui lui était alloué pour la durée de leur visite et avait immédiatement entrepris de disposer avec le plus grand soin les cadeaux destinés au clan-hôte, ainsi qu'Iza le lui avait recommandé. Chacun avait déjà remarqué la qualité de son travail. Elle s'était rafraîchie et changée avant d'allaiter son fils, pressée par Uba, impatiente d'explorer les environs de la caverne, mais qui n'osait pas s'y aventurer seule.

— Dépêche-toi, Ayla. Tous les autres sont déjà dehors ! Ne peux-tu nourrir Durc un peu plus tard ?

— Je n'ai pas envie qu'il se mette à pleurer. Tu sais comme il peut crier fort. Je ne voudrais pas passer pour une mauvaise mère, répondit Ayla. Inutile de les prévenir contre moi. Creb m'avait bien dit qu'ils seraient surpris en me voyant, mais je n'aurais jamais cru qu'ils me regarderaient comme si j'étais une bête curieuse.

— Ne t'inquiète pas, ils nous ont accueillis dans leur caverne, et Creb et Brun sauront leur prouver que tu es des nôtres. Viens, Ayla. Tu ne peux pas passer tout ton temps ici, il faudra bien que tu sortes. Ils feront comme nous, ils s'habitueront à toi.

— Eux me voient pour la première fois, Uba, mais tu as raison, je n'ai pas le choix, et autant y aller maintenant. N'oublie pas de prendre quelque chose pour donner à manger à l'ours.

Ayla se leva, Durc contre son épaule. En passant devant son foyer, Uba et elle adressèrent un signe respectueux à la compagne de Norg. La femme leur répondit et se dépêcha de retourner à ses occupations, pour ne pas faire preuve d'indiscrétion en les regardant avec trop d'insistance. Ayla prit une grande inspiration et redressa la tête au moment de sortir. Elle était bien decidée à ne pas se laisser impressionner par la curiosité qu'elle suscitait Après tout, elle était une femme du Clan au même titre que les autres.

Sa détermination fut mise à rude épreuve quand elle s'avança en plein soleil. Tout le monde sans exception avait trouvé une raison de s'attarder aux abords de la caverne dans l'espoir de la voir sortir. Si la plupart essayaient de se montrer discrets, beaucoup, oublieux de la plus élémentaire correction, la contemplaient bouche bée. Ayla se sentit rougir et s'affaira auprès de Durc pour ne pas avoir à affronter les regards.

Mais ce faisant, elle détourna l'attention sur son fils que personne n'avait remarqué jusqu'ici. Les expressions et les gestes de tous ne laissaient aucun doute quant à leurs sentiments à l'égard de l'enfant. S'il avait ressemblé à sa mère, ils auraient eu moins de mal à l'accepter, mais Durc, à leurs yeux, n'était qu'un bébé difforme et indigne de vivre. Les traits qui l'assimilaient aux membres du clan étaient suffisamment évidents pour que ceux hérités de sa mère apparaissent comme de grossières malformations. Si l'image d'Ayla en souffrait, le prestige de Brun n'en pâtissait pas moins.

Ayla et Uba tournèrent le dos aux regards rivés sur elles pour se diriger vers la grande cage. En les voyant approcher, le gigantesque plantigrade s'assit et, quêteur, tendit une patte à travers les barreaux. Elles eurent toutes deux un mouvement de recul instinctif à la vue de l'énorme patte griffue, plus adaptée à fouiller la terre à la recherche des racines et des tubercules dont l'ours se nourrissait pour une grande part qu'à hisser son énorme corps dans un arbre. A la différence des ours bruns, l'ours des cavernes était bien trop lourd et volumineux pour un tel exercice. Ayla et Uba déposèrent chacune une pomme au pied des épais barreaux taillés dans des troncs d'arbres.

La créature se leva pour s'en emparer et les engloutir dans son énorme gueule, puis se rassit et tendit de nouveau la patte en se balançant sur son arrière-train. Ayla réprima de justesse un sourire.

— Maintenant, je sais pourquoi on dit qu'ils peuvent parler, dit-elle à Uba. Il en redemande. As-tu une autre pomme ?

Uba lui tendit un fruit, et cette fois Ayla s'approcha de la cage pour le lui donner. Il porta le fruit à sa gueule puis vint frotter sa tête contre les barreaux.

— On dirait que tu as envie de te faire gratter, vieil adorateur du miel, lui dit par gestes Ayla, en prenant soin de ne pas mentionner le nom d'ours des cavernes ou d'Ursus en sa présence, ainsi que Creb le lui avait recommandé.

En entendant son véritable nom, l'ours se rappellerait qui il était ; il saurait qu'il n'était pas seulement un membre du clan qu'il l'avait élevé. Il redeviendrait un ours sauvage, et il ne pourrait plus y avoir de Cérémonie de l'Ours ni de Rassemblement. Ayla le gratta vigoureusement derrière l'oreille.

— Tu aimes ça, hein, grand dormeur de l'hiver, dit Ayla en enfonçant son bras dans la cage pour lui gratter l'autre oreille. Tu es trop paresseux pour te gratter tout seul.

Ayla continua de cajoler ainsi l'animal jusqu'à ce que Durc tende à son tour la main vers l'épaisse toison brune. Elle se recula aussitôt. Protégée par les épais barreaux, elle n'avait pas peur de l'ours, mais à voir la minuscule main de son fils essayer de saisir une poignée de poils, l'énorme gueule et les longues griffes lui parurent soudain dangereuses.

— Comment peux-tu t'approcher si près de lui ? lui signifia Uba. J'aurais peur à ta place !

— Ce n'est jamais qu'un gros bébé, mais j'ai oublié Durc. Il pourrait lui faire mal sans le vouloir, répondit Ayla, tandis qu'elles s'éloignaient de la cage.

Uba n'avait pas été la seule à s'étonner de la hardiesse d'Ayla. Tout le clan en avait été témoin. La plupart des visiteurs évitaient plutôt les abords de la cage. Les jeunes garçons se lançaient des défis. C'était à qui oserait toucher du bout des doigts la fourrure de l'ours pour s'enfuir aussitôt. Les hommes, censés incarner le courage, répugnaient à se donner en spectacle près de la cage, qu'ils eussent ou non peur de l'ours. Et, parmi les femmes, rares étaient celles qui avaient seulement osé s'approcher des barreaux. Aussi la familiarité d'Ayla avec l'animal les étonnait grandement, même si elle ne changeait pas vraiment l'opinion qu'ils avaient d'elle.

A présent qu'ils avaient pu l'observer à loisir, les gens s'éloignaient. Seuls les enfants persistaient à la scruter, mais il n'y avait aucune espèce de jugement dans leurs regards. Ils étaient curieux, comme on l'est à cet âge.

Ayla et Uba s'en furent s'asseoir à l'ombre d'un gros rocher, non loin de la caverne, d'où elles pourraient observer les faits et gestes des uns et des autres sans paraître indiscrètes. Ayla et Uba s'entendaient à merveille, et leur affection s'était encore renforcée depuis que la fillette avait suivi Ayla jusqu'à son abri dans la montagne.

Allongé sur le ventre entre elles deux, Durc agitait bras et jambes tout en regardant ce qui se passait autour de lui. Ayla et Uba conversaient gaiement, quand une jeune femme se présenta et leur demanda timidement la permission de se joindre à elles. Elles acceptèrent avec plaisir. C'était le premier geste amical qu'on leur adressait depuis leur arrivée. La femme portait un bébé endormi au creux d'une peau de bête.

— Cette femme s'appelle Oda, dit-elle une fois assise, puis elle fit le signe usuel pour leur demander leurs noms.

— Cette fille s'appelle Uba, et la femme Ayla, répondit Uba.

— Aay... Aayghha ? Je n'ai jamais entendu ce nom, dit Oda avec des gestes légèrement différents de ceux de leur clan mais qu'Uba et Ayla purent comprendre.

— Ce n'est pas un nom du Clan, dit Ayla.

Elle comprenait la difficulté que semblait avoir la femme à le prononcer. Ceux de son propre clan n'y parvenaient pas mieux.

Oda esquissa un geste, hésita, soudain gênée, puis finit par montrer Durc du doigt.

— Cette femme voit que tu as un enfant, dit-elle. C'est un garçon ou une fille ?

— Un garçon. Il s'appelle Durc, comme celui de la légende. La connais-tu ?

— Oui, cette femme connaît la légende, mais le nom n'est pas commun dans mon clan.

— Dans le mien non plus, dit Ayla. Mais Durc aussi n'est pas commun, dans son genre.

— Cette femme a aussi un enfant, poursuivit-elle après avoir encore hésité un long moment. C'est une fille, elle s'appelle Ura.

Un silence pesant suivit ces propos.

— Cette femme aimerait voir Ura si la mère ne s'y oppose pas, demanda Ayla, qui ne savait plus que dire tant la femme semblait gênée.

Pendant un instant Oda parut réfléchir à la requête de l'étrangère, puis elle sortit son enfant de la couverture et le mit dans les bras d'Ayla, qui n'en crut pas ses yeux. Ura, qui ne devait pas avoir plus d'un mois, ressemblait à Durc ! Elle lui ressemblait comme une sœur ! Le bébé d'Oda aurait pu être le sien !

Ayla était bouleversée. Si une femme d'un autre clan pouvait donner naissance à un enfant ressemblant à ce point au sien, c'est que Durc était tout simplement difforme, comme l'avaient toujours pensé Creb et Brun. Contrairement à ce qu'elle avait toujours cru, son enfant n'était pas différent, mais anormal, tout comme la fille d'Oda. Ce fut Uba qui brisa le long silence.

— Ton enfant ressemble à Durc, Oda, dit-elle, oubliant les formules de politesse.

— Oui, cette femme a été surprise en voyant le bébé d'Aayghha, dit la jeune mère. C'est pour ça que je... que cette femme voulait te parler. J'espérais que l'enfant était un garçon.

— Pourquoi ? demanda Ayla.

Oda regarda son bébé sur les genoux d'Ayla.

— Ma fille est difforme, et elle ne pourra jamais trouver de compagnon. Qui voudrait d'elle ? (Elle leva des yeux implorants vers Ayla.) Alors quand j'ai vu ton enfant, j'ai souhaité que ce soit un garçon parce que... lui aussi aura du mal à trouver une compagne.

Ayla n'avait jamais encore songé à cette question. A la réflexion, Oda avait raison, sa différence isolerait Durc. Elle comprenait maintenant pourquoi cette femme était venue la voir.

— Est-ce que ta fille est en bonne santé ? demanda-t-elle.

— Elle n'est pas bien grosse, répondit Oda, mais elle se porte bien. C'est son cou qui est fragile, mais j'ai l'impression qu'il se renforce, ajouta-t-elle avec espoir.

— Cette femme peut ? demanda Ayla en écartant la peau qui recouvrait l'enfant.

Elle était plus carrée que Durc, un peu comme les bébés du clan. Mais l'ossature, le crâne, et les traits du visage, sans parler du cou, étaient semblables, la fille d'Oda présentant des arcades sourcilières moins prononcées que celles de Durc.

— Son cou se musclera, Oda. Durc était encore plus faible à la naissance, et regarde maintenant comment il se tient.

— Tu es sûre ? insista Oda. Cette femme aimerait demander à la guérisseuse du premier des clans de considérer cette petite fille comme la compagne de son garçon, déclara Oda en recourant aux formules d'usage en pareil cas.

— Je crois qu'Ura fera une excellente compagne pour Durc, Oda.

— Il faudra que tu demandes son consentement à ton compagnon

— Je n'ai pas de compagnon, dit Ayla.

— Oh ! Mais alors ton fils est malheureux, répondit Oda, déçue Qui se chargera de son éducation, si tu n'as pas de compagnon ?

— Durc n'est pas malheureux ! affirma Ayla. Je vis au foyer de Mog-ur, et Brun a promis de le former. Il fera un bon chasseur. Mog-ur lui a déjà révélé son totem : c'est le Loup Gris.

— Il vaut mieux que ma fille ait un compagnon malheureux que pas de compagnon du tout, dit Oda d'un air résigné. Nous ne connaissons pas encore le totem d'Ura, mais le Loup Gris est un totem assez puissant pour vaincre n'importe quel totem féminin.

— Sauf celui d'Ayla, intervint Uba. Le sien, c'est le Lion des Cavernes !

— Alors comment as-tu fait pour avoir un enfant ? demanda Oda, étonnée. Mon totem est le Hamster, et pourtant il a beaucoup lutté cette fois-ci. J'ai eu moins de mal avec ma première fille.

— Ma grossesse aussi a été dure. Tu as une autre fille ? Est-ce qu'elle est normale ?

— Oui, elle l'était. Mais elle a rejoint le monde des esprits, répondit tristement Oda.

— C'est donc pour ça qu'Ura a été autorisée à vivre ? Je me demandais comment tu avais pu la garder, remarqua Ayla.

— Je n'y tenais pas, mais mon compagnon m'y a obligée, pour me punir.

— Pour te punir ?

— Oui, j'avais tellement aimé mon premier bébé que je voulais une autre fille, alors que mon compagnon voulait un garçon. Il m'a forcée à le garder pour que tout le monde sache que j'avais eu de mauvaises pensées pendant que j'étais grosse, que si j'avais désiré avec lui un garçon, je n'aurais pas eu une enfant anormale. Mais il ne m'a pas abandonnée parce que personne n'aurait voulu de moi.

— Tu n'as rien fait de mal, Oda. Iza aussi désirait une fille. Tous les jours elle le demandait à son totem quand elle attendait Uba. Comment ta fille est-elle morte ?

— Elle a été tuée par un homme, dit Oda, mal à l'aise. Un homme qui te ressemblait. Un homme de chez les Autres.

— Un homme qui me ressemblait ? s'étonna Ayla qu'un frisson parcourut des pieds à la tête. Iza dit que je suis née chez les Autres, mais je ne me souviens de rien. Je suis du Peuple du Clan, maintenant. Comment est-ce arrivé ?

— Nous étions à la chasse avec deux autres femmes et nos compagnons. Nous habitons au nord d'ici, et cette fois nous étions remontés encore plus au nord. Les hommes sont partis de bonne heure ce jour-là. Il y avait beaucoup de mouches et il nous fallait entretenir de la fumée pendant que la viande séchait. Nous étions en train de ramasser du petit bois quand tout à coup les Autres sont arrivés. Ils voulaient assouvir leurs désirs avec nous, mais ils n'ont même pas fait le signe convenu. Ils se sont jetés sur nous et nous ont bousculées sans me laisser le temps de déposer mon bébé. Il est tombé, mais celui qui était sur moi ne s'en est pas aperçu.

» Quand il a eu fini, poursuivit Oda, un autre est venu prendre sa suite et c'est à ce moment-là qu'ils ont vu mon enfant, mais elle était morte. Elle s'était cogné la tête contre une pierre. Alors ils ont fait beaucoup de bruits avec leurs bouches et ils sont partis. Quand les chasseurs sont revenus, nous leur avons raconté ce qui s'était passé, et ils nous ont reconduites à la caverne. Mon compagnon s'est montré gentil envers moi, il était triste lui aussi. J'ai été très contente quand j'ai vu que mon totem avait été vaincu tout de suite après la mort de ma petite fille. J'ai cru qu'il voulait une autre fille pour remplacer la première.

— Je suis triste pour toi, dit Ayla. Je ne sais pas ce que je ferais si je perdais Durc. Je vais parler d'Ura à Mog-ur, et je suis sûre qu'il en parlera à Brun. Le chef approuvera certainement ton projet. Cela lui évitera d'avoir à trouver dans notre clan une compagne à donner à un homme difforme.

— Cette femme serait reconnaissante envers la guérisseuse. J'éduquerai du mieux possible ma fille. Le clan de Brun a le plus haut rang, et mon compagnon serait honoré. Et soulagé aussi ; il dit toujours qu'Ura ne trouvera jamais de compagnon, qu'elle n'aura jamais aucun statut. Quand elle sera grande, je lui dirai qu'elle n'a pas à s'inquiéter, qu'elle a déjà un compagnon. C'est dur pour une femme, quand pas un seul homme ne la veut, dit Oda.

— Je sais, répondit Ayla. Je parlerai à Mog-ur dès que possible.

Après le départ d'Oda, Ayla se sentit pensive et préoccupée. Elle songeait aux Autres. Quelles brutes ! Pourquoi n'avaient-ils pas fait le signe convenu ? Oda aurait pu sauver son bébé. Ces hommes étaient mauvais comme l'était Broud. Pires même, car Broud, lui, aurait fait d'abord déposer l'enfant. Avec leurs besoins, ils sont tous pareils, les hommes du Clan comme les Autres. Ayla ne se rappelait pas à quoi ces derniers ressemblaient. Elle n'avait en mémoire que son propre reflet dans la mare, près de la caverne. Soudain une pensée lui traversa l'esprit. Oda a donné naissance à Ura après que l'un des Autres eut assouvi ses désirs avec elle. Comme Broud avec moi ! Oda et Broud sont du Clan, comme cet homme et moi sommes de chez les Autres ! Ura n'est pas plus difforme que Durc. Comme Ura, il est une partie des Autres et une partie du Clan. C'est bien Broud qui m'a fait cet enfant... avec son organe, et non avec l'esprit de son totem !

Les autres femmes qui étaient avec Oda n'ont pas eu d'enfants anormaux. Creb dirait-il vrai quand il prétend que le totem d'une femme doit être vaincu ? Mais elle n'avale pas l'essence du totem, c'est l'homme qui la lui met dans le ventre avec son membre.

Mais pourquoi fallait-il que ce fût Broud ? Je voulais un bébé, mon totem en est témoin, mais Broud me déteste tant ! Il déteste Durc aussi. Il s'est soulagé avec moi uniquement parce qu'il savait que ça me faisait horreur. Mon totem savait-il que celui de Broud pourrait le vaincre ? Oga a déjà deux fils, Brac et Grev, et c'est Broud qui les a faits tous les deux, comme Durc.

Cela signifie-t-il qu'ils sont frères, comme Brun et Creb ? Brun aurait-il déclenché la naissance de Broud dans le ventre d'Ebra ? Oui, c'est probable, car les autres hommes ne se servent pas de la compagne du chef, c'est contraire aux usages. Broud n'aime pas partager Oga. Pendant la chasse au mammouth, Crug prenait toujours Ovra. Droog aussi l'a fait deux ou trois fois.

Si Brun a fait Broud qui a fait Durc, Durc est donc une partie de Brun ? Et une partie de Creb, puisque Brun et Creb sont de la même mère ? Et une partie d'Iza ? Ayla secoua la tête. Tout cela devenait trop confus.

Ah ! comme Broud serait fou de rage s'il savait qu'en assouvissant ses désirs avec moi par pure haine, il m'a donné ce que je désirais le plus au monde !

— Ayla, dit Uba en arrachant brusquement la jeune femme à ses pensées, je viens de voir Creb et Brun rentrer dans la caverne. Il se fait tard, il faut préparer à manger. Creb va avoir faim.

Durc, qui s'était endormi, s'éveilla quand sa mère le prit dans ses bras. Je suis sûre que Brun ne s'opposera pas à ce qu'Ura devienne la compagne de mon fils, pensa Ayla sur le chemin du retour. Ils sont faits l'un pour l'autre. Et moi ? Trouverai-je un jour un compagnon ?

23

L'arrivée des deux derniers clans rappela à Ayla qu'elle restait un objet d'intense curiosité pour les deux cent cinquante membres des dix clans participant au Rassemblement. Elle était observée où qu'elle apparût, mais aussi anormale pût-elle paraître aux yeux des autres clans, personne ne trouvait la moindre critique à faire concernant son comportement.

Ayla veillait farouchement à ne pas rire ni même sourire. Pas d'yeux mouillés non plus, ni de ces grands pas qu'elle faisait d'ordinaire et de cette liberté d'allure si peu propre aux femmes. Elle était un exemple de tenue, mais seuls les membres de son propre clan pouvaient apprécier ses efforts, car pour les autres elle se comportait comme une femme digne du clan était censée le faire depuis des générations.

La discrétion de sa présence leur rendait celle-ci supportable, et comme Uba l'avait prédit, ils commençaient à s'habituer à elle. Enfin il y avait de trop nombreuses activités lors d'un Rassemblement pour que l'étrangère du clan de Brun mobilise longtemps l'attention.

L'organisation du Rassemblement du Clan, qui réunissait un aussi grand nombre d'individus, exigeait un grand sens pratique et beaucoup de doigté et d'esprit de conciliation. Les dix chefs de clan se virent confrontés à des problèmes de coordination sans commune mesure avec ceux qu'ils avaient coutume d'affronter.

Il fallait organiser des expéditions de chasse pour nourrir la horde, et si le statut de chacun au sein du même clan déterminait l'ordre de marche des chasseurs, la tâche se compliquait quand deux ou trois clans décidaient de chasser ensemble.

Les femmes aussi rencontraient des problèmes quand elles partaient à la cueillette de plantes et de légumes. En dépit de leur nombre, elles devaient s'efforcer de ne pas appauvrir excessivement les ressources locales. Or, si chaque clan avait apporté d'amples provisions, les légumes frais constituaient néanmoins un additif des plus prisés, et les réserves prévues par les membres du clan-hôte se révélaient toujours insuffisantes pour subvenir aux besoins de tous. Avant la fin de l'été, toutes les ressources naturelles des alentours seraient épuisées.

L'approvisionnement en eau était garanti par une rivière alimentée par la fonte du glacier, et le bois pour le feu était ce qui manquait le moins. Les femmes faisaient la cuisine devant la caverne, quand le temps le permettait, et tous les repas étaient préparés en commun.

Malgré cela, tout le bois mort et un grand nombre d'arbres sur pied seraient brûlés, bouleversant profondément les environs. Rien ne serait plus comme avant à la fin du Rassemblement.

Creb n'était pas le seul à se réjouir de cette réunion qui lui donnait l'occasion de retrouver ses pairs après sept ans d'éloignement. Brun l'était également, car il pouvait enfin se mesurer à des hommes d'une autorité comparable à la sienne. Les qualités d'un chef n'exigeaient pas seulement de lui qu'il sache prendre une décision et la mettre à exécution avec énergie, mais qu'il sût encore céder quand il le fallait. Et Brun n'avait pas usurpé son rang prééminent : il savait se montrer à la fois énergique, conciliant et capable de faire l'unanimité sur sa personne. Chaque fois que les clans se réunissaient, un homme fort se détachait de la masse. Brun était cet homme depuis qu'il était devenu le chef de son propre clan.

C'était cette combinaison d'autorité et de tolérance s'appuyant sur les solides traditions du clan qui lui avait permis d'accorder à Ayla des circonstances atténuantes. Une fois passée la menace de se voir contraint par Ayla d'accepter son fils, il avait considéré la jeune femme avec d'autres yeux.

Ayla avait pensé agir dans la tradition du clan et elle avait su mesurer à temps son erreur en revenant avant le jour de la Cérémonie du Nom. Quand elle lui avait montré la petite grotte dans la montagne, il s'était secrètement étonné qu'elle eût été capable de faire tout ce chemin dans la grande faiblesse où elle se trouvait alors. Un homme aurait-il pu en faire autant, s'était-il demandé, sachant que la ténacité et l'endurance à la douleur fondaient les vertus viriles qu'il admirait. Elles témoignaient de la force de caractère et, bien qu'Ayla fût une femme, Brun admirait son cran.

— Si Zoug avait été là, nous aurions gagné le concours de tir à la fronde, dit Crug. Personne n'aurait pu le battre.

— Sauf Ayla, répondit discrètement Goov. Dommage qu'elle n'ait pu entrer en lice.

— Nous n'avons pas besoin de l'assistance d'une femme pour gagner, répliqua Broud. Et puis l'épreuve de fronde ne compte pas tant que ça. Brun remportera certainement l'épreuve des bolas, comme d'habitude, et il nous reste encore la course au lancer.

— Voord a déjà remporté la course à pied ; il a de fortes chances de remporter aussi la course au lancer, dit Droog. Et Gorn s'est bien débrouillé à la massue.

— Attends un peu qu'on leur mime notre chasse au mammouth. Notre clan gagnera à coup sûr ! déclara Broud.

Il savait qu'il excellait à mimer les actions de chasse et à en transmettre toute l'intensité dramatique. Mais les pantomimes retraçant les expéditions des chasseurs ne constituaient pas seulement une exhibition, elles avaient un caractère éminemment instructif. Les clans dévoilaient en ces occasions des techniques et des tactiques de chasse dont ils pouvaient s'inspirer les uns les autres.

— Nous gagnerons si c'est toi qui mènes la danse, Broud, dit Vorn qui, à dix ans, continuait à idolâtrer le futur chef.

Broud, en contrepartie, l'invitait à participer aux discussions entre hommes à chaque fois qu'il le pouvait.

— Dommage que ta course n'ait pas compté, Vorn. Je t'ai observé ; tu étais largement en tête. Voilà un bon entraînement pour la fois prochaine, dit Broud, tandis que le garçon rougissait de plaisir.

— Nous restons bien placés, remarqua Droog, mais nous ne sommes pas assurés de gagner pour autant. Gorn est fort. Il s'est bien défendu à la lutte. Je n'étais pas sûr que tu parviendrais à le battre, Broud. Le second de Norg peut être fier du fils de sa compagne. Il a drôlement grandi depuis le dernier Rassemblement. A mon avis, c'est le plus fort de tous.

— C'est vrai qu'il est fort, dit Goov. On l'a bien vu quand il a gagné le tournoi à la massue, mais Broud est plus rapide et presque aussi solide.

— Et Nouz, vous avez vu comme il est habile à la fronde ? J'ai dans l'idée qu'il a observé Zoug la dernière fois, et qu'il a décidé d'imiter sa technique. Il n'a pas supporté l'idée de se faire battre de nouveau par un vieillard, ajouta Crug. S'il est aussi bien entraîné aux bolas, la lutte avec Brun risque d'être serrée. Quant à Voord, il court vraiment très vite, mais je croyais que tu arriverais à le rattraper, Broud.

— Droog fait les meilleurs outils, signifia Grod, dont les commentaires étaient aussi rares que laconiques.

— Choisir ses plus beaux outils et les présenter ici est une chose, Grod, mais les fabriquer devant tout le monde en est une autre qui demande de la chance. Le jeune homme du clan de Norg ne m'a pas l'air maladroit, répliqua Droog.

— C'est justement une épreuve où ton âge te donnera l'avantage, Droog, affirma Goov. Il se sentira sans doute nerveux, alors que toi, tu as déjà l'expérience de ces joutes. Il te sera plus facile de te concentrer.

— Oui, mais j'aurai quand même besoin d'un peu de chance.

— Nous en aurons tous besoin, dit Crug. Je continue à penser que le vieux Dorv est le meilleur conteur.

— C'est parce que tu as l'habitude de l'entendre, Crug, dit Goov. Il est très difficile de départager les conteurs. Il y a aussi des femmes qui racontent très bien.

— Mais leurs histoires ne sont pas aussi passionnantes qu'une danse de chasse, dit Crug. Sans le vouloir, j'ai vu les chasseurs du clan de Norg parler de leur chasse au rhinocéros, mais dès qu'ils m'ont aperçu ils se sont tus.

Oga s'approcha timidement des hommes pour leur annoncer que le repas était prêt. Ils la renvoyèrent avec impatience, et elle souhaita qu'ils ne tardent pas trop à venir manger. Plus les hommes tarderaient, plus leurs compagnes mettraient de temps à retrouver les autres femmes qui se réunissaient pour écouter des histoires. C'étaient les vieilles qui le plus souvent racontaient les légendes du Peuple du Clan, et elles étaient non seulement instructives pour les plus jeunes mais encore divertissantes : il y avait des histoires tristes à vous fendre le cœur, des histoires gaies qui vous transportaient de joie et des histoires drôles qui venaient à point pour dissiper les fortes émotions provoquées par les conteuses.

— Ils n'ont pas l'air d'avoir faim, dit Oga, de retour auprès du feu, devant la caverne.

— On dirait qu'ils se décident quand même, dit Ovra. J'espère qu'ils ne vont pas s'attarder trop longtemps après le repas.

— Brun aussi arrive, ajouta Ebra. La réunion des chefs doit être terminée, mais je ne sais pas où est Mog-ur.

— Il a disparu dans la caverne avec les autres mog-ur. Ils doivent être dans la grotte sacrée de ce clan. Impossible de dire quand ils en ressortiront. Faut-il attendre Mog-ur ? demanda Uka.

— Je lui laisserai quelque chose, dit Ayla. Il oublie toujours de manger quand il se prépare à des cérémonies. Il a l'habitude de manger froid. Il y a même pris goût. Il ne nous en voudra pas si nous ne l'attendons pas.

— Regarde, elles commencent déjà ! Nous allons manquer les premières histoires, signala Ona avec des gestes qui disaient toute sa déception.

— On n'y peut rien, répondit Aga. Nous ne pouvons pas y aller avant que les hommes aient fini de manger.

— Ne t'en fais pas, Ona, il y en aura pour toute la nuit, la consola Ika. Et demain, nous aurons le droit de regarder les hommes mimer leurs chasses les plus extraordinaires.

— Je préfère les histoires que racontent les femmes, dit Ona.

— Broud dit que notre clan mimera sa chasse au mammouth. Il est sûr que nous gagnerons. Brun va le laisser mener la danse, annonça Oga, les yeux brillants de fierté.

— Je me souviens quand Broud a mimé sa première chasse, dit Ayla. Je ne savais pas encore parler, et je ne comprenais personne, mais j'étais très impressionnée.

Après que le repas fut servi, elles attendirent en jetant des regards pleins d'envie vers les femmes rassemblées au bout de la clairière qui s'étendait devant la caverne.

— Ebra, appela Brun, vous pouvez aller écouter vos histoires, nous avons à discuter.

Ramassant leurs bébés au passage et poussant devant elles leurs jeunes enfants, les femmes rejoignirent leurs compagnes assises autour d'une vieille qui venait tout juste de commencer une nouvelle histoire.

— ... alors la mère de la Montagne de Glace...

— Dépêchez-vous, s'impatienta Ayla, c'est ma légende préférée ! L'histoire de Durc !

Elles trouvèrent une place où s'asseoir et furent vite prises par le récit merveilleux.

— Elle la raconte de façon un peu différente, commenta Ayla, quand la conteuse eut fini.

— Chaque clan y apporte sa note, brode sur l'histoire. Tu ne connais pas celle de Dorv. Comme c'est un homme, il met davantage l'accent sur Durc, alors que cette femme parle du chagrin de sa mère et des autres jeunes gens qui le voient partir, expliqua Uka.

Ayla se rappela qu'Uka avait perdu son fils pendant le tremblement de terre. Elle comprenait mieux la tristesse d'une mère. Mais cet aspect de la légende prit soudain un sens particulier pour elle. Son fils s'appelait Durc, et elle se demanda avec effroi si, comme le Durc de la légende, elle ne le perdrait pas un jour. Elle serra son enfant contre elle. Non, elle avait franchi le plus dur. Le danger était passé.

Brun jaugeait la distance qui le séparait d'une souche d'arbre plantée à l'extrémité de l'espace dégagé pour les tournois, devant la caverne. Une brise passagère agita quelques mèches de ses cheveux, rafraîchissant pour un instant son front emperlé de sueur.

Brun était aussi tendu que la foule qui le regardait en retenant son souffle. Le chef avait les yeux braqués sur la cible, les pieds légèrement écartés, le bras droit le long du corps tenant fermement la poignée des bolas. Les trois boules de pierre, entourées de cuir et attachées à des lanières tressées d'inégale longueur, reposaient par terre. Brun tenait à remporter cette épreuve, non seulement pour le plaisir de gagner, mais surtout pour montrer aux autres chefs qu'il n'avait rien perdu de sa vigueur ni de son efficacité au jeu.

Brun avait vu son prestige diminuer de manière sensible en raison de la présence d'Ayla au Rassemblement. Mog-ur lui-même était obligé de se battre pour conserver sa suprématie sans toutefois être parvenu à convaincre les autres mog-ur que la jeune femme était une guérisseuse de la lignée d'Iza. Pour l'instant, ils préféraient renoncer au breuvage magique plutôt que d'autoriser Ayla à le préparer. L'absence d'Iza ajoutait à la remise en cause de l'autorité de Brun.

Si son clan ne terminait pas premier aux joutes, il perdrait son statut. Or, si les hommes avaient réalisé de bonnes performances, l'issue demeurait incertaine. Le clan de Norg représentait une réelle menace. Il se trouvait en excellente position et risquait fort d'enlever au clan de Brun la première place. De ce fait, Brun allait rencontrer en Norg un rival acharné, conscient que sa victoire ne tenait qu'à un fil.

Brun cligna des yeux pour viser la souche d'arbre, et les spectateurs, attentifs au moindre signe, retinrent leur souffle. L'instant d'après, Brun faisait tournoyer au-dessus de sa tête les trois boules et les projetait sur la cible. Tout de suite, il sut qu'il avait raté son coup. Après avoir frappé la souche, les pierres rebondirent plus loin sans s'enrouler autour d'elle. Brun alla ramasser ses bolas pendant que Nouz prenait sa place. Si ce dernier manquait totalement la cible, Brun gagnerait. S'il la touchait, ils seraient à égalité et devraient recommencer. Mais si Nouz enroulait ses bolas autour du but, il remporterait l'épreuve.

Brun s'écarta, le visage impassible, résistant au désir de toucher son amulette. Nouz, que n'animait pas ce genre de scrupules, saisit la petite bourse en cuir, ferma les yeux quelques instants, puis visa la souche. En un mouvement de poignet aussi rapide que soudain, il lança les bolas. Il fallut à Brun un contrôle de lui-même exceptionnel, acquis au fil des ans, pour ne rien laisser paraître de sa déception quand les trois boules s'enroulèrent autour de la cible. Nouz avait gagné.

Brun ne bougea pas de sa place tandis qu'on apportait maintenant trois peaux de bêtes sur le terrain. Avec l'une on enveloppa une vieille souche d'arbre légèrement plus haute qu'un homme ; une autre fut jetée sur un gros rondin de bois couvert de mousse, et calée avec des pierres ; quant à la troisième, on l'étendit par terre où elle fut aussi maintenue avec des pierres. Les cibles délimitaient un vaste triangle aux côtés sensiblement égaux. Chaque clan choisit un homme pour participer à cette épreuve, et tous se mirent en file près de la peau étendue sur le sol, tandis que leurs coéquipiers, brandissant des lances taillées dans du bois d'if ou de saule ou encore de tremble dont ils avaient finement affûté les pointes, se plaçaient derrière les autres cibles.

Deux jeunes gens appartenant à des clans de rangs inférieurs s'avancèrent les premiers, leur arme à la main, et attendirent, les yeux rivés sur Norg. A son signal, ils se ruèrent sur la souche pour projeter leurs lances dans la peau de bête, à l'endroit où aurait dû se situer le cœur de l'animal. Puis, se saisissant promptement d'un deuxième épieu que leur tendaient leurs coéquipiers restés près de la cible, ils coururent le planter dans le rondin de bois. L'un des concurrents avait nettement distancé son camarade quand il put s'emparer de la troisième lance. Il s'élança vers la peau étendue à terre dans laquelle il enfonça son arme avant de lever les bras bien haut en signe de victoire.

Au terme des éliminatoires, il ne resta plus que trois hommes en lice : Broud, Voord et Gorn qui appartenait au clan de Norg. Des trois finalistes, Gorn était le seul à avoir dû participer à trois courses pour se classer, tandis que les deux autres n'en avaient couru que deux. Gorn avait remporté la première mais perdu la deuxième contre un adversaire appartenant à un clan de rang élevé. Seules sa détermination et sa grande résistance lui avaient permis de se rattraper et de se classer premier dans la dernière manche, provoquant ainsi l'admiration de toute l'assistance.

Alors que les trois jeunes gens prenaient place pour la finale, Brun s'avança sur le terrain.

— Norg, dit-il, je pense qu'il serait plus équitable de laisser Gorn se reposer quelques instants. Il me semble que le fils de la compagne de ton second le mérite amplement.

Un murmure d'approbation parcourut le public, au grand dam de Broud. L'offre de Brun lui ôtait l'avantage qu'il pouvait tirer de la fatigue du plus dangereux de ses adversaires. Par ailleurs, Norg ne pouvait refuser une proposition aussi généreuse. Brun avait eu vite fait d'effectuer son calcul : si Broud perdait, le clan perdrait son rang prééminent ; mais s'il gagnait, l'attitude généreuse de Brun augmenterait d'autant son prestige. En outre, il souhaitait une victoire indiscutable, où l'on ne pourrait insinuer par la suite que Gorn aurait remporté l'épreuve si on lui avait permis de récupérer.

A la fin de l'après-midi, tout le monde reprit place autour du terrain. Goov alla se placer près de la souche avec deux de ses compagnons, et Crug à côté du rondin avec deux autres hommes. Broud, Gorn et Voord se mirent en rang et attendirent que Norg donne le signal du départ. Le chef leva le bras, puis le baissa vivement, tandis que les trois concurrents s'élançaient.

Voord prit la tête, Broud sur ses talons, tandis que Gorn peinait derrière. Voord était déjà en train de saisir sa deuxième lance que Broud plantait seulement la sienne dans la souche. Dans un grand sursaut d'énergie, Gorn s'accrocha derrière Broud qui courait vers le rondin. Voord, toujours en tête, jeta son épieu sur la cible au moment où Broud arrivait. Mais son arme, heurtant un nœud caché sous la peau de bête, tomba à terre et, le temps de la ramasser pour la projeter de nouveau, Broud et Gorn l'avaient dépassé.

Pour lui, la course était perdue.

Haletants, Broud et Gorn se ruaient vers la dernière cible. Gorn commença à dépasser légèrement Broud, puis à le distancer. Broud crut que ses poumons allaient éclater mais, dans un suprême effort, il banda ses muscles et fonça éperdument. Gorn arriva près de la peau tendue par terre un instant seulement avant Broud mais, au moment où il levait le bras, Broud surgit et, sans ralentir sa course, planta sa lance au cœur de la peau de bête. L'arme de Gorn la transperça une fraction de seconde plus tard. Trop tard.

Comme Broud s'arrêtait, hors d'haleine, tous les chasseurs du clan s'élancèrent au-devant de lui. Les yeux brillants de plaisir, leur chef les regardait, le cœur battant aussi vite que celui du vainqueur. Il avait partagé tous les efforts et toutes les craintes de cette course décisive entre toutes. Je me fais vieux, pensa Brun. J'ai perdu l'épreuve des bolas, mais Broud a su gagner. Il est peut-être temps de lui confier le commandement du clan. Je pourrais lui transmettre le pouvoir ici même. Je vais d'abord combattre pour que notre clan conserve la première place, puis il nous reconduira à la caverne, comblé d'honneurs. Il le mérite bien, après une telle course. Je vais le prévenir tout de suite.

Brun attendit que les hommes aient fini de féliciter Broud pour s'approcher du jeune homme, impatient de voir sa joie lorsqu'il apprendrait l'honneur qu'il lui réservait. C'est le plus beau cadeau que je puisse faire au fils de ma compagne, se dit-il avec émotion.

– Brun ! s'exclama Broud en voyant le chef. Pourquoi as-tu retardé le départ de la course ? J'ai bien failli la perdre à cause de toi ! J'aurais battu Gorn sans problème si tu ne l'avais pas laissé se reposer. Ne veux-tu pas que ton clan soit le premier de tous ? s'écria-t-il avec impétuosité. Ou bien alors est-ce parce que tu te sais trop vieux pour participer au prochain Rassemblement ? De toute façon, la moindre des choses est de me laisser un clan qui tienne toujours le premier rang.

Brun recula de quelques pas, stupéfait par la brutalité de l'attaque. Tu n'as donc pas compris, Broud, pensa-t-il. Je me demande même si tu comprendras jamais. Notre clan est le premier, et je ferai toujours tout ce qui est en mon pouvoir pour qu'il le reste. Mais quand tu en deviendras le chef, Broud, sauras-tu le maintenir à cette place ? Toute la fierté qui avait fait briller son regard un instant auparavant s'évanouit, faisant place à une profonde tristesse. Mais Brun se força à n'en rien laisser paraître. Broud était encore jeune, se dit-il, et peut-être lui fallait-il encore apprendre. Il songea toutefois que personne ne lui avait appris, à lui, le métier de chef.

— Broud, si Gorn s'était présenté trop fatigué, ta victoire aurait-elle été aussi éclatante ? Que serait-il advenu si les autres clans avaient mis en doute tes capacités réelles à le battre s'il eût été en bonne forme ? C'était le seul moyen de rendre ta victoire indiscutable. Or tu as gagné, et je t'en félicite, fils de ma compagne, ajouta Brun avec tendresse.

Malgré son amertume, Broud éprouvait toujours le plus grand respect pour Brun, et rien n'avait jamais autant compté pour lui que de susciter son admiration.

— Je n'avais pas pensé à cela, Brun. Tu as raison, maintenant tout le monde sait que je suis plus fort que Gorn.

— Avec la course d'aujourd'hui et le succès qu'a remporté Droog en taillant ses outils, nous sommes sûrs de rester les premiers si notre reconstitution de la chasse au mammouth l'emporte ce soir ! s'exclama Crug avec enthousiasme. Et c'est toi, Broud, qui seras choisi pour la Cérémonie de l'Ours.

Toute une foule escorta Broud jusqu'à la caverne. Brun le suivit des yeux et aperçut Gorn qui, lui aussi, rentrait entouré par les hommes de son clan : le second de Norg avait raison d'être fier du fils de sa compagne, songea Brun, que la première réaction de Broud avait blessé plus profondément qu'il ne voulait se l'avouer.

— Les hommes de Norg sont de vaillants chasseurs, reconnut Droog. Quelle fameuse idée que de creuser un trou et de le camoufler avec des branches pour prendre le rhinocéros au piège. Quel courage ! Ces animaux sont beaucoup plus féroces et imprévisibles que les mammouths. Leur reconstitution de la chasse fut parfaitement menée.

— Oui, mais rien ne valait notre chasse au mammouth. Nous avons fait l'unanimité, répondit Crug. Pourtant, la lutte a été serrée entre Gorn et Broud. Il s'en est fallu de peu que nous ne perdions la première place. Le clan de Norg a bien mérité son deuxième rang. Mais que penses-tu de l'attribution de la troisième place, Grod ?

— Voord s'est bien battu, mais j'aurais choisi Nouz, répondit Grod. Je crois que Brun aussi préférait Nouz.

— C'était un choix difficile, mais Voord méritait d'être troisième à mon avis, remarqua Droog.

— Enfin, il ne nous reste plus qu'à attendre la Cérémonie de l'Ours, reprit Crug. Nous n'aurons pas tellement l'occasion de voir Goov d'ici là. Les servants ne vont plus quitter leurs mog-ur. Mais j'espère que les femmes soigneront leur cuisine en dépit du fait que Broud et Goov ne mangeront pas avec nous ce soir ! Ce sera notre dernier repas avant la fête de demain.

— Je ne crois pas que j'aurais grand faim si j'étais à la place de Broud, dit Droog. C'est un grand honneur que d'avoir été choisi pour la Cérémonie de l'Ours, mais s'il est une occasion où il devra faire preuve de courage, c'est bien demain matin.

Les premières lueurs de l'aube trouvèrent la caverne déserte. Les femmes étaient déjà au travail à la lumière des feux de bois, empêchant les hommes de dormir. Les préparatifs de la fête duraient déjà depuis plusieurs jours, et ce qui restait à accomplir demeurait encore considérable. Le soleil surgit bientôt de la crête orientale des montagnes, inondant le site de la caverne de la chaude lumière de ses rayons.

L'atmosphère était à la fois tendue et électrisée. Les hommes, oisifs depuis la fin des tournois, étaient en proie à une agitation extrême qui commençait à gagner les jeunes gens et les enfants, au grand dam des femmes qui avaient autre chose à faire que de surveiller leur progéniture.

L'effervescence tomba momentanément lorsque les femmes servirent des galettes de millet que tous dégustèrent gravement. Ces biscuits, préparés seulement à l'occasion de cette cérémonie une fois tous les sept ans, étaient la seule nourriture autorisée jusqu'au festin. Mais ces friandises peu consistantes ne firent qu'aiguiser l'appétit et, au milieu de la matinée, la faim devint une réelle torture qui transforma l'impatience de chacun en une excitation fébrile à mesure que l'heure approchait.

Ni Ayla ni Uba n'avaient reçu de Creb l'ordre de préparer le breuvage pour la cérémonie. Elles en conclurent que les mog-ur ne les en avaient pas jugées dignes. Creb avait pourtant déployé tous ses talents de persuasion pour tenter de convaincre les autres sorciers, mais en dépit de leur attachement à ce rite, ils avaient refusé, trouvant Uba trop jeune et déniant à Ayla son appartenance au Peuple du Clan ainsi que son statut de guérisseuse. La célébration d'Ursus, qui concernait chaque clan sans exception, entraînait des conséquences, bonnes ou mauvaises, qui retombaient sur tous, et les mog-ur ne voulaient prendre aucun risque.

La suppression de ce rite traditionnel contribuait encore à ternir le prestige de Brun et de son clan. Malgré les prouesses de ses hommes lors des joutes, la présence d'Ayla menaçait la prédominance de sa position. Seule la fermeté de Brun devant l'opposition croissante des autres laissait l'issue incertaine.

Quelque temps après la dégustation des galettes de millet, les chefs se réunirent devant la caverne et attendirent que le silence se fît dans l'assemblée. Les hommes s'empressèrent de se placer selon leurs rangs et leurs clans, tandis que les femmes faisaient taire les enfants et gagnaient leurs places en silence. La Cérémonie de l'Ours allait commencer.

Le premier coup de baguette frappé sur un tambour fait d'une grosse pièce de bois évidée résonna comme un fracas de tonnerre dans le silence attentif. Le rythme lent et régulier fut repris par le martèlement sourd des épieux qui heurtaient le sol, martèlement auquel se mêlait la cadence imprimée par des baguettes sur un long cylindre de bois fait d'un rondin évidé. La combinaison des divers tempos eut pour effet de faire monter la tension jusqu'aux limites du supportable et de créer une espèce d'hypnose collective.

Soudain, les battements s'interrompirent en même temps, et, comme par enchantement, les neuf mog-ur, vêtus de peaux d'ours, apparurent devant la cage de l'ours des cavernes. Mog-ur leur faisait face à quelques mètres de là. Il tenait une pièce de bois ovale et plate, attachée à une cordelette qu'il fit tournoyer au-dessus de sa tête jusqu'à ce qu'un sifflement se produise, qui se transforma bientôt en un mugissement sonore. C'était l'Esprit de l'Ours des Cavernes qui demandait à tous les autres esprits de se tenir à l'écart de cette cérémonie exclusivement consacrée à Ursus.

Une mélodie aigrelette s'éleva soudain, dont le son aigu, surnaturel et terrifiant glaça l'assistance. Il provenait d'un instrument dans lequel soufflait l'un des mog-ur. Sa flûte, fabriquée dans l'os creux de la patte d'un oiseau de grande taille, ne comportait pas de trous. Sa sonorité se modifiait selon qu'on en bouchait ou non l'extrémité. Le magicien qui en jouait l'avait fabriquée de ses propres mains, selon un procédé secret qui constituait l'apanage des sorciers de son clan, secret qui leur valait en général le premier rang. Il avait fallu les pouvoirs exceptionnels de Creb pour que le mog-ur qui jouait de la flûte fût relégué au deuxième rang, et il n'en demeurait pas moins un second très puissant. C'était lui qui s'était le plus farouchement opposé à l'admission d'Ayla au rang de guérisseuse.

Pour Ayla, comme pour les autres, c'était la magie qui créait ce son pentatonique, qui n'avait rien de terrestre. Cette musique venait du monde des esprits, à l'appel du sorcier, et de même que l'instrument agité par Creb un instant plus tôt imitait le mugissement de l'ours des cavernes, la flûte exprimait, elle, la voix spirituelle d'Ursus.

L'énorme ours tournait en rond dans sa cage. Il n'avait pas été nourri et, pour la première fois depuis sa capture, il connaissait la faim. On l'avait également privé d'eau, et il avait soif. La foule, dont il sentait la tension et l'excitation, le son des tambours et des instruments sacrés auxquels il n'était pas habitué, tout contribuait à l'inquiéter.

En voyant Mog-ur s'approcher de sa cage, il se dressa sur ses pattes de derrière en poussant un grognement. Creb sursauta, mais il reprit vite contenance, s'efforçant de faire passer son émoi pour un mouvement maladroit dû à son infirmité. Son visage noirci, comme celui des autres sorciers, ne laissait rien voir de son trouble quand il déposa aux pieds du malheureux animal une coupe remplie d'eau faite de la calotte crânienne d'un humain.

Pendant que la bête se désaltérait, vingt et un jeunes chasseurs encerclèrent sa cage, brandissant des lances toutes neuves. Broud, Gorn et Voord sortirent alors de la caverne et se postèrent devant la porte de la cage solidement fermée par des lanières de cuir. Ils étaient nus, à l'exception d'un pagne en peau qui leur ceignait les reins, et leurs corps étaient recouverts de signes rouges et noirs.

La coupe d'eau ne suffit pas à désaltérer le gros ours, mais la présence des hommes lui fit espérer en obtenir davantage sous peu. Il s'assit par terre et tendit la patte, geste qui était rarement demeuré sans réponse. Devant le peu de succès que remportaient ses efforts, il se leva lourdement et passa son museau entre les barreaux.

La flûte s'arrêta brusquement sur une note aiguë, accroissant le sentiment d'inquiétude qui s'était emparé de la foule muette. Creb retira le crâne vide avant de reprendre place devant les sorciers qui se mirent à exécuter de concert les gestes du langage cérémoniel.

— Accepte cette eau en gage de notre reconnaissance, ô Gardien Puissant. Ton Peuple du Clan n'a pas oublié tes enseignements. Cette caverne qui te protège de la neige et du froid est notre demeure. Tu as partagé notre vie et tu sais que nos mœurs sont les tiennes.

» Nous te vénérons, toi le premier d'entre les Esprits. Nous te demandons d'intercéder en notre faveur dans le monde des forces invisibles, en témoignant de la bravoure de nos chasseurs et de l'obéissance de nos femmes. Nous implorons ta protection contre les esprits maléfiques. Nous sommes ton peuple, Grand Ursus, nous sommes le Clan de l'Ours des Cavernes. Honneur à toi, le Plus Grand des Esprits.

Au moment où les mog-ur terminaient leur invocation, les vingt et un jeunes lancèrent leurs lances à travers les barreaux de la cage, en s'efforçant de transpercer l'énorme animal. Tous les traits ne l'atteignirent pas, car la cage était vaste, mais la douleur rendit l'ours des cavernes fou de rage. Un terrible grognement rompit le silence et tout le monde tressaillit d'effroi.

A cet instant, Broud, Gorn et Voord escaladèrent les barreaux de la cage jusqu'au sommet, coupant au passage les lanières de cuir. Broud arriva le premier en haut ; mais ce fut Gorn qui réussit à se saisir du rondin de bois qui y avait été placé au préalable. Eperdu de douleur, l'ours des cavernes se dressa sur ses pattes de derrière et avec un grognement furieux battit l'air de ses pattes en direction des trois hommes au-dessus de lui. Puis il se dandina lourdement vers la porte qui céda sous sa poussée. La cage était ouverte, et l'ours furieux en liberté !

Armés de leurs lances, les chasseurs accoururent pour faire un rempart de leurs corps entre la brute affolée et l'assistance terrifiée. Réprimant leur envie de s'enfuir, les femmes serraient leurs bébés contre leur sein, tandis que les enfants plus âgés s'accrochaient à elles, les yeux exorbités.

Les hommes pointèrent leurs épieux, prêts à défendre leur famille, mais personne ne recula ni ne bougea de sa place.

Quand l'ours blessé eut franchi la porte de la cage, Broud, Gorn et Voord se jetèrent sur lui par surprise. Broud lui sauta sur les épaules et s'agrippa à la fourrure de sa gueule qu'il tira de toutes ses forces vers le haut. Pendant ce temps, Voord, qui lui était tombé sur le dos, avait empoigné la peau flasque de son cou et pesait dessus de tout son poids. Leurs efforts combinés forcèrent l'animal à ouvrir la gueule et Gorn, à cheval sur une de ses épaules, lui fourra aussitôt le rondin de bois verticalement entre les mâchoires.

Mais cette ruse, tout en privant la bête d'une arme redoutable, ne suffit pas à la réduire à l'impuissance. L'ours enragé donnait de furieux coups de pattes aux hommes qui s'accrochaient à lui. Ses énormes griffes s'enfoncèrent sauvagement dans la cuisse de Gorn et l'arrachèrent de son perchoir pour le saisir entre ses bras puissants. Les hurlements de douleur du jeune chasseur furent brutalement interrompus, sa colonne vertébrale littéralement broyée par l'étreinte de l'ours. Une immense plainte monta des femmes, quand l'ours laissa choir à terre le corps inerte du courageux jeune homme.

Puis l'ours marcha droit sur le groupe d'hommes en armes qui le cernaient. D'un coup de patte, il ouvrit une brèche dans la muraille humaine, assommant trois hommes et déchirant jusqu'à l'os la jambe d'un quatrième. L'homme se plia de douleur, trop ébranlé par le choc pour crier, tandis que les autres chasseurs se ruaient vers la bête en furie, qui cherchait à piétiner le blessé.

Ayla, serrant Durc contre elle, observait la scène, pétrifiée de terreur. Mais quand l'homme tomba à terre, perdant abondamment son sang, elle agit sans réfléchir. Elle tendit son bébé à Uba et plongea dans la mêlée. Se frayant un chemin entre les hommes agglutinés en masse compacte, elle réussit à dégager le blessé, le tirant et le portant tant bien que mal, en appuyant fortement d'une main sur l'emplacement de l'artère, à la hauteur de l'aine. Puis elle trancha avec les dents le lacet de cuir qu'elle portait à la taille pour garrotter la cuisse et transporta l'homme dans la caverne avec l'aide de deux autres guérisseuses accourues à son aide.

Quand l'ours succomba enfin sous les traits des chasseurs, la compagne de Gorn échappa à ceux qui cherchaient à la réconforter pour se précipiter sur son corps disloqué, collant son visage sur sa poitrine velue, et le suppliant de se relever avec des gestes de démente. Lorsque les mog-ur s'approchèrent du cadavre, sa mère et la compagne de Norg tentèrent d'entraîner la jeune femme à l'écart. Le plus puissant des sorciers se pencha vers elle et lui dit, en lui relevant la tête avec douceur :

— Ne te lamente pas sur lui. Gorn a reçu le plus grand honneur. Il a été choisi par Ursus pour l'accompagner dans le monde des esprits. Il intercédera en notre faveur auprès du Grand Esprit. L'Esprit du Grand Ours des Cavernes choisit toujours le meilleur et le plus valeureux pour voyager avec lui. La Fête d'Ursus sera également celle de Gorn. Son courage et sa volonté de vaincre entreront dans la légende et on se les remémorera au cours de chaque Rassemblement. Quand Ursus reviendra parmi nous, l'esprit de Gorn fera de même. Il t'attendra pour que vous puissiez vous retrouver et vous unir à nouveau, mais tu dois te montrer aussi courageuse que lui. Oublie ton chagrin et partage la joie qui est celle de ton compagnon dans son voyage vers l'autre monde. Ce soir, les mog-ur lui rendront un hommage particulier afin que son courage soit transmis à l'ensemble du Clan et y demeure.

Ainsi lui parla Creb, et la jeune femme s'efforça de dominer son désarroi, comme le lui recommandait l'étrange sorcier au corps difforme, que tous redoutaient, et que soudain elle trouvait moins terrifiant. Elle leva vers lui un regard empli de gratitude, puis se releva et regagna dignement sa place. Elle devait faire honneur à son compagnon si courageux. Mog-ur ne lui avait-il pas dit que Gorn l'attendrait ? Qu'il reviendrait un jour ? S'accrochant à cet espoir, elle chassa de son esprit la sombre perspective d'un avenir solitaire.

Quand la tension fut tombée, les femmes des chefs et de leurs seconds se mirent à dépecer avec adresse l'ours des cavernes. Le sang fut recueilli dans des écuelles et après que les mog-ur eurent accompli les gestes symboliques, les servants passèrent dans la foule en présentant les coupes à chaque membre des clans. Hommes, femmes, enfants, tous trempèrent leurs lèvres dans le sang tiède, le fluide vital d'Ursus. Les mères introduisirent dans la bouche de leurs nourrissons un doigt trempé dans le sang frais.

On appela Ayla et les deux guérisseuses pour qu'elles aient leur part, et l'on fit boire une gorgée au blessé qui avait perdu lui-même tant de sang. Tous communiaient ainsi avec le Grand Ours qui les unissait en un seul peuple.

Les femmes travaillaient rapidement. Elles grattèrent soigneusement l'épaisse couche de graisse qui se trouvait sous la peau de l'animal, expressément suralimenté dans ce but. Une fois fondue, cette graisse avait des propriétés magiques et elle serait distribuée à tous les mog-ur. Elles laissèrent la tête attachée au reste de la peau et, tandis que la viande était déposée au fond de fosses remplies de pierres brûlantes où elle cuirait pendant une journée entière, les servants suspendirent la gigantesque dépouille sur des piquets à l'entrée de la caverne, d'où ses yeux aveugles pourraient contempler les festivités. L'Ours des Cavernes serait l'invité d'honneur de son propre festin. Une fois la peau d'ours dressée, les mog-ur portèrent avec solennité le cadavre de Gorn dans les tréfonds de la caverne. Après leur départ, sur un signe de Brun, la foule se dispersa. L'Esprit d'Ursus était parti pour l'au-delà après avoir reçu tous les honneurs qui lui étaient dus.

24

— Vous avez vu, personne n'a osé aller le chercher, mais elle, oui ; elle n'a pas eu peur, disait le mog-ur du clan auquel le blessé appartenait. On aurait dit qu'elle savait qu'Ursus ne lui ferait aucun mal, comme le jour de son arrivée. Je crois que Mog-ur a raison. C'est une femme du Clan. Notre guérisseuse affirme qu'elle a sauvé la vie de notre compagnon. Outre la formation qu'elle a reçue, elle semble posséder des dons naturels. Il faut croire qu'elle appartient effectivement à la lignée d'Iza.

Les mog-ur s'étaient réunis dans une caverne sacrée, profondément enfouie sous la montagne. Des lampes de pierre — des coupes remplies de graisse d'ours imprégnant une mèche de mousse sèche — formaient de petits îlots de lumière gardant les sorciers de l'obscurité profonde qui les entourait.

La faible lueur projetait un éclat vacillant sur les cristaux constellant la roche et sur les stalactites luisantes d'humidité qui pendaient de la voûte, à la rencontre de leurs parentes les stalagmites, qui s'élevaient en colonne sur le sol. Certaines s'étaient rejointes. Depuis le fond des âges, le goutte à goutte de calcaire avait décoré la grotte de piliers et de franges merveilleux.

— Il est vrai qu'elle n'a manifesté aucune crainte à l'égard d'Ursus, ce qui est assez surprenant, déclara un autre sorcier. Mais si nous nous mettons d'accord, aura-t-elle encore le temps de préparer le breuvage ?

— Oui, si nous nous hâtons, répliqua Mog-ur.

— Comment se peut-il qu'elle soit une femme du Clan si elle est née chez les Autres ? demanda le mog-ur qui avait joué de la flûte. Tu prétends que les marques de son totem existaient déjà le jour où vous l'avez découverte, mais comment pouvez-vous être sûrs que ce sont les marques du Clan ? Nos femmes n'ont jamais eu pour totem le Lion des Cavernes.

— Je n'ai jamais dit qu'elle était née avec, rétorqua Mog-ur. Et puis, oserais-tu insinuer que le Lion des Cavernes ne peut choisir une femme ? Il est libre de choisir qui il veut ! Elle était au bord de la mort quand nous l'avons trouvée. C'est Iza qui l'a sauvée. Crois-tu qu'un enfant puisse survivre sans la protection de son esprit ? Qu'elle puisse échapper à un lion des cavernes ? Il l'a marquée de ses griffes afin qu'il n'y ait pas de doute. Et que sa marque soit le signe d'un totem du clan, ça, personne ne peut le nier. Maintenant, pourquoi les esprits l'ont-ils destinée à devenir une femme du Clan, je l'ignore. Tout ce que je peux faire, comme chacun de vous, c'est interpréter les interventions des esprits. Je me contenterai de vous redire qu'elle connaît le rite. Iza lui a transmis le secret des racines sacrées, et elle ne l'aurait jamais fait si elle n'avait pas jugé Ayla digne de sa lignée. Je vous ai déjà fait part de tous mes arguments en sa faveur. C'est à vous de décider, maintenant, et sans tarder.

— Tu as dit que ton clan estime qu'elle a la chance avec elle, dit le mog-ur de Norg.

— Ce n'est pas tant qu'elle ait de la chance, mais il semble bien qu'elle porte chance. Nous avons été très chanceux depuis que nous l'avons recueillie. Droog pense qu'elle est à l'image de son totem, quelqu'un d'unique et de surprenant.

— Il est certainement unique et surprenant de voir une femme des Autres devenir une femme du Clan, commenta l'un des sorciers.

— Elle nous a porté chance aujourd'hui, en sauvant l'un de nos chasseurs, dit le mog-ur du clan du blessé. Moi, je l'accepte. Nous n'avons pas le droit de nous passer du breuvage d'Iza si nous avons le moyen de faire autrement.

Plusieurs acquiescements saluèrent sa proposition.

— Et toi, qu'en penses-tu ? demanda Mog-ur au sorcier le plus influent après lui. Persistes-tu à penser qu'Ursus sera contrarié de voir Ayla préparer notre breuvage cérémoniel ?

Tous les visages se tournèrent vers lui. Si le puissant sorcier maintenait son opposition, il pouvait entraîner avec lui assez de voix pour empêcher la cérémonie. Mais les sorciers ne pouvaient tolérer la moindre scission dans leurs rangs ; l'accord devait être unanime. Il baissa la tête et réfléchit quelques instants avant de regarder tous les mog-ur, l'un après l'autre.

— Je ne sais pas si Ursus en sera contrarié ou non. Je ne suis pas convaincu au sujet de cette femme. Il y a quelque chose en elle qui me gêne, bien que je ne sache dire quoi précisément. Mais il est clair que personne ne désire supprimer ce rite, et je ne vois personne d'autre qu'elle pour en assurer la célébration. J'aurais presque préféré la véritable fille d'Iza, malgré sa jeunesse. Si tout le monde est d'accord, je retire mon opposition. Cela ne me plaît pas beaucoup, mais je n'empêcherai pas cette cérémonie d'avoir lieu.

Tous les autres mog-ur acquiescèrent, chacun leur tour. Mog-ur se leva en poussant un soupir de soulagement et s'empressa de quitter la grotte. Il traversa plusieurs passages que des torches éclairaient par intervalles pour déboucher enfin dans les salles qu'occupaient les divers clans.

Ayla était assise auprès du blessé, Durc dans ses bras et Uba à ses côtés. La compagne du jeune homme, elle aussi présente, le regardait dormir et de temps à autre levait sur Ayla des yeux empreints de gratitude.

— Ayla, prépare-toi, vite. Il reste très peu de temps. (Creb gesticulait devant elle.) Dépêche-toi, mais ne laisse rien au hasard. Viens me voir quand tu seras prête. Uba, donne Durc à Oga pour qu'elle le nourrisse. Ayla n'aura pas le temps.

Il fallut à la femme et à la fillette un moment pour comprendre ce que leur disait Creb. Enfin Ayla acquiesça d'un signe de tête. Puis elle courut vers son foyer pour prendre un vêtement propre.

Mog-ur se tourna vers la jeune femme qui veillait son compagnon blessé.

— Mog-ur aimerait savoir comment va le chasseur ?

— Arrghha dit qu'il vivra et pourra marcher de nouveau. Mais sa jambe ne sera jamais plus comme avant.

La femme s'exprimait dans un dialecte inconnu d'Ayla et Uba, qui avaient communiqué avec elle en signes conventionnels. Le sorcier, qui connaissait les dialectes des autres clans, préféra toutefois s'adresser à elle de la même façon afin de mieux se faire comprendre.

— Mog-ur aimerait connaître le totem de cet homme.

— L'Ibex, répondit-elle.

— Cet homme a-t-il le pied aussi sûr que la chèvre des montagnes ?

— C'est ce qu'on dit de lui. Mais aujourd'hui, cet homme n'a pas été aussi agile. Est-ce qu'il pourra marcher de nouveau ? Chasser ? Comment veillera-t-il à mes besoins ? Que reste-t-il à un homme s'il ne peut plus chasser ?

— Cet homme est en vie. N'est-ce pas le plus important ? dit Mog-ur pour la consoler.

— Mais cet homme est fier. S'il ne peut plus chasser, il va peut-être regretter d'être en vie. C'était un bon chasseur. Il aurait pu être le second du chef un jour. Maintenant il n'aura plus de rang du tout, se plaignit-elle.

— Femme ! s'exclama Mog-ur, l'expression sévère. Un homme choisi par Ursus ne peut perdre son rang. Cet homme a prouvé son courage ; il a failli accompagner Ursus dans son voyage. Et l'Esprit d'Ursus ne choisit pas à la légère ses compagnons. Le Grand Ours des Cavernes lui a permis de vivre, mais il l'a marqué de sa griffe. Cet homme peut s'honorer d'un second totem, celui d'Ursus, dont il portera la marque avec fierté. Il veillera à tes besoins. Mog-ur parlera à ton chef ; ton compagnon a le droit de réclamer une part sur toutes les chasses. Et puis il pourra peut-être chasser de nouveau. Il n'aura plus l'agilité de l'ibex, il marchera un peu comme l'ours, mais ça ne veut pas dire qu'il ne chassera plus. Sois fière de lui, femme, sois fière de ton compagnon qu'Ursus a choisi.

— L'Ours des Cavernes est son totem ? demanda la femme, incrédule.

— Et l'Ibex aussi. Il peut prétendre aux deux, affirma Mog-ur.

Le ventre de la femme sous son vêtement témoignait d'un début de grossesse. Il n'est pas étonnant qu'elle soit aussi inquiète, pensa le vieux sorcier.

— La femme a-t-elle déjà des enfants ? demanda-t-il.

— Non, mais la vie a commencé, répondit-elle en portant la main à son ventre. J'espère avoir un fils.

— Tu es une femme généreuse, et une bonne compagne. Quand il se réveillera, transmets-lui les paroles de Mog-ur.

La jeune femme hocha la tête, puis elle jeta un coup d'œil à Ayla qui sortait en toute hâte de la caverne.

La petite rivière qui coulait près de la caverne du clan-hôte devenait au printemps un torrent impétueux emportant arbres et rochers sur son passage. L'eau qui, en été, courait sur le large lit caillouteux flanqué de rochers et de troncs d'arbres abattus avait cette couleur verte qu'ont les eaux de fonte des glaciers. Ayla et Uba avaient exploré les environs peu après leur arrivée et repéré les endroits où poussaient les plantes dont elles auraient besoin pour se purifier au cas où l'une d'elles se verrait chargée de préparer le breuvage.

Ayla courut cueillir des saponaires, des prêles et quelques ansérines, l'estomac noué par la nervosité. Puis elle attendit impatiemment que l'eau bouille pour y faire macérer les plantes avec la décoction desquelles elle se laverait les cheveux. Les nouvelles circulaient vite dans le clan et tout le monde savait déjà qu'elle était autorisée à accomplir le rite traditionnel. La décision des mog-ur modifia considérablement l'opinion que chacun avait d'elle et son prestige s'accrut en proportion. Les sorciers avaient confirmé sa filiation avec Iza en l'élevant au rang suprême des guérisseuses. Le chef du clan parmi lequel Zoug comptait des parents se sentit obligé de reconsidérer le refus clair et net qu'il avait opposé à la demande qui lui avait été faite. Après tout, il se pourrait fort bien qu'un de ses hommes accepte de la prendre, ne serait-ce que pour seconde compagne. Sa présence au sein du clan pourrait se révéler des plus utiles.

Mais Ayla était trop préoccupée pour prêter attention aux commentaires dont elle faisait l'objet. En réalité, elle était terrifiée. Je n'y arriverai jamais, se lamentait-elle en courant vers la petite rivière.

Je n'aurai jamais le temps de me préparer. Que se passera-t-il donc si j'oublie quelque chose ? Je déshonorerai Creb, et Brun également. Je déshonorerai tout le Rassemblement, si je commets la moindre erreur !

Les femmes s'activaient sans relâche, tout en houspillant leurs enfants que la mise à mort de l'ours avait plongés dans un état d'excitation extrême. En outre, n'ayant jamais connu la faim, ils avaient du mal à supporter les appétissants fumets qui s'élevaient des plats que l'on préparait autour d'eux.

Des monceaux de tubercules et de racines mijotaient doucement dans des récipients en peau suspendus au-dessus des feux. Des asperges, des oignons sauvages et des rhizomes d'iris, des légumineuses, des petites courges et des champignons étaient accommodés de diverses manières alléchantes. Une montagne de laitue sauvage, de bardane et de pissenlits n'attendait pour être servie que son assaisonnement de graisse d'ours chaude et de sel, ajouté au dernier moment.

L'un des clans avait pour spécialité un mélange d'oignons, de champignons et de petits pois de vesce, agrémenté d'une sauce tenue secrète faite d'herbes et de lichen. Un autre avait apporté des graines provenant du pin pignon, un pin à graines comestibles qui ne poussait que dans la région où vivait ce clan.

Les femmes du clan de Norg avaient passé au peigne fin tous les champs de framboisiers, de myrtilles et de fraises sauvages qu'elles connaissaient à des kilomètres à la ronde. A présent, le violet de la myrtille, le rose vineux de la framboise et le rouge pâle de la fraise remplissaient à ras bords de grandes coupes tressées que convoitaient les regards brillants de gourmandise des enfants... et des autres.

Les femmes du clan de Brun, elles, avaient passé des jours à moudre les glands séchés qu'elles avaient apportés, à les réduire en une pulpe rincée à l'eau pour en faire passer l'amertume, pour ensuite la cuire au four sous forme de galettes qu'elles trempaient alors dans du sirop d'érable et laissaient sécher au soleil. Le clan-hôte, qui récoltait également la sève d'érable pour en faire du sirop, fut vivement intéressé par cette recette de galettes qui lui était inconnue, et ses femmes décidèrent de l'essayer elles-mêmes plus tard.

Tout en surveillant Durc du coin de l'œil pendant qu'elle aidait les femmes, Uba admirait l'impressionnante quantité de nourriture, tout aussi variée qu'abondante, en se demandant s'ils seraient capables d'en venir à bout.

La fumée des brasiers s'élevait dans la nuit noire parsemée d'étoiles. C'était la nouvelle lune et, tournant le dos à la planète, l'astre réfléchissait sa lumière dans les froids abysses de l'espace. La nourriture avait été éloignée du cœur de la fournaise mais néanmoins maintenue au chaud, et les femmes étaient rentrées dans leur foyer pour mettre leur plus belle fourrure et prendre quelque repos.

En dépit de leur fatigue, cependant, l'approche des festivités les attira bientôt au-dehors, impatientes de voir commencer la cérémonie et d'entamer le festin. Un silence accompagna l'apparition des dix sorciers et de leurs servants, bientôt suivi d'une mêlée indescriptible lorsque les membres du Clan s'efforcèrent de prendre leurs places, en fonction de leurs rangs. Ils attachaient peu d'importance à l'ordonnance des assemblées ; il fallait seulement occuper la place qui revenait à chacun à l'intérieur de son propre clan. On était soit devant soit derrière tel ou tel, ou encore à droite ou à gauche de certains autres. Et il y avait toujours un clan ou deux qui changeait de place à la dernière minute, à la recherche d'un endroit offrant une meilleure vue du spectacle qu'était en soi la réunion de plus de deux cents des leurs.

On alluma avec toute la solennité voulue un gigantesque feu devant la caverne, avant d'ôter les pierres qui recouvraient les fosses où cuisait la viande. Les compagnes des chefs de rang élevé eurent le suprême privilège d'extraire du foyer les premiers quartiers de viande tendre et Brun vit avec fierté Ebra s'avancer à leur tête. L'acceptation d'Ayla par les mog-ur avait décidé de l'issue de la compétition. Brun et son clan se trouvaient de nouveau, plus forts que jamais, à la première place.

Puis les femmes de rang inférieur commencèrent à sortir la viande à l'aide de bâtons fourchus et à remplir les récipients en bois ou en os. Portant de grands plateaux, Broud et Voord s'approchèrent de Mog-ur, qui déclara solennellement :

— Cette Fête d'Ursus est également célébrée en l'honneur de Gorn, que le Grand Ours des Cavernes a choisi pour l'accompagner. Pendant son séjour au sein du clan de Norg, Ursus a vu que son peuple n'avait pas oublié ses leçons. Il a appris à connaître Gorn et l'a trouvé digne de l'escorter. Broud, et toi Voord, votre courage, votre force et votre endurance vous ont désignés pour lui démontrer le degré de bravoure des hommes de son Clan. Il vous a éprouvés de toute sa puissance, et il est content de vous. C'est pourquoi vous avez le privilège de lui apporter le dernier repas qu'il partagera avec son peuple jusqu'à son prochain retour du monde des esprits. Puisse l'Esprit d'Ursus nous accompagner toujours.

Les deux jeunes gens présentèrent leurs plateaux à toutes les femmes qui y déposèrent les meilleurs morceaux de tous les plats à l'exception de la viande, l'ours n'en ayant jamais été régalé durant sa captivité. Les deux jeunes hommes placèrent ensuite leurs plateaux devant la peau montée sur les piquets.

Puis Mog-ur poursuivit son discours.

— Vous avez bu de son sang, à présent mangez de sa chair et ne faites plus qu'un avec l'Esprit d'Ursus.

Ces mots marquaient le début des festivités. Broud et Voord reçurent les premières parts, suivis du reste des clans. Des soupirs d'aise et des grognements de plaisir s'élevèrent alors que chacun prenait place pour faire honneur au festin. La chair de l'animal végétarien était succulente, les légumes, les fruits et les céréales des plus savoureux, et l'aiguillon de la faim rendait tout cela plus délectable encore. Personne ne regrettait son jeûne forcé.

— Ayla, tu ne manges pas. Tu sais qu'il ne doit pas rester un seul morceau de viande.

— Je sais, Ebra, mais je n'ai pas faim.

— Ayla se fait du souci, signifia Uba, la bouche pleine. Je suis bien contente de ne pas être à sa place. Cette viande est tellement bonne que ça me déplairait d'avoir l'estomac noué en ce moment.

— Mange quand même un peu, insista Ebra. Tu as mis du jus de viande de côté pour Durc ? Cela lui fera le plus grand bien.

— Je viens juste de lui en donner, mais il n'a pas faim, Oga lui a donné le sein il n'y a pas longtemps. Oga, est-ce que Grev a faim ? J'ai une montée de lait, à en avoir mal aux seins.

— J'aurais dû attendre, mais ils avaient tellement faim tous les deux. Tu les nourriras demain, Ayla.

— Demain j'aurai de quoi allaiter dix bébés, dit Ayla. Cette nuit, ils dormiront comme des souches. Le somnifère au datura est prêt. Uba vous dira la quantité à leur faire boire car moi, je n'aurai pas le temps. Creb m'attend à la fin du repas, et je ne reviendrai qu'à la fin de la cérémonie.

— Ne tarde pas trop, notre danse commencera après que les hommes se seront réunis dans la caverne. Certaines guérisseuses sont expertes à donner le rythme. La danse des femmes au Rassemblement est un événement à ne pas rater, affirma Ebra avec des gestes empreints d'enthousiasme.

— Iza n'a pas eu le temps de me montrer grand-chose en matière de rythme, tu sais.

— Vous avez tellement de choses à apprendre, vous les guérisseuses, dit Ovra.

— Dommage qu'Iza n'ait pas pu venir, dit Ebra. Je suis heureuse qu'ils t'aient enfin acceptée, Ayla, mais Iza me manque. Il y a des moments où j'oublie qu'elle n'est pas ici, et je la cherche du regard.

— Moi aussi, j'aimerais bien qu'elle soit là, dit Ayla. Ça ne me plaisait pas du tout de la laisser. Elle est beaucoup plus malade qu'elle ne le laisse paraître. J'espère qu'elle prend beaucoup de soleil et se repose bien.

— Elle partira dans l'autre monde à son heure, comme chacun d'entre nous, dit Ebra, philosophe.

Ayla frissonna malgré la chaleur de la nuit. Il lui était venu soudain un sombre pressentiment, qui était comme un vent glacé soufflant au soir d'une belle journée d'été. Et puis Mog-ur apparut et, sur son signe, elle se leva rapidement pour regagner la caverne, sans parvenir à chasser une sourde inquiétude.

Dans la caverne, à son foyer, elle prit l'écuelle d'Iza qu'elle avait disposée sur sa couche, une écuelle patinée par des usages répétés depuis des générations. Elle sortit la petite bourse teintée de rouge de son sac de guérisseuse et en vida le contenu. A la lumière de la torche qui éclairait la grotte, elle examina les racines. Iza lui avait indiqué maintes fois comment évaluer la quantité appropriée, mais Ayla avait encore des doutes sur le dosage convenable pour les dix mog-ur. La force du breuvage ne dépendait pas seulement du nombre, mais aussi de la taille des racines et de leur âge.

Elle n'avait jamais vu Iza procéder, en raison du caractère sacré du breuvage interdisant de le préparer en dehors du rite. Les filles de guérisseuses apprenaient à le doser en observant leurs mères lors des cérémonies et plus encore grâce à leur mémoire ancestrale. Mais Ayla n'était pas née dans le Clan. Elle choisit plusieurs racines, puis en ajouta encore une pour faire bonne mesure. Elle se rendit ensuite à l'entrée de la caverne où Creb lui avait dit d'attendre. La cérémonie commençait.

Il y eut d'abord le son des tambours de bois, puis le martèlement des lances sur le sol, et enfin le staccato des battements sur le cylindre de bois creux. Les servants passèrent parmi les hommes avec les coupes d'infusion de datura, et bientôt tous se laissèrent porter par le rythme lancinant. Les femmes restèrent à l'écart, leur tour viendrait plus tard. Tandis que la danse des hommes se transformait en véritable transe, Ayla attendait anxieusement.

Une tape sur l'épaule la fit sursauter : elle n'avait pas entendu les mog-ur venir du fond de la caverne. Les sorciers sortirent silencieusement pour se placer en cercle autour de la peau d'ours. Mog-ur se tenait face à la bête qui se dressait de toute sa hauteur devant lui, dans un mouvement à jamais figé, simple simulacre de force et de sauvagerie, mais qui semblait néanmoins menaçante.

Ayla vit le grand sorcier faire un signe aux servants qui jouaient sur les instruments de bois, leur intimant de s'arrêter. Comme le silence se faisait soudain, les hommes levèrent les yeux, surpris de découvrir les mog-ur là où il n'y avait personne un instant auparavant.

Cette fois, Ayla comprit l'astucieux manège des sorciers, qui tenaient captivée l'assemblée.

Mog-ur attendit jusqu'au moment où il vit tous les regards rivés sur la gigantesque dépouille du Grand Ours des Cavernes, éclairée par le feu cérémoniel et entourée par les sorciers. Il fit à Ayla le signe discret qu'elle attendait. Elle se débarrassa en un clin d'œil de la fourrure qui l'enveloppait, remplit l'écuelle d'eau fraîche et, les racines à la main, elle se dirigea vers le grand sorcier borgne.

Quand Ayla pénétra dans le cercle de lumière, l'ébahissement fut général. Tant qu'elle était vêtue de sa peau de bête nouée à la taille par une longue lanière de cuir, elle parvenait à faire oublier combien elle était différente. Mais une fois débarrassée de ce vêtement informe, son corps fin et délié apparut dans toute son étrangeté, que rien ne pouvait dissimuler, pas même les lignes et les cercles rouges et noirs dessinés sur sa peau.

Il manquait à son visage les fortes mâchoires, et la platitude que lui donnaient son nez petit et son front haut ressortait étrangement à la lueur du feu. Les flammes jetaient un éclat d'or sur sa longue crinière blonde, qui brillait telle une splendide couronne sur la tête hideuse de cette femme née chez les Autres.

Mais sa taille, surtout, impressionnait. Ils ne s'en étaient pas vraiment rendu compte, quand elle allait et venait, l'attitude réservée, le plus souvent chargée d'un fagot de bois ou d'ustensiles de cuisine. A présent, debout devant les sorciers qu'elle dépassait tous d'une bonne tête, elle stupéfiait tout le monde par sa haute taille.

Mog-ur accomplit une série de gestes rituels, invoquant la protection de l'Esprit qui planait encore au-dessus d'eux. Alors Ayla mit dans sa bouche les racines séchées. Elle avait du mal à les mâcher car elle ne possédait pas les maxillaires vigoureux et la solide denture des membres du clan. Iza l'avait bien avertie de ne pas avaler la moindre goutte du jus qui se formait dans sa bouche, mais elle ne put s'empêcher de le faire. Il semblait à la jeune femme qu'il lui fallait mâcher sans fin pour ramollir les racines, et au moment où elle cracha la dernière bouchée de pulpe, la tête lui tournait. Elle remua ensuite le mélange jusqu'à ce qu'il devienne d'un blanc laiteux dans l'écuelle sacrée, et le tendit à Goov.

Les servants avaient attendu qu'elle ait fini de mastiquer les racines, une écuelle de datura longuement infusée à la main. Goov donna à Mog-ur le breuvage préparé par Ayla et en retour tendit à la guérisseuse une écuelle d'infusion, pendant que les autres servants faisaient de même avec les guérisseuses de leurs clans respectifs. Mog-ur but une gorgée de breuvage.

— Il est fort, fit-il remarquer à l'adresse de Goov. Donnes-en moins.

Goov approuva d'un signe de tête et tendit l'écuelle au mog-ur le plus important par le rang après Creb.

Ayla et les autres guérisseuses apportèrent leurs bols aux femmes et leur firent boire, ainsi qu'aux filles les plus âgées, une certaine quantité d'infusion. Ayla but ce qui restait au fond de son bol, mais elle ressentait déjà une étrange impression de distance, comme si une partie d'elle-même s'était détachée et la regardait de loin. Certaines guérisseuses parmi les plus âgées s'emparèrent des tambours et commencèrent à battre les rythmes de la danse des femmes. Ayla contemplait, fascinée, le mouvement des baguettes dont chaque coup était sec et précis. La guérisseuse du clan de Norg lui offrit un instrument. La jeune femme se mit à taper, doucement d'abord, s'imprégnant du tempo, puis elle s'abandonna au rythme qui naissait de sa frappe.

Le temps perdit toute signification. Quand elle releva les yeux, les hommes étaient partis et les femmes tournaient sur elles-mêmes, saisies d'une frénésie sauvage et sensuelle. Elle éprouva soudain le besoin de se joindre à elles et, comme elle reposait son tambour, celui-ci roula par terre. Elle le regarda, et la forme évasée de l'instrument lui rappela l'écuelle d'Iza, la précieuse relique qui lui avait été confiée. Où est le bol d'Iza ? se demanda-t-elle, soudain préoccupée par sa disparition. La dernière image qu'elle en avait était son doigt remuant le breuvage laiteux. Mais où l'ai-je mis ? Où est-il ?

Elle pensa à Iza, et les larmes lui vinrent aux yeux. J'ai perdu son bol. Cette merveille que les guérisseuses de sa lignée se sont transmise de mère en fille depuis des temps que l'esprit ne peut calculer. Elle vit Iza, et derrière Iza, il y avait une autre Iza, et une autre encore, et encore ; toute une file de guérisseuses dédoublant l'image d'Iza à l'infini, chacune d'elles tenant à la main l'écuelle sacrée. Puis la vision se dissipa, suivie d'une autre qui la foudroya : l'écuelle était brisée en deux morceaux. Elle tressaillit de tout son corps et, se frayant un chemin à travers les femmes en transe, trébuchant sur les coupes et les plats contenant les restes du festin, elle se mit en quête du précieux récipient. L'entrée de la caverne, faiblement éclairée par les torches, l'attirait, et elle s'en approcha en chancelant. Une silhouette gigantesque se dressa soudain devant elle, lui arrachant un hoquet de stupeur. La gueule monstrueuse de la dépouille de l'ours semblait se pencher sur elle. S'écartant d'un bond, elle franchit le seuil de la caverne.

Aussitôt, son regard fut attiré par une tache blanche, non loin de l'endroit où elle avait attendu le signal de Mog-ur. Elle s'agenouilla et saisit avec précaution l'écuelle d'Iza qu'elle serra contre son cœur. Il restait au fond un peu du liquide laiteux.

Ils n'ont pas tout bu, pensa-t-elle. J'en ai trop préparé. Que vais-je en faire ? Je ne peux pas le jeter, Iza m'a dit que c'était interdit. Mais qu'adviendra-t-il si quelqu'un s'en aperçoit ? On remettrait en question mon rang de guérisseuse. On me rejetterait comme une étrangère au Clan. On nous chasserait peut-être. Que faire ?

Je n'ai qu'à le boire moi-même. Comme cela, personne ne s'apercevra de rien. Ayla porta l'écuelle à ses lèvres et la vida. Le mystérieux breuvage était déjà fort, et les racines qui y avaient macéré l'avaient rendu plus puissant encore. Elle se dirigea vers la deuxième grotte avec la vague intention de mettre l'écuelle en lieu sûr mais, avant d'avoir atteint son foyer, elle commença à ressentir l'effet de la drogue.

Ayla était tellement désorientée qu'elle ne s'aperçut même pas qu'elle laissait tomber l'écuelle sacrée dans les limites du foyer. Elle avait dans la bouche le goût de la forêt ancestrale, celui de la mousse et des champignons, des souches pourrissantes et des feuilles perlées d'humidité. Les parois de la grotte s'écartaient, reculant de plus en plus loin. Elle eut l'impression d'être un insecte rampant sur le sol. Des détails infimes lui apparaissaient démesurément grossis : elle distinguait le contour d'une empreinte avec une incroyable netteté, voyait chaque petit caillou, chaque grain de poussière. Elle perçut un mouvement à la limite de son champ de vision et vit une araignée en train de grimper le long d'un fil de soie qui brillait dans la lumière d'une torche.

La flamme l'hypnotisa. Elle s'en approcha, puis en vit une autre qui l'attira. Mais quand elle l'atteignit, une autre torche l'appela, puis une autre, et Ayla s'enfonça de plus en plus profondément dans la montagne. Bientôt, sans qu'elle s'en rendît compte, les torches firent place aux petites lampes de pierre qui éclairaient la galerie menant vers le fond de la grotte. Personne ne la remarqua quand elle traversa une vaste salle où se trouvaient des hommes en transe, ni quand elle pénétra dans la salle plus petite où se déroulait sous la conduite des servants une cérémonie d'initiation réservée aux adolescents.

Elle allait d'une flamme à l'autre, comme attirée par une force invisible. La succession des lumignons lui fit traverser d'étroites galeries s'ouvrant de temps à autre sur de larges anfractuosités. Elle trébucha sur le sol inégal, et se raccrocha à la paroi humide pour ne pas tomber. Elle s'engagea dans un passage au bout duquel rougeoyait une faible lueur. Le passage était incroyablement long, et par moments elle avait l'impression de se voir elle-même de très loin, avançant à tâtons le long du tunnel obscur.

Elle finit par atteindre la lumière au bout du passage et distingua plusieurs silhouettes assises en cercle. Un réflexe de prudence enfoui au plus profond de son esprit hébété par le breuvage magique l'incita à se cacher derrière un pilier de pierre. Les dix mog-ur étaient absorbés dans la célébration d'une cérémonie secrète. Après qu'ils eurent commencé de célébrer celle des hommes, ils avaient laissé à leurs servants le soin de la conclure, et s'étaient retirés dans leur sanctuaire pour y accomplir entre mog-ur certains rites réservés à eux seuls.

Chaque homme, enveloppé dans sa peau d'ours, était assis devant le crâne d'un ours des cavernes. D'autres crânes occupaient les niches dans la paroi. Au centre du cercle se trouvait un objet recouvert de poils qui intrigua Ayla. Mais quand finalement elle en comprit la nature, seule son hébétude l'empêcha de pousser un cri. C'était la tête tranchée de Gorn.

Elle contempla avec une horreur fascinée le mog-ur du clan de Norg saisir la tête, la retourner et, à l'aide d'un instrument, élargir l'orifice à la base du cou. La masse grise et rose du cerveau apparut. Le sorcier traça des signes symboliques au-dessus de la tête de Gorn puis, plongeant la main dans l'orifice, arracha un morceau de la cervelle. Il garda dans sa main la matière tremblotante tandis qu'un autre mog-ur s'emparait à son tour du crâne.

Malgré l'effet de la drogue, Ayla ressentit une violente répulsion, mais elle resta comme envoûtée par le spectacle des sorciers fouillant l'un après l'autre dans l'horrible tête. Elle s'efforçait désespérément de résister au vertige qui s'emparait d'elle, mais quand elle vit les sorciers porter leurs mains à leur bouche et manger le cerveau de Gorn, elle sombra dans un abîme sans fond, où rien n'existait plus que la peur.

Elle pensait hurler sans fin mais ne s'entendait pas, elle ne pouvait rien voir, rien éprouver d'autre que cette terrifiante sensation de chuter dans un vide infini et glacial.

Et puis la sensation de chute s'atténua soudain, en même temps qu'elle sentait comme une décharge dans son cerveau, un influx mental qui lui donnait le sentiment de sortir lentement du gouffre où elle était tombée. Elle éprouva des émotions qui n'étaient pas les siennes : de l'amour, mais aussi une violente colère et une peur immense, ainsi qu'un soupçon de curiosité. Stupéfaite, elle s'aperçut que Mog-ur avait pris possession de son esprit : c'étaient ses pensées qui étaient en elle, ses sentiments qu'elle éprouvait.

Le suc des racines qu'Iza serrait dans son petit sac rouge poussait à son paroxysme une tendance naturelle des hommes du Clan : la capacité à communiquer par la méditation avec leur mémoire commune, leur mémoire ancestrale. Les mog-ur, quant à eux, possédaient à un degré particulièrement développé cette faculté naturelle grâce à un entraînement délibéré, mais chez Mog-ur, ce don était exceptionnel.

Il savait comme personne conduire les esprits à travers les pages du temps que leur faisait revivre la mémoire. C'est pourquoi la communauté de son propre clan était plus riche et plus complète que celle de tout autre clan. Avec les mog-ur, il parvenait d'emblée à instaurer une communication télépathique. Le breuvage d'Iza, qui aiguisait les sens et ouvrait les esprits, lui permettait également d'entrer en symbiose avec Ayla.

La naissance traumatique qui avait endommagé le cerveau de Mog-ur et l'avait privé d'une partie de ses moyens physiques n'avait pas altéré la formidable intelligence psychique qui faisait sa force. Mais l'homme boiteux était le dernier de sa race. A travers lui, le Peuple du Clan avait atteint l'apogée de son évolution. Comme la gigantesque créature qu'ils vénéraient, parmi d'autres qui partageaient leur environnement, ils étaient sur une terre encore en formation, alors que la leur était désormais achevée.

Cette race d'hommes qui avait assez de conscience sociale pour veiller sur les faibles et les malades, assez de spiritualité pour enterrer les morts et vénérer un grand totem, cette race d'hommes aux cerveaux volumineux mais démunis de lobes frontaux, qui ne réalisa guère de progrès pendant près de cent mille ans, était condamnée à disparaître, au même titre que le mammouth et le grand ours des cavernes.

Ayla eut soudain l'impression qu'un sang étranger coulait dans ses veines, se mêlant au sien. L'esprit puissant du grand sorcier explorait les tréfonds de son cerveau, cherchant à s'en rendre maître. Ayla comprit soudain que c'était lui qui l'avait sauvée de l'abîme où elle s'enfonçait peu avant, et qu'en outre il empêchait les autres mog-ur, eux-mêmes en relation télépathique avec lui, de prendre conscience de sa présence. Elle ne sentait rien du contact qu'ils avaient avec Mog-ur. Eux avaient senti que le grand sorcier avait établi un contact parallèle, mais ils en ignoraient la nature et étaient à cent lieues de se douter qu'il s'agissait d'Ayla.

Et en même temps qu'elle se rendait compte que Mog-ur l'avait sauvée et la protégeait, elle comprit la profonde dévotion avec laquelle les sorciers s'étaient livrés à l'acte qui l'avait tant révoltée. Elle n'avait pas réalisé qu'il s'agissait d'une communion. Le but du Rassemblement était de renforcer les liens entre clans, de se reconnaître comme Peuple du Clan de l'Ours des Cavernes. Les dix clans rassemblés ici étaient loin de représenter le peuple entier. Les clans absents étaient trop éloignés pour faire le voyage, mais ils partageaient tous le même héritage, la même mémoire, et toute cérémonie célébrée dans n'importe lequel des Rassemblements avait la même signification pour tous. Les mog-ur étaient convaincus, en absorbant le courage du jeune homme qui s'en était allé avec l'Esprit d'Ursus, d'accomplir un geste bénéfique pour tous les clans. Et, en leur qualité de sorciers, doués de capacités mentales particulières, ils communiquaient ensuite à tous le courage ainsi acquis.

Telle était la raison de la peur et de la colère de Mog-ur. La tradition ancestrale voulait que seuls les hommes participent aux cérémonies du Clan. Le fait qu'une femme assiste à une cérémonie ordinaire au sein d'un seul clan entraînait pour ce dernier la malédiction. Or, en la circonstance, il ne s'agissait pas d'une cérémonie ordinaire, mais d'un rite d'une importance extrême pour tout le Rassemblement. Ayla était une femme et sa présence allait provoquer un grand malheur pour tous.

Et Ayla n'était même pas une femme du Peuple du Clan.

Cela, Mog-ur le savait désormais sans la moindre équivoque.

Il le sut dès qu'il prit conscience de sa présence alors que le mal était déjà fait. Il lui fallut accepter l'inévitable, mais devant la gravité de son crime, il ne savait à quel parti se résoudre. Même le châtiment suprême serait insuffisant. Avant de prendre une décision, il désira en savoir davantage à son sujet et, à travers elle, au sujet des Autres.

Il avait été étonné en l'entendant appeler à l'aide. Les Autres étaient certes différents, mais il devait nécessairement y avoir des points communs. Mog-ur ressentait le besoin impérieux de connaître la vérité, d'abord pour le salut du Clan, mais aussi poussé par une profonde curiosité. Ayla l'avait toujours intrigué, et il voulait savoir en quoi résidait la différence. Il décida de tenter une expérience.

Assurant plus fermement son emprise sur les esprits, le puissant sorcier, qui contrôlait à la fois les neuf cerveaux semblables au sien et celui d'Ayla, identique et différent, les transporta dans les lointains du temps, à l'aube de l'humanité.

Ayla sentit lui venir à nouveau le goût de la forêt primitive, puis une impression de chaleur saline. Elle éprouvait la sensation de revivre la naissance de toute chose. Mog-ur constata que le tréfonds de son être, les couches les plus profondes, correspondaient aux siens. Nos commencements furent identiques, pensa-t-il. Ayla percevait dans leur unicité ses propres cellules, et revivait la manière dont elles s'étaient divisées et différenciées dans les eaux tièdes et nourrissantes, et cette évolution avait un sens. Une nouvelle mutation, et les timides pulsations de la vie se transformèrent en un organisme plus complexe.

Une autre mutation, et Ayla ressentit la souffrance de la première bouffée d'air respirée dans ce nouvel élément. Un autre bond, et ce fut la terre riche, l'apparition des premières pousses et la fuite devant les bêtes sauvages. Un bond, et ce fut la chaleur et la sécheresse qui la firent retourner vers la mer. Au bond suivant, la sensation d'avoir laissé un chaînon dans l'élément liquide, et de voir sa silhouette changer. Elle grandit et perdit sa fourrure originelle.

Désormais, elle se tenait debout, marchant sur deux jambes, les bras libres de leurs mouvements, les yeux découvrant un horizon plus vaste. Elle prenait une direction différente de Mog-ur ; mais pas si éloignée cependant qu'il ne pût continuer à avancer parallèlement à sa voie. Il interrompit la relation télépathique avec les autres sorciers qui se trouvaient à présent assez proches pour continuer sans lui. De toute façon, leur voyage à travers le temps se terminait bientôt.

Ils restèrent donc tous les deux, le vieil homme du Clan et la jeune femme qui venait de chez les Autres. Ce n'était plus lui qui guidait, mais chacun avançait sur sa propre voie tout en observant celle de l'autre. Elle vit la terre se recouvrir de glace, mais dans une région beaucoup plus éloignée, dans l'espace comme dans le temps, une région située au bord d'une mer infiniment plus vaste que celle qui bordait leur péninsule.

Elle vit une caverne, qui avait abrité quelque ancêtre du grand sorcier, un homme aux traits semblables. La vision était floue, vue à travers le vide qui séparait leurs races respectives. La grotte formait une large anfractuosité au pied d'une falaise abrupte qui faisait face à une rivière et, au-delà, à une vaste plaine. Un grand rocher coiffait le sommet de la paroi, un rocher de la forme d'un haut pilier dont l'inclinaison donnait l'illusion qu'il allait basculer dans le vide. La roche qui le composait était d'une nature différente de celle de la falaise.

Le déluge et les secousses terrestres l'avaient charrié là, juste au-dessus de la grotte dans la falaise. La vision disparut, mais son souvenir se grava dans la mémoire de la jeune femme.

Un chagrin bouleversant l'envahit soudain. Elle était seule. Mog-ur ne pouvait la suivre plus avant. Elle trouva son chemin jusqu'à son propre présent et même un peu au-delà. La caverne lui apparut, puis elle eut la vision kaléidoscopique d'une succession de paysages qui n'étaient pas soumis aux caprices de la nature mais organisés selon des schémas réguliers. Des structures cubiques sortaient de terre et de longs rubans de pierre se déroulaient, sur lesquels se déplaçaient à grande vitesse d'étranges animaux. De gigantesques oiseaux volaient sans agiter leurs ailes. Puis d'autres scènes suivirent, si étranges que leur sens lui resta totalement étranger. Tout cela ne dura que l'espace d'un instant. Dans sa course éperdue pour gagner le présent, elle avait été emportée au-delà de son but, au-delà de son temps. Puis la vision se dissipa et elle se trouva, cachée derrière le pilier, en train de regarder les dix hommes assis en cercle.

Mog-ur la regardait, et elle reconnut dans l'œil fixé sur elle le même chagrin qu'elle avait ressenti quand elle s'était retrouvée seule. Il avait tracé de nouvelles voies dans le cerveau d'Ayla, des voies qui lui permettaient d'entrevoir l'avenir, mais il ne pouvait en faire autant lui-même. Il n'avait perçu que l'impression fugitive d'une possibilité qui n'était pas pour lui, mais pour elle seule.

Mog-ur ne pouvait pratiquement pas concevoir d'idées abstraites et il lui fallait fournir un effort immense pour compter un peu au-delà de vingt. Son esprit, il le savait, était beaucoup plus puissant que celui d'Ayla, mais leurs génies étaient de nature différente. Il pouvait se remémorer leurs origines à tous les deux, mieux que quiconque dans tout le Peuple du Clan. Il pouvait même la faire se souvenir. Mais il sentait en elle la jeunesse et la vitalité d'un organisme nouveau : une mutation s'était à nouveau produite, dont il était exclu.

— Dehors !

Ayla sursauta à son ordre brutal, surprise qu'il ait crié si fort. Puis elle se rendit compte qu'il n'avait proféré aucun son. L'ordre lui avait été transmis de l'intérieur.

— Sors de la grotte ! Vite ! Sors de là !

Elle quitta sa cachette et s'enfuit en courant dans le tunnel. Certaines lampes s'étaient éteintes, mais il en restait suffisamment pour qu'elle retrouve son chemin. Un silence profond régnait dans la caverne où les hommes et les garçons dormaient d'un sommeil sans rêves. Elle se précipita dehors.

Il faisait encore nuit, mais l'aube commençait à poindre. Ayla ne ressentait plus l'effet du puissant breuvage mais elle était complètement épuisée. Elle vit les femmes étendues sur le sol, exténuées, et elle s'allongea à côté d'Uba.

Quand Mog-ur sortit de la caverne, quelques instants plus tard, elle était profondément endormie. Il contempla sa longue chevelure blonde, si différente de celle des autres femmes, comme l'était également toute sa personne, et une immense tristesse l'envahit. Il n'aurait pas dû la laisser partir. Il aurait dû au contraire la conduire devant les hommes et la faire mourir sur-le-champ. Mais à quoi cela aurait-il servi ? Cela n'aurait pas évité la catastrophe que sa présence à la cérémonie allait déclencher, cela n'aurait pas empêché la malédiction de s'abattre sur le Peuple du Clan. A quoi bon la tuer ? Ayla incarnait une autre espèce et puis elle était celle qu'il aimait.

25

Goov sortit de la caverne, se frotta les yeux, ébloui par le soleil, et s'étira. Il vit Mog-ur, assis tout voûté sur une souche, fixant le sol d'un air absent, et songea à lui demander la permission de regarnir les lumignons de peur que quelqu'un ne se perde dans le dédale des tunnels. Mais à la vue de la mine défaite et accablée du grand sorcier, il préféra ne pas l'importuner. Je m'en occuperai tout seul, décida-t-il.

Mog-ur se fait vieux, songea le servant en regagnant la caverne, une vessie de graisse d'ours ainsi que de nouvelles mèches à la main. J'ai tendance à oublier son âge. Le voyage a été une rude épreuve pour lui, et la cérémonie l'a vidé de toute son énergie. Il doit appréhender le retour, c'est naturel. Etrange tout de même, se fit-il la remarque, je ne l'avais encore jamais à ce jour considéré comme un vieux.

Quelques hommes sortirent de la caverne en clignant leurs paupières alourdies par leur profond sommeil et contemplèrent le spectacle des femmes nues affalées par terre en se demandant, comme à chaque fois, ce qui avait bien pu les mettre dans cet état. Les premières femmes à se réveiller coururent à leurs vêtements et se mirent en devoir de secouer leurs compagnes avant que tout le monde soit sorti.

— Ayla, dit Uba, en tapant sur l'épaule de la jeune femme, Ayla, réveille-toi.

– Mmmmmm... geignit Ayla en se retournant.

– Ayla ! Ayla ! insista Uba, la secouant. Ebra, je n'arrive pas à la réveiller !

— Ayla ! s'exclama la femme en la bousculant sans ménagement.

Ayla ouvrit faiblement les yeux et esquissa un geste, puis les referma et se roula en boule.

— Ayla ! Ayla ! cria Ebra, qui parvint à lui faire ouvrir les yeux. Va finir ta nuit dans la caverne. Tu ne peux pas rester dehors, les hommes vont arriver.

La jeune femme tituba vers la grotte. Un instant plus tard, elle er ressortait, parfaitement réveillée, mais le visage décomposé.

— Que se passe-t-il ? s'inquiéta Uba. Tu es toute blanche. On dirait que tu as vu un esprit.

— Uba ! Oh, Uba ! L'écuelle ! gémit Ayla en se laissant tomber par terre, le visage enfoui dans ses mains.

— L'écuelle ? Quelle écuelle, Ayla ?

— Elle est cassée, répondit Ayla avec des gestes empreints de désespoir.

— Et tu te tracasses pour une écuelle cassée ? intervint Ebra. Tu en fabriqueras une autre, voilà tout.

— Non, c'est impossible. Il ne peut y en avoir deux comme celle-ci. C'est l'écuelle d'Iza, celle que sa mère lui a remise.

— Le bol cérémoniel ? demanda Uba, devenue blême.

Le bois sec et fragile de l'ancienne relique avait perdu toute sa solidité au fil des générations. Une imperceptible fissure avait commencé de se former sous le dépôt blanchâtre collé au fond. Le choc subi en échappant des mains d'Ayla lui avait été fatal. Elle s'était fendue en deux.

Creb avait relevé la tête quand Ayla s'était ruée hors de la caverne. La nouvelle que l'écuelle vénérable était cassée vint confirmer inexorablement les sombres pensées qui l'agitaient. Tout se vérifie, pensa-t-il. Nous ne boirons plus jamais le breuvage magique. Je n'accomplirai plus jamais les rites pour lesquels il était indispensable. Le Peuple du Clan les oubliera. Le vieil infirme s'appuya sur son bâton pour se relever. Toutes ses articulations le faisaient souffrir. Je suis trop vieux, c'est à Goov de prendre le relais. En intensifiant sa formation, il sera prêt d'ici un an ou deux. Il le faut. Qui sait combien de temps il me reste à vivre ?

Brun remarqua une nette transformation dans le comportement du sorcier et prit son accablement pour le contrecoup de la récente euphorie de ce Rassemblement. Néanmoins, il s'inquiéta de la difficulté que rencontrerait Creb pendant le voyage du retour ; il veillerait à ne pas forcer l'allure. Il organisa une dernière expédition avec ses chasseurs pour échanger de la viande fraîche contre des vivres puisées dans les réserves de leurs hôtes afin de reconstituer des provisions pour la route.

Un certain nombre de clans étaient déjà partis. Après une chasse heureuse, une fois les festivités terminées, Brun se sentit soudain impatient de regagner la caverne, sa demeure, et tous ceux qu'il y avait laissés. Jamais sa position ne s'était trouvée aussi menacée, et la victoire n'en avait que plus de saveur. Il était satisfait, content de son clan, content d'Ayla. Il avait de nouveau eu l'occasion de vérifier qu'elle était une authentique guérisseuse. A l'instar d'Iza, elle oubliait tout et fonçait à travers les dangers pour tenter de sauver la vie de quelqu'un. Il savait que Mog-ur avait considérablement contribué à faire accepter la guérisseuse par les autres sorciers, mais c'était elle seule qui avait réussi à s'imposer en sauvant le jeune chasseur.

Mog-ur ne fit jamais la moindre allusion à l'intrusion d'Ayla dans la grotte sacrée tout au fond de la caverne, à l'exception d'une unique fois. La veille du départ, il surgit dans la seconde caverne où Ayla était en train de ranger ses affaires. Il n'avait cessé de l'éviter jusqu'alors. Il s'arrêta net en la voyant et s'apprêtait à faire demi-tour quand elle se jeta à ses pieds. Il contempla sa tête baissée en poussant un profond soupir et lui tapa sur l'épaule.

Elle releva la tête et fut bouleversée en découvrant combien il avait vieilli au cours de ces derniers jours. La cicatrice qui le défigurait ainsi que la paupière qui recouvrait son orbite vide s'étaient creusées et semblaient disparaître dans l'ombre de ses fortes arcades sourcilières. Sa barbe grise pendait tristement et son front bas et fuyant était encore accentué par une calvitie croissante. Mais ce fut surtout le profond chagrin qui se lisait dans son œil unique qui l'affligea. Que lui avait-elle fait ? Elle aurait aimé pouvoir effacer cette terrible nuit dans la grotte.

— Qu'y a-t-il, Ayla ? demanda-t-il.

— Mog-ur... je... je... balbutia-t-elle avant de poursuivre précipitamment. Oh, Creb, je ne supporte pas de te voir souffrir ainsi. Que puis-je faire ? J'irai voir Brun si tu le désires, je ferai tout ce que tu voudras. Mais dis-moi...

Que pourrais-tu faire, Ayla, pensa-t-il. Tu ne peux pas changer ta nature. Tu ne peux pas réparer les dégâts que tu as causés. Le Clan va disparaître, et il ne restera plus que toi et tes semblables. Nous sommes un peuple très ancien. Nous avons conservé nos traditions, honoré les esprits et le Grand Ursus, mais notre temps est passé. Sans doute cela devait-il arriver. Sans doute n'es-tu pas responsable, Ayla. C'est ton peuple qui est responsable. Est-ce pour cela que tu nous as été envoyée ? Pour nous prévenir ? Le monde que nous laissons est beau et riche, il a satisfait tous nos besoins pendant des générations et des générations. Dans quel état le laisserez-vous quand votre tour viendra ?

— Il est une chose que tu peux faire, Ayla, dit Mog-ur en s'exprimant avec des gestes empreints de gravité et en la fixant d'un regard intense. C'est ne plus jamais faire allusion à cela.

Creb se tenait aussi droit que le lui permettait son unique jambe valide. Puis, faisant appel à toute sa fierté et à celle de son Peuple, il fit demi-tour avec raideur et sortit dignement de la caverne.

— Broud !

Le jeune homme se dirigea vers celui qui l'avait appelé. Les femmes du clan de Brun se dépêchaient de terminer le repas du matin, car le départ aurait lieu juste après, et les hommes profitaient de cette dernière occasion de s'entretenir avec ceux qu'ils ne reverraient plus que dans sept ans. Ils commentaient les divers aspects des festivités, comme pour en prolonger un instant le plaisir.

— Tu t'es montré valeureux, Broud, le félicita un homme du clan de Norg. Tu seras chef au prochain Rassemblement.

— La prochaine fois vous ferez peut-être aussi bien que nous, répondit Broud, gonflé d'orgueil. Nous avons simplement eu de la chance.

— C'est vrai que vous avez de la chance. Votre clan est le premier, votre mog-ur est le premier, et même votre guérisseuse est la première Tu sais, Broud, vous êtes vraiment chanceux d'avoir Ayla parmi vous. Je connais peu de guérisseuses qui oseraient braver un ours des cavernes pour sauver un chasseur.

Broud se renfrogna légèrement et, apercevant Voord, il alla a sa rencontre.

— Voord ! le héla-t-il avec un salut de la main. Tu t'es surpasse cette fois. J'étais content qu'ils t'aient accordé la deuxième place. Nouz est bon, mais tu lui es nettement supérieur.

— Mais tu as bien mérité ta première place, Broud. Tu as fait une excellente course. Votre clan tout entier mérite bien son rang. Votre guérisseuse elle-même est la meilleure, quoi que j'en aie pensé au début.

J'espère seulement qu'elle ne grandira pas davantage. Entre nous, ça me fait un drôle d'effet d'avoir à lever la tête pour regarder une femme.

— Oui, c'est vrai, elle est bien trop grande, répondit Broud avec des gestes qui trahissaient sa réticence.

— Mais qu'importe, du moment qu'elle a des dons, n'est-ce pas ?

Broud fit un vague signe d'approbation et s'éloigna. Ayla, Ayla. Toujours Ayla, pensa-t-il, exaspéré.

— Broud ! Je voulais te voir avant ton départ, lui signifia un homme en se portant à sa rencontre. Tu sais qu'il y a dans mon clan une femme dont la fille présente les mêmes difformités que le fils de votre guérisseuse. J'en ai parlé à Brun, qui veut bien l'accepter pour être la compagne du garçon, mais il m'a demandé de te consulter. Tu seras sans doute le chef quand ils seront en âge de partager un foyer. La mère a promis de bien élever sa fille, pour en faire une femme digne du premier des clans et du fils de la première guérisseuse. Tu n'y vois pas d'objection, n'est-ce pas, Broud ? Ils seront bien assortis.

— Non, répondit Broud d'un geste cassant, et il tourna les talons.

S'il n'avait pas été aussi furieux, il aurait certes élevé des objections, mais il n'était pas d'humeur à se lancer dans une discussion au sujet de cette fille.

— A propos, c'était une belle course, Broud.

Le jeune homme, qui s'éloignait déjà, ne vit pas le commentaire flatteur. Comme il se dirigeait vers la caverne, il surprit deux femmes en grande conversation. Il savait qu'il devait détourner les yeux pour ne pas voir ce qu'elles disaient, mais il passa outre et, regardant droit devant lui, fit semblant de ne pas les avoir remarquées.

— ... Je ne pouvais pas croire qu'elle fût une femme du Clan, surtout quand j'ai vu son bébé... Mais quand elle a marché droit sur Ursus, sans la moindre peur, comme si elle avait été une femme du clan de Norg... Jamais je ne me serais risquée à m'approcher comme ça.

— Je lui ai parlé un peu. Elle est très gentille et elle se conduit tout à fait normalement. Crois-tu qu'elle arrivera à trouver un compagnon ? Je me le demande... Elle est tellement grande, pas un homme ne voudra d'une femme plus grande que lui, en dépit de son rang de première guérisseuse.

— Quelqu'un m'a dit qu'un des clans désirait considérer la question, mais je n'ai pu en savoir plus. Je crois qu'ils enverront un messager s'ils l'acceptent.

— On dit que le premier des clans a une nouvelle caverne. Il paraît que c'est la guérisseuse qui l'a découverte, qu'elle est très vaste et que les esprits la protègent.

— Je crois qu'elle est près de la mer et que les sentiers sont bien tracés. Un bon messager pourra les trouver facilement.

Broud dut faire un effort pour ne pas corriger ces deux commères bavardes et paresseuses. Il avait le droit de corriger toute femme, de tout clan, mais la politesse exigeait qu'on en demande la permission au chef du clan auquel elle appartenait, à moins que la faute n'ait été flagrante et publique. Or les raisons de sa colère paraîtraient probablement incompréhensibles à tout le monde.

— Notre guérisseuse prétend qu'elle est experte, était en train de dire Norg quand Broud pénétra dans la caverne.

— Elle est la fille d'Iza, qui l'a parfaitement formée, répondit Brun.

— Quel dommage qu'Iza n'ait pas pu venir. J'ai appris qu'elle était malade.

— Oui, et c'est une des raisons pour lesquelles je dois me dépêcher. Nous avons un long chemin à parcourir. Ton hospitalité a été parfaite, Norg. Ce fut un Rassemblement des plus réussis. Nous nous en souviendrons longtemps, dit Brun.

Broud leur tourna le dos, les poings serrés, et ne vit pas le compliment que Norg adressait à Brun au sujet du fils de sa compagne. Ayla, Ayla, Ayla. C'est tout ce qu'ils savent dire ! Ils n'ont que ce mot-là à la bouche ! On dirait vraiment que personne n'a rien fait, à part elle, au cours de cette fête ! Elle a peut-être sauvé la vie à ce chasseur, mais il ne pourra probablement plus marcher. Elle est laide, elle est trop grande, son fils est difforme et personne ne sait comme elle est insolente !

A cet instant, Ayla passa en courant, les bras chargés de ballots. Elle frémit en croisant le regard haineux que lui jeta Broud. Qu'ai-je bien pu lui faire ? se demanda-t-elle. Elle ne l'avait pratiquement pas vu de tout leur séjour.

Dès le repas du matin terminé, les femmes se dépêchèrent de ranger les derniers ustensiles de cuisine. Tout le monde était impatient de partir. Après avoir fait ses adieux aux autres guérisseuses et à la compagne de Norg, Ayla prit place dans le rang, à la tête des femmes du clan de Brun. Au signal de son chef, la petite colonne s'ébranla. Avant de disparaître au détour du chemin, les voyageurs s'arrêtèrent et se retournèrent une dernière fois vers la caverne. Norg et son clan au grand complet se tenaient sur le seuil.

— Qu'Ursus vous accompagne ! leur lança Norg avec de grands gestes.

Brun se remit en marche. Ils ne reverraient pas Norg avant sept ans, et peut-être même plus jamais. Seul l'Esprit du Grand Ours des Cavernes le savait.

Ainsi que l'avait prévu Brun, le voyage de retour se révéla particulièrement pénible pour Creb. Son vieux corps, usé par les ans, n'était plus stimulé par l'approche des festivités et le vieillard sentit ses forces lui manquer plus d'une fois. Il ne mettait plus le moindre entrain à accomplir les rites du soir, et ses gestes étaient raides, comme s'il officiait à contrecœur. Brun n'avait jamais vu le sorcier aussi abattu. Il avait remarqué que Creb et Ayla gardaient leurs distances, et si la jeune femme n'avait aucun mal à suivre, il était évident que sa démarche avait perdu toute sa vivacité. Il a dû se passer quelque chose entre eux, pensa-t-il.

Ils avaient traversé de vastes prairies aux herbes hautes et desséchées pendant une bonne partie de la matinée. Brun jeta un coup d'œil derrière lui. Creb n'était pas en vue. Il allait faire signe à l'un de ses hommes quand il changea d'avis et s'approcha d'Ayla.

— Retourne chercher Mog-ur, dit-il.

Etonnée, Ayla acquiesça. Confiant Durc à Uba, elle revint sur ses pas en courant et découvrit Creb qui marchait péniblement, courbé en deux sur son bâton. Elle n'avait su que lui dire depuis la réponse qu'il lui avait faite après qu'elle lui eut confié sa peine. Elle savait que ses articulations enflammées le faisaient durement souffrir, mais il avait refusé ses soins avec une telle obstination qu'elle n'osait plus rien lui proposer. Il s'arrêta net en la voyant.

— Qu'est-ce que tu fais là ? demanda-t-il.

— C'est Brun qui m'a envoyée.

Creb bougonna et se remit en route, Ayla sur ses talons. Après l'avoir observé qui avançait tout doucement et à grand-peine, la jeune femme, n'y tenant plus, le dépassa pour se jeter à ses pieds, en lui barrant le passage. Creb attendit un long moment avant de lui donner une tape sur l'épaule.

— Cette femme aimerait savoir pourquoi Mog-ur est en colère.

— Je ne suis pas en colère, Ayla.

— Alors, pourquoi refuses-tu que je te soigne ? s'écria-t-elle. Cela ne t'est jamais arrivé. Cette femme est guérisseuse, ajouta Ayla en s'efforçant de retrouver son calme. Elle ne supporte pas de voir Mog-ur souffrir. Oh ! Creb, laisse-moi t'aider ! Je te considère comme le compagnon de ma mère. Tu m'as nourrie, tu m'as défendue, je te dois la vie. Je ne sais pas pourquoi tu as cessé de m'aimer, mais moi, je t'aime toujours ! déclara Ayla, le visage baigné de larmes.

Pourquoi a-t-elle ce mal aux yeux à chaque fois qu'elle me soupçonne de ne plus l'aimer ? Et pourquoi à chaque fois suis-je prêt à faire n'importe quoi pour qu'elle n'ait plus mal ? Est-ce que tous les siens ont cette particularité ? Elle a raison, je l'ai toujours laissée me soigner, pourquoi l'en empêcherais-je maintenant ? Elle n'est pas une femme du Clan. Quoi que peuvent en penser les miens, elle ne pourra jamais se fondre dans notre peuple. Elle ne le sait pas elle-même. Elle se prend pour une du Clan, elle se prend pour une guérisseuse. Guérisseuse, je dois reconnaître qu'elle l'est, et avec un grand talent, même si elle ne descend pas de la lignée d'Iza, et j'ai pu voir avec quelle volonté elle s'est efforcée de devenir une femme selon les coutumes du Clan, aussi dur que cela ait pu l'être parfois pour elle. Ce n'est pas la première fois qu'elle a les yeux qui coulent, mais combien de fois a-t-elle retenu cette eau qui montait ? C'est surtout quand elle croit que j'ai perdu toute affection pour elle que le phénomène échappe à sa volonté. Son chagrin serait-il si grand ? Souffrirais-je moi-même à ce point à la pensée qu'elle ne m'aime plus ? Certainement plus que je ne voudrais me l'avouer. Comment peut-elle être si différente de moi, et de nous, si elle éprouve le même amour ? Creb avait beau essayer de la voir comme une étrangère, une femme née chez les Autres, elle resterait toujours pour lui Ayla, l'enfant de la compagne qu'il n'avait jamais eue.

— Nous ferions mieux de nous dépêcher, Ayla. Brun nous attend. Essuie tes yeux, et quand nous ferons une halte, tu pourras me préparer une infusion d'écorce de bouleau, guérisseuse.

Un large sourire apparut derrière les larmes. Au bout de quelques pas, Ayla vint se placer à hauteur du sorcier. Il la contempla un instant, puis hocha la tête d'un air résigné et s'appuya sur elle pour continuer sa route.

Brun remarqua immédiatement l'amélioration de leurs rapports et en profita pour accélérer le pas. Si le vieil homme avait toujours l'air un peu mélancolique, il faisait tous ses efforts pour le cacher. Je me doutais bien qu'il y avait quelque chose entre ces deux-là, se dit Brun, satisfait de sa perspicacité. Mais on dirait que ça s'est arrangé.

Creb ne s'opposa plus à ce qu'Ayla prenne à nouveau soin de lui comme elle avait toujours su si bien le faire. Mais une certaine distance demeurait entre eux. Le fossé qui les séparait était bien trop large pour qu'il pût l'ignorer.

Creb ne pouvait oublier la divergence des destinées de son peuple et de celui des Autres, et cette conscience douloureuse et cruelle de se savoir condamné à disparaître parasitait la douce et paisible harmonie de toutes ces années passées dans la compagnie d'Ayla.

Les journées étaient chaudes, mais les nuits se rafraîchissaient à mesure que le clan de Brun cheminait vers ses quartiers. A la vue des montagnes enneigées à l'ouest, leurs cœurs se réchauffèrent, mais dans cette immensité l'impression de ne pas avancer les fit rapidement se désintéresser du spectacle des pics étincelants. Comme ils continuaient toujours en direction de l'ouest, ils distinguèrent mieux les glaciers veinés du bleu translucide des crevasses et des tons mauves que prenaient les pentes verglacées.

Après avoir marché jusqu'à la tombée de la nuit, ils établirent enfin leur premier campement dans les steppes. Le lendemain matin tout le monde se réveilla aux aurores pour entreprendre la dernière étape. Ils croisèrent un rhinocéros paisiblement occupé à brouter dans une belle prairie verdoyante et la rencontre de cet animal familier leur mit du baume au cœur. Ils approchaient de leur demeure. En atteignant le sentier qui grimpait à travers la colline, ils pressèrent le pas et, le cœur battant, ils contournèrent l'escarpement qui dérobait la caverne à leur vue. Ils étaient enfin de retour chez eux.

Aba et Zoug se précipitèrent à leur rencontre. Aba accueillit sa fille et Droog, serra de joie les autres enfants avant de prendre Groog dans ses bras. Zoug fit un signe à Ayla tout en courant vers Grod et Uka, et Ovra et Goov.

— Où est Dorv ? demanda Ika.

— Il nous a quittés pour le monde des esprits, répondit Zoug. Ses yeux étaient devenus si faibles qu'il ne voyait plus rien de ce qu'on lui disait. Il n'avait même pas le courage d'attendre votre retour. Le jour où les esprits l'ont appelé, il les a suivis. Nous montrerons à Mog-ur l'endroit où il est enterré pour qu'il accomplisse les rites funèbres.

Prise d'une angoisse soudaine, Ayla regarda autour d'elle.

— Où est Iza ?

— Elle est très malade, Ayla, répondit Aba. Elle n'a pas quitté sa couche depuis la dernière lune.

— Iza ! Iza ! s'écria Ayla en s'élançant dans la caverne.

En arrivant au foyer de Creb, elle jeta par terre tous ses paniers et se précipita vers la femme allongée sous les fourrures. La vieille guérisseuse ouvrit faiblement les yeux.

— Ayla, murmura-t-elle d'une voix à peine audible. Les esprits ont exaucé mon souhait. Tu es de retour.

Elle tendit les bras, et Ayla serra contre elle le corps fragile et émacié. Les cheveux d'Iza étaient devenus tout blancs et la peau parcheminée de son visage accentuait les creux des joues et des orbites. Elle semblait parvenue à l'extrême vieillesse, alors qu'elle n'avait que vingt-huit ans.

Ayla avait le plus grand mal à distinguer ses traits à travers le voile de ses larmes.

— Pourquoi a-t-il fallu que j'aille à ce Rassemblement ! J'aurais dû rester ici et prendre soin de toi, se reprocha la jeune femme. Je savais que tu étais malade. Pourquoi suis-je partie ?

— Non, Ayla, non, tu n'as rien à te reprocher, lui dit Iza avec des gestes qui trahissaient une très grande faiblesse. Je savais que j'allais mourir, quand tu es partie. Tu n'aurais pas pu m'aider, personne ne l'aurait pu. Ce que je voulais seulement, c'était te revoir une dernière fois avant qu'il soit temps pour moi de rejoindre les esprits.

— Non, tu ne vas pas mourir ! s'écria Ayla. Je vais te guérir !

— Ayla, Ayla. Il existe des états contre lesquels la meilleure guérisseuse du monde ne peut rien.

L'effort que venait de faire Iza déclencha une terrible quinte de toux. Ayla l'aida à se soulever et roula en boule une fourrure pour la soutenir et lui permettre de respirer plus aisément. Puis elle se mit à fouiller parmi les remèdes rangés près de la couche de la malade.

— Où est l'aunée ? Je n'arrive pas à la trouver.

— Je ne pense pas qu'il en reste, dit Iza avec beaucoup d'effort. J'en ai fait une grande consommation ces derniers temps, et je n'ai pas eu la force d'aller en cueillir davantage. Aba n'a pas réussi à m'en trouver, elle ne m'a rapporté que des hélianthes.

— Je n'aurais jamais dû partir, se lamenta Ayla en sortant précipitamment de la caverne. (Comme elle croisait Creb et Uba, qui portait Durc dans ses bras, elle leur signifia en ralentissant à peine sa course :) Iza va très mal, et elle n'a même plus d'aunée ! Je vais en chercher. Uba, allume un feu dans le foyer, il n'y en a pas non plus. Ah ! jamais je n'aurais dû partir ! Jamais je n'aurais dû la laisser, malade comme elle l'était !

Et le visage blême sous la poussière du chemin, sillonné par les larmes, elle poursuivit sa course vers la rivière, tandis que Creb et Uba se précipitaient dans la caverne.

Elle traversa d'un bond la rivière, courut vers la prairie où poussait l'aunée, en arracha plusieurs pieds qu'elle lava sommairement en repassant le cours d'eau et se dépêcha de regagner le foyer.

Uba avait allumé un feu mais l'eau qu'elle avait mise à bouillir était à peine tiède. Creb, debout aux pieds d'Iza, invoquait les esprits avec des gestes empreints d'une ferveur qu'il n'avait pas éprouvée depuis bien des jours, les suppliant de donner à Iza la force de vivre et de ne pas la rappeler à eux. Uba avait installé Durc sur une natte, et le petit garçon se mit à ramper à quatre pattes vers sa mère occupée à couper en morceaux les racines d'aunée. Comme il essayait de grimper sur sa mere pour téter, elle le repoussa. Elle n'avait pas le temps de s'en charger. Elle plongea les racines dans l'eau et ajouta d'autres pierres pour qu'elle chauffe plus vite. Durc, délaissé et meurtri, se mit à pleurer.

— Montre-moi un peu Durc, dit Iza. Il a beaucoup grandi.

Uba prit l'enfant et l'installa sur les genoux d'Iza. Mais Durc, qui n'était pas d'humeur à se laisser cajoler par une vieille femme dont il n'avait conservé aucun souvenir, se débattit pour redescendre.

— Il est beau et fort, dit Iza. Et il tient sa tête bien droite à présent.

— Il a même une compagne, dit Uba, ou du moins une petite fille lui a été promise pour plus tard.

— Une compagne ? Quel clan a bien pu lui promettre une fille alors qu'il est si petit et difforme ?

— Il y avait une femme au Rassemblement du Clan, qui avait une fille anormale, expliqua Uba. Cette femme s'appelle Oda. Elle est venue nous parler dès le premier jour. Son enfant ressemble énormément à Durc et elle craignait de ne jamais pouvoir lui trouver de compagnon. Brun et le chef de l'autre clan se sont mis d'accord. Je crois que la fille viendra vivre avec nous après le prochain Rassemblement, même si elle n'est pas encore une femme. Ebra a dit qu'elle pouvait vivre à son foyer jusqu'à ce que tous les deux soient en âge d'être unis. Oda était ravie, surtout après qu'Ayla eut été autorisée à préparer le breuvage de la cérémonie.

— Alors, ils ont accepté Ayla en tant que guérisseuse de ma lignée. Je me demandais comment les choses allaient tourner, dit Iza, avant de s'interrompre.

Parler l'épuisait, mais le bonheur de revoir les siens lui redonnait une vigueur qu'elle savait éphémère et qu'elle économisait.

— Comment s'appelle la petite fille ? demanda-t-elle quand elle se fut reposée un peu.

— Ura, répondit Uba.

— C'est un joli nom... Et Ayla ? demanda-t-elle après un court silence. S'est-elle trouvé un compagnon ?

— Les parents que Zoug a dans un autre clan sont en train d'y réfléchir. Au début, ils ont refusé, mais après sa reconnaissance par les mog-ur de son rang de première guérisseuse, ils ont aussitôt retiré leur refus. Le temps a manqué pour prendre une décision avant le départ. Il se pourrait bien qu'ils acceptent Ayla, mais pas Durc en tout cas.

Iza hocha la tête, puis elle ferma les yeux.

Ayla hachait de la viande, dont elle ferait un bouillon pour Iza, tout en jetant des coups d'œil impatients à l'infusion de racines qui frémissait. Durc n'avait pas oublié sa tétée, mais sa nouvelle tentative pour parvenir au sein de sa mère fut encore repoussée.

— Donne-le-moi, Uba, demanda Creb.

Une fois assis sur les genoux de Creb, le petit garçon se calma, tout intrigué par la longue barbe du vieil homme. Mais il s'en lassa vite et, après s'être longuement frotté les yeux, se débattit pour redescendre, pour ramper derechef vers sa mère. Il était fatigué, il avait faim. Ayla surveillait le feu, absente, indifférente à tout ce qui n'était pas l'urgence de tenter de soulager Iza. Elle ne sentit même pas son bébé qui s'agrippait à un pli de sa robe. Creb se leva, laissa tomber à terre son bâton et fit signe à Uba de lui donner Durc à porter. Boitant pesamment sans son soutien habituel, il gagna le foyer de Broud et déposa Durc sur les genoux d'Oga.

— Durc a faim, et Ayla est trop occupée avec Iza. Veux-tu le nourrir, Oga ?

Oga acquiesça et prit le bébé dans ses bras pour lui donner le sein. Broud avait un air courroucé, qu'il s'efforça de cacher au plus vite sous le regard noir que lui jeta Mog-ur. Sa haine d'Ayla ne pouvait s'étendre à l'homme qui la protégeait et veillait à ses besoins. Broud redoutait bien trop Mog-ur pour le haïr. Il avait découvert dès son jeune âge que le puissant sorcier intervenait rarement dans les affaires intérieures du clan, réservant ses activités au monde des esprits. Mog-ur n'avait jamais empêché Broud d'exercer ses prérogatives sur la jeune femme qui partageait son foyer, mais Broud n'avait nulle envie d'entrer ouvertement en conflit avec le sorcier.

Mog-ur regagna son foyer pour y chercher la bourse de graisse d'ours des cavernes, la part qui lui revenait de l'animal sacrifié, et qui devait se trouver quelque part dans les bagages à moitié défaits. Uba le vit commencer de fouiller d'un air agité, et elle se porta à son secours. Creb s'en retourna ensuite à petits pas tordus dans son sanctuaire, déterminé malgré son manque d'espoir à user de tous ses pouvoirs magiques pour aider Ayla à maintenir Iza en vie.

Les racines avaient fini par bouillir le temps nécessaire, et Ayla était maintenant impatiente que la décoction refroidisse. Le bouillon chaud qu'elle avait fait prendre à Iza en lui soulevant la tête, comme la guérisseuse l'avait fait avec elle, quand elle était toute enfant et près de mourir, avait redonné quelque force à la vieille femme. Elle avait très peu mangé depuis qu'elle s'était alitée. Souvent elle n'avait même pas touché à la nourriture que ses compagnons lui apportaient. Elle avait trouvé l'été interminable. Sans personne autour d'elle pour la surveiller et s'assurer qu'elle s'alimentait, elle oubliait de le faire ou bien n'en ressentait pas le besoin. Ses trois compagnons avaient bien tenté de l'aider quand ils l'avaient vue faiblir à ce point, mais ils n'avaient su que faire, hors lui tenir compagnie.

Iza s'était levée quand la fin de Dorv avait été proche, mais le plus vieux membre du clan s'était éteint rapidement, et elle avait seulement essayé, à l'aide des puissants sédatifs qu'elle connaissait, de lui rendre moins pénibles ses derniers moments. La mort de Dorv avait assombri tout le monde. La caverne leur semblait plus vide encore sans lui, et ils mesuraient combien ils étaient eux aussi près de partir dans l'autre monde. C'était le premier décès depuis le tremblement de terre.

Assise auprès d'Iza, Ayla soufflait sur le bouillon dans la coupe en os, y trempant le doigt de temps à autre pour vérifier s'il avait suffisamment refroidi. Son attention était tout entière portée sur Iza, au point qu'elle n'avait pas remarqué que Creb avait confié Durc à Oga avant de disparaître de nouveau dans sa grotte, pas plus qu'elle ne s'était aperçue de la présence de Brun. Elle écoutait le sourd gargouillement que produisait la respiration courte et saccadée d'Iza. Elle savait que sa mère adoptive était en train de mourir, mais elle ne pouvait l'accepter. Il devait bien y avoir un traitement, se disait-elle, se remémorant tout ce qu'elle savait des plantes efficaces contre les affections de la gorge et des bronches. Elle était prête à préparer toutes les décoctions possibles, à ensevelir Iza sous les cataplasmes, à l'étouffer sous les inhalations de plantes balsamiques, à tout faire, à tout tenter pour prolonger le plus possible la vie de la seule mère qu'elle eût jamais connue. L'idée de sa mort lui était insupportable.

Uba aussi était bouleversée ; elle savait très bien que sa mère n'en avait plus pour longtemps. Elle avait vu Brun arriver. Il était rare qu'un homme se rende au foyer d'un autre homme en l'absence de ce dernier, et la présence de Brun l'intimidait d'autant plus qu'elle ne savait que faire ni que dire pour l'accueillir, car Iza avait les yeux fermés et Ayla la regardait, étrangère à tout ce qui l'entourait.

Brun observait les trois femelles, la vieille guérisseuse, la vive jeune femme qui n'avait aucun des traits du clan, et qui cependant en était la guérisseuse la plus élevée, et Uba qui, elle aussi, suivait les traces de ses deux aînées. Il avait toujours aimé sa sœur. Née après lui dans le foyer du chef, elle avait été accueillie avec d'autant plus de joie que son frère Brun, appelé à être chef un jour, promettait d'être un solide gaillard. Brun avait toujours protégé Iza. Il n'aurait jamais choisi cet homme qu'on lui avait donné pour compagnon, un bravache qui se moquait de son frère difforme. Iza n'avait pas eu le choix, mais elle avait finement joué son rôle. La mort de son compagnon l'avait libérée d'un grand poids, et depuis lors elle avait été manifestement plus heureuse. C'était une femme généreuse, courageuse, une excellente guérisseuse. Le clan la regretterait.

La fille d'Iza a bien grandi, pensa-t-il en l'observant. Elle sera bientôt une femme. Il serait temps que je voie quel compagnon lui donner. Il me faudrait trouver un garçon qui lui plaise, avec qui elle s'entende bien. Un chasseur est meilleur quand il a une compagne aimante. Mais qui, à part Vorn ? Il me faut également penser à Ona, et elle ne peut pas être unie à Vorn, car c'est son frère. Uba devra attendre que Borg devienne un homme. Si elle devient une femme plus tôt que prévu, elle pourrait bien avoir un enfant avant que Borg soit en âge d'avoir un foyer. Je devrais peut-être commencer à l'entraîner. Après tout, il est plus âgé qu'Ona. Quand il sera capable de chevaucher une femme, il sera alors capable d'accomplir sa première chasse. Et Vorn sera-t-il un bon compagnon pour Uba ? Droog a une bonne influence sur lui, et je l'ai vu se pavaner autour d'elle. Peut-être pourront-ils s'entendre, se dit-il.

L'infusion était tiède, et Ayla réveilla doucement la vieille femme qui s'était assoupie, pour lui soulever la tête et lui faire prendre le remède. Je ne crois pas que tu la tireras de là, cette fois, Ayla, pensa Brun, regardant le visage émacié de sa sœur. Comment a-t-elle pu vieillir si vite ? Elle était la plus jeune, et elle paraît aujourd'hui plus âgée que Creb. Je me souviens de la fois où elle a soigné mon bras cassé. Elle n'était pas tellement plus âgée qu'Ayla quand celle-ci a remis celui de Brac, mais déjà femme et unie à un homme. Elle aussi a fait du bon travail, cette fois-là. Je n'ai jamais eu à me plaindre de mon bras par la suite, sauf quelques tiraillements depuis peu, mais c'est l'âge qui veut ça. Mes jours de chasse sont comptés, et je devrai remettre bientôt les guides de notre clan à Broud.

Est-il prêt à être chef ? Il s'est vaillamment comporté au Rassemblement. J'ai même failli lui passer le commandement, là-bas. Il est courageux, tout le monde m'a dit que j'avais bien de la chance d'avoir un tel homme pour me succéder. J'ai de la chance, et j'ai eu peur qu'Ursus ne le choisisse pour l'accompagner dans l'autre monde. C'eût été un grand honneur, mais un honneur qu'heureusement je n'ai pas eu à accepter. Gorn était un homme valeureux, et c'est une perte pour le clan de Norg. Mais Ursus ne choisit jamais que les plus braves. Néanmoins, je suis heureux que le fils de ma compagne soit toujours de ce monde. C'est un garçon intrépide, trop peut-être. Il est bien qu'un homme jeune fasse preuve d'audace, mais un chef se doit à plus de mesure. Il lui faut penser à ses hommes. Il lui faut préparer soigneusement la chasse, si l'on veut qu'elle soit réussie, sans mettre en danger la vie des chasseurs. Je devrais peut-être lui confier la direction de quelques chasses, pour qu'il acquière un peu d'expérience. Il doit savoir que l'audace et la bravoure ne suffisent pas pour être un bon chef. Il faut se montrer responsable, avisé, capable de se dominer.

Pourquoi cette haine qu'il a d'Ayla ? se demanda Brun. Pourquoi s'abaisse-t-il comme il le fait, à vouloir rivaliser avec elle ? Malgré son courage et ses dons, Ayla ne sera jamais qu'une femme. Je me demande si le parent de Zoug la prendra pour compagne. Cela me manquera de ne plus la voir, maintenant que je suis habitué à elle. C'est une bonne guérisseuse, et elle renforcerait singulièrement tout clan qui l'accepterait. Je ferai de mon mieux pour les convaincre de sa valeur. Voyez comme elle est toute à Iza, à celle qui souffre ; pas même son fils ne parvient à l'arracher à sa mission. Et il y en a peu qui oseraient braver un ours des cavernes en furie pour sauver un chasseur. Elle s'est remarquablement tenue pendant le Rassemblement ; à la fin, tout le monde ne tarissait plus d'éloges à son sujet.

— Brun, chuchota Iza, soudain consciente de sa présence. Uba, apporte vite une infusion. Ayla, donne à Brun une fourrure pour s'asseoir. Cette femme regrette de ne pouvoir servir elle-même le chef, ajouta-t-elle en essayant de se redresser.

Elle restait la maîtresse du foyer de Creb.

— Iza, ne t'inquiète pas. Je ne suis pas venu pour boire une infusion, mais pour te voir, dit Brun en prenant place auprès d'elle.

— Depuis combien de temps es-tu là ? demanda Iza.

— Pas longtemps. Ayla était occupée, je ne voulais pas la déranger dans ses préparations. Tu nous as manqué au Rassemblement, Iza.

— Tout s'est-il bien passé ?

— Oui, notre clan est encore le premier de tous. Les chasseurs se sont montrés excellents ; Broud a été choisi pour la Cérémonie de l'Ours. Ayla aussi s'est très bien comportée. On lui a fait beaucoup de compliments.

— Des compliments ? Qui a besoin de compliments ? Les esprits vont être jaloux. Si elle a fait honneur au clan, cela seul suffit.

— Elle a très bien rempli son office. Elle a été acceptée et s'est conduite à la perfection. Elle est de ta lignée, Iza, on ne pouvait s'attendre à moins.

— Oui, tout autant qu'Uba. J'ai vraiment de la chance, car les esprits ont choisi de m'accorder deux filles qui toutes deux deviendront de bonnes guérisseuses. Ayla pourra achever l'éducation d'Uba.

— Non ! coupa Ayla. C'est toi qui le feras ! Tu vas te rétablir. Maintenant que nous sommes de retour, nous allons te soigner.

— Ayla, mon enfant, les esprits m'attendent. Je vais les rejoindre bientôt. Ils ont exaucé mon dernier souhait : revoir mes deux filles bien-aimées avant de partir, mais je ne peux pas les faire attendre plus longtemps.

Le bouillon et le remède avaient stimulé les dernières forces d'Iza dont la fièvre ne cessait d'augmenter, faisant briller ses yeux et rougir ses joues. Mais son visage avait un éclat translucide que Brun connaissait bien ; on l'appelait l'éclat de l'Esprit. C'était la dernière apparition de l'énergie vitale avant qu'elle disparaisse à tout jamais.

Oga avait gardé Durc au foyer de Broud et ne l'avait ramené que longtemps après que le soleil se fut couché. Uba l'allongea sur les fourrures d'Ayla. La fillette se sentait complètement perdue, sans personne vers qui se tourner. Elle n'osait détourner l'attention d'Ayla, qui veillait Iza. Creb n'avait passé que quelques instants dans son foyer pour tracer sur le corps d'Iza des symboles magiques à l'ocre rouge et à la graisse d'ours. Puis il avait gagné la petite grotte sacrée pour ne plus en bouger.

Uba avait tout rangé dans le foyer, préparé un repas que personne n'avait pris et qu'elle avait fini par mettre de côté. Ne sachant que faire, elle s'assit à côté du bébé qui dormait. S'activer lui avait permis de contenir tant bien que mal son angoisse, mais à présent il n'y avait qu'un grand vide devant elle et sa mère qui mourait. Elle se rapprocha de l'enfant endormi et se coucha contre lui, pour trouver quelque chaleur et une présence dans cette solitude désespérante.

Ayla ne quittait pas Iza des yeux. Elle la veilla toute la nuit, sans oser la laisser un seul instant de peur qu'elle s'éteigne en son absence. Cette nuit-là, elle ne fut pas la seule à rester éveillée. Si les petits enfants dormaient, dans tous les foyers, les hommes et les femmes contemplaient d'un air absent les braises des feux mourants ou bien restaient allongés sur leurs fourrures, les yeux grands ouverts.

Dehors, la nuit était noire, le ciel sans étoiles. La pénombre régnait dans la caverne, et un mur de ténèbres cachait toute vie au-delà des faibles lueurs des feux couvant sous la cendre. Dans le profond silence qui précéda l'aube, Ayla sursauta, brusquement tirée d'un moment de somnolence.

— Ayla, répéta Iza, en un murmure rauque.

— Qu'y a-t-il ?

— J'ai quelque chose à te dire avant de partir, dit la vieille femme qui avait à peine la force de faire les gestes indispensables pour se faire comprendre.

— N'essaie pas de parler, maman. Repose-toi. Tu te sentiras mieux au matin.

— Non, mon enfant, il faut que je parle maintenant ; je ne serai plus là au matin.

— Mais bien sûr que tu seras là ! Il le faut. Tu ne peux pas t'en aller, répondit Ayla.

— Ayla, mon heure est venue, et il te faut l'accepter. Laisse-moi finir, je n'ai pas beaucoup de temps.

Iza se tut quelques instants sous le regard douloureux d'impuissance d'Ayla, puis elle reprit :

— Ayla, je t'ai toujours aimée plus que personne. Je ne sais pas pourquoi, mais c'est ainsi. J'ai voulu que tu restes près de moi avec le clan, mais je vais bientôt partir. D'ici peu, ce sera le tour de Creb de rejoindre le monde des esprits, et Brun aussi se fait vieux... Alors Broud sera le chef. Ayla, tu ne pourras pas rester ici le jour où Broud sera le chef.

Iza se tut de nouveau et ferma les yeux en essayant de rassembler ses dernières forces.

— Ayla, ma fille, mon étrange enfant, j'ai fait de toi une guérisseuse afin que tu aies un rang dans le clan, même si tu ne trouvais pas de compagnon. Mais tu es une femme, il te faut un homme, et un homme comme toi. Tu n'es pas du Clan, tu appartiens aux Autres. Tu dois partir, mon enfant, et retrouver les tiens.

— Partir ? gémit Ayla, bouleversée. Mais où donc pourrais-je aller, Iza ? Je ne connais pas les Autres, et je ne saurais même pas où les chercher.

— Il y en a beaucoup au nord, au-delà de la péninsule, sur la terre ferme. Tu ne peux pas rester ici, Ayla. Trouve ton propre peuple, trouve ton compagnon.

Les mains d'Iza retombèrent brusquement et ses yeux se fermèrent. Mais elle lutta pour prendre une dernière inspiration et rouvrit les yeux.

— Dis à Uba que je l'aime, Ayla. Mais tu as été mon premier enfant, la fille de mon cœur. Je t'ai toujours aimée.. préférée... dit Iza dans un dernier geste.

Sa main retomba en même temps qu'un long soupir s'échappait de ses lèvres. Il n'y en eut pas d'autre.

— Iza ! Iza ! s'écria Ayla. Ne pars pas, maman ! Ne pars pas !

Les gémissements d'Ayla réveillèrent Uba qui se précipita vers la couche.

— Maman ! Oh, non ! Ma maman est morte ! Ma maman est morte !

La petite fille et la jeune femme se regardèrent.

— Elle m'a dit de te dire qu'elle t'aimait, Uba, dit Ayla.

Encore sous le choc, elle ne pleurait pas. Puis Creb s'avança vers elles. Il avait quitté sa grotte avant même d'entendre les cris d'Ayla. Secouée par un violent sanglot, la jeune femme tendit les bras vers la petite fille et le vieil homme, et les étreignit de toute la force de son désespoir, les baignant tous les trois de ses larmes.

26

— Oga, voudrais-tu nourrir Durc encore une fois ?

Malgré son handicap et le bébé gigotant sous son seul bras valide, Mog-ur s'était exprimé clairement. La jeune femme pensa qu'Ayla ne devrait pas rester aussi longtemps sans allaiter son fils. Le visage de Mog-ur reflétait toute la peine consécutive à la mort d'Iza et son désarroi face à l'effondrement d'Ayla. Bien entendu, elle ne pouvait refuser ce que lui demandait le vieux sorcier.

— Bien sûr, répondit Oga en prenant Durc du bras de Mog-ur.

Creb regagna son foyer en boitant pesamment. Il remarqua qu'Ayla n'avait pas bougé, bien qu'Ebra et Uka eussent enlevé le corps d'Iza pour l'apprêter selon la tradition avant de le mettre en terre. Les cheveux emmêlés, le visage défait, maculé par la poussière du voyage et les larmes, elle portait la même peau mise au départ du voyage de retour. Creb lui avait posé son enfant affamé sur les genoux, mais elle était restée sourde à ses pleurs, aveugle aux petites mains qu'il tendait vers elle. Une femme se serait dit que, malgré l'immensité de son chagrin, Ayla finirait à la longue par entendre son enfant. Mais Creb connaissait mal les mères et les bébés. Il savait que les femmes nourrissaient leurs enfants les unes des autres, et il ne supportait pas de voir cet enfant affamé quand d'autres femmes pouvaient lui donner le sein. Il avait confié Durc à Aga et Ika, mais leur progéniture serait bientôt sevrée, et il ne leur restait que fort peu de lait. Grev avait un tout petit peu plus d'un an, et Oga, avec sa santé généreuse, avait toujours les seins gorgés ; cela faisait plusieurs fois qu'elle nourrissait le bébe d'Ayla. Quant à Ayla, toute à sa douleur, elle ne sentait pas le durcissement de ses seins et de ses mamelons crevassés.

Mog-ur prit son bâton et se rendit au fond de la caverne où l'on avait creusé une fosse étroite. Le rang élevé d'Iza dans la hiérarchie du clan lui conférait le privilège d'être enterrée à l'intérieur. Ainsi les esprits protecteurs qui veillaient sur elle ne s'éloigneraient pas du clan et ses ossements ne risquaient pas d'être dispersés par les charognards.

Le sorcier saupoudra d'ocre rouge le fond de la fosse puis souleva la peau de bête sous laquelle reposait le corps nu et gris de la vieille guérisseuse. On lui avait attaché les bras et les jambes avec un nerf teint à l'ocre rouge sacré, en les lui ramenant vers le visage dans la position fœtale. Le sorcier entreprit alors d'enduire le corps inerte d'un baume à base d'ocre rouge et de graisse d'ours. C'est ainsi qu'Iza pénétrerait dans le monde des esprits, de la même façon qu'elle était venue au monde.

Jamais il n'avait été aussi douloureux pour Mog-ur d'accomplir son office. Iza avait été plus qu'une sœur pour lui. Elle le connaissait mieux que quiconque. Elle savait toutes les souffrances qu'il avait endurées sans plainte, la honte qu'il avait eue de sa difformité. Elle connaissait sa gentillesse, sa sensibilite, et respectait son pouvoir, son génie, et sa volonté de puissance. Elle l'avait nourri, soigné. Il avait pu jouir grâce à elle d'une vie de famille. Bien qu'il ne l'eût jamais touchée intimement comme il le faisait à présent, passant un baume sur son corps froid, elle avait été pour lui une véritable compagne. Sa mort le bouleversait.

Quand il regagna son foyer, Creb était aussi pâle que le cadavre de sa sœur. Ayla était toujours assise auprès de la couche d'Iza, mais elle sortit de sa torpeur en le voyant fouiller dans les affaires de la guérisseuse.

— Qu'est-ce que tu fais ? demanda-t-elle, réticente à ce qu'on touche aux possessions de sa mère défunte.

— Je cherche les écuelles et tous les ustensiles dont Iza se servait afin de les enterrer avec elle, expliqua Creb.

La jeune femme rassembla sur sa couche les bols en bois et les écuelles en os dans lesquels Iza confectionnait ses mixtures et dosait ses remèdes, la pierre ronde qu'elle utilisait pour réduire en poudre ou broyer les ingrédients, ses plats personnels et son sac de guérisseuse. Puis elle contempla le petit tas d'objets, si peu représentatif de la vie et des activités de la morte.

— Ce n'est pas avec ça qu'opère une guérisseuse ! s'exclama rageusement Ayla, avant de sortir en courant de la caverne, laissant Creb éberlué.

La jeune femme s'élança vers la prairie où elle avait coutume de se rendre avec Iza. Elle s'arrêta devant un bouquet de roses trémières, et en cueillit une brassée de différentes teintes. Puis elle ramassa des achillées, utilisées pour les emplâtres contre la douleur. Elle parcourut ainsi les bois et les prés à la recherche de toutes les plantes dont Iza avait eu à se servir pour préparer ses remèdes : des chardons aux fleurs et aux piques jaunes ; de grands et brillants séneçons ; une poignée de muscaris d'un bleu si profond qu'il en était presque noir.

Chacune des plantes qu'elle cueillait était entrée à un moment ou à un autre dans la pharmacopée de la guérisseuse, mais Ayla ne choisissait que les plus belles, les plus colorées, les plus embaumées. Elle pleurait quand elle s'arrêta en bordure d'un pré, où Iza et elle étaient souvent venues. Sa cueillette était si abondante qu'elle avait du mal à la porter sans panier. Plusieurs fleurs lui échappèrent et, comme elle se baissait pour les ramasser, elle vit les longues tiges de plusieurs prêles en fleur, et manqua sourire à l'idée qui lui vint.

Elle déposa dans l'herbe sa brassée pour sortir un couteau d'un des plis de son vêtement, et alla couper quelques prêles. Puis elle s'assit en bordure du pré au bon soleil des premiers jours d'automne et, après avoir noué les tiges de prêles en une trame circulaire, elle entreprit d'y entrelacer les plantes aux fleurs colorées, jusqu'à ce que se dessine une éblouissante palette de corolles.

Lorsqu'elle revint à la caverne avec sa couronne de fleurs, la stupéfaction fut générale. Elle se dirigea droit vers le fond de la grotte et déposa son présent auprès du corps couché dans la petite fosse tapissée de pierres.

— Voilà les véritables outils d'Iza ! lança-t-elle avec des gestes défiant quiconque de la contredire.

Elle a raison, se dit le vieux sorcier en hochant la tête. C'est avec ça qu'Iza a travaillé toute sa vie. Elle sera peut-être contente de les avoir avec elle dans le monde des esprits, car je me demande s'il y pousse des plantes.

Comme on s'apprêtait à recouvrir de pierres la dépouille et que Mog-ur commençait d'invoquer l'Esprit du Grand Ours des Cavernes et son totem l'Antilope Saïga pour qu'ils guident l'esprit d'Iza jusqu'à l'autre monde, Ayla fit un signe au sorcier.

— Attends, Mog-ur ! s'écria-t-elle. J'ai oublié quelque chose.

Elle courut à son foyer, fouilla dans son sac de guérisseuse, et revint avec les deux moitiés de ce qui avait été une écuelle en bois, l'écuelle sacrée d'Iza, qu'elle disposa à côté du corps.

— J'ai pensé qu'elle aimerait l'emporter avec elle, maintenant qu'elle est inutilisable, signifia-t-elle.

Mog-ur acquiesça. Une fois la dernière pierre déposée, les femmes recouvrirent de bois le tumulus. Le feu sur lequel devait cuire le festin funéraire fut allumé à l'aide d'une braise. Les repas devraient être préparés sur la tombe pendant sept jours. La chaleur du bûcher dessécherait le cadavre en le momifiant.

Alors que les flammes s'élevaient, Mog-ur proféra des lamentations dont l'accent dépassait largement leur caractère conventionnel, tant l'émotion étreignait le vieux sorcier.

S'adressant au monde des esprits, il leur dit combien le clan avait aimé sa guérisseuse qui s'était toujours dévouée sans compter pour le bien-être de chacun, toujours prompte à accourir au chevet du malade ou du blessé.

Les yeux secs, Ayla observait à travers les flammes les mouvements suggestifs de l'infirme, si éloquents que personne ne pouvait résister à l'emprise de son désespoir. Mog-ur exprimait toute sa douleur, et elle s'identifiait totalement à lui, comme s'il avait été en elle, souffrant avec son cœur à elle. Elle n'était pas la seule à faire sienne la peine du sorcier. Ebra poussa une longue plainte gutturale, que reprirent les autres femmes. Mais Ayla ne se joignit pas à leurs lamentations ; elle demeura le regard vide, confinée dans une détresse muette, fixant des yeux les flammes qu'elle ne voyait pas, jusqu'à ce qu'Ebra la secoue pour la faire revenir à elle.

— Ayla, il faut que tu manges un peu. C'est le dernier repas que nous allons partager avec Iza.

La jeune femme se servit, porta machinalement un morceau de viande à sa bouche et, prise d'un haut-le-cœur, le recracha. Elle se leva brusquement et se précipita hors de la caverne. Se frayant un chemin à travers les broussailles et trébuchant sur les pierres, elle se dirigea tout d'abord vers la petite grotte qui lui avait si souvent servi de refuge. Puis elle se ravisa. Depuis qu'elle avait dévoilé à Brun l'emplacement de sa cachette, elle s'en sentait dépossédée, et puis son dernier séjour là-bas était un souvenir pénible. Elle préféra grimper au sommet de l'escarpement qui, l'hiver, protégeait la caverne des vents du nord et détournait les bourrasques de l'automne.

Fouettée par des rafales de vent, elle se laissa tomber à genoux et là, elle s'abandonna à son chagrin, laissant la douleur s'exprimer en une longue plainte déchirante, se balançant au rythme de ses sanglots. Creb, qui avait quitté la caverne quelques instants après elle, aperçut sa frêle silhouette qui se détachait dans le couchant.

Il n'arrivait pas à comprendre comment elle pouvait préférer la solitude au réconfort des autres. En dépit de sa perspicacité habituelle, il ne se doutait pas que la peine n'était pas l'unique raison de la détresse de la jeune femme.

Car Ayla était rongée de remords, et ne cessait de se reprocher d'avoir abandonné sa mère malade pour se rendre au Rassemblement du Clan, ce qui lui semblait indigne d'une guérisseuse. C'était encore à cause d'elle qu'Iza, malade, était allée loin pour lui trouver la racine qui l'aiderait à garder cet enfant qu'elle désirait tant. Elle avait trahi Creb en surprenant la cérémonie secrète des mog-ur et avait causé beaucoup de chagrin à celui qui l'avait élevée avec tant d'amour. Enfin, outre la douleur du deuil, elle était affaiblie par son jeûne et par la fièvre qui accompagnait sa rétention de lait, laissant ses seins gonflés et crevassés. Iza l'aurait soignée si elle avait éte encore de ce monde.

Durc lui manquait cruellement. Elle avait besoin de le nourrir, de répondre à ses demandes afin de revenir à la réalité, de comprendre que la vie continuait. Mais quand elle regagna la caverne, elle trouva son enfant endormi auprès d'Uba. Creb l'avait confié à Oga, qui l'avait allaité. Ayla se coucha mais elle ne put trouver le sommeil, sans songer un instant que sa fièvre et ses douleurs aux seins étaient responsables de son insomnie. Toute à son désespoir, elle n'entendit pas le signal d'alarme que lui transmettait son corps.

Le lendemain matin, quand Creb se leva, elle avait repris sa position au sommet de l'escarpement.

— Dois-je aller la chercher ? demanda Brun, aussi déconcerté que le vieux sorcier devant la réaction d'Ayla.

— Laissons-la, on dirait qu'elle préfère rester seule, répondit Creb.

Le vieil homme ne commença à s'inquiéter sérieusement qu'à la nuit tombée, et il demanda à Brun de se rendre auprès d'elle. Quand il vit Brun la reconduire à la caverne, il regretta de ne pas l'avoir envoyé plus tôt. La fatigue et la fièvre avaient achevé ce que l'affliction et le découragement avaient commencé. C'est Uba et Ebra qui s'occupèrent de la guérisseuse du clan. Ayla délirait, secouée de frissons et brûlante de fièvre, et hurlait de douleur dès qu'on lui frôlait les seins.

— Elle va perdre son lait, dit Ebra à la petite fille. Il est trop tard, Durc ne pourra plus la téter. Son lait a tourné.

— Mais on ne peut pas le sevrer déjà, il est trop petit. Que va-t-il devenir ? Et elle, que peut-on faire pour la soulager ?

Quelque chose aurait pu être tenté si Iza avait été là, ou si Ayla avait conservé ses sens. Uba elle-même savait qu'il existait des cataplasmes et des remèdes efficaces, mais elle était encore trop jeune et trop peu sûre d'elle. Quand la fièvre tomba, le sein d'Ayla était complètement tari. Elle se trouvait désormais incapable de nourrir son propre fils.

— Je ne veux pas de ce sale avorton chez moi, Oga ! Je ne veux pas qu'il devienne le frère de tes fils !

Broud était fou de rage, tandis qu'Oga, à ses pieds, s'efforçait de le convaincre.

— Mais Broud, ce n'est qu'un bébé. Aga et Ika n'ont pas assez de lait, alors que moi j'en ai pour deux, j'en ai toujours eu trop. Autrement, il va mourir de faim.

— Ça m'est complètement égal. On n'aurait jamais dû le laisser vivre dans ce clan, le premier de tous les clans. Il n'habitera pas dans mon foyer.

Oga cessa de trembler devant son compagnon et le regarda droit dans les yeux. Elle s'était attendue à ce qu'il peste et tempête tant et plus, mais elle avait cru qu'il finirait par se laisser fléchir. Comment pouvait-il se montrer aussi cruel, quelle que fût la haine qu'il portait à la mère de Durc ?

— Broud, Ayla a sauvé Brac, comment peux-tu laisser mourir son fils ?

— N'en a-t-elle pas été amplement récompensée ? On l'a autorisée à vivre et même à chasser. Je ne lui dois rien.

— On ne l'a pas autorisée à vivre, on l'a condamnée à la Malédiction Suprême. C'est à son totem protecteur qu'elle doit d'être revenue du monde des esprits, protesta Oga.

— Si on l'avait maudite une bonne fois pour toutes, elle ne serait pas revenue pour donner naissance à ce laideron. Et si son totem est si puissant, pourquoi n'a-t-elle plus de lait ? Tout le monde a dit que son fils était voué au malheur, et quel plus grand malheur pour lui que de perdre le lait de sa mère ? Veux-tu donc attirer le mauvais sort sur notre foyer ? Je te l'interdis, Oga, un point c'est tout !

Oga jeta à Broud un regard froid et déterminé.

— Non, Broud, ce n'est pas tout, répliqua-t-elle sans manifester la moindre peur envers son compagnon, dont la surprise se peignit sur son visage. Tu peux empêcher Durc d'habiter chez toi, c'est ton droit le plus strict et je ne peux pas m'y opposer. Mais tu ne peux m'interdire de l'allaiter. Ayla a sauvé mon fils, je ne laisserai pas mourir le sien. Durc sera le frère de mes fils, que tu le veuilles ou non.

Broud était abasourdi. Jamais il n'aurait cru sa compagne capable de lui désobéir, elle qui s'était toujours montrée soumise et respectueuse. Sa stupeur se transforma vite en fureur.

— Comment peux-tu oser me tenir tête, femme ? Je vais te chasser d'ici ! menaça-t-il en gesticulant comme un forcené.

— Eh bien, dans ce cas, je partirai avec mes fils, Broud, et je demanderai à un autre homme de me prendre avec lui. Si personne ne veut de moi, Mog-ur acceptera peut-être de me laisser vivre chez lui. Mais je nourrirai l'enfant d'Ayla.

Pour toute réponse, Broud se contenta de lui envoyer dans la figure un grand coup de poing, qui la jeta à terre. Fou de rage, il tourna les talons et se rua vers le foyer de Brun, en se promettant qu'une telle désobéissance ne resterait pas impunie.

— Avec son esprit de rébellion, elle a commencé par contaminer Iza, et maintenant c'est le tour de ma compagne ! s'exclama Broud en franchissant les pierres qui délimitaient le foyer du chef. J'ai dit à Oga que je ne voulais pas du fils d'Ayla et sais-tu ce qu'elle m'a répondu ? Qu'elle le nourrirait quand même ! Que rien ne l'en empêcherait ! Qu'il serait le frère de ses fils, que je le veuille ou non ! Tu te rends compte ?

— Elle a raison, répondit Brun avec calme. Tu ne peux pas l'en empêcher. Ce n'est pas à un homme de s'occuper de ce genre de choses, il a mieux à faire que de surveiller les tétées des bébés du clan.

Brun n'appréciait pas du tout l'esclandre de Broud. Il trouvait indigne d'un homme de se laisser aller à de tels éclats sur des sujets qui ne le concernaient guère. Et qui d'autre qu'Oga aurait pu se charger de nourrir Durc ? L'enfant faisait partie du Peuple du Clan, et le clan avait toujours pris soin des siens. Une femme, fût-elle d'un autre clan et sans enfant, recevait toujours de quoi manger à la mort de son compagnon. On ne laissait personne mourir de faim.

Broud pouvait refuser d'accepter Durc dans son foyer, car cela l'aurait obligé à l'éduquer avec les fils d'Oga. Mais pourquoi refuserait-il que sa compagne allaite un enfant du clan ?

— Tu insinues donc qu'Oga peut me désobéir en toute impunité ?

— Mais qu'est-ce que cela peut bien te faire ? Tu veux que l'enfant meure, c'est bien ça ? demanda Brun au fils de sa compagne qui rougit à cette question directe. Il fait partie du clan, Broud. En dépit de la forme de sa tête, il ne semble pas attardé. Quand il sera grand, il deviendra chasseur, dans ce clan qui est le sien. On lui a déjà trouvé une compagne et tu as donné ton accord. Pourquoi réagir si violemment au fait que ta compagne nourrisse l'enfant d'une autre ? C'est encore Ayla qui te met dans cet état ? Tu es un homme, Broud, et tu sais bien que, si tu lui commandes, elle doit obéir. Et c'est d'ailleurs ce qu'elle fait. A moins que je ne me trompe ? Tu t'abaisses en t'acharnant ainsi contre une femme. Es-tu vraiment un homme, Broud ? L'es-tu assez pour prendre la tête de ce clan ?

— Je ne veux pas qu'un enfant difforme soit le frère des fils de ma compagne, c'est tout, se défendit Broud, qui n'avait pas été sans remarquer l'allusion menaçante.

— Broud, quel est le chasseur qui n'a sauvé un jour la vie d'un autre ? Quel homme ne possède une partie de l'esprit de chacun des autres ? Quel homme n'est le frère de tous les autres ? Qu'importe que Durc devienne maintenant ou plus tard le frère des fils de ta compagne ! Pourquoi t'y opposes-tu ?

Broud n'avait rien à répondre à cela, ou du moins rien d'acceptable. Il ne pouvait avouer sa haine féroce pour Ayla. Il aurait démontré ce faisant qu'il était incapable de se maîtriser, qu'il n'était pas digne d'être chef. Il regrettait d'être allé trouver Brun. J'aurais dû me rappeler, se dit-il, qu'il prend toujours sa défense. Il était pourtant bien fier de moi au Rassemblement. Et maintenant, une fois de plus à cause d'elle, le voilà qui doute à nouveau de moi.

— Bon, qu'elle le nourrisse après tout, dit-il avec des gestes qui trahissaient son dépit et son amertume. Mais je ne veux pas de lui dans mon foyer. (Sur ce point, il se savait dans son droit et il était bien décidé à ne pas céder.) Quoi que tu en dises, je le crois attardé, moi. Je ne veux pas me charger de son éducation, et je doute qu'il devienne jamais chasseur.

— Comme tu veux, Broud. Je me suis engagé, moi, à assumer la responsabilité de son éducation. Durc fait partie du clan et il deviendra chasseur, j'en fais mon affaire.

Broud s'apprêtait à regagner son foyer quand il vit Creb apporter Durc à Oga, et il préféra quitter la caverne. Il ne donna libre cours à sa colère qu'au moment où il fut bien assuré que Brun ne pouvait plus le voir. Tout cela est la faute de ce vieil infirme, se dit-il, en essayant de chasser rapidement cette idée de son esprit, tant il craignait que le sorcier puisse lire dans ses pensées.

Plus peut-être qu'aucun des autres hommes du clan, Broud redoutait les esprits et sa crainte s'étendait à celui qui était en relations si intimes avec eux. Au cours du Rassemblement du Clan, il avait eu maintes fois l'occasion d'entendre les jeunes gens des autres clans chercher à s'effrayer en se racontant des histoires de mauvais sorts jetés par des mog-ur en colère : des lances se détournant au dernier moment de la proie visée, de terribles maladies accompagnées de mille souffrances, toutes sortes de calamités étaient imputées à la vengeance des mog-ur.

Or, le mog-ur du clan de Broud était le plus puissant de tous les sorciers.

Bien que Broud eût parfois trouvé que la difformité de Mog-ur était plus source de ridicule que de respect, il devait s'avouer que le corps tourmenté et le visage atrocement défiguré du sorcier ajoutaient à sa stature. Mog-ur apparaissait à tous ceux qui le rencontraient pour la première fois comme moitié homme, moitié démon. Broud s'était vanté auprès des autres jeunes hommes de ne pas avoir peur du grand Mog-ur, jouissant de la stupeur incrédule que suscitaient ses vantardises. Mais de même qu'il avait été impressionné malgré lui par les récits terrifiants courant sur les pouvoirs des mog-ur, de même la révérence craintive que tous les clans manifestaient à l'homme qui boitait avait encore renforcé la peur secrète que ce dernier lui avait toujours inspirée.

Chaque fois qu'il songeait au jour où il serait chef, Broud imaginait qu'il aurait Goov pour mog-ur, trouvant moins redoutable le futur sorcier, plus proche de lui par l'âge et par leurs aventures communes de chasseurs. S'il comptait bien amadouer ou intimider le servant pour le faire se conformer à ses décisions, il ne pouvait envisager d'en faire autant avec Mog-ur.

Tandis que Broud s'enfonçait dans la forêt, il prit une décision ferme et arrêtée : jamais plus il ne donnerait à Brun l'occasion de douter de lui ; jamais plus il ne compromettrait son accession à un rang qu'il était si près d'obtenir. Quand je serai chef, c'est moi qui prendrai les décisions, se dit-il avec une impatience rageuse. Quand je serai chef, Brun aura beau prendre sa défense, il ne pourra plus la protéger. Elle a retourné Brun contre moi, et même Oga, ma propre compagne. Broud s'abandonna au plaisir malsain de se remémorer tous les torts, toutes les insolences d'Ayla à son égard, toutes les fois où elle lui avait volé ses légitimes moments de triomphe, toutes les fois où il s'était senti insulté, diminué par sa seule présence. Mais il saurait attendre sa vengeance. Un jour, un jour proche, se promit-il, Ayla regretterait d'être venue vivre au sein de ce clan.

Broud n'était pas le seul à blâmer le vieil infirme : Creb lui-même se considérait comme responsable de la perte du lait d'Ayla, même s'il avait agi en pensant bien faire. Il n'entendait rien au corps des femmes, qu'il n'avait pas, ou si peu, fréquentées. Il lui avait fallu atteindre son grand âge pour vivre auprès d'une mère et de son bébé. Il n'avait ainsi pas compris que si une femme allaitait l'enfant d'une autre, ce n'était jamais pour s'acquitter d'un devoir communautaire, mais toujours pour répondre à un besoin ou une urgence. Creb comprenait maintenant qu'Ayla aurait fini par nourrir Durc et qu'elle n'aurait pas perdu son lait.

Il se demandait pourquoi il arrivait un tel malheur à la jeune femme. Creb se mit à en chercher les raisons, et ses réflexions l'amenèrent à douter des motifs qui l'avaient guidé lui-même. Derrière ses bonnes intentions, n'avait-il pas voulu inconsciemment lui rendre le mal qu'elle lui avait fait elle-même involontairement ? Dans ce cas, comment pouvait-il désormais se considérer comme digne d'avoir pour totem le Grand Ours des Cavernes ? S'il incarnait le plus grand sorcier du clan, alors le clan méritait probablement de disparaître. La conviction qu'il avait de la fin prochaine de sa race, la mort d'Iza ainsi que la mauvaise conscience d'avoir cruellement meurtri Ayla plongèrent Creb dans une profonde tristesse.

Ce n'était pas à Mog-ur qu'Ayla en voulait mais à elle-même de voir une autre femme allaiter son fils alors qu'elle en était incapable. Oga, Aga et Ika étaient venues toutes trois lui proposer de nourrir Durc et elle avait accepté avec reconnaissance. Mais la plupart du temps, c'était Uba qui apportait Durc à l'une d'elles, auprès de qui elle restait jusqu'à ce que le bébé eût fini. En perdant son lait, Ayla perdit en même temps une partie de la vie de son fils. Mais chaque nuit, en prenant Durc auprès d'elle, elle remerciait Broud pour son refus de recueillir l'enfant dans son foyer : ainsi n'en était-elle pas complètement séparée.

Tandis que les jours raccourcissaient avec l'automne, Ayla reprit sa fronde, saisissant ce prétexte pour sortir seule. Elle avait si peu chassé l'année précédente qu'elle avait perdu de son habileté, mais bien vite elle retrouva toute sa précision et sa rapidité. La plupart du temps elle partait tôt le matin et rentrait tard le soir, confiant Durc à Uba, et son seul regret était que l'hiver approchât si vite.

Si la chasse lui redonnait des forces et occupait l'esprit d'Ayla tant qu'elle s'y livrait, elle n'était pas pour autant débarrassée du poids de son chagrin. Il semblait à Uba que toute joie avait déserté le foyer de Creb. Sa mère lui manquait et une infinie tristesse se dégageait de Creb comme d'Ayla. Seul Durc, dans son inconscience enfantine, perpétuait un peu de ce bonheur qui, autrefois, lui avait paru être son dû. A l'occasion, il parvenait même à tirer Creb de sa léthargie.

Ce matin-là, Ayla était partie de bonne heure. Uba s'était éloignée du foyer pour chercher quelque chose au fond de la caverne quand Oga vint rapporter Durc dont elle confia la surveillance à Creb. L'enfant était rassasié et satisfait, mais il semblait peu disposé à dormir Il rampa vers le vieillard et se dressa sur ses jambes flageolantes en se retenant au vêtement de Creb.

— Toi, tu vas bientôt marcher, dit Creb. Avant la fin de l'hiver, tu courras partout dans la caverne, mon bonhomme !

Creb lui chatouilla le ventre. Durc ouvrit la bouche en étirant les lèvres et un rire gargouilla dans sa gorge. Creb ne connaissait qu'une seule personne dans le clan capable de produire un son pareil. Il le chatouilla encore, et l'enfant rit de plus belle au point d'en perdre l'équilibre et de se retrouver les fesses par terre. Creb le releva et l'examina d'un regard attentif.

Les jambes de Durc étaient arquées, mais moins que celles des autres enfants du clan et, quoique grassouillettes, Creb pouvait voir que leurs os étaient plus longs et plus fins. J'ai l'impression que ses jambes seront droites comme celles d'Ayla, et qu'il sera aussi grand qu'elle. Et son cou, si maigre et si fragile à la naissance qu'il n'arrivait pas à tenir la tête droite, ressemble à présent à celui d'Ayla. Et sa tête donc ? Ce grand front, c'est celui d'Ayla. Creb tourna Durc de profil. Le front, oui, mais les sourcils et les yeux, ce sont bien ceux du clan, ainsi que sa nuque.

Ayla avait raison. Il n'est pas difforme mais le résultat d'un mélange entre la conformation de sa mère et celle du clan. Je me demande si ça se passe toujours ainsi. Les esprits se mélangent-ils ? La vie commence-t-elle par un mélange de l'esprit des totems mâles et des totems femelles ? Creb n'en savait rien, mais tout cela lui donna à penser. Le vieux sorcier médita souvent au sujet de Durc tout au long de cet hiver solitaire. Il avait l'impression que le petit garçon serait appelé à jouer un rôle important dans le futur, mais il était bien incapable de dire lequel.

27

— Mais Ayla, je ne suis pas comme toi, moi. Je ne peux pas chasser. Où irai-je quand il fera nuit ? se lamenta Uba. Ayla, j'ai peur.

L'inquiétude qui se lisait sur le visage de la jeune fille fit regretter à Ayla de ne pouvoir l'accompagner. Uba n'avait pas tout à fait huit ans, et la perspective de passer quelques jours seule, loin de la sécurité de la caverne, l'effrayait. Mais l'esprit de son totem s'était battu pour la première fois et elle n'avait pas d'autre choix que de s'isoler.

— Tu te souviens de la petite grotte dans laquelle je me suis cachée à la naissance de Durc ? Eh bien, vas-y, Uba. Ce sera moins dangereux que de rester dehors. Je viendrai te voir tous les jours pour t'apporter à manger, et le temps passera très vite, tu verras. Prends une fourrure pour dormir et une braise pour allumer le feu. Tu trouveras de l'eau tout à côté. Bien sûr, ce sera dur de te retrouver toute seule, surtout la nuit, mais ne t'inquiète pas, tout ira bien. Et n'oublie pas, tu es une femme à présent. Tu auras bientôt un compagnon et peut-être même un bébé d'ici peu.

— Sais-tu quel homme Brun choisira pour moi ?

— Quel homme penses-tu qu'il te choisisse, Uba ?

— Vorn est le seul homme à ne pas avoir de compagne, et Borg aussi sera bientôt homme. Evidemment, Brun pourrait me donner comme seconde compagne à l'un des autres... Mais je crois que je préfère Borg. Nous avons beaucoup joué à nous accoupler, jusqu'au jour où il a voulu assouvir ses désirs avec moi pour de vrai. Ça n'a pas très bien marché, et depuis il est tout timide. Et puis il ne veut plus jouer avec les filles parce qu'il va devenir un homme. Il faut penser à Ona aussi, et Brun ne peut la donner à Vorn puisque c'est sa sœur. Il ne peut donc que lui donner Borg. Alors je crois que c'est Vorn qui deviendra mon compagnon.

— Ça fait un certain temps qu'il est un homme, et il doit se sentir impatient de prendre une compagne, dit Ayla, qui était arrivée elle aussi à la même conclusion. Cela te ferait plaisir de l'avoir pour compagnon ?

— Il fait comme si je n'existais pas, mais de temps en temps il me regarde. Après tout, il n'est peut-être pas si méchant que ça.

— Broud l'aime bien et en fera sans doute son second. Tu n'as pas d'inquiétude à te faire pour ton propre statut dans le clan, mais tu dois y penser pour tes fils. Je crois que tu as raison, il se donne l'air plus méchant qu'il ne l'est. Il lui arrive même d'être gentil avec Durc quand Broud n'est pas dans les parages.

— Tout le monde est gentil avec Durc, sauf Broud, remarqua Uba. Tout le monde l'aime beaucoup.

— Ça, on peut dire qu'il est à l'aise dans tous les foyers. Il a tellement l'habitude d'aller d'une femme à l'autre pour téter qu'il se sent partout chez lui et appelle toutes les femmes maman, répondit Ayla, l'air légèrement contrarié. (Mais elle chassa bien vite son ressentiment.) Tu te souviens du jour où il est entré dans le foyer de Grod, comme s'il était né là ?

— Oui, je m'en souviens, j'ai bien essayé, mais je n'ai pas pu m'empêcher de regarder, se rappela Uba. Il est passé devant Uka, qu'il a appelée maman, et il s'est dirigé droit vers Grod pour lui grimper sur les genoux.

— Je sais, répondit Ayla. De ma vie je n'ai vu Grod aussi stupéfait. J'étais sûre qu'il allait se mettre en colère quand Durc s'est mis à jouer avec sa grande lance. Mais il s'est contenté de la lui enlever des mains en disant : « Plus tard, Durc chasser comme Grod ! »

— Je crois que, si Grod l'avait laissé faire, il serait parti avec sa lance !

— Il ne se couche jamais sans le petit épieu qu'il lui a taillé, dit Ayla, qui souriait, attendrie par le rappel de ces petites scènes dont Durc était le héros. Tu sais combien Grod est peu loquace, poursuivit-elle avec des gestes allègres. J'ai été surprise de le voir arriver l'autre jour. Il m'a à peine saluée, est allé tout droit à Durc et lui a mis dans les mains cet épieu ; il lui a aussi montré comment le tenir. Et tout ce qu'il a dit en repartant, c'est : « Puisque le petit a tellement envie de chasser, il faut qu'il ait une arme à lui. »

— Quel dommage qu'Ovra n'ait jamais eu d'enfant. Grod aurait été si heureux ! dit Uba. C'est peut-être pour ça qu'il aime autant Durc. Brun aussi d'ailleurs, j'en suis certaine. Quant à Zoug, il commence déjà à lui montrer comment se servir d'une fronde. J'ai l'impression qu'il n'aura aucune difficulté à apprendre à chasser. A voir la façon dont ils se comportent avec Durc, on dirait que tous les hommes du clan sont les compagnons de sa mère, à l'exception de Broud... Et c'est peut-être la vérité, Ayla. Dorv a toujours prétendu que leurs totems à tous s'étaient ligués pour vaincre ton Lion des Cavernes.

— Je crois que tu ferais bien d'y aller, Uba, déclara Ayla pour changer de sujet. Je vais t'accompagner une partie du chemin. Il s'est arrêté de pleuvoir. Les fraises sauvages doivent être mûres. Tu en trouveras un vrai champ à mi-chemin sur le sentier. Je monterai te voir plus tard.

Goov traça à l'ocre jaune le symbole du totem de Vorn sur celui d'Uba.

— Acceptes-tu cette femme pour compagne ? demanda Creb avec des gestes solennels.

Vorn tapa Uba sur l'épaule et la jeune femme le suivit dans la caverne. Puis Creb et Goov accomplirent le même rituel pour Borg et Ona qui, à leur tour, gagnèrent le nouveau foyer où ils allaient passer une longue période d'isolement. Une brise légère faisait frissonner les feuilles des arbres, dont le vert prenait des couleurs tendres dans la lumière matinale. Quand l'assemblée se dispersa, Ayla prit Durc dans ses bras pour le ramener à la caverne, mais l'enfant se mit à gigoter pour descendre.

— D'accord, Durc, dit Ayla. Tu marches tout seul, mais tu viens manger un peu de bouillie.

Tandis que sa mère préparait le repas du matin, Durc s'échappa pour aller retrouver Uba et Vorn. Ayla eut juste le temps de le rattraper.

— Durc veut voir Uba, dit le petit garçon.

— Non, Durc. Personne n'a le droit de leur rendre visite pendant quelque temps. Mais si tu es bien gentil et que tu manges bien ta soupe, je t'emmènerai chasser avec moi.

— Durc bien gentil. Pourquoi Durc peut pas voir Uba ? demanda l'enfant, radouci par la promesse d'aller à la chasse avec sa mère. Pourquoi Uba mange pas avec nous ?

— Elle ne vivra plus dans ce foyer, Durc. Elle est la compagne de Vorn, maintenant, tu comprends ?

Durc n'était pas le seul à regretter le départ d'Uba. Le foyer paraissait vide depuis qu'elle l'avait quitté, laissant Creb, Ayla et l'enfant seuls. Dès lors, la tension entre le vieil homme et la jeune femme se manifesta de plus en plus clairement. Aucun des deux n'avait réussi à oublier les remords qu'il éprouvait à l'égard de l'autre. Plus d'une fois, en voyant le vieux sorcier sombrer dans la mélancolie, Ayla avait voulu lui passer les bras autour du cou et le serrer contre elle comme elle le faisait autrefois ; mais elle s'était retenue, répugnant à s'imposer à lui.

Creb ressentait le même manque d'affection et la même retenue, sans savoir que son isolement affectif ne faisait qu'aggraver son abattement A chaque fois qu'il avait surpris la douleur d'Ayla, regardant son fils au sein d'une autre femme, il aurait voulu aller la prendre dans ses bras. Iza aurait su trouver les mots et les gestes appropriés mais Iza n'était plus, et chacun se désespérait de ne pouvoir exprimer à l'autre tout l'amour qu'il lui gardait. Ils se sentirent très mal à l'aise lors du premier repas matinal sans Uba.

— Tu as encore faim, Creb ? demanda Ayla.

— Non, non. J'ai assez mangé, répondit le sorcier.

Il la regarda débarrasser les restes du repas, pendant que Durc se resservait allégrement des deux mains. Bien qu'il eût à peine plus de deux ans, le garçon était tout à fait sevré. Toutefois, il allait encore téter Oga et Ika, qui venait de mettre au monde un autre enfant, mais c'était pour le plaisir du contact chaud et rassurant des femmes qui l'avaient nourri, et aussi parce qu'elles voulaient bien le laisser faire. La venue d'un nouveau-né contraignait d'ordinaire la femme à refuser son lait aux enfants plus âgés, à plus forte raison déjà sevrés, mais Ika faisait exception pour Durc. Le garçon, cependant, savait ne pas abuser de ce privilège. Il ne tétait jamais longtemps et s'abstenait de demander quand elle venait d'allaiter son nourrisson.

Oga aussi se montrait fort indulgente envers lui, et il en profitait. Grev, qui était pratiquement sevré, sautait alors sur l'occasion, et on les voyait parfois tous les deux dans les bras d'Oga, tétant chacun un sein, jusqu'à ce que la curiosité de l'un pour l'autre les arrache aux mamelles. Durc était aussi grand que Grev, mais un peu moins fort. Quand ils luttaient ensemble, Grev avait le plus souvent le dessus, mais Durc le battait aisément à la course. La paire était inséparable, et ils se retrouvaient à la moindre occasion.

— Tu emmènes le petit avec toi ? s'enquit-il après un silence pesant.

— Oui, acquiesça-t-elle en essuyant les mains et le visage de son fils. Je lui ai promis de l'emmener chasser et je dois également ramasser quelques plantes. Il fait si beau aujourd'hui ! Tu devrais sortir, toi aussi, Creb, ajouta-t-elle. Le soleil te fera le plus grand bien.

— Oui, oui, plus tard.

L'espace d'un instant, elle hésita à lui proposer de faire une promenade le long de la rivière, comme par le passé, mais le vieil homme était absorbé dans ses pensées. Creb, après s'être assuré qu'elle avait bien quitté les lieux, saisit son bâton mais, trouvant trop fatigant de se lever, le reposa.

Ayla prit la direction de la rivière, Durc sur sa hanche et son panier de cueillette dans le dos. Creb l'inquiétait beaucoup. Ses facultés mentales, pourtant considérables, déclinaient doucement. Il était plus distrait que jamais, et il lui reposait souvent des questions auxquelles elle avait déjà répondu. Il sortait rarement de la caverne, même quand le temps était beau et ensoleillé. Il restait assis des heures durant, prétendant méditer et finissant par s'endormir sur place.

Dès qu'elle se fut éloignée de la caverne, Ayla se détendit et retrouva ses grandes et souples enjambées de coureuse des bois. Sa liberté d'allure ainsi que la beauté de l'été dissipèrent toutes les préoccupations qui l'agitaient. En arrivant dans une clairière elle laissa Durc marcher tout seul et s'arrêta pour cueillir des plantes. Il la regarda faire, puis arracha une poignée d'herbe et de luzerne qu'il lui apporta fièrement dans son petit poing serré.

— C'est très bien, Durc, dit Ayla en déposant les herbes dans son panier.

— Durc chercher encore, babilla l'enfant qui s'éloigna en courant.

Accroupie sur ses talons, Ayla observait son fils aux prises avec une grosse touffe. L'herbe céda brusquement et le petit garçon retomba brutalement sur le derrière. Il fronça son visage pour crier, plus surpris qu'endolori, mais Ayla s'empressa de le soulever dans ses bras et le fit sauter plusieurs fois en l'air. Durc gloussa de plaisir et la jeune femme s'amusa à le chatouiller rien que pour l'entendre rire.

La mère et le fils ne riaient que lorsqu'ils étaient seuls. Durc apprit très vite que personne d'autre n'appréciait ni n'approuvait ses sourires et ses éclats de rire S'il faisait à toutes les femmes du clan le geste traditionnel pour dire « maman », il savait bien qu'Ayla n'était pas comme les autres. Il se sentait beaucoup plus heureux avec elle et adorait se promener en sa compagnie. Mais ce qu'il aimait par-dessus tout, c'était le nouveau jeu qu'ils avaient inventé tous les deux.

— Ba-ba-na-ni-ni, ânonna Durc.

— Ba-ba-na-ni-ni, répéta Ayla.

— No-na-ni-gou-la, ajouta Durc.

Ayla l'imita encore une fois en le chatouillant gentiment, uniquement pour le plaisir de l'entendre rire de nouveau. Puis elle articula une série de sons, des sons qu'elle aimait tout particulièrement l'entendre répéter car ils faisaient naître en elle une impression de tendresse telle qu'elle en pleurait presque.

— Ma-ma-ma-ma, dit-elle.

— Ma-ma-ma-ma, répéta Durc.

Ayla le prit dans ses bras et le serra contre elle

— Ma-ma, dit à nouveau le garçonnet.

Il gigota pour se libérer. Il préférait les longs câlins le soir quand il se blottissait contre elle en se couchant. Elle essuya une larme. Les pleurs étaient une particularité qu'il ne partageait pas avec elle. Il avait de grands yeux marron, enfoncés sous de larges arcades sourcilières, les yeux du clan.

— Ma-ma, dit Durc, qui l'appelait souvent ainsi quand ils étaient seuls, surtout après qu'on lui eut rappelé le mot de deux syllabes. Tu vas chasser maintenant ? demanda-t-il, adoptant de nouveau le langage gestuel du clan.

Depuis qu'elle emmenait Durc chasser avec elle, Ayla avait commencé par lui apprendre à tenir une fronde, et elle s'apprêtait à lui en fabriquer une quand Zoug la prit de vitesse. Le vieil homme ne chassait plus du tout, mais il prenait plaisir à faire l'apprentissage de Durc. Malgré son jeune âge, le bambin montrait déjà d'excellentes dispositions au maniement de cette arme, dont il était aussi fier que de sa petite lance.

Il aimait bien l'attention qu'il suscitait en se promenant avec sa fronde passée dans sa ceinture et sa lance à la main. Il fallut fabriquer des armes pour Grev aussi. Les deux gamins, ainsi armés, provoquaient l'amusement du clan, et ses compliments envers d'aussi braves petits hommes Des hommes, ils avaient déjà certains privilèges. Ainsi quand Durc découvrit que commander aux petites filles était non seulement permis mais de règle, il n'hésita pas longtemps à user des prérogatives masculines envers les femelles du clan, adultes comprises car elles aussi, il l'avait vérifié, exécutaient parfois ses volontés, sinon ses caprices Mais avec sa mère il avait d'autres rapports

Il savait qu'Ayla était différente. Elle était la seule avec laquelle il pouvait rire, jouer à faire des bruits avec la bouche, la seule qui avait ces longs cheveux d'or qu'il adorait toucher. Il ne pouvait se rappeler s'il lui avait tété le sein, mais il n'aurait dormi avec personne d'autre qu'elle. Il savait qu'elle était une femme parce que sa place dans le clan était parmi les femmes, mais elle était plus grande que les autres hommes, et elle chassait. Il n'avait qu'une très vague idée de ce qu'était la chasse, mais elle était réservée aux hommes, de cela il était sûr. Sa mère était la seule femme qui chassait. Elle était unique. Le nom qu'elle lui avait appris, et qu'il aimait tant répéter, lui allait bien. Elle était Mama, la déesse blonde qu'il aimait et qui n'acquiesçait pas la tête baissée quand il se hasardait à la commander.

Ayla lui plaça convenablement la fronde entre les mains et, sans le lâcher, lui montra comment s'en servir. Puis, après avoir ramassé quelques cailloux, elle prit sa propre fronde, qu'elle portait toujours à la ceinture, et tira sur un gros rocher peu éloigné. Au bout de plusieurs tirs, Durc trouva le jeu amusant et se dépêcha de lui apporter de nouveaux cailloux pour qu'elle puisse continuer. Mais l'enfant se lassa vite, et Ayla se remit à ramasser des plantes, tout en s'arrêtant pour manger des fraises des bois.

— Comme tu es barbouillé, mon fils ! s'exclama-t-elle à la vue du petit garçon maculé du jus rouge et poisseux.

Le prenant sous le bras, elle le conduisit jusqu'au ruisseau pour le laver. Puis, roulant une grande feuille en cône, elle alla puiser de l'eau pour eux deux. Durc bâilla en se frottant les yeux. Sa mère étendit par terre la peau dans laquelle elle le portait, le coucha à l'ombre d'un grand chêne et s'assit à ses côtés, adossée à l'arbre.

Par ce bel après-midi d'été, dans le bourdonnement incessant des milliers d'insectes et le gazouillement des oiseaux, Ayla se laissa aller à la rêverie. Elle repensa aux événements de la matinée. J'espère qu'Uba sera heureuse avec Vorn, se dit-elle. Le foyer va paraître si vide sans elle. Elle a beau ne pas être loin, ce ne sera pas la même chose. C'est elle qui devra faire la cuisine pour son compagnon à présent, et elle dormira avec lui après la période d'isolement. J'espère qu'elle aura un bébé bientôt !

Et moi ? Personne n'est venu me réclamer pour l'autre clan. Ils ne trouvent peut-être pas notre caverne. En fait, je ne crois pas les intéresser tant que ça. J'en suis heureuse d'ailleurs. Je ne veux pas pour compagnon un homme que je ne connais pas. Je ne veux déjà pas de ceux que je connais ! Et eux non plus ils ne veulent pas de moi.. Ils disent que je suis trop grande. Droog m'arrive à peine au menton.. Iza se demandait si j'arrêterais jamais de grandir. Je commence à en douter moi-même. Broud ne peut supporter ça. Il ne tolère pas qu'une femme soit plus grande que lui C'est étrange, il ne m'a pas ennuyée une seule fois depuis notre retour du Rassemblement du Clan. Pourquoi suis-je prise d'un frisson à chaque fois qu'il pose les yeux sur moi ?

Brun se fait vieux. Il a mal aux articulations. Il va bientôt demander à Broud de lui succéder. Je le sais Et c'est Goov qui sera mog-ur Il assume déjà la célébration de la plupart des cérémonies. J'ai l'impression que Creb ne veut plus être mog-ur depuis la nuit où je les ai surpris dans la grotte sacrée. Pourquoi a-t-il fallu que j'entre dans la caverne, cette nuit-là ? Je ne me rappelle même pas comment je suis arrivée jusqu'à cette salle. Je n'aurais jamais dû me rendre à ce Rassemblement. Si j'étais restée, j'aurais soigné Iza, et elle serait encore parmi nous. Elle me manque tellement, et je n'ai pas de compagnon vers qui me tourner. Ce ne sera pas le cas de Durc.

Je suis étonnée qu'ils aient laissé la petite Ura en vie. Peut-être était-elle destinée à devenir la compagne de Durc. Des hommes de chez les Autres, a dit Oda. Qui sont-ils ? Iza dit que je suis née chez eux, mais je ne me souviens de rien. Qu'est-il arrivé aux miens ? Avais-je des frères, des sœurs ? Elle éprouva soudain le sentiment d'avoir oublié quelque chose... qui concernait Iza. Soudain elle se rappela, et elle fut prise d'un violent frisson. Les dernières paroles d'Iza ! Elle n'y avait plus pensé, après qu'elle se fut efforcée heure après heure de chasser de ses pensées cette affreuse nuit.

Iza m'a dit de partir ! Elle m'a dit que je n'étais pas du Clan et que je devais aller retrouver les miens. Elle était sûre que Broud s'acharnerait de nouveau sur moi, et, cette fois, ce serait lui le chef. Les Autres vivent vers le nord, m'a dit Iza. Au-delà de la péninsule, sur la terre ferme.

Comment pourrais-je partir ? C'est ici, chez moi. Je ne peux pas laisser Creb, et Durc a besoin de moi. Et que se passera-t-il si je ne trouve pas les Autres ? Et même si je les trouve, il se pourrait qu'ils ne veuillent pas de moi. Personne ne veut d'une femme laide.

Creb se fait vieux. Que m'arrivera-t-il quand il ne sera plus là ? Qui pourvoira à mes besoins ? Je ne peux pas vivre seule avec Durc, il faudra qu'un des hommes me prenne dans son foyer. Mais qui ? Broud ! Il sera chef, et si aucun autre homme ne veut de moi, il sera contraint de me prendre avec lui. Cette perspective le révoltera autant que moi, mais il le fera uniquement parce qu'il saura que cela me fera horreur. Non, jamais je ne pourrai supporter de vivre avec Broud. Je préférerais encore vivre avec un homme d'un autre clan, si l'on veut bien de moi.

Peut-être devrais-je partir. Avec Durc. Mais s'il m'arrivait quelque chose, il se retrouverait seul, comme je l'ai été. Il n'est pas dit qu'il aurait autant de chance que moi, car Iza passait par là. Non, il est exclu que je l'emmène. Il est né ici, il fait partie du Clan. Une compagne lui est promise. Que deviendrait la pauvre Ura si Durc n'était plus là ? Et lui aussi aura besoin d'elle. Il lui faudra une compagne quand il sera devenu grand, et Ura est parfaite pour lui.

De toute façon, comment pourrais-je quitter Durc ? Je me résignerai à vivre au foyer de Broud plutôt que de m'en séparer. Je dois rester ici, je n'ai pas le choix. Même en compagnie de Broud, s'il le faut. Ayla considéra son enfant endormi en se pénétrant de ses devoirs de femme du Clan et de la nécessité d'accepter son destin. Une mouche se posa sur le nez de Durc. Il fronça les narines, se frotta le nez dans son sommeil et, l'insecte envolé, cessa de s'agiter.

Et puis, aller dans quelle direction vers le nord ? Ici, tout est vers le nord, il n'y a que la mer pour être au sud. En outre, les Autres m'ont plutôt l'air de brutes. Forcer Oda sans même lui permettre de poser son bébé ! Il vaut mieux rester avec un Broud que je connais que d'aller à la rencontre d'un homme qui pourrait être pire encore.

Il se faisait tard. Ayla réveilla son fils et, tout en regagnant la caverne, elle essaya de chasser de son esprit tout ce qui se rapportait aux Autres. Mais à présent qu'elle y avait pensé, il lui fut impossible de les oublier complètement.

— Tu es très occupée, Ayla ? s'enquit Uba d'un air timide et mutin à la fois.

Ayla, qui avait deviné de quoi il s'agissait, décida de laisser à Uba la joie de lui apprendre la nouvelle.

— Non, pas vraiment. J'ai fait un mélange de luzerne et de menthe poivrée, et j'allais y goûter. Je vais mettre de l'eau à chauffer pour une infusion.

— Où est Durc ? demanda Uba tandis qu'Ayla attisait le feu et y ajoutait du bois et d'autres pierres à chauffer.

— Il est dehors avec Grev. Oga les surveille, répondit Ayla. Ces deux-là sont tout le temps fourrés ensemble.

— C'est peut-être parce qu'ils ont été nourris ensemble. Ils sont plus proches que des frères, on dirait presque des jumeaux.

— Oui, mais en général les jumeaux se ressemblent, ce qui n'est pas leur cas. Te souviens-tu de ceux qu'il y avait au Rassemblement ? Je n'arrivais pas à les distinguer l'un de l'autre.

— Ça peut porter malheur d'avoir des jumeaux, et quant aux triplés ils ne survivent jamais. Comment une femme pourrait-elle nourrir trois enfants à la fois, alors qu'elle n'a que deux seins ? demanda Uba.

— Il faut l'assistance d'une nourrice. Heureusement pour Durc, Oga a toujours eu du lait en abondance.

— J'espère que moi aussi j'aurai beaucoup de lait, dit Uba. Je pense que je vais avoir un enfant, Ayla.

— Je m'en doutais, Uba. Tu n'as pas eu besoin de t'isoler depuis que tu as eu un compagnon, n'est-ce pas ?

— Non, je pense que le totem de Vorn attendait depuis longtemps déjà. Il doit être très puissant.

— Tu lui as annoncé la nouvelle, Uba ?

— Je voulais attendre d'en être sûre, mais il a deviné, répondit Uba. Il a dû s'apercevoir que je ne m'isolais pas. Il est très content, ajouta-t-elle avec fierté.

— C'est un bon compagnon. Tu es heureuse ?

— Oh, oui, Ayla, je suis heureuse avec Vorn. Quand il a su que j'allais avoir un enfant, il m'a dit qu'il m'attendait depuis longtemps et qu'il était heureux que le bébé arrive si vite. Il m'a dit aussi qu'il m'avait demandée avant même que je devienne une femme.

— C'est merveilleux, Uba.

Ayla songea à part elle que Vorn n'avait guère eu lui-même le choix d'une compagne. Uba était la seule fille nubile du clan. Certes il aurait pu me prendre, moi, mais pourquoi aurait-il voulu d'une femme deux fois plus grande que lui, et laide de surcroît, quand il pouvait avoir une fille aussi charmante qu'Uba, appelée à être par ailleurs une guérisseuse de la lignée d'Iza ? Pourquoi penser une chose pareille, se reprocha-t-elle. Je n'ai jamais envisagé d'avoir Vorn pour compagnon. C'est la perspective de me retrouver seule quand Creb aura disparu qui me donne ces pensées. Je vais m'occuper sérieusement de Creb. Je voudrais qu'il vive encore longtemps mais il a hélas perdu le goût de vivre. Il ne sort presque plus jamais de la caverne. S'il ne prend pas un peu d'exercice chaque jour, il n'aura bientôt plus la capacité de se déplacer.

— A quoi penses-tu, Ayla ? Tu as l'air toute soucieuse, remarqua Uba.

— Je m'inquiète au sujet de Creb.

— Oui, il se fait vieux. Il est beaucoup plus âgé que maman, et elle n'est plus là. Elle me manque toujours, Ayla. Et quand le moment viendra pour Creb de nous quitter pour le monde des esprits, je serai très malheureuse, tu sais.

— Moi aussi, Uba, je serai très malheureuse, répondit Ayla, visiblement émue.

Ayla ne tenait pas en place. Elle partait chasser aussi souvent que possible et, le reste du temps, s'activait avec une énergie inlassable. Elle ne pouvait supporter de n'avoir rien à faire. Elle se livra à un inventaire méticuleux de toute sa pharmacopée, qu'elle entreprit de renouveler, parcourant les prés et les bois à la recherche de toutes les plantes médicinales dont Iza lui avait appris les vertus. Elle tissa des nattes, tressa des paniers, fabriqua des bols et des plats en bois, toutes sortes de récipients en écorce de bouleau, elle sala et tailla des peaux pour en faire des bonnets, des moufles et des chausses en prévision de l'hiver. Elle prépara des panses d'animaux pour en faire des outres, se tailla des couteaux, des grattoirs, des tranchoirs dans des nodules de silex. Elle évida des pierres plates pour en faire des lampes à graisse, confectionna des mèches de mousse séchée, se rendit jusqu'au bord de la mer pour y ramasser des coquillages qui serviraient de cuillers, de louches et de soucoupes. Elle accompagna les chasseurs dans leurs expéditions, sécha la viande, quand elle ne cueillait pas avec les femmes les baies, les fruits et les plantes dont le clan se nourrissait. Elle moulut les graines de sa propre réserve en une fine farine plus facile à consommer pour Creb et Durc. Et pourtant, rien ne semblait assouvir son besoin d'activité.

Elle se consacra à Creb, le cajola et prit soin de lui comme elle ne l'avait jamais fait auparavant. Elle lui confectionnait des mets particuliers pour stimuler son appétit, lui préparait des tisanes et des cataplasmes, l'obligeait à se reposer au soleil et l'entraînait dans de longues promenades. Il parut apprécier sa compagnie et son empressement, et retrouver un peu de sa vigueur et de sa bonne humeur. Mais l'intimité et la confiance de leurs conversations d'antan avaient disparu et ils se promenaient le plus souvent sans mot dire.

Brun aussi vieillissait. Ayla prit soudain conscience du changement qui s'était opéré en lui le jour où elle le vit observant du haut du promontoire les chasseurs qui s'éloignaient vers les steppes jusqu'à ce qu'ils ne fussent plus que de minuscules silhouettes se fondant dans les hautes herbes. Sa barbe et ses cheveux étaient devenus presque blancs, de profondes rides sillonnaient son visage, et ses muscles, quoique encore vigoureux, se relâchaient. Il rentra lentement à la caverne et passa le reste de la journée à son foyer. Il accompagna les chasseurs à leur expédition suivante, mais quand il resta seul pour la deuxième fois, Grod, fidèle second, lui tint compagnie.

Un beau jour, vers la fin de l'été, Durc arriva en courant à la caverne.

— Maman ! Maman ! Un homme ! Il arrive !

Ayla se précipita à l'entrée ainsi que tout le clan, pour regarder l'étranger gravir la côte.

— Tu crois qu'il vient te chercher, Ayla ? demanda Uba, tout excitée.

— Je n'en sais pas plus que toi, Uba.

Ayla, extrêmement tendue, éprouvait des sentiments mitigés. Elle souhaitait et redoutait à la fois que le visiteur fasse partie du clan des parents de Zoug. L'homme s'arrêta pour parler à Brun, puis le suivit jusqu'à son foyer. Peu après, Ebra vint chercher la jeune femme.

— Brun veut te voir, lui dit la compagne du chef.

Le cœur battant la chamade, elle crut que ses jambes ne la soutiendraient jamais jusqu'au foyer de Brun. Elle se laissa tomber à ses pieds. Il lui tapa sur l'épaule.

— Voici Vond, Ayla, dit-il en désignant le visiteur. Il vient du clan de Norg pour te voir. Sa mère est malade, et leur guérisseuse n'arrive pas à la soigner. Elle a pensé que tu connaîtrais peut-être un remède.

Ayla s'était fait une renommée d'habile guérisseuse lors du Rassemblement. L'homme avait fait seul ce long chemin pour solliciter sa compétence ; il n'était pas venu pour elle. Le soulagement l'emporta sur sa déception. Vond ne resta que quelques jours, mais donna force nouvelles de son clan. Le jeune homme blessé par l'ours des cavernes avait passé l'hiver avec eux, et il était reparti au printemps, sur ses deux jambes et boitant à peine. Sa compagne avait donné le jour à un beau garçon qu'on avait baptisé Creb. Après avoir interrogé l'homme sur le mal dont souffrait sa mère, Ayla lui remit au moment du départ un petit paquet et lui donna des instructions précises à l'intention de leur guérisseuse.

Après le départ de Vond, Brun réfléchit de nouveau au problème que lui posait Ayla. Il avait différé toute décision à son sujet tant qu'il subsistait quelque espoir de la voir acceptée par un autre clan Mais à présent que Vond avait fait la preuve que tout émissaire désirant les trouver pouvait y parvenir, il n'y avait plus rien à espérer. Il fallait chercher une solution à l'intérieur du clan.

Le jour où Broud serait le chef, ce serait à lui de prendre Ayla dans son foyer, mais Brun préférait lui laisser l'initiative de cette décision, et puis tant que Mog-ur vivrait, il n'y avait pas lieu de précipiter les choses. Broud semblait avoir dominé l'excessive aversion qu'il éprouvait envers la jeune femme ; il ne la harcelait plus jamais et lui commandait rarement une tâche. Peut-être est-il prêt enfin pour me succéder, pensa Brun. Mais un doute subsistait encore dans son esprit.

L'été prit fin, l'automne passa et le clan s'installa dans l'hiver. La grossesse d'Uba suivait son cours. Mais aux environs du septième mois, les signes de vie en elle ne se firent plus sentir. Elle essaya de ne pas faire cas des crampes et des violentes douleurs qu'elle éprouvait dans les reins, mais quand elle commença à perdre du sang, elle se dépêcha d'aller trouver Ayla.

— Depuis combien de temps a-t-il cessé de remuer, Uba ? demanda Ayla, le visage grave.

— Depuis quelques jours, Ayla. Que vais-je faire ? Vorn était si content. Je ne veux pas perdre mon enfant. Qu'est-ce qui a bien pu se passer ? Il restait si peu de temps avant la naissance.

— Je n'en sais rien, Uba. Te souviens-tu d'être tombée ou d'avoir peiné pour soulever quelque chose de lourd ?

— Je ne crois pas, Ayla.

— Va t'allonger, Uba. Je vais t'apporter une infusion d'écorce de bouleau et je vais essayer de trouver une meilleure idée. Penses-y toi aussi, tu en sais à peu près autant qu'Iza.

— J'y ai déjà réfléchi, Ayla. Je ne me souviens de rien qui puisse faire bouger de nouveau un bébé.

Ayla ne put rien lui répondre. Elle savait parfaitement bien qu'il n'y avait pas le moindre espoir, et elle partageait toute l'angoisse d'Uba.

Les jours suivants, Uba resta allongée dans l'espoir qu'un miracle se produirait. Ses douleurs dans les reins devenaient insupportables et seuls la soulageaient les remèdes qui la faisaient dormir d'un sommeil agité Mais les crampes ne se transformaient toujours pas en contractions.

Ovra passait la plus grande partie de son temps au chevet d'Uba. Elle avait traversé la même épreuve tant de fois qu'elle comprenait mieux que toute autre les souffrances qu'endurait la jeune femme dans sa chair comme dans son cœur. La compagne de Goov n'avait jamais pu mener à terme ses grossesses successives et, n'ayant toujours pas conçu d'enfant, sa tristesse s'était accrue avec le temps. Ayla trouvait noble et bon de la part de Goov qu'il continuât d'entourer sa compagne d'affection. D'autres hommes auraient pris une seconde femme, quand ils n'auraient pas chassé la compagne stérile de leur foyer. Mais Goov aimait Ovra, et jamais il n'aurait alourdi sa peine en lui imposant la présence d'une autre à leurs côtés. Ayla avait commencé à faire prendre à Ovra la secrète décoction dont Iza lui avait transmis la recette et qui empêcherait le totem d'Ovra d'être vaincu. La guérisseuse ne pouvait laisser une femme continuer d'avoir des grossesses qui se terminaient invariablement en fausses couches. Ayla s'était bien gardée de lui révéler les propriétés contraceptives de la décoction, mais à la longue Ovra le devina toute seule en constatant que l'esprit du totem de Goov ne parvenait plus à vaincre le sien, ce qui était mieux ainsi.

Par un matin glacial, vers la fin de l'hiver, Ayla, accompagnée d'Ovra, examina la fille d'Iza et prit une décision.

— Uba, appela-t-elle doucement. (La jeune femme ouvrit les yeux, des yeux que des cernes sombres faisaient paraître encore plus profondément enfoncés dans les orbites.) Il est temps que tu prennes de l'ergot pour déclencher les contractions. Rien ne peut plus sauver ton enfant. Si tu ne l'expulses pas, tu mourras avec lui. Tu es jeune, tu peux en avoir d'autres.

Uba regarda tour à tour Ayla puis Ovra.

— Très bien, accepta-t-elle. Vous avez raison, il n'y a plus d'espoir, mon enfant est mort.

L'accouchement d'Uba fut difficile. Les contractions mirent longtemps à venir, et Ayla n'osait plus donner d'analgésiques trop forts de peur de contrarier l'effet de l'ergot. Les autres femmes du clan vinrent l'encourager et l'assurer de leur soutien, mais aucune ne resta longtemps. Elles savaient toutes que les efforts et les souffrances d'Uba seraient vaines. Seule Ovra resta pour aider Ayla.

Quand l'enfant mort-né fut délivré, Ayla s'empressa de l'envelopper avec le placenta dans la peau disposée pour l'accouchement.

— C'était un garçon, dit-elle à Uba.

— Puis-je le voir ? demanda la jeune femme d'une voix faible.

— Non, Uba, je ne pense pas que ce serait une bonne chose. Cela ne pourra que te rendre encore plus triste. Repose-toi, je m'en occupe. Tu n'aurais pas la force de te lever.

Ayla dit à Brun qu'Uba était trop faible et qu'elle se chargerait d'enterrer l'enfant, mais elle se garda d'en dire davantage. Uba n'avait pas accouché d'un seul enfant, mais de deux, deux jumeaux qui n'étaient pas parvenus à se séparer, effroyable fœtus à peine humain aux bras et aux jambes multiples, attachés à un corps monstrueux surmonté d'une tête trop grosse. Ovra s'était retenue à grand-peine de vomir à la vue de la chose, et Ayla elle-même avait eu un haut-le-cœur.

C'était un cas extrême de difformité, et non le résultat naturel de deux types humains différents, celui du Peuple du Clan et celui des Autres, comme Durc en était l'exemple. Ayla savait qu'elle pouvait compter sur le silence d'Ovra. Il valait mieux que le clan crût qu'Uba avait eu un enfant mort-né, mais normal. Cela valait mieux surtout pour Uba.

Ayla s'enveloppa dans une chaude couverture et sortit dans la neige profonde où elle s'enfonçait à chaque pas. Quand elle fut assez éloignée de la caverne, elle ouvrit le paquet et en abandonna le contenu dans la nature Il vaut mieux s'assurer qu'il ne subsistera aucune trace, pensa-t-elle. A peine se fut-elle détournée qu'elle perçut un mouvement furtif du coin de l'œil. L'odeur du sang attirait déjà les carnassiers.

28

— Ça te ferait plaisir de dormir cette nuit avec Uba, Durc ? demanda Ayla.

— Non ! répondit énergiquement le petit garçon. Durc dort avec mama !

— Ça n'a pas d'importance, Ayla, je prévoyais cela. Nous avons déjà passé toute la journée ensemble, dit Uba. D'où sort-il ce nom qu'il te donne ?

— Oh, il a pris l'habitude de m'appeler comme ça, répondit Ayla d'un air évasif.

La réprobation du clan envers tout mot ou son inutile était si profondément ancrée dans l'esprit d'Ayla qu'elle se sentait coupable du jeu auquel elle s'adonnait avec son fils. Uba n'insista pas, bien qu'elle eût remarqué le léger embarras d'Ayla.

— Parfois, quand je vais me promener seule avec Durc, nous nous amusons à produire des sons tous les deux, finit par avouer Ayla à celle qu'elle considérait comme sa petite sœur. Il a choisi ces deux sons pour m'appeler, mais il est capable d'en inventer bien d'autres, tu sais.

— Toi aussi, tu peux faire plein de sons avec ta bouche. Maman disait que tu n'arrêtais pas quand tu étais petite, avant que tu apprennes à t'exprimer correctement. Et je me rappelle encore le bruit que tu faisais en me berçant quand j'étais bébé. Ça me plaisait bien.

— C'est possible. Je ne m'en souviens pas très bien, dit Ayla. Il s'agit simplement d'un jeu entre Durc et moi.

— Qu'importe, répondit Uba, ce n'est pas comme s'il était incapable de s'exprimer. Quel dommage que ces racines soient pourries, ajouta-t-elle en jetant l'une d'elles. Le festin de demain n'aura rien d'extraordinaire. Nous n'avons en tout et pour tout que de la viande et du poisson séché, et des légumes à moitié avariés. Si Brun voulait seulement attendre un peu plus longtemps, il y aurait au moins des légumes frais et de jeunes pousses.

— Brun n'est pas seul en cause, remarqua Ayla Creb prétend que la première lune après le début du printemps est le moment propice.

— Je me demande comment il peut savoir que le printemps a commencé, dit Uba. Pour moi, les jours de pluie se ressemblent tous.

— Je crois qu'il le sait en observant les couchers du soleil. Cela fait des jours qu'il n'en manque pas un. Même par temps de pluie, on arrive toujours à voir où le soleil se couche, et il y a eu plusieurs nuits claires où l'on voyait la lune. Creb sait tout cela.

— Je regrette sa décision de nommer Goov mog-ur à sa place, dit Uba.

— Oui, moi aussi. Que fera-t-il de son temps quand il n'aura plus de cérémonies à célébrer ? Je savais bien que cela devait arriver un jour, mais cette perspective ne me réjouit guère.

— Quel changement cela va faire ! Il y a si longtemps que Brun est le chef et Creb le mog-ur ! Mais Vorn dit qu'il est temps de laisser la place aux jeunes, et que Broud a attendu son tour assez longtemps.

— Il a sans doute raison, répondit Ayla. Vorn a toujours éprouvé une vive admiration envers Broud.

— Il est gentil avec moi. Il ne s'est pas mis en colère quand j'ai perdu le bébé. Je crois qu'il t'aime bien aussi, Ayla. C'est lui qui voulait que Durc vienne dormir chez nous. Je crois qu'il sait combien j'aime avoir ton fils près de moi, lui confia Uba. Et ces temps derniers, Broud ne s'est pas montré trop désagréable avec toi.

— Non, il ne m'ennuie plus depuis quelque temps, reconnut Ayla, qui ne pouvait expliquer la crainte qu'elle ressentait à chaque fois qu'elle croisait son regard, éprouvant même un picotement à la nuque quand il l'observait à la dérobée.

Ce soir-là, Creb demeura longtemps avec Goov dans la grotte sacrée. Ayla prépara un repas léger pour Durc et elle-même et mit de côté la part de Creb, qui aurait peut-être faim en revenant, bien qu'elle en doutât. Elle s'était réveillée au matin avec une sourde angoisse qui n'avait fait que croître au fil de la journée. A présent, il lui semblait étouffer dans la caverne, et elle avait la gorge sèche comme une vieille écorce. Incapable d'avaler une bouchée de plus, elle se leva brusquement et courut jusqu'à l'entrée de la caverne, pour scruter le ciel de plomb, d'où tombait une pluie diluvienne qui transformait les abords de la caverne en un champ de boue. Durc s'était couché et il dormait déjà quand elle rentra. Mais dès qu'il la sentit qui s'allongeait à côté de lui, il se blottit contre elle en murmurant ma-ma avant de replonger dans le sommeil.

Ayla passa son bras autour du petit corps, écouta battre le cœur de son fils assoupi contre elle. Elle resta les yeux grands ouverts, examinant les moindres détails de la paroi que le feu mourant éclairait faiblement. Ce fut seulement quand elle entendit le pas de Creb lui indiquant qu'il allait se coucher qu'elle put trouver le sommeil.

Elle se réveilla dans la nuit en hurlant.

— Ayla ! Ayla ! appela Creb, en la secouant pour la sortir de la terreur qui se lisait dans son regard fixe. Que se passe-t-il, ma petite ? demanda-t-il, l'air inquiet.

— Oh, Creb, sanglota-t-elle en lui jetant les bras autour du cou. J'ai encore fait cet horrible cauchemar. Ça ne m'était pas arrivé depuis des années...

Le vieillard, ému, serra la jeune femme tremblante dans ses bras.

— Qu'est-ce qu'elle a, mama ? demanda Durc, qui s'était redressé sur sa couche, les yeux agrandis de peur.

Il n'avait jamais entendu sa mère crier ainsi. Ayla passa son bras autour de lui.

— Quel rêve, Ayla ? Celui du Lion des Cavernes ? demanda Creb.

— Non, l'autre, celui que je n'arrive jamais à me rappeler après, expliqua-t-elle en frémissant. Creb, je croyais en avoir fini avec ces cauchemars...

Creb la serra de nouveau contre lui, elle lui rendit son étreinte, et ils restèrent tous les deux enlacés un long moment, Durc blotti entre eux.

— Oh, Creb, il y a si longtemps que je désirais te serrer dans mes bras ! Mais j'avais peur que tu me repousses comme tu le faisais autrefois quand j'avais été insolente. Et il y a autre chose que je voulais te dire, Creb. Je t'aime.

— Ayla, à cette époque, je devais me forcer pour te repousser ; il fallait bien que je réagisse, sinon Brun s'en serait chargé lui-même. Mais je t'aimais trop pour me mettre vraiment en colère contre toi. Et je t'aime encore beaucoup trop ! J'ai cru que tu m'en voulais quand tu as perdu ton lait.

— Ce n'était pas ta faute, Creb, mais la mienne, entièrement. Je ne t'en ai jamais voulu.

— Je me le suis reproché longtemps. J'aurais dû savoir qu'il ne faut jamais laisser une mère s'éloigner de son bébé. Mais tu semblais avoir tellement besoin de rester seule avec ton chagrin, tu avais tellement mal...

— Comment aurais-tu pu savoir ce qu'il fallait faire ou pas ? Les hommes n'entendent rien à ces choses. Ils aiment tenir les enfants dans leurs bras et s'amuser avec eux quand ceux-ci commencent à gambader et s'ils sont en bonne santé. Mais au moindre cri du petit, ils s'empressent de le redonner à sa mère. Et puis, Durc n'en a pas souffert. Il commence sa première année de sevrage, et il est grand et vigoureux, même s'il a été trimballé de foyer en foyer.

— Mais cela t'a fait du mal, je le sais.

— Mama, tu as mal ? intervint Durc, qui n'était pas encore tout à fait rassuré.

— Non, Durc, mama n'a pas mal, c'est fini.

— Comment a-t-il appris ce nom qu'il te donne, Ayla ?

— Il nous arrive de jouer à faire des sons ensemble, et il a choisi celui-là pour s'adresser à moi, expliqua Ayla en rougissant légèrement.

— Il appelle toutes les autres femmes « maman » ; il a sans doute eu envie de trouver quelque chose de particulier pour toi.

— C'est comme ça que je le comprends aussi.

— Quand tu es arrivée parmi nous, tu émettais toi aussi toutes sortes de sons. J'imagine que ton peuple doit s'exprimer ainsi.

— Mon peuple, c'est le Clan. Je suis une femme du Clan.

— Non, Ayla, rectifia Creb d'un air las. Tu ne fais pas partie du Clan, tu appartiens aux Autres.

— C'est ce qu'Iza m'a dit la nuit où elle est morte.

— Je ne pensais pas qu'elle aussi avait compris, dit Creb d'un air surpris. Moi, je ne l'ai compris qu'en te voyant pénétrer dans notre sanctuaire.

— Je n'avais pas l'intention de le faire, Creb. Je ne sais même pas comment je me suis trouvée là. Mais j'ai cru que tu avais cessé de m'aimer parce que j'avais pénétré dans la grotte sacrée.

— Non, Ayla, je n'ai jamais cessé de t'aimer.

— Durc a faim ! s'écria le petit garçon que la conversation entre sa mère et Creb ennuyait fort.

— Tu as faim ? s'étonna Ayla. Je vais voir si je peux te trouver quelque chose.

Creb la regarda s'affairer. Je me demanderai toujours pourquoi elle s'est trouvée sur notre chemin, songea-t-il. Elle est née chez les Autres, et le Lion des Cavernes l'a toujours protégée, alors pourquoi l'a-t-il conduite auprès de nous ? Pourquoi pas auprès des Autres ? Et pourquoi s'est-il avoué vaincu, lui permettant d'avoir un enfant, pour accepter ensuite qu'elle perde son lait ? Tout le monde y voit la malchance qui marque le destin de son fils. Malchanceux, Durc ? Il est robuste, il est heureux, il est aimé de tous ici. Peut-être Dorv avait-il raison, peut-être les esprits des totems de tous les hommes du clan se sont-ils ligués pour battre le Lion des Cavernes. Ayla avait raison également, son fils n'est pas difforme, il est un mélange. Il est même capable de produire des sons, comme elle. Il est une partie d'Ayla et une partie du Clan.

Creb tressaillit. Une partie d'Ayla et une partie du Clan ! Etait-ce dans ce but qu'elle nous fut envoyée ? Pour Durc ? Pour son fils ? Le Clan est condamné, il disparaîtra, seuls les Autres survivront. Je le sais, je l'ai senti au plus profond de moi. Durc aussi survivra parce qu'il est une moitié d'Autre, mais l'autre moitié est du Clan. Et Ura, qui ressemble tellement à Durc, est née peu de temps après cet incident avec des hommes de chez les Autres. Leurs totems seraient-ils assez puissants pour vaincre celui d'une femme en si peu de temps ? C'est possible. Si leurs femmes peuvent avoir le Lion des Cavernes pour totem, les hommes aussi probablement. Ura est-elle un mélange comme Durc ? Il doit y avoir d'autres enfants comme eux, des enfants d'esprits mêlés, des enfants destinés à survivre et à maintenir vivante la partie du Clan qui est en eux. Je doute toutefois qu'ils soient très nombreux.

Le Clan était peut-être déjà condamné avant qu'elle ne surprenne notre cérémonie sacrée. Et c'est pour me le faire savoir qu'elle a été conduite dans notre grotte. Nous ne serons bientôt plus rien. Mais Durc et Ura perpétueront notre peuple. Ayla, mon enfant bien-aimée, c'est toi qui nous as porté chance. Je comprends enfin pourquoi tu es venue parmi nous : pour nous donner la possibilité de survivre. Rien désormais ne sera exactement comme avant, mais au moins nous ne disparaîtrons pas de la surface de la terre.

Ayla apporta un morceau de viande froide à son fils puis se rassit à côté de Creb.

— Tu sais, Creb, dit-elle d'un air rêveur, j'ai souvent l'impression que Durc n'est pas uniquement mon fils. Tous les foyers l'ont nourri depuis que j'ai perdu mon lait. Il me fait penser à un petit ours des cavernes. On dirait qu'il est le fils de tout le clan.

Ayla sentit une grande tristesse fondre sur le vieux sorcier.

— Durc est bien le fils de tout le clan, Ayla. Il est le fils unique du Clan.

La première lueur de l'aube s'infiltra doucement à l'intérieur de la caverne. Ayla, éveillée, regardait son fils dormir à côté d'elle dans la lumière naissante. Elle pouvait voir également Creb sur sa couche, et son souffle régulier indiquait qu'il dormait. Comme je suis soulagée que Creb et moi nous ayons pu parler comme nous l'avons fait. Mais l'angoisse qu'elle avait ressentie la veille ne s'était pas dissipée, loin de là. De nouveau Ayla avait la gorge sèche et elle pensa suffoquer si elle restait un instant de plus dans la caverne. Elle se glissa avec précaution hors de sa fourrure, et, une couverture sur les épaules et des chausses aux pieds, quitta sans bruit le foyer.

Sitôt franchie l'entrée de la grotte, elle prit avidement une grande bouffée d'air frais. Son soulagement était tel qu'elle se dirigea vers le ruisseau sans se soucier de la pluie glacée qui la trempait ni de la profonde boue dans laquelle elle pataugeait. Ses chausses glissèrent sur la terre rouge et grasse, et elle s'affala de tout son long sur la pente détrempée par les eaux conjuguées de la fonte des neiges et des pluies de ce début de printemps. Elle se releva et parcourut prudemment la courte distance qui la séparait du ruisseau. La pluie ruisselait sur elle, délavant la boue qui maculait la couverture qui l'enveloppait. Elle resta longtemps à contempler les eaux vives charriant des glaçons.

Elle claquait des dents quand elle remonta avec peine la pente glissante. Le ciel semblait s'éclaircir un peu par-delà la crête orientale. Elle eut l'impression à l'approche de la caverne qu'une invisible barrière en défendait l'entrée et, sitôt qu'elle l'eut franchie, elle ressentit de nouveau la même sensation de malaise.

— Ayla, tu es toute trempée. Pourquoi es-tu sortie par ce temps ? lui signifia Creb, l'air soucieux. (Il ajouta une bûche au feu qu'il avait lui-même rallumé.) Enfile vite quelque chose de sec et viens te réchauffer, si tu ne veux pas attraper mal.

La jeune femme se changea puis alla s'asseoir à côté de Creb devant les flammes, heureuse que leur silence soit redevenu paisible et doux, comme par le passé.

— Creb, je suis tellement contente que nous ayons parlé, hier au soir. Je suis allée voir le ruisseau. La glace fond. La belle saison approche. Nous allons pouvoir reprendre nos longues promenades ensemble.

— Oui, Ayla, la belle saison approche, et si cela te fait plaisir, nous irons nous promener au bord de l'eau. Quand l'été sera là.

Ayla frissonna. Elle avait le terrible pressentiment qu'ils ne se promèneraient plus jamais ensemble, et elle sentait que Creb aussi le savait. Elle se pencha vers lui, et ils s'étreignirent longuement comme s'ils n'allaient plus se revoir.

Vers le début de l'après-midi, un pâle soleil réussit à percer les nuages, mais se révéla impuissant à sécher la terre gorgée d'eau.

L'agitation était grande au sein du clan, malgré le mauvais temps et la pénurie. Le départ d'un chef était déjà un événement assez rare, mais que le mog-ur changeât le même jour, voilà qui rendait cette fête véritablement exceptionnelle. Oga et Ebra avaient elles aussi un rôle à jouer dans la cérémonie, ainsi que Brac qui, à l'âge de sept ans, devenait l'héritier présomptif.

Oga avait les nerfs à fleur de peau. Elle ne cessait de s'agiter, passant d'un feu à l'autre pour surveiller la cuisson du festin tandis qu'Ebra essayait de la calmer, en dépit de sa propre nervosité. Brac, quant à lui, donnait des ordres aux femmes et aux petits enfants, en essayant de se faire passer pour un grand, jusqu'au moment où Brun l'appela pour lui faire répéter une dernière fois son rôle avant la cérémonie. Ayla participait à la cuisine. Elle avait aussi à préparer une infusion de datura pour les hommes.

Dans la soirée, seuls quelques nuages épars cachaient par instants le clair de lune. Tout au fond de la caverne flambait un grand feu, entouré d'un cercle de torches.

Ayla s'accordait un moment de repos à son foyer. Assise sur sa fourrure, elle contemplait le petit feu qui crépitait. Elle n'avait pu chasser cette sourde inquiétude dont elle ignorait la cause. Elle décida d'aller jusqu'à l'entrée pour voir la lune avant que la cérémonie commence, mais juste au moment où elle se levait, Brun donna le signal du rassemblement. Elle suivit les autres d'un pas lourd. Quand chacun eut gagné la place qui lui était assignée, Mog-ur apparut, sortant de la grotte sacrée, Goov à sa suite. Ils avaient revêtu tous deux leurs peaux d'ours des cavernes.

Pour la dernière fois, le puissant sorcier se mit à invoquer les esprits, exécutant les gestes rituels avec une ferveur et une intensité toutes particulières. Il captiva l'assemblée avec une virtuosité de chef d'orchestre, sachant comment faire naître en chacun l'émotion et transmettre sa propre exaltation. Goov, à ses côtés, ne semblait qu'un pâle comparse. Si le jeune homme offrait toutes les apparences du bon mog-ur, il était loin d'égaler Mog-ur, le sorcier vénéré de tous les clans, en train de célébrer sa plus belle et aussi sa dernière cérémonie. Au moment où il se tourna vers Goov pour lui transmettre ses pouvoirs, Ayla n'était pas la seule à pleurer, le clan entier pleurait avec son cœur.

Tandis que Goov accomplissait les gestes propres à retirer le pouvoir a Brun pour élever Broud au rang de chef du clan, Ayla laissa vagabonder son esprit. En regardant Creb, elle repensait à la première fois qu'elle avait vu ce visage balafré où ne brillait qu'un seul œil. Elle se souvint de la patience qu'il avait déployée à son égard pour lui apprendre à communiquer par gestes et de l'instant où elle avait soudain compris ce qu'il lui expliquait. En saisissant son amulette, elle sentit la petite cicatrice sur sa gorge, là où il avait entaillé la chair pour offrir son sang en sacrifice aux esprits ancestraux qui l'autorisaient à chasser. Et elle frémit en repensant à son intrusion dans la grotte sacrée. Puis elle se rappela son regard chargé d'amour et de tristesse ainsi que ses paroles énigmatiques de la veille.

Ayla mangea du bout des lèvres au cours du festin qui célébrait l'accession au pouvoir de la nouvelle génération. Une fois les hommes réunis dans le sanctuaire pour y achever leur cérémonie, elle prit part à contrecœur à la danse des femmes et se retira dès qu'elle s'y crut autorisée. Elle s'était contentée de tremper les lèvres dans l'infusion de datura réservée aux femmes, et elle n'avait pratiquement pas ressenti d'effets. De retour au foyer de Creb, elle se coucha sans attendre le sorcier, et s'endormit d'un sommeil agité. Quand Mog-ur rentra, il resta un long moment à contempler la mère et l'enfant endormis avant de s'étendre sur sa couche.

— Mama chasser ? Durc chasser avec mama ? demanda le petit garçon, à peine levé.

Seuls quelques membres du clan commençaient à sortir de leur torpeur, mais Durc était parfaitement réveillé.

— Pas avant d'avoir mangé, répondit Ayla en se levant a son tour. Mais je ne te promets rien. Le printemps est arrivé, mais il fait encore froid.

Une fois la dernière bouchée avalée, Durc aperçut Grev et se précipita dans le foyer de Broud, oubliant toute idée de chasse pour aller retrouver son petit compagnon. Ayla le suivit des yeux avec une tendresse amusée. Mais le regard haineux que jeta Broud à son fils suffit à la faire frémir. Les deux petits garçons sortirent en courant de la caverne. L'impression d'étouffement ressentie depuis deux jours revint soudain avec une telle force qu'elle bondit jusqu'à l'entrée, où elle s'arrêta, le cœur battant, pour respirer profondément.

— Ayla !

Elle sursauta en s'entendant appeler par son nom et, faisant demi-tour, alla se présenter devant le nouveau chef en baissant la tête.

— Cette femme salue le chef, dit-elle avec les gestes de rigueur.

Broud ne lui faisait jamais face en s'adressant à elle. Il ne comptait pas parmi les hommes les plus grands du clan, et il arrivait tout juste à l'épaule de la jeune femme, qui savait bien qu'il n'aimait pas lever la tête vers elle pour la regarder.

— Ne t'éloigne pas d'ici. J'ai une déclaration à faire devant tout le clan.

Ayla acquiesça d'un air soumis.

Le clan se réunit lentement. Le soleil brillait, et ils étaient contents que Broud ait décidé de tenir la réunion dehors, malgré le sol boueux. Ils attendirent patiemment que Broud fît son apparition, marchant vers la place autrefois occupée par Brun, l'air grave et pénétré de sa fonction.

— Comme vous le savez déjà, je suis votre nouveau chef, commença-t-il.

Cette affirmation suffit, par son inutilité, à trahir aux yeux de tous la nervosité et l'appréhension de Broud sur le point de prononcer sa première harangue.

— Puisque le clan a désormais un nouveau chef ainsi qu'un nouveau mog-ur, le moment est enfin venu d'annoncer d'autres changements, poursuivit-il. Je veux que vous sachiez que c'est Vorn qui sera, à compter d'aujourd'hui, mon second.

Certains hochèrent la tête d'un air entendu car ils s'attendaient à cette nouvelle. Brun regretta que Broud n'ait pas laissé passer quelque temps avant d'élever Vorn à un rang qui le plaçait au-dessus de chasseurs plus expérimentés, mais il vit là l'impatience de la jeunesse à prendre la relève.

— Il y a d'autres changements, continua Broud. Une femme dans ce clan n'a pas de compagnon.

Ayla se sentit rougir.

— Quelqu'un doit la prendre en charge, et je ne veux pas imposer ce fardeau à mes chasseurs. Je suis chef à présent, et c'est moi qui serai responsable d'elle. Je vais prendre Ayla dans mon foyer comme seconde compagne.

Ayla s'y attendait, mais la satisfaction de constater qu'elle ne s'était pas trompée dans ses pronostics lui fut une piètre consolation. Quant à Brun, il estima que le fils de sa compagne ne faisait que son devoir en agissant de la sorte. Il regarda Broud avec fierté. Le fils de sa compagne se comportait en chef.

— Ayla a un enfant difforme, reprit Broud. Je tiens à ce que l'on sache que ce clan n'acceptera plus jamais d'enfant mal formé. Je ne veux pas que l'on croie que mes sentiments personnels entrent en jeu au cas où le prochain bébé d'Ayla serait refusé. Si son enfant est normal, je l'accepterai.

Creb, qui se tenait à l'entrée de la caverne, vit Ayla pâlir et baisser la tête pour dissimuler son trouble. Tu peux être sûr que je n'aurai plus jamais d'enfant, Broud, tant que le remède magique d'Iza opérera, pensa la jeune femme. Que les bébés soient créés par les totems ou les organes des hommes, tu n'en créeras plus dans mon ventre. Penses-tu que je courrais le risque d'enfanter un petit être que tu t'empresserais de condamner à mort parce que tu le trouverais mal formé ?

— Je tenais à ce que les choses soient bien claires à ce sujet, enchaîna Broud, pour que ma décision ne vous surprenne pas. Je n'accepterai jamais aucun enfant difforme dans mon foyer.

Ayla releva brusquement la tête. Que veut-il dire ? Si je dois aller vivre chez lui, mon fils me suivra.

— Vorn est d'accord pour prendre Durc. Sa compagne éprouve une passion pour cet enfant, en dépit de sa malformation. Ils sauront veiller sur lui.

Un murmure d'étonnement parcourut le clan. Les gestes précipités qui s'échangeaient dans les rangs trahissaient la perplexité. Les enfants étaient censés rester avec leurs mères jusqu'à l'âge adulte. Pourquoi Broud acceptait-il de prendre Ayla tout en refusant son fils ? Ayla quitta sa place pour se jeter aux pieds du nouveau chef.

— Je n'ai pas encore terminé, femme, lui dit-il après lui avoir tapé sur l'épaule pour qu'elle relève la tête. C'est un manque de respect que d'interrompre le chef, mais je ne t'en tiendrai pas rigueur pour cette fois. Tu peux parler.

— Broud, tu n'as pas le droit de m'enlever mon fils. Où qu'elle aille, une femme doit emmener son enfant avec elle, plaida Ayla, oubliant dans son émoi d'utiliser les formules d'usage qu'exigeait le rang de Broud.

Brun enrageait. L'orgueil qu'il avait ressenti l'instant d'avant devant le fils de sa compagne disparut d'un seul coup.

— As-tu la prétention, femme, de dicter au chef ce qu'il doit faire ou ne pas faire ? demanda Broud d'un air sarcastique, ravi que son projet depuis si longtemps caressé provoque exactement la réaction qu'il escomptait. Tu n'es pas une mère pour lui. Oga l'est plus que toi. Qui l'a nourri ? Pas toi. Il ne sait même pas qui est sa mère, et il appelle maman toutes les femmes du clan. Peu importe le foyer dans lequel il vivra, il a l'habitude de se faire nourrir un peu partout.

— Il est vrai que je n'ai pas pu l'allaiter, mais nieras-tu qu'il soit mon fils, Broud ? Il dort toutes les nuits avec moi.

— Eh bien, il ne dormira pas chez moi. Oserais-tu prétendre que la compagne de Vorn n'est pas une véritable mère pour ton fils ? J'ai déjà demandé à Goov... enfin, au mog-ur, de célébrer à la fin de cette réunion la cérémonie qui consacrera ces deux décisions : tu viendras habiter dans mon foyer dès ce soir, et Durc ira chez Vorn. Maintenant, retourne à ta place, ordonna Broud, avant de chercher Creb des yeux.

Le vieil homme se tenait toujours à l'entrée de la caverne, appuyé sur son bâton, l'air mauvais.

Mais la fureur du sorcier n'était rien comparée à celle de Brun, qui se sentait envahi par la colère et le désespoir, tandis qu'il regardait Ayla regagner sa place. Le fils de ma compagne, se lamentait-il. Lui que j'ai élevé et formé, lui à qui je viens à peine de passer mes pouvoirs, profite de sa nouvelle position pour se venger. Et se venger d'une femme, pour des torts imaginaires.

Comment ai-je pu m'aveugler à ce point ! Je comprends mieux maintenant pourquoi il a élevé si vite Vorn au rang de second. La promotion de Vorn n'est qu'un marché que Broud a passé avec lui. Le garçon prenait Durc, et il devenait second. Est-ce ainsi que doit se comporter un nouveau chef ?

Nommer un jeune homme inexpérimenté pour commander à des chasseurs confirmés, et cela pour satisfaire un besoin de vengeance contre une femme ? Quel plaisir cela t'apporte-il, Broud, de séparer une mère de son fils, après qu'elle a déjà tant souffert. Tu n'as donc pas de cœur, fils de ma compagne ? Tout ce qu'il lui reste de son fils, c'est de dormir avec lui la nuit.

— Je n'ai pas terminé, dit Broud en essayant de regagner l'attention des membres du clan encore sous l'effet de la stupeur. L'homme qui vous parle n'est pas le seul à avoir accédé à un rang plus élevé. Nous avons un nouveau mog-ur, et je veux lui accorder certains privilèges qui découlent de sa fonction J'ai décidé que Goov... enfin, que le mog-ur, vivrait désormais dans le foyer réservé au sorcier du clan. Creb s'installera tout au fond de la caverne.

Brun jeta un coup d'œil à Goov, curieux de savoir si l'ex-servant s'était lui aussi ligué avec Broud. L'expression de stupeur et de consternation de Goov chassa sur-le-champ les soupçons de Brun.

— Mais je ne veux pas m'installer dans le foyer de Mog-ur ! s'exclama Goov. C'est son foyer depuis que nous avons découvert cette caverne.

Le clan se sentait de plus en plus mal à l'aise devant les décisions du nouveau chef.

— J'ai décidé que tu t'y installeras ! s'écria Broud avec des gestes cassants, exaspéré par le refus de Goov.

Quand il avait surpris le regard furieux que posait sur lui le vieil infirme appuyé sur son bâton, il avait soudain pris conscience que le grand Mog-ur n'était plus le sorcier du clan. Qu'avait-il donc à redouter d'un boiteux difforme ? Et il lui était venu cette idée d'installer le servant au foyer de son ancien mog-ur, s'attendant à ce que Goov saute de joie, comme l'avait fait Vorn. Il s'était dit également qu'il s'assurerait ainsi la loyauté du nouveau mog-ur, à tout le moins sa reconnaissance. Mais dans son calcul simpliste, il avait méconnu la fidélité et l'affection que Goov avait toujours manifestées à l'égard de son mentor. Incapable de se contenir plus longtemps, Brun allait parler quand Ayla le prit de vitesse.

— Broud ! hurla-t-elle depuis sa place. Tu ne peux pas faire ça ! Tu ne peux pas chasser Creb de son foyer ! (Elle s'avança vers lui, vibrante d'une juste colère.) Tu sais combien il souffre en hiver. Il a besoin d'un endroit bien abrité. (Ce n'était plus la femme du clan qui parlait mais la guérisseuse protégeant son malade.) C'est moi que tu veux atteindre à travers Creb ! Tu essaies de te venger de lui parce qu'il a pris soin de moi. Fais de moi ce que tu veux, Broud, mais laisse-le tranquille !

Elle se tenait maintenant devant lui, le dominant de toute sa haute taille en gesticulant furieusement.

— Qui t'a autorisée à parler, femme ? vociféra Broud.

Il lui envoya son poing fermé en direction de la figure, mais elle réussit à esquiver le coup. Furieux d'avoir battu l'air sans résultat, Broud se jeta sur elle.

— Broud ! (Le cri de Brun figea sur place le nouveau chef, trop habitué à obéir à cette voix, tout particulièrement quand elle était lourde de colère.) Le foyer de Mog-ur restera le sien jusqu'à sa mort, qui surviendra bien assez tôt pour que tu n'aies pas besoin de t'en charger personnellement. Mog-ur a bien mérité cette place après avoir si longtemps et si bien servi le clan. Quel chef es-tu donc ? Quel homme es-tu pour profiter de ta position dans le misérable but de te venger d'une femme ? Une femme qui ne t'a jamais rien fait, Broud, et qui ne pourrait rien te faire, même si elle le voulait Tu n'es pas un chef !

— Non, c'est toi qui n'es pas un chef, Brun, tu ne l'es plus. (Son premier réflexe de crainte passé, Broud avait repris conscience de sa position, et de celle de Brun.) C'est mon tour à présent ! C'est moi qui décide ! Tu as toujours pris son parti contre moi, tu l'as toujours protégée. Eh bien désormais, c'est terminé ! (Broud avait complètement perdu son sang-froid et gesticulait furieusement, décomposé par la rage.) Elle m'obéira ou elle sera maudite ! Et sa malédiction n'aura rien de temporaire ! Tu viens de voir une nouvelle preuve de son insolence et tu persistes à prendre sa défense. Non, Brun, tu ne peux rien pour elle. Elle mérite d'être maudite, et je vais la maudire ! Que dis-tu de ça, Brun ? Goov ! Maudis-la ! Maudis-la immédiatement ! Personne ne dira au nouveau chef ce qu'il a à faire, et surtout pas cette horrible femme. As-tu compris, Goov ? Maudis-la !

Creb avait bien essayé d'attirer l'attention d'Ayla quand elle s'était mise à invectiver Broud. Le vieillard se doutait de ce qui l'attendait et il lui était tout à fait indifférent de vivre au fond de la grotte. C'était Broud lui-même qui avait réveillé ses soupçons dès qu'il avait déclaré qu'il prendrait Ayla dans son foyer. C'était là une attitude trop responsable, trop conciliante pour ne pas cacher un coup bas. Mais malgré ses soupçons, Creb n'aurait jamais imaginé la terrible scène qui se déroulait sous ses yeux. Et quand il vit Broud ordonner à Goov de la maudire, toute velléité de résistance s'évanouit en lui. Il ne désirait pas en voir davantage. Il alla se réfugier d'un pas incertain à l'intérieur de la caverne. Ayla leva les yeux au moment même où il disparaissait dans la pénombre de la grotte.

Mais Creb n'était pas le seul à se sentir bouleversé ; le clan tout entier était en proie à la confusion la plus totale. Accoutumés à une vie trop ordonnée, trop assurée, trop liée aux traditions et aux habitudes, ils ne pouvaient concevoir le drame qui se déroulait devant eux. Ils étaient choqués par les décisions de Broud ; elles étaient contraires aux usages. Jamais on n'avait séparé un enfant de sa mère chez le Peuple du Clan. Le conflit ouvert entre Ayla et le nouveau chef les stupéfiait tout autant que la décision prise par Broud d'enlever à Creb son foyer pour le proposer à Goov... qui n'en voulait pas ! Enfin le sévère déni de Brun, ne reconnaissant plus sa qualité de chef à l'homme à qui il venait de remettre ses pouvoirs, les jetait dans un désarroi d'autant plus grand que Broud venait dans sa fureur d'ordonner à Goov de maudire Ayla !

Ayla tremblait de tous ses membres. Elle ne s'aperçut que la terre se mettait à trembler sous ses pieds qu'en voyant ses compagnons vaciller et perdre l'équilibre. Elle entendit alors le grondement terrifiant qui venait des entrailles de la terre.

— Duuuurc ! hurla-t-elle, et elle vit Uba se jeter sur l'enfant pour le protéger de son corps.

Ayla s'élançait vers eux quand soudain elle se rappela

— Creb ! Il est à l'intérieur !

Elle courut vers la caverne en chancelant sur le sol frémissant. Au moment où elle allait atteindre l'entrée triangulaire de la grotte, tout un pan de roche se détacha de la paroi et vint s'écraser près d'elle. Ayla ne s'en aperçut même pas. Elle était en état de choc. Tous les souvenirs enfouis depuis sa prime enfance resurgissaient pêle-mêle Dans le vacarme assourdissant du tremblement de terre, elle ne s'entendit pas crier le mot venu d'une langue depuis longtemps oubliée.

— Mamaaan !

Le sol se déroba sous ses pieds, puis se souleva de nouveau. Elle roula par terre, essayant désespérément de se relever quand, soudain, elle vit s'écrouler la voûte de la caverne. Tout autour d'elle, des blocs de roche se détachaient de la paroi, dévalant la pente à grand fracas jusqu'au ruisseau.

Dans la caverne, ce n'était qu'une pluie de pierre et de poussière, que ponctuait de temps à autre la chute de tout un pan de paroi ou d'un morceau de voûte Dehors, les grands conifères se balançaient comme des géants ivres.

Une fissure dans la falaise, à l'est de l'entrée, face à la petite mare, s'ouvrit dans un grognement déchirant, et un torrent d'énormes pierres dévala la colline, arrachant tout sur son passage, dans un vacarme noyant les hurlements de terreur du clan.

Puis le tremblement de terre se calma. Quelques pierres se détachèrent encore de la montagne, rebondirent, roulèrent et finirent par s'arrêter. Hébétés, les membres du clan se relevèrent tant bien que mal et se mirent à errer au hasard en s'efforçant de retrouver leurs esprits. Mais ils ne tardèrent pas à se diriger tous vers Brun, autour duquel ils se regroupèrent. Il avait toujours représenté la sécurité et la stabilité à leurs yeux.

Mais Brun ne réagit pas. Il savait maintenant que, de toutes les décisions qu'il avait prises en tant que chef, celle de transmettre le pouvoir à Broud était de loin la plus mauvaise. Il mesurait à quel point il avait été aveugle. Même les qualités du garçon, son audace, sa témérité, Brun les voyait à présent comme la marque de son égoïsme et de son indifférence aux autres. Mais ce n'était pas à cause de cela que Brun s'abstenait d'intervenir. Broud était désormais le chef, pour le meilleur et pour le pire. Il était trop tard pour qu'il reprenne le commandement et forme un autre homme, bien qu'il sût que le clan le soutiendrait. Broud a dit qu'il n'y avait qu'un chef ici ; eh bien, montre-nous donc ce qu'est un chef, Broud, pensa Brun. Broud prendrait toutes les décisions qu'il voudrait, aussi dénuées de bon sens fussent-elles, Brun se promettait de ne pas s'en mêler.

Quand les membres du clan eurent compris que Brun n'avait pas l'intention de reprendre le commandement, ils finirent par se tourner vers Broud. Ils étaient habitués à leur hiérarchie, et Brun avait été un chef juste, dévoué à son clan, un homme fort et sage, qui ne prenait jamais une décision sans avoir longuement réfléchi mais qui savait aussi réagir promptement dans les moments difficiles. Ils n'avaient jamais eu à décider eux-mêmes de ce qu'ils allaient entreprendre ou pas. Même Broud s'était attendu à ce que Brun reprenne le commandement, mais quand il comprit ce qu'on attendait de lui, il essaya d'assumer ses responsabilités.

— Qui manque-t-il ? Quelqu'un est-il blessé ? demanda-t-il.

Il y eut quelques soupirs de soulagement. Quelqu'un se décidait enfin à faire quelque chose. Des groupes se formèrent par foyer, et miraculeusement, il sembla qu'il ne manquait personne. La plupart n'avaient que des blessures légères dues aux chutes de pierres. Il n'y avait pas une seule fracture.

— Où est Ayla ? s'écria soudain Uba.

— Je suis là, répondit la jeune femme qui se trouvait près de l'entrée de la caverne, comme hébétée.

— Mama ! hurla Durc en se dégageant vivement de l'étreinte d'Uba.

Ayla courut à lui et le serra dans ses bras.

— Tu n'as pas de mal, Uba ?

— Non, non, rien de grave.

— Où est Creb ?

Alors qu'elle posait cette question, Ayla se souvint. Tendant Durc à Uba, elle se rua vers la caverne.

— Ayla ! Où vas-tu ? N'entre pas dans la caverne ! Il peut se produire de nouvelles secousses !

Négligeant cet avertissement, Ayla courut droit au foyer de Creb. Des cailloux et des gravillons tombaient encore de temps à autre, formant de petits amoncellements, mais leur foyer n'avait pas trop souffert du tremblement de terre. Cependant, Creb n'y était pas. Ayla le chercha dans tous les foyers, entièrement détruits pour certains. Creb restait introuvable. Elle voulut s'aventurer dans la grotte des esprits, mais il y faisait beaucoup trop sombre et elle décida d'inspecter d'abord le reste de la caverne.

Des gravillons lui tombèrent dessus, et elle s'écarta d'un bond pour se coller contre la paroi. Bien lui en prit car aux gravillons succéda un gros bloc, qui s'écrasa lourdement sur le sol à deux pas d'elle. Tout en continuant de longer les parois, elle fouilla à tâtons derrière les grands paniers à provisions et les éboulis. Elle s'apprêtait à aller chercher une torche quand elle songea à inspecter un dernier endroit.

Elle découvrit Creb auprès de la sépulture d'Iza. Il était couché sur son côté déformé, les jambes repliées sur le visage, comme si on l'avait déjà attaché dans la position fœtale. Le grand crâne qui avait abrité son puissant cerveau avait été fracassé par un lourd rocher. Il était mort sur le coup.

Ayla s'agenouilla auprès du corps et se mit à pleurer.

— Creb, Creb, pourquoi es-tu entré dans la caverne ? gémit-elle en se balançant d'avant en arrière sur ses genoux.

Puis, pour quelque raison inexplicable, elle se leva et se mit à accomplir les gestes rituels qu'elle lui avait vu faire au-dessus de la tombe d'Iza. Pleurant à chaudes larmes, la grande femme blonde, seule dans la caverne jonchée de pierres, célébrait les rites ancestraux avec une grâce et une finesse dignes du plus grand des mog-ur. Telle fut sa dernière offrande au seul père qu'elle eût jamais connu.

— Il est mort, annonça Ayla en émergeant de la caverne.

Tous les regards étaien' tournés vers elle. Broud frémit, envahi par une peur soudaine. C'était elle qui avait découvert la caverne, elle qui avait la faveur des esprits. Et sitôt après qu'il l'eut maudite, ils avaient ébranlé la terre et détruit la grotte. Les esprits s'étaient-ils déchaînés contre lui parce qu'il avait maudit leur protégée ? Que se passerait-il si le clan le croyait responsable des calamités qui s'abattaient sur lui ? Dans les tréfonds de son âme superstitieuse, Broud, tremblant devant le lugubre présage, se prit à redouter la colère des esprits. C'est alors que sa perversité lui souffla de prendre les devants et d'accuser Ayla avant que quelqu'un ne songe à le désigner comme étant le coupable.

— C'est elle ! C'est sa faute ! s'écria-t-il tout à coup. C'est elle qui a déchaîné la colère des esprits. Elle a bafoué les traditions. Vous l'avez tous vue. Elle s'est montrée insolente et irrespectueuse envers le chef. Elle doit être maudite ! Alors seulement les esprits seront satisfaits. Alors seulement ils sauront combien nous les respectons, et ils nous conduiront vers une nouvelle caverne, encore plus belle ! Maudis-la, Goov ! Maudis-la ! Maudis-la immédiatement !

Tous les regards se tournèrent vers Brun. Il regardait droit devant lui, les mâchoires et les poings serrés, les muscles de son dos frémissant de tension. Mais il se refusa à intervenir, et les membres du clan, abasourdis, se regardèrent les uns les autres, avant de reporter leur attention sur Goov et Broud. Le nouveau mog-ur, quant à lui, fixait Broud d'un air incrédule. Comment osait-il condamner Ayla ! S'il y avait un coupable, c'était bien lui. Puis Goov comprit que Broud se déchargeait sur Ayla d'un crime dont il se savait le seul auteur.

— C'est moi le chef, Goov ! hurla Broud de nouveau. Tu es mog-ur et je t'ordonne de la maudire. Jette sur elle la Malédiction Suprême !

Goov tourna sèchement les talons et se dirigea vers la caverne après avoir pris un tison enflammé au feu qu'on venait d'allumer. Il franchit l'entrée plongée dans la pénombre et se fraya prudemment un chemin parmi les décombres, sachant que toute nouvelle secousse, fût-elle infime, l'ensevelirait sous les tonnes de pierre suspendues au-dessus de lui en équilibre précaire, un destin dont il se surprit à espérer la venue avant qu'il n'accomplisse l'injuste besogne qu'on lui avait ordonnée. Il pénétra enfin dans la grotte des esprits et disposa les ossements sacrés de l'Ours des Cavernes en lignes parallèles. Puis il invoqua les esprits maléfiques, dont les mog-ur étaient seuls à connaître le nom.

Ayla était toujours assise sur le seuil de la caverne quand le mog-ur en ressortit sans la voir.

— Je suis le mog-ur. Tu es le chef. Tu m'as ordonné de punir Ayla de la Malédiction Suprême, c'est chose faite, déclara Goov, et il se détourna avec ostentation.

Les événements s'étaient passés si vite que chacun avait du mal à y croire. On n'agissait pas de cette façon. Brun aurait longuement pesé et préparé le clan avant de prononcer pareille sentence. Il n'aurait jamais agi de la sorte. Pourquoi Broud l'avait-il maudite ? Elle s'était peut-être montrée insolente, mais elle n'avait fait que défendre Creb. On ne condamnait pas une femme à mort pour une insolence, par ailleurs compréhensible. Et Broud, qu'avait-il fait à Ayla ? Il lui avait pris son enfant et avait déplacé Creb de son foyer pour se venger d'elle. Maintenant, plus personne n'avait de foyer. Pourquoi Broud avait-il fait une chose pareille ? Les esprits avaient toujours protégé la jeune femme, qui avait porté chance au clan, jusqu'à ce que Broud ordonne à Goov de la maudire. Broud avait attiré sur eux le malheur. Il avait mécontenté les esprits protecteurs et déchaîné les forces maléfiques. Et Mog-ur était mort. Le vieux sorcier, le grand Mog-ur ne pourrait plus rien pour eux.

Ayla eut du mal à comprendre ce qui lui arrivait. Elle toisait avec un étrange détachement tous les membres du clan qui passaient devant elle sans la voir, le regard perdu dans le vague, et ne sortit de son abattement que devant la réaction d'Uba, qui s'était mise à pleurer la mort d'Ayla et à se lamenter sur le sort du petit garçon qu'elle tenait dans ses bras.

Durc ! Mon enfant ! Mon petit ! Il ne reverra jamais sa mère. Que va-t-il devenir ? Il ne lui reste plus qu'Uba. Elle s'occupera bien de lui, mais que pourra-t-elle faire contre Broud ? Broud hait Durc parce qu'il est mon fils. Frénétiquement, Ayla regarda autour d'elle et aperçut Brun non loin de là. Brun ! C'était lui et lui seul qui pourrait protéger Durc.

Ayla courut vers l'homme fort et sensé qui commandait le clan la veille encore et elle se jeta à ses pieds en baissant la tête. Puis elle comprit qu'il ne lui taperait jamais sur l'épaule. Quand elle releva la tête, il fixait le feu, derrière elle. Il peut me voir et m'entendre, s'il le désire, pensa Ayla. Je sais qu'il le peut. Creb et Iza se souvenaient parfaitement de tout ce que je leur avais dit la première fois que j'ai été maudite.

— Brun, je sais que tu me crois morte, et que tu penses que je ne suis qu'un esprit. Je vais m'en aller, je te le promets, mais j'ai peur pour Durc. Broud le déteste, tu le sais. Que lui arrivera-t-il à présent que Broud est le chef ? Durc fait partie du clan, Brun, tu l'as accepté. Je t'en supplie, Brun, protège-le. Tu le peux. Ne laisse pas Broud lui faire du mal !

Lentement, Brun se détourna de la femme qui l'implorait, d'une manière qui se voulait naturelle et non comme s'il évitait de la regarder. Mais elle avait vu dans ses yeux une brève lueur d'acquiescement. Cela lui suffisait. Elle savait qu'il l'avait entendue et qu'il protégerait Durc. Il l'avait promis à l'esprit de la mère du petit garçon. Tout s'était passé si vite, si brutalement, qu'elle n'avait pas eu le temps de lui adresser cette poignante requête plus tôt. Elle n'aurait jamais pu partir dans l'incertitude du sort de Durc. Elle pouvait à présent s'éloigner, certaine que Brun ne laisserait pas le fils de sa compagne faire du mal à son enfant.

Ayla se releva et se dirigea vers la caverne d'un pas assuré. Avant de parler à Brun, elle n'avait rien décidé quant à son départ, mais à présent sa résolution était prise. Elle relégua dans un coin de son esprit le chagrin que lui causait la mort de Creb, pour ne plus penser qu'à sa survie. Qu'elle prenne la direction du monde invisible ou une autre, elle ne se trouverait pas démunie de tout.

Elle ne s'était pas rendu compte de l'importance des dégâts à l'intérieur de la caverne, quand elle y avait pénétré la première fois. A présent, elle s'immobilisa un instant, tant les lieux étaient méconnaissables Le sol n'était qu'un chaos de pierres et de roches. Le clan avait eu de la chance de se trouver assemblé dehors. S'arrachant à sa stupeur, elle se hâta vers le foyer de Creb. Si elle n'emportait pas tout ce qu'il lui fallait, elle mourrait à coup sûr. Elle déplaça une pierre tombée sur sa couche, secoua sa fourrure et se mit à empiler ses affaires dessus : son sac de guérisseuse, sa fronde, deux paires de chausses, des jambières, des moufles et un capuchon fourré ; son bol et une écuelle, une outre et des outils. Puis elle se rendit au fond de la caverne pour puiser dans les réserves des biscuits, de la viande séchée, des fruits et des graisses. En fouillant dans les décombres, elle découvrit des paquets enveloppés d'écorce de bouleau dans lesquels se trouvaient du suc d'érable, des noix, des fruits secs, des céréales pilées, des morceaux de viande et de poisson séchés ainsi que quelques légumes. Il n'y avait pas grand choix, si tard dans la saison, mais cela ferait l'affaire. Elle rangea toutes ces provisions dans son panier.

Elle ramassa la couverture dans laquelle elle portait Durc et y enfouit son visage, les larmes aux yeux. Elle n'en avait aucun besoin, mais elle la prit néanmoins pour emporter avec elle un objet qui lui rappellerait son fils. Elle s'habilla chaudement car le printemps venait à peine de commencer et il ferait froid dans les steppes. Elle n'avait pas encore réfléchi à la direction qu'elle prendrait, mais elle savait qu'elle se dirigerait vers le nord de la péninsule.

Au dernier moment, elle décida d'emporter aussi la tente en peaux qu'elle utilisait lorsqu'elle accompagnait les hommes à la chasse. Elle l'enroula sur le dessus de son grand panier, qu'elle attacha sur son dos avec des lanières, pour le maintenir bien en place. Elle regarda tout autour de ce foyer qui avait été le sien. Elle ne le reverrait plus jamais, pensa-t-elle en refoulant ses larmes. Un flot de souvenirs lui revint. La dernière image était celle de Creb. J'aurais bien aimé savoir ce qui te causait tant de peine, Creb. Peut-être comprendrai-je un jour. Mais je suis heureuse que nous ayons pu parler tous les deux l'autre nuit, avant que tu nous quittes pour le monde des esprits.

Quand Ayla sortit de la caverne, tout le monde s'aperçut de sa présence, mais personne ne la regarda. Elle s'arrêta à la rivière pour y remplir son outre et cela éveilla un souvenir en elle. Avant de troubler la surface de l'eau, elle se pencha pour se regarder. Elle étudia soigneusement ses traits et ne se trouva pas aussi laide que la première fois. Mais ce n'était pas ce qui l'intéressait : elle voulait voir le visage des Autres.

Quand elle se releva, Durc essaya d'échapper à Uba.

Il se passait quelque chose concernant sa mère. Il ne savait pas quoi, mais cela ne lui plaisait pas. D'une secousse, il se libéra et courut vers Ayla.

— Tu t'en vas, lui reprocha-t-il, indigné de ne pas avoir été prévenu. Tu t'es préparée et tu t'en vas

Ayla n'hésita qu'une fraction de seconde puis elle ouvrit les bras dans lesquels il se rua. Elle le souleva, le serra contre elle en refoulant ses larmes puis le reposa à terre en s'accroupissant pour être à sa hauteur. Elle le regarda droit dans ses grands yeux noirs.

— Oui, Durc, je m'en vais. Il faut que je m'en aille.

— Emmène-moi, mama. Emmène-moi ! Ne me laisse pas !

— Je ne peux pas t'emmener, Durc. Il faut que tu restes ici avec Uba. Elle prendra bien soin de toi, et Brun aussi.

— Je ne veux pas rester ici ! s'écria Durc avec violence. Je veux venir avec toi !

Uba venait vers eux pour éloigner Durc de l'esprit de sa mère. Ayla serra à nouveau son fils contre elle.

— Je t'aime, Durc. Ne l'oublie jamais. (Elle le prit et le mit dans les bras d'Uba.) Veille bien sur mon fils, Uba, dit-elle, captant le regard plein de tristesse de la jeune femme. Prends bien soin de lui... ma sœur.

Broud contemplait la scène avec une fureur grandissante. Cette femme était morte, elle n'était plus qu'un esprit. Pourquoi ne se comportait-elle pas comme un esprit ? Pourquoi certains membres de son clan ne la traitaient-ils pas comme l'esprit qu'elle était devenue ?

— C'est un esprit, dit-il avec rage. Elle est morte. Vous ne le savez donc pas ?

Ayla se dirigea droit sur lui, le toisant de toute sa hauteur. Lui-même avait du mal à ne pas la voir. Il essaya de l'ignorer, et il y serait peut-être parvenu si elle avait été assise à ses pieds comme toute autre femme.

— Je ne suis pas morte, Broud, lui dit-elle avec défi. Je ne mourrai pas. Tu ne peux pas me faire mourir. Tu peux me chasser, me prendre mon fils, mais tu ne peux pas me faire mourir !

Broud était partagé entre la rage et la terreur. Il leva le poing, animé d'une violente envie de la frapper, mais il interrompit son geste, craignant de la toucher. C'est une ruse, se dit-il. La ruse d'un esprit. Elle est morte. Elle a été maudite.

— Frappe-moi, Broud. Vas-y, frappe-moi, et tu verras que je ne suis pas morte.

Broud se tourna vers Brun pour éviter de la regarder. Il rabaissa son bras, gêné de ne pouvoir donner à son geste un air plus naturel. Il ne l'avait pas touchée, mais il craignait que le simple fait d'avoir levé le poing sur elle ne constitue une manière de reconnaître son existence. Il essaya de détourner le mauvais sort sur Brun.

— Ne crois pas que je ne t'ai pas vu, Brun. Tu lui as répondu quand elle t'a parlé avant d'entrer dans la caverne. C'est un esprit. Tu vas nous porter malheur à tous, lança-t-il, accusateur.

— A moi seul, Broud, et j'ai eu plus que ma part de malheur, répondit Brun. Mais quand l'as-tu vue me parler ? Quand l'as-tu vue entrer dans la caverne ? Pourquoi as-tu fait mine de frapper l'esprit ? Tu ne comprends toujours pas, n'est-ce pas ? Tu as reconnu son existence, Broud. Elle t'a vaincu. Tu l'as accablée autant que tu le pouvais, tu es allé jusqu'à la maudire. Elle est morte, et c'est pourtant elle qui gagne. C'était une femme, mais elle était plus courageuse que toi, Broud, plus déterminée, plus maîtresse d'elle-même. Elle méritait d'être un homme plus que toi. C'est elle qui aurait dû être le fils de ma compagne.

Ayla fut surprise par la sortie de Brun. Durc se débattait tant et plus pour la suivre et l'appelait. Elle ne put le supporter davantage et s'empressa de partir. En passant devant Brun, elle lui fit un signe de tête et un geste de gratitude. Quand elle eut atteint l'escarpement, elle se retourna une dernière fois. Elle aperçut Brun qui levait la main comme pour se gratter le nez, mais cela ressemblait fort à un geste d'adieu, celui que leur avait fait Norg quand ils l'avaient quitté après le Rassemblement du Clan. C'était comme si Brun lui avait dit : « Qu'Ursus t'accompagne. »

La dernière chose qu'Ayla entendit avant de disparaître derrière l'énorme rocher fracassé par le tremblement de terre, ce fut la plainte déchirante de Durc.

— Maama... ! Maaama... ! Maamaaa... !

Cet ouvrage a été imprimé en France par

CPI
BUSSIÈRE

à Saint-Amand-Montrond (Cher)
en janvier 2011

Édition exclusivement réservée
aux adhérents du Club
Le Grand Livre du Mois
réalisée avec l'autorisation des éditions Presses de la Cité
ISBN : 978-2-7028-6890-4

N° d'impression : 103618/1.
Dépôt légal : avril 1994.